L'ILE AUX MILLE COULEURS

DU MÊME AUTEUR

Les Orages de l'été, L'Archipel, 2016.

L'Or du bout du monde, L'Archipel, 2014 ; Archipoche, 2015.

Les Pionniers du bout du monde, L'Archipel, 2013 ; Archipoche, 2014.

La Terre du bout du monde, L'Archipel, 2012 ; Archipoche, 2013.

L'Héritière de Jacaranda, L'Archipel, 2011 ; Archipoche, 2012.

Le Chant des secrets, L'Archipel, 2010 ; Archipoche, 2011.

Éclair d'été, L'Archipel, 2009 ; Archipoche, 2010.

La Dernière Valse de Mathilda, L'Archipel, 2005 ; Archipoche, 2007.

TAMARA McKINLEY

L'ILE
AUX MILLE COULEURS

*traduit de l'anglais
par Danièle Momont*

ARCHIPOCHE

Ce livre a été publié sous le titre
Ocean Child
par Quercus, Londres, 2013.

Notre catalogue est consultable à l'adresse suivante :
www.archipoche.com

Éditions Archipoche
34, rue des Bourdonnais
75001 Paris

ISBN 978-2-35287-877-3

Copyright © Tamara McKinley, 2013.
Copyright © L'Archipel, 2015, pour la traduction française.

1

Angleterre, février 1920

La température grimpa. Loulou Pearson s'agita pour tenter d'échapper à la chaleur suffocante qui l'accablait de plus en plus ; elle lui agressait les yeux, la bouche et le nez. Avec un gémissement de détresse, elle s'aperçut qu'elle ne possédait plus assez de force pour agir : son cœur malade cognait dans sa poitrine, elle peinait à reprendre haleine, elle savait qu'elle allait mourir.

La pression ne cessait plus d'augmenter, le sang lui sifflait dans les oreilles. Seule la peur lui donnait encore l'énergie de combattre ce monstre. Mais tandis qu'elle se démenait en tentant de crier, son cœur, lui, s'emballait davantage. Il battait la chamade, l'exténuait un peu plus à chacun de ses affreux remous.

Elle entendit des voix. Discerna une lueur. Soudain, elle était libre.

Une formidable bouffée d'air frais s'engouffra dans son lit, une bouffée d'air vivifiant. Elle ouvrit les yeux. La pièce, plongée dans la pénombre, ne se trouvait pas dans la petite maison de Tasmanie. Son cœur continuait à trépider, cependant qu'elle tâchait d'apaiser son souffle et le terrible effroi que ce cauchemar récurrent suscitait à tout coup. Elle n'était plus une enfant. Elle était en sécurité.

Personne n'aurait pu deviner ses soixante-cinq ans, car il gardait le pas alerte et la silhouette robuste – la canne devait plus à la coquetterie qu'à la nécessité. Il se fondait à merveille dans le paysage et, puisqu'il tenait ce rôle depuis de nombreuses années, il se sentait parfaitement à son aise dans sa veste de tweed, son pantalon de golf et ses chaussures de marche. Il n'en avait pas toujours été ainsi, car au fond c'était un citadin mais, comme tous les bons comédiens, il s'était peu à peu identifié à son personnage : il adorait ces visites annuelles dans le Sussex.

Dissimulé dans l'ombre mouchetée des arbres, il avala son dernier casse-croûte en regardant la cavalière descendre la colline au loin en direction des écuries. Elle s'était absentée plus d'une heure, mais il ne lui déplaisait pas d'attendre. Le temps était beau, bien qu'un peu frais, et puis on le payait grassement. Il fourra l'emballage du casse-croûte dans son sac en toile, débarrassa sa moustache des miettes de pain qui s'y accrochaient, puis leva ses jumelles.

Il connaissait intimement Loulou Pearson, quoiqu'ils ne se fussent jamais rencontrés ni parlé, et si tout se déroulait comme prévu, cela ne se produirait pas. Il avait entamé son travail de surveillance épisodique bien des années plus tôt. Au fil de ses séjours, il avait vu la fillette se muer en une superbe jeune femme qui, en ce moment même, se déplaçait avec grâce et souplesse dans la cour des écuries. Elle arborait une chevelure particulièrement remarquable qui, la plupart du temps, cascadait presque jusqu'à sa taille, tout en boucles noisette et dorées étincelant au soleil. Aujourd'hui, cependant, elle portait un chignon.

Lorsqu'elle quitta les écuries, il se remit debout pour entamer le long périple qui le ramènerait chez lui, au sommet de la colline. Son sac et ses jumelles à l'épaule, il se dirigea vers le village et la pinte de bière qu'il comptait s'y offrir.

Les effets du cauchemar de Loulou s'étaient dissipés pendant sa promenade équestre, et même si l'arrivée, ce matin, de cette étrange lettre continuait à la déconcerter, elle se sentait euphorique. Elle avait éprouvé un plaisir fou à se retrouver au grand air, après tant d'heures passées dans son atelier. Mais, maintenant, elle était pressée de se remettre au travail. Elle voulait s'assurer d'avoir correctement saisi la puissance et le mouvement dans son moule en argile avant de l'expédier à la fonderie. Cependant, sa grand-tante Clarice l'attendait pour le thé et, en dépit de son enthousiasme d'artiste, la perspective d'un bon feu, de petites crêpes beurrées et d'une tasse de Earl Grey la réjouissait.

Elle oublia pour un moment la Tasmanie et la mystérieuse missive. C'était un après-midi d'hiver anglais dans toute sa perfection : le soleil brillait dans un ciel sans nuages, le givre étincelait à l'ombre des arbres et la neige qui s'apprêtait à tomber avivait l'air. Vu la fraîcheur ambiante, Loulou se félicitait de n'avoir pas suivi la mode des cheveux courts, qui pourtant faisait fureur. Comme elle se dirigeait lentement vers la maison, elle ôta les peignes et les épingles qui retenaient les siens pour laisser dégringoler sur ses épaules et dans son dos ses boucles opulentes.

Clarice ne manquerait pas de lui reprocher de s'être absentée trop longtemps, mais son cœur capricieux battait régulièrement et, après les brouillards et le raffut de Londres, ce ciel et ce décor silencieux la libéraient. Pendant la Première Guerre mondiale, elle avait savouré le parfum de l'indépendance au volant d'un autobus, elle avait aimé posséder son propre argent et partager un appartement avec d'autres jeunes femmes. Mais les Downs l'apaisaient.

Dire qu'elle s'était crue jadis incapable de vivre ailleurs qu'en Tasmanie. Elle était si jeune à son arrivée ici. Son accent et sa situation familiale l'avaient tenue isolée de ses camarades du pensionnat, sans compter son cœur malade, qui l'empêchait de se joindre à leurs jeux turbulents. Étrangère en terre étrangère, affectivement perdue, elle s'était cramponnée, parcourant à l'aveuglette ces premières années jusqu'à se faire enfin des amies et se sentir plus à l'aise dans sa nouvelle existence. Les paysages de la région l'avaient soutenue, car si les arbres n'étaient pas les mêmes que chez elle, si les collines se révélaient plus douces et les cours d'eau moins impétueux, les Downs possédaient une âme identique à celle de l'île australienne qu'elle continuait à appeler sa maison.

Ayant franchi l'échalier, elle s'assit pour reprendre haleine après son ascension. La lumière était extraordinaire. Assoiffés de beauté, ses yeux d'artiste buvaient le panorama. Les South Downs ondulaient autour d'elle, on devinait çà et là des clochers d'église, ailleurs de minuscules hameaux, une mosaïque de champs labourés, des haies, des moutons à tête noire... Un promeneur solitaire se dirigeait vers l'ouest. Sa robuste silhouette se découpa contre le ciel jusqu'à ce qu'il disparût peu à peu à la vue de la jeune femme, qui se retrouva seule au beau milieu de ce cadre enchanteur.

Comme tombés d'un puits, des rais de lumière éclairèrent la demeure, qu'elle examina tendrement. Wealden House ne ressemblait guère à la maisonnette en bois, coiffée d'un toit de tôle, où elle avait vécu en Tasmanie. C'était une bâtisse tout en coins et recoins, dont les murs se couvraient de vigne vierge et de glycine qui, de loin, dissimulaient son délabrement progressif. De la fumée s'élevait des grandes cheminées, les nombreuses vitres étincelaient au soleil sous leur toit d'ardoise. On accédait au jardin, que des haies divisaient en parcelles régulières, par une allée pavée bordée de plantes aromatiques. On découvrait ici et là des tonnelles, prises d'assaut par les roses grimpantes et le chèvrefeuille, puis, plus loin, une pelouse réservée au jeu de croquet, un court de tennis, ainsi qu'un étang, dans l'eau duquel se reflétaient des saules pleureurs et des rhododendrons. À l'extrémité sud de la propriété se trouvaient les serres et le potager, cependant qu'au nord se donnait à voir une large allée de gravier qui, depuis l'imposante grille du manoir, longeait des parterres d'azalées pour atteindre le porche et la porte d'entrée en chêne.

Loulou descendit de l'échalier. Parvenue à la barrière, au pied de la colline, elle se rappela le premier printemps qu'elle avait connu ici, seize années plus tôt. La saison avait apporté avec elle les jacinthes des bois, qui se muèrent en véritable tapis bleu sous les chênes et les frênes centenaires : la fillette se crut au pays des merveilles. Puis vinrent les jonquilles, les anémones sauvages, les renoncules des champs. Ce furent cette fois des tapis d'or et de neige qui s'étendirent sous la gelée délicate des pommiers et des cerisiers en fleurs.

Elle referma la barrière puis, le menton dans son col, avança parmi les ombres qui, à présent, s'étiraient sur le gazon étincelant de givre cristallin. Déjà, la vie reprenait ses droits : de minuscules pousses de perce-neige et de crocus apparaissaient de place en place. Chaque saison possédait sa beauté propre, et si elle n'avait pas eu si froid ni si faim, elle aurait tiré de sa poche son carnet à dessin pour capturer la scène.

Dans la cuisine, Loulou ôta ses bottes et fit fête au vieux labrador étendu devant l'âtre. Il s'agissait de la pièce la plus chaude de la maison : le feu qui brûlait au salon n'arrivait pas à repousser les courants d'air sifflant sous les portes.

La gouvernante fit irruption dans la cuisine, au beau milieu de laquelle elle se planta, ses bras dodus croisés sous son imposante poitrine.

— Il était temps, grommela-t-elle avec colère. J'ai déjà bien assez à faire pour pas être obligée, par-dessus le marché, d'empêcher mes crêpes de refroidir.

Retenant un fou rire, Loulou continua à caresser la chienne.

— Pardon, Vera, réussit-elle à articuler sans pouffer. Suis-je vraiment très en retard?

Vera Cornish tira sur son tablier fleuri, mais son visage renfrogné s'adoucit peu à peu; jamais elle ne se fâchait longtemps contre Loulou. Elle soupira:

— On sert le thé à 16 heures, mademoiselle, vous le savez aussi bien que moi, et sans une armée de domestiques pour vous donner un coup de main, c'est pas bien commode de tenir une maison.

De nouveau, Loulou la pria de l'excuser mais le silence qui tomba entre les deux femmes accentua soudain la solitude de l'immense cuisine. Loulou et Vera se rappelèrent l'époque où, autour de la table, bavardaient la cuisinière, les servantes et les jardiniers. Il flottait encore dans l'air comme un fumet, mais les bruits de pas sur les dalles, l'entrechoquement des poêles et des casseroles s'étaient tus. Ne demeuraient ici que des souvenirs, pareils à des fantômes. La Grande Guerre avait tout changé.

Mal à l'aise, Vera émit un petit bruit de gorge avant d'agripper la poignée du chariot à thé.

— Allez vous laver les mains, ordonna-t-elle. À force de flatter des chevaux et des chiens, vous allez avaler je ne sais quelle cochonnerie, et qu'arrivera-t-il à votre cœur si…

La fin de la phrase se perdit dans le grincement des roues du chariot et le cliquetis des tasses en porcelaine.

Un sourire flottait encore sur les lèvres de Loulou tandis qu'elle se lavait les mains à l'évier de la cuisine.

Puis elle traversa le hall glacé en chaussettes épaisses. Elle continuait à sourire. Les airs bougons de Vera cachaient un cœur d'or; sans elle, Wealden House aurait perdu une partie de son âme.

Après avoir pioché dans la pile de courrier celui qui lui était destiné, elle entra au salon. Elle avait reçu une lettre de Maurice. Elle n'était pas pressée de la lire.

— Combien de fois t'ai-je demandé de te changer avant de venir ici, Lorelei? L'odeur pestilentielle des écuries te suit partout.

Clarice, au contraire, embaumait le parfum français. Raide comme la justice et la mine austère, elle attendit que Vera eût disposé le chariot à thé selon ses désirs. Enfin, elle congédia la gouvernante d'un hochement de tête impérieux.

Loulou et Vera étaient si accoutumées à ces façons hautaines qu'elles n'y prenaient plus garde: Clarice adorait jouer les *grandes dames*[1], mais il ne se glissait pas une once de vrai dédain derrière ce petit travers. Loulou s'installa sur le sofa, à côté de la cheminée.

— Pardon, murmura-t-elle en passant une main dans sa chevelure en bataille, mais je mourais de faim. Je me suis dépêchée.

Clarice s'empara de la théière en argent pour emplir les tasses, tandis que sa petite-nièce bondissait sur une crêpe beurrée, dans laquelle elle se hâta de mordre.

— Prends une assiette, exigea Clarice. Et une serviette.

La jeune femme s'exécuta. Elle se régalait. Le feu qui brûlait dans l'âtre la réchauffait peu à peu. Clarice avait toujours refusé de l'appeler Loulou et, bien qu'elle se plût à jouer les tyrans, sa petite-nièce savait à quoi s'en tenir sur la nature profonde de la vieille dame:

---

[1]. En français dans le texte. (*Toutes les notes sont de la traductrice.*)

lorsqu'elle était vraiment en colère, elle aurait pu, d'un simple regard, clouer dans son élan un taureau en pleine charge. Cependant, aujourd'hui, les yeux bleus pétillaient de malice.

Clarice pouvait avoir soixante-dix ans – son âge exact demeurait un secret bien gardé, que Loulou n'avait pas tenté de percer –, mais elle possédait le teint, la vigueur et l'esprit d'une femme beaucoup plus jeune. Le coiffeur avait récemment apprêté ses courts cheveux argentés en vaguelettes rigides, elle portait aujourd'hui des perles, en boucles d'oreilles et en sautoir. Des bagues scintillaient à ses doigts. À ses fins poignets tintaient des bracelets. Veuve d'un diplomate mort depuis fort longtemps, Clarice n'avait jamais dérogé, depuis le décès de son époux, au strict code de conduite et de tenue vestimentaire qu'il lui avait jadis imposé. Elle entendait bien lutter contre le laisser-aller jusqu'à son dernier souffle.

— Il est impoli de fixer ainsi les gens, Lorelei.

— C'est parce que je te trouve très belle cet après-midi, répondit Loulou. Ce gris clair te va à ravir.

Clarice lissa sa robe. Ses joues venaient de rosir légèrement ; elle savourait ces louanges.

— Merci, ma chérie. J'aimerais pouvoir te retourner le compliment, mais tu as l'air d'un véritable trimardeur dans cet accoutrement.

Loulou baissa les yeux sur ses culottes de cheval crottées, sur son pull mité et sa veste de tweed hors d'âge.

— Les chevaux ne se soucient pas de mes habits, et je les trouve confortables.

Elle repoussa les mèches bouclées qui lui tombaient sur les yeux et reprit une crêpe.

— J'envie ton appétit de jeune ogresse, soupira Clarice. Et dire que tu ne prends jamais un gramme. Si j'avalais la moitié de ce que tu engloutis, je ne passerais plus les portes.

Loulou réprima un sourire : sa grand-tante était une liane, et les photographies de sa jeunesse attestaient qu'il en avait toujours été ainsi. Elle possédait néanmoins un fameux coup de fourchette.

— Cela dit, reprit Clarice, je suis ravie que tu te remettes à manger. Cela signifie que tu te portes bien. En revanche, je trouve que tu t'épuises.

— Je ne peux tout de même pas passer ma vie assise dans un fauteuil à me lamenter sur mon sort. L'exercice et le grand air me font un bien fou.

— Certes, mais tu te rappelles ce que le médecin nous a expliqué. Ton cœur n'est pas assez solide pour que tu le soumettes à trop rude épreuve.

— Je connais mes limites, la rassura Loulou. Et, même si je me fatigue plus vite que d'autres, j'ai appris à l'accepter.

Clarice la scruta par-dessus le bord de sa tasse, puis changea de sujet :

— As-tu trouvé la lettre de Maurice ?

Loulou acquiesça, songeant plutôt à l'autre missive arrivée ce matin-là. Mais, puisqu'elle venait de Tasmanie et que son contenu lui demeurait obscur, elle n'en souffla mot à Clarice, qui lui avait indiqué depuis longtemps qu'elle ne souhaitait pas entendre parler de l'Australie, ni de rien qui fût en rapport avec les antipodes.

— Maurice doit se sentir très seul pour t'écrire ainsi tous les jours. Que peut-il bien te raconter ?

Loulou s'ébroua mentalement en sirotant son thé parfumé. Elle ne désirait pas évoquer le jeune homme, cela risquait de lui gâcher la journée, mais sa grand-tante attendait une réponse.

— Il me parle de ses tableaux en cours, des gens qu'il rencontre à la galerie, et puis de sa santé.

Elle ne dit rien des innombrables pages introspectives, de l'interminable exposé de ses peurs intimes, de l'aveu de son incapacité à se concentrer longtemps sur quelque chose... Tout cela se révélait trop démoralisant.

— Je n'ignore pas qu'il a beaucoup souffert en France, mais ce n'est pas une raison pour sombrer dans une telle paresse. Il est temps pour lui de se ressaisir.

Les deux femmes avaient eu mille fois cette conversation. Comme à l'accoutumée, Loulou prit la défense de son ami.

— Maurice fait de son mieux, murmura-t-elle, mais c'est difficile de trouver du travail quand on ne supporte plus la foule ni le bruit.

Elle se rappela le garçon un jour d'orage, gémissant d'effroi chaque fois qu'un éclair illuminait le logement qu'ils partageaient à Londres. Elle savait que les champs de bataille et les tranchées continuaient de le hanter. Pendant le tumulte, elle lui avait ouvert son lit. L'amour, ils l'avaient fait avec frénésie, se cramponnant l'un à l'autre au cœur du désespoir, comme si le corps de l'un possédait le pouvoir de rassurer l'autre et de le guérir. D'effacer les souvenirs. Le répit avait été de courte durée ; leur mémoire demeurait à vif.

— J'espère que tu ne t'attaches pas trop à lui, parce qu'à l'évidence il compte énormément sur toi. Mais si je veux bien admettre que votre art vous rapproche, pour le reste il me paraît assez peu recommandable.

Loulou piqua un fard sous l'œil scrutateur de sa grand-tante. Clarice devinait que quelque chose s'était passé entre eux, mais elle avait tort de s'en préoccuper. Leur relation s'était réduite à un feu de paille, tous deux étant convenus qu'il s'agissait d'une erreur.

— Nous sommes amis, rien de plus, répliqua Loulou. Je n'ai pas vécu grand-chose d'exceptionnel depuis Jimmy.

Il se fit dans la pièce un grand silence, que seul altérait le sifflement des flammes contre les bûches humides. Loulou se mit à fixer la photographie qui trônait sur le piano à queue. Jimmy était superbe dans son uniforme. Et cette insoutenable jeunesse, ce large sourire et ces yeux bruns pleins de candeur. Ils se connaissaient depuis de nombreuses années et prévoyaient de se marier, lorsque la guerre avait éclaté en 1914 ; le garçon s'était engagé dans l'armée. Quelques semaines après son arrivée en France, il avait été tué.

Résolue à chasser son chagrin, Loulou se leva, puis déposa la théière et les tasses sur le chariot avant de le pousser vers la porte.

— Je vais prendre un bon bain avant d'aller voir ma sculpture.

— N'oublie pas que nous sommes invitées tout à l'heure au dîner organisé par le général de brigade pour y préparer la fête de Pâques. Si tu ne m'accompagnes pas, tu devras te contenter d'un peu de viande froide et de soupe. Vera ne travaille pas ce soir.

Le général de brigade était un vieux briscard bourru et rougeaud qui, depuis des années, poursuivait en vain Loulou de ses assiduités. Jugeant qu'il existait des façons plus agréables de passer la soirée, elle déclina l'invitation.

Après avoir lavé, puis déposé la vaisselle sur l'égouttoir, la jeune femme donna à manger à la chienne et gagna lentement l'étage. En sortant du bain, elle s'enveloppa dans son peignoir de laine. Elle s'assit devant sa coiffeuse, où lui parvenait un peu de la chaleur du feu, qui livrait une bataille perdue d'avance contre le vent coulis s'insinuant par la fenêtre mal ajustée.

La mystérieuse lettre, qui avait d'abord atterri à son domicile londonien, reposait à côté d'elle. Elle l'avait lue tant de fois ce matin qu'elle en connaissait le contenu presque par cœur. Pourtant, elle continuait de l'intriguer. Elle sortit le feuillet de son enveloppe et le déplia. Une écriture énergique, virile. Des propos singulièrement déconcertants.

Chère mademoiselle Pearson,

Quoique j'entraîne Océan, votre poulain, depuis plus d'une année maintenant, je reste sans nouvelles de vous. Il me paraît important, néanmoins, de vous tenir au courant de ses progrès. Peut-être votre courtier, M. Carmichael, s'en est-il déjà chargé, auquel cas je vous prie de me pardonner cette intrusion.

Océan se révèle un exceptionnel poulain de deux ans: il a remporté la plupart des courses auxquelles il a participé. Ici, nous organisons des compétitions pour évaluer la qualité des jeunes chevaux sur diverses distances. Il s'agit de courses sans paris ni handicaps. Même s'il me faut encore apprécier ses capacités sur des parcours plus longs, j'ai bon espoir de lui découvrir une endurance peu commune. Il possède un remarquable tempérament, ne se laisse pas distraire par les cris de la foule et compte à présent parmi les chouchous de notre établissement. Bob Fuller, le jeune jackaroo[1] *à qui j'ai demandé de le monter, l'apprécie tout particulièrement.*

Océan est encore trop jeune pour participer à des compétitions plus importantes, mais il se muscle peu à peu – je lui fais subir un entraînement intensif, non sans lui ménager, bien sûr, les plages de repos nécessaires à sa récupération. Dans environ six mois, je l'inscrirai au départ d'une petite course d'obstacles, afin de voir comment il se tire de cette épreuve.

J'espère que ma lettre ne vous importunera pas, mais j'estimais de mon devoir, en ma qualité

---

1. Le *jackaroo* peut être considéré comme l'équivalent australien du cow-boy américain.

d'entraîneur, de vous tenir informée de la situation.

Bien cordialement,
Joe Reilly.

Loulou fronça les sourcils.

— Vous m'avez confondue avec quelqu'un d'autre, monsieur Reilly…, souffla-t-elle.

Elle affichait un sourire narquois en rangeant la lettre dans son enveloppe. Le seul cheval qu'elle posséderait jamais était la sculpture qui l'attendait dans son atelier. Comment cet homme, qui semblait pourtant connaître son métier, avait-il pu commettre une telle erreur? Elle, propriétaire de cette monture? Mais elle vivait à l'autre bout du monde!

— Ridicule, laissa-t-elle tomber en resserrant la ceinture de son peignoir.

Sur quoi elle se munit d'une feuille de papier à lettres et d'un stylo. Elle troussa une réponse à la fois brève et courtoise. Après avoir cacheté l'enveloppe, elle s'habilla pour se rendre au bureau de poste du village.

Il buvait une bière au pub en fumant la pipe lorsqu'il la repéra dans la ruelle. Il la suivit jusqu'à la minuscule échoppe où l'on vendait de tout. Veillant à ne pas s'éloigner de la porte ouverte, il tâcha de saisir sa conversation avec le gros bonhomme volubile qui se tenait derrière le comptoir.

Satisfait de ce qu'il venait d'entendre, il prit la direction de la gare pour y sauter dans le dernier train. La lettre d'Australie était parvenue à bon port. Il ne lui restait plus qu'à en informer ses employeurs et à attendre de nouvelles instructions.

Comment M. Reilly réagirait-il à sa lettre? se demandait Loulou sur le chemin du retour. Il serait gêné, sans doute.

Contournant la demeure, elle suivit l'allée qui menait au pavillon semi-circulaire dont elle avait fait son atelier. Les hautes fenêtres du bâtiment adossé au mur d'enceinte donnaient sur la pelouse – peu importait qu'il fît froid dehors, le soleil brillait toujours dans la pièce. La jeune femme s'en était entichée le jour où Clarice l'avait emmenée dans le Sussex pour la première fois. Âgée de dix ans, elle tentait alors de surmonter les brusques changements survenus dans son existence. Le pavillon était devenu son refuge.

L'enfant avait besoin de solitude quand elle dessinait, quand elle peignait ou travaillait l'argile. Sa grand-tante l'avait compris, en sorte que ces premières années, que d'aucuns auraient pu juger désertiques, avaient permis à Loulou de s'épanouir sous l'œil tendre et vigilant de Clarice. Nul n'aurait pu lui offrir un plus précieux cadeau. Elle adorait sa grand-tante.

À peine eut-elle pénétré dans l'atelier qu'elle alluma les lampes à gaz puis, le menton dans le col de son manteau pour se protéger du froid, elle ôta les linges humides qui, en l'empêchant de sécher, gardaient l'argile malléable. Elle examina la sculpture d'un mètre de haut. Un sourire lui échappa : il s'agissait justement d'un poulain. Une créature sauvage, tout en jambes, pourvue d'une queue épaisse et d'une crinière courte. L'animal semblait prêt à briser l'armature qui le retenait au tour de bois. Loulou en contempla les lignes et les courbes, la musculature en développement qu'elle avait su saisir, ainsi que la puissance, la vigueur entravée et le mouvement qui lui avaient donné beaucoup de fil à retordre. Une très belle pièce. Peut-être la plus belle de toutes.

Les yeux posés sur le poulain, elle songea de nouveau à la lettre. Un présage ? Et si ce cheval d'argile entretenait un rapport avec celui de Tasmanie ? Quelle idée stupide. Et pourtant… Il lui restait à trouver un titre à son œuvre : Joe Reilly venait de lui en fournir un.

Son imagination s'envola. Elle s'empara d'un morceau d'argile, qu'elle se mit à ramollir avant de le modeler. La tâche risquait de n'être pas facile, mais elle tenait là une occasion d'élargir le champ de ses capacités ; le défi l'aiguillonnait. Le véritable Océan allait galoper sur les cendrées des hippodromes de Tasmanie, il allait vieillir, puis achever son existence dans un pâturage. Celui de Loulou vivrait une jeunesse éternelle en dansant parmi les vaguelettes d'une mer de bronze.

Écurie de courses de Galway House, Tasmanie, avril 1920

Joe Reilly avait fini de balayer la cour, qu'il avait ensuite nettoyée au jet d'eau. Bob Fuller, de son côté, venait de s'élancer avec Océan pour une séance de galop. Il était encore tôt, mais les kookaburras[1] ricanaient déjà dans les arbres tout proches ; un cotinga poussait non loin sa note unique.

Le jeune homme fourra les mains dans les poches de son pantalon et contempla les lieux avec fierté. Ils n'avaient plus grand-chose à voir avec ce qu'il avait découvert à son retour d'Europe et, même si cela lui avait coûté du temps, de l'énergie et la quasi-totalité de ses économies, le jeu en valait la chandelle.

De part et d'autre de la cour pavée où, naguère, des écuries envahies par les rats menaçaient ruine, de nouvelles constructions se dressaient, dont les toits de tuiles et les murs peints de frais resplendissaient dans le soleil d'automne. On avait presque fini de réparer la grange, la sellerie et la grange à fourrage, les clôtures étaient neuves et les paddocks désherbés.

---

1. Autre nom du martin-chasseur géant.

Jadis vivaient à Galway House plus de trente chevaux, sur lesquels veillaient des lads et des *jackaroos*. Mais cela se passait avant la guerre, avant la grippe espagnole. Joe demeurait néanmoins optimiste, car cinq nouvelles recrues venaient d'arriver, deux autres suivraient peut-être. Il lui faudrait bientôt embaucher du personnel supplémentaire. Les marchés financiers restaient fébriles, mais le monde s'extrayait peu à peu des ténèbres : il régnait dans l'air un enthousiasme reflété par le succès croissant du jazz, et l'on sentait les gens de nouveau prêts à dépenser leur argent pour se faire plaisir.

Le regard du jeune homme se porta vers les crêtes où l'on faisait galoper les chevaux, plus de six kilomètres au total. D'aucuns comparaient parfois la Tasmanie à l'Angleterre, et le garçon savait désormais pourquoi : cette région de l'île se révélait aussi verdoyante que la campagne du Sussex où il avait effectué sa convalescence dans un hôpital militaire.

La maison de deux étages se dressait parmi les arbres. Une courte allée y menait, à laquelle on accédait par une grille à deux battants. À l'arrière de l'édifice coulait une rivière aux eaux vives, qui poursuivait son cours dans une ravine au fond de la vallée. Sur la véranda qui ceignait la demeure, il y avait des chaises et des fauteuils, des tables, et les bacs à fleurs de sa mère. On avait réparé les volets et les moustiquaires. La pelouse était tondue. Les arbres exhibaient une ramure épaisse. Telle était la vieille bâtisse qu'il avait bien cru ne jamais revoir, et pour laquelle il éprouvait un amour mêlé de gratitude.

Les Reilly, célèbres dans le milieu équestre, habitaient Galway House depuis quatre générations. Joe, qui avait avec joie mis ses pas dans ceux de son père, comptait plus tard épouser Penny, son amour d'enfance, avant de reprendre l'affaire familiale lorsque son père partirait à la retraite. Hélas, la guerre avait éclaté ; ce dernier était mort peu après le départ de son fils. Se rappelant Gallipoli et Fromelles, Joe effleura les cicatrices qui lui plissaient la peau au-dessus de l'œil gauche et semblaient lui couvrir la joue d'une toile d'araignée.

Dans ses lettres, Penny lui avait promis de l'aimer en dépit de la gravité de ses blessures. Ils se marieraient et dirigeraient ensemble, comme prévu, l'écurie de courses. Hélas, dès son retour il l'avait vue tressaillir chaque fois qu'il l'embrassait. Elle évitait de le regarder. Elle avait fait de son mieux pour lui dissimuler sa répulsion, mais rien à faire : elle ne supportait pas l'homme qu'il était devenu. Aussi, lui sachant le cœur trop grand pour qu'elle en prît l'initiative, il avait rompu leurs fiançailles. Le soulagement qu'il avait lu dans l'œil de la jeune femme l'avait dévasté. Ses cicatrices lui rappelleraient jusqu'à son dernier souffle que la guerre avait tout chamboulé.

Il chassa ces idées sombres et siffla les deux chiens, puis s'installa au volant de sa camionnette pour se diriger vers les collines. Il avait eu la chance de survivre. À trente ans, il respirait la santé et ses affaires prospéraient. Il adorait sa maison, il adorait son métier, il goûtait la solitude et l'apaisement que l'une et l'autre lui offraient. Il était satisfait.

Bob Fuller, qui menait Océan au pas pour lui permettre de récupérer, affichait l'enthousiasme de la jeunesse. Joe avait à peine eu le temps de descendre de son véhicule que, déjà, le *jackaroo* s'adressait à lui :

— Il est vraiment bath. Il a pas bronché du tout quand je l'ai poussé.

— J'espère que tu n'y es pas allé trop fort ?

— Non, Joe, parole. Il souffle même pas.

Face à la fougue contagieuse du garçon, Joe lui retourna son grand sourire en jaugeant le poulain, qui débordait encore d'énergie. Océan possédait une robe alezane, une crinière et une queue pâles, tandis qu'un diamant de poils blancs ornait son front. Dégingandé comme tous les poulains, il arborait néanmoins une assurance sans faille.

Joe lui flatta la croupe, caressa ses jambes. Il se cachait là-dessous des muscles puissants et des os solides ; les paturons affichaient une longueur idéale. Son poitrail, admirablement proportionné, allait encore s'élargir. Une grande intelligence brillait dans ses yeux.

— Tu es superbe, souffla Joe en lui caressant l'encolure avant de plonger son regard dans le regard d'or de l'animal. Fais-le courir encore un peu pour que je voie comment il se débrouille, lança-t-il à Bob, ensuite ramène-le. Il a assez travaillé pour aujourd'hui.

Accoudé à la rambarde, le chapeau à la main, il regarda le cavalier et sa monture s'éloigner au petit galop sur la piste. La brise ébouriffait ses cheveux noirs. Océan se mouvait avec grâce, et on le devinait fringant, mais il faudrait attendre qu'il grandisse encore et se fortifie pour le voir déployer tout son potentiel. Joe avait été témoin des ravages causés à leurs jeunes champions par des entraîneurs trop pressés.

Il observait à présent le poulain qui revenait vers lui au triple galop. Le cou tendu et les oreilles dressées, il posait ses sabots les uns après les autres sans la moindre hésitation. Le cœur de Joe se mit à battre plus vite. Océan était une bête d'exception. S'il tenait ses promesses, Galway House pourrait bientôt s'enorgueillir de posséder un crack parmi ses pensionnaires.

Chacun s'occupant aux tâches qui lui étaient dévolues, la matinée passa comme l'éclair, et Joe venait à peine de s'asseoir pour se plonger dans les livres de comptes que sa mère l'interrompit.

— Nos visiteurs sont arrivés, lui annonça-t-elle, hors d'haleine. Je parie que tu les avais oubliés.

Elle avait raison : dès que Joe se trouvait avec ses chevaux, il ne pensait plus qu'à eux.

— Pardon, murmura-t-il en refermant à contrecœur le grand-livre.

Il se passa une main dans les cheveux et sourit.

— Je suppose que tu n'as pas prévu de t'en occuper sans moi? hasarda-t-il. J'ai pourtant du pain sur la planche.

Perpétuellement affairée, Molly Reilly était une petite bonne femme bien en chair à la tignasse grisonnante. Après le décès de son époux, elle s'était battue bec et ongles pour maintenir l'écurie à flot, mais son ardeur n'y avait pas suffi. Joe, pour sa part, savait que si elle se réjouissait sans mélange qu'il eût survécu au conflit, elle se navrait de le voir désormais si peu enclin à côtoyer ses semblables.

— Tu ne peux tout de même pas te cacher ici jusqu'à la fin des temps, lâcha-t-elle avec une rudesse que contredisait son regard inquiet. Ils sont là pour affaires.

Sur ce, elle eut un petit mouvement du menton par quoi elle signifiait à son fils qu'il était inutile de répliquer. Il se leva donc, saisit son chapeau suspendu à un clou, l'enfonça sur son crâne et en rabattit le bord pour dissimuler au mieux la moitié couturée de son visage.

— De quoi ont-ils l'air? grommela-t-il en emboîtant le pas à sa mère.

— De gens riches.

— C'est un bon début, commenta-t-il, tandis qu'un sourire lui tordait les lèvres : Molly allait toujours à l'essentiel. Autre chose?

— Ils ont deux chevaux dans l'écurie de Len Simpson, à Melbourne, mais ils se sont fâchés avec lui. C'est pour cette raison qu'ils veulent les installer ailleurs.

— Ça sent les casse-pieds à plein nez. Len est un brave type.

— Je me suis dit exactement la même chose, mais nous ne pouvons pas nous permettre de faire la fine bouche.

Joe en avait entendu par dizaines, de ces histoires de mauvais coucheurs, qui nourrissaient de tels espoirs pour leurs chevaux qu'ils se révélaient souvent impossibles à satisfaire. Et, en règle générale, plus leur fortune était grande, plus ils se montraient odieux. Il se prépara à l'affrontement. Sa mère avait raison : ils avaient besoin d'argent.

Une voiture se trouvait garée dans l'allée, tape-à-l'œil en diable, phares chromés, large marchepied étincelant au soleil. Joe se tourna vers les deux visiteurs installés sur la véranda. L'homme, en veste de tweed, serrait un cigare entre ses dents. La jeune femme se blottissait dans une fourrure pour échapper au vent glacé. S'il avait dû la décrire, Joe n'aurait eu qu'un mot : «Clinquante.»

— Alan Frobisher, se présenta l'homme en serrant la main de son hôte. Et voici ma fille, Eliza.

Joe jeta un regard en direction de celle-ci, qui le dévisageait avec curiosité. Il baissa les yeux en serrant brièvement la main froide et gracile de la jeune femme. Après quoi il recula d'un pas en tirant rageusement sur le bord de son chapeau. Alors qu'ils prenaient le chemin des écuries, Joe sentait sur lui l'œil scrutateur d'Eliza. Il en perdit l'usage de la parole. Sa mère, en revanche, jacassait comme une pie. On effectua le tour du propriétaire.

Après avoir examiné les lieux jusque dans leurs moindres recoins, ils vinrent se planter près du paddock. Joe se détendit en voyant les deux femmes prendre la direction de la demeure ; il resta seul avec Alan.

— Par qui avez-vous entendu parler de nous dans le Queensland, Alan? Ce n'est pas la porte à côté.
— Par un courtier en chevaux de course nommé Carmichael. J'ai cru comprendre qu'il vous avait déjà recommandé à d'autres propriétaires.

L'intérêt de Joe était piqué:

— Il m'a expédié Océan, mais nous ne nous sommes jamais rencontrés. Nous n'avons communiqué que par lettres. À quoi ressemble-t-il?

Alan haussa les épaules.

— Je ne lui ai parlé que par téléphone, mais c'est la Victorian Breeders Association qui m'a conseillé de m'adresser à lui.

Joe hocha la tête. Décidément, ce mystérieux Carmichael semblait ne traiter ses affaires qu'à distance. Dans son entourage, personne, pour le moment, ne l'avait jamais vu.

— Puis-je vous demander la raison qui vous pousse à chercher une autre pension pour vos chevaux?

Alan détourna le regard.

— Nous avons eu quelques divergences d'opinion, répondit-il à voix basse. La situation devenait embarrassante.

Son hôte attendit la suite, mais l'homme ne paraissait pas désireux de lui en révéler davantage. Les dissensions qui l'avaient opposé à Len Simpson, dont on appréciait pourtant la bonhomie dans le milieu hippique, demeureraient entre eux. Qu'avait-il bien pu se passer?

— Len jouit d'une excellente réputation, observa Joe. S'il avait accepté de se charger de vos montures, alors je serai ravi de les accueillir à mon tour. Mais il faut d'abord que je prenne contact avec lui pour m'assurer qu'il ne s'y oppose pas.

— Rien de plus normal. Mais il ne s'y opposera pas. Il ne tarit pas d'éloges sur vous. C'est d'ailleurs pour cela que j'ai suivi les conseils de Carmichael.

Alan, qui contemplait les chevaux en train de paître, se retourna vers Joe en souriant.

— Je pense en avoir vu assez. Maintenant, parlons affaires, voulez-vous.

Il considéra le visage de son interlocuteur d'un œil interrogateur.

— Vous étiez en France, n'est-ce pas?

Joe acquiesça.

— Au moins, vous en êtes revenu, commenta le visiteur. Il y en a tellement qui n'ont pas eu cette chance.

Les deux hommes se dirigèrent vers la maison.

— Ne vous formalisez pas de l'attitude d'Eliza, reprit Alan en chemin. Elle est jeune, et faute de conseils maternels, elle ne maîtrise pas encore l'art de la discrétion.

Il coula un bref regard à Joe.

— Je l'ai vue vous dévisager. Je vous présente mes excuses.

— J'ai l'habitude, répondit poliment Joe.

— Dès qu'elle aura appris à vous connaître mieux, elle oubliera les cicatrices, je vous le promets. Eliza peut se montrer affreusement têtue, sans doute parce qu'elle a perdu sa mère très tôt, mais c'est une cavalière-née, et lorsqu'elle se consacre corps et âme à ses chevaux, elle n'est plus la même.

Pris d'une soudaine appréhension, Joe se figea. Peut-être la dispute survenue avec Len Simpson était-elle due aux caprices de l'adolescente. Dans ce cas, il refuserait tout net de négocier avec Alan; tant pis pour l'argent.

— Chez nous, mit-il en garde son visiteur, les règles sont strictes. Les propriétaires peuvent venir voir leurs bêtes à leur guise – du moment que nous ne sommes pas en train de les préparer pour une course. Cela dit, je n'aime guère qu'ils s'attardent trop longtemps ou qu'ils cajolent leurs montures. Cela nuit à notre rythme de travail.

— Je vous donne entièrement raison. Chaque fois que vous jugerez notre visite importune, dites-le-nous. C'est vous le patron.

— J'espère que vous le pensez vraiment, remarqua Joe en soutenant le regard de son vis-à-vis.

— Je vous en donne ma parole, répondit Alan avec solennité, et je veillerai à ce qu'Eliza garde elle aussi ses distances.

— Je croyais que vous habitiez dans le Queensland?

— Pour le moment, oui, mais je songe à acheter quelque chose à Deloraine[1].

Il avait repéré la crainte dans l'œil de Joe, car il gloussa :

— Ne vous en faites pas. Nous ne vous marcherons pas sur les pieds. Contentez-vous de nous offrir un champion de temps en temps, cela suffira à notre bonheur.

Debout dans la véranda, Joe regarda la voiture des Frobisher s'éloigner dans un nuage de poussière. Les contrats qu'il venait de signer ne le satisfaisaient pas entièrement.

— Len ne m'en a pas dit beaucoup, mais il m'a affirmé que les chevaux étaient prometteurs et qu'Alan paie ses factures rubis sur l'ongle.

Il se mordit la lèvre.

— Alan m'a l'air d'un brave type, enchaîna-t-il dans un murmure, mais sa gamine risque de nous causer des ennuis s'ils s'installent dans le secteur.

— Elle est jeune et imbue d'elle-même, rien de plus, rétorqua Molly en agitant le chèque sous le nez de son fils. Ils n'hésitent pas à cracher au bassinet, et

---

[1]. Petite ville au centre de la partie nord de la Tasmanie.

Eliza m'a laissé entendre qu'elle nous recommanderait à leurs amis. Elle t'a intimidé, mais si tu te fourres dans le crâne que c'est toi qui commandes, tout ira bien. Si ça se trouve, l'année prochaine, nous afficherons complet.

Joe, qui s'en serait voulu d'attiédir l'enthousiasme de sa mère, garda ses préventions pour lui.

— Le facteur est-il passé? J'attends un mandat de Hobart.

Molly plongea la main dans la poche de son gilet.

— Pardon. Avec tout ce remue-ménage, j'ai oublié le courrier. Rien de Hobart, mais tu as reçu une réponse d'Angleterre.

Il déchira l'enveloppe et parcourut l'unique feuillet qu'elle contenait. À la lecture de ces quelques lignes, le sang reflua de son visage. Il s'assit lourdement.

— Que se passe-t-il?

— Nous avons des problèmes, se contenta-t-il de répondre en tendant la lettre à sa mère. Jamais je n'aurais dû accorder ma confiance à Carmichael.

— Mais c'est insensé, lâcha Molly en découvrant la courte note, avant de se laisser tomber sur une chaise à côté de Joe.

— Nous voilà avec un cheval sans propriétaire sur les bras. Un poulain de deux ans promis à un bel avenir, que je ne peux aligner au départ d'aucune course ni vendre jusqu'à ce que cette affaire soit résolue. Qu'est-ce que je vais bien pouvoir faire?

— Les frais ont été réglés pour les deux années à venir, c'est déjà ça, répondit sa mère.

Elle replaça le feuillet dans son enveloppe.

— Prends contact avec Carmichael pour exiger des explications. Ensuite, tu expédieras les papiers à cette fille en lui demandant d'arrêter de se moquer de nous.

Joe récupéra la lettre et la fourra dans sa poche. La mine sombre, il contempla les lointains.

— D'accord, mais Carmichael n'est pas un type facile à coincer. Il y a quelque chose de louche dans cette histoire, et j'ai bien l'intention d'en découvrir le fin mot. Je ne laisserai personne me rouler dans la farine et s'en tirer à bon compte.

2

Les employés de la fonderie quittèrent les lieux, et dans le silence qui suivit leur départ, Loulou admira le bronze. Océan se tenait sur un socle de marbre noir, la tête levée comme s'il humait l'odeur de la mer à ses pieds. Le vent salé ébouriffait sa crinière et sa queue. Il comblait toutes ses attentes, et bien qu'elle sût déjà qu'il s'agissait là de sa plus belle œuvre, elle appréhendait le verdict de Maurice et de Clarice.

— Il est splendide, la complimenta le premier, mais je n'ose pas imaginer la somme qu'il t'a coûté.

— C'est Bertie qui a payé le coulage. Il se remboursera lorsqu'il aura vendu la sculpture.

Le visage émacié du garçon se tordit de dégoût.

— Les agents sont des sangsues. C'est l'argent qui les intéresse au premier chef. Pas étonnant que nous autres artistes crevions de faim.

— Tu es injuste, le gronda Loulou. Bertie est un mécène, pas un agent. Il ne prend aucune commission, tu le sais aussi bien que moi, et j'ai de la chance qu'il ait eu envie de financer mon travail.

Le jeune homme renifla et resserra l'écharpe autour de son cou. On avait beau être en avril, il faisait froid dans l'atelier, et son manteau trop mince lui était un piètre rempart contre le climat. Il haussa ses épaules osseuses et enfonça ses grandes mains dans ses poches. Il contemplait la sculpture de ses yeux sombres, sans chercher à dissimuler son admiration.

— Je suis certain qu'il a déjà un acheteur en vue, dit-il à voix basse. Tu as toujours été sa préférée.

Loulou était excédée : combien de fois avait-elle eu droit à cette rengaine ? Bertie Hathaway l'intimidait, car il s'agissait d'un homme très fortuné, habitué à n'en faire qu'à sa tête. Comme il n'entretenait avec Maurice que des relations épisodiques, la jeune femme soupçonnait son ami de la jalouser un peu. D'autant plus que, pour le moment, Bertie ne manifestait pas un enthousiasme débordant pour le travail de Maurice.

— Il t'a tout de même invité à participer à l'exposition de juin, rappela-t-elle.

Maurice poussa un lourd soupir avant d'enfouir son long nez dans son écharpe.

— Il ne m'aurait jamais rien proposé si tu ne le lui avais pas demandé.

Elle aurait volontiers exigé qu'il cesse de se comporter en enfant capricieux, mais elle savait, par expérience, que la moindre critique le déprimait pendant plusieurs jours.

— Tu as l'occasion de présenter tes toiles à Londres, insista-t-elle. Ce pourrait être pour toi un formidable début.

— Je ne suis pas certain d'être déjà prêt à exposer. Tout ce brouhaha, toute cette agitation. Tu sais à quel point cela m'affecte.

Face à la mine affligée du garçon, Loulou préféra tenir sa langue. Elle l'avait rencontré aux Beaux-Arts, où ils s'étaient aussitôt liés d'amitié. Au terme de leurs études, Maurice avait trouvé naturel de s'installer dans l'appartement situé au dernier étage de la demeure londonienne de Clarice et de partager avec Loulou l'atelier aménagé dans le grenier. Mais le jeune homme qui se tenait devant elle était devenu, quelques années auparavant, artiste de guerre. L'épreuve qu'il avait traversée continuait de le meurtrir. Il ne possédait pratiquement plus rien de commun avec l'être sociable qu'elle avait connu jadis.

— Pourquoi ne rentres-tu pas te mettre au chaud? lui suggéra-t-elle.

— Tu m'accompagnes?

— Non, j'attends Clarice, mais elle ne devrait plus tarder.

Tandis qu'il se dirigeait vers la maison, elle nota combien il avait maigri durant ces derniers mois, et combien sa démarche ressemblait maintenant à celle d'un vieillard. Il attendait beaucoup de son amie.

— Tu es seule, constata Clarice en pénétrant dans l'atelier, dont elle referma résolument la porte derrière elle. Tant mieux.

Elle se blottit dans son manteau de fourrure et frissonna.

— Quand il est de mauvaise humeur, ajouta-t-elle, Maurice m'accable.

— Qu'en penses-tu? s'enquit Loulou en lui désignant la sculpture.

Clarice examina le poulain sur toutes les coutures sans mot dire. Puis elle laissa courir ses doigts sur la croupe musclée de l'animal.

— Il est parfait, souffla-t-elle. Tu as su saisir sa jeunesse, son énergie, les promesses qu'il contient en germe.

Elle se tourna vers sa petite-nièce, l'œil étonnamment brillant.

— Je n'avais jamais pris la juste mesure de ton talent, ma chérie. Toutes mes félicitations.

Loulou, qui n'en espérait pas tant, jeta les bras autour du cou de sa grand-tante.

Celle-ci conserva toute sa rigidité, agitant les mains comme si elle ignorait quoi en faire.

— Je me réjouis de te voir aussi heureuse, ma chérie, mais fais attention à mon manteau, veux-tu.

C'est mon unique vison, et même s'il commence à dater, je ne souhaite pas que tu le couvres de maquillage.

Piquée au vif, la jeune femme recula. Elle rajusta sa coiffure tandis que des larmes lui montaient aux yeux.

Sa grand-tante lui tapota tendrement la joue.

— Tu possèdes un immense talent, Lorelei, et je me sens très fière de toi. Et ce n'est pas parce que je refuse de me laisser submerger par mes émotions que je ne t'aime pas.

Loulou hocha la tête. Les pleurs qu'elle retenait l'empêchaient de parler. Bien sûr qu'elle était aimée, elle en distinguait partout la preuve : dans la demeure où Clarice l'avait accueillie, dans l'atelier qu'elle lui avait permis d'aménager ici, dans les vêtements qui emplissaient sa garde-robe, dans l'appartement de Londres… Pourtant, la jeune femme aurait souhaité que sa grand-tante lui manifestât ses sentiments par des gestes plus palpables. Il lui arrivait de rêver d'un câlin, d'un baiser… Mais elle n'ignorait pas que ses espoirs resteraient vains. Alors elle se grondait en silence, s'accusant de quémander autant d'égards que Maurice.

Clarice changea de sujet :

— J'aime beaucoup la façon dont il danse au milieu des vagues.

— Parce qu'il s'appelle Océan.

— Quel drôle de nom pour un cheval. Comment t'est-il venu à l'idée ?

— C'est drôle, en effet, commença Loulou, se rappelant soudain qu'elle n'avait pas montré la missive à la vieille dame. J'ai reçu une étrange lettre de Tasmanie et…

— Une lettre de Tasmanie ? l'interrompit Clarice. Tu ne m'en as rien dit.

— Cela fait déjà un bon moment, et j'étais tellement absorbée par mon travail que j'ai complètement oublié de t'en parler.

— Qui t'a écrit?
— Un certain Joe Reilly, de Galway House. Il est…
— Je sais qui est Joe Reilly, lâcha sa grand-tante avec brusquerie. Pour quelle raison t'a-t-il écrit?

Une vive inquiétude se lisait soudain dans le comportement de Clarice – regard perçant, dos raide… Loulou, stupéfaite, lui livra le contenu de la missive.

— De toute évidence, conclut-elle, il s'agissait d'une erreur. Je lui ai d'ailleurs écrit pour la lui signaler. Depuis, je n'ai plus reçu d'autres nouvelles.
— Très bien.

Sa grand-tante se moucha délicatement dans un mouchoir bordé de dentelle.

— D'où le connais-tu? demanda la jeune femme.

Clarice repoussa l'homme en pensée d'un revers élégant de la main:

— Il y a de nombreuses années, j'ai rencontré plusieurs membres de sa famille, parce que mon défunt mari s'intéressait aux courses de chevaux.
— Tu n'as jamais eu envie de retourner là-bas?

La vieille dame remonta son col de fourrure jusqu'à son menton, l'œil vengeur.

— Rien au monde ne saurait me faire moins plaisir.
— Peut-être, un jour, posséderai-je assez d'argent pour effectuer le voyage.
— Tu ne gagnerais rien à revoir la Tasmanie, la tança Clarice. Ne recommence pas avec ces sottises, Lorelei. Ta vie est ici, et grâce à l'excellente éducation anglaise que tu as reçue, tu es parvenue à te débarrasser de cet épouvantable accent. Pas plus que moi, tu ne serais désormais capable de te réaccoutumer à ce pays.

Loulou se remémora les affreuses leçons d'élocution, qui l'avaient contrainte à se défaire de l'ultime part de Tasmanie qu'elle conservait en elle.

— Les souvenirs d'enfance sont souvent trompeurs, lui assena sa grand-tante, qui semblait avoir lu dans ses pensées. Et je préfère oublier la façon dont on t'avait élevée avant que je te récupère, ajouta-t-elle à voix basse.

Elle frissonna et se dirigea vers la porte.

— Je vais mourir de froid, ici. Je rentre.

Meurtrie par l'obstination de Clarice à repousser loin d'elle la Tasmanie, sa petite-nièce éteignit la lumière, puis referma la porte derrière elle avant de lui emboîter le pas.

Évitant de pénétrer dans le salon, où Maurice devait lire le journal devant la cheminée, Clarice grimpa lentement l'escalier jusqu'à sa chambre. Elle n'était pas d'humeur à converser.

Ayant avisé les flammes ténues qui peinaient à s'élever dans l'âtre, elle les tisonna pour les ranimer un peu. Elle tira les lourdes tentures de velours pour repousser les courants d'air, puis se versa un verre de xérès avant de s'installer dans un fauteuil, au coin du feu, en ruminant.

La lettre de Reilly l'avait ébranlée, et même si Loulou y avait réagi au mieux, sa grand-tante pressentait que l'incident était loin d'être clos.

Elle resserra le châle de cachemire autour de ses épaules, avala une gorgée d'alcool et reposa son verre. En dépit des années, en dépit de ses efforts pour l'en éloigner, Lorelei continuait à se languir de la Tasmanie. La lettre de Reilly n'avait fait que raviver son désir de revoir l'île. Pis, elle avait réveillé, dans l'esprit de Clarice, des souvenirs qu'elle croyait enfouis depuis longtemps.

Assise dans la lueur dansante des flammes, elle tâcha de se rappeler le visage de celles et ceux qu'elle avait jadis aimés. Le temps avait altéré leurs traits, il avait réduit leurs voix au silence. Ils se réduisaient aujourd'hui à d'insaisissables ombres, qui néanmoins la hantaient toujours.

Tout avait commencé au mois de janvier, lorsqu'elle était arrivée à Sydney avec son époux. Cette journée, qu'elle avait tant redoutée, elle s'en souvenait avec précision. À mesure que la côte se rapprochait, son tourment n'avait fait que croître. Elle avait prié de toutes ses forces pour que son union avec Algernon et le cours des années finissent par réprimer cet amour interdit qui l'avait autrefois consumée, pour qu'elle n'y voie plus qu'un emportement de jeunesse. Mais, quelques heures après avoir débarqué sur le sol australien, elle avait compris que ses prières étaient restées vaines.

Sydney, 1886

Tandis que les matelots se hissaient dans le gréement pour enrouler les voiles, Clarice dut admettre qu'elle avait trop attendu de ce voyage. Elle avait espéré que les lieux exotiques qu'ils visitaient et les nuits étoilées passées en mer allaient raviver sa flamme pour Algernon et les rapprocher. Mais son époux demeurait sourd à ses besoins, aveugle à ses désirs, résolu à maintenir entre eux une distance courtoise qui, de fait, excluait la moindre intimité. Son mariage était un simulacre. À trente-six ans, Clarice ne distinguait plus devant elle qu'un avenir sinistre.

Lorsque Algernon lui avait annoncé son affectation en Australie, elle en avait conçu une terrible angoisse, car si cela signifiait qu'elle allait y retrouver Eunice, sa sœur aînée, elle savait aussi les mille dangers qu'elle courrait à revoir l'homme qu'elle avait aimé. Elle avait donc tenté de dissuader son époux d'accepter le poste, mais la place qu'on lui offrait au bureau du gouverneur allait peut-être lui permettre, à terme, d'obtenir la pairie, dont il rêvait si fort qu'il avait fait fi des suppliques de sa femme.

Fixant l'eau étincelante du port sans la voir, elle replaça une mèche de cheveux blonds derrière son oreille, puis se tamponna les yeux à l'aide d'un mouchoir en dentelle : son mari avait les démonstrations d'émotion en horreur.

Son mariage avec Algernon Pearson, veuf de son état, avait été arrangé par le père de Clarice, qui se révélait à peine plus âgé que son futur gendre. La jeune femme s'était d'abord opposée à cette union. Mais elle avait déjà vingt-cinq ans, et son physique, que l'on jugeait ordinaire, lui laissait peu de choix. Celui qu'elle aimait en avait épousé une autre, nul prétendant ne la courtisait, et son père s'était montré insistant.

Clarice n'avait pas eu autant de chance qu'Eunice, qu'un tendre amour liait à son mari, mais Algernon se révéla un garçon attentionné, cultivé, si bien qu'au bout de quelques mois elle avait, bien qu'à contrecœur, accepté de l'épouser. Contrairement à ce qu'elle redoutait, sa nuit de noces n'avait pas été un supplice : Algernon était un homme d'expérience, qui avait manifesté, dans ses œuvres, autant d'enthousiasme que de considération pour sa partenaire.

Mais, au fil des ans, la situation avait changé du tout au tout, d'autant plus qu'aucun enfant n'était né de leur lit. Algernon passait le plus clair de son temps au ministère des Affaires étrangères et lorsqu'il rentrait chez eux, il faisait chambre à part. Il semblait las et résigné ; son épouse le décevait beaucoup.

— Ouvre ton ombrelle et enfile tes gants. Le soleil va te brunir la peau.

Tirée de ses vilains songes par la voix d'Algernon, Clarice se sentit coupable et s'empressa d'obéir.

Son mari se tenait auprès d'elle, les mains croisées derrière le dos, un chapeau de paille enfoncé sur ses cheveux gris. Il contemplait le rivage avec indifférence, nullement importuné par la chaleur écrasante, malgré sa veste de tweed, sa chemise amidonnée et son pantalon de laine.

— Ils ont forcément prévu un comité d'accueil, décréta-t-il. En ma qualité de conseiller britannique auprès du gouverneur, je suis en droit d'attendre certains égards. Même ici.

Ses narines se dilatèrent au-dessus de sa moustache soigneusement taillée, comme si l'odeur de l'Australie suffisait à l'insulter. Les exigences d'Algernon en matière de convenances, qu'il s'agît de façons ou de vêtements, se révélaient très élevées. Ce qui expliquait pourquoi, en dépit de la température, Clarice, étroitement corsetée, arborait une longue jupe sur des jupons qui lui collaient aux jambes, tandis que ses deux mains cuisaient dans leurs gants de coton. Dans l'une de ses lettres, Eunice avait conseillé à sa sœur d'éviter de se vêtir trop. Cette dernière sentait à présent la sueur dégouliner le long de sa colonne vertébrale. Elle la voyait perler sur son décolleté. Pourvu qu'elle ne s'évanouisse pas. Elle n'osait songer aux commentaires de son époux face à une telle faiblesse.

Jetant un bref coup d'œil à la foule amassée sur le quai, elle pria pour que les autorités locales eussent en effet prévu un accueil officiel. Dans le cas contraire, Algernon bouderait pour le reste de la journée.

— Eunice m'a écrit que Sydney était une ville très moderne pour une colonie aussi récente, dit-elle, et que le gouverneur Robinson attendait ton arrivée avec impatience.

Son époux tordit le nez.

— Ta sœur le connaît à peine, rétorqua-t-il avec dédain. Assez de babillages, Clarice, j'ai besoin de me concentrer sur le discours que j'ai prévu de prononcer devant le comité d'accueil.

Sa femme, qui avait entendu mille fois cette allocution, la jugeait pompeuse, mais puisque son opinion importait peu, elle reporta son attention sur le port. Une flottille de petits bateaux remorquait le *Dora May*. La terre ferme approchant, Clarice distingua d'élégantes demeures, des jardins, l'imposante brique rouge des édifices publics et des églises. Elle discerna de larges voies pavées. Cette ville était plus civilisée que la plupart des ports découverts durant la traversée.

Son pouls s'emballa alors qu'elle scrutait l'attroupement dans la crainte et l'espoir mêlés d'y reconnaître le visage autrefois chéri ; c'était plus fort qu'elle. Mais trop de gens se pressaient là pour qu'elle pût repérer qui que ce soit.

La foule n'en finissait plus de grossir, elle devenait oppressante, et la chaleur, conjuguée à son cœur qui battait la chamade, terrassa la jeune femme. Elle eut soudain l'impression d'avoir du coton dans la tête, d'infimes fléchettes lumineuses se mirent à passer devant ses yeux. Elle manquait d'air. Elle s'efforça de fendre la cohue pour lui échapper.

— Clarice ? Où vas-tu ?

La voix de son époux lui parvenait de très loin, les ténèbres l'envahissaient. Si elle défaillait, on la piétinerait. Il lui fallait à tout prix trouver de l'ombre et un peu d'espace où respirer.

Elle finit par se dégager de la multitude et s'assit dans un petit coin au-dessus duquel on avait tendu une bâche pour l'ombrager. Clarice poussa un soupir de soulagement. Elle se ressaisit petit à petit, s'offrant un peu d'air frais au moyen de quelques coups d'éventail.

— Lève-toi, siffla Algernon en refermant sa grande main sur le poignet de son épouse. Je t'interdis de te donner ainsi en spectacle.

— J'ai failli m'évanouir, répliqua-t-elle en s'arrachant à l'étau de ses doigts. Laisse-moi me reprendre.

— Tu ne peux décemment pas rester assise là comme un paquet de linge sale, la brusqua-t-il.

Retourne dans ta cabine, où tu seras au moins à l'abri des regards.

Elle tenta de se lever, mais sa cervelle s'enténébra de nouveau et ses jambes manquèrent de se dérober sous elle.

— Je ne peux pas, murmura-t-elle. Va me chercher un peu d'eau, s'il te plaît.

Algernon lui lança un regard noir puis, s'avisant qu'on les observait, il se montra tout à coup plein de sollicitude.

— Occupez-vous de ma femme, exigea-t-il d'une domestique qui se trouvait non loin. Allons, dépêchez-vous.

Clarice posa la tête sur les genoux de la jeune femme, sans plus se soucier que le monde entier fût peut-être en train de la scruter. La domestique lui passa sur la nuque et le front un linge humide et frais, avant d'aider la voyageuse à boire quelques gorgées d'eau. Puis Clarice ôta ses gants pour s'emparer du linge et s'en tamponner discrètement le visage et la gorge.

L'eau, l'ombre et l'éventail eurent enfin raison de son malaise. Elle distinguait à présent Algernon qui, la mine sombre, arpentait le pont en consultant sa montre de gousset.

— Peux-tu m'aider, s'il te plaît? souffla-t-elle. Je me sens encore un peu chancelante.

— Cette situation est intolérable, Clarice. Le gouverneur s'attendait à ce que nous débarquions les premiers. Il ne nous reste plus qu'à descendre parmi la cohue et à nous présenter nous-mêmes.

Après avoir ouvert son ombrelle, Clarice se cramponna au bras de son époux, qui la mena vers la passerelle. Ses jambes flageolaient encore, mais elle avait les idées claires. Suffisamment pour songer qu'Algernon ne s'était pas encore offusqué qu'elle eût retiré ses gants. Elle accrocha à sa face le sourire qu'on attendait d'elle, leva le menton et se prépara à saluer le gouverneur.

Lorsqu'ils posèrent le pied sur le quai pavé, il lui sembla qu'il tanguait, en sorte qu'elle s'agrippa plus fort à l'avant-bras de son mari.

— Je ne vois pas le gouverneur, maugréa celui-ci en s'arrachant à l'étreinte de son épouse pour tirer sur les pans de son habit. Ni le comité d'accueil.

— Je crains qu'il n'y ait que moi, Algernon. Le gouverneur a été retenu par de longs débats sur l'irrigation.

Clarice faillit perdre conscience à nouveau. Lionel Bartholomew se tenait devant eux, superbe dans son uniforme militaire, avec ses cheveux blonds et sa formidable moustache si soigneusement apprêtés qu'ils luisaient au soleil. Il y avait dans ses yeux bleus une lueur malicieuse. En dix ans, il avait à peine changé. Il demeurait ce beau Lionel envoûtant qui avait jadis ravi le cœur de Clarice et embrasé ses sens.

— Général Bartholomew, lâcha Algernon en s'inclinant avec raideur – il ne l'aimait pas. Je suis stupéfait de constater que le gouverneur n'a pas trouvé moyen de prendre quelques minutes pour m'accueillir au terme d'un si long voyage.

— C'est un homme très occupé, répondit Lionel sans s'excuser.

À peine eut-il pris sa main et plongé son regard dans le sien que le pouls de Clarice s'accéléra.

— Bienvenue en Australie, dit-il doucement.

Pendant qu'il lui faisait le baisemain, elle huma son parfum, qu'elle n'avait jamais oublié.

— Merci, murmura-t-elle.

— Nous devrions être déjà partis, décréta Algernon. Conduisez-nous à notre logement, Bartholomew, et veillez à ce que nos malles nous soient livrées avant la nuit.

Lionel continua de sourire, mais, dans son regard, toute trace d'enjouement avait disparu.

— Mon valet va s'occuper de vos bagages. Quant à votre logement, il n'est pas encore tout à fait prêt. Vous allez vous installer provisoirement chez moi.

Le général ne laissa pas au voyageur le temps de protester.

— Nous sommes restés assez longtemps au soleil, déclara-t-il. Clarice me semble très incommodée.

Sur quoi Lionel la prit par le bras pour la mener vers sa voiture.

L'épouse d'Algernon discernait les muscles sous le tissu de la manche ; comme il lui était difficile de respirer…

— Merci, Lionel, parvint-elle à articuler au moment où ils atteignaient l'ombre bienfaisante des arbres, sous lesquels elle s'éloigna à regret du général. Cette chaleur me tue.

Le regard de Bartholomew glissa sur la jupe assortie de ses innombrables jupons, sur le corsage étroitement lacé.

— Je m'étonne que votre sœur ne vous ait pas conseillé une tenue plus appropriée à nos climats, conclut-il après son rapide examen.

Clarice piqua un fard en lorgnant du côté de son époux, qui boudait toujours.

— Je n'ai pas osé suivre ses recommandations, chuchota-t-elle. Algernon s'y serait opposé.

La moustache de Lionel frémit, et ses yeux se plissèrent.

— À moins qu'il n'ait envie que sa femme s'évanouisse régulièrement, il va bien lui falloir s'adapter à la situation.

Il aida la voyageuse à grimper dans la voiture, en arrangea le dais frangé, puis fit surgir une bouteille d'un panier dissimulé sous le siège.

— C'est de la citronnade, dit-il à Clarice en lui tendant un verre. Cela devrait vous aider à oublier la chaleur jusqu'à notre arrivée.

Comme leurs regards se croisaient, Clarice rougit plus fort. Le général s'éloigna. Elle but le breuvage à petites gorgées, le cœur battant si fort qu'elle finit par se demander si Algernon ne risquait pas de l'entendre. La passion qu'elle croyait éteinte à jamais venait de renaître de ses cendres : la prévenance de Lionel, son sourire, ses lèvres qui avaient effleuré sa main... Mais cette flamme constituait un péril affreux, qu'il fallait étouffer à tout prix, car en y succombant elle trahirait Eunice, sa sœur. L'épouse du général Bartholomew.

Clarice ouvrit les yeux, résolue à chasser ces souvenirs. Elle regrettait sa froideur envers Lorelei, mais les événements du passé lui avaient démontré qu'en laissant libre cours à ses émotions on se mettait en danger. Elles amenuisaient la volonté, mettaient l'âme à nu, ouvraient la porte à la souffrance et à la félonie.

Pourtant, dans le silence de sa chambre, elle redécouvrait les affres des passions anciennes qui l'avaient menée à sa perte et lui avaient brisé le cœur – elle avait perdu tant de choses...

— Je vous en veux, Joe Reilly, de remuer ainsi le passé, grommela-t-elle. Et je prie pour que tout se termine au plus vite.

Submergée par la tension, Loulou s'était sentie mal toute la journée. Les invités arriveraient bientôt à la galerie londonienne de Bertie. La jeune femme dut s'allonger un moment dans le bureau de son mécène, où elle avala l'une de ses pilules. Elle était terrifiée à l'idée de présenter son travail à cette foule d'amateurs éclairés. L'exposition dont on s'apprêtait à faire le vernissage représentait certes l'apogée d'une pleine année de travail, mais elle était aussi la plus ambitieuse que Bertie eût jamais organisée pour elle. Elle tenait à se montrer à la hauteur de ses espérances.

Loulou avait choisi sa tenue avec soin, optant pour une robe fourreau bleu canard qui rehaussait la couleur de ses yeux. Elle avait la tête joliment ceinte d'un foulard de soie bleue, et sa longue chevelure cascadait dans son dos. Elle arborait, sur une épaule, l'étole en renard blanc de Clarice. Pour tout bijou, elle portait un bracelet de bras en argent.

La galerie Kensington résonnait de voix innombrables, on entendait sauter les bouchons de champagne et s'entrechoquer les coupes. La fumée des cigares et des cigarettes se mêlait aux parfums exotiques, tandis que des serveurs en veste blanche se coulaient en silence entre les groupes d'invités venus là pour parler d'art et se tenir au courant des derniers potins mondains. Des joyaux rutilaient çà et là, des étoffes de soie soupiraient sous les fourrures et les plumes. On allait, on venait, on se retrouvait…

Loulou, qui se sentait mieux, ignora le regard noir que lui lançait sa grand-tante et s'empara d'une coupe de champagne, qu'elle leva en direction de Bertie qui, à l'autre bout de la pièce, bavardait avec Dolly Carteret, la meilleure amie de sa protégée.

À quarante-deux ans, le galeriste conservait une silhouette admirable, mise en valeur ce soir par un smoking à la coupe impeccable. Il était grand et beau, il avait les épaules larges, il affichait cette assurance propre aux nantis, conscients de leur position privilégiée. Son argent, il le tenait d'un héritage, et quant à son épouse, elle était la coqueluche de la bonne société londonienne ; elle avait le bras long. Clarice était allée à l'école avec sa grand-mère, tandis que Dolly avait fréquenté le même lycée que sa sœur ; elle s'était d'ailleurs fiancée avec le jeune frère du galeriste, Freddy. Leur mariage promettait de réunir deux des plus grosses fortunes d'Angleterre.

Sans cesser de rajuster le renard posé sur son épaule, Loulou dégustait son champagne en jetant un œil critique en direction des bronzes exposés sur des socles de marbre. Il lui plaisait de les contempler dans un autre décor, sous un autre angle. Elle les trouva superbes au milieu de ce vaste espace blanc.

Des femmes et des chiens qu'elle avait sculptés se dégageait une élégance naturelle, tout entière logée dans leurs longues lignes pures. Le lévrier se révélait particulièrement réussi. Néanmoins, c'était Océan qui attirait la plupart des invités, et il était facile de comprendre pourquoi : il était magnifique.

La jeune femme balaya la pièce du regard. Nulle part elle ne repéra Maurice, qui lui avait pourtant promis de passer, ce qui la contraria. Bertie avait accepté, malgré ses réticences, d'exposer quelques toiles du jeune homme pour faire plaisir à Loulou. Le moins que ce dernier pût faire était de se montrer.

— Bravo, Loulou. Je t'avais dit que tu remporterais un franc succès.

Elle se retourna vers Bertie, auquel elle sourit pendant qu'il remplissait son verre.

— Merci. C'est une merveilleuse soirée. Je te suis infiniment reconnaissante pour tout ce que tu as fait.

Le regard sombre du galeriste, lui, ne souriait pas.

— Je trouve lamentable que Maurice n'ait pas daigné paraître, mais je n'en attendais pas davantage de lui. Je ne goûte guère sa peinture, et je crains d'avoir beaucoup de mal à la vendre.

Ils contemplèrent les toiles accrochées non loin, des huiles chargées de menace. Loulou se sentit soudain mal à l'aise. Ce n'était pas la première fois. L'âme torturée de son ami se donnait trop à voir dans son art. Ses tourments se matérialisaient dans les couleurs sombres pour lesquelles il optait systématiquement, dans les silhouettes distordues et les yeux dévorés d'effroi. Il n'était pas jusqu'à son couteau à peindre qui ne participât de cette horreur : il en usait avec rage.

Hélas pour lui, le monde s'était éloigné des épreuves qu'il avait endurées.

Loulou se rapprocha de son mécène.

— Quelqu'un a-t-il déjà acheté l'une de mes œuvres, ou ne sont-ils venus que pour le champagne ?

Il haussa ses sourcils noirs.

— Quelle question, ma chère !

Il l'entraîna dans un coin reculé, où son assistant lui présenta le carnet de commandes.

— J'ai quelque chose à te montrer.

Loulou déchiffra les pages du carnet dans un brouillard : de chacune des huit sculptures présentées, on avait réalisé une édition limitée de six exemplaires. La jeune femme en garderait un pour elle, mais presque tous les autres se trouvaient déjà retenus par des acheteurs potentiels. Elle s'adossa à un pilier en fixant Bertie, incapable de prononcer une parole.

Il se lissa les cheveux en affichant un air satisfait.

— À partir de demain, Loulou Pearson, on ne parlera plus que de toi à Londres.

Il leva sa coupe à l'adresse de sa protégée, avant d'en vider le contenu d'un trait.

— Je suis ravi pour nous deux, décréta-t-il, et comme on m'a déjà demandé si tu travaillais sur autre chose, j'espère que tu n'as pas prévu de quitter Londres avant l'année prochaine.

La réception organisée ensuite au manoir de Bertie se révéla somptueuse, et lorsque Loulou descendit du taxi, elle s'aperçut que l'aube commençait déjà à poindre. Clarice avait regagné sa chambre d'hôtel quelques heures plus tôt, mais sa petite-nièce était restée, grisée par l'enthousiasme et le champagne. À présent, recrue de fatigue, elle brûlait de retrouver son lit. Les abus avaient toujours un prix. Lorsqu'elle leva les yeux vers les fenêtres du dernier étage plongé dans le noir (Maurice n'était pas rentré ou, plus probablement, il dormait encore), son cœur cognait si fort dans sa poitrine qu'il lui faisait presque mal.

Elle se cramponna à la rampe pour gravir les marches de béton menant à l'appartement du rez-de-chaussée. Là, elle fit halte un moment pour reprendre son souffle avant d'ouvrir la porte. Elle abandonna son sac et l'étole de Clarice sur la table de l'étroite entrée, ôta ses souliers, puis gagna la cuisine à pas de loup pour s'y préparer un chocolat.

Tandis qu'elle s'engageait dans le couloir, sa tasse à la main, elle repéra un rai de lumière sous la porte de sa chambre. Elle aurait pourtant juré avoir éteint toutes les lampes avant de partir. Elle faillit lâcher sa tasse en pénétrant dans la pièce, où Maurice se trouvait affalé dans un fauteuil, devant le poêle à gaz.

— Qu'est-ce que tu fabriques ici?

Il s'extirpa de son siège en passant une main dans sa chevelure en bataille.

— J'attendais que tu rentres pour aller me coucher, marmonna-t-il. Je suis navré de t'avoir fait peur.

— C'est gentil de ta part, mais ce n'était pas la peine.

Elle avait songé à lui réclamer sa clé à plusieurs reprises mais, chaque fois, elle avait renoncé. L'heure était venue d'affronter son ami.

— Comment ça s'est passé? lui demanda-t-il.

— Formidablement bien, répondit-elle en souriant largement malgré sa fatigue. Et tu ne devineras jamais… Bertie a vendu l'une de tes toiles.

— C'est vrai? s'exclama Maurice, dont les traits s'éclairèrent soudain. Laquelle?

Loulou se laissa tomber sur le lit en lorgnant les oreillers avec envie. Comment s'appelait ce tableau, déjà?

— *Orage sur la Somme*, dit-elle en bâillant à s'en décrocher la mâchoire. Pardon, Maurice, mais je n'en peux plus. Il faut que je dorme.

— Je sais qu'il est tard, ma vieille, mais tu ne vas tout de même pas tomber dans les bras de Morphée après m'avoir annoncé une si bonne nouvelle. Tu crois que ça pourrait me mettre le pied à l'étrier?

Loulou soupçonnait Bertie d'avoir acquis lui-même la toile par gentillesse, mais jamais elle ne ferait part de ses doutes à Maurice. Ce pauvre garçon avait besoin de reprendre courage; la vente d'une seule de ses œuvres avait suffi à le galvaniser.

— Peut-être daigneras-tu te montrer à la prochaine exposition, lui assena-t-elle sèchement. Ton absence a contrarié Bertie.

Il se passa de nouveau une main dans les cheveux en haussant les épaules.

— Tu me connais. Je suis incapable d'affronter ces foules.

— Je le sais, soupira la jeune femme, mais si tu tiens à mener une carrière artistique, tu vas devoir vaincre cette phobie.

Elle le regarda arpenter la chambrette, mais elle manquait d'énergie pour partager son exaltation.

— Va te coucher, Maurice, et laisse-moi dormir. Sinon, je ne serai bientôt plus bonne à rien.

— Mais j'ai besoin de parler, Loulou. Ce…

— Va-t'en, s'emporta-t-elle, à bout de patience. Je suis éreintée. Il faut que je dorme. Nous discuterons plus tard.

— Oh, très bien, si tu le prends sur ce ton…

Il se dirigea vers la porte.

Loulou posa la tête sur les oreillers et ferma les paupières. Elle regrettait déjà son mouvement d'humeur, mais elle n'avait même plus la force de s'excuser. Au moins, il allait décamper.

Mais, alors qu'il posait la main sur la poignée de la porte, Maurice se ravisa.

— Au fait, dit-il, une lettre est arrivée pour toi. Je l'ai posée sur la cheminée.

Loulou l'observa entre ses cils : il hésitait sur le seuil, dans l'attente d'une réaction. Comme elle demeurait silencieuse, il haussa de nouveau les épaules et claqua la porte derrière lui.

La jeune femme regardait les ombres dansantes des flammes produites par le poêle à gaz disparaître peu à peu dans le jour naissant qui s'insinuait par la fenêtre. Son pouls était irrégulier, sa poitrine, prise dans un étau, lui rendait la respiration difficile, mais, à mesure qu'elle s'apaisait dans la douceur des draps, l'étau desserra peu à peu son étreinte. Son pouls ralentit jusqu'à retrouver un rythme normal. Elle était allée au bout de ses forces.

Loulou s'était endormie presque instantanément. Le soleil se couchait à nouveau, le chocolat avait depuis longtemps refroidi dans sa tasse ; il était presque l'heure de dîner. La jeune femme s'assit. Elle décida de prendre un bain. Clarice l'attendait à l'hôtel pour manger.

Détendue et ragaillardie par sa toilette, Loulou regagna sa chambre pour s'habiller. C'est alors qu'elle repéra l'enveloppe que Maurice avait déposée sur la cheminée. Elle en reconnut l'écriture.

— M. Reilly doit me présenter ses excuses les plus plates, murmura-t-elle avec un sourire moqueur.

D'abord, elle songea qu'elle ne lirait la missive qu'après le dîner, puis elle changea d'avis : elle était curieuse de découvrir comment l'inconnu allait se dépêtrer de sa bourde grossière.

> *Chère mademoiselle Pearson,*
> *Votre réponse m'a pour le moins déconcerté, en sorte que j'ai d'abord cru qu'on m'avait fourni des informations erronées. Mais M. Carmichael m'a affirmé que vous étiez bel et bien la*

propriétaire d'Océan. Je me permets de joindre à cet envoi les documents qui le prouvent.

J'ai mené ma petite enquête sur les conditions d'acquisition de ce poulain. Je me suis également permis de prendre quelques renseignements sur M. Carmichael, mais je n'ai rien découvert de suspect. Néanmoins, vos déclarations me mettent dans une position délicate. C'est pourquoi je vous saurai gré de bien vouloir examiner les documents ci-joints avec toute l'attention qu'ils réclament. Si, par la suite, vous continuez de nier avoir eu connaissance de l'achat de ce cheval, je me verrai dans l'obligation de consulter un avocat. En effet, s'il subsiste le moindre doute concernant la propriété d'Océan, et bien qu'il se révèle l'un des plus brillants sujets qu'il m'ait été donné d'entraîner jusqu'ici, il se peut qu'on m'interdise de l'inscrire à quelque course que ce soit ou de le vendre, jusqu'à ce que toute la lumière ait été faite sur cette affaire.

Je vous serai donc reconnaissant de me répondre au plus vite.

Joe Reilly

La jeune femme relut la lettre avant de parcourir les pièces justificatives que son correspondant lui avait envoyées. Le certificat de vente et les papiers divers en imposaient, avec leurs sceaux, leurs timbres, leurs lettres d'or. Mais comment savoir s'ils étaient authentiques? Elle n'en avait jamais vu.

Ayant scruté la signature du commissaire-priseur, du représentant du Victoria Turf Club et du mystérieux M. Carmichael, elle se tourna vers la fenêtre, plongée dans ses pensées. Une certaine euphorie l'emportait peu à peu sur la stupeur initiale. Car il n'était pas banal qu'une jeune femme se vît offrir un cheval de course.

Peut-être avait-elle un admirateur secret. Comment expliquer autrement une pareille aventure? Elle émit des hypothèses, plus fantaisistes les unes que les autres.

Tandis qu'elle s'habillait pour le dîner, elle finit par conclure qu'une seule personne était susceptible de connaître la réponse à ses questions, et que cette personne s'apprêtant à quitter Londres le lendemain matin à la première heure, il n'y avait pas de temps à perdre.

Clarice l'attendait dans le salon de l'hôtel, resplendissante dans sa robe de soie noire assortie d'un collier de perles. Devant elle, sur la table basse, se trouvait un verre de xérès. Elle leva les yeux en voyant approcher sa petite-nièce.

— Quelle délicieuse surprise, Lorelei! Je n'étais pas sûre que tu viendrais après une nuit aussi longue.

Elle eut un geste en direction d'un serveur, qui apporta un second verre de xérès.

— Je me suis bien reposée, répondit Loulou, qui sirotait son vin liquoreux en tâchant de cacher à sa grand-tante qu'elle en avait horreur.

— Une magnifique soirée, ma chérie. Tu peux affirmer sans te vanter, je crois, que tu viens de percer dans le milieu artistique londonien. Ce cher Bertie est aux anges. As-tu vu les journaux?

Loulou, qui pensait à autre chose, s'empara des quotidiens, dans lesquels elle lut consciencieusement les articulets consacrés à l'exposition, ainsi que la colonne des potins mondains, qui ne tarissait pas d'éloges sur Bertie, sur son dîner et sur les convives de marque qui s'y étaient pressés.

— Les photographies sont affreuses, commenta Clarice, mais l'on aurait tort d'en attendre plus de la part de la presse.

— Dolly est plus séduisante que jamais, sourit Loulou, mais pour ma part on croirait un lapin devant les phares allumés d'une auto. Et puis cette pâleur de cadavre…

— Bertie et moi nous faisions beaucoup de souci pour toi, mais tu as su te reprendre. Je l'aurais parié. Les chiens ne font pas des chats, ma chérie, et nous possédons, dans la famille, une force peu commune dont, par bonheur, tu sembles avoir hérité.

Mais déjà, les pensées de la jeune femme s'envolaient ailleurs.

— Tu ne m'as pas l'air très enthousiaste, dis-moi. Tu me parais même distraite.

Loulou reposa le verre auquel elle n'avait pratiquement pas touché.

— Je suis préoccupée, avoua-t-elle, mais j'ignore au juste par où commencer.

— Par le commencement, ma chérie.

Clarice fit surgir un poudrier de son sac, examina son reflet dans le petit miroir et se remit du rouge à lèvres.

— Joe Reilly m'a écrit de nouveau.

— Pour s'excuser, je suppose.

— Non, répondit la jeune femme en secouant la tête. Il continue d'affirmer que ce cheval m'appartient. Il m'a même expédié les documents qui l'attestent.

Sa grand-tante referma son réticule d'un coup sec.

— Des faux, assurément. L'univers des courses hippiques est gangrené par la corruption. Montre-les-moi.

À mesure qu'elle examinait les feuillets de la première à la dernière ligne, la morgue de Clarice tarissait. Parvenue au terme de sa lecture, sa bouche se réduisit à un trait mince. Elle fronça les sourcils. Sa mâchoire se contractait par intermittence. Sans émettre de commentaire, elle se mit à regarder dans le vague : elle s'en était allée bien loin du salon de l'hôtel.

Loulou hésitait à la harceler de questions, mais ce silence la torturait.

— Il semble que M. Reilly soit sincèrement persuadé que cet animal t'appartient, lâcha enfin sa grand-tante. Aussi devons-nous lui manifester un brin de compassion. Quant à ce M. Carmichael… je comprends mal le rôle qu'il joue dans cette affaire.

Sur ce, elle se tut de nouveau. L'expression de son visage était indéchiffrable.

— Tu ne trouves pas ça exaltant? lança étourdiment Loulou. Ce n'est pas tous les jours qu'on vous fait cadeau d'un cheval de course.

Quand elle émergea de ses songes, il se lisait de la sécheresse sur les traits de la vieille dame.

— Il s'agit d'un cheval de Troie, Lorelei.

— Mais n'as-tu pas au moins un tout petit peu envie de savoir qui me l'a acheté?

— Non, cracha Clarice. Et tu ne devrais pas en avoir envie non plus.

— Ce pourrait être le cadeau d'un admirateur secret.

— Ne sois pas grotesque.

— Pourquoi balaies-tu cette hypothèse d'un revers de main?

— Parce que les admirateurs secrets n'existent que dans les romans à l'eau de rose. Ce prétendu cadeau s'est fait jour bien avant que ton nom soit cité dans la presse, et j'ai du mal à croire que tu connaisses déjà un tel succès en Tasmanie.

Loulou s'apprêtait à répliquer, mais sa grand-tante se leva soudain et quitta le salon. Il fallut quelques secondes à la jeune femme pour rassembler ses affaires et la rejoindre en hâte dans le hall bondé.

— Tu ne t'imagines tout de même pas que je vais faire une croix sur cette histoire et ne plus y penser?

— Je refuse d'en discuter ici. Pour tout dire, j'aimerais autant n'en pas discuter du tout.

Elle pressa le bouton de cuivre pour appeler l'ascenseur.

— Il le faut pourtant, insista Loulou.

Clarice ne répondit rien. Les deux femmes s'élevèrent jusqu'au cinquième étage sans un mot.

Loulou n'avait vu qu'une fois sa grand-tante dans un tel état, et elle avait prié pour que cela ne se reproduise jamais. Cela s'était passé le jour où l'on avait enlevé à sa mère l'enfant qu'elle était alors. Elle se souvenait avec précision de la terrible dispute qui avait opposé les deux femmes. Loulou se tenait cachée sous la table de la cuisine, impuissante, tandis qu'elles s'entredéchiraient avec un calme effrayant.

— Je ne suis pas fâchée contre toi, lui déclara Clarice lorsque la porte de leur chambre se fut refermée derrière elles, mais contre celui qui joue à ce vilain petit jeu avec toi.

— C'est un jeu onéreux, observa la jeune femme.

Sa grand-tante traversa la pièce pour se planter à la fenêtre, par laquelle elle contempla les toits et les clochers de Londres.

— En effet. Ce cheval existe, c'est indéniable, mais il se cache derrière tout cela des motifs qui m'échappent et me tourmentent.

— Si je comprends bien, tu penses que M. Reilly est sincère et qu'il entraîne pour de bon ce poulain?

— Les Reilly jouissent d'une solide réputation dans le milieu hippique. Si Joe a hérité de la personnalité de son grand-père, nous pouvons nous fier à ce qu'il raconte.

— J'ignorais…

— Pour quelle raison t'aurais-je appris cela? J'ai fait la connaissance des Reilly bien avant ta naissance.

Clarice se détourna de la fenêtre, guindée, inaccessible.

— Je crois qu'au même titre que toi M. Reilly est l'innocente victime de cette abjecte machination.

— Et Carmichael? Tu le connais aussi?

Une lueur passa dans l'œil de sa grand-tante, mais si vite que Loulou ne put en deviner la nature.

— Je n'ai jamais entendu parler de lui.

— Reilly m'explique dans sa lettre qu'il a pris des renseignements sur lui. C'est donc qu'il doit exister, lui aussi.

— J'ai quelques doutes à ce sujet, murmura Clarice.

La pointe de sarcasme dans sa voix signala à sa petite-nièce qu'elle en savait beaucoup plus qu'elle ne souhaitait l'avouer. Mais Clarice était une femme imprévisible – que Loulou s'avise de lâcher un mot malheureux, et elle se fermerait comme une huître.

— Que dois-je faire, selon toi?

— Je vais prendre contact avec mon notaire pour lui demander d'authentifier les documents. S'il ne s'agit pas de faux, je te conseille d'écrire à Joe Reilly pour lui demander de vendre le cheval. Ainsi, vous vous arracherez tous deux, et de façon définitive, aux griffes de celui qui a fomenté ce complot.

— Mais, dans ce cas, je ne saurai jamais qui m'a offert le poulain, ni pourquoi.

Clarice contempla les bagues à ses doigts, puis leva le regard, la mine troublée.

— Mieux vaut, parfois, ne rien savoir.

Loulou, dont les écailles tombaient des yeux, fut obligée de s'asseoir.

— Tu crois que c'est ma mère qui se trouve derrière tout cela, n'est-ce pas?

— C'est ce que j'aurais pensé si je ne la connaissais pas aussi bien.

Elle se leva et fourgonna dans son sac à main en quête de son carnet d'adresses.

— Gwendoline est plus avare que méchante, enchaîna-t-elle. Elle ne débourserait jamais un penny sans la pleine assurance d'un retour sur investissement.

Sa petite-nièce se mit à réfléchir pendant qu'ellemême téléphonait à son notaire malgré l'heure tardive.

Il était une question que Loulou brûlait de lui poser, mais comment allait-elle réagir? Prenant son courage à deux mains, elle se lança à l'instant où la vieille dame reposait le récepteur:

— Pourrait-il s'agir de mon père?

— Je me doutais bien que tu penserais à lui, soupira Clarice. Mais Gwen ayant toujours refusé de révéler son identité à quiconque, je doute qu'il soit seulement au courant de ton existence. Et s'il l'est, pour quelle raison dépenserait-il soudain pour toi cette somme exorbitante?

Elle recommença à fouiller dans son sac.

Loulou soupira. Il y avait tant de choses que Clarice et Gwen tenaient secrètes… Et voilà qu'un nouveau mystère se faisait jour, sur lequel sa grand-tante paraissait résolue, une fois encore, à jeter un voile pudique… Il était temps pour la jeune femme de ruer dans les brancards.

— Je n'ai pas l'intention de vendre ce cheval, déclara-t-elle calmement. Cette histoire a piqué ma curiosité. Je ne peux pas faire comme s'il ne s'était jamais rien passé.

Clarice se crispa.

— Hier, reprit la jeune femme, j'ai passé une soirée mémorable, au cours de laquelle j'ai gagné de l'argent. J'ai désormais les moyens de m'offrir un voyage en Tasmanie afin d'y résoudre cette énigme.

— Je te l'interdis.

— Mais pourquoi? s'étonna Loulou en clignant des yeux.

— Ta santé est beaucoup trop fragile pour ce genre de périple. Le médecin ne te permettra pas de partir.

— Rappelle-toi que ce périple, je l'ai déjà effectué une fois. En sens inverse. Et je vais mieux aujourd'hui. Beaucoup mieux.

— Mais regarde-toi. La moindre brise suffirait à te jeter par terre, et tu es pâle comme un linge. Je m'opposerai à ton départ.

— J'ai vingt-six ans, lui rappela sa petite-nièce sans perdre son sang-froid. Je puis prendre seule mes décisions.

— Ton âge n'a rien à voir là-dedans, rétorqua Clarice avec fermeté. C'est ta santé qui m'inquiète, et en ma qualité de tutrice légale, j'ai le droit de te défendre de prendre des risques inconsidérés.

— Me défendre, grand-tante Clarice ? Le mot est un peu fort, tu ne trouves pas ? Dis-moi plutôt les véritables raisons qui te font craindre à ce point que je revoie la Tasmanie.

— Tu n'y trouveras rien.

— J'y trouverai au moins un cheval, et un mystère à résoudre.

— Tu y trouveras également une mère déséquilibrée qui te déteste, ainsi que des souvenirs qu'il vaudrait mieux ne jamais exhumer.

Clarice déployait mille efforts pour garder son calme.

— Si tu vas là-bas, insista-t-elle, tu ne récolteras rien de bon. Vends ce cheval, réjouis-toi de ce que tu possèdes ici et laisse le passé à sa place.

Loulou planta son regard dans celui de la vieille dame.

— Tu en sais plus que ce que tu as bien voulu me dire. Pour quelle raison refuses-tu de t'expliquer ? Je pourrais peut-être me forger ensuite ma propre opinion.

— Je n'ai rien à expliquer, répondit Clarice.

— Je ne suis plus une enfant. Si tu as la moindre idée de ce qui se trame, il est de ton devoir de m'éclairer.

— Tu m'as demandé mon avis, et je te l'ai donné. Peut-être pourrais-tu me faire la grâce de me croire, lorsque je t'assure que je n'en connais pas plus que toi. Seul ton bien-être m'importe.

— De quoi as-tu peur, grand-tante Clarice ?

— Mais de rien, riposta cette dernière en haussant le menton. Simplement, je ne veux pas que tu t'enflammes ni que tu nourrisses je ne sais quels espoirs à propos d'une chose qui n'est probablement rien de plus qu'un infâme canular.

Loulou, dont un invisible étau serrait à nouveau la poitrine, s'efforça de s'apaiser :

— Même s'il s'agit d'un canular, j'ai le droit d'apprendre qui se cache derrière, et pour ce faire, il faut que je rentre à la maison.

— Il ne s'agit pas de ta maison. Pourquoi t'obstines-tu ? Tu es une jeune Anglaise à présent. C'est à ce pays que tu appartiens, désormais.

Clarice respirait bruyamment, ulcérée qu'on osât remettre en cause son autorité.

Sa petite-nièce, elle, s'étonnait de cette véhémence. Cette Clarice-là avait peu à voir avec la Clarice collet monté, maîtresse d'elle-même, qui l'avait élevée. Mais, en dévoilant ainsi ses émotions, sa grand-tante ne faisait qu'attiser le désir de Loulou de faire entendre enfin sa voix.

— Je vis en Angleterre, c'est indéniable, et tu as tout fait pour que je m'y sente chez moi. Mais tu as toujours su que je comptais un jour me rendre là-bas.

La jeune femme se mit à faire les cent pas dans la chambre en évitant l'œil furibond de Clarice.

— Ce n'est pas comme si je n'avais pas assez d'argent pour financer mon voyage...

— Petite sotte. Tout cela n'a aucun rapport avec l'argent. Si j'avais jugé cette visite opportune, je t'aurais payé le billet depuis longtemps.

Elle saisit sa petite-nièce par l'avant-bras pour la contraindre à lui faire face.

— Oublie cette folie, Lorelei. Tu t'apprêtes à devenir une artiste renommée. Ne réduis pas à zéro tout le mal que Bertie et toi vous êtes donné pour en arriver là.

Les résolutions de la jeune femme chancelèrent sous l'estocade.

— Je sais que le moment est mal choisi, mais je n'ai pas encore accepté les travaux de commande. Quant aux pièces existantes, je suis certaine que Bertie se mettra en relation avec les fondeurs et veillera à ce que les sculptures soient livrées en temps et en heure à leurs destinataires.

— Comment oses-tu seulement songer à tout gâcher après ce que j'ai fait pour toi?

Clarice n'avait encore jamais eu recours à cet argument. Fallait-il qu'elle se sentît au désespoir pour en arriver là... Mais pourquoi?

— Je te suis infiniment reconnaissante, et je t'aime de tout mon cœur. Mais je ne t'ai jamais caché que j'avais envie de revoir un jour la Tasmanie. Or, voilà que, tout à coup, j'ai les moyens de m'y rendre, ainsi qu'une bonne raison de le faire. Je ne gâche rien. Je diffère certaines choses, c'est tout. En revanche, j'ai besoin de ton approbation. Je t'en conjure...

— Jamais.

Loulou dut s'asseoir à nouveau. Son cœur battait la chamade et elle avait le souffle court.

— Que se passera-t-il si je pars sans ta bénédiction?

— Tu ne seras plus la bienvenue à Wealden House.

Il se fit un long silence, entrecoupé seulement par les halètements de la jeune femme. Elle fut la première à rompre la glace:

— Que redoutes-tu que je trouve là-bas?

— Des ennuis, répondit sèchement sa grand-tante. C'est bien pour cette raison que je t'ai soustraite à l'influence de ta mère.

— Mais tu viens toi-même de me dire que Gwen n'avait sans doute rien à voir avec ce cheval.

— Avec elle, on ne peut jamais être sûr de rien.

Clarice regagnait la maîtrise de ses émotions.

— Si tu te retrouvais de nouveau prise dans ses rets, enchaîna-t-elle avec douceur, ce serait une véritable tragédie.

Submergée par l'affection qu'elle lui portait, Loulou prit la main de son aînée dans la sienne.

— Tu n'as plus besoin de me protéger, grand-tante Clarice. Je suis une adulte, maintenant, et parfaitement capable d'affronter Gwen.

— J'en doute. Elle peut se muer en une ennemie implacable. Tu n'es pas assez forte.

Elle ôta sa main de celle de sa petite-nièce pour sonner le bagagiste.

Loulou brûlait de lui assurer que sa mère ne la terrifiait plus, qu'elle ne parviendrait plus à la meurtrir en la dénigrant, mais les terribles souvenirs qui affluaient à sa mémoire la réduisirent au silence. Résisterait-elle pour de bon à ses assauts?

— Si tu pars, tu connais à présent les conséquences auxquelles tu t'exposeras.

— Tu n'irais quand même pas jusqu'à me bannir de Wealden House?

— Je ne profère jamais de menaces à la légère, Lorelei.

— Nous nageons en plein mélodrame, tu ne trouves pas? hasarda Loulou pour tenter de détendre l'atmosphère.

— Il faut parfois savoir prendre des mesures drastiques lorsque la situation l'exige.

Clarice termina son bagage.

Loulou se leva, effleura le bras de la vieille dame.

— Parle-moi, grand-tante Clarice. Dis-moi pourquoi tu refuses que j'aille en Tasmanie.

— Cela suffit pour aujourd'hui.

Elle se détourna de sa petite-nièce et consulta sa montre.

— Où est-il passé, ce fichu bagagiste? Je vais finir par manquer mon train.

— Je croyais que tu ne partais que demain matin. Et notre dîner?

— J'ai perdu toute espèce d'appétit, riposta sa grand-tante avec froideur. Si tu as faim, appelle le service d'étage. Pour ma part, je rentre à la maison.

Elle mit son chapeau, son manteau, puis saisit ses gants.

— Tu ne peux pas t'éclipser de cette façon, grand-tante Clarice. Ce n'est pas juste.

Clarice lui jeta un regard glacial.

— Ne t'avise plus jamais de me parler de ce qui est juste ou de ce qui ne l'est pas, Lorelei Pearson. Je t'ai donné mon nom et ma maison. Je t'ai gâtée de mon mieux, je t'ai offert une excellente éducation, j'ai mis à ta disposition l'appartement de Londres. Et comment me remercies-tu? En agissant contre ma volonté.

— Je te demande seulement d'approuver ma démarche, plaida Loulou en clignant des yeux pour en chasser les larmes.

— Je ne l'approuve pas.

Clarice fit claquer les fermoirs de sa valise et fixa sa petite-nièce.

— Je te préviens, Lorelei : si tu te rends en Tasmanie, les portes de Wealden House te resteront à jamais fermées.

L'arrivée du bagagiste mit un terme brutal à la conversation. Loulou quitta la chambre avec sa grand-tante, dont le moindre mouvement, le moindre geste exprimaient sa fureur et sa réprobation.

Tandis qu'elles attendaient que le concierge eût hélé un taxi, la jeune femme songea qu'elle aurait préféré n'entendre jamais parler de Joe Reilly ni d'Océan. Elle adorait Clarice et ne souhaitait pas la blesser, mais, malgré tout ce qu'elle avait fait pour elle, il restait, à propos du passé, des questions auxquelles elle n'avait jamais obtenu de réponse satisfaisante. Comment découvrir la vérité autrement qu'en se rendant en Tasmanie, au risque de perdre l'unique amour maternel et le seul véritable foyer qu'elle eût jamais connus ?

Le dernier train pour le Sussex s'apprêtait à quitter Victoria Station. Le bagagiste des chemins de fer aida Clarice à grimper à bord du compartiment de première classe, désert, avant de hisser sa valise dans le filet. Les portes claquèrent comme un coup de fusil, un sifflet retentit dans la gare immense. Comme la grand-tante de Loulou s'asseyait, les roues d'acier s'ébranlèrent.

Bientôt, la vapeur et la fumée bouillonnaient à la fenêtre, la machine prenait peu à peu de la vitesse. Clarice, elle, s'efforçait d'apaiser son angoisse croissante. En réagissant avec une telle rudesse aux questions innocentes de Lorelei, elle avait enfreint toutes ses règles. Mais ces interrogations l'avaient cueillie à froid, elle n'avait pas eu le temps de formuler des réponses capables de détourner la jeune femme de la voie fatale qu'elle semblait sur le point d'emprunter.

Quelle sotte je fais, se gronda Clarice. J'aurais mieux fait d'écouter mon instinct. La première lettre de Joe Reilly constituait un avertissement. J'aurais dû agir. Pour finir, j'ai aggravé la situation en perdant mon sang-froid.

Elle se tourna vers la fenêtre. Cette nuit de juin était d'encre. Tout juste voyait-on passer, de loin en loin, les voiles de fumée grise crachés par la machine. Comme elle examinait son reflet dans la vitre, la voyageuse lut de la culpabilité dans son regard, et son visage affectait la pâleur d'une femme rongée par le regret et l'indécision. Elle n'aurait pas dû menacer sa petite-nièce de la bannir. Il s'agissait d'un châtiment disproportionné. Pis, la violence de son comportement n'avait fait qu'attiser le désir de Lorelei de découvrir ce qu'on lui cachait.

Clarice ferma les paupières en tâchant de remettre de l'ordre dans ses pensées. Reilly n'avait aucune raison de mentir à propos du cheval (les documents qu'il avait envoyés prouveraient bientôt sa bonne foi), mais en savait-il plus que ce qu'il exposait dans sa lettre? Protégeait-il celui ou celle qui avait offert le poulain à Lorelei? Si oui, pourquoi?

Elle ôta ses gants. Ses mains tremblaient sous l'afflux des souvenirs. Les années qu'elle avait passées en Tasmanie, elle s'en était servie pour se réconcilier avec Eunice, sa sœur, pour soigner les plaies, pour réparer ce qui pouvait l'être. Car Clarice avait autrefois détruit les liens qui les unissaient. Elle avait eu besoin qu'Eunice lui pardonne avant qu'il ne soit trop tard. L'amertume que la vieille dame éprouvait encore tenait au rôle qu'elle avait joué auprès de sa sœur, dont la honte et les tragédies successives avaient fini par avoir raison – et si ses soupçons concernant l'identité du mystérieux Carmichael se confirmaient, celui-ci serait à blâmer au même titre qu'elle.

Gwendoline, la fille d'Eunice, n'était pas exempte de reproches non plus, mais sa tante la connaissait trop bien pour savoir qu'elle ne ressentirait jamais le moindre remords. Elle soupira. Elle n'avait jamais apprécié Gwen, même lorsqu'elle était encore une enfant. Le temps n'avait fait que justifier cette piètre opinion. Vilaine gamine trop gâtée, Gwen était devenue une adulte vindicative, égoïste et cupide.

Tandis que le train filait à travers les ténèbres, Clarice se concentra sur le fracas régulier de ses roues, sans y trouver le moindre réconfort. Au contraire, il lui semblait deviner, derrière leur tumulte, des murmures moqueurs. Se tournant de nouveau vers la vitre, elle n'y distingua que les scènes obsédantes de son passé.

Elle se blottit dans son vison en frissonnant. Il lui fallait trouver un moyen d'arrêter Lorelei dans ses projets, de la protéger de la malveillance de sa mère. Gwendoline, qui en savait beaucoup trop, n'hésiterait pas à jeter à la figure de son enfant les secrets que Clarice s'ingéniait depuis si longtemps à lui dissimuler. La fille d'Eunice tiendrait là sa vengeance.

Dans le compartiment désert, la voyageuse essayait de juguler enfin son émoi. En vain, les événements d'autrefois continuaient d'exercer leur empire. Jamais Clarice ne serait capable de les évoquer devant sa petite-nièce. Hélas, son silence avait un prix. Un prix exorbitant qu'elle n'aurait jamais cru devoir payer un jour. Mais elle allait s'y résoudre, car il lui fallait coûte que coûte arrêter Lorelei dans sa course.

3

Dolores Carteret vivait dans une grande maison à Mayfair. La demeure appartenait à ses parents, mais puisqu'ils ne l'occupaient presque jamais, elle avait choisi d'y emménager, profitant de la position centrale du quartier pour jouir de tout ce que Londres avait à offrir. Alors que la campagne l'angoissait, elle avait découvert dans la capitale une ville qui convenait à son exubérance naturelle : elle n'avait pas tardé à devenir l'une des personnalités les plus en vue de la bonne société.

Loulou attendait avec impatience sur le seuil. La journée avait fort mal commencé, par une violente dispute avec Maurice. Comme Clarice, celui-ci estimait que son amie ne devait pas chercher à résoudre le mystère d'Océan, mais Loulou le soupçonnait de ne plaider que sa propre cause. Elle avait quitté la maison, brisée par la querelle.

Elle sonna de nouveau. Où diable était passée la domestique ?

Enfin, la porte s'entrouvrit et le visage blême de Dolly apparut.

— Bonjour, chérie, entre.

Cette fois, elle ouvrit la porte en grand, indifférente aux passants qui pouvaient distinguer ses dessous en soie sous son peignoir vaporeux.

— Excuse-moi d'être aussi négligée, mais je ne me sens pas très en forme. C'est bien simple, je n'arrivais pas à sortir de mon lit.

Loulou se dépêcha d'entrer pour refermer la porte derrière elle.

— Tu vas provoquer un accident de voiture en t'exhibant dans une pareille tenue.

L'œil vert de Dolly avait perdu l'étincelle qui y brillait d'ordinaire, mais elle parvint à lâcher un petit gloussement ironique :

— J'espère bien, chérie, sinon la vie serait d'un ennui mortel, tu ne trouves pas ?

Sans attendre de réponse, elle jeta ses bras autour du cou de son amie.

— Je suis ravie de te voir, chérie, et toutes mes félicitations. Bertie ne se sent plus de joie.

Loulou recula d'un pas, nota avec inquiétude les paupières gonflées de Dolly et la pâleur de son teint.

— Que se passe-t-il ? Tu n'as vraiment pas l'air dans ton assiette.

La jeune femme haussa les épaules en évitant le regard de la visiteuse.

— Ce n'est rien, la rassura-t-elle. Un petit problème casse-pieds dont je suis certaine qu'il va se résoudre de lui-même.

Loulou lui prit les deux mains en l'obligeant à se tenir tranquille un instant.

— Tu as pleuré, Dolly. Or, tu ne pleures jamais. Que t'arrive-t-il, pour l'amour du ciel ?

Les yeux verts s'emplirent aussitôt de larmes, que la jeune femme essuya rageusement.

— C'est complètement idiot, souffla-t-elle. Ne te tracasse donc pas pour moi.

Sur quoi elle prit son amie par le bras pour l'entraîner au salon.

— Assez parlé de moi, Loulou. Toi, en revanche, tu m'as l'air complètement vannée. Qu'est-ce que tu as bien pu fabriquer ?

Loulou était habituée aux questions en rafale, à l'inépuisable énergie que Dolly manifestait la plupart du temps. Aujourd'hui, cependant, quelque chose l'accablait et, parce qu'elle la connaissait bien, la petite-nièce de Clarice supposa qu'il s'agissait d'un homme. Elles étaient amies depuis le pensionnat et, depuis le pensionnat, l'existence de Dolly se révélait un théâtre permanent. Même si Loulou n'approuvait guère son comportement scandaleux (surtout, les drames à répétition lui paraissaient épuisants), elle aimait Dolly car elle avait le cœur sur la main et lui offrait son amitié sans condition. Il était difficile de ne pas l'apprécier.

— La journée a été longue, soupira-t-elle.

— J'ai donné congé aux domestiques. Je vais m'habiller et préparer du thé. Assieds-toi et repose-toi. Ensuite, tu me raconteras tout. Absolument tout.

Loulou se cala dans un fauteuil et ferma les yeux pour se protéger du soleil qui pénétrait à flots par les grandes baies vitrées. La vigueur de Dolly faisait d'elle un véritable pilier dans la vie de Loulou et, bien qu'ici ou là on la jugeât frivole et peu digne de foi, elle faisait preuve en amitié d'une loyauté sans faille. C'était Dolly qui, la première, l'avait appelée Loulou, elle avait été la première à la consoler lorsque la Tasmanie lui manquait, lorsqu'elle se sentait perdue dans le pensionnat… La première aussi à veiller à ce qu'elle participât à tous les jeux organisés par leurs camarades, la première à l'inviter dans le manoir familial pour le week-end. Dolly était la seule personne dont Loulou savait avec certitude qu'elle lui livrerait un avis sincère.

Elle avait dû somnoler un peu, car lorsqu'elle rouvrit les yeux, la théière et les tasses trônaient sur la table, de l'autre côté de laquelle Dolly fumait une cigarette, vêtue d'un chemisier en soie vert émeraude et d'un pantalon large ; elle observait calmement son amie.

— Pardon, s'excusa Loulou en bâillant. Je devais être plus fatiguée que je ne le croyais.

Dolly n'avait pas maquillé son joli visage, qu'encadraient des cheveux courts, noirs et brillants, qui la rajeunissaient.

— Nous sommes amies depuis de nombreuses années, murmura-t-elle en maniant son long fume-cigarette pour se débarrasser de sa cendre dans un récipient de cristal. Je devine toujours quand quelque chose te chiffonne. Que s'est-il passé, Loulou?

Celle-ci avala quelques gorgées de thé. Le breuvage chaud l'apaisa.

— Je n'accepterai de te raconter mon histoire qu'à condition que tu me racontes la tienne, décréta-t-elle. Sinon, ce n'est pas juste. Allons, Dolly, que t'est-il arrivé?

Celle-ci poussa un soupir tragique:

— Ce n'est rien, Loulou. Tu me connais, je passe mon temps à courir d'un désastre à l'autre. Je m'en remettrai.

Elle exhala une bouffée de cigarette.

— En revanche, enchaîna-t-elle, je parie que ce qui te taraude est autrement plus important que mes petits ennuis. Alors, je t'en prie, crache ta pastille.

— C'est une longue histoire.

— J'ai toute la journée. Et toute la nuit, s'il le faut.

Loulou lorgna les multiples cartons d'invitation disposés sur la cheminée.

— Tu es pourtant censée participer ce soir à un dîner de gala au Ritz, observa-t-elle. Je ne te retiendrai pas longtemps.

— Tu m'importes bien plus qu'un de ces pince-fesses ridicules en compagnie de Freddy. Tu resteras ici autant que tu le souhaites.

— Et Freddy?

Dolly congédia son fiancé d'un gracieux revers de la main:

— Bah, il comprendra.

Loulou se sentait navrée pour lui. C'était un homme charmant, qui ne méritait pas qu'on le traitât de façon si cavalière.

— Ne me regarde pas comme ça, Loulou. Freddy est tout à fait capable de rompre nos fiançailles si mon comportement lui déplaît. Alors, je t'en prie, inutile de voler à son secours.

Loulou se rendit aux arguments de son amie, à laquelle elle s'ouvrit de la lettre, du poulain et de la réaction de Clarice.

Dolly écarquillait des yeux de plus en plus grands.

— Je sors de chez le notaire de ma grand-tante, conclut la visiteuse. Les documents sont authentiques. Je suis bel et bien la propriétaire de ce cheval.

— Comme c'est excitant, ma chérie !

Dolly grimaça.

— Mais comment Clarice a-t-elle pu se comporter de manière aussi affreuse ? s'insurgea-t-elle. Que comptes-tu faire ?

Loulou leva les bras dans un geste d'impuissance.

— Je n'en ai pas la moindre idée. C'est d'ailleurs pour cette raison que je suis venue te demander conseil.

Dolly se débarrassa de son mégot dans le cendrier et se mit à jouer avec son fume-cigarette en ivoire.

— C'est délicat, commença-t-elle rêveusement. Clarice ne veut pas que tu partes, ce qui, déjà, constitue un premier mystère. Mais je serais très étonnée qu'elle mette ses menaces à exécution en te fermant à jamais sa porte.

— Je n'en sais rien. Tu n'as pas vu dans quel état elle était hier soir. Elle écumait de rage. De la part d'une femme qui se maîtrise vingt-quatre heures sur vingt-quatre, c'était un spectacle terrifiant.

— J'imagine, compatit Dolly. Je l'ai toujours trouvée terriblement guindée. Inaccessible. Et elle a beau mettre les petits plats dans les grands chaque fois que je vous rends visite, je reste persuadée qu'elle ne tolère ma présence qu'à cause de mes parents.

— Elle n'apprécie aucun de mes amis, lui dit Loulou avec un large sourire. J'avoue, évidemment, que la fortune de tes parents et leurs relations plaident en ta faveur. Grand-tante Clarice se révèle parfois d'un snobisme éhonté.

— C'est surtout pour moi que leurs richesses représentent une bénédiction. Si je devais me contenter de mon maigre fonds en fidéicommis, jamais je n'aurais les moyens d'habiter à Mayfair.

— Je te signale tout de même que ton maigre fonds en fidéicommis, comme tu le qualifies, s'élève à plusieurs centaines de livres par an. Ce sont tes dépenses excessives qui grèvent ton budget.

Dolly repoussa d'un haussement d'épaules ce menu reproche, puis se pencha en avant :

— Que te souffle ton cerveau concernant ce cheval ?

— De le vendre, de me réconcilier avec grand-tante Clarice et d'oublier toute cette histoire.

— Et ton cœur, lui, que te conseille-t-il ?

— De me rendre en Tasmanie pour découvrir ce qui se trame.

La jeune femme soupira.

— Hélas, reprit-elle, Clarice ne me le pardonnera jamais.

— Bien sûr que si, lui affirma Dolly sans hésiter. Tous les parents finissent par pardonner. Ils ne peuvent pas faire autrement : nous représentons une part tellement intime d'eux-mêmes qu'ils ne supporteraient pas de nous rejeter.

— Ainsi parla la petite fille gâtée, rétorqua Loulou d'un ton sec.

— Tu as raison.

Dolly repoussa la frange qui lui tombait sur les yeux pour regarder par la fenêtre, la mine soudain chagrine.

— Papa est incapable de me dire non, et il déborde de sollicitude dès que je me fourre dans le pétrin.

— Clarice ne ressemble pas à ton père, rappela Loulou à son amie. Par ailleurs, elle n'est pas ma mère. Je suis donc bien obligée de prendre sa menace au sérieux.

Dolly adapta un nouveau cylindre de tabac à l'extrémité de son fume-cigarette.

— Si un admirateur secret m'avait fait cadeau d'un cheval, exposa-t-elle, je monterais à bord du prochain navire en partance pour la Tasmanie. Mais toi, tu es beaucoup trop raisonnable pour te lancer sans prendre le temps de la réflexion. De plus, comme tu le dis toi-même, nous évoluons l'une et l'autre dans des univers très différents.

Elle expédia une bouffée de cigarette en direction de la rose qui ornait le plafond.

— Et puis, ajouta-t-elle, nous ne devons pas oublier ta santé.

— J'ai eu droit à des conférences entières sur l'état de mon cœur, remarqua Loulou en se passant les doigts en griffes dans les cheveux. Et, franchement, je suis un peu lasse de ces cours magistraux.

— Il s'agit néanmoins d'un facteur que tu ne peux négliger.

— Je sais, concéda la jeune femme. Mais lorsque Clarice m'a amenée ici, il y a déjà bien longtemps, je n'ai pas souffert de la traversée. Or, le médecin me trouve de plus en plus en forme chaque fois qu'il m'examine.

— Voilà une excellente nouvelle.

Dolly pencha la tête sans lâcher son amie du regard.

— As-tu parlé à Bertie de cette énigme ? s'enquit-elle.

— Je n'ai aucune raison de le faire tant que je n'ai pas arrêté ma décision. Si, finalement, je choisis de rester, rien ne changera entre nous. J'effectuerai mes travaux de commande, je placerai mon argent à la banque, puis j'entreprendrai de nouvelles œuvres pour mon exposition de l'année prochaine.

— Tu ne m'as pas l'air particulièrement convaincue par ce que tu racontes, ma chérie, et je puis t'assurer que Bertie va claquer un joint de culasse si tu ne le tiens pas au courant de tes projets. Et Maurice? Je suppose que vous avez abordé le sujet?

— Nous avons eu une affreuse dispute ce matin, avoua Loulou. Il a décrété que j'étais folle de seulement songer à partir. Il m'a fourni une liste longue comme le bras des raisons qui devraient me pousser à rester en Angleterre.

La visiteuse eut un sourire désabusé.

— Cela dit, je suis à peu près persuadée que ses conseils lui étaient davantage dictés par ses besoins que par les miens. Mais que veux-tu, c'est Maurice.

Les traits de Dolly se durcirent.

— Ça ne lui ferait pas de mal de se débrouiller un peu tout seul, pour une fois. Tant que tu resteras dans les parages, il se reposera sur toi. Cela représente une lourde responsabilité pour toi. Il est presque aussi exigeant qu'un gosse mal élevé.

— Je sais bien qu'à tes yeux Maurice est un parasite, et tu n'as pas tout à fait tort. Mais je n'oublie pas quel genre de garçon il était autrefois. Je ne peux pas me permettre de l'évincer comme tu évinces Freddy.

— Pourquoi te soucies-tu à ce point de Freddy, tout à coup? s'étonna Dolly, dont les yeux verts se mirent à lancer des éclairs. Y a-t-il quelque chose entre vous?

— Ne sois pas ridicule. Je te trouve très bizarre aujourd'hui, et si tu tiens à te disputer avec moi, je te préviens: je m'en vais.

— Non, ne pars pas, l'implora son amie en tendant une main dans sa direction. Je suis navrée, chérie. Mes mots ont dépassé ma pensée.

Elle inclina la tête, l'œil implorant.

— Tu me pardonnes?

— Je te pardonne toujours, mais il y a des jours, ma Dolly adorée, où tu ferais perdre patience à un saint.

Celle-ci sourit avant d'extraire son sac à main de sous une pile de journaux et de lettres. Dans le sac, elle piocha une pièce de monnaie.

— Je souhaite mener une expérience, annonça-t-elle sur un ton mystérieux. Cette pièce, je m'en suis servie bien des fois lorsque j'avais une décision difficile à prendre, et elle m'a rarement déçue.

— Je ne vais quand même pas jouer mon avenir immédiat à pile ou face! se récria Loulou.

— Attends.

Dolly lança en l'air la pièce, qui tournoya sur elle-même avant de retomber sur le dos de sa main, où elle la retint prisonnière. Elle fixa son amie.

— À présent, concentre-toi. Songe que le verdict qui va résulter du lancer de cette pièce sera définitif, que tu ne pourras plus faire machine arrière ni choisir une autre direction.

Loulou, qui considérait l'«expérience» avec goguenardise, en accepta néanmoins l'augure. Soudain, comme elle rassemblait ses pensées, elle fut surprise de constater qu'en réalité elle brûlait de voir la pièce lui fournir la solution à son problème.

— Très bien. Face, je pars. Pile, je reste.

— Prête?

Loulou fit oui de la tête, les yeux rivés aux mains de Dolly, que celle-ci ouvrit pour laisser paraître la pièce de monnaie.

— Pile. Dis-moi sans réfléchir ce que tu éprouves en cet instant.

— De la déception, admit la jeune femme. Du regret. Une immense tristesse.

— Je l'aurais parié. Tu savais dès le début qu'il fallait que tu ailles là-bas. Peu importe ce qui t'y pousse:

curiosité, mal du pays, désir d'indépendance... Seulement, jusqu'à maintenant, tu craignais de te l'avouer à toi-même.

— Et Clarice? Et Bertie? Et Maurice?

— Ce n'est pas à eux qu'il revient de choisir. Tu as passé ta vie à essayer de contenter tout le monde. Il est temps de suivre ton instinct et de te faire plaisir.

Dolly vint s'asseoir à côté de son amie, dont elle prit les mains entre les siennes.

— Je me rappelle si bien cette petite fille, avec son drôle d'accent, dont le visage s'illuminait dès qu'elle me parlait des kookaburras ou des cotingas, dès qu'elle évoquait pour moi l'odeur des eucalyptus, des acacias ou des pins. Tu ne ressemblais à personne d'autre.

Loulou ne s'était jamais trouvée particulièrement originale, mais les mots de Dolly lui firent du bien.

Celle-ci ouvrit la main de la jeune femme pour déposer la pièce de monnaie dans le creux de sa paume.

— Emporte-la avec toi en Tasmanie. Si ça se trouve, tu en auras de nouveau besoin.

— Crois-tu vraiment qu'il me faille tout risquer pour partir à l'aventure?

Dolly acquiesça en refermant les doigts de son amie sur la piécette.

— Si tu restes ici, tu le regretteras jusqu'à ton dernier souffle.

Dolly avait raison, mais Loulou demeurait rongée par le doute.

— C'est un long voyage, murmura-t-elle. Et je serai toute seule. Que se passera-t-il si je tombe malade?

— Il y a des médecins à bord, s'impatienta Dolly, et je suis sûre qu'on en trouve également en Australie!

— Qu'est-ce qui te rend si agressive, aujourd'hui? Allons. Maintenant que je me suis confiée à toi, c'est à ton tour.

Elle se cala dans son fauteuil et croisa les bras.

— Je ne bougerai pas d'ici tant que tu ne m'auras pas tout raconté.

Dolly se leva du canapé, saisit son étui à cigarettes en argent et marcha jusqu'à la fenêtre. Elle fuma un moment en silence. Enfin, elle prit place sur un siège tout proche.

— Je veux que tu me promettes de tenir ta langue, Loulou. C'est capital.

— Tu as ma parole.

— Il y a un homme…, commença-t-elle.

— C'est souvent le cas, observa son amie.

— Je sais, je sais, mais cette fois c'est un peu plus sérieux que d'habitude.

Diverses expressions se disputèrent un instant les traits de Dolly – elle était extrêmement troublée.

— Vas-y, dis-moi tout, l'encouragea Loulou avec douceur.

— Je n'ai pas l'intention de te révéler son identité. En tout cas, il s'agit d'un ami de Bertie. Ils ont fréquenté Oxford ensemble.

Elle se remit debout et arpenta la pièce.

— Il est beaucoup plus âgé que moi, évidemment. Un raffinement à peine croyable. Je t'assure, Loulou : je savais d'emblée que je n'aurais jamais dû flirter avec lui. Mais je n'ai pas pu m'en empêcher.

— Oh, Dolly, ne me dis pas que vous avez couché ensemble…

Elle écrasa le mégot de sa cigarette.

— Je n'en avais pas l'intention, insista-t-elle. Mais tu sais comment les choses s'enchaînent à la fin d'une soirée bien arrosée.

Elle poussa un lourd soupir en se laissant tomber dans un fauteuil.

— Je me suis réveillée le lendemain matin dans une chambre d'hôtel miteuse, à Fulham. Je me souvenais à peine de ce qui s'était passé, mais il m'avait laissé un mot sur son oreiller, dans lequel il me remerciait pour cette nuit ô combien divertissante.

Loulou vint se jucher sur le bras du fauteuil et prit la main de Dolly. Que dire? Son amie nageait en plein désarroi.

— Tu n'es pas…

— Non! répondit Dolly avec un rire chargé d'amertume. Dieu merci.

— Dans ce cas, pourquoi te sens-tu à ce point préoccupée? Si tu ne comptes pas le revoir, et puisque je suis la seule à savoir ce qui s'est passé, il ne te reste plus qu'à tenter peu à peu d'oublier cette histoire.

— J'aimerais que les choses soient aussi simples, se lamenta son amie en se rongeant un ongle. Il me menace à présent de tout raconter à Freddy et à Bertie si je refuse de le rencontrer à nouveau.

Elle avait les yeux pleins de larmes.

— J'en suis malade, Loulou. Que vais-je faire?

Son amie accusa le coup. Ces intrigues lui restaient si étrangères qu'elle ne parvenait pas à garder les idées claires.

— Est-il marié? s'enquit-elle. Peut-être qu'une petite lettre anonyme à son épouse…

Dolly secoua la tête.

— Elle est aussi ignoble que lui, lâcha-t-elle dans un sanglot. Il m'a même proposé un ménage à trois, avec elle. Tu te rends compte? Je me sens sale. Je me suis fait berner. J'ignore comment me sortir de ce guêpier.

Comme elle la serrait entre ses bras pour la consoler, Loulou tentait à toute force de trouver une solution, mais rien ne lui venait à l'esprit.

Dolly finit par sécher ses larmes, puis se libéra de l'étreinte de son amie pour se moucher.

— D'habitude, c'est papa qui me tire des mauvais pas, mais bien sûr je ne peux pas lui raconter une chose pareille. Il ne me pardonnerait jamais.

— En es-tu bien certaine? Il t'a déjà pardonné certaines de tes frasques. Il a le bras long. S'il intervenait, il pourrait mettre un terme à ce chantage.

— Je ne supporterais pas de lire sur son visage la déception et le dégoût que je lui inspirerais forcément. J'aurais trop honte. Non, poursuivit-elle en hochant la tête, cette fois, c'est à moi de réparer mes erreurs.

Loulou regagna le sofa. Dolly prépara deux gin tonic. Elles se turent, pendant que, dans le hall, la pendule égrenait bruyamment les minutes.

— Je viens d'avoir une idée de génie! s'écria tout à coup Dolly en bondissant sur ses pieds. Et si je t'accompagnais en Australie?

Loulou resta sans voix. Elle adorait Dolly, son amitié lui était précieuse, mais elle pouvait se révéler envahissante, ou bien incontrôlable, prête soudain à toutes les folies. Sa récente mésaventure ne le prouvait que trop. Six semaines sur un paquebot risquaient de mettre leur relation à rude épreuve.

— Tu ne supporterais pas de te retrouver piégée si longtemps sur un bateau, se hâta-t-elle de répondre.

Les yeux de Dolly pétillaient d'enthousiasme.

— Mais j'adore la vie en mer, souffla-t-elle. Les nuits étoilées, les bals sur le pont, ces officiers plus séduisants les uns que les autres…

— C'est bien ce qui me fait peur, la moucha sèchement Loulou.

— Oh, chérie, je t'en prie, ne sois pas si collet monté! On croirait entendre Clarice.

— Il faut bien que quelqu'un garde la tête froide. Il se peut que nous restions absentes plusieurs mois, tu vas manquer toute la saison londonienne. Et puis Freddy? Tu sembles l'avoir oublié dans l'équation.

— Bah, les mondanités m'assomment. Ascot, Wimbledon, Henley… D'autant plus que je risque d'y croiser ce vilain bonhomme.

Elle frissonna.

— Quant à Freddy, continua-t-elle, j'avoue qu'il me pose un petit problème. Mais, qui sait, peut-être cette séparation provisoire nous fera-t-elle du bien?

— Ce serait plus délicat de ta part de rompre vos fiançailles pour de bon, tu ne trouves pas? Tu ne l'aimes pas.

— Tu as sans doute raison, mais j'apprécie sa compagnie. Il me rassure, je me sens à l'aise avec lui. Et puis il me fait rire.

— Ce n'est pas avec ce genre d'ingrédients qu'on s'assure un heureux et long mariage.

— Nous nous éloignons de notre sujet, s'agaça Dolly. Il faut à tout prix que je quitte Londres le temps que la situation s'apaise. Or, tu t'apprêtes à partir pour l'Australie. Je trouve presque normal de partir avec toi. Non?

De nombreux obstacles demeuraient, dont Loulou se demandait s'il serait possible de les franchir, mais le regard implorant de la jeune femme la convainquit.

— C'est d'accord, lâcha-t-elle à contrecœur. Mais je veux que tu me promettes de tirer parti de cette expérience pour apprendre par la suite à te conduire mieux.

Dolly l'obligea à se lever en la tirant par les deux mains et l'embrassa.

— Tu n'auras pas à regretter ta décision, je t'en donne ma parole.

Elle décocha à Loulou un large sourire enfantin.

— Et maintenant, allons faire quelques emplettes. D'abord, il nous faut une garde-robe adaptée aux climats tropicaux. Et puis de quoi aurai-je besoin au juste, une fois en Tasmanie? Je m'en remets à tes conseils... Bonté divine! Voilà des années que je ne m'étais sentie aussi surexcitée. Quelle équipée!

À peine Loulou s'était-elle rassise que son hôtesse grimpait l'escalier pour aller se changer. Loulou, de son côté, regrettait déjà sa décision. Elle tremblait à l'idée de devoir cornaquer Dolly au milieu d'une horde d'officiers de marine et de passagers à l'affût, puis parmi les entraîneurs de chevaux... La douceur du retour aux origines, qu'elle avait maintes fois imaginée, volait d'emblée en éclats.

Avec le coucher du soleil, la chaleur du jour s'était atténuée ; il flottait à présent dans l'air une fraîcheur qui promettait beaucoup de rosée le lendemain matin. La demeure se trouvait plongée dans l'obscurité. Loulou poussa un soupir de soulagement. Son expédition avec Dolly dans les boutiques de la capitale l'avait épuisée. Une nouvelle querelle avec Maurice était bien la dernière chose dont elle eût besoin. Hélas, comme elle s'apprêtait à enfoncer la clé dans la serrure de son appartement, la porte s'ouvrit en grand.

— Où étais-tu ? exigea de savoir Maurice, la tignasse en bataille, l'œil fou dans un visage décharné.

Loulou l'obligea à s'écarter pour pénétrer dans le logement.

— Avec Dolly, répliqua-t-elle. D'ailleurs, cela ne te regarde pas.

— Que t'a dit le notaire ? demanda le garçon en lui emboîtant le pas.

Loulou déposa ses sacs et ses clés sur la table, avant de prendre une profonde inspiration.

— Les documents sont authentiques.

— Tu vas donc vendre le cheval ?

— Non, Maurice. Je vais aller en Tasmanie avec Dolly.

— Mais c'est impossible ! explosa-t-il en se passant frénétiquement les doigts dans les cheveux. J'ai besoin de toi.

Loulou sentait ses forces décliner à toute vitesse.

— Nous en avons déjà discuté ce matin, répondit-elle calmement, et je ne souhaite pas recommencer. J'ai pris ma décision, et ni Clarice ni toi ne parviendrez, désormais, à me faire changer d'avis.

Elle avança une main pour effleurer le bras du jeune homme, mais celui-ci la repoussa.

— Je suis navrée, Maurice, murmura-t-elle, mais je dois le faire. Essaie de me comprendre, je t'en prie.

— Je ne te comprends pas du tout, geignit le garçon. Tu es égoïste. Tu sais bien que, sans toi, je suis incapable de m'en sortir.

— Bien sûr que si, rétorqua-t-elle sans élever la voix. Et si tu daignais cesser pendant quelques minutes de t'observer le nombril, peut-être te rendrais-tu compte que c'est toi qui te montres égoïste, pas moi.

Sur quoi elle tourna les talons pour se diriger vers la cuisine – il la suivit aussitôt.

Tandis que la jeune femme attendait que l'eau dans la bouilloire eût fini de chauffer, il se fit entre eux un silence pesant, qu'elle décida d'ignorer. La journée avait été assez riche en événements, et toute énergie l'avait désertée.

— Je vais venir avec toi, décréta Maurice. Je ne peux pas laisser deux jeunes femmes voyager seules sans chaperon.

— Tu sais aussi bien que moi que c'est impossible, mais je te remercie pour ta proposition. Tu n'aimes pas le bateau, or la traversée dure six semaines. Tu ne tiendras jamais le coup.

Il baissa la tête. Loulou tendit le bras pour lui prendre la main. Elle était trop prévenante pour lui assener que, de toute façon, il manquait d'argent. Peut-être le convaincrait-elle en revanche de tirer profit de son absence.

— Pourquoi ne chercherais-tu pas un autre artiste avec qui partager cet atelier pendant mon séjour en Tasmanie? Tu en tirerais un petit revenu, et puis cela te ferait de la compagnie. Tu n'auras pas même eu le temps d'y penser que, déjà, je serai de retour.

— Bertie m'a conseillé de rejoindre la colonie d'artistes de Newlyn, pour y contempler la réalité d'un œil neuf.

Il lorgna son amie entre ses cils.

— Il est venu ici ce matin, ajouta-t-il.

Loulou se figea.

— Et, bien sûr, tu n'as pas pu t'empêcher de lui faire part de mes projets?

— J'ignorais qu'il s'agissait d'un secret, rétorqua-t-il sur un ton de défi.

Elle ôta vivement la main qu'elle avait posée sur celle de Maurice.

— Là, tu dépasses les bornes. Tu savais parfaitement que je tenais à lui en parler moi-même, et quand j'aurais jugé bon de le faire.

— Je t'ai épargné cette corvée, observa-t-il en détournant le regard. Il n'est pas particulièrement ravi que tu le laisses se dépêtrer tout seul, mais puisque tu sembles ne faire aucun cas de l'avis de tes proches...

— As-tu téléphoné à Clarice, pour couronner le tout? l'interrogea-t-elle, l'œil soupçonneux.

Il fit non de la tête.

— Dans ce cas, je te prie de me laisser au moins me charger d'elle. Pour le coup, ce ne sont pas tes affaires, et avec ma grand-tante, il faut prendre des pincettes.

Le garçon conservait son air buté.

— Je suis désolée, Maurice, mais je ne peux plus te garder sous mon aile. Il est temps pour nous deux de reprendre notre indépendance et de suivre chacun notre voie.

— Facile à dire pour toi, grommela le jeune peintre. Tout le monde ne jouit pas de tes privilèges.

— Arrête, Maurice, le mit-elle en garde. Tu es un artiste de talent et, sur le plan financier, tu perçois une rente, ainsi que ta pension militaire. Tu as un appartement et un atelier. Et si mon idée de te dénicher un colocataire te déplaît, installe-toi à Newlyn.

— Je ne connais personne là-bas. J'espérais que tu y emménagerais avec moi.

Loulou contempla la tête basse de son ami, ses maigres épaules voûtées. Mille émotions se bousculaient en elle.

— Oh, Maurice, soupira-t-elle, tu sais bien que je ne peux pas faire une chose pareille.

Comme il ne réagissait pas, elle se leva, s'approcha de lui et referma ses bras autour de son cou.

— Newlyn pourrait représenter pour toi un nouveau départ. Une chance d'élargir le champ de tes compétences artistiques, de perfectionner tes dons, et de te sentir mieux. Le soleil et l'air de la mer sont vivifiants. Essaie, au moins. S'il te plaît.

Il haussa les épaules en refusant de la regarder.

Loulou arrivait à bout de patience.

— Il est tard, décréta-t-elle, et nous avons besoin, l'un comme l'autre, d'une bonne nuit de sommeil. Va te coucher. Il se peut que, demain, tu y voies plus clair.

Il recula sa chaise, dont il racla les pieds sur le carrelage, se mit debout, puis se planta devant Loulou, la mine dévastée. Il y avait quelque chose d'abject dans le chagrin qu'il lui jetait ainsi au visage.

— Ne pars pas, je t'en supplie.

Bouleversée, la jeune femme l'étreignit.

— Il faut que je rentre chez moi, Maurice. J'ai déjà attendu trop longtemps avant d'affronter les démons qui me hantent. Aujourd'hui que la chance m'est donnée de tenter l'aventure, je ne peux pas me dérober.

Le cœur du garçon cognait si fort dans sa poitrine qu'elle le sentait sous sa chemise. Il la serrait de plus en plus fort entre ses bras, comme désireux de ne plus la laisser s'enfuir.

— Chez toi, chuchota-t-il dans les cheveux de son amie. Quelle expression chargée d'émotion, n'est-ce pas ?

Loulou se contenta d'approuver d'un signe de tête, craignant de rompre le charme de l'instant par une parole malheureuse.

— Un chez-soi…, enchaîna Maurice. Cela signifie la paix, le confort, de bons souvenirs… Je comprends mieux pourquoi tu dois partir.

La jeune femme esquissa un sourire. Nombre de ses souvenirs d'enfance se révélaient en réalité enténébrés et douloureux.

Son ami recula, la considérant soudain avec une expression énigmatique.

— On a tous besoin, un jour, de rentrer chez soi, énonça-t-il posément.

Le pouls de Loulou s'accéléra.

— Cela signifie-t-il que…

Il fit signe que oui, la baisa sur le front puis fit un nouveau pas en arrière.

— Ton cœur est resté là-bas. Il faut que tu partes.

— Et toi ? Que vas-tu faire ?

Dans le sourire qu'il lui adressa, Loulou retrouva un peu du jeune homme qu'il avait été.

— J'ai une idée, se contenta-t-il de répondre.

Sur quoi il enfila sa veste élimée pour se diriger vers la porte d'entrée.

— Bonne nuit, Loulou. Fais de beaux rêves.

Après avoir refermé la porte derrière lui, elle s'y adossa en soupirant. Il lui semblait s'être engagée dans un véritable bras de fer, mais du moins Maurice avait-il compris sa décision. Jamais elle n'aurait cru si difficile d'obtenir son indépendance. Il ne lui restait plus qu'à prier pour qu'à leur tour Clarice et Bertie fassent preuve de mansuétude.

Une heure plus tard, comme Loulou s'apprêtait à grimper dans la baignoire, le téléphone sonna. Agacée, elle se drapa dans une serviette et alla décrocher.

La voix rocailleuse de Bertie retentit dans le combiné :

— Nous devons discuter de certaines choses.

— Je comptais t'appeler demain. Je suis navrée que ce soit Maurice qui t'ait annoncé la nouvelle…

Le galeriste l'interrompit sur un ton chargé de colère contenue :

— Rendez-vous demain, chez moi. À midi pile. Ne sois pas en retard.

Déjà, il avait raccroché.

Loulou replaça le récepteur sur son socle d'une main tremblante. Bertie n'était pas homme à apprécier qu'on contrarie ses plans, et lorsqu'il se fâchait pour de bon, il devenait proprement terrifiant. Loulou pénétra dans l'eau du bain et éclata en sanglots. Elle n'en pouvait plus d'être tyrannisée.

Le franc soleil qui se déversait par les fenêtres paraissait la railler. Après une mauvaise nuit, Loulou avait avalé sans appétit son petit-déjeuner. Vêtue d'une robe et d'une veste en coton, elle opta pour un rouge à lèvres écarlate et une touche de son parfum préféré, afin de se donner un brin de courage en vue de l'entretien. Elle devait rester concentrée : surtout, ne rien lâcher, puis tenter de parvenir à un compromis avec Bertie. Sinon, sa carrière prendrait fin avant même d'avoir commencé.

Haynes, le majordome, ouvrit la porte du manoir. La mine hautaine, comme à son habitude, il mena Loulou jusqu'à la bibliothèque lambrissée de bois, dont il referma la porte sans bruit.

La jeune femme, trop angoissée pour s'asseoir, jetait d'incessants coups d'œil à la pendule en chrysocale posée sur la cheminée. Midi passa. Bertie avait décidé de la faire attendre, pour accroître sa nervosité.

Elle contempla les étagères chargées de livres, le grand bureau en chêne, les profonds fauteuils de cuir. Un décor éminemment masculin, une pièce qui fleurait bon le cigare et le whisky. Elle repéra encore quelques scènes de chasse, les bustes en plâtre de poètes anciens ou d'hommes d'État. Il régnait ici une petite atmosphère de musée. La lourde porte en chêne étouffant tous les bruits de la maison, le tic-tac de la pendule rendait le silence plus épais. Loulou finit par se poster à la fenêtre pour observer le jardin. Elle se sentait plus mal à l'aise que dans la salle d'attente d'un dentiste.

— Tu vas avoir de nombreuses explications à me fournir.

Elle fit volte-face, le cœur battant. La fureur du galeriste, qu'il avait beau maîtriser, était presque palpable. Il rejoignit sa table de travail.

— Je suis navrée, commença Loulou.

L'œil noir de son hôte ne la lâchait plus. Il alluma un cigare et se renversa dans son fauteuil.

— Vraiment ? Navrée de ne pas être venue me parler tout de suite, ou navrée de t'apercevoir que j'avais eu vent de tes projets ?

La jeune femme prit une chaise. Elle s'y assit sur la pointe des fesses, son sac à main sur les genoux.

— Maurice n'était pas censé vendre la mèche. J'avais l'intention de…

— Il a bien fait. Sans lui, je serais passé pour le dernier des imbéciles. Et je déteste passer pour un imbécile, Lorelei.

— Je n'ai jamais voulu…

— Je suis ravi de l'entendre. Maintenant que tu as retrouvé la raison et renoncé à ce voyage insensé en Australie, peut-être allons-nous pouvoir parler de tes travaux de commande.

Loulou passa sa langue sur ses lèvres ; elle avait la bouche si sèche qu'elle crut bien ne pas pouvoir parler.

— Je n'ai pas renoncé à mon voyage, parvint-elle à articuler. J'honorerai mes commandes, mais à mon retour.

Bertie se leva. Sa silhouette massive empêchait la lumière de pénétrer par la fenêtre devant laquelle il se tenait.

— Tu es censée être une professionnelle! rugit-il. Un professionnel ne file pas aux antipodes en laissant sa clientèle en plan!

— Je suis certaine que mes clients comprendront, se hâta-t-elle de répondre. Les pièces que tu as déjà vendues, les fondeurs peuvent s'en charger, et pour ce qui est des commandes, j'effectuerai l'ensemble des dessins préparatoires avant mon départ...

— Ce n'est pas suffisant, rétorqua-t-il. J'ai instauré avec tes commanditaires une relation de confiance. Je ne te laisserai pas me faire faux bond.

Il la fusilla du regard.

— Je suis un mécène, gronda-t-il. Et toi... toi, tu n'es qu'une artiste parmi des centaines d'autres à courir après le succès. Tu devrais m'être reconnaissante de la situation qui est la tienne aujourd'hui.

— Je te suis très reconnaissante, affirma-t-elle. Je sais parfaitement que, sans ton aide, je n'aurais pas atteint la position dont je jouis actuellement.

— Dans ce cas, explique-toi, Lorelei.

Il s'assit dans un silence de mort, puis écouta la jeune femme lui raconter toute son histoire sans la lâcher des yeux.

— L'Angleterre, c'est chez toi, enchaîna-t-elle. C'est ici que tu es né. Imagine qu'on t'ait un jour contraint à la quitter. Que tu aies dû t'adapter à une vie différente, que tu aies dû changer le cours entier de ton existence, modifier jusqu'à ta façon de parler... Il faut que je retourne en Tasmanie, Bertie. Pas seulement à cause du poulain, mais parce que j'ai besoin de découvrir qui je suis, d'où je viens, afin de reconstituer le puzzle et devenir enfin moi-même.

Le galeriste écrasa son cigare. Il se remit debout, vint se planter encore à la fenêtre. Il tournait le dos à sa protégée.

— Tu fais une brillante avocate, concéda-t-il dans un murmure, et je comprends à présent ce que tu éprouves.

Il lui fit face et posa ses grandes mains sur le dossier de son fauteuil.

— Mais tu t'apprêtes à compter dans le monde de l'art britannique. As-tu réellement l'intention de tout risquer pour un caprice?

— Il ne s'agit pas d'un caprice. Je souhaite revoir mon pays natal depuis que j'ai posé le pied en Angleterre.

Elle planta son regard dans celui de Bertie, qu'elle implorait en silence d'approuver sa démarche.

— Mon œuvre m'importe beaucoup. Je n'ai aucune intention de laisser passer ma chance.

Il maugréa en tirant sa montre de son gousset. Il en ouvrit le boîtier et considéra longuement le cadran sans mot dire.

— Nous parlons de clients fortunés, lui exposa-t-il, de clients influents, qui n'apprécient guère qu'on les néglige. Moi non plus, d'ailleurs.

— Je tiendrai mes promesses, le rassura-t-elle, je t'en donne ma parole.

Le mécène prit une profonde inspiration, rabattit le couvercle de sa montre, qu'il replaça dans son gousset.

— As-tu parlé à Clarice de tes projets?
— Brièvement.

Bertie haussa un sourcil.

— J'en déduis qu'elle ne les approuve pas plus que moi, n'est-ce pas?

Loulou secoua la tête.

— Il semble bien que je déçoive tout le monde.

— Peut-être devrais-tu tenir compte de nos conseils. Il est temps pour toi de grandir, Lorelei, et de faire face à tes responsabilités. Ni Clarice ni moi ne méritons d'être traités ainsi, après tout ce que nous avons fait pour toi.

La jeune femme serra les poings sous le coup de la colère.

— Je vais te dire une bonne chose, Bertie : je suis fatiguée d'exprimer ma reconnaissance aux uns et aux autres. Ce que Clarice et toi avez fait pour moi, je l'ai toujours apprécié à sa juste valeur. J'ai conscience de la chance qui est la mienne. Mais je ne compte pas passer le reste de ma vie à me sentir redevable à tel ou tel. Mes responsabilités, je les connais, et je suis assez grande aujourd'hui pour nourrir mes propres opinions. Ce voyage ne tombe certes pas au meilleur moment, mais je le ferai quand même. Personne ne m'en empêchera.

Il passa dans l'œil sombre de son hôte une lueur d'amusement. Il traversa la pièce, dont il ouvrit la porte.

— Je m'en vais à mon club, annonça-t-il. Mon chauffeur peut te déposer en chemin.

Enchantée de lui avoir tenu tête, la jeune femme n'en tremblait pas moins d'avoir osé aller si loin.

— Ce n'est pas utile, répondit-elle à mi-voix.

— Bien sûr que si. Au fait, poursuivit-il en changeant de sujet, si Maurice espère produire un jour une toile vendable, il faut qu'il s'installe à Newlyn. Il est temps pour lui de s'éveiller au monde réel.

— Le monde qu'il a dans la tête est pour lui on ne peut plus réel, répliqua l'amie du garçon. Je t'en prie, ne te montre pas trop dur avec lui.

— Je ne crois pas que tu sois en position de m'expliquer sur quel ton je dois m'adresser à Maurice. J'ai l'impression que tu ne te rends pas compte du mal que je me donne pour vous. Très sincèrement, s'il me restait deux sous de jugeote, je me débarrasserais de lui comme de toi.

Loulou le suivit humblement dans le hall du manoir, où il ordonna au majordome de faire préparer la voiture. Durant le court trajet qu'ils effectuèrent en silence jusqu'à son appartement, la jeune artiste ne trouva rien à dire, mais son esprit bouillonnait. Comme le véhicule s'immobilisait, elle prit son courage à deux mains.

— Je ne te laisserai pas tomber, lui promit-elle. Et Maurice non plus.

Les traits de Bertie s'adoucirent.

— Tu possèdes énormément de talent, et j'aurais tort de risquer qu'un autre que moi te chaperonne. Prends-les, ces vacances en Tasmanie, Loulou, mais je te préviens : j'attends de grandes choses à ton retour.

— Merci, souffla la jeune femme, grandement soulagée. Tu ne le regretteras pas.

— Espérons-le.

Il fronça les sourcils en contemplant l'immeuble.

— Je ferais peut-être mieux d'entrer avec toi pour échanger quelques mots avec Maurice. Newlyn pourrait vraiment lui mettre le pied à l'étrier.

Loulou descendit de la voiture et se mit à chercher sa clé dans son sac, tandis que le galeriste la rejoignait sur le trottoir.

— Je suppose qu'il travaille dans son atelier. La lumière est idéale à cette heure de la journée.

La porte s'ouvrit sur une entrée carrée, carrelée de noir et de blanc. Un élégant escalier courbe menait à l'atelier. Le soleil se déversait en taches colorées à travers le vitrail situé au-dessus de la porte.

À peine entrée, Loulou se figea. Il régnait là un silence profond – comme si la demeure retenait son souffle –, mais dans ce silence la jeune femme discerna un funeste présage. Elle avança d'un pas. Les poils de sa nuque et de ses avant-bras se hérissèrent. Un effroi dont elle n'identifiait pas la cause s'était emparé d'elle.

Dans l'entrée s'étirait une ombre, que Loulou suivit en levant la tête.

Maurice s'était pendu dans la cage d'escalier.

Les hurlements de son amie résonnèrent dans l'espace blanc.

— Appelle une ambulance! cria Bertie en repoussant la jeune femme pour grimper les marches quatre à quatre; il tentait de dénicher au fond de sa poche le canif dont il ne se séparait jamais.

Loulou, galvanisée par la détermination de son mentor, se rua vers le téléphone.

Alerté par les clameurs, le chauffeur se précipita à son tour dans la maison. Ayant rejoint son employeur, il soutint le corps de Maurice pendant que Bertie s'échinait sur la ceinture du peignoir avec laquelle le garçon s'était pendu.

Loulou se chargea pour sa part des ambulanciers arrivés entre-temps. Il leur suffit d'un bref coup d'œil au visage blafard du jeune homme, à son regard fixe: Maurice était mort depuis un bon moment déjà.

— Il faut le ranimer! se mit à hurler son amie tandis qu'on allongeait le cadavre sur le sol.

— Il est trop tard, tâcha de la convaincre Bertie en l'entraînant loin du défunt. Il nous a quittés.

— Non, c'est impossible, sanglota-t-elle. Je suis sûre qu'il y a quelque chose à faire.

Le galeriste l'étreignit, avec un mélange de douceur et de fermeté.

— Son corps est déjà froid, murmura-t-il comme la jeune femme s'effondrait entre ses bras.

— J'aurais dû m'en douter. Pourquoi suis-je restée aveugle à ce point? Dieu du ciel, Bertie, qu'est-ce que j'ai fait?...

— Psychologiquement, Maurice était fragile. Il serait passé à l'acte tôt ou tard. L'annonce de ton départ n'a été que la goutte d'eau qui a fait déborder le vase.

— Rien de tout cela ne se serait produit si je m'étais montrée plus attentive, se navra Loulou à travers ses larmes. J'aurais mieux fait de l'écouter... De l'écouter vraiment, au lieu de...

— Tais-toi, Loulou. Je t'assure que ce n'est pas ta faute.

Bien sûr que si, s'obstinait à songer la jeune femme qui, à mesure que les minutes s'écoulaient, se persuadait que ses actes et la brutalité de ses paroles étaient à l'origine de la tragédie. Elle se remémora les événements de la veille. Tous les signes avant-coureurs du drame s'y trouvaient et, pourtant, elle n'avait rien vu. Elle n'avait rien voulu voir.

Son cœur la tourmentait et elle peinait à respirer, mais son malaise physique n'était rien, comparé aux affres que Maurice avait dû subir pour finir par commettre l'irréparable. La culpabilité rongeait la jeune femme ; ses vagues la submergeaient les unes après les autres jusqu'à la rendre folle.

Les policiers se présentèrent à son domicile en même temps que le médecin. Assise dans la cuisine de son défunt compagnon, Loulou écoutait leurs voix, le bruit de leurs pas... Bertie avait pris la situation en main, sans se départir de son flegme naturel. En dépit des circonstances, il n'était qu'ordre et méthode. À l'inverse, la jeune femme, hébétée par le choc, se révélait incapable de réfléchir ou d'émettre deux phrases cohérentes. Maurice était mort et, déjà, résonnait dans la demeure l'écho du vide qu'il laissait derrière lui.

— J'ai fait une déposition, lui expliqua Bertie un peu plus tard. Viens, Loulou. Je t'emmène chez moi.

Elle se laissa guider jusqu'à la voiture sans regimber, se déplaçant à la façon d'une somnambule. Elle ne voyait rien, n'éprouvait rien... Elle ne désirait qu'une chose : se pelotonner quelque part en tâchant d'effacer de son esprit l'image du cadavre de Maurice en train de se balancer dans la cage d'escalier.

Il avait suivi Loulou et Bertie dans Londres, en s'efforçant de ne pas se laisser distancer malgré sa bicyclette brinquebalante. Il comptait à présent parmi les curieux qui, réunis de l'autre côté de la rue, avaient regardé la police arriver, observant maintenant les ambulanciers qui emmenaient le corps enveloppé dans une couverture.

Il se mordit la lèvre en découvrant une Loulou au désespoir, que le galeriste invitait à grimper dans son automobile. Pour l'heure, il ne pouvait que supposer ce qui venait de se produire mais, déjà, il se demandait si cette tragédie allait faire définitivement capoter les plans de ses employeurs. Il s'agissait pour le moins d'un imprévu. Dont il devait se hâter de leur faire part.

Loulou se rappelait à peine ce qui s'était passé la semaine suivante. Clarice était arrivée, Dolly rendait à son amie de fréquentes visites. Bertie, lui, suivait l'enquête sur le décès de Maurice en prenant toutes les dispositions nécessaires pour son inhumation. La jeune femme avait l'impression d'être devenue la spectatrice d'un drame sur lequel elle n'avait aucune prise.

L'enterrement aurait lieu le lendemain. Loulou, assise près d'une fenêtre, dans le manoir de Bertie, fixait la pelouse impeccablement tondue.

— J'aurais parié que je te trouverais ici, observa le mécène. Nulle part ailleurs la vue n'est plus belle que depuis ce salon. Elle m'apaise beaucoup.

Loulou acquiesça, mais elle avait à peine remarqué le panorama.

— J'ai pensé que cela devait te revenir, déclara le galeriste en sortant une enveloppe de la poche de sa veste. La police l'a apportée ici ce matin. Elle t'est adressée.

La jeune femme s'empara, d'une main tremblante, de la dernière lettre que Maurice écrirait jamais.

— Je suis incapable de la lire.

— Je crois qu'elle te consolera un peu. J'espère surtout qu'elle t'aidera à te sentir moins coupable. Cette culpabilité nous accable tous, tu sais, c'est un fardeau que nous partageons avec toi. Tu n'es pas seule.

Loulou extirpa de l'enveloppe l'unique feuillet qu'elle contenait et, après avoir pris une profonde inspiration, elle se mit à lire.

Ma très chère Loulou,

Pardonne-moi, s'il te plaît, cette ultime manifestation d'égoïsme. Mais il faut à mon tour que je rentre chez moi. Cette mort insaisissable, qui me hante depuis si longtemps, je l'ai appelée chaque jour de mes vœux. J'ai aujourd'hui le courage de quitter ce monde cruel pour trouver enfin la paix dans le sommeil éternel.

Ne verse pas de larmes sur mon sort, ma tendre amie, car je me sens soulagé, et lorsque tu aborderas les rivages tranquilles de ta terre natale, tu sauras que, moi aussi, j'ai rejoint la mienne. Mon amour t'accompagne.

Bonne nuit, ma douce Loulou, bonne nuit.
Maurice

Les larmes de la jeune femme roulaient sur ses joues sans qu'elle s'en aperçût. Elle replia la lettre, qu'elle serra contre son cœur. Maurice avait trouvé le repos auquel il aspirait. Elle aussi. Elle allait pouvoir s'engager à présent sur la voie de la guérison.

Huit pénibles semaines s'étaient écoulées depuis le décès du peintre. Comme Loulou descendait de son wagon, elle rajusta le chapeau que Dolly lui avait offert pour se donner du courage.

Elle attendit que la fumée se fût dissipée puis, fourrant son sac à main sous son bras, elle quitta la petite gare. Affronter Clarice ne serait assurément pas une partie de plaisir. La rencontre promettait de l'épuiser, mais elle devait parler à sa grand-tante. Dolly avait raison : il était temps pour la jeune femme de prendre sa destinée en main et, pour ce faire, d'échapper à l'influence de Clarice.

Elle emprunta la route poussiéreuse que bordaient des échoppes qu'elle connaissait bien, rendit leur amical salut aux villageois qu'elle croisait ici depuis l'enfance. La vieille église somnolait sous le soleil d'août, les parterres de fleurs exhibaient leurs couleurs vives ; seul le caquetage des canards et des poules d'eau venait troubler les abords paisibles de l'étang. Loulou se gorgeait de ce décor, de ces sons, de ces odeurs qui avaient commencé de l'accompagner seize ans plus tôt et que, peut-être, elle s'apprêtait à quitter pour toujours.

Cette perspective la chagrina. Elle s'interrompit quelques instants pour observer un groupe d'enfants : les bambins jetaient du pain aux canards. Mais le temps lui était compté. Elle reprit son chemin en direction de Wealden House. Parvenue devant les grilles de fer, elle inspira profondément et gagna la porte d'entrée.

Ayant tourné sa clé dans la serrure, elle pénétra à l'intérieur du hall sombre. La fraîcheur qui régnait dans la demeure silencieuse l'apaisa. Dehors, le soleil cognait. Elle ôta ses gants de dentelle, effleura le bord de son chapeau pour se porter bonheur et se rendit au salon.

Clarice y trônait dans son fauteuil, le labrador à ses pieds. On avait disposé le chariot à thé à côté d'elle. Elle leva les yeux en souriant.

— Tu dois avoir faim, dit-elle, mais tu accuses un tel retard que le thé doit être imbuvable, et j'ai donné son après-midi à Vera.

Loulou hésita avant de venir déposer un baiser léger sur la joue de sa grand-tante.

— Dans ce cas, dit-elle, je vais en refaire.

Clarice ne l'ayant pas embrassée en retour, Loulou caressa la chienne, puis s'assit.

— Tu m'as l'air en forme, observa son hôtesse. Il est nouveau, ce chapeau?

— C'est un cadeau de Dolly, répondit-elle en déposant le couvre-chef auprès d'elle, avec son sac et ses gants.

— J'aurais dû m'en douter, grommela la vieille dame sur un ton réprobateur, en tendant à sa petite-nièce une assiette pleine de sandwichs aux œufs et au cresson. Je reconnais qu'il est très à la mode, mais je l'offrirais plus volontiers à mon jardinier pour l'envoyer s'occuper de ses semis.

— On appelle cela un chapeau-cloche, lui expliqua Loulou. Moi, je le trouve très amusant.

Tendue comme un arc, elle mordit dans son sandwich, mais elle manquait d'appétit. Elle le reposa non loin d'elle.

— J'espère que tu as prévu de passer le week-end ici, avança Clarice. Bertie viendra prendre un verre demain après-midi, à son retour d'une partie de chasse à la Grange.

La jeune femme lorgna sa grand-tante d'un air coupable par-dessus le bord de sa tasse. Elle avait fait jurer au galeriste de tenir sa langue. Si jamais Clarice le soupçonnait de connaître déjà ses projets, elle ne lui pardonnerait jamais.

— Je ne suis pas sûre de pouvoir...

— Tu le dois, l'interrompit sa grand-tante. Je ne peux tout de même pas recevoir seule Bertie, et je suppose qu'il souhaite s'entretenir avec toi de tes travaux de commande. Si j'ai bien compris, ajouta-t-elle sans la lâcher du regard, tu ne l'as pas revu depuis l'enterrement de Maurice.

— J'étais très occupée, se justifia Loulou à mi-voix.

La vieille dame reposa sa tasse et sa soucoupe si brusquement que la vaisselle s'entrechoqua sur le chariot.

— Occupée? Que fais-tu de la politesse due à un homme qui, non content de t'avoir permis de gagner une petite fortune, s'est chargé de tout après la mort de Maurice?

Le cœur de Loulou battait à tout rompre. Il lui fallut consentir d'énormes efforts pour soutenir le regard glacé de son hôtesse sans lui manifester son trouble.

— J'avoue que je me suis montrée négligente, mais je n'avais envie de voir personne. J'avais prévu de lui rendre visite ce soir.

L'œil noir de Clarice ne cédait pas. Cette explication ne la satisfaisait guère.

La jeune femme choisit d'attaquer bille en tête :

— J'avais d'importantes décisions à prendre, que le suicide de Maurice a rendues plus compliquées.

Les traits de sa grand-tante se durcirent encore.

— Si tu as prévu de parler à Bertie ce soir, c'est que tu as résolu tes dilemmes.

— Je dois aller en Tasmanie, grand-tante Clarice. Essaie de comprendre. Si je renonce à ce voyage, je le regretterai toute ma vie.

— Tu nourriras davantage de regrets en te lançant dans cette aventure.

— Je suis navrée. Mais je ne changerai plus d'avis.

— Bien sûr que si, répondit la vieille dame en se penchant en avant, la mine moins sévère. Ici, tu es chez toi, Lorelei, et je regrette de toute mon âme d'avoir posé ce terrible ultimatum voilà quelques semaines. Tu es devenue la fille que je n'ai jamais eue, et ton talent me comble de fierté. Reste, je t'en conjure.

— Je ne peux pas.

Face à la bienveillance de Clarice, Loulou sentit lui monter aux yeux des larmes qui lui brouillaient la vue.

— C'est trop tard, ajouta-t-elle.

— Il n'est jamais trop tard, ma chérie. Expédie un télégramme à M. Reilly, et n'en parlons plus. Cette vilaine affaire a nui à ta santé. Ainsi qu'à la mienne.

Sa petite-nièce la considéra avec angoisse.

Clarice porta une main malhabile à sa poitrine.

— Le médecin nourrit de vives inquiétudes concernant ma tension artérielle.

— Tu ne m'en avais jamais parlé.

— Je ne voulais pas te tourmenter mais, au retour de l'inhumation, j'ai été victime d'un malaise qui m'a contrainte à garder le lit pendant plusieurs jours.

Elle adressa à la jeune femme un pâle sourire.

— Le Dr Williams souhaitait me faire hospitaliser, pour que je me repose, mais bien entendu, j'ai refusé. On ne se sent jamais mieux que chez soi.

— Je suis désolée, articula Loulou, anéantie par la nouvelle. Je n'avais pas mesuré à quel point toute cette histoire t'affectait.

Elle prit entre les siennes les mains de sa grand-tante, dont elle scruta le visage. Ces cernes qu'elle lui découvrait soudain pouvaient ne témoigner que de quelques nuits sans sommeil. À moins qu'ils ne fussent un plus sinistre présage…

— Si c'est à cause de moi que…

— Tu n'y es pour rien, l'interrompit Clarice. Ou si peu. Je me suis emportée. Or, à mon âge, la sagesse voudrait qu'on se maîtrise.

Elle poussa un lourd soupir.

— Mais son âge, enchaîna-t-elle, on a tendance à l'oublier.

Elle paraissait exténuée ; d'entre ses lèvres ne s'échappait plus qu'un filet de voix, que Loulou peinait à entendre.

— Je crois que j'amorce mon déclin, ma chérie. C'est une perspective peu réjouissante, assurément, mais il s'agit de notre lot à tous.

— Ne dis pas des choses pareilles, voyons. Si tu suis les conseils du médecin et si tu te détends un peu, il te reste de nombreuses années à vivre.

— J'en doute, répondit Clarice en secouant la tête. Mais je ferai de mon mieux pour rester active le plus longtemps possible.

Loulou se rappela soudain les indéniables talents d'actrice de sa grand-tante, à quoi s'ajoutait le fait qu'elle avait joui jusqu'alors d'une santé de fer ; elle se vantait souvent de ne pas consulter de médecin.

— Tu n'avais jamais souffert d'hypertension jusqu'ici, hasarda-t-elle.

Clarice leva une main tremblante.

— Elle constitue l'un des symptômes du vieillissement, murmura-t-elle. Les terribles maux de tête qui m'accablent régulièrement en sont un signe.

En d'autres circonstances, Loulou aurait souri : sa grand-tante n'avait jamais mal à la tête.

— Je préfère appeler le docteur, décréta-t-elle. Une tension artérielle élevée, conjuguée à des migraines. On ne plaisante pas avec ces choses-là.

À peine sa petite-nièce se fut-elle levée que Clarice parut sortir de sa torpeur.

— C'est inutile, s'empressa-t-elle de dire. Il est venu ce matin. Il a estimé que je me portais mieux.

— J'aimerais cependant m'entretenir avec lui, afin qu'il me rassure.

— Tu ne vas tout de même pas déranger le Dr Williams un vendredi après-midi. Il a déjà si peu de temps à consacrer à sa famille…

Loulou se rassit sans plus lâcher sa grand-tante des yeux – elle savait à présent qu'elle simulait.

— Si tu as la conviction que le médecin maîtrise la situation…, fit-elle mine de capituler.

Clarice remplit à nouveau les tasses, en évitant le regard de la jeune femme.

— Il m'a prescrit un fortifiant, ainsi que quelques pilules, mais je n'en ai pas vraiment besoin. Du moment que tu restes auprès de moi pour me ravigoter durant ma convalescence…

— Je vais passer le week-end ici, mais ensuite nous devrions demander à l'une de tes amies de te tenir compagnie.

Clarice, oubliant tout à coup qu'elle avait un pied dans la tombe, se redressa sur son siège.

— Pourquoi diable ferais-je une chose pareille puisque je t'ai, toi?

— Parce que j'embarque pour l'Australie à la fin du mois.

— Impossible, lâcha sa grand-tante avec une lueur de triomphe dans le regard. Tu n'as pas de passeport.

— Je ne me suis jamais séparée des papiers d'identité qu'on m'a délivrés pendant la guerre. Grâce à eux, j'ai obtenu un passeport.

La flamme ténue s'éteignit aussitôt dans l'œil de Clarice; sa petite-nièce se sentit envahie par le remords.

— J'ai déjà acheté mon billet. Nous partons à bord de l'*Ormonde* le 28.

— Nous?

— Dolly m'accompagne.

La nouvelle rendit en un tournemain toute sa combativité à la malade.

— J'aurais dû me douter que cette dévergondée viendrait fourrer son nez dans tes affaires. Une écervelée qui n'a pas la moindre idée du mal qu'elle commet en t'encourageant dans ta folie.

— Tu m'as encouragée plus qu'elle, répondit Loulou qui, maintenant qu'elle avait percé à jour la vieille dame, regagnait son calme.

— Je ne t'ai jamais encouragée!

— C'est bien pour cette raison qu'il faut que je parte.

— Mais pourquoi, Lorelei? Pourquoi es-tu à ce point résolue à me meurtrir? Le suicide de Maurice n'aura donc pas suffi à te dissuader?

— Quel vilain sarcasme, grand-tante Clarice…

— J'essayais simplement de te montrer combien il était important que tu ne t'en ailles pas.

— Je t'aime, et je t'aimerai toujours. Mais, si tu refuses de me parler, je n'ai pas d'autre choix que de traquer moi-même la vérité.

Lorsque son hôtesse se mit debout, le sang avait reflué de son visage.

— Qu'adviendra-t-il si cette précieuse vérité à laquelle tu aspires se révèle au final abjecte et dévastatrice? Qu'adviendra-t-il, Lorelei?

— Je préfère une vérité abjecte à un mensonge.

Un lourd silence tomba entre les deux femmes, qui se retrouvaient dans une impasse : chacune campait sur ses positions et le dernier gant venait d'être jeté. C'est du moins ce que croyait Loulou.

— Si tu pars pour la Tasmanie, je te déshérite.

La jeune femme écarquilla les yeux, assommée.

— C'est ton droit, finit-elle par commenter après s'être ressaisie. Mais, comme tu l'as dit toi-même, tout cela reste sans rapport avec l'argent. Personnellement, seul m'importe le secret que tu dissimules depuis des années. Je suis pourtant prête à parier que ce secret-là ne risque plus de blesser personne.

Quelque chose d'indéfinissable passa furtivement dans le regard de Clarice, qui ne fit qu'affermir la résolution de Loulou.

— Parle pour toi, riposta la vieille dame. En ce qui me concerne, il s'agit d'une plaie toujours à vif.

L'œil bleu pâle qu'elle posa sur sa petite-nièce s'était chargé de lassitude et de résignation.

— Les péchés d'antan continuent d'étirer leurs longues ombres, Lorelei, et, ainsi que tu as pu t'en apercevoir toi-même récemment, ils exigent un très lourd tribut de celui ou celle qui les évoque.

Elle prit une profonde inspiration.

— Je n'ai pas été heureuse en Tasmanie, poursuivit-elle. Toi non plus. Je tâche tout bonnement de t'épargner les souffrances que tu ne manqueras pas d'endurer si tu te rends là-bas.

Clarice alla se planter devant la porte-fenêtre.

— Te voilà prévenue, Lorelei. Je n'ai rien d'autre à te dire.

Loulou contempla le dos raidi de sa grand-tante, sa tête légèrement inclinée. En effet, elle n'irait pas plus loin dans les confidences.

— Dans ce cas, annonça doucement la jeune femme, je vais rassembler quelques affaires et partir. Je prendrai des dispositions pour faire expédier le reste de mes bagages à Londres. Je suppose que je ne suis plus la bienvenue dans ton appartement. Je vais donc m'installer chez Dolly jusqu'à notre départ.

— Tu peux garder l'appartement. Je n'ai pas l'intention de te priver d'un toit.

Il y avait dans la voix de Clarice un éreintement qui faisait peine à entendre.

— Merci.

Loulou patienta, dans l'espoir que sa grand-tante laisserait entrevoir une issue au différend qui les opposait, mais elle continua de lui tourner le dos.

— Gwendoline est une déséquilibrée, ajouta-t-elle. Probablement dangereuse. Elle te racontera des choses qui souilleront tout ce en quoi tu as foi. Peut-être ira-t-elle jusqu'à menacer ta vie. Elle en est capable, tu t'en souviens aussi bien que moi. Alors, fais très attention.

Sur ce, Clarice traversa la pièce, en referma la porte après l'avoir quittée sans se retourner.

Dans l'oreille de Loulou résonna longtemps cette mise en garde. Puis elle éclata en sanglots. Elle ne pleurait pas cet amour maternel auquel elle n'avait jamais eu droit ; elle pleurait tout ce que Clarice et elle venaient de perdre.

Retirée dans sa chambre, cette dernière ne vit pas Lorelei s'agiter, chargée de valises et de cartons, mais la lourde porte en chêne n'étouffait nullement les pas de la jeune femme sur le palier, le bruit des tiroirs qu'elle ouvrait, puis refermait. Bientôt, Clarice se surprit à guetter le moindre son, dans l'attente de ce terrible instant où seul le silence régnerait dans la demeure. Alors, sa petite-nièce l'aurait bel et bien abandonnée.

Au bout d'une heure, la jeune femme descendit l'escalier. Sa grand-tante entrouvrit sa porte, toujours à l'affût : Lorelei commanda un taxi, fit ses adieux à la chienne, récupéra deux ou trois bricoles au salon. Les regrets dévoraient Clarice. Pas une seconde elle n'avait souhaité voir la situation se dégrader à ce point. Jamais elle n'avait eu l'intention de bannir ou de déshériter sa petite-nièce. Elle n'avait brûlé que de la préserver.

« C'est moi que j'ai voulu préserver, s'admonesta-t-elle. Et mon orgueil par la même occasion. » Mais, depuis sa naissance, on lui avait enseigné que l'orgueil et la réputation constituaient des vertus cardinales, à tel point qu'aujourd'hui il ne lui restait qu'elles. Elle s'était battue bec et ongles pour les sauver, à une époque où il lui semblait pourtant que le monde entier s'était ligué contre elle. Mais, dans le fond, songeait-elle à présent, valaient-elles réellement le sacrifice qu'elle était en train de consentir ?

Elle prit une profonde inspiration et repoussa ses doutes.

— Les péchés des générations précédentes pèsent sur les plus jeunes, murmura-t-elle, et Lorelei n'en prendra conscience qu'en en faisant elle-même l'expérience. J'ai tellement voulu la protéger que j'ai fini par manquer de discernement.

Ces mots, prononcés à voix basse, résonnèrent dans la chambre silencieuse. Ces dernières semaines venaient de prouver que Lorelei possédait assez de force pour suivre sa propre route en surmontant les obstacles qui s'y dresseraient. Il était temps de la laisser prendre son envol. Mais… ô combien cela se révélait douloureux… Combien solitaire allait devenir cette vieille bâtisse, une fois privée des rires et de l'entrain de la jeune femme.

Clarice cligna des yeux pour en chasser les larmes. Les pleurs étaient pour les faibles. En outre, ils ne résolvaient rien. Elle traversa le palier, gagna la chambre de sa petite-nièce. Lorelei, dont la coiffeuse était vide, n'avait laissé sur son lit que l'édredon. Dans un coin de la pièce s'empilaient quelques boîtes en carton. Par la porte entrouverte de la garde-robe, Clarice ne distingua que des cintres sans vêtements et des étagères dégarnies. Il fallait bien peu de temps pour effacer les traces de la présence d'un être qui avait pourtant vécu seize années durant entre ces murs. Le souvenir de son parfum continuait néanmoins de flotter dans l'air. Comme s'il l'attendait.

Clarice quitta les lieux en s'efforçant de retrouver ce flegme qui faisait sa réputation. Il lui fallait croire au retour de sa petite-nièce. Quoi qu'elle eût découvert sur sa terre natale, sa grand-tante l'accueillerait à bras ouverts, elle œuvrerait à leur réconciliation.

La chambre d'ami, à l'avant de la maison, prenait, avec ses draps poussiéreux jetés sur le mobilier, des allures fantomatiques dans le crépuscule naissant, mais par ses fenêtres à petits carreaux on distinguait parfaitement l'allée.

Clarice feignit d'en rajuster les rideaux pour voir arriver le taxi, dont les roues crissèrent sur le gravier. Le chauffeur rangea les bagages dans le coffre, avant d'ouvrir la portière. À peine Lorelei eut-elle levé les yeux que sa grand-tante recula. Il n'était pas question pour elle que la jeune femme voie qu'elle la guettait.

Comme le véhicule s'éloignait, sa passagère se retourna pour contempler la demeure par la vitre arrière. Elle avait le visage pâle, auréolé de ses cheveux superbes, et ses grands yeux ressemblaient à ceux d'un faon. Clarice conserverait cette image en tête jusqu'au retour de la jeune fille.

Des larmes se mirent à rouler sur ses joues. Combien de fois, au cours de son existence, avait-elle aimé puis perdu ce qu'elle avait chéri? Par ailleurs, jamais elle n'avait connu les joies de la maternité. Et voilà pourtant qu'elle éprouvait les tourments qu'une mère endurait à voir s'éloigner d'elle son enfant. Aucun chagrin, songea-t-elle, ne saurait être plus vif.

4

Debout sur le quai, Joe regardait le *Rotomahana* cracher sa vapeur et jeter l'ancre. Le navire se rendait souvent en Tasmanie : deux fois par semaine, on en débarquait quelques passagers en provenance de Melbourne, des marchandises et du courrier.

— Dites, Joe, vous croyez qu'elle va se pointer avec ses chevaux?

— Possible, murmura ce dernier.

Il lorgna le gamin à ses côtés et sourit. À dix-sept ans, Bob Fuller endurait pour la première fois les affres de l'amour.

Tirant un peigne de la poche-revolver de son pantalon, le garçon tâcha d'apprivoiser un peu sa tignasse en bataille. Rien n'y fit, mais il afficha un sourire satisfait, puis rangea son peigne, avant de replacer avec soin son chapeau à large bord.

— C'est une brave petite mioche, décréta-t-il. Pour sûr.

Il soupira en tentant de la repérer parmi la foule qui quittait le bateau.

— Mais je parie qu'à Brisbane, enchaîna-t-il, elle doit avoir tout un tas de gus à ses trousses.

— Assurément, confirma Joe. Une fille comme Eliza n'est pas pour nous, nous n'appartenons pas au même monde. Mieux vaut te rabattre sur une gentille gosse qui n'exigera jamais de toi des cadeaux hors de prix ni des dîners dans des palaces.

L'adolescent piqua un fard: ce conseil-là, il n'était pas très enclin à le suivre. Il n'avait qu'entraperçu Eliza Frobisher lors de son unique visite à Galway House, mais cela lui avait suffi pour décréter qu'il était mordu. D'où la chemise et le pantalon propres. D'où le soin qu'il portait à sa chevelure.

— Vous avez sans doute raison, maugréa-t-il. Mais on peut toujours rêver, pas vrai?

— Pourquoi pas? Nous vivons dans un pays libre. Allons, viens, maintenant, nous avons deux chevaux à récupérer.

Joe ouvrit la marche en direction de la passerelle, qu'il gravit pour s'enfoncer ensuite dans l'obscurité de la cale, où le bétail se trouvait enclos pour lui éviter les blessures par gros temps.

— Monsieur Reilly? Par ici.

Il lui fallut un moment pour s'accoutumer à la pénombre et discerner la jeune femme, qu'il rejoignit en quelques enjambées – chemisier et pantalon moins élégants que pratiques, bottes d'équitation cirées avec soin. Cette fois, elle ne portait pas de maquillage, en sorte que Joe eut la surprise de constater qu'elle devait n'être qu'à peine plus âgée que son *jackaroo*.

— Bonjour, mademoiselle Frobisher.

Ils échangèrent une poignée de main.

— Quelle épouvantable traversée! Cette pauvre Lune a détesté notre voyage.

Elle jeta à peine un regard en direction de Bob, avant de se tourner vers la pouliche pie qui s'agitait et transpirait abondamment dans son box exigu.

— Votre lad n'a qu'à la promener un peu pour qu'elle s'apaise pendant que vous vous chargez de Météore.

Joe fit un signe de tête à Bob, qui s'était empourpré.

— Emmène-la sur le chemin de halage, ça devrait la calmer.

— Bouchonnez-la d'abord, ordonna Eliza. Je ne veux pas qu'elle prenne froid.

Une lueur passionnée passa dans les yeux du garçon, qui s'exécuta aussitôt. La pouliche, qui semblait goûter ses façons à la fois douces et fermes, se détendit peu à peu. Sa tâche achevée, Bob jeta une couverture sur le dos de la bête, qu'il entraîna ensuite vers la passerelle.

— Bob s'occupe de chevaux depuis sa plus tendre enfance, exposa Joe avec rudesse après le départ de l'adolescent. J'aimerais qu'à l'avenir vous vous en souveniez.

La main qui flattait l'encolure de Météore s'immobilisa, tandis qu'Eliza écarquillait ses yeux bruns.

— Ce gosse a l'air d'un benêt. Je craignais pour ma pouliche.

— Bob n'a rien d'un benêt, répliqua son employeur. Il sait parfaitement ce qu'il fait. Dois-je débarquer Météore ?

— Évidemment.

Joe attacha le pur-sang arabe par son licou pour le faire sortir de la stalle.

C'était un grand poulain débordant d'énergie, prêt à s'emballer au terme d'une si longue captivité. Joe, qui le tenait avec toute la poigne requise, parvint à le maîtriser. L'animal piaffait et renâclait en descendant du bateau.

— Vous ne vous imaginez tout de même pas que mes chevaux vont voyager là-dedans ?

Un doigt impérieux se tendit vers l'antique remorque à l'arrière de la camionnette.

— Je reconnais qu'elle n'est plus toute jeune, mais elle remplit parfaitement son office. Et comme je ne compte pas monter vos bêtes jusqu'à Galway House, je ne vois pas d'autre solution.

— Moi, j'en vois une, décréta Eliza.

Elle tourna les talons pour s'en retourner vers la cale.

— Allons, monsieur Reilly. Nous perdons du temps.

Excédé par la conduite de la jeune femme, Joe brûlait de la réexpédier au plus vite sur le continent avec ses fichues bestioles. Il poussa un lourd soupir et attacha Météore à la camionnette.

— Mon pauvre vieux, j'ai l'impression que nous n'avons plus qu'à nous tenir à carreau.

Météore hocha la tête en lui coulant un regard entendu de ses yeux d'or, avant de sourire de toutes ses dents. Joe s'amusait encore des mimiques du pur-sang lorsqu'il rejoignit sa propriétaire, curieux de découvrir ce que Mlle Frobisher avait en tête.

— Quelle brillante idée j'ai eue d'apporter cela! s'exclama-t-elle en ôtant, d'un geste théâtral, la toile goudronnée qui dissimulait son propre van.

Joe admira l'engin. À l'image de sa propriétaire, il rutilait. Jamais il n'en avait vu de tel, sauf aux courses de Carrick – et encore appartenait-il à un propriétaire de Sydney. Il fit le tour du véhicule, en apprécia les pneus neufs, la carrosserie étincelante, l'intérieur conçu pour assurer l'absolue sécurité des chevaux – on pouvait en loger deux.

— En outre, précisa Eliza, elle est extrêmement facile à manœuvrer.

Elle croisa les bras en fusillant Joe du regard.

Ce dernier souleva l'engin, aussi léger qu'une plume. Bientôt, il l'avait fixé à l'arrière de sa camionnette.

— Météore ne risque-t-il pas de faire des siennes s'il voyage à côté de la pouliche? demanda-t-il à leur propriétaire.

— Ils sont bien trop jeunes pour la bagatelle. Et de toute façon, ils ont l'habitude de se déplacer ensemble.

Météore, manifestement calmé, grimpa sans regimber à bord du van, où il s'empressa de plonger le museau dans la botte de foin qu'Eliza venait de déposer à son intention. Joe l'attacha de son mieux, tandis que Bob revenait avec Lune, qui se fit un plaisir de s'attabler à côté de son compagnon.

Lorgnant sa vieille remorque, Joe la jugea plus loqueteuse que jamais. Eliza avait peut-être eu raison de dédaigner cette épave. Il faudrait songer sous peu à renouveler l'équipement.

— Voulez-vous bien qu'on attache notre van derrière le vôtre? se hasarda Bob, manière d'engager la conversation avec la jeune femme.

— Certainement pas. Vous allez rayer la peinture de ma remorque, et chaque fois que les véhicules s'entrechoqueront, cela nuira au confort de mes chevaux. Vous n'avez qu'à laisser votre engin ici.

— Z'y pensez pas, mademoiselle Frobisher! bredouilla l'adolescent. Un vaurien risque de nous le barboter.

Elle lui jeta un regard méprisant.

— Je doute que quelqu'un ait envie de faire main basse sur cette ruine.

Comme Bob s'apprêtait à répliquer, Joe se hâta d'intervenir:

— Je connais le capitaine du port. Il gardera un œil dessus jusqu'à ce que je revienne le chercher.

Sur quoi il tira la remorque vers la pelouse bordant la demeure de l'officier, avec lequel il échangea quelques mots avant de récupérer son courrier.

À son retour, Eliza, adossée au camion, fumait une cigarette, une petite valise à ses pieds. Les mains dans les poches, Bob lui tournait le dos, fixant d'un air bougon les coltineurs en train de vider les cales du *Rotomahana*. On prit place à bord de la camionnette; il flottait sur les lèvres de Joe un sourire désabusé. Au moins, songeait-il, ces quelques minutes avaient-elles suffi à l'adolescent pour se déprendre de Mlle Frobisher, aussi séduisante que peste.

Eliza s'était calée entre Joe et Bob, qui s'ingéniait à ignorer la belle en examinant à travers la vitre un paysage qu'il avait déjà contemplé un bon millier de fois. Néanmoins, il frémissait chaque fois qu'à la faveur d'un cahot la cuisse ou le bras de la jeune femme effleurait le sien.

D'abord, on emprunta des routes pavées puis, tandis qu'on se rapprochait de Galway House, il fallut s'aventurer sur des pistes dont la boue séchée conservait l'empreinte du passage des engins agricoles et des troupeaux.

— N'existe-t-il donc pas de voies de circulation dignes de ce nom en Tasmanie?

— Ce n'est pas nécessaire, expliqua Joe. Il y a encore quelques années, on ne trouvait pas une seule voiture sur cette île et, aujourd'hui, la plupart des gens circulent à cheval.

— Dieu du ciel, soupira Mlle Frobisher. Quelle contrée primitive!

Joe s'abstint de réagir, préférant se concentrer sur la piste pour éviter les nids-de-poule et les ornières. Il poussa un soupir de soulagement quand, enfin, il franchit la barrière pour gagner les écuries.

Eliza scruta avec attention les deux chevaux qu'on faisait maintenant descendre du van, après quoi elle inspecta leurs box. Les ayant jugés à son goût, elle se dirigea vers la maison, sa valise à la main.

Joe, qui ne pipait mot, emmena Lune et Météore dans le paddock pour qu'ils s'y dégourdissent les jambes au terme de leur long périple. Accoudé à la palissade, il les regarda évoluer. Ils avaient fière allure, le pur-sang arabe en particulier, qui possédait une ossature solide et paraissait capable de filer comme le vent.

— J'ai proposé à Eliza de loger dans la chambre d'ami, annonça Molly, qui venait de le rejoindre. Elle a l'intention de passer le reste de la semaine avec nous, pour s'assurer que ses chevaux sont bien installés. Elle reprendra le bateau vendredi.

— Quelle sale gamine! grimaça son fils. Si on lui pressait le nez, il en sortirait encore du lait, et pourtant jamais je n'avais eu la malchance de croiser la route d'une femme aussi autoritaire et aussi mal embouchée. Elle a contrarié Bob en le traitant comme un attardé mental. Quant à moi, elle a réussi à me fourrer dans le crâne d'acheter une nouvelle remorque. Une calamité ambulante.

— Ne te fais pas de mouron, le rassura Molly en lui tapotant l'avant-bras. Tu vas t'en tirer comme un chef.

Il allait la contredire lorsqu'il repéra l'étincelle dans son regard. Il partit d'un grand rire:

— Tu parles, maman! Avoue qu'elle n'est pas de tout repos.

— Pour sûr, mais elle a les moyens de se le permettre.

Les yeux de Molly se posèrent sur les chevaux en train de brouter.

— Ce sont de belles bêtes, constata-t-elle. Concentre-toi sur eux au lieu de la laisser te mettre la rate au court-bouillon. Après tout, c'est pour t'occuper d'eux que son père te paie.

Contre toute attente, les six journées suivantes se déroulèrent sans heurts. Vu le nombre de chevaux présents dans les écuries, Joe avait consenti à assouplir le règlement en autorisant Eliza à mettre la main à la pâte. Tous les matins, la jeune femme se levait à l'aube. Elle avait délaissé les apprêts – l'absence de fard révélait des taches de rousseur autour de son nez. Jamais elle n'évoqua les cicatrices du jeune homme, plus jamais elle ne les scruta comme elle avait osé le faire lors de leur première rencontre. Elle se révéla une excellente cavalière.

Joe s'habitua vite à sa présence – toujours sur ses talons, elle l'accablait de questions – et s'avoua impressionné par l'intelligence dont elle faisait preuve concernant le programme d'entraînement de ses chevaux. Et, en dépit de ses manières souvent brusques, elle pouvait se révéler charmante. Dès lors qu'elle y mettait du sien. Bob, lui, était si ensorcelé qu'il lui obéissait au doigt et à l'œil.

C'est néanmoins avec soulagement que Joe fit ses adieux à Eliza qui, en ce vendredi matin, se tenait sur le pont du *Rotomahana* – il espérait ne pas la revoir en Tasmanie de sitôt.

Il récupéra son courrier auprès du capitaine du port, puis attacha sa vieille remorque à sa camionnette. Il ne pouvait s'empêcher de sourire. Eliza Frobisher était une petite teigne de la pire espèce, mais son père et elle savaient repérer un bon cheval dès qu'ils en voyaient un. Lune, naturellement douée pour le steeple-chase, présentait un caractère aussi robuste que les muscles de sa croupe – Joe avait hâte de la voir à l'œuvre lors de la prochaine compétition.

Météore possédait quant à lui une qualité rare : il avait autant de cœur que de personnalité. Il galopait à la vitesse de l'éclair sans que jamais son enthousiasme tarît. Avec un peu de chance, Galway House pourrait s'enorgueillir bientôt de compter, parmi ses pensionnaires, un vainqueur de la Melbourne Cup[1]. À ce prix, Joe se sentait prêt à supporter une bonne douzaine d'Eliza Frobisher.

Installé au volant de la camionnette, il examina son courrier. Il y découvrit, comme à l'accoutumée, des missives émanant de divers comités hippiques, plusieurs lettres pour sa mère, ainsi que trois chèques émis par des propriétaires de Hobart. Après les avoir mis de côté, Joe se préparait à partir lorsque le capitaine du port cogna à la vitre de sa portière.

---

1. Principale compétition hippique d'Australie.

— Désolé, Joe. Il y avait ça, aussi. J'espère que ce n'est rien de méchant.

Joe lorgna l'enveloppe brune – de celles qui, durant la guerre, annonçaient en effet les mauvaises nouvelles – ce télégramme tant redouté que personne ne souhaitait recevoir… Il s'empressa de la déchirer.

> *Propriété confirmée. Arriverai Tasmanie 14 octobre* Rotomahana. *Venez me chercher. Pearson.*

— Tout va bien ? s'inquiéta le capitaine du port.

Joe fixa le visage rougeaud du vieux loup de mer en secouant la tête.

— Pas vraiment, non. Je viens de me débarrasser d'une casse-pieds, et je crois bien que je vais me retrouver avec une autre crampon sur les bras.

— J'aimerais avoir autant de veine que toi, commenta le marin avec un large sourire. Casse-pattes ou pas, un brin de compagnie féminine ne me ferait pas de mal.

— Dans ce cas, répondit Joe en riant à son tour, si celle-ci se révèle aussi pénible que la précédente, je la dépose devant chez toi et je te laisse te dépatouiller.

À l'évidence, songeait le jeune homme en regagnant Galway House, Mlle Pearson avait de l'argent. Elle devait s'exprimer en levant le petit doigt. Une vieille fille, assurément, qui ne souffrait pas la moindre contradiction. Joe se rappela les Anglaises entre deux âges qui rendaient visite aux pensionnaires de cet hôpital du Sussex où il avait effectué sa convalescence. Il s'agissait d'une race à part – des femmes redoutables, corsetées dans des tenues dénuées de toute coquetterie, chaussées de godillots. Pleines de bonnes intentions, elles apportaient aux soldats des confitures et des gâteaux maison, des chaussettes qu'elles avaient elles-mêmes tricotées. À peu près persuadé que Mlle Pearson sortait d'un moule identique, il tendit le dos : les quelques semaines à venir promettaient d'être délicates.

Le port de Londres

— J'espère que je n'ai rien oublié, dit Dolly en se débarrassant de son manteau léger.

L'enthousiasme de Loulou ne faiblissait pas, au point qu'il lui semblait sourire sans discontinuer depuis qu'elle avait quitté son lit le matin.

— À part l'évier de la cuisine, répondit-elle, je ne vois pas. Tu as acheté des vêtements pour une année entière.

Elle songea, par comparaison, à sa malle unique, à sa seule valise, avant de se retourner vers le taxi derrière elles. Le chauffeur avait ligoté les deux malles de Dolly sur le toit du véhicule et fourré toutes ses valises à l'intérieur ; Freddy et Bertie n'avaient eu d'autre choix que de louer une troisième auto – un véritable convoi s'acheminait vers le port.

— On ne sait jamais ce dont on peut avoir besoin, décréta son amie en allumant une cigarette, dont la fumée envahit l'habitacle. Peux-tu seulement me dire, ma chérie, ce qu'on porte au juste en Tasmanie ?

Loulou ouvrit la fenêtre pour pouvoir respirer.

— Des tenues campagnardes, je suppose. Je n'ai pas mis les pieds là-bas depuis une éternité et, à l'époque, la mode ne m'intéressait pas.

Elle guigna la robe écarlate de Dolly, son chapeau-cloche, ses gants de peau, ses escarpins, ses longues jambes gainées de soie. Elle gardait certes peu de souvenirs de ses premières années en Tasmanie, mais elle pressentait que ce genre de tenue n'y était pas la norme.

Effleurant sa propre robe, elle apprécia le tombé de l'étoffe bleue. Son manteau assorti, qu'elle avait plié sur le siège à côté d'elle, s'évasait vers le bas, en sorte qu'il dansait autour d'elle quand elle marchait, et ses souliers à hauts talons lui parurent du meilleur effet. Enivrée par le sentiment de liberté qu'elle éprouvait depuis peu, Loulou sourit à Dolly d'une oreille à l'autre lorsque le taxi fit halte devant le grand panneau «Départs».

— Es-tu aussi excitée que moi? lui demanda-t-elle.

Dolly lui prit la main pour la serrer dans la sienne.

— Évidemment, ma chérie. Nous allons nous amuser comme des folles. Tu n'imagines même pas à quel point il me tarde d'embarquer.

— As-tu revu qui tu sais?

— Je l'ai croisé chez Harrods, grimaça la jeune femme. L'horreur absolue... Freddy était avec moi, tu te rends compte?

— Que s'est-il passé?

— Heureusement, Freddy n'a pas fait allusion à l'Australie, et nous nous sommes comportés tous les trois avec une politesse extrême. J'ai même réussi à ne pas frissonner quand il posait les yeux sur moi.

Elle aspira une bouffée de cigarette en fronçant les sourcils.

— Je me sens tellement soulagée de partir. J'ignore pendant combien de temps encore j'aurais réussi à l'éviter. Avec un peu de chance, il m'aura totalement oubliée d'ici notre retour.

— J'espère.

À peine fut-elle descendue du taxi que Loulou se figea, fascinée par le spectacle.

Où qu'elle portât le regard, elle découvrait des chantiers navals grouillant de vie. Des dockers, par centaines semblait-il, vidaient les cales de gigantesques navires; les cris des hommes se mêlaient aux stridences des mouettes, au piétinement des chevaux, au bruit de ferraille des chariots sur les pavés... Les matelots lavaient les ponts, ils rangeaient les cordages ou fumaient une cigarette, nonchalamment accoudés au bastingage de leur bâtiment. De petits bateaux se faufilaient entre les navires les plus imposants, tandis que d'immenses grues, dressées contre le ciel de plomb, déposaient des tonnes de charbon entre les flancs des cargos.

— Viens, ma chérie. Les garçons vont s'occuper des bagages et régler leur course à nos chauffeurs. Pendant ce temps, nous allons tâcher de savoir où procéder à notre enregistrement. Donne-moi ton passeport.

Loulou s'arracha à la contemplation de la fourmilière pour remettre sa pièce d'identité à Dolly avant de la suivre dans l'immense bureau des départs. Elle ne s'attendait à rien en particulier, mais assurément pas à cette interminable file d'attente, qui sinuait en direction d'une rangée de tables tel un serpent peu pressé de parvenir à destination.

— Par là, décréta Dolly en fonçant avec assurance vers le fond de la salle où, assis à une table isolée, se tenait un jeune homme en uniforme blanc. Sur un petit carton devant lui était inscrit : « Passagers de première classe. »

— Nous ne voyageons pas en première classe ! siffla Loulou entre ses dents en tirant son amie par le bras.

— Je me suis dit que nous pouvions nous offrir ce petit plaisir, répondit celle-ci en lui agitant les deux billets sous le nez avec un large sourire.

À peine eut-elle avisé la mine atterrée de Loulou qu'elle s'empressa d'ajouter :

— C'est moi qui ai payé le supplément, ma chérie. Ne te tracasse pas.

— Mais je ne peux...

— N'en parlons plus, trancha Dolly en tendant les billets et les passeports au jeune officier, qu'elle gratifia d'un sourire enjôleur.

— Dolly, s'agaça Loulou. Tu n'as pas le droit de te comporter de cette façon. Je refuse que tu me fasses l'aumône. Si j'avais souhaité voyager en première classe, j'aurais payé pour cela.

— Tu me casses les pieds, ma chérie. Considère mon geste comme un cadeau de Noël avant l'heure, voilà tout.

Loulou bouillonnait. C'était bien là du Dolly tout craché : généreuse à l'excès, et inconsciente de l'humiliation qu'il lui arrivait de faire subir à celui ou celle qu'elle comblait. Son amie réglerait ces billets d'une manière ou d'une autre, elle se le promettait.

— Vous voilà! s'exclama Bertie. On croirait chercher une aiguille dans une botte de foin.

Posant le regard sur le petit écriteau, il fronça les sourcils.

— J'ignorais que vous alliez voyager en première classe.

— Moi aussi, rétorqua sèchement Loulou.

— Après réflexion, expliqua Dolly, j'ai décidé qu'il était hors de question pour nous de loger dans l'entrepont. Où est Freddy?

— Ici! lança ce dernier en se frayant un chemin parmi la cohue. Je pensais que tu avais filé sans me dire au revoir.

— Jamais je ne ferais une chose pareille, mon Freddy chéri.

Elle lui piqua un baiser sur la joue, lui tira doucement la moustache.

— Ce que tu peux être bête, ajouta-t-elle.

Bertie émit un bruit de gorge – embarras ou agacement? –, avant d'entraîner les trois jeunes gens sur le quai.

— Vous allez d'abord emprunter le ferry-boat jusqu'à l'*Ormonde*. Le navire se trouve là-bas.

Loulou contempla ce dernier, qui allait devenir son logis durant les six semaines à venir. Un bâtiment considérable, pourvu de deux cheminées, de mâts interminables... Mais, comme elle appréciait l'élégance de ses lignes, la jeune femme se sentit soudain envahie par le doute. En choisissant de partir, elle avait meurtri beaucoup de gens autour d'elle – Clarice ne lui avait toujours pas accordé son pardon, puisqu'elle ne se trouvait pas sur le quai.

Dolly, qui semblait avoir lu dans ses pensées, la prit par le bras.

— Mieux vaut les saluer ici, murmura-t-elle. Personnellement, j'ai horreur des adieux à rallonge. On finit toujours par ne plus savoir quoi dire.

— Je parie que je pourrais partir avec vous, claironna Freddy. Je suis sûr qu'il reste des cabines.

— Je suis navrée, bredouilla une Dolly manifestement horrifiée par cette proposition. Mais tu ne peux quand même pas tout planter là alors que tu viens d'obtenir une promotion à la banque. Nous allons revenir très vite.

Bertie passa un bras fraternel autour des épaules du malheureux garçon.

— Freddy sait parfaitement que ce serait pure folie que d'embarquer avec vous. Il est bien trop occupé pour se permettre une croisière.

Le jeune homme se tourna vers Dolly en quête d'un conseil; il souffrait beaucoup.

— Tu ne veux vraiment pas que je vous accompagne?

— Va-t'en jouer avec les sous de papa et maman, lui répondit sa fiancée en l'étreignant, et ne te fais aucun souci pour nous. À mon retour, tu me dresseras la liste de tes réussites professionnelles.

Pendant que les jeunes gens échangeaient un baiser passionné, Loulou serra la main de Bertie.

Le sourire du mécène n'alluma pas la moindre étincelle dans son regard sombre.

— Bon voyage, Loulou. Reviens-nous vite. Et n'oublie pas: j'attends de toi de grandes choses. Ne me déçois pas.

On aida les deux amies à grimper à bord d'un bac surchargé de bagages. Leurs talons hauts les gênaient, et le vent qui soufflait sur l'eau manqua d'emporter le chapeau de Dolly. Déjà elles riaient, elles échangeaient des plaisanteries. Ayant trouvé deux sièges, elles se retournèrent pour saluer de la main les garçons sur le quai.

Comme elle attendait que le petit bateau s'ébranlât enfin, Loulou scruta la foule rassemblée. Hélas, Clarice demeurait introuvable. La jeune femme devait se rendre à l'évidence : sa grand-tante n'avait aucune intention de lui souhaiter bon vent.

Clarice avait tenté de résister à la tentation de se rendre sur le port, mais, au terme d'une nuit d'insomnie, elle y avait cédé. Assise à l'arrière d'un taxi, elle regardait les deux amies se hisser tant bien que mal à bord du ferry. Lorelei était heureuse, même si elle jetait d'incessants regards en direction du quai, comme si elle y cherchait quelqu'un – avait-elle deviné que sa grand-tante serait là pour la voir partir ?

Quelle lâche ! se réprimanda cette dernière. Incapable de s'extraire de l'auto pour prouver à sa petite-nièce qu'elle lui accordait son pardon, qu'elle l'aimait et qu'elle lui manquait déjà. Bah. Les amis de Loulou se trouvaient là, eux, qui ne craignaient pas de lui manifester leur affection. C'était d'eux que la jeune femme se languirait.

Un sourire se peignit sur les lèvres de Clarice lorsque Lorelei s'esclaffa – Dolly venait sans doute de lui glisser une sottise à l'oreille. Quelle beauté. L'aventure la grisait : elle était resplendissante.

Les matelots ayant, au moyen des cabestans, déroulé les cordes qu'ils envidèrent ensuite avec soin sur le toit du bac, celui-ci se mit en route vers la rive opposée en lâchant quelques coups de sifflet.

Loulou et Dolly saluaient leurs amis de la main. Pendant un instant, Clarice ne les distingua plus – les garçons lui bouchaient la vue. Comme ils se déplaçaient le long du quai, elle se pencha vers l'avant, résolue à ne plus lâcher des yeux Lorelei, qui se dirigeait à présent vers l'*Ormonde*.

Mais déjà, le ferry-boat disparaissait derrière le gigantesque navire. Clarice se laissa retomber sur son siège et ferma les paupières.

— Adieu, ma chérie, souffla-t-elle. Que Dieu te garde.

— Tout va bien, madame?

Elle fit oui de la tête au chauffeur, dont elle repoussa la sollicitude d'un geste dédaigneux.

— Ramenez-moi à l'hôtel.

Les quelques mois qui venaient de s'écouler s'étaient révélés passionnants. Il avait sillonné Londres sur les traces de Loulou Pearson, avant de la suivre dans le Sussex. Ayant rassemblé les coupures de presse consacrées à l'exposition de la jeune femme, ainsi que les articles concernant le suicide de Maurice, il avait déposé le tout à l'étude, accompagné d'un compte rendu détaillé de la visite rendue par Lorelei au notaire de sa grand-tante. Il avait également signalé qu'elle avait acheté un billet pour la Tasmanie – elle voyagerait à bord de l'*Ormonde*. Il ne lui restait plus qu'à rédiger son rapport final, et c'en serait terminé de sa mission.

Il demeura sur le quai longtemps après que le taxi de Clarice se fut éloigné. L'*Ormonde* levait l'ancre. L'homme se sentait troublé. Jamais on ne lui avait clairement exposé les raisons pour lesquelles il devait filer Loulou et expédier chaque année un rapport sur ses activités à une étude de notaires de Londres. Jusqu'ici, il ne s'en était pas soucié. On le payait grassement. Pourquoi aurait-il posé des questions? Il avait rempli ses instructions à la lettre. Mais voilà que des doutes l'assaillaient.

Les événements s'étaient précipités après l'arrivée de la première lettre de Tasmanie. Sa longue expérience de détective privé lui avait aussitôt soufflé qu'il se passait de drôles de choses : quelqu'un manipulait Loulou Pearson. Il ignorait qui, et dans quel but on se conduisait ainsi avec elle ; à présent, cela le chagrinait.

Loulou et Dolly venaient d'inspecter leur cabine. Elles s'étaient extasiées devant les beaux couvre-lits, le mobilier, les espaces de rangement si astucieusement conçus, les énormes bouquets de fleurs que leurs amis leur avaient fait livrer. À présent, blotties dans leurs manteaux pour se protéger du vent glacé qui se levait sur la Tamise en même temps que le soleil déclinait, elles sirotaient le champagne que Loulou avait commandé au steward.

Le pont s'emplissait à mesure que se rapprochait l'heure du départ ; l'excitation était partout palpable. Accoudée au bastingage, Loulou se pencha : en contrebas, on rangeait les passerelles, on tirait les cordages. La passerelle, les deux amies ne l'avaient gravie qu'en ôtant leurs souliers – l'aventure s'était soldée par un fou rire général, car toutes les passagères avaient dû se déchausser. Une fois le pont atteint, Loulou et Dolly avaient filé leurs bas mais s'étaient déjà fait plusieurs amies.

La jeune artiste porta son regard au loin, vers la pleine mer et l'horizon.

— Pince-moi, Dolly, pour que je sois bien sûre de ne pas rêver.

Dolly se mit à rire en lui pinçant doucement la joue.

Le jet de vapeur qui s'échappa soudain des deux cheminées les fit sursauter ; l'*Ormonde* quittait lentement son mouillage. Loulou leva son verre sans un mot pour saluer Clarice en lui promettant, par la pensée, de regagner un jour l'Angleterre. Lorsque ensuite elle se tourna vers Dolly, elle arborait un sourire radieux. L'allégresse jetait des lueurs dans ses yeux.

— Buvons à l'amitié, et buvons pour que cette traversée se déroule sans encombre.

— Et buvons à l'Australie! brailla son amie.

Elles entrechoquèrent leurs coupes, qu'elles vidèrent pendant que le port de Londres s'éloignait derrière elles.

5

Comme le mois d'août cédait le pas à septembre, Clarice eut l'impression que les nuits devenaient d'encre, et que ces ténèbres assemblées autour d'elle l'étouffaient. Jusqu'ici, les craquements discrets de la demeure familiale lui avaient apporté un indéniable réconfort, mais leurs plaintes familières ne lui étaient plus d'aucun secours – au contraire, ces vieux compagnons lui rappelaient qu'à l'exception de Vera Cornish, qui dormait sous les combles, il n'y avait plus qu'elle dans la maison.

Allongée sur son lit, les yeux grands ouverts et incapable de trouver le repos, elle écoutait les raclements de la plomberie, le sifflement du vent dans les conduits de cheminée, les soupirs de la charpente… La bâtisse respirait – elle non plus ne paraissait pas se résoudre à dormir. Clarice, qui n'avait jamais cru aux fantômes, ne craignait pas le noir. En outre, elle appréciait la solitude. Mais, aujourd'hui, tandis qu'elle attendait que les premières lueurs de l'aube se décident enfin à chasser la pénombre, des souvenirs la hantaient. Ils la visitaient chaque nuit depuis le départ de Lorelei. Ils la harcelaient, la tourmentaient, exigeaient qu'elle les ressuscitât, ravivant en elle de vieux chagrins et une honte qui la torturaient.

Elle ferma les paupières et se rendit. Bientôt, Lorelei poserait le pied sur le sol australien, où tout avait commencé.

Sydney, Australie, décembre 1886

Clarice avait passé ces onze derniers mois à tenter d'éviter Lionel. En vain, ils évoluaient tous deux au sein d'un univers restreint. Il se montrait à son égard plein de sollicitude. Il aimait aussi la taquiner. La gentillesse qu'il lui manifestait était celle d'un grand frère, mais elle se sentait attirée par lui comme un papillon par la flamme, à tel point qu'elle s'était réjouie de le voir quitter Sydney pendant plusieurs semaines pour raisons militaires.

La nuit, elle priait pour parvenir à repousser loin d'elle cette coupable inclination. Le jour, elle s'ingéniait à demeurer, en présence du général, distante et poliment réservée. Elle finit par se croire victorieuse, car nul n'avait deviné les tourments dont elle était le siège derrière son calme apparent.

Le lien qui unissait les deux sœurs avait toujours été ténu : cinq ans les séparaient, et l'exil de Clarice en Angleterre avait achevé de faire d'elles des étrangères. Cependant, et Clarice s'en réjouissait, leurs retrouvailles les avaient rapprochées ; elle espérait que peu à peu une amitié plus profonde naîtrait entre elles, et elle utilisait ce vibrant espoir comme un bouclier contre ses émotions.

Le palais du gouverneur, qui dominait Farm Cove, se dressait au milieu d'immenses jardins soigneusement entretenus. Une véranda courait le long du mur oriental de la demeure, tandis qu'à l'avant on avait ajouté un portique des plus majestueux. Debout à l'ombre d'un arbre, Clarice et Eunice jouissaient de la fraîcheur relative de la brise marine, qui se frayait un chemin parmi les innombrables criques du grand port. Elles se trouvaient là pour assister à la fête d'anniversaire du gouverneur. Malgré la taille imposante de la bâtisse, il s'y pressait tant de monde que l'on respirait avec peine.

— Je le trouve un brin surchargé, ce palais, observa Clarice.

— Il y a des créneaux partout, renchérit Eunice sur un ton réprobateur. Des créneaux, des tourelles… Tout cela est horriblement pompeux. Dans le genre château en Espagne, ça se pose là.

Sa cadette, en souriant, tamponna son visage humide de sueur. Eunice n'avait jamais eu la langue dans sa poche – force était d'admettre que cet édifice, dont l'architecte semblait avoir hésité entre plusieurs styles sans jamais en choisir aucun, possédait quelque chose d'incongru dans ce cadre exotique. Les jardins, en revanche, étaient splendides : parterres de fleurs richement colorés, fougères à foison, eucalyptus délicats, pins s'élançant vers le ciel… Clarice ne se lassait pas de s'y promener. Les volatiles, dont le plumage emprisonnait des arcs-en-ciel entiers, ajoutaient à la splendeur des lieux. Et tant pis pour les cris discordants de l'ibis ou les piailleries des mouettes affamées : les oiseaux chanteurs leur rabattaient le caquet.

Clarice cligna des yeux dans le soleil, se rappelant soudain l'incommensurable distance qui la séparait de chez elle. Elle prit la main de sa sœur, heureuse qu'elles fussent à nouveau réunies.

Elle observa son aînée, dont la robe lilas et le chapeau de soie violette orné de rubans rehaussaient la chevelure et les yeux noirs. Elle faisait beaucoup plus jeune que son âge, elle était belle et jamais ne se départait de sa sérénité. Clarice éprouva une pointe de jalousie à l'encontre de sa sœur qui, elle, ne souffrait pas de la chaleur.

— Je vois que tu t'acharnes à ignorer mes conseils vestimentaires, lui fit justement remarquer Eunice d'un ton sec. Résultat, te voilà aussi rouge qu'une pivoine, ce qui me paraît tout à fait inconvenant.

Clarice serra plus fort son ombrelle.

— C'est la canicule qui m'accable, maugréa-t-elle avec des airs de défi. Pas ma tenue.

— Tu ne te soucierais pas de la température extérieure si on ne te ficelait pas tous les matins à la façon d'un poulet prêt à passer au four.

— Je trouve indécent de se promener à moitié nue.

Sur ce, Clarice se détourna en feignant d'examiner une horde de mouettes en train de se quereller au-dessus d'un bateau de pêche qui traversait le port. Décidément, elle ne satisfaisait personne, mais elle se sentait trop mal pour ferrailler encore à propos de son accoutrement.

— Dans ce cas, rétorqua Eunice avec humeur, il n'est pas une Australienne qui soit vêtue convenablement. Mais au moins n'arborent-elles pas ce teint rubicond d'une Anglaise au bord du coup de chaleur.

Soudain, ses traits s'adoucirent.

— Tu as toujours eu un caractère bien trempé, dit-elle à sa sœur, et tu es une jeune femme sensée. Comment se fait-il que tu permettes à Algernon de te rudoyer à ce point?

— Il ne me rudoie pas.

— C'est lui qui décrète ce que tu dois porter, à qui tu dois parler, à quelles réceptions tu dois assister. Je suis prête à parier qu'il décide également de tes lectures.

Elle saisit la main de Clarice dans la sienne pour lui indiquer qu'elle ne parlait que pour son bien.

— Je sais qu'Algernon n'est pas toujours facile à vivre, ajouta-t-elle. Il ressemble tellement à papa... Mais tu dois te défendre.

La honte à nouveau accabla Clarice : comme on devait la juger faible, à la voir se plier sans sourciller aux règles édictées par son époux ; elle n'en concevait plus que gêne et désarroi.

— Tu ne comprends pas, avança-t-elle doucement en baissant la tête pour que le bord de son chapeau plongeât son visage dans l'ombre.

— Je crois que si, répondit Eunice avec compassion. Tu estimes l'avoir déçu parce que tu ne lui as pas donné d'enfant. C'est ridicule. Sa première femme ne lui en avait pas donné non plus, ce qui laisse supposer que le problème vient de lui.

Que sa sœur abordât sans ambages un sujet aussi intime fit rougir Clarice, à qui Eunice ne laissa pas le loisir de protester.

— Sa mentalité d'un autre âge l'empêche de s'ouvrir à nos façons de vivre ici, enchaîna-t-elle. Il ne se sent pas en sécurité – on croirait un poisson hors de l'eau. Il a beau continuer d'afficher son autorité en public, il sait qu'il n'exerce plus son pouvoir que sur toi. C'est pour cette raison qu'il reste sourd à tous les conseils et qu'il te soumet à sa volonté.

Clarice fixait sa sœur. Quelle perspicacité…

— Tu as vu juste, admit-elle. Mais m'opposer à lui ne sera pas une mince affaire. Il faudra que je choisisse le moment adéquat.

— Ne traîne pas trop, ou cette chaleur finira par te tuer.

Lorsqu'elle vit approcher Algernon, elle ouvrit son ombrelle.

— Nous poursuivrons cette conversation plus tard, conclut-elle d'un air grave.

Clarice adressa un sourire à son époux mais, déjà, son cœur cognait dans sa poitrine à la seule perspective de le défier bientôt.

Trois jours s'étaient écoulés depuis cette discussion. Clarice avait congédié sa servante : elle ne voulait pas que celle-ci la vît lutter contre son indécision, plantée au milieu de sa chambre, où elle tâchait de rassembler son courage. Elle avait passé toute la matinée à se préparer pour ce déjeuner ; le sol était jonché de vêtements, de chapeaux et de souliers.

La jupe de mousseline bleu pâle lui semblait si légère, munie d'un seul jupon. Quant à la veste assortie, elle dissimulait un chemisier fin, dont l'étoffe était douce et fraîche contre sa peau. Elle se déplaça dans la pièce. Enfin débarrassée de son corset, elle respirait, tandis que la mousseline chuchotait autour de ses jambes nues. Cette liberté nouvelle l'enivrait, mais elle se sentait à la fois nue et vulnérable.

Son regard tomba sur les jupons jetés sur le dossier d'une chaise, sur les bas qu'elle avait abandonnés, sur les corsets gisant à même le parquet. Pouvait-elle se permettre une telle audace ? Serait-elle capable d'affronter Algernon en public ?

— Il le faut, souffla-t-elle. La température ne cesse de grimper. Si je renonce, je n'y survivrai pas.

Sur quoi elle redressa les épaules et fixa, dans le miroir, son reflet qu'elle évitait depuis le début de la matinée.

D'abord, elle éprouva de l'appréhension, puis celle-ci céda le pas à la stupeur : elle avait certes renoncé aux deux tiers de sa garde-robe, pourtant rien, en apparence, n'avait changé.

Elle avait ramené ses blonds cheveux en chignon bouclé sur le sommet de son crâne ; un petit chapeau de paille légèrement incliné la protégerait du soleil. La veste à col montant soulignait sa taille de guêpe aussi avantageusement qu'au temps du corset, sa jupe épousant la forme de ses hanches pour se rassembler, dans son dos, en une plissure de fanfreluches qui révélait l'ourlet en dentelle de son unique jupon. Elle gloussa de plaisir. Eunice avait raison. Elle se sentait si bien… Algernon lui-même ne pourrait en deviner la cause.

Elle se parfuma les poignets et le cou avec une manière de coupable abandon, orna d'une perle le lobe de ses oreilles avant de s'emparer de son ombrelle frangée d'un geste de bravade. Elle prit une profonde inspiration, ouvrit la porte de sa chambre et s'engagea dans le couloir avec résolution. Elle entendit au loin les domestiques s'affairer en cuisine mais, par bonheur, nulle part elle ne vit son époux. Elle descendit l'escalier en hâte, se précipita vers la porte d'entrée, dévala les marches du perron pour atteindre l'allée cendrée qui bordait la pelouse.

Attentive à son maintien et le cœur battant, elle ouvrit son ombrelle pour se diriger vers la charmille, où se tiendrait le déjeuner. Les jardiniers ratissaient le gazon frais coupé, et l'une des servantes avait surgi de la cuisine pour cueillir les herbes aromatiques avec lesquelles elle parfumerait le poisson. Clarice se raidit, prête à endurer les regards et les quolibets; elle avait déjà prévu de regagner sa chambre en courant pour se changer.

Les jardiniers la saluèrent en effleurant d'un doigt le bord de leur chapeau puis, sans lui jeter plus qu'un bref coup d'œil, ils se remirent à jouer du râteau. La bonne, pour sa part, lui fit une révérence avant de retourner à son persil. Clarice n'en continuait pas moins de retenir son souffle, si bien que, parvenue sous la charmille, elle se laissa tomber avec soulagement dans un fauteuil en rotin, où elle tâcha de se détendre; elle n'avait pas encore subi l'épreuve ultime.

Eunice parut un peu plus tard dans un frou-frou de dentelle et de mousseline.

— On croirait un tableau vivant parmi les fleurs, dit-elle à sa sœur en l'embrassant avant de considérer sa taille d'un œil expert. Enfin libre, murmura-t-elle avec un sourire approbateur.

Clarice tressaillit, saisie par l'inquiétude.

— Ça se voit?

— Ne te tourmente pas, se dépêcha de la rassurer Eunice. Il faut te serrer entre ses bras pour s'en apercevoir, or il ne s'agit pas d'un bal.

Sa cadette lui prit la main en pouffant.

— Merci d'être venue si tôt. Tu as deviné combien la présence de ma grande sœur m'était précieuse aujourd'hui.

— C'est Gwendoline que tu ferais mieux de remercier, rétorqua Eunice d'un ton sec. Elle a harcelé son père toute la matinée parce qu'elle voulait absolument visiter tes écuries, et elle enrageait de me voir prendre trop de temps pour me préparer. Algernon a acheté un nouveau cheval ?

Clarice sursauta ; elle avait oublié que Lionel était rentré de Melbourne. Elle se ressaisit en hâte et hocha la tête.

— Il m'a assuré qu'il était issu d'une lignée prestigieuse, et M. Reilly semble persuadé d'en faire un champion. Mais Sabre mesure un mètre soixante au garrot et il n'est qu'à demi dressé. Gwendoline ne sera jamais capable de le monter.

— Hélas, ma fille ne l'entendra pas de cette oreille. Et si je l'exhorte à la prudence, elle foncera tête baissée. Espérons que Lionel saura la dissuader. Elle n'écoute que lui.

— Gwendoline te pose des problèmes ? s'enquit Clarice, qui avait perçu de l'amertume dans la voix de son aînée.

— Elle a toujours été une enfant difficile. Elle ressemble à son père comme deux gouttes d'eau. Je me retrouve prise entre eux comme entre les mâchoires d'un étau.

— Je ne me rendais pas compte que...

Eunice haussa les épaules en faisant tournoyer son ombrelle.

— Tu as épousé un homme qui ne pense qu'à sa carrière. Le mien ne privilégie que les plaisirs virils. Je l'ai accepté depuis longtemps.

Il se peignit de la mélancolie sur ses traits.

— J'avais espéré que mon unique enfant m'apprécierait davantage, mais elle se révèle aussi capricieuse et égoïste que Lionel. Ils n'en font qu'à leur tête.

Eunice souffrait.

— Je t'ai raconté tous mes petits soucis, s'excusa sa cadette, sans m'apercevoir que tu n'étais pas heureuse.

— Toutes les femmes possèdent l'art de dissimuler leurs émotions derrière leurs bonnes manières. Nous nous risquons rarement à confier la vérité.

Elle se tourna vers Clarice, au bord des larmes.

— J'avais tellement envie que Gwen m'aime. Mais j'ai échoué dans mon rôle de mère, au point qu'aujourd'hui je n'éprouve plus le moindre élan vers elle. Je ne la comprends pas.

— Oh, Eunice, soupira sa sœur.

— Tout est ma faute, avoua l'épouse du général en se tamponnant les yeux à l'aide de son mouchoir. Je me réjouissais tellement de l'adoration de Lionel pour sa fille que je l'ai laissé la gâter jusqu'à la pourrir. Résultat, elle le vénère et lui pardonne tous ses manquements, alors qu'elle me tient presque pour une intruse. Elle ne tolère ma présence que quand son père est en déplacement, mais ses colères me rendent malade.

— Une bonne fessée lui remettrait les idées en place, assena Clarice.

— Crois-tu que je n'y ai déjà eu recours? répondit sa sœur, souriant un peu entre ses larmes. Elle a boudé pendant plusieurs jours, c'est tout. Et, aujourd'hui, à presque treize ans, elle a passé l'âge des châtiments corporels.

Clarice n'était pas d'accord, mais elle ne souffla mot.

— Peut-être Lionel pourrait-il la remettre dans le droit chemin, hasarda-t-elle doucement.

— En sa présence, elle est tout sourires, si bien qu'il refuse de me croire quand je lui rapporte ses agissements. Selon lui, elle est parfaite.

— Dommage que vous ne l'ayez pas expédiée à Londres, maugréa Clarice. Elle y aurait au moins appris la discipline.

— Son père s'est opposé à son départ.

Après s'être assise à l'ombre de la charmille, Eunice s'empara d'un verre de citronnade fraîche.

— Mon Dieu, lâcha-t-elle. Je déteste cet endroit. Si seulement je pouvais rentrer chez nous…

— Je repartirais volontiers, moi aussi. Mais nous voilà prises au piège jusqu'à ce que nos époux reçoivent l'ordre de s'en aller.

Elle but une gorgée de citronnade.

— Au moins, ajouta Clarice, tu t'es mariée par amour. Cela doit tout de même te consoler un peu.

— Cela devrait, en effet, répondit son aînée. Je le suppose.

Clarice s'apprêtait à la pousser dans ses retranchements lorsque Lionel parut à l'autre bout du jardin, Gwendoline pendue à son bras. Toujours aussi beau, toujours aussi fringant. Le cœur de la jeune femme s'emballa, mais les révélations de sa sœur la poussèrent à s'intéresser davantage, pour une fois, à l'adolescente qui l'accompagnait. Vêtue de mousseline blanche et rose, elle arborait un ravissant chapeau de paille juché sur ses boucles brunes. C'était une enfant grande et mince, dont on devinait, même à cette distance, qu'elle ne tarderait pas à faire tourner les têtes.

Le père et la fille formaient un inséparable duo, indifférent au monde qui les entourait : il riait à ce qu'elle disait, elle levait vers lui des yeux ardents, à tel point que Clarice éprouva une pointe de jalousie. Elle n'en comprit que mieux les tourments d'Eunice, à qui ces deux-là ne permettaient pas de pénétrer dans leur cercle.

— Bonjour, tante Clarice, lança Gwendoline avec une révérence. Je viens d'aller voir Sabre, et papa m'a dit que je pourrais le monter si tu m'en donnes la permission.

L'adolescente battit des cils, l'œil implorant.

— S'il te plaît, dis oui, tante Clarice. Tu sais combien ton avis m'importe.

Clarice ne manqua pas de remarquer que Gwendoline ignorait sa mère. Elle eut d'autant moins envie de céder à cette basse flatterie.

— C'est à oncle Algernon que tu dois t'adresser, répliqua-t-elle avec froideur. Ce cheval lui appartient.

L'enfant haussa les épaules et, continuant d'agir comme si Eunice n'était pas là, elle se tourna vers Lionel avec une moue.

— Tu vas lui demander, hein, papa?

— Bien sûr, mon poussin, acquiesça le général avec un large sourire.

Il baisa l'air au-dessus des doigts de Clarice, l'œil guilleret.

— Je ne peux rien lui refuser, expliqua-t-il, même si Sabre n'est sans doute pas fait pour une petite fille aussi délicate.

Clarice garda pour elle la réponse acerbe qui lui brûlait les lèvres. Certes, Gwendoline était une liane, mais derrière cette fragilité apparente se dissimulait une constitution d'acier, que plusieurs heures d'équitation quotidiennes n'avaient fait que renforcer. Une petite fille… Il brillait au contraire, dans ses yeux, une étincelle de ruse qui seyait fort mal à une adolescente de treize ans. Clarice, qui pressentait les drames à venir, tressaillit face à l'inanité de la remarque. L'arrivée d'Algernon lui épargna de devoir y réagir.

Accompagné du ministre des Finances et de son épouse, qu'il présenta à sa famille, ce dernier ne cilla pas en découvrant la tenue de Clarice qui, de toute façon, se sentait étrangement calme : les confidences d'Eunice et la rouerie de Gwendoline lui importaient désormais bien davantage que ses jupons et ses corsets.

Clarice rejeta la couverture. Elle se leva, glissa ses pieds dans ses chaussons avant d'enfiler, par-dessus sa chemise de nuit, son peignoir en laine. Elle tira les rideaux : le soleil ne s'était pas encore levé. Néanmoins, l'odeur du chèvrefeuille lui parvint par la fenêtre ouverte, mais elle la huma avec moins de plaisir que d'ordinaire.

C'était à compter de ce jour si lointain, vécu à l'autre bout de la planète, qu'elle avait tenu tête à Algernon. Plus jamais elle n'avait porté de gants ni de corset, sinon lors des bals ou des soirées. Elle dévorait par ailleurs tous les livres, tous les journaux qui lui tombaient sous la main – elle les cachait dans un tiroir de la chambre.

En compagnie d'Eunice, elle avait assisté à des concerts, à des thés, à des soirées durant lesquelles des poètes lisaient leurs recueils, ou bien l'on invitait des musiciens à s'y produire. De la rébellion au petit pied, sans conteste, mais ces menus coups d'éclat avaient exigé un immense courage de la part d'une jeune femme élevée par un père qui ne souffrait pas que l'on dérogeât aux règles qu'il avait prescrites.

Clarice eut un sourire ironique. Ces défis à l'autorité d'Algernon étaient passés à l'époque pour une véritable mutinerie, alors que les jeunes gens d'aujourd'hui les jugeraient insignifiants – quelle femme accepterait désormais de vivre ainsi sous la férule de son époux ?... Pourtant, elle ne leur enviait pas cette indépendance conquise de haute lutte, car si elle avait permis à certaines d'obtenir le droit de vote, à d'autres de poursuivre une carrière professionnelle selon leurs vœux, la grand-tante de Lorelei soupçonnait ce monde merveilleux d'être plus difficile à comprendre que celui qu'elle avait connu. À présent que l'on avait aboli les barrières sociales et foulé aux pieds les traditions, plus d'une femme devait se retrouver démunie, face à un avenir incertain.

Elle resserra son peignoir autour d'elle en frissonnant, malgré la douceur de l'aurore. Jusqu'à ce jour décisif entre tous, elle ne s'était jamais rendue maîtresse de sa destinée – il s'était toujours trouvé un maître pour paver son chemin. Mais la liberté vous montait à la tête, Clarice l'avait appris à ses dépens, et elle pervertissait quiconque en usait à la légère. En cette journée d'été à Sydney, les sombres nuées de la dépravation s'amoncelaient déjà.

Tasmanie

Cette journée de septembre avait joliment commencé. Le champ de courses de Spreyton Park résonnait de mille clameurs, éclatait de mille couleurs. Après avoir vu leur pouliche remporter une compétition, les propriétaires de Hobart se trouvèrent pleinement récompensés du long voyage qu'ils venaient d'accomplir lorsque, contre toute attente, leur poulain se hissa à la troisième place de sa course.

Joe les laissa à leur euphorie pour se diriger vers les écuries, où Bob s'apprêtait à monter Météore dans la Maiden Plate[1]. C'était la première fois que l'animal allait s'aligner dans une course en Tasmanie.

— Il m'a l'air en forme, murmura Joe, mais comme il a déjà beaucoup donné de sa personne cet après-midi, ne le pousse pas trop tôt.

---

[1]. Course à laquelle participent des chevaux qui n'ont encore remporté aucune victoire.

Lorgnant le superbe cheval hongre que l'on faisait sortir d'une stalle voisine, il salua d'un hochement de tête son entraîneur à tête de fouine.

— Si Holt est là, c'est qu'il compte gagner, grommela-t-il. Alors, garde ton sang-froid et surveille bien son jockey. Il risque d'y avoir du grabuge.

Bob, qui resplendissait dans sa casaque tricolore, saisit les rênes en s'efforçant de paraître détendu, mais Joe le voyait transpirer aussi abondamment que sa monture.

— Fais de ton mieux, mon garçon. Météore se chargera du reste.

— Elle est pas venue, hein? s'enquit le *jackaroo*, déçu par l'absence d'Eliza.

— En effet. Cette épreuve, c'est de la petite bière, comparée à ce qu'ils attendent de leur poulain, mais je peux t'assurer que, s'il la remporte, les Frobisher père et fille feront le déplacement à Hobart.

— À tout à l'heure! lança Bob, apaisé, en se dirigeant vers la ligne de départ.

Joe fourra les mains dans ses poches et observa l'animal, que l'adolescent menait à présent au petit galop. Météore possédait toutes ses chances, à condition que le garçon n'oublie pas les leçons qu'il avait apprises.

— Bonjour, Joe.

Il se retourna. Son cœur s'était mis à battre la chamade dès qu'il avait identifié la voix.

— Penny, parvint-il à articuler. Qu'est-ce que tu fais là?

— Je suis avec Alec et papa. Nous avons inscrit l'une de nos pouliches à la prochaine course.

Le soleil jetait des éclats d'or dans la chevelure et les cils de la jeune femme; les nuances noisette de ses yeux lui semblèrent plus foncées que dans son souvenir. Il tira sur le bord de son chapeau, soulagé qu'elle ne pût distinguer l'autre côté de son visage.

— Comment vas-tu ? hasarda-t-il timidement.

— Bien. Et toi ? Tout se passe comme tu le souhaites à Galway House ?

Joe détourna le regard en feignant d'examiner la piste. Ces retrouvailles impromptues étaient plus difficiles qu'il ne l'aurait imaginé.

— Nous nous occupons de dix chevaux, maintenant, et un onzième devrait prendre pension chez nous à la fin du mois. J'ai dû embaucher deux autres *jackaroos*, ainsi qu'une jeune fille pour aider ma mère à la cuisine. Je passe énormément de temps à essayer de convaincre les meilleurs jockeys du circuit de courir pour nous.

— Après la compétition d'aujourd'hui, murmura-t-elle, tu ne devrais plus avoir beaucoup d'efforts à faire pour les attirer. Il y a de vraies graines de champion dans tes écuries.

— Je n'ai pas à me plaindre.

Un silence pesant s'installa entre eux.

— Il paraît que tu entraînes le poulain de Lorelei Pearson ? Papa et moi avons été surpris d'apprendre que tu acceptais de faire affaire avec cette famille.

Joe fronça les sourcils.

— Comment connais-tu Mlle Pearson ? Elle vit en Angleterre et, pour autant que je sache, elle ne possède aucun lien avec la Tasmanie.

— Je ne l'ai jamais rencontrée, mais des relations avec cette île je peux t'assurer qu'elle en entretient plus d'une. Je connais sa mère. Hélas.

Une grimace de dégoût lui déforma les lèvres.

— Sa mère habite ici ?

— Gwendoline Cole possède une petite ferme non loin de Poatina.

Il y avait du mépris dans le ton de la jeune femme. Joe, lui, s'efforçait de remettre de l'ordre dans ses idées.

— Qui est-elle, au juste ? Et qu'a-t-elle fait pour mériter de ta part un pareil dédain ?

— Bonté divine, Joe, répondit-elle en écarquillant les yeux. Tu as passé toute ton existence en Tasmanie, et tu n'es au courant de rien?

Les jockeys sur leurs montures se rapprochaient de la ligne de départ; Joe s'impatientait. Il manquait de temps pour entrer dans le jeu de Penny.

— Je n'écoute pas les potins, se contenta-t-il d'observer.

— Tiens, quand on parle du loup…, lança la jeune femme en regardant par-dessus l'épaule de son interlocuteur.

Piqué par la curiosité, il posa à son tour les yeux sur la créature plantée à deux pas de la clôture. Elle était plus jeune qu'il ne s'y attendait. De brillants cheveux bruns. Un corps délié, enveloppé dans un manteau de fourrure. Auprès d'elle se tenait un homme, avec qui elle flirtait ouvertement – elle ouvrit de grands yeux lorsqu'il alluma sa cigarette, tenant sa main pour empêcher la flamme de vaciller, avant de lui éclater de rire au nez.

— Tu en es certaine?

— Absolument, affirma Penny d'un ton acerbe. Et si elle est restée fidèle à sa réputation, je puis t'assurer qu'elle ne porte pas de sous-vêtements sous son manteau. Je me demande qui est ce pauvre garçon sur lequel elle vient de mettre le grappin. Un homme marié, probablement. Ce sont ses cibles favorites. Si la fille ressemble à la mère, je te conseille de prendre tes jambes à ton cou, Joe. Gwendoline Cole est une menteuse, une tricheuse, qui ne s'épanouit que dans le malheur des autres.

L'humeur légère de Joe le quitta sur-le-champ. Il songeait au mystère entourant la propriété d'Océan, à l'insaisissable M. Carmichael par le biais duquel le poulain était arrivé jusqu'à son établissement. Si sa fiancée d'autrefois voyait juste, ses propres soupçons se trouveraient bientôt confirmés : quelqu'un s'ingéniait à nuire à quelqu'un d'autre.

— Tu m'as l'air bien sûre de ton fait, Penny. Explique-toi.

— Ma sœur a eu la malchance de croiser son chemin lors d'un concours hippique. Julia devançait Gwen d'une place au moment de la finale, mais celle-ci a ruiné tous ses espoirs en l'accusant de lui avoir volé un bracelet en or. C'était faux, évidemment, mais on a découvert le bijou dans les affaires de Julia, qui n'a jamais réussi à prouver son innocence.

Elle rejeta ses cheveux vers l'arrière avant d'enfoncer ses mains dans les poches de son manteau.

— Depuis, ma sœur a préféré se retirer du circuit. Les ragots ont la vie dure, et dans un monde aussi petit que le nôtre, il est toujours de bonnes âmes pour se ranger du côté des méchants.

Joe guigna une nouvelle fois Gwendoline Cole. Bras dessus bras dessous, son compagnon et elle se dirigeaient vers la buvette en tanguant un peu. Ils n'en étaient pas à leur premier verre et, bien que Joe n'eût rien de prude, il détestait voir une femme prise de boisson.

— Je suis navré pour Julia, dit-il à Penny, mais je n'ai aucune raison de croire que Mlle Pearson ressemble à sa mère.

— Ce n'est pas ce que j'ai dit. Je me suis contentée de te mettre en garde. Méfie-toi, c'est tout.

— Tu viens néanmoins de me brosser un terrible portrait de cette femme, observa Joe. Personne n'a l'âme aussi noire.

— Tu n'imagines pas de quelles fourberies elle est capable.

Elle inclina la tête avant de lever les yeux vers lui.

— Interroge donc ta mère si tu ne me crois pas, ajouta-t-elle.

— Maman? lâcha-t-il, stupéfait. Quel rapport entre ma mère et Gwen Cole?

— Je ne le sais pas avec précision, répondit Penny en haussant les épaules. Papa a fait allusion à quelque chose, un jour, mais il s'agissait de vieilles histoires et je n'écoutais que d'une oreille.

Elle consulta sa montre.

— Il faut que j'y aille, s'interrompit-elle. Alec m'attend.

Joe repéra le diamant à son doigt.

— Le moment est-il venu pour moi de te présenter toutes mes félicitations? demanda-t-il, la voix éraillée par l'émotion.

La jeune femme piqua un fard en détournant les yeux.

— Alec et moi allons nous marier en décembre, dit-elle doucement.

Elle posa une main apaisante sur l'avant-bras de Joe.

— Je suis désolée.

Il avala sa salive, mais il avait la bouche sèche et la gorge nouée. Alec Freeman, revenu indemne des champs de bataille français, était en train de devenir l'un des meilleurs jockeys du circuit. Les deux garçons avaient jadis usé leurs fonds de culotte sur les bancs de la même école. Jamais Joe n'aurait cru que son ami lui soufflerait un jour sa promise.

— Félicitations, parvint-il à articuler. Alec est un type épatant. Je vous souhaite tout le bonheur du monde.

Penny lui répondit d'un sourire, qui disait tout. Elle tourna les talons et s'en alla. Joe éprouva cette profonde tristesse qu'il avait déjà éprouvée deux ans plus tôt. Réussirait-il jamais à l'oublier?

Météore termina à une encolure du fringant cheval hongre de Holt; l'animal semblait ravi de sa prestation.

Bob, lui, se révélait intarissable, rapportant tous les détails de sa course à qui voulait l'entendre. Il fallut que Joe le menace de l'enfermer dans les toilettes et de l'y abandonner pour qu'il consente à se taire enfin.

Longtemps après la dernière compétition, la fête battait encore son plein ; lorsque les *jackaroos* installèrent les montures dans leur van, il faisait nuit. Les deux camionnettes se mirent en route l'une derrière l'autre.

Molly les accueillit dans la cour. Elle agita les bras pour chasser les gaz d'échappement qui la cernaient et grimaça.

— Il est temps d'investir dans de nouveaux véhicules, assena-t-elle à son fils. Ce n'est pas comme si tu n'en avais pas les moyens.

— Tu as raison, approuva Joe qui, à peine descendu de la camionnette, s'étira. Cette vieille guimbarde ne va pas tarder à rendre l'âme.

— Et la remorque ne vaut pas mieux. Elle a l'air lamentable à côté de celle d'Eliza.

Molly n'avait pas tort. Son fils avait d'ailleurs commencé à prendre quelques renseignements en vue d'un achat. La réputation de leur établissement passait aussi par la qualité de leur équipement. Il aida les garçons à faire descendre les chevaux, avant de s'assurer que les engins n'avaient pas souffert du périple. Bob, de son côté, narra de nouveau, pour ses camarades, cette course folle qu'il avait presque remportée.

Comme tous les soirs, Joe longea les box : il examinait les bêtes une à une, leur offrait au passage une pomme ou une carotte. Océan s'empressa de tendre le cou, pressé de recevoir sa friandise. Le maître des lieux tapota le museau du poulain, qui lui chipa sa pomme. Dans quatre semaines, la jeune bête participerait à sa troisième course ; jamais elle n'avait paru en meilleure forme. Que penserait Mlle Pearson de son cheval? À la suite de sa conversation avec Penny, Joe redoutait le pire.

Enfin, il regagna la maison. Molly s'affairait à la cuisine, où le fumet du rôti de porc et des pommes de terre mit l'eau à la bouche de son fils. Il n'avait presque rien avalé de toute la journée. Il mourait de faim.

— À quelle heure passerons-nous à table?

— Dans une demi-heure environ, répondit-elle en arrosant le rôti. Les garçons auront fini leur travail, et je suppose qu'ils auront dessaoulé.

Elle leva des couvercles, les reposa, chassa de son visage enflammé des mèches humides, avant de s'asseoir enfin.

— Je suis soulagée que Dianne commence demain. Toutes ces bouches à nourrir, ça devient compliqué.

Cadette de six filles, Dianne vivait dans un ranch voisin. Elle avait quitté l'école quelques mois plus tôt, avec un maigre bagage.

— C'est une brave gosse, observa Joe, mais pas bien maligne. Si ça se trouve, elle te pèsera plus qu'autre chose.

— Bah, ça me fera toujours deux mains supplémentaires. Et j'aurai vite fait de lui apprendre la musique, tu verras.

Elle s'essuya la figure.

— J'ai écouté les courses à la radio, enchaîna-t-elle. Bob pourrait bien devenir un fameux jockey, si on lui donne sa chance.

— C'est vrai, à condition qu'il sache la boucler. Il a à peine repris haleine depuis qu'il est descendu de sa selle.

Il ouvrit une bouteille de bière. En dépit du froid de cette nuit d'hiver, il régnait une douce chaleur dans la cuisine; la bière lui fit du bien.

— J'ai vu Penny, annonça-t-il à Molly.

— Ah bon? lâcha celle-ci en le scrutant depuis l'autre côté de la table. Comment va-t-elle?

— Bien. Elle va épouser Alec Freeman.

— Elle n'a pas perdu de temps, grinça Molly, les poings serrés.

Il sourit en posant les mains sur les mains de sa mère.

— Calme-toi. Cela fait presque deux ans, et Alec est un bon garçon.

Molly ne dit mot, mais on lisait sur ses traits comme dans un livre ouvert – elle aurait fait une piètre joueuse de poker.

Joe, pour sa part, sirotait sa bière en cherchant le moyen le plus judicieux d'évoquer Gwendoline Cole et sa relation avec Mlle Pearson.

— Elle m'a raconté des choses intéressantes, commença-t-il.

— Vraiment? fit sa mère en lui opposant un regard absent.

— D'après elle, l'un des membres de la famille de Mlle Pearson vit ici.

Cette fois, l'intérêt de Molly était piqué, elle qui se vantait de connaître tous les habitants du cru à plus de cent cinquante kilomètres à la ronde.

— Pearson? Cela ne me dit rien. S'ils étaient originaires de la région, je le saurais.

Elle réfléchit intensément.

— Ils doivent venir du Sud, conclut-elle avec dédain.

— Sa mère vit juste à côté de Poatina. Elle s'appelle Cole. Gwendoline Cole.

Molly se figea, sans que le verre qu'elle était en train de porter à ses lèvres pût les atteindre, les yeux agrandis par l'effroi. Elle cligna des paupières. Reposa doucement sa bière sur la table.

— Dieu du ciel…, souffla-t-elle. Jamais je n'aurais cru qu'on prononcerait de nouveau ce nom dans cette demeure.

— Tu la connais donc? C'est ce que pensait Penny.

— Comment le sait-elle? Elle n'était même pas née quand…

La bouche de Molly se réduisit à une ligne mince et son regard, d'ordinaire pétillant, s'était changé en glace. Jamais son fils ne lui avait vu ce visage.

— Quand quoi? la pressa-t-il.

— Peu importe.

Elle recula sa chaise, croisa les bras, l'œil fixé sur des casseroles qu'elle ne voyait même plus.

— Mais je comprends tout, à présent, enchaîna-t-elle. Pearson, Bartholomew et Cole. Évidemment…

— Qui est Bartholomew?

— C'était le nom de cette femme avant qu'elle épouse Ernie Cole.

Molly se leva, ouvrit la porte du four pour y piquer le rôti avec plus de vigueur que nécessaire, avant de revenir à ses casseroles.

— Ce pauvre Ernie a tenu le coup beaucoup plus longtemps que prévu, et nous avons tous applaudi en silence le jour où, enfin, il a trouvé le courage de quitter cette saleté.

— Et le nom de Pearson, d'où vient-il?

— Il ne s'agissait pas d'une enfant légitime. Elle a été adoptée. Je me fiche bien de savoir si cette Mlle Pearson possède une véritable fortune, ou si son poulain est une graine de champion, ajouta-t-elle, la mine sombre. Je refuse catégoriquement que la fille de cette ordure mette les pieds chez moi.

Joe recula d'un pas, stupéfié par cette véhémence dont Molly n'était pas coutumière.

— Pour tout dire, reprit-elle, et sa poitrine se soulevait et s'abaissait sous le coup de la colère, je ne veux même pas la voir. Elle ferait mieux de reprendre le prochain bateau pour l'Angleterre et de laisser en paix les honnêtes gens.

— Mais, si elle a été adoptée, elle possède sans doute un caractère très différent de celui de sa mère, plaida calmement Joe. Tu te montres peut-être un peu dure, en la jugeant avant même de l'avoir rencontrée…

— Le sang noir reprend toujours le dessus. Adoptée ou pas, elle appartient à Gwen Cole, et à ce titre je ne veux pas qu'elle m'approche.

— Pourtant, elle sera bientôt ici, rétorqua Joe, que ce courroux dénué d'explication finissait par exaspérer. Que faudra-t-il que je fasse? Que je lui interdise l'entrée des écuries?

— Tu agiras à ta guise, gronda Molly. Arrange-toi seulement pour qu'elle n'ait aucun contact avec moi!

Le garçon s'apprêtait à argumenter lorsque la radio grésilla dans l'entrée. Que faire? Il ne souhaitait pas abandonner sa mère dans cet état, mais il s'en serait voulu de manquer cet appel. À cette heure, ce ne pouvait être que quelque chose d'important.

— Allez! Va répondre! brailla Molly en lui jetant une serviette à thé à la figure. Fiche-moi la paix pendant que je prépare ce satané repas!

Il battit en retraite. Jamais il n'avait vu sa mère se mettre dans un pareil état de fureur, il n'en croyait pas ses yeux. À l'évidence, Penny n'était pas la seule à haïr Gwendoline Cole… Mais pourquoi diable Molly avait-elle réagi de la sorte? Le mystère demeurait entier.

Comme il s'emparait du micro, il entendit sa mère chahuter ses casseroles sur le fourneau, abattre sans ménagement les assiettes sur la table… Combien de pièces de vaisselle survivraient à cette soirée?…

— Galway House, j'écoute.
— Joe Reilly?

Voix profonde. Immanquable accent du Queensland.

— Oui. Qui est à l'appareil?
— Carmichael. J'aimerais savoir si vous avez eu des nouvelles de Mlle Pearson depuis que vous lui avez expédié les documents à Londres.

Joe serra plus fort le micro. Cette soirée se révélait décidément riche en surprises.

— J'en ai reçu, en effet. Elle a fait authentifier les papiers. Elle devrait débarquer en Tasmanie le 14 octobre.

Un long silence se fit, au point que Joe se demanda si la communication avait été coupée – la ligne n'était pas fiable.

— Allô?... Monsieur Carmichael?...

Enfin, il capta un raclement de gorge.

— Cette date a-t-elle été confirmée?

— Elle m'a fait parvenir un télégramme.

— Êtes-vous certain qu'elle n'a pas changé d'avis entre-temps?

Des parasites s'invitèrent sur la ligne, mais Joe aurait juré percevoir dans la voix de son interlocuteur une pointe de circonspection.

— Pas à ma connaissance, répondit-il sur un ton coupant. Je vous aurais volontiers informé plus tôt, mais vous êtes difficile à joindre.

— Je me déplace beaucoup. Y a-t-il autre chose dont vous désirez me parler?

Dans la pièce voisine, Molly continuait à maltraiter sa batterie de cuisine. Joe décida que, au lieu d'interroger l'insaisissable Carmichael sur Océan, il allait tenter de lui extorquer quelques renseignements concernant sa propriétaire.

— Connaissez-vous une dénommée Gwendoline Cole, monsieur Carmichael?

De nouveau, ce dernier se tut longuement.

— Je reprendrai bientôt contact avec vous, monsieur Reilly. D'ici là, je vous prie de bien vouloir assurer à Mlle Pearson que seuls ses intérêts m'importent.

— Je préférerais avoir la possibilité de vous joindre aussi. Pourriez-vous me fournir un numéro auquel...

Il contempla le récepteur, d'où s'échappait un vrombissement agressif.

— Votre correspondant a raccroché, Joe, le prévint Doreen, la standardiste, que chacun soupçonnait d'écouter toutes les conversations. Souhaitez-vous que je tente de le joindre ?

— Oui, Doreen, si cela ne vous dérange pas.

— Pas du tout.

Il y eut des clics, des bourdonnements, des parasites encore… Enfin, Doreen reprit la parole :

— Il a passé son appel du hall d'un hôtel de Brisbane, mais le directeur m'a affirmé qu'il ne comptait aucun Carmichael parmi ses clients. Il devait être de passage.

Joe n'en éprouva aucune surprise – ce type aimait les cachotteries.

— Merci, Doreen. Bonne soirée.

— Bonne soirée, et saluez donc votre mère pour moi. Je la verrai aux courses de dimanche.

Après avoir raccroché, Joe demeura un moment planté là, le regard perdu. La cervelle en ébullition, il tentait en vain de donner sens aux bribes d'information récoltées lors de cette journée. Il avait l'impression qu'on venait de lui offrir une boîte de Pandore qui, bien qu'il eût été autorisé à guigner un instant son contenu, ne lui permettait nullement de résoudre l'énigme dont elle lui avait révélé l'existence. D'une chose, au moins, il était sûr : Carmichael avait orchestré l'affaire, au centre de laquelle se trouvaient Gwendoline Cole et sa fille.

Ayant saisi son chapeau, il sortit – la porte à moustiquaire claqua derrière lui tandis qu'il dévalait les marches du perron. Trop de questions. Pas assez de réponses. À force d'arpenter les paddocks à grandes enjambées, Joe finit par conclure que Mlle Pearson détenait seule la clé du mystère.

Il s'immobilisa pour contempler le ciel nocturne. La Voie lactée scintillait au-dessus de lui, giclée d'innombrables étoiles éclaboussant le noir d'encre. Il frissonna.

Si Mlle Pearson possédait la solution de l'énigme, son arrivée ferait s'ouvrir pour de bon la boîte de Pandore, et déjà Joe pressentait que les démons qui en surgiraient tourmenteraient tous ceux et celles qu'il chérissait.

6

L'Angleterre jouissait d'un été indien ; la sueur perlait au front de Clarice, qui cueillait des fleurs pour en décorer sa maison. Légèrement étourdie par la chaleur, elle s'empara de son panier pour venir le déposer à l'ombre du magnolia, un petit panier de bois tel qu'on n'en trouvait que dans le Sussex pour y placer des bouquets ou de petits outils de jardinage. Les fleurs de l'arbre avaient fané depuis longtemps, mais sous son feuillage on échappait au soleil. La grand-tante de Loulou s'assit sur le banc, soulagée.

Après s'être tamponné le visage, elle contempla le décor avec satisfaction. Les jardiniers avaient accompli des prouesses. Ils avaient taillé les haies, tondu le gazon, débarrassé les parterres de leurs mauvaises herbes et nettoyé l'étang. Le court de tennis, lui, restait à l'abandon, mais puisque personne ne l'utilisait plus depuis le départ de Lorelei, cela n'importait guère.

Grâce à un savant dosage de soleil et de pluie, les massifs éclataient de mille couleurs, cependant que le doux parfum des giroflées flottait un peu partout. Il saturait les lieux, sans parvenir néanmoins à occulter celui des roses tardives. Clarice laissa errer son regard sur celles-ci, aux formes parfaites, rouge sang, humant timidement leur senteur avec l'espoir vain que le temps et la distance auraient anéanti les puissants souvenirs qui s'y trouvaient attachés. Jadis, il s'agissait là de ses fleurs préférées, mais les événements survenus en

Australie lui en avaient fait perdre le goût. Et le passé, soudain, lui sauta au visage.

Sydney, Noël 1887

— Je n'ai pas le temps pour ces sottises, décréta Algernon, l'œil fixé sur les documents étalés devant lui.

Debout sur le seuil de son bureau aux murs couverts de livres, Clarice tentait de refréner son exaspération croissante.

— Mais c'est Noël, objecta-t-elle. Ton travail peut bien attendre.

Il ôta ses lunettes et les laissa tomber sur sa table avec un soupir d'impatience. Il leva vers son épouse un regard froid.

— Le gouverneur m'a accordé sa confiance en me demandant de résoudre un problème particulièrement épineux avant la prochaine réunion du Conseil, en tout début d'année.

— Je suis certaine que le gouverneur en personne ne souhaite pas te voir manquer le déjeuner familial du 25 décembre.

— Il s'agit de ta famille, pas de la mienne, Dieu merci.

Il se saisit de ses lunettes, dont il se mit à essuyer les verres.

— Ma carrière et ma réputation m'importent davantage que ces frivolités, cracha-t-il à son épouse. Or, toutes deux dépendent de la tâche qui m'incombe en ce moment. Si je tiens à voir récompensés, avant ma retraite, les efforts que j'aurai déployés pour Sa Majesté, je dois me consacrer exclusivement à mon devoir.

Clarice lui rendit son regard de glace. Les petites rébellions qu'elle avait multipliées ces temps derniers lui permettaient désormais de voir son mari tel qu'il était – et pour cet individu qu'elle venait de découvrir, elle n'éprouvait que fort peu d'affection ou de respect. Algernon ne nourrissait plus qu'une ambition : qu'on le fasse pair du royaume avant qu'il quitte ses fonctions officielles, dans douze mois. Cette obsession était venue à bout du compagnonnage qui naguère unissait le couple. Ne demeurait entre Clarice et son époux qu'un désintérêt réciproque.

— Dans ce cas, conclut-elle, j'y assisterai seule.

— Fais comme bon te semble, maugréa Algernon en chaussant ses lunettes. Ferme la porte en sortant et préviens les domestiques que je ne veux pas être dérangé.

Clarice le considéra d'un œil noir. Il ne s'aperçut de rien : déjà, il avait replongé le nez dans ses papiers. L'ombre de la nature passionnée qui jadis avait été la sienne lui soufflait de se mettre à hurler, puis de cribler Algernon de coups de poing jusqu'à ce qu'il s'avisât pour de bon de sa présence – mais elle était sa femme depuis trop longtemps : elle ne possédait plus ni l'envie ni la force de s'élever contre son indifférence. Elle referma donc doucement la porte derrière elle, abandonnant son époux au silence oppressant d'une demeure sans amour.

La petite voiture l'entraîna par les rues presque désertes de Sydney pour s'engager ensuite dans les faubourgs du nord de la ville, où la brise marine, en rafraîchissant la température, offrit un peu de répit à la voyageuse. La nouvelle demeure d'Eunice, qui comportait deux étages, se dressait au sommet d'une colline dont un versant dévalait jusqu'à des falaises de roc et une baie sablonneuse. Des vents doux attiédissaient les abords de la bâtisse, tandis que, de ses nombreuses fenêtres, on jouissait de vues imprenables sur le littoral. Ombragée par des arbres, cernée de pelouses luxuriantes et de parterres de fleurs en plein essor, elle constituait un havre de paix par comparaison avec l'âpre atmosphère que Clarice avait laissée derrière elle.

Comme la voiture faisait halte devant la véranda, la porte d'entrée s'ouvrit : une domestique se chargea de ses nombreux bagages, Lionel sur les talons.

— Tu es splendide, ce matin, murmura-t-il en baisant la main de sa belle-sœur. Joyeux Noël.

Elle esquissa une révérence en évitant le regard de son hôte.

— Merci, Lionel, je te présente mes meilleurs vœux.

Désormais accoutumée aux compliments un peu trop appuyés de son beau-frère, elle les recevait avec désinvolture, mais son pouls s'accélérait dès que son regard bleu plongeait dans le sien.

— Tu peux lâcher mes doigts, lui dit-elle calmement.

Il se mit à rire et, au lieu de s'exécuter, prit sa belle-sœur par le bras.

— Je constate que ton mari a préféré rester à son bureau, je compte donc tirer avantage de son absence en me faisant un devoir, qui sera surtout une joie, de t'offrir ici une merveilleuse journée.

Il se pencha encore vers elle en se rapprochant du hall.

— Un cadeau t'attend au salon, souffla-t-il, mais tu vas devoir patienter jusqu'après le déjeuner pour l'ouvrir.

Cette promiscuité physique tira à la jeune femme un frisson de plaisir, et le sourire du général lui réchauffait le cœur, mais rien n'effaçait sa tristesse. Algernon, qui détestait l'allégresse de Noël, avait toujours refusé de se plier au rituel de l'échange de cadeaux : Clarice avait dû dissimuler ceux qu'elle destinait à Eunice et sa famille – et encore lui poserait-il mille questions le jour où il établirait les comptes mensuels du ménage.

Lionel s'immobilisa, baissa les yeux vers elle avant de lui hausser doucement le menton du bout de l'index jusqu'à ce qu'elle le dévisageât à son tour.

— Pourquoi sembles-tu si affligée, Clarice?

Envoûtée par le regard de son beau-frère, elle recula à la hâte.

— Je ne suis nullement affligée, protesta-t-elle.

Il ne la croyait pas mais, loin d'insister, il lui désigna le lustre au-dessus de leurs têtes.

— Sais-tu de quoi il s'agit?

Elle considéra la plante qui s'y trouvait suspendue. Le végétal, pourvu de longues feuilles épaisses, s'ornait de fleurs en étoiles orange et jaune.

— J'en ai vu qui poussaient sur les arbres, répondit-elle. Je suppose que ce sont des organismes parasites.

Face à la mine stupéfaite de Lionel, un sourire lui vint aux lèvres.

— Algernon m'a prêté un livre consacré à la flore australienne pour me permettre d'accroître mes connaissances.

— Quel geste admirable, commenta le général d'un ton sec.

Il se rapprocha de sa belle-sœur.

— C'est du gui, lui révéla-t-il, et si nous voulons passer dessous, nous devons échanger un baiser.

— Ne dis pas de sottises, se récria Clarice en s'éloignant un peu.

— Je ne dis pas de sottises, insista-t-il. Et puis il convient de préserver les traditions, même dans les colonies.

La fièvre de son regard céda soudain le pas à un large sourire de gamin.

— C'est pour s'amuser, Clarice, rien de plus. Un petit baiser n'a jamais fait de mal à personne.

Il ne se serait sans doute pas permis cette privauté en présence d'Algernon ou d'Eunice. La jeune femme balaya les lieux du regard. Ils étaient seuls – par les portes menant au jardin, on entendait bavarder les convives. Elle ne put résister à son sourire enjôleur.

— Un seul baiser, Lionel. Et sur la joue, s'il te plaît. Ne t'avise pas de tricher.

— Je ne tricherai pas, lui promit-il en s'inclinant vers elle, la moustache frémissante.

Clarice se hissa sur la pointe des pieds et, un peu titubante, se prépara à embrasser furtivement la peau hâlée de son beau-frère. Perdit-elle l'équilibre ? Fit-il un mouvement imprévu ? Toujours est-il que ce furent ses lèvres qu'elle sentit sous les siennes, des lèvres chaudes et douces, aussi délicates que les ailes d'un papillon. Aussitôt, ce baiser ralluma en elle un incendie qu'elle croyait pourtant éteint depuis longtemps.

Elle manqua défaillir ; elle perdait haleine.

— Lionel ! lâcha-t-elle en le repoussant. Tu m'avais promis !

Il lui décocha un sourire dénué de tout remords.

— J'avais croisé les doigts, répondit-il. Ma promesse ne valait rien.

La meilleure défense restant encore l'attaque, Clarice afficha une expression sévère.

— Tu exagères. Je me demande comment ma pauvre sœur parvient à te supporter.

Sur quoi, drapée dans sa dignité en lambeaux, elle s'en alla, d'un pas résolu, rejoindre les autres invités. Mais son cœur battait la chamade et elle éprouvait encore, contre la sienne, le contact de la bouche aimée. Lionel ignorait combien dangereux se révélait ce petit jeu auquel il s'adonnait – ce baiser venait de réveiller en elle un sentiment dont elle devait s'affranchir au plus vite avant qu'il ne la détruise et anéantisse du même coup tout ce qui lui était cher.

— Bien sûr que tu dois venir. Allons, habille-toi et cesse cette comédie.

Clarice serra les poings. On était à la veille du nouvel an, et elle avait tout fait pour se soustraire à cette réception, afin d'éviter d'y croiser Lionel. Mais, pour une fois, Algernon, à l'inverse, comptait bien s'y rendre, et s'y rendre à son bras.

— J'ai la migraine, décréta-t-elle.

— Dans ce cas, prends un médicament.

Il rajustait son nœud papillon devant le miroir.

— Les médicaments restent sans effet sur moi. Pis, ils me font mal au cœur.

Algernon fit volte-face et lui lança un regard courroucé.

— Habille-toi! rugit-il. Le gouverneur compte sur notre présence, et je ne te laisserai pas me déshonorer!

Clarice frémit mais tint bon.

— Inutile de hurler, riposta-t-elle. Tu ne tiens probablement pas à faire profiter la moitié de cette ville de tes mouvements d'humeur.

Il baissa la voix, sans que s'apaisât l'orage dans ses yeux – il tremblait de fureur.

— Fais ce que je te dis. Dépêche-toi.

Clarice n'avait plus le choix. Elle quitta le salon. Aveuglée par des larmes de colère, elle parcourut le couloir au pas de charge, puis pénétra dans sa chambre avant d'en claquer la porte avec une telle violence que les vitres vibrèrent dans leur châssis.

La domestique bondit de son siège en tendant à sa maîtresse, d'une main nerveuse, la robe jaune pâle qu'Algernon lui avait choisie pour ce bal.

— Je porterai la rouge, dit Clarice.

— Mais monsieur...

— La rouge, Freda.

Vaincue, la petite bonne sortit, à contrecœur, le vêtement du coffre de cèdre. Une soie d'un rose profond, presque rouge en effet, dont l'ampleur se trouvait rejetée sur un faux-cul auquel l'étoffe tenait par un bouquet de fleurs en soie. Quant au décolleté plongeant, il mettait en valeur les délicates épaules de Clarice, ainsi que sa poitrine rebondie.

La jeune femme mit son jupon, commanda à Freda de serrer le moins possible son corset, puis leva les bras afin que la domestique lui enfilât la robe. Clarice attendit encore, impatiente, que sa camériste eût attaché les boutons minuscules qui couraient tout le long de son dos. Enfin, elle s'assit devant le miroir, pendant que Freda la coiffait.

Son courroux avait produit sur son teint un remarquable effet : ses joues étaient plus roses, ses yeux étincelaient – pour la première fois de son existence, elle se sentit belle. La tiare en rubis de sa belle-mère trônait sur ses boucles blondes, tandis que d'autres rubis scintillaient à ses oreilles et sur sa gorge – de quoi mettre en valeur sa pâleur naturelle et le rouge que sa bravoure lui avait fait monter aux joues. Elle se parfuma le cou et les poignets, puis hocha la tête avec satisfaction.

— Il va être fou de rage, constata Freda.

— Tant mieux.

Clarice s'empara du châle en tulle que Lionel lui avait offert pour Noël, jeta un dernier coup d'œil dans le miroir et quitta la pièce.

Algernon faisait les cent pas dans le hall en consultant sa montre, la mine lugubre. Lorsqu'il leva les yeux vers elle, il se rembrunit encore :

— Il me semblait t'avoir indiqué la robe jaune.

— Je préfère le rouge.

— Le rouge est la couleur des femmes de mauvaise vie.

— Ou bien celle des roses. Quoi qu'il en soit, nous sommes déjà en retard, inutile de discuter plus avant.

Le sourcil bas, il la dévisagea une fois de plus puis, sans un mot, se dirigea vers leur voiture.

Son épouse, le menton haut levé, lui emboîta le pas. S'il avait résolu de la contraindre à assister au bal, elle avait, en échange, résolu de s'y amuser de son mieux.

Palais du gouverneur, le même soir

Clarice ne cessait plus de danser. À peine Algernon avait-il entamé une assommante conversation avec l'un de ses confrères diplomates qu'il s'était empressé d'oublier sa femme qui, en contrepartie, avait découvert que nombre d'invités souhaitaient qu'elle leur accordât une danse.

Hors d'haleine et le front bouillant, elle saisit, sur le plateau d'un serveur de passage, un autre verre, dont elle avala le contenu d'un trait. La salle resplendissait de mille couleurs, depuis celles des robes, pareilles à des joyaux, jusqu'aux uniformes cramoisis des militaires. Quant à l'orchestre, il semblait infatigable; bientôt, le volume sonore grimpa d'un cran. C'est alors que la jeune femme commença à ressentir les effets conjugués de la chaleur, du bruit et du champagne.

Algernon bavardait toujours, Eunice dansait avec Lionel et Gwendoline, que sa tante jugeait trop jeune pour assister à ce genre de manifestation, flirtait sans vergogne avec un groupe d'officiers. Il semblait qu'on l'eût oubliée, mais elle frissonna à la pensée de s'installer auprès des chaperons qui cancanaient à l'écart. Dans une heure, minuit sonnerait. Il était temps pour elle de prendre le frais afin de s'éclaircir les idées.

Serrant son châle autour de ses épaules, elle se fraya, d'un pas mal assuré, un chemin parmi la foule qui envahissait les salles de réception pour se déverser dans les jardins. Après avoir franchi les portes-fenêtres, elle dut se cramponner à la balustrade : la véranda tanguait sous ses pieds. Tandis qu'elle s'efforçait de regagner son équilibre, elle contempla le jardin d'un œil vague. On avait suspendu des lanternes dans les arbres, disposé des fauteuils où jouir de la brise marine. Pourquoi diable avait-elle bu tant de champagne?...

Elle descendit prudemment les quelques marches, saluant les uns, déclinant l'invitation des autres à se joindre aux petits cercles qui s'étaient constitués sur le gazon au fil de la soirée. Elle avait besoin d'être seule. La tête lui tournait trop.

Sans s'aviser que Gwen l'avait suivie, Clarice se dirigea vers la roseraie.

Celle-ci fut pour la jeune femme un refuge contre le tapage de la fête. Sous le croissant de lune qui, seul, les éclairait, se donnaient à voir des charmilles et des allées désertes, dans lesquelles Clarice s'engagea. L'air était doux, chargé de parfums; la jeune femme poussa un soupir de satisfaction. Ce jardin lui rappelait Wealden House, il lui rappelait les roses de sa mère. Il la ramenait chez elle en pensée.

Au centre du terrain, elle découvrit un carré de pelouse, sur lequel elle se laissa tomber avec une maladresse qui la fit glousser. Si Algernon l'avait vue, il serait sorti de ses gonds. Bah, elle ne s'en souciait guère. Elle goûtait sa solitude – enfin, elle pouvait un instant s'affranchir de ce maintien, de ces façons, de ces absurdités auxquels son époux accordait tant d'importance. Enfin, elle pouvait être elle-même.

Sans cesser de pouffer, elle s'allongea sur l'herbe, comme l'aurait fait une enfant, et leva les yeux vers le ciel. Les étoiles brillaient de mille feux, la lune exhalait une infinie sérénité, il suffisait à Clarice de tendre la main pour cueillir les astres. Une étoile filante transperça le firmament, la jeune femme s'émerveilla, tâchant de dénombrer les corps célestes qui composaient la Voie lactée.

Bientôt, ses paupières s'alourdirent, tandis que les bruits de la réception refluaient dans le lointain, jusqu'à ce qu'un doux silence se fît autour d'elle.

Il s'agissait d'un rêve érotique, d'un réalisme étonnant – elle sentait ses lèvres sur son cou, qui peu à peu propageaient leurs flammes jusqu'à sa poitrine. Son souffle était brûlant contre sa peau ; lorsqu'il se mit à lui mordiller la pointe des seins, elle se cambra, suppliante. Affamée.

Quant à ses doigts, ils glissaient le long de son mollet pour gagner la douceur de sa cuisse. Ses membres se liquéfièrent. Elle s'ouvrit à lui, lui offrant sa fièvre et son insoutenable désir. Ses doigts ne cessaient plus leurs caresses, ils s'aventuraient dans son intimité pour attiser son ardeur. La formidable vague de plaisir qui finit par la submerger la laissa pantelante ; elle tremblait de tous ses membres.

— C'est bien, murmura-t-il. À moi, maintenant.

Elle écarquilla brusquement les yeux. Il ne s'agissait pas d'un rêve, et son euphorie mourut dans l'instant. La main de Lionel étouffa son cri, le poids de son corps la clouait contre le gazon.

— Allons, insista-t-il. Tu en meurs d'envie.

Elle secoua la tête en essayant de le repousser. Elle voulut lui griffer le visage.

Évitant ses ongles, il lui fourra dans la bouche le tulle de son châle et referma sur les poignets de la jeune femme sa main puissante.

— Arrête, siffla-t-il, les traits déformés par la lubricité. Tu n'attends que cela depuis ton arrivée. Et tu vas te régaler, je t'en fais la promesse.

— Non, l'implora-t-elle à travers l'étoffe, l'œil suppliant et les membres rigides. Je t'en prie, non.

Égaré par ses appétits, il demeura sourd à ses plaintes, écarta ses genoux, puis la pénétra.

Clarice manqua d'étouffer derrière son bâillon de fortune mais, en dépit de l'horreur qu'elle éprouvait, son corps, lui, se soumit traîtreusement à son tourmenteur. Le désir la consumait encore, si bien qu'elle banda involontairement ses muscles pour attirer Lionel au plus profond d'elle-même, où une nouvelle vague de plaisir s'apprêtait à déferler. Elle eut beau lutter contre ce brasier, rien n'y fit : un tourbillon l'emporta, auquel elle ne pouvait échapper.

Elle continuait de haleter lorsqu'il ôta enfin le tulle de sa bouche avant de se laisser rouler à côté d'elle. De la tête aux pieds, elle brûlait. Ses membres tremblaient ; son cœur battait à rompre. Jamais elle n'avait ressenti une telle exultation, mais quand une bouffée d'air frais caressa ses cuisses et ses seins dénudés, elle frissonna de dégoût. Elle venait de commettre la plus abjecte des trahisons.

Déjà, Lionel reboutonnait son pantalon.

— Allons rejoindre les autres avant que quelqu'un s'avise de notre absence. Il est presque minuit.

Clarice rajusta sa mise et bondit sur ses pieds. Elle lui en voulait. Elle s'en voulait de même. Il s'était écoulé si peu de temps depuis qu'elle avait quitté la salle de bal…

— Comment as-tu osé? hoqueta-t-elle à travers ses larmes.

Il lui décocha un sourire sans contrition.

— Tu es folle de moi depuis de nombreuses années, répliqua-t-il. J'ai pensé qu'il était temps pour moi de te révéler la façon dont un homme digne de ce nom fait l'amour à une femme.

Dans le cœur de Clarice, l'humiliation le disputait à la fureur. La première attisait la seconde.

— Algernon est autrement plus digne que toi de porter le nom d'homme. Point ne lui est besoin de recourir au viol.

Il renversa la tête en arrière et partit d'un grand rire.

— Je ne t'ai pas violée, puisque tu y as pris du plaisir.

Le son de la gifle qu'elle lui administra résonna dans le jardin silencieux.

Il lui saisit aussitôt le poignet, les traits durcis.

— «Viol» est un bien vilain mot, Clarice, que je te déconseille d'utiliser. Tu es aussi coupable que moi de ce qui vient de se produire, et cela doit demeurer notre secret.

Il plongea son regard dans celui de la jeune femme.

— Pense à ta sœur, enchaîna-t-il. Pense au scandale qui risquerait d'éclater. Jamais Algernon n'obtiendra la pairie si l'on apprend que son épouse aime à copuler dans la verdure.

— Tu n'irais tout de même pas jusque-là…, souffla-t-elle. Tu détruirais ta propre réputation. Et Eunice ne s'en relèverait pas.

— Eunice est habituée à mes petits écarts de conduite, lui exposa-t-il avec insouciance. Mais, bien sûr, elle ne supporterait pas que sa propre sœur vienne s'inscrire à mon tableau de chasse.

Il lui lâcha le poignet – dans son œil brillait à présent une lueur de malice.

— Les ragots se répandent ici comme une traînée de poudre, reprit-il. Que quelqu'un émette l'ombre d'un doute sur tes mœurs, et c'en sera fini de toi. En revanche, je ne m'en trouverai nullement éclaboussé.

Clarice le dévisagea avec répugnance. Comment avait-elle pu s'éprendre de lui? Comment avait-elle pu perdre tant d'années à se languir d'un homme dépourvu du moindre scrupule? Elle haïssait Lionel pour son arrogance, pour son indifférence à l'égard des souffrances qu'il causait dans sa poursuite aveugle de sa propre satisfaction. Surtout, elle se reprochait sa faiblesse et sa bêtise. Elle avait refusé de voir clair en lui.

— Mieux vaut que nous rentrions séparément, suggéra-t-il en se passant une main dans les cheveux avant de lisser sa moustache. Je vais y aller le premier. Recoiffe-toi un peu et défroisse ta robe avant de paraître.

Sur quoi il tourna les talons et s'en alla.

Debout dans le clair de lune, la jeune femme tentait de maîtriser ses émotions. La brise avait fraîchi, elle avait froid mais elle demeurait là, pareille à une statue d'albâtre – des larmes ruisselaient cependant sur ses joues. Les étoiles continuaient de briller au ciel, la lune poursuivait son périple... En revanche, à ses narines ne parvenaient plus que l'odeur de son beau-frère et le parfum écœurant des roses.

Lorsque enfin elle s'aperçut qu'elle pleurait, Clarice se ressaisit en hâte. Des larmes, elle n'en avait que trop versé ; Lionel ne les méritait pas. Elle rajusta le vieux chapeau de paille qu'elle portait toujours lors de ses promenades au jardin, puis considéra les roses d'un œil froid. Le souvenir de ce qui s'était déroulé cette nuit-là n'avait jamais perdu en intensité. La honte continuait de la consumer comme au premier jour.

Elle n'avait pas regagné la salle de bal, préférant rédiger un billet à l'intention d'Algernon, dans lequel elle lui écrivait qu'elle ne se sentait pas bien et préférait rentrer chez eux. Elle était parvenue à faire bonne figure auprès du cocher durant le trajet de retour, à sauver encore la face devant Freda, le temps pour elle d'indiquer à la domestique qu'elle n'avait pas besoin de ses services pour se dévêtir. Mais, une fois refermée derrière elle la porte de sa chambre, elle avait déchiré sa robe. Plus jamais elle ne porterait de rouge.

Clarice contempla ses mains. Celles d'une vieille dame fatiguée. Aux veines noueuses, aux articulations enflées par l'arthrose. Sur les mains se lisait le passage du temps mieux que partout ailleurs. En un sens, elle se réjouissait de ces années enfuies, car avec l'âge était venue la sagesse. Mais elle avait payé très cher pour en arriver là, et les sacrifices consentis jadis continuaient de la tourmenter.

L'incident aurait pu se clore cette nuit même, car ni Lionel ni elle n'en soufflèrent mot à quiconque et, par bonheur, elle n'était pas tombée enceinte. Gwen, hélas, qui avait assisté à toute la scène, choisit le moment le plus opportun pour révéler ce dont elle avait été le témoin. Personne n'échappa au carnage.

7

Le chalet se dressait au milieu des arbres, dans la vallée. Situé à quelques mètres du cours d'eau, on ne le distinguait pas depuis la maison ni les écuries. Le père de Joe, qui l'avait bâti, s'y réfugiait jadis pour bricoler, pour boire un peu trop de bière ou s'offrir une sieste à l'ombre en attendant qu'un poisson morde à son hameçon. Depuis son décès, on en avait fait une remise ; la cabane en rondins se délabrait peu à peu.

Molly, pour sa part, avait depuis longtemps admis qu'en Australie tous les représentants du sexe fort avaient besoin d'une cahute pareille à celle-là ; aussi, chaque fois que son époux s'y était retiré, elle avait pleinement joui de sa demeure proprette et bien rangée. Qu'allait-elle penser des projets de Joe ?

Ce dernier s'essuya les mains avec un chiffon en considérant la pièce unique d'un œil satisfait. Ses employés et lui avaient récemment passé tout leur temps libre à rendre les lieux de nouveau habitables – ils étaient allés jusqu'à réparer la chaudière de cuivre installée à l'arrière. Cette fois, le toit ne fuyait plus ; on avait décapé, puis verni le plancher ; on avait posé de nouveaux volets, ainsi que de nouvelles portes à moustiquaire. Décrassés, le vieux fourneau et le conduit de cheminée. Un tas de bois fraîchement coupé patientait à l'extérieur. Joe avait ajouté un lavabo, acheté un tub en zinc, changé le lit et apporté des draps piochés dans les placards de la maison familiale. Il avait même déniché un fauteuil qui, désormais, trônait sur la véranda. Il ne lui restait plus qu'à convaincre sa mère qu'il s'agissait là d'un logis idéal pour Mlle Pearson.

— C'est donc ici que tu te cachais? Je suppose que tu vas prendre la suite de ton père.

— Ce n'est pas pour moi, répondit Joe en fourrant son chiffon dans sa poche. C'est pour Mlle Pearson.

Molly croisa les bras sur sa poitrine.

— Dans ce cas, tu as perdu ton temps. J'ai pris contact avec les Gearing. Elle logera chez eux.

— Non, maman.

Il ne se laissa pas intimider par le regard noir.

— Les Gearing habitent trop loin, enchaîna-t-il, et elle ne disposera d'aucun moyen de transport. Ici, ce sera parfait.

Molly s'empourpra sous le coup de la colère.

— Elle n'aura qu'à emprunter la camionnette quand elle en aura besoin. Je refuse qu'elle mette un pied sur cette propriété.

— Elle possède l'un des chevaux dont nous avons la charge, rétorqua son fils avec un soupir excédé. Tu ne pourras pas l'éviter tout le temps.

Mais Molly ne faiblissait pas – son petit corps dodu frémissait de fureur.

— Tu paries? Je veux bien loger chez moi tous les propriétaires de nos montures, mais cette cahute est encore trop près de la maison. Je ne veux pas d'elle ici.

— La décision finale ne t'appartient pas, maman, observa doucement Joe. C'est à moi que papa a légué Galway House, tu te rappelles? Je peux y accueillir qui bon me semble.

— Au point de m'obliger à côtoyer quelqu'un que j'ai passé presque toute ma vie à fuir?

Molly était au bord des larmes.

— Ne me fais pas une chose pareille, Joe. Je t'en prie.

— Oh, maman... Si seulement tu consentais à m'expliquer...

— Mieux vaut que tu ne saches rien, murmura-t-elle. C'est une vieille histoire, qui ne te concerne pas.

— Bien sûr que si, puisqu'elle s'immisce dans mes activités professionnelles. En tout cas, j'ai l'impression que tout le monde est au courant de l'arrivée imminente de la fille de Gwen Cole, et tout le monde réagit comme toi.

— Doreen recommence à écouter les conversations, grommela Molly.

Enfin, ses traits se détendirent.

— Je suis navrée, Joe. Je sais que tu me juges excessive, mais je refuse de courir le risque de me retrouver nez à nez avec Gwen.

— Je serais étonné de la voir débarquer ici pour une réunion de famille. Si j'en crois les potins, il ne s'agit pas de la mère idéale.

— C'est le moins qu'on puisse dire. Elle n'aime que deux choses : sa petite personne et les vilains tours qu'elle joue aux autres. Cela dit, je la crois tout à fait capable de pointer le bout de son nez pour voir à quoi ressemble sa gamine aujourd'hui. Elle ne l'a pas vue depuis seize ans, et on ne trouve pas femme plus curieuse qu'elle.

La haine qu'il lut dans les yeux de sa mère bouleversa Joe.

— Qu'a-t-elle fait pour que tu la détestes à ce point, maman ?

Cette dernière prit une profonde inspiration.

— Elle a tenté de détruire ton père.

Elle soutint le regard de son fils sans flancher.

— N'insiste pas, Joe, je ne t'en révélerai pas davantage.

Il connaissait assez Molly pour savoir qu'il était inutile de s'acharner.

— Soit, se résigna-t-il. Mais je continue à penser que tu ne devrais pas juger sa fille avant d'avoir fait sa connaissance.

Molly contempla le chalet en silence.

— Il se fait tard, murmura-t-elle. Tim va arriver d'une minute à l'autre.

Joe consulta sa montre, déçu du refus catégorique opposé par sa mère – il lui restait peu de temps pour essayer de la faire changer d'avis. Tim Lennox, qu'ils attendaient tous deux, s'apprêtait à examiner une plaie sur la jambe d'un de leurs pensionnaires. Joe appellerait ensuite les propriétaires de l'animal, après quoi il se retrouverait face à une montagne de documents à remplir pour préparer la grande course qui se déroulerait à la fin du mois.

Molly ouvrit la porte du chalet pour en inspecter l'intérieur. À mesure que vendredi approchait, la rumeur locale ne connaissait plus de répit ; une véritable fièvre s'était emparée des amateurs de cancans. La situation devenait insoutenable, aggravée encore par l'obstination de sa mère.

Une idée lui jaillit soudain à l'esprit.

— Tu sais, maman, se hasarda-t-il avec prudence, tu es en train de laisser gagner Gwen Cole.

— Que veux-tu dire ? cracha-t-elle avec une volte-face.

— En refusant de recevoir sa fille, tu vas lui prouver que tu souffres encore des épreuves qu'elle t'a infligées. Ce n'est pourtant pas ce que tu veux, je me trompe ?

Molly soutint le regard de son fils sans mot dire. Elle finit par pousser un lourd soupir. Elle semblait rendre les armes.

— Non, tu as raison, admit-elle.

Elle fourra les mains dans les poches de son tablier en considérant la cabane.

— Je crois qu'elle est assez loin de la maison, observa-t-elle avec réticence.

— Mlle Pearson peut s'y installer, alors?
Molly hocha la tête à contrecœur et s'en alla.

— Je croyais qu'il faisait chaud et sec en Australie, se plaignit Dolly, tandis que les deux jeunes femmes se réfugiaient sous l'auvent de l'hôtel pour éviter la pluie.

Loulou contempla d'un œil navré les cieux assombris de Melbourne et l'eau qui ruisselait des gouttières. Depuis leur arrivée, trois jours plus tôt, il n'avait cessé de pleuvoir. Elle regrettait que le continent n'eût pas réservé à Dolly un accueil plus chaleureux.

— Nous sommes encore en octobre, expliqua-t-elle, le printemps commence à peine. Mais j'aurais aimé que tu découvres Melbourne sous un meilleur jour. Lorsque Clarice m'y a amenée avant que nous prenions le bateau pour l'Angleterre, c'était l'été. Il y avait des fleurs partout.

Elles attendaient le taxi, prêtes à ouvrir les parapluies qu'elles venaient d'acheter pour se précipiter sur la chaussée détrempée.

— Nous avons quand même fait quelques courses, se consola son amie. Les grands magasins de Bourke Street sont à tomber par terre. On se croirait presque à New York. Je n'en reviens pas.

Loulou se fendit d'un sourire. Dolly ne se laissait jamais abattre bien longtemps, mais sa quête effrénée des plaisirs commençait à épuiser la petite-nièce de Clarice. Durant les six semaines passées en mer, celle-ci avait éprouvé parfois un malaise proche de la claustrophobie. Face à l'énergie de sa partenaire, face à son enthousiasme pour les réceptions, pour la danse et les cocktails, Loulou avait souvent rêvé d'un peu de silence et de paix – si seulement elle avait pu, fût-ce un soir ou deux, se coucher tôt… Au cours de la journée, elle s'éclipsait de loin en loin, avec un livre ou ses carnets de croquis, abandonnant Dolly à ses flirts avec l'espoir que ces quelques heures passées l'une sans l'autre atténueraient les tensions qui n'avaient pas manqué de surgir entre les deux jeunes femmes.

— Pour tout dire, reprit Dolly en examinant les élégants bâtiments victoriens qui flanquaient la rue bordée d'arbres, cette ville est très anglaise, tu ne trouves pas? Elle ne ressemble absolument pas à ce que j'avais imaginé.

L'œil de Loulou se fit taquin.

— Je parie que tu t'attendais à un patelin mangé de poussière rouge où bondissaient des kangourous au milieu des troupeaux longeant la rue principale.

— Quelque chose dans ce goût-là, avoua Dolly avec un large sourire.

— Aujourd'hui, le bétail circule dans des wagons. Et aucun kangourou digne de ce nom n'accepterait d'approcher ce tohu-bohu. Tu en trouveras plutôt par là, ajouta-t-elle en désignant le nord du doigt, dans le bush, qui s'étend sur plusieurs milliers de kilomètres carrés.

— Quel dommage que nous ne restions pas plus longtemps à Melbourne, se désola Dolly en guignant une passante vêtue à la dernière mode. J'aurais adoré visiter le bush.

— Oh non, tu n'aurais pas adoré du tout: on n'y trouve pas la moindre boutique, et jamais tu n'aurais pu y exhiber ces souliers!

Dolly baissa le regard sur ses escarpins de cuir rouge à talons hauts et gloussa:

— Tu as peut-être raison.

Sur ce, les jeunes femmes s'abîmèrent dans un silence complice. Loulou poussa un soupir de satisfaction: certes, le temps se révélait exécrable, et l'exubérance de Dolly l'assommait parfois, mais une chose importait plus que les autres: elle était de retour en Australie. Elle ne conservait de Melbourne qu'un vague souvenir d'enfance, avivé soudain par les eaux brunes du Yarra, par le cliquetis des tramways et le grès jaune pâle de la gare de Flinders Street.

Des quelques jours qu'elles venaient de passer ici, les deux amies avaient tiré la meilleure part – elles avaient visité la vieille prison où, en 1880, on avait pendu le célèbre Ned Kelly, tueur de sang-froid pour les uns, Robin des Bois des temps modernes pour les autres; elles avaient assisté à un spectacle baroque au Princess Theatre, fait des emplettes à la Royal Arcade, pris le bateau pour découvrir les parcs et les jardins sur les rives du Yarra. Mais ces multiples activités ne réprimaient pas l'excitation que Loulou éprouvait chaque jour dès le réveil. Elle comptait les heures qui la séparaient du moment où, enfin, elle ferait voile vers la Tasmanie.

— Demain, je serai chez moi, souffla-t-elle en contemplant l'averse.

— J'espère qu'il y fait meilleur, grimaça Dolly. Je vais finir avec les pieds palmés.

Loulou s'abstint du moindre commentaire, car si à la plupart de ses souvenirs d'enfance se trouvait associé un franc soleil, elle se rappelait aussi les jours d'interminables précipitations, les matins glacés où elle demeurait près de l'âtre pour se vêtir au chaud. Clarice avait un jour déclaré qu'il n'était qu'une chose, à ses yeux, pour racheter la Tasmanie: son climat, pareil à celui de l'Angleterre, autrement dit imprévisible. Pour le reste, elle ne trouvait à l'île que des défauts.

— Je viens de voir mon premier cow-boy! siffla soudain Dolly entre ses dents.

Loulou suivit le regard de son amie. L'homme se dirigeait vers elles d'un pas nonchalant, sans souci des flaques dans lesquelles il posait résolument ses bottes, le large bord de son chapeau dégouttant de pluie. Il avait jeté sa selle sur l'une de ses épaules, et un chien trottinait à ses côtés. Il cheminait gaiement sous ce déluge dont il ne faisait aucun cas.

— Bonjour, mesdames, lâcha-t-il en passant – et de l'index il effleura son couvre-chef, tandis qu'il guignait les deux jeunes femmes de son regard très bleu.

— Maintenant, murmura Dolly en se cramponnant au bras de Loulou, je sais que je suis en Australie. Et si tous les hommes de Tasmanie ressemblent à celui-ci, je sens que je vais beaucoup m'y plaire.

— Bonté divine! fit Loulou lorsqu'elles atteignirent la baie de Port Phillip pour grimper sur le pont du *Rotomahana*. Je te jure que c'est sur ce bateau que Clarice et moi avons embarqué voilà seize ans.

— Il n'a pas l'air tout jeune, en effet, commenta Dolly, mais il a fière allure, tu ne trouves pas?

Loulou examina la cheminée, les hauts mâts dressés à la proue comme à la poupe. Sa compagne avait raison: le *Rotomahana* possédait une élégance folle. En outre, il se distinguait des autres bâtiments à l'ancre dans le port – on lui voyait même un beaupré et une figure de proue. Loulou, qui avait l'âme romantique, se crut un instant revenue au temps des galions, des pirates, des explorateurs et des pionniers.

Leur cabine, pour petite qu'elle fût, se révéla aussi confortable et joliment meublée que celle de l'*Ormonde*. Après avoir enfilé un pull bien chaud par-dessus son chemisier, puis chaussé des bottes souples à talons plats, Loulou s'empara d'un crayon et de son carnet de croquis – elle en avait déjà rempli deux depuis son départ d'Angleterre, esquissant les sites les plus remarquables, ainsi que les gens qu'elle avait croisés lors de son long périple vers le sud. Elle souhaitait à présent capturer, par le dessin, la grouillante énergie du port.

— Tu viens sur le pont? demanda-t-elle à Dolly en attachant ses cheveux avec un foulard.

La jeune femme retouchait son maquillage.

— Non, je préfère rester un peu au chaud, me repoudrer le nez et rédiger quelques lettres.

Elle sourit à Loulou, qui ne tenait plus en place.

— Vas-y, file. Tu as été sur des charbons ardents toute la journée. Après tout, c'est toi qui t'apprêtes à retrouver ta terre natale, pas moi. Nous nous verrons au dîner.

Loulou bondit hors de la pièce. Il avait cessé de pleuvoir. Elle s'accouda au bastingage pour regarder le flot des voyageurs sur la passerelle. Dans le même temps, on chargeait des voitures, des cargaisons diverses et du bétail que l'on disposait dans les cales du navire. Le raffut qui s'élevait des quais, rehaussé par les criailleries des mouettes, semblait souligner étrangement les détails visuels de la scène. La jeune femme ouvrit son carnet.

D'un trait rapide, elle captait les mouvements, immortalisait les vastes entrepôts qui dominaient le décor. Certes, il ne régnait pas ici le même exotisme qu'à Port-Saïd, Singapour ou Ceylan, mais de ces lieux se dégageait une magie toute particulière : ils représentaient l'ultime étape avant la Tasmanie.

Comme les matelots relevaient les passerelles et dénouaient les cordages, Loulou cessa son travail. Le sifflet du bateau retentit, puis ses moteurs démarrèrent dans un formidable rugissement.

L'œil de la jeune femme fut soudain attiré par un homme, debout sur le quai. Il se tenait à l'écart de la cohue, contemplant le navire dans une immobilité qui contrastait avec l'agitation alentour. Où l'avait-elle déjà vu ? Lorsque leurs regards se croisèrent brièvement, la lumière se fit : plus de selle sur l'épaule et plus de chien à ses côtés, mais il s'agissait, sans le moindre doute, du cow-boy de Dolly.

— Ça alors…, souffla la jeune femme.

Déjà, il tournait les talons. Se frayant un chemin au milieu de la foule, il ne tarda pas à disparaître parmi plusieurs centaines de garçons tout pareils à lui.

Un instant déconcertée, Loulou se hâta de le chasser de son esprit, tandis que le flanc du navire se détachait lentement du quai. Le bâtiment mit cap au sud, et le pouls de la jeune passagère s'accéléra. Elle adorait naviguer, humer l'âcreté du sel, admirer la mer aux reflets toujours changeants, l'armée de mouettes qui se pressaient au-dessus des têtes à l'approche de la terre ferme…

Même si elle venait de passer seize ans au beau milieu du Sussex, d'où l'on allait rarement admirer la côte, elle se rappelait le réconfort qu'enfant elle avait trouvé dans le bruit des vagues, dans la chaleur du sable sous ses pieds. Bientôt, elle reverrait cette plage, elle en sentirait à nouveau le sable, elle renouerait avec l'odeur des pins, tremperait ses orteils dans les eaux glacées du détroit de Bass.

Elle ferma les paupières pour retenir ses larmes. Pourvu que cet endroit n'ait pas changé…

Autour d'elle, on se bousculait. Elle se sentit sotte, se dépêcha de rouvrir les yeux et leva la tête. Entre les nuages, un carré de ciel bleu lui promettait le soleil. Loulou décréta qu'il s'agissait là d'un bon présage ; son retour comblerait ses espoirs. Il serait tel qu'elle en rêvait depuis longtemps.

— Je serai absente quand tu reviendras, lui dit Molly. Il y a de la nourriture dans le garde-manger. Elle n'aura qu'à prendre ses repas au chalet.

— Pourquoi pas ici, avec nous ?

— J'ai fini par accepter qu'elle s'installe là-bas, mais elle ne franchira pas le seuil de ma maison. Si elle a besoin de quelque chose, Dianne y pourvoira.

Joe lorgna cette dernière qui, occupée à la vaisselle, feignait de ne pas écouter leur conversation. À quatorze ans, petite et maigre, la gamine adorait les potins. Ce qu'elle entendrait ici, nul doute qu'elle s'empresserait de le répéter aux membres de sa famille, aussi avides de cancans les uns que les autres.

— Quoi qu'il en soit, Mlle Pearson ne restera sûrement pas longtemps parmi nous, observa Joe.

Molly haussa les épaules avant d'entamer le repassage d'un drap fraîchement lavé.

— Tu devrais déjà être parti, maugréa-t-elle.

Ayant consulté sa montre, il s'empara de son chapeau.

— Vers quelle heure comptes-tu rentrer? s'enquit-il.

— Tard, répondit-elle en abattant son fer sur la plaque brûlante de la cuisinière avant d'en saisir un autre. Dianne s'occupera du thé. Tu ne mourras pas de faim.

Joe se détourna trop vite pour que sa mère distingue son œil rieur. Et déjà, il rejoignait sa camionnette. Molly était une forte tête, mais son fils pressentait qu'elle ferraillait déjà avec sa curiosité naturelle. Il paria que, sous peu, elle ne pourrait s'empêcher de guigner du côté de leur visiteuse.

Tandis qu'il cheminait sur les étroites pistes de terre, Joe brassait mille pensées. À l'évidence, sa mère avait cruellement souffert du comportement de Gwen Cole, mais puisqu'elle continuait à refuser de se confier à lui, il ne put qu'aboutir à la conclusion la plus logique : son père avait eu une aventure avec la mère de Mlle Pearson. Mais cela s'était-il passé avant ou après son mariage avec Molly?

Le véhicule cahotait. Joe, lui, grimaça : les ragots allaient bon train ces temps derniers, on exhumait ici ou là des souvenirs depuis longtemps enfouis, de vieilles rancœurs surgissaient, les imaginations galopaient – attisées par Doreen, la standardiste qui entendait tout. La standardiste qui répétait tout. S'ils ne connaissaient pas une histoire de bout en bout, les habitants de Tasmanie en inventaient les bribes manquantes. Et souvent, à force de conjectures, ils parvenaient à des hypothèses étonnamment proches de la vérité.

À l'extrémité de la piste, les roues de la camionnette se mirent à ronronner sur le macadam ; Joe accéléra. Il ne valait pas mieux que les autres, se gronda-t-il. Cette Mlle Pearson, qui était-elle au juste ? Si, depuis l'annonce de son arrivée, on énumérait les doléances accumulées contre Gwen Cole, personne ne semblait disposé à parler de sa fille. L'intérêt de Joe s'en trouvait piqué.

— Je parie qu'ils ne savent rien, c'est tout, grommela-t-il en pénétrant dans les faubourgs de Launceston pour se diriger vers le port. Tout va changer lorsqu'ils auront enfin posé les yeux sur elle.

Il gara son véhicule à sa place habituelle, non loin de la maisonnette du capitaine du port, en coupa le moteur. Ne distinguant nulle part le *Rotomahana*, il descendit de la camionnette pour prendre la direction du rivage ; il avait besoin de se dégourdir les jambes. C'était une merveilleuse journée de printemps : soleil vif, ciel clair et petit vent frisquet. Si le temps se maintenait ainsi jusqu'à la fin du mois, si les températures ne chutaient pas trop la nuit, la course programmée à Hobart verrait s'y présenter un Océan au mieux de sa forme.

Un sourire désabusé aux lèvres, il contempla l'eau miroitante et les pluviers qui dansaient sur les vagues. Le climat était clément, mais il souhaita à Mlle Pearson de posséder un cuir assez dur pour supporter le fiel et la curiosité qui, bientôt, l'accueilleraient sur l'île.

Rudoyés par les eaux tourmentées du détroit de Bass, les passagers du *Rotomahana* fermèrent à peine l'œil cette nuit-là, mais Loulou, elle, se souciait peu des remous : si elle ne dormait pas, c'était parce que chaque mouvement de roulis, chaque mouvement de tangage la rapprochait de son but. Quant à Dolly, elle avait le mal de mer.

Lorsque la malheureuse parvint à s'assoupir, son amie se vêtit en hâte et quitta la pièce. L'air frais la cueillit, qu'elle aspira à larges bouffées pour se débarrasser des remugles qui empoisonnaient la cabine. Il était encore tôt, il n'y avait qu'elle sur le pont, mais le soleil s'était déjà levé dans un ciel bien bleu : la journée promettait d'être belle.

Elle dissimula sa chevelure sous un béret de laine, remonta le col de son manteau jusque sous son menton. Elle songea un instant à s'en aller réveiller Dolly – cette brise la revigorerait après ses horribles malaises, et les eaux s'étaient apaisées. Elle ne bougea pourtant pas : elle désirait jouir seule du spectacle quand les côtes de la Tasmanie paraîtraient.

Là-bas, sur l'horizon, elle distinguait la masse de cette terre qu'elle n'avait plus foulée depuis seize ans. Son cœur se mit à battre la chamade. Elle agrippa le bastingage. Les larmes qui lui brouillaient la vue l'empêchaient presque de voir se préciser les contours de l'île.

Les oiseaux de mer l'accueillirent à grands coups d'ailes blanches et de cris lugubres que la brise emportait – peu à peu, de longues bandes de sable jaune se donnaient à voir. Loulou dévorait des yeux les anses minuscules, les criques défendues par d'imposantes falaises de roche noire et des collines boisées. Elle reconnaissait les effluves des pins, des acacias, ainsi que ceux des eucalyptus. Elle regardait dériver, poussée par le vent, la fumée qui s'échappait des cheminées des maisons de bois blanc que l'on découvrait, parmi les arbres, sur le flanc des collines. Loulou se délectait encore des petites bourgades blotties çà et là, des jetées, des quais, auprès desquels se balançaient les bateaux de pêche… Des parcs à bois, qui fleuraient si bon le bois fraîchement coupé. Rien de tout cela ne lui était étranger, elle croyait soudain au miracle, peinait à admettre tout à fait que le décor qui s'offrait à elle fût bien réel.

Son souffle se changea en sanglot : enfin, l'amour qu'elle n'avait, jusqu'alors, jamais osé exprimer pour sa patrie, la submergeait. Elle fondit en larmes. Elle était chez elle.

Il regarda le navire jeter l'ancre avant qu'on l'amarre. Dans quelques semaines, le *Rotomahana* prendrait sa retraite. Il allait manquer à Joe, dont l'œil s'attarda sur le quai, où il reconnut quelques visages parmi les agriculteurs, les commerçants et les éleveurs de bétail qui patientaient. Deux fois par semaine, un bateau arrivait ainsi du continent. Il s'agissait pour l'île d'un lien vital ; un bâtiment plus rapide et plus grand permettrait de transporter davantage de touristes et d'accroître les échanges commerciaux.

Joe, qui se sentait nerveux, aurait préféré être ailleurs. Comme il se tournait à nouveau vers le *Rotomahana*, il repéra une figure qu'il ne s'attendait pas à découvrir ici et se rembrunit aussitôt. Molly avait vu juste : Gwen Cole n'avait pas résisté à la tentation de jauger par elle-même les métamorphoses subies par son enfant depuis son départ.

Assise au volant d'une camionnette garée à une extrémité du quai, elle fumait une cigarette, l'œil rivé au bateau. Que pensait-elle ? Son expression était insaisissable. Allait-on assister à des retrouvailles déchirantes ou à une violente prise de bec ? À moins qu'elle ne se contentât d'observer de loin. Il pria pour qu'elle s'en tînt à une contemplation muette, car il se jugeait mal armé pour les sanglots ou les crêpages de chignons.

Elle alluma une autre cigarette au mégot de la précédente, en souffla la fumée par la fenêtre. Elle pianotait sur le volant. Elle était tendue. Mais pour quelle raison ?

Joe s'avisa bientôt qu'il n'était pas le seul à avoir repéré la présence de Gwen sur les lieux. De petits groupes chuchotaient en lui lançant des regards narquois, et il leur venait aux lèvres de minces sourires entendus. L'atmosphère devenait électrique, mais la mère de Mlle Pearson ne semblait pas s'en rendre compte, absorbée qu'elle était dans l'examen détaillé du navire à l'approche.

— Salut, mon gars. On attend le feu d'artifice ?

L'épouse de ce fermier, l'un de ses voisins, comptait parmi les plus redoutables commères de la région.

— J'espère bien qu'il n'y en aura pas, maugréa Joe, qui se serait volontiers passé de cette compagnie.

— Connaissant Gwen, ça risque d'exploser plus vite encore qu'on imagine. Molly se mordra bientôt les doigts d'avoir manqué ça.

Joe reporta son attention sur les passagers en train de débarquer. Si seulement il savait à quoi ressemblait Mlle Pearson, il aurait peut-être le temps de la soustraire à tous les regards avant qu'une scène pénible ne survienne.

— Je vous prie d'en prendre grand soin, pour l'amour du ciel. Ces valises m'ont coûté les yeux de la tête.

L'accent était immanquable – Joe scruta la jeune femme qui reprochait au malheureux porteur d'avoir fait tomber l'un de ses bagages. Séduisante, indéniablement, mais elle lui rappela si fort Eliza que son moral flancha.

— Nom de Dieu, gronda-t-il entre ses dents, c'est parti.

Il se précipita vers elle. Tous les regards venaient de se poser sur lui, lui brûlant le dos.

— Mademoiselle Pearson?

Une main sur la hanche, manifestement courroucée, elle fit volte-face pour le toiser.

— Vous devez être Reilly, cracha-t-elle. Occupez-vous donc de ce pauvre type, voulez-vous. Impossible de lui fourrer dans le crâne que ces valises possèdent une valeur inestimable, or je ne souffre pas qu'on abîme mes affaires.

Piqué par ses façons, Joe considéra les grands yeux verts, la peau impeccable, la bouche acerbe.

— Je m'appelle Joe, répondit-il calmement. Et je ne suis pas votre domestique.

Elle le scruta en retour, soufflée par son aplomb.

— Ferme la bouche, Dolly, tu vas finir par gober une mouche.

Joe se retourna… et la parole, brusquement, lui manqua. Jamais il n'avait contemplé de femme plus belle. Ce regard bleu, cette chevelure majestueuse dégringolant en boucles de cuivre et d'or…

Elle lui sourit en lui tendant la main.

— Lorelei Pearson, mais appelez-moi Loulou. Et voici mon amie Dolly Carteret. Je vous prie de bien vouloir l'excuser. La traversée a été rude, elle est de fort méchante humeur. Je présume que vous êtes Joe Reilly?

Celui-ci ne la quittait plus des yeux; il devait avoir l'air d'un parfait idiot. Il se ressaisit en hâte.

— Bonjour, parvint-il à articuler.

— Bonjour, Joe.

Une étincelle s'alluma dans le regard de la jeune femme.

— Pouvez-vous me rendre ma main?…

Il la lâcha sur-le-champ comme il se serait débarrassé d'un tison brûlant.

— Pardon, souffla-t-il en piquant un fard, d'autant plus troublé qu'il savait les yeux des badauds braqués sur eux.

Par ailleurs, il n'avait pas prévu qu'elle viendrait accompagnée ; les soucis logistiques ajoutaient à son embarras.

— Je vais m'occuper des bagages, déclara-t-il, ensuite nous pourrons partir.

Comme il s'emparait de deux valises, il guigna Gwen qui, Dieu merci, demeurait assise au volant de son véhicule. Comment échapper plus vite aux curieux ? se demandait-il en s'empressant de ranger les bagages.

Joe Reilly se révélait beaucoup plus jeune que Loulou ne le pensait. Timide. Probablement à cause des terribles cicatrices qui couturaient son visage. En revanche, sa poignée de main était ferme, et la loyauté qu'elle avait lue dans son regard d'un brun sombre la rassurait. Mais pourquoi s'affairait-il ainsi ?

— Il est complètement défiguré, constata Dolly. Quel dommage. Il devait être superbe.

— Tais-toi, voyons, il risque de t'entendre. Et ne l'appelle pas Reilly, s'il te plaît. Ici, on est moins guindé qu'en Angleterre. Si tu refuses de l'appeler par son prénom, il va se sentir insulté.

— Excuse-moi, répondit Dolly avec irritation. J'ignorais que les hommes de ce pays étaient si sensibles.

— Ils ne le sont pas, soupira Loulou. Leurs manières ne sont pas les mêmes que celles des Anglais, c'est tout.

Elle tapota l'avant-bras de son amie.

— Ne te tracasse pas. Tu t'y habitueras très vite.

— Permets-moi d'en douter. Comment peut-on seulement les soupçonner d'une pareille subtilité, alors qu'on les croirait tous débarqués de leur ferme ?

Elle adressa un geste impérieux à la foule rassemblée sur le quai.

— Dolly, se fâcha Loulou. Parle moins fort, pour l'amour du ciel.

Elle l'entraîna à l'écart des badauds.

— Le système de classes ne fonctionne pas de la même façon qu'à Londres. Si tu leur jettes ce genre de remarques à la figure, tu vas les offenser.

Dolly écarquilla les yeux.

— Je voulais simplement...

Loulou lui prit la main, honteuse déjà de l'avoir si sèchement rabrouée.

— Je sais que c'est difficile, mais si tu prends le temps de te taire pour observer les mœurs des habitants de cette île, je t'assure que tu te fondras rapidement dans le décor. Il m'a fallu apprendre le même genre de leçon lorsque je suis arrivée en Angleterre. Si je me suis adaptée là-bas, tu t'adapteras ici.

— J'essaierai, concéda Dolly de mauvaise grâce, mais il règne dans ce pays un tel désordre...

Sur quoi elle s'en alla compter ses bagages. Force lui fut de reconnaître qu'il n'en manquait pas un, et que tous étaient en parfait état.

Loulou, quant à elle, profita de ce que Joe chargeait la camionnette pour l'examiner mieux. C'était certes de vilaines cicatrices, mais elle en avait vu de pires, et elles ne gâchaient rien de ses yeux sombres, de son nez droit ni de son menton volontaire. Il portait un pantalon en velours de coton – ses jambes étaient longues –, ainsi qu'une chemise à carreaux par l'ouverture de laquelle on devinait son torse musclé. Des bottes de cuir à talons plats complétaient sa tenue, ainsi que l'incontournable chapeau à large bord. Il pouvait avoir trente ans. Il possédait la silhouette à la fois sèche et robuste d'un homme accoutumé aux travaux physiques, dont son teint hâlé disait qu'il s'y livrait par tous les temps.

Soudain, il se retourna vers elle ; leurs regards se croisèrent. Loin de baisser les yeux, il sembla presque la défier. Ce ne fut néanmoins que l'affaire d'un instant, après quoi il se concentra de nouveau sur sa tâche.

Dolly gloussa en donnant un coup de coude à son amie.

— Je crois qu'il a un petit béguin pour toi, Loulou. Il faut bien reconnaître que nos freluquets londoniens ne lui arrivent pas à la cheville.

— Tu dis n'importe quoi, la cingla Loulou. Faut-il vraiment que nous jaugions tous les hommes qu'il nous est donné de croiser?

Sans attendre de réponse, elle se dirigea vers la camionnette. Il était beau, assurément, et puis viril en diable. Rien à voir, en effet, avec les mollassons gourmés de l'élite londonienne. Mais jamais elle ne l'avouerait. À Dolly moins qu'à quiconque.

Joe avait ouvert la portière de son véhicule, impatient de décamper. Pourtant, comme les deux jeunes femmes approchaient, il parut distrait, attiré par quelque chose ou quelqu'un, à l'autre bout du quai.

Loulou jeta un coup d'œil par-dessus son épaule, curieuse de découvrir ce qui avait à ce point piqué l'intérêt du garçon.

Comme surgie de nulle part, la camionnette s'élança vers elle, le moteur rugissant; ses pneus crissaient sur le macadam.

— Attention!

Loulou esquiva l'engin avant qu'au terme d'une embardée il achève sa course dans une pluie de gravier; le pare-chocs métallique ne se trouvait qu'à quelques centimètres de ses tibias.

Elle se réfugia derrière un lourd camion à bestiaux, aveuglée par la poussière, le cœur battant, trop effarée pour seulement songer à pousser un cri. Les pneus de la camionnette hurlèrent une dernière fois, le klaxon retentit et, déjà, le véhicule s'éloignait à toute allure.

— C'est pas vrai, lâcha Joe en se ruant vers Loulou. Est-ce que tout va bien? Vous a-t-elle heurtée? Êtes-vous blessée?

La jeune femme cligna des yeux pour en chasser les larmes et la poussière.

— Je… je…

— Que se passe-t-il? Où êtes-vous blessée?

Il passa un bras puissant autour de sa taille, avec une douceur à laquelle elle ne s'attendait pas.

— Je vais bien, articula-t-elle. Je n'ai rien, mais la poussière… J'ai du mal à respirer.

Elle ramassa son sac à main, qu'elle avait lâché dans l'affolement, pour y puiser quelques pilules.

Un murmure parcourut la foule. Loulou se dirigea d'un pas tremblant vers la camionnette de Joe; elle s'assit sur le marchepied.

— Le spectacle est terminé! brailla Joe. Reculez, elle manque d'air.

Loulou identifia le ton péremptoire de Dolly avant de la voir paraître: traînant derrière elle un agent de police, elle fendait la cohue.

— Je ne veux pas faire d'histoires, murmura-t-elle en hâte à Joe. Emmenez-nous loin d'ici.

— Mais elle a tenté de vous renverser, protesta le jeune homme. Votre amie a raison. Il faut que la police intervienne.

Loulou fixa son hôte, tandis qu'un frisson d'angoisse lui parcourait l'échine.

— Vous avez vu qui se trouvait au volant?

Il hocha la tête en se tournant vers la foule, qui ne manifestait pas la moindre intention de quitter les lieux.

— Nous l'avons tous reconnue, n'est-ce pas?

On confirma en chœur, après quoi une ou deux voix s'élevèrent pour exprimer leur réprobation:

— Il est grand temps de jeter cette folle furieuse en prison!

— Exactement! C'est un danger public.

— Il s'agissait de Gwen? demanda Loulou à Joe, l'œil agrandi par l'effroi.

Il acquiesça en silence, gêné.

L'agent de police en profita pour ouvrir son carnet, avant de suçoter la pointe de son crayon.

— Je dois recueillir la déposition de tous ceux et celles qui ont été témoins de l'incident, tonna-t-il – l'importance dont il se sentait brusquement investi lui donnait des ailes. Si vous avez eu le temps de vous remettre un peu de vos émotions, mademoiselle, enchaîna-t-il en se tournant vers Loulou, je vais commencer par vous.

La jeune femme, qui s'était levée, recula d'un pas.

— Je ne souhaite pas porter plainte, souffla-t-elle.

— Tu plaisantes! glapit Dolly en lui prenant la main. Cette femme a essayé de te tuer.

Un nouveau bruissement passa parmi les curieux demeurés là.

Loulou secoua énergiquement la tête. À mesure que sa respiration s'apaisait, elle reprenait ses esprits.

— Clarice m'avait prévenue qu'elle était dangereuse, mais je ne la croyais pas capable d'un acte aussi odieux. Peut-être a-t-elle seulement voulu me faire peur. Si telle était son intention, elle a réussi. Mais je suis saine et sauve.

— Nous n'aurions jamais dû venir, se lamenta Dolly. Qu'est-ce qui l'empêchera de recommencer?

— Une femme avertie en vaut deux, décréta son amie, avec un aplomb qu'elle feignait en partie. Je me tiens prête à l'affronter.

Elle se tourna vers un Joe consterné.

— Je suis plus forte que je n'en ai l'air, le rassura-t-elle, mais je vous serais reconnaissante de nous permettre enfin d'échapper à cette foule.

— Alors montez. Je vous emmène.

Après s'être s'installée sur la banquette en cuir fatigué, Loulou se déplaça un peu pour que Dolly pût s'asseoir à côté d'elle. L'incident la secouait encore et, même si les médicaments avaient apaisé son pouls, son cœur battait de façon irrégulière ; elle se sentait tremblante et glacée. Elle se cala contre le dossier, ferma les paupières. Joe lança le moteur à la manivelle avant de grimper à bord du véhicule.

Il flottait dans la camionnette une odeur de cheval, de foin et de crottin. L'habitacle sentait aussi le chien mouillé. Loulou songea au vieux labrador, ainsi qu'aux écuries qu'elle avait laissés derrière elle. Elle éprouva un brin de réconfort. Lorsqu'elle rouvrit les yeux, Dolly fronçait le nez, incommodée par ces effluves. Son amie pria pour qu'au moins elle tînt sa langue.

— Vous êtes sûre que vous ne souhaitez pas consulter un médecin avant notre départ ? s'enquit Joe.

— Non, merci, sourit-elle – il s'inquiétait terriblement. Partons.

— Très bien.

Serrée entre Dolly et le conducteur, Loulou ne tarda pas à sentir contre la sienne la cuisse puissante de Joe, qui se contractait chaque fois qu'il actionnait l'embrayage. Fascinée, elle contemplait les muscles et les tendons qui jouaient sous la peau bronzée du bras dès que le chauffeur changeait de vitesse. Mais si c'était l'artiste en elle qui s'extasiait, la femme ne demeurait pas indifférente au spectacle qui s'offrait à elle. Joe, troublé lui aussi, s'efforçait d'éviter tout contact physique. Loulou s'en amusa sans mot dire.

— Avons-nous beaucoup de route à faire ? Parce qu'il règne dans cette voiture une telle puanteur qu'on croirait qu'une bête a crevé à l'intérieur. Or, j'ai déjà le cœur au bord des lèvres après ce qui s'est passé tout à l'heure sur le quai.

— Nous arriverons dans environ trois quarts d'heure, expliqua Joe à Dolly. Je suis navré pour l'odeur. J'avais l'intention de nettoyer la camionnette, mais je n'ai pas eu le temps. J'étais submergé de travail.

Comme la jeune femme s'apprêtait à répliquer avec dédain, Loulou lui administra une bourrade discrète dans les côtes en la fusillant du regard pour la réduire au silence.

— Avez-vous toujours entraîné des chevaux, Joe? s'enquit Loulou pour s'efforcer de détendre l'atmosphère.

— Oui.

— Je suppose que vous n'avez guère eu le choix: si j'ai bien compris, il s'agit d'une affaire familiale.

— En effet.

— Ma grand-tante se rappelle fort bien votre grand-père. C'était lui qui s'occupait des chevaux de son époux.

— Je sais.

En dépit de son charme, Joe Reilly manquait singulièrement de conversation. Loulou s'obstina:

— Vous avez dû conserver l'ensemble des dossiers?

Le conducteur se contenta de hocher la tête. Cependant, il parut soudain se souvenir des bonnes manières.

— Nous n'avons rien jeté depuis le jour où mon grand-père a ouvert son établissement.

Il jeta un coup d'œil en direction de la jeune femme avant de se concentrer à nouveau sur la route.

— Votre grand-oncle possédait quelques montures d'exception, ajouta-t-il. Mais pas un n'aurait pu rivaliser avec Océan.

— À quoi ressemble-t-il? l'interrogea Loulou. J'ai hâte de le découvrir.

— Une véritable petite merveille. Mais vous devez déjà le savoir, puisque vous l'avez acheté.

— Tous les documents l'attestent, répondit la jeune femme en secouant la tête, mais je puis vous jurer que jamais je n'ai fait l'acquisition de ce poulain.

— Carmichael m'a pourtant affirmé qu'il l'avait acheté d'après vos instructions.

— Eh bien, il ment, décréta Loulou, car je n'avais jamais entendu parler de cet individu avant que vous mentionniez son nom dans votre lettre.

Joe négocia un peu trop brusquement son virage, en sorte que la jeune femme se trouva projetée contre lui. Il grommela une excuse avant de rétrograder.

— Si je comprends bien, Carmichael a acquis Océan, puis il vous en a fait cadeau alors que vous ne le connaissiez ni d'Ève ni d'Adam?

— Il l'a acheté, c'est indéniable. Pour le reste, j'ignore si le cadeau vient de lui ou d'un individu soucieux de préserver son anonymat. Avez-vous déjà rencontré M. Carmichael?

— Non. Il est aussi glissant qu'une savonnette.

— Je l'aurais parié. C'est pour cette raison que je suis venue jusqu'ici. Nous voici face à un mystère, Joe, dont j'ai bon espoir que nous réussirons à le résoudre en conjuguant nos efforts.

— Je le souhaite autant que vous, énonça Joe sans beaucoup de conviction.

Il venait de franchir la barrière. Il se gara dans la cour, où les accueillirent deux colleys :

— Bienvenue à Galway House, fit-il en coupant le moteur.

Loulou lorgna la demeure tandis qu'il l'aidait à descendre du véhicule. Une élégante maison de brique, probablement édifiée à la fin du XIXe siècle, ombragée par de grands arbres. On accédait aux deux étages par des vérandas mangées de chèvrefeuille et de roses, où trônaient quelques sièges confortables; de la fumée s'élevait de la cheminée. Un lieu hospitalier, incontestablement – un bon lit, un brin d'ombre fraîche et tout serait parfait.

Comme elle répondait aux effusions des deux chiens, Loulou s'avisa qu'on l'épiait : les palefreniers arpentaient la cour, faussement nonchalants, l'œil écarquillé, cependant que le visage d'une jeune fille paraissait à l'une des fenêtres.

— C'est Dianne, expliqua Joe. Elle participe aux travaux ménagers. Et ne vous souciez pas des garçons, ajouta-t-il avec un mince sourire. Ils ont l'air un peu balourds, mais ils sont inoffensifs.

Au large sourire de Loulou, que Dolly accompagna d'un geste de la main, répondirent quelques sourires timides, quelques doigts effleurant le bord des chapeaux et, déjà, les lads se retranchaient dans le demi-jour. La visiteuse reporta son attention sur les montures, qui tendaient le cou par-dessus la porte de leur stalle.

— Lequel d'entre eux est Océan ?

— Il est dans le paddock, répondit Joe en lorgnant les souliers de Dolly. Je vous conseille de changer de chaussures. Vous risquez de vous tordre une cheville sur les pavés.

— Vous êtes bien aimable, mais j'ai arpenté mille fois Bond Street et Mayfair avec ce genre de talons. Mes chevilles ne sont pas de celles qui se foulent aisément.

Sur quoi la jeune femme s'éloigna en trottinant – son hôte haussa un sourcil, tandis que Loulou réprimait un sourire. Le garçon ne tarderait pas à comprendre que l'on ne privait pas Dolly aussi facilement de ses escarpins favoris.

Loulou la rejoignit près de la palissade. Dans le paddock, protégé du soleil par la ramure des arbres et, plus loin, par des collines verdoyantes, poussait une herbe haute et grasse. Des cotingas émettaient des sons pareils à ceux d'une cloche ; un kookaburra ricanait. Impossible d'imaginer une scène plus typique de la Tasmanie que celle-ci. Loulou s'éprit instantanément du décor.

Océan, qui broutait à leur arrivée, leva la tête, puis les considéra un long moment avant de daigner se rapprocher des deux amies. Sa robe cuivrée luisait dans le soleil matinal, ses muscles impeccablement dessinés jouaient doucement sous la peau. Il portait au front comme un diamant. Il agitait la queue pour chasser les mouches qui le harcelaient.

— Oh, Dolly, murmura Loulou, les larmes aux yeux. Il est magnifique...

Elle tendit la main vers l'animal, dont le museau velouté vint fouiner au creux de sa paume en quête de nourriture.

— Il espère que vous allez offrir une pomme, expliqua Joe, mais il est encore trop tôt. Tout à l'heure, peut-être.

Loulou lui flatta l'encolure, passa les doigts dans sa crinière.

— Une fois adulte, il sera exceptionnel. Il suffit d'observer sa musculature.

Rejetant sa chevelure en arrière, elle se tourna vers le propriétaire des lieux.

— Il est plutôt fait pour la vitesse ou pour les courses d'obstacles?

— Il galope admirablement, mais il ne dédaigne pas non plus le défi que constitue le saut d'obstacles. Il s'est bien débrouillé lors des quelques courses auxquelles je l'ai inscrit. Je suis curieux de voir comment il va s'en tirer à la fin du mois.

— Il doit courir bientôt? demanda Loulou en écarquillant les yeux de plaisir.

Son hôte acquiesça mais, comme il commençait à lui fournir des détails concernant la compétition, Dolly l'interrompit:

— Tout cela est bien joli, mes amours, mais il faut absolument que je prenne un bain, puis que je m'allonge. Je suis moulue.

Elle se tourna vers la maison.

— Je suppose que c'est ici que nous allons nous installer?

Joe se racla la gorge en rougissant.

— Nous avons pensé que vous aimeriez autant habiter un peu plus loin des écuries, dit-il, le regard perdu au loin. Ainsi, vous serez moins incommodées par les mouches. Ou par les *jackaroos*, qui commencent leur journée à l'aube.

Il fit silence un moment, affreusement mal à l'aise.

— Votre logis est certes un peu plus rudimentaire que la demeure familiale, reprit-il, mais vous y trouverez tout ce dont vous aurez besoin.

— Rudimentaire? répéta Dolly, la mine soupçonneuse. Jusqu'à quel point?

— Je n'ai peut-être pas choisi le terme adéquat, se hâta de rectifier son interlocuteur. Pour tout dire, il s'agit d'un chalet. Vous allez peut-être vous y sentir un peu à l'étroit. Nous ignorions que vous seriez deux.

— Je suis curieuse de le découvrir, lança Loulou en signifiant à Dolly, d'un regard autoritaire, qu'elle avait intérêt à garder pour elle ses commentaires.

Celle-ci accrocha donc un pâle sourire à sa face.

— Je réserve mon jugement sur ce logis jusqu'à ce que je l'aie vu, décréta-t-elle sur un ton menaçant. Où se trouve-t-il au juste?

— Par là, dans le bush, répondit Joe en désignant du doigt la vallée densément boisée.

Le demi-sourire s'évanouit aussitôt.

— Nous n'allons tout de même pas y croiser des ours, des tigres ou je ne sais quelle créature dangereuse, dites-moi?

Le jeune homme secoua la tête avec une solennité contredite par la lueur amusée qui brillait dans ses yeux.

— Tout au plus un kangourou, ou alors un wallaby. Sans doute entendrez-vous aussi hurler des diables de Tasmanie au beau milieu de la nuit, mais même si leur cri a de quoi inquiéter, jamais ils ne s'approcheront de vous. Vous serez en sécurité, je vous le promets.

Dolly fronça les sourcils. Joe se hâta de lui décrire la farouche petite créature qu'on ne voyait que sur cette île.

— Et les serpents?

Loulou se souvenait de ceux qui se dissimulaient dans les tas de bois, ou dans le lierre qui cernait la porte située à l'arrière de la maison de son enfance.

— Il fait encore trop froid pour qu'ils se montrent, mais j'ai vérifié qu'aucun nid ne se cachait aux abords du chalet, n'ayez crainte.

Le garçon invita les deux jeunes femmes à se hisser dans la camionnette, à l'arrière de laquelle les colleys avaient déjà pris place. On se mit en route.

La mâchoire de Joe se contractait et se relâchait alternativement sous l'effet de la tension. Loulou se demanda ce qui le tourmentait à ce point. À plusieurs reprises, il avait mentionné un «nous», sans pour autant évoquer une épouse ou un membre de sa famille. Peut-être venait-il de se quereller avec sa femme. Ou alors, il s'agissait de jeunes mariés. Dans un cas comme dans l'autre, la situation suffisait à expliquer pourquoi Dolly et elle étaient expédiées à bonne distance de la maison.

Mais, bientôt, Loulou cessa de conjecturer pour jouir du paysage. Rien n'était plus beau que ces collines au pied desquelles il faisait si bon vivre, que ces enclos disposés sur leurs flancs, que cette rivière aux eaux vives qui traversait la vallée. Comment s'étonner que Joe eût choisi de rester ici?

Le véhicule s'immobilisa. Dans le silence qui s'abattit soudain à l'intérieur de l'habitacle, on n'entendait que le cliquètement du moteur en train de refroidir. Dolly considéra leurs pénates.

— Ceci... n'est pas un chalet, formula-t-elle. Il ne s'agit que... d'une... d'une cabane... d'un appentis... d'une masure!

— Une masure, certainement pas, rétorqua le jeune homme.

— Dans ce cas, vous n'aurez qu'à vous y installer à notre place.

— Je dois reconnaître que c'est plus rudimentaire que je l'imaginais, concéda Loulou. Mieux vaudrait, je crois, nous accueillir chez vous jusqu'à ce que vous nous ayez trouvé une chambre d'hôtel.

— Il n'y a pas le moindre hôtel à plusieurs kilomètres à la ronde, balbutia Joe. Et ma mère…

— Personne n'a exilé votre mère dans un taudis au beau milieu des bois, se fâcha Dolly. Je pense…

— Dolly, l'arrêta Loulou d'un ton sec. À l'évidence, Mme Reilly ne souhaite pas voir deux étrangères envahir son domicile. J'en déduis que nous n'avons pas le choix.

— Qu'est-il arrivé à cette célèbre hospitalité australienne que tu ne cesses de me vanter ? l'interrogea Dolly en lui lançant un regard noir ; elle croisa les bras sur sa poitrine. Tu le trouves accueillant, ce pays ? D'abord, tu manques de passer sous les roues d'une forcenée, puis on nous contraint à prendre nos quartiers dans un gourbi. Que se passera-t-il ensuite ? On nous collera les fers aux pieds dans une chaîne de forçats, en compagnie de tous les indésirables de la même eau que nous ?

— Tu es grotesque.

— Si vous daigniez jeter un bref coup d'œil à l'intérieur, se hasarda Joe, vous constateriez que tout le confort s'y trouve. Allez-y.

Il y avait dans la voix du jeune homme de la supplication ; Loulou se radoucit. Sa mère devait être un véritable dragon pour obliger ainsi ses invités à s'isoler ici. Elle se tourna vers Dolly.

— Je sais que tu n'es pas habituée à ce genre de vie, mais…

— En effet, je n'y suis pas habituée.

La jeune femme ne comptait nullement rendre les armes.

— Allons, tenta de l'amadouer son amie en lui effleurant la main. Fais au moins le tour du propriétaire, avant de tout rejeter en bloc.

Dolly prit une profonde inspiration, puis alluma une cigarette.

— Comme tu voudras. Mais si j'aperçois ne serait-ce qu'une araignée ou un serpent, je file.

Joe ouvrit la marche. Les trois jeunes gens traversèrent la pelouse récemment tondue, longèrent le tas de bois pour grimper sur la véranda, où le fauteuil les attendait, tout à sa solitude. Le garçon ouvrit la porte et recula.

— Je peux vous faire apporter un deuxième lit, dit-il calmement.

Loulou pénétra dans la pénombre de la pièce, Dolly cramponnée à son bras. Une pièce étonnamment grande, d'une propreté impeccable, et qui fleurait bon le bois fraîchement raboté. Des rideaux de chintz flanquaient l'unique fenêtre, le lit de fer avait été garni de draps frais, une table et des chaises en pin voisinaient avec le fourneau au-dessus duquel Loulou repéra encore des poêles et des casseroles suspendues à des crochets. Une bouilloire patientait sur la plaque, tandis qu'on avait garni une étagère de vaisselle et de couverts. La jeune femme perdit courage : on les avait bel et bien condamnées à l'exil.

Dolly, pour sa part, jetait de droite et de gauche des regards apeurés, en quête de nuisibles. Elle lorgna le poêle ventru sans y prêter beaucoup d'intérêt, tapota le lit pour en éprouver le confort. Elle caressa les draps, examina les rideaux, qui avaient connu des jours meilleurs.

— Cela devrait aller pour cette nuit, lâcha-t-elle à contrecœur.

Loulou la saisit par le bras.

— Notre séjour risque de durer un peu plus longtemps, dit-elle avec douceur. Voyons, Dolly, ce n'est pas si mal.

— Je n'ai pas coutume de vivre dans ce genre d'endroit, fulmina son amie. Et si tu tentais de le faire changer d'avis?

Loulou jeta un coup d'œil en direction de Joe qui, planté sur le seuil, semblait leur barrer la sortie.

— Je doute d'y parvenir, murmura-t-elle. Nous allons devoir nous contenter de cette cahute jusqu'à ce que nous dénichions quelque chose de mieux.

Le jeune homme s'éclaircit la voix :

— Si le chalet vous convient, je vais vous apporter vos bagages.

— Une seconde, commanda Dolly. Où se trouve la salle de bains?

Loulou s'affligea un peu plus : elle avait espéré que sa camarade n'aborderait le sujet qu'une fois leurs valises défaites et les deux jeunes femmes dans leurs meubles. Joe paraissait plus penaud que jamais.

— Sans doute y a-t-il une chaudière à l'extérieur pour chauffer l'eau qu'on verse ensuite dans ce tub, répondit Loulou à sa place – et, de l'index, elle montra la large cuvette en zinc rangée non loin du fourneau. Les toilettes sont probablement dehors, elles aussi.

Horrifiée, Dolly écarquilla les yeux.

— Nous allons devoir sortir pour... pour...

Loulou hocha la tête avant de lui murmurer quelques mots à l'oreille avec l'espoir que Joe ne les entendrait pas.

Dolly se laissa tomber sur le lit, le regard étincelant de rage.

— C'est le pompon, siffla-t-elle.

Loulou éclata de rire.

— Oh, Dolly! bredouilla-t-elle. Si tu voyais ta tête...

— Ce n'est pas drôle! hurla cette dernière. Je hais le camping, et pourtant me voilà contrainte de dormir dans une bicoque au beau milieu des bois et de faire pipi dans une casserole!

Incapable de se contenir, son amie gloussait; les lèvres écarlates de Dolly se réduisirent à une ligne mince.

— Je te préviens, Loulou Pearson: si je survis, ce dont je doute, tu n'auras pas assez de toute ton existence pour me rendre au centuple ce que je consens à faire pour toi!

8

Clarice regardait, à travers la vitre ruisselante, les pluies d'octobre fouetter le jardin. C'en était fini de l'été indien. Les fleurs, dont les pétales meurtris s'éparpillaient tels des confettis après une fête, ployaient sous le poids de l'averse. Au loin, les collines se drapaient de brume. La lumière chiche et terne lui donnait le cafard.

Elle soupira en observant les lettres dispersées sur la table. Elle les avait dévorées dès leur arrivée, le matin même, ravie de recevoir enfin des nouvelles de Lorelei. La jeune femme y décrivait avec talent les lieux qu'elle avait visités durant son périple – elle avait même joint quelques esquisses à sa missive, afin que sa grand-tante partageât mieux son aventure. Ainsi, elle avait décidé de garder le contact en dépit de leur terrible brouille. Clarice, qui regrettait profondément la manière dont elles s'étaient séparées, ne pouvait que s'en réjouir, elle qui ne rêvait que de réconciliation. En revanche, elle n'avait pas encore reçu de lettre d'Australie, il était trop tôt. Pourvu que les souvenirs idylliques qu'en conservait sa petite-nièce n'aient pas volé en éclats sous les assauts de la réalité.

Elle s'installa dans un fauteuil, près de la fenêtre. Il pleuvait aussi à Sydney, ce jour-là. Ce jour funeste où son univers s'était trouvé réduit en cendres. Ce jour affreux où elle avait perdu tout ce qu'elle chérissait.

Sydney, octobre 1888

Clarice avait vécu les premières semaines de l'année dans la crainte, mais à mesure que le temps s'écoulait sans qu'aucun signe lui laissât supposer qu'elle était enceinte, elle se mit à respirer plus librement. Cependant, elle n'était plus la même. Oubliées, les petites victoires pourtant remportées de haute lutte contre la soumission. Éteinte, l'étincelle de la passion, qu'elle avait préservée jusque-là avec tant de soin. Elle se réfugiait désormais derrière une réserve hautaine qui lui tenait lieu d'armure.

Elle n'était pas douée pour le mensonge. Si Algernon la soumettait à la question, elle ne résisterait pas. Par bonheur, il semblait n'avoir rien deviné des événements qui s'étaient produits cette nuit-là. Il ne s'était pas ému davantage des changements survenus dans le comportement de sa femme. Pour tout dire, seul son travail importait à ses yeux – Clarice ne pouvait que lui en savoir gré.

Évitant à présent de paraître dans la plupart des grandes réceptions ou des dîners, elle s'était muée en épouse modèle. Elle s'occupait des domestiques, veillait à ce qu'Algernon prît des repas réguliers, traitait ses invités insipides avec affabilité… Sa métamorphose lui avait ouvert les portes d'un havre de paix dont elle jouissait pleinement.

Elle avait bien du mal, en revanche, à éviter Eunice. Les premiers temps, elle aurait été incapable de se retrouver face à elle. Mais au fil des semaines, son aînée avait fini par s'étonner de son retrait, en sorte que Clarice s'était résolue à rétablir leurs relations comme si rien n'avait eu lieu. Ce n'était pas une tâche facile – d'autant plus que Lionel semblait mettre un point d'honneur à se trouver dans les parages chaque fois qu'elle rendait visite à son épouse.

Mais, bientôt, une rumeur enfla : le général, disait-on, s'était entiché de la jeune femme d'un diplomate. Ses absences se multiplièrent. Eunice n'aborda jamais le sujet, ni ne confia à sa cadette les frasques de son mari. Cette dernière savait néanmoins que sa sœur souffrait – et qu'elle était devenue une part de cette souffrance. Elle se désolait de ne pouvoir agir pour apaiser son tourment. Au contraire, à chacune de leurs rencontres, la culpabilité la rongeait un peu plus.

L'hiver avait été clément, mais octobre apporta avec lui des pluies torrentielles, ainsi qu'un vent glacé. Lionel se trouvait à Brisbane pour raisons militaires. Eunice avait invité Clarice à déjeuner.

L'excellence des plats s'était trouvée gâtée par l'humeur rétive de Gwendoline. Mais une fois le repas terminé, la visiteuse s'était installée dans son fauteuil favori pour y prendre le café, afin de profiter de la vue imprenable sur les alentours dont on jouissait depuis le salon. Serrant son châle autour de ses épaules, elle regarda les vagues s'écraser sur le rivage. Il faisait encore froid, en dépit du feu qui ronflait dans la cheminée, car un vent d'est couchait les arbres – la pluie passait à l'horizontale devant la fenêtre.

— Pourrais-tu jeter un coup d'œil à ceci pour me donner ton avis ? lui demanda Eunice en lui tendant un catalogue.

— Tu n'as pas besoin de son avis, intervint Gwen sans souci des convenances. Je sais quelle robe il me faut.

— Je refuse d'acheter celle que tu as choisie, soupira sa mère. Tu es beaucoup trop jeune pour t'exhiber dans ce genre de tenue.

— Je vais avoir quinze ans, et je ne paraîtrai pas à ma fête d'anniversaire affublée comme une gamine.

Elle s'enfonça dans son fauteuil en croisant résolument les bras sur sa poitrine.

Clarice lui adressa un regard sans tendresse, nullement impressionnée par ses façons. Ses longs cheveux bruns étaient noués par deux rubans blancs, elle portait une robe bleue à col marin qui lui arrivait à mi-mollet, ainsi que d'épais bas noirs et des jupons blancs à volants. L'accoutrement typique des adolescentes.

— En effet, répliqua Eunice d'un ton sec, il n'en est pas question. Je t'ai choisi une jolie robe du soir telle que peuvent en porter les jeunes filles de ton âge. Tu seras ravissante.

— Je serai ridicule, maugréa Gwen. Toutes mes amies ont reçu la permission de sélectionner elles-mêmes leur tenue. Pourquoi pas moi ?

— La robe qui t'a tapé dans l'œil possède un décolleté beaucoup trop audacieux.

Sur quoi elle se tourna vers Clarice en quête de soutien, à bout de patience.

Celle-ci lorgna sa nièce, dont le regard agressif lui indiqua qu'elle devait agir avec diplomatie pour éviter tout accès de fureur.

— Montre-la-moi, suggéra-t-elle. Peut-être trouverons-nous un moyen de la reprendre un peu afin qu'elle vous convienne à toutes les deux.

— Je ne vois pas pourquoi il faudrait la reprendre, cracha l'adolescente.

Elle arracha le catalogue des mains de sa mère, puis le feuilleta avant de l'abattre sur la table basse avec une telle violence que les tasses à café frémirent dans leur soucoupe.

— La voilà. Tu vois bien ? Elle est parfaite.

À peine eut-elle posé les yeux sur l'illustration que Clarice se rangea du côté de sa sœur. Le catalogue était celui d'une maison parisienne, qui se targuait de proposer à ses clientes des articles représentatifs de ce style Belle Époque qui faisait alors fureur dans l'ensemble de l'Europe. Les seins du modèle, déjà mis en valeur par le corset qui les poussait vers l'avant, se trouvaient encore rehaussés par un corsage à volants. Les manches débordaient de dentelles et de rubans, tandis que la jupe, qui dissimulait une tournure, s'agrémentait d'une traîne où, là encore, la dentelle le disputait aux rubans ; une véritable cascade de fanfreluches. Une robe absolument splendide, dont Clarice ne s'étonnait pas qu'elle eût retenu l'attention de sa nièce. Mais elle avait été conçue pour une femme, non pour une enfant.

— Je suis navrée, Gwen, mais je partage l'avis de ta mère.

L'adolescente s'empara à nouveau du catalogue, le regard embrasé, menaçant.

— J'aurais dû m'en douter ! siffla-t-elle.

— Nous savons toutes les deux ce que tu es en mesure de porter, ma chérie, tenta de l'apaiser Eunice. Et je t'en prie, sois polie avec ta tante. Elle essaie simplement de nous aider.

— Dans ce cas, elle ferait mieux de se mêler de ses affaires.

Elle se rassit pour feuilleter encore le catalogue.

— Vous êtes trop vieilles pour comprendre quoi que ce soit à la mode d'aujourd'hui, leur assena-t-elle, puis elle ajouta, se tournant vers sa mère, qu'elle considéra avec hargne : les affreuses tenues que tu portes datent de Mathusalem.

— Je te conseille de te calmer, ou j'annule ta fête d'anniversaire.

— Cette fête, papa me l'a promise, rétorqua la jeune fille avec un rire dédaigneux. Jamais tu n'oserais aller contre sa volonté derrière son dos.

— Ton père m'a confié le soin d'organiser la réception. Il ne m'en voudra pas de l'avoir décommandée une fois qu'il connaîtra les raisons de mon geste.

— C'est faux, et tu le sais. Papa m'a fait une promesse. Il la tiendra.

— Des promesses, ton père en fait beaucoup, mais il les tient rarement.

— Il te dit ce que tu as envie d'entendre pour avoir la paix. À moi, en revanche, il n'a jamais menti. Il ne m'a jamais fait faux bond. Et il en ira toujours ainsi.

Eunice piqua un fard, tandis que ses épaules s'affaissaient en signe de reddition. L'adolescente respectait aussi peu sa mère que ne la respectait son époux. Clarice, qui brûlait de gifler le visage malveillant de sa nièce, exhortait en silence sa sœur à plus de fermeté – il fallait en finir avec cette indulgence dont Lionel s'était rendu coupable jusqu'à changer leur enfant en peste.

Mais Eunice, vaincue, garda le silence.

De la ruse se peignit sur les traits de Gwendoline.

— Pour ce qui est de la robe, papa l'a déjà vue, et il approuve mon choix. La preuve : il m'a également promis de faire expédier le tissu nécessaire depuis Brisbane.

Elle jeta le catalogue sur la table basse, puis se cala contre le dossier de son siège. Tandis qu'un éclat moqueur s'attardait au fond de ses prunelles, elle se mit à enrouler autour de son doigt le ruban qui retenait ses cheveux.

— Tu ferais mieux de garder ta salive pour des choses plus importantes que ces menaces fantaisistes.

— Ne t'adresse pas à ta mère sur ce ton, la moucha Clarice.

— Je m'adresse à elle sur le ton qui me plaît.

Elle tortillait toujours son ruban.

— Si tu t'estimes assez raffinée pour arborer la tenue qui t'a séduite, insista sa tante, le dos raidi par le dédain, tu devrais surveiller tes manières.

— Depuis quand as-tu décidé de t'ériger en arbitre des convenances ? répondit l'adolescente en lui coulant un regard glacé.

— Je ne me prétends arbitre de rien, mais je n'ignore pas que le comportement d'un individu importe plus que tout. La société fuit ceux qui ne se plient pas à ses règles. Il serait dommage pour toi de compter au nombre des parias avant même d'avoir quitté la nursery.

— J'ai quitté la nursery depuis belle lurette, et je n'ai aucune intention d'être mise au ban de la société. Je sais parfaitement comment me conduire en public.

— Dans ce cas, tâche de te tenir aussi bien sous ton propre toit, riposta Clarice. Ta grossièreté est inexcusable, et je la juge repoussante.

— Je ne pense pas que tu sois la mieux placée pour dispenser des conseils à qui que ce soit. Tu n'es pas de celles qu'on écoute au sein de la bonne société de Sydney.

Elle toisa sa tante, depuis ses bottines jusqu'à son chapeau de velours.

— Tu fais plutôt partie du troupeau des braves petites épouses sans éclat qui souffrent de la folie des grandeurs. Ce crétin d'Algernon et toi allez très bien ensemble.

— Ça suffit! haleta Eunice. Monte dans ta chambre.

— Non.

Gwen abandonna son ruban, s'empara d'un livre, dont elle se mit à tourner les pages.

Sa mère se redressa pour saisir le catalogue sur la table avant de le précipiter dans les flammes de la cheminée.

— Voilà, souffla-t-elle en se rasseyant. Plus de robe. Et plus de fête d'anniversaire.

Écumant de rage, sa fille bondit sur ses pieds et renversa la table. La cafetière brûlante atterrit sur les genoux d'Eunice, qui se redressa aussitôt dans un cri de douleur et d'effroi.

Comme l'adolescente levait le bras, prête, semblait-il, à frapper sa mère, Clarice interrompit son geste.

— Arrête! aboya-t-elle. Arrête ça tout de suite.

— Ne me touche pas! s'indigna Gwen en se tortillant pour lui échapper; elle la repoussa sans ménagement.

Sans plus réfléchir, sa tante la bouscula à son tour.

— Espèce de garce! cracha la jeune fille, qui trébucha sur la cafetière renversée pour s'affaler sur le tapis. Comment oses-tu?

— Ressaisis-toi, Gwendoline, lui lança sa mère en soulevant sa jupe trempée pour éviter qu'elle ne lui colle aux jambes – elle tendit à son enfant une main secourable. Tu es à bout de nerfs, ma chérie. Tu vas finir par te rendre malade.

— Fiche-moi la paix, grosse truie amorphe.

Eunice blêmit.

— Qu'as-tu dit?

— Je t'ai traitée de grosse truie amorphe. Que se passe-t-il, chère maman? Tu deviens sourde?

— J'entends parfaitement bien, répliqua-t-elle, les mains tremblantes. Mais cette expression abjecte me heurte.

— Pourquoi? Papa l'emploie tout le temps.

Eunice secoua la tête en reculant d'un pas, l'œil agrandi par l'horreur.

— C'est impossible, souffla-t-elle.

— Bien sûr que si. Je l'ai entendu. Mais toi, tu as préféré l'ignorer, comme tu ignores tout ce qu'il fait en général. Il se tue à la tâche pour essayer de te rendre heureuse, mais tes jérémiades incessantes lui gâchent la vie. Il a bien raison de se consoler auprès de ses maîtresses.

Sa mère se laissa tomber sur le sofa, le teint blafard; elle en avait oublié sa jupe dégouttant de café.

— Comment as-tu…? Tu n'as pas pu…

Clarice se rua vers sa sœur pour passer un bras autour de ses épaules frissonnantes. Elle leva les yeux vers une Gwen parée à poursuivre le combat.

— Je pense que tu en as dit suffisamment, décréta-t-elle, et s'il s'agit là d'une preuve de ta maturité, je te plains.

— Inutile de me plaindre, vilaine roulure, lâcha l'adolescente d'une voix posée.

Sa tante se figea, subjuguée par le regard prédateur que Gwen dardait sur elle.

— Je t'en prie, sanglota sa mère, arrête...

— Pour quelle raison? Parce que je t'ai fait pleurer? Tes larmes restent sans effet sur papa, et elles ne m'amadouent pas davantage. Tes pleurnicheries l'ont fait fuir.

— Je ne l'ai pas fait fuir. Je ne lui suffis pas, c'est différent.

Elle leva vers sa fille un visage baigné de larmes, implorant.

— J'aime ton père, Gwen, et j'ai cru que si je parvenais à lui faire entendre combien il m'avait meurtrie depuis toutes ces années, il cesserait de courir le jupon et il me reviendrait.

Elle enfouit sa figure dans ses mains.

— Mais jamais il n'a souhaité s'amender.

Sur les traits de l'adolescente penchée sur sa mère ne se lisait aucune compassion. Elle n'était plus que mépris.

— Pauvre idiote, lâcha-t-elle. Pourquoi aurait-il de nouveau ouvert les bras à cette épouse geignarde aux manières de paillasson? Papa est un bel homme, les femmes l'adorent. Ce n'est pas sa faute si elles s'offrent à lui.

Eunice demeura sans voix. Sa cadette, elle, tremblait.

— Si papa s'absente aussi souvent, c'est à cause de toi. Tu ne penses qu'à toi. Jamais tu ne te préoccupes de ce dont je peux avoir envie. J'ai besoin de lui, et je veux qu'il passe plus de temps à la maison.

— C'est un militaire, hoqueta sa mère. Son devoir le contraint à de nombreux déplacements.

Elle agrippa la main de sa cadette et posa la tête sur son épaule.

— Demande-lui d'arrêter, Clarice, je t'en supplie. Je n'en supporterai pas davantage.

Gwen considéra les deux sœurs d'un œil mauvais.

— Tu en as de la chance, d'avoir une sœur aussi aimante, une sœur aussi loyale sur laquelle compter.

Clarice ne respirait plus qu'à peine. Où voulait-elle en venir? Elle ignorait pourtant ce qui s'était passé dans la roseraie. Elle n'était encore qu'une enfant… Comment aurait-elle pu être au courant?

Eunice serra plus fort la main de sa cadette.

— Qu'es-tu en train d'insinuer? murmura-t-elle.

Gwen s'humecta les lèvres avant de reprendre la parole:

— Ton adorable sœur a parfaitement compris où je voulais en venir. Pourquoi ne t'exprimes-tu pas, tante Clarice? Après tout, tu fais partie des mille et une raisons qui ont poussé papa à multiplier les absences cette année.

La jeune femme obligea doucement son aînée à desserrer l'étau de ses doigts autour de sa main. Son cœur battait la chamade, elle avait la bouche sèche, mais la discipline d'acier qu'elle s'était imposée depuis plusieurs mois lui permit de faire front.

— Tu vas finir par tuer ta mère avec tes méchancetés, énonça-t-elle sur un ton glacial. Tu en as assez dit. Je te conseille de t'arrêter avant de prononcer des mots que tu regretteras toute ta vie.

Eunice ne comprenait plus rien.

— Mais de quoi parlez-vous? demanda-t-elle à sa sœur. Lionel et toi vous êtes-vous disputés?…

— Tant s'en faut, intervint sa fille, la mine triomphante. Clarice est amoureuse de papa. Elle le poursuit de ses assiduités depuis qu'elle a posé le pied sur le sol australien.

— Ce n'est pas vrai, se défendit Clarice.

— Bien sûr que non, renchérit son aînée sans l'ombre d'une hésitation. Elle a toujours éprouvé de l'admiration pour lui, mais il ne s'agissait que d'un engouement tel qu'en ressentent les jeunes filles pour un homme qu'elles tiennent pour un héros.

— Ah bon? Dans ce cas, comment expliques-tu la scène dont j'ai été le témoin dans la roseraie du palais du gouverneur, le soir du réveillon?

Gwen, qui se délectait de sa barbarie, se tut un instant pour ménager ses effets.

— Tu as fini par obtenir ce que tu désirais, tante Clarice. Je t'ai vue t'adonner avec papa à ces choses dégoûtantes. Vous étiez tous les deux si absorbés par vos gueuseries que si la moitié de Sydney vous avait observés, vous ne vous en seriez même pas rendu compte.

Pétrifiée, Clarice ne lâchait plus les yeux bruns de sa nièce, que dévorait la griserie du succès. Cette enfant n'en était pas une, en dépit de son corps impubère et de tous ses rubans. C'était une langue de vipère, déjà rompue à toutes les ignominies.

Lorsqu'elle se remit debout, Eunice chancelait. Elle tourna vers sa fille un visage de craie.

— C'est impossible, souffla-t-elle. Je t'en conjure, Gwen, dis-moi que ce ne sont là que mensonges.

— Il te suffit de la regarder pour comprendre que je ne mens pas.

Eunice s'exécuta : la confusion et la crédulité cédèrent peu à peu la place à l'effroi.

— Ce n'est pas ce que tu crois, bredouilla sa cadette en se levant à son tour. J'avais bu trop de champagne. Je suis sortie pour m'éclaircir les idées. Finalement, je me suis endormie et il a profité de moi.

— Tu n'imagines tout de même pas que je vais avaler une pareille fable? lui jeta Eunice à la figure avec une moue de dédain.

— Mais c'est la vérité, protesta Clarice. Je ne suis pas amoureuse de Lionel, et nous n'avons pas eu d'aventure tous les deux. Je n'ai jamais cherché à le séduire. Il faut que tu me croies.

— Je ne te croirai plus jamais.

— Mais je n'ai pas...

— As-tu eu des rapports sexuels avec mon époux? Comment aurait-elle pu le nier?...

La gifle qu'Eunice lui assena lui coupa le souffle. Sa nuque craqua sous la violence du choc, et elle sentit sur ses lèvres le goût du sang.

Sur ce, son aînée s'empara de son châle et de son réticule, qu'elle lui jeta au visage.

— Sors de ma maison. Menteuse. Traîtresse. Traînée! Je ne veux plus jamais te revoir!

— Mais, Eunice... ce n'était pas ma faute... Je ne l'ai pas encouragé...

Elle lança un coup d'œil en direction de Gwen, dont le petit sourire narquois disait assez combien elle goûtait cet épilogue.

— Tu ne comprends donc pas qu'elle ne cherche qu'à semer la zizanie? Je t'en prie, Eunice, laisse-moi te livrer ma version des faits. Jamais je n'ai souhaité une chose pareille.

— Si tu ne pars pas sur-le-champ, je demande à un domestique de te jeter dehors.

Clarice serra son châle et son sac contre sa poitrine. La soudaine désaffection de sa sœur lui glaçait le sang. Les liens qui les unissaient, la cruauté de Gwen venait de les rompre; jamais il ne s'en tisserait d'autres pour remplacer ceux-ci. Aveuglée par les larmes, elle quitta la maison en titubant pour s'élancer sous la pluie.

Elle cligna des yeux pour regagner le présent. L'averse avait cessé, mais les cieux restaient bas et la lumière du jour désertait peu à peu la pièce. Assise dans le crépuscule, elle fixait les flammes qui dansaient dans l'âtre.

Ce jour-là, Gwen avait obtenu sa revanche, mais à quel prix. Lorsque Lionel regagna Sydney, Eunice n'eut d'autre choix que de l'accueillir à nouveau auprès d'elle, mais un an plus tard ce fut pour lui la déchéance, à la suite de diverses révélations qui ébranlèrent toute la bonne société de la ville. D'abord, on le surprit au lit avec l'épouse d'un autre, puis l'armée s'aperçut qu'il était arrivé au général de lui «emprunter» de l'argent, qu'il ne se révéla pas en mesure de rendre. Si l'on avait étouffé le premier scandale dans les plus brefs délais, le second, lui, vit se déchaîner tous les amateurs de potins. On l'avait dégradé, puis inculpé de vol.

Algernon, pour sa part, avait été pris, en apprenant la nouvelle, d'un tel accès de fureur que Clarice avait craint de voir son cœur lâcher. Du fait de ses liens avec Lionel, il redoutait de voir sa carrière menacée – et que dire de la pairie, à laquelle il aspirait depuis si longtemps? Bien sûr, il avait accusé sa femme de tous les maux; elle n'avait pas répliqué. Elle se faisait du souci pour Eunice. Même si chacune des lettres qu'elle lui adressait lui revenait intacte, elle continua à lui écrire pour lui demander pardon et lui offrir son amour, ainsi que son soutien.

La vieille dame tendit les mains en direction des flammes, mais leur chaleur demeurait impuissante à chasser la glace du souvenir. Lionel était parvenu à décrocher un poste subalterne à Brisbane – impossible pour sa famille et lui de regagner l'Angleterre: les nouvelles de sa disgrâce l'y auraient escorté. Mais Eunice, elle, ne l'avait pas suivi dans sa nouvelle affectation. Ayant enfin admis que son mariage lui était devenu insupportable, elle avait fait voile avec Gwen en direction de la Tasmanie, où elle s'était installée à Hobart. Clarice supposait qu'elle avait choisi de refaire sa vie sur une île où personne ne la connaissait pour tenter d'échapper à l'atmosphère confinée de Sydney.

Hélas, à l'époque, on recensait fort peu d'habitants en Tasmanie, pourtant les cancans s'y propageaient aussi vite qu'ailleurs, en sorte que, bientôt, ils franchirent le détroit de Bass pour rejoindre le continent, où Clarice en prit connaissance, à la fois confuse et bouleversée.

La haine de Gwen pour sa mère se trouvant attisée par le douloureux silence de Lionel, l'adolescente en était venue à multiplier les scandales. Eunice s'était retranchée dans une maisonnette proche du fleuve Derwent ; elle en sortait rarement. Folle d'inquiétude, sa cadette lui écrivait chaque jour. Jamais sa sœur ne lui répondait.

Quant à Lionel, Clarice n'avait pas été surprise d'apprendre qu'il vivait désormais, au vu et au su de tous, avec la fille d'un ancien forçat. On disait encore qu'il avait sombré dans la boisson et s'alignait volontiers, avec son cheval et son buggy, au départ des courses hippiques organisées lors des foires agricoles. Il avait perdu son emploi.

Algernon, de son côté, avait dû patienter deux ans de plus pour prendre sa retraite, mais avant de quitter l'Australie, il était enfin devenu pair du royaume. Le malheureux avait à peine eu le temps d'en profiter : épuisé par ces deux années de labeur supplémentaires, il s'était éteint quelques semaines plus tard.

Clarice ferma les paupières pour revenir en pensée à ce printemps 1891. Elle n'avait certes jamais aimé Algernon, mais son décès avait représenté un choc – et son inhumation, une terrible épreuve. De retour dans leur demeure silencieuse, assise parmi les caisses d'emballage et les bâches de protection, elle avait songé à son avenir. Le couple avait prévu, à leur retour en Angleterre, de s'installer dans la maison familiale de la jeune femme, dans le Sussex, mais elle ne s'était toujours pas réconciliée avec Eunice. Clarice se sentait tiraillée entre son désir d'abandonner l'Australie derrière elle et l'ardent besoin d'obtenir le pardon de son aînée. Le départ d'Algernon la contraignait à prendre d'importantes décisions.

La réponse à ses questions lui était parvenue de Brisbane, à la fin de l'été. Peu après le décès de son époux, Lionel avait trouvé la mort durant une course hippique, à laquelle il participait en état d'ébriété : sa voiture s'était retournée. Une fois de plus, Clarice avait écrit à sa sœur. Impossible pour elle d'embarquer maintenant pour l'Europe. C'est avec Eunice qu'elle rentrerait, après l'avoir aidée à régler ses affaires.

Hélas, cette dernière continua de faire silence. Dans le même temps, le qu'en-dira-t-on informait sa cadette de la folie croissante de Gwendoline : Clarice commença à nourrir de vives inquiétudes concernant son aînée. L'adolescente, âgée de dix-neuf ans, ressemblait, à en croire les ragots, chaque jour davantage à son père – elle possédait les mêmes appétits et, dévorée par le chagrin d'avoir perdu Lionel, elle semblait résolue à se détruire en entraînant avec elle sa mère dans la tombe.

Clarice se leva lentement de son fauteuil pour s'emparer de la photographie qui trônait sur le piano dans un cadre d'argent. L'image sépia s'affadissait au fil des ans, mais comme elle contemplait le visage souriant d'Eunice, la vieille dame sentit les larmes lui piquer les yeux.

Elle était demeurée deux années de plus à Sydney dans l'espoir que sa sœur finirait par se manifester, mais force lui avait été d'admettre qu'elle ne lui pardonnerait pas. Elle avait donc mis sa maison en vente, puis s'était préparée à regagner l'Angleterre. Alors qu'elle bouclait sa dernière valise, la lettre qu'elle brûlait de recevoir depuis si longtemps était enfin arrivée.

Elle se résumait à une poignée de mots guindés. Il s'agissait davantage d'une convocation que d'une tentative de réconciliation. Clarice avait néanmoins remercié Dieu de lui offrir cette occasion de faire amende honorable et s'était élancée vers la Tasmanie.

Elle reposa la photographie sur le piano en soupirant. Elle ignorait alors les tourments et les chagrins qui l'attendaient, car le sort ne lui avait pas encore porté son dernier coup.

9

Dolly reposa violemment le seau sur le sol et se mit à taper du pied.

— Je refuse catégoriquement de continuer à apporter de l'eau. Regarde mes mains, gémit-elle. Et je me suis cassé un ongle.

— Si tu veux prendre un bain, tu es bien obligée de continuer, haleta Loulou, épuisée par ces allers et retours.

— Je ne vivrai pas dans de telles conditions! tempêta son amie.

— C'est affaire de quelques jours, tenta de l'amadouer Loulou. Allons, essaie de voir l'aspect comique de la situation.

— Sans doute es-tu accoutumée à ce genre de privations, assena Dolly en plissant les yeux. Pas moi.

— Que veux-tu dire? l'interrogea la petite-nièce de Clarice d'une voix dangereusement calme.

— Tu es née ici. Je suppose que de telles conditions d'existence te paraissent naturelles. Alors que j'ai reçu une éducation raffinée et…

— Inutile de me jeter des méchancetés à la figure. Nous nous retrouvons toutes les deux dans le même bateau, et je puis t'assurer que j'en souffre autant que toi. Alors, arrête de te comporter en petite fille gâtée, et tâche de prendre les choses du bon côté. Ils auraient pu nous installer dans une tente.

Elle saisit son carnet de croquis, son pull, ainsi qu'une pomme qu'elle piocha dans un compotier.

— Je vais faire un tour, enchaîna-t-elle. J'espère qu'à mon retour tu auras révisé tes positions.

La mine renfrognée, Dolly s'éloigna. Dans la manœuvre, elle se cogna un orteil contre le lit de fer. Avec un hurlement de rage, elle s'empara de l'objet le plus proche – le seau, en l'occurrence –, qu'elle lança de toutes ses forces contre le mur.

Loulou abandonna son amie à sa fureur. Les tensions accumulées durant leur long périple, à quoi s'ajoutaient les récents événements venus gâter son retour en Tasmanie, pesaient de plus en plus lourd sur les deux jeunes femmes. Elles ne pourraient pas supporter longtemps cet état de choses. Leur amitié risquait de ne pas y survivre.

Après avoir descendu la volée de marches, elle demeura un instant debout dans le soleil – quelle direction allait-elle prendre pour sa promenade ? Au terme de la traversée, elle avait besoin d'exercice. Et besoin de répit : Dolly et ses récriminations la torturaient. Hésitant à s'engager dans le bush, où elle ne tenait pas à se perdre dès le premier jour, elle décida de longer la rivière pour se rendre aux écuries. Elle mourait d'envie de dessiner Océan.

Il régnait entre les arbres un silence paisible, troublé seulement par le chant des oiseaux et le friselis du cours d'eau. La jeune femme piétinait des aiguilles de pin, des feuilles d'eucalyptus, elle brisait des brindilles, frôlait des fougères… Les meilleurs moments de son enfance lui revenaient en mémoire. Elle avait grandi parmi les ricanements du kookaburra et le chant du cotinga, elle avait grandi dans l'odeur des chevaux, des acacias et des pins. Il lui semblait presque remonter le temps.

L'intérieur de la maisonnette au bord de la mer était sombre et frais, même aux jours les plus brûlants. Cernée d'écuries et de dépendances, elle trônait au milieu d'un vaste terrain composé de bois, de broussailles et d'enclos sillonnés de minces ruisseaux descendus des montagnes pour aller se jeter dans le détroit de Bass ; la nuit, les chuintements de la mer, aussi bien que ses mugissements, faisaient à la fillette l'effet d'une berceuse.

Loulou huma les senteurs de terre tiède et d'herbe fraîchement coupée en contemplant le décor. Nulle colline ne ceinturait la demeure de ses premières années : on ne distinguait au loin que quelques masses bleutées. Ici, en revanche, elles s'élevaient de la vallée en vagues ondulantes, et leurs cimes étincelaient dans la chaleur de l'après-midi. C'était un lieu tout empreint de majesté, dont Loulou se réjouissait de faire un peu partie désormais.

Elle poussa un soupir satisfait, son regard abandonnant les collines pour glisser vers la rivière aux eaux vives. Celle-ci se dirigeait-elle vers la plage dont l'enfant qu'elle était avait jadis fait son refuge ? Elle noua son pull autour de sa taille et se remit à marcher. De plus ténébreux souvenirs l'assaillirent peu à peu. La maison ne comptait que deux chambres, une cuisine et un salon. Difficile, dans un espace aussi confiné, d'échapper au climat de discorde qui y régnait ; elle se rappela quelques scènes en frissonnant.

Bien vite, elle secoua la tête pour en chasser ces vilaines pensées. Ce n'était ni l'heure ni l'endroit pour ressusciter ces chagrins, pour s'appesantir sur la haine qui bouillonnait au cœur de Gwen. Mieux valait se laisser porter par la joie du retour. Cependant, Loulou ne pouvait s'empêcher de penser que ce mystérieux poulain, dont on lui avait fait don, n'était pas sans rapport avec son douloureux passé.

Comme elle quittait le couvert des arbres, elle regretta de n'avoir pas emporté de chapeau. Le soleil tapait dur, la lumière l'éblouissait. Elle s'engagea d'un pas résolu dans la clairière. Mais la pente qu'elle gravissait, longue et raide, lui affolait le cœur, et la sueur lui coulait dans le dos. Elle dut s'arrêter pour reprendre haleine. Elle s'assit dans l'herbe en s'éventant au moyen de son carnet de croquis, en profita pour contempler le décor.

Elle avait presque atteint le sommet plat de la colline, où se dressaient la demeure et les écuries de Joe Reilly. Au-delà des stalles, non loin du paddock le plus proche de la demeure, on avait installé un manège, ainsi qu'un autre enclos dédié au saut d'obstacles. C'était là qu'Océan devait subir la plupart de ses entraînements. Elle se redressa sur les coudes, puis ferma les paupières pour mieux jouir de la chaleur du soleil sur son visage et de la brise qui lui ébouriffait les cheveux.

À mesure que son pouls s'apaisait, son impatience revint. Elle perdait du temps. Elle ramassa son carnet, se remit debout et se dirigea vers l'un des enclos. Personne. Elle escalada la palissade pour gagner le bosquet situé au beau milieu du champ.

Océan, qui broutait à l'autre bout du paddock, la regarda avec curiosité s'asseoir, s'adosser à un tronc, puis ouvrir son carnet de croquis. Comme il poursuivait son examen attentif, elle sourit. Il se révélait plus grand et plus âgé que le poulain qu'elle avait sculpté en Angleterre, ses muscles se devinaient plus nettement sous la peau, mais on éprouvait, à le contempler, la même sensation d'énergie prête à se déchaîner ; ses yeux brillaient d'une intelligence comparable à celle de son jumeau de bronze. Loulou posa la pointe de son crayon sur le papier – elle ne résisterait pas plus longtemps à son désir de l'immortaliser.

L'animal s'approcha lentement, levant le museau pour humer l'air – qui se permettait de venir ainsi troubler sa solitude ?

La jeune femme, dont le crayon courait à présent, ne le lâchait plus des yeux. Elle traçait une oreille, jetait sur le papier son port de tête, y piégeait la curiosité qu'elle lisait au fond de son regard. Elle gloussa de plaisir lorsque le poulain vint lui renifler la figure. Ses moustaches la chatouillèrent ; son souffle, dans lequel on identifiait l'odeur de l'herbe, la décoiffait.

— Bonjour, toi, murmura-t-elle. Est-ce que je te plais ? Crois-tu que nous allons devenir de bons amis ?

Océan tenta de mordre le carnet.

Loulou le cacha derrière son dos et tira de sa poche la pomme qu'elle avait apportée avec elle.

— Ne le dis à personne, lui ordonna-t-elle doucement. Sinon, nous risquons d'avoir des ennuis tous les deux.

L'animal chipa le fruit qu'elle tenait dans sa paume. Il le mâcha avec avidité, en bavant un peu, avant de baisser le nez vers le pantalon de la jeune femme dans l'espoir d'en voir surgir une autre friandise.

— Bas les pattes ! se mit-elle à rire en le repoussant avec douceur. C'est fini, il n'y en a plus.

Océan secoua la tête en renâclant, comme pour lui exprimer son dégoût, après quoi il s'en retourna brouter l'herbe du paddock.

Loulou l'examina avec intérêt. Elle vivait entourée de chevaux depuis toujours, et bien qu'elle n'en eût jamais possédé, elle savait reconnaître une bête de qualité lorsqu'elle en voyait une. Ce poulain constituait un formidable cadeau.

Comme celui-ci continuait de l'ignorer, l'encolure frémissant sous l'assaut des mouches, la jeune femme reprit son carnet pour tenter cette fois de fixer sa posture, la courbe de sa nuque ployée, les reflets soyeux et mouvants de sa robe.

Son crayon se figea lorsque Océan leva la tête, puis s'ébroua avant de se diriger vers la clôture. Joe semblait fort mécontent. Loulou referma son carnet en soupirant et se remit debout.

— Vous n'avez pas le droit d'être là, lâcha-t-il avant qu'elle ait pu dire un mot. Les propriétaires ne sont pas autorisés à pénétrer dans nos enclos.

Le soleil brillait dans son dos, en sorte que ses traits demeuraient dans l'ombre. Une main en visière pour se protéger de l'astre brûlant, la jeune femme leva les yeux vers lui.

— Vous devriez me faire parvenir un exemplaire de votre règlement intérieur. J'ai l'impression qu'il est long comme le bras.

Il enfonça les mains dans ses poches en baissant le menton.

— Les interdictions ne sont pas nombreuses, répondit-il à voix basse. Mais nous entraînons des chevaux de course. Des visites telles que la vôtre les perturbent.

— Océan ne me semble pas très perturbé.

Joe jeta un coup d'œil en direction du poulain, qui s'était éloigné pour se reposer à l'ombre.

— Sans doute, mais je refuse de faire la moindre exception.

— Dieu du ciel... Avez-vous l'intention de continuer longtemps à me gâcher l'existence ? Je me suis contentée de faire connaissance, rien de plus.

— Si j'accorde une faveur à l'un des propriétaires, se défendit-il, tous les autres exigeront que j'en fasse autant pour eux. Si vous désirez apprendre à connaître votre cheval, faites-le depuis l'autre côté de la barrière, ou dans la cour de l'écurie.

— Bien, monsieur, répliqua-t-elle en singeant le salut militaire.

Il sourit d'un air penaud en balayant l'herbe de la pointe de sa botte.

— Croyez-moi, Loulou. Cet endroit ne convient pas aux novices. Un jeune pur-sang peut se révéler dangereux, s'il pique une colère.

— Je sais, confirma la jeune femme. J'ai été personnellement témoin de quelques terribles accidents.

— Vous fréquentez le milieu équestre? s'étonna Joe.

— Depuis que je suis en âge de marcher.

— J'aurais dû m'en douter, souffla-t-il comme ils s'apprêtaient tous deux à quitter l'enclos. Votre mère pratiquait le saut d'obstacles.

— Vous connaissez ma mère? se navra-t-elle.

Le jeune homme haussa les épaules en évitant son regard.

— Uniquement de vue.

Il n'avait aucune intention de s'appesantir, ce dont on ne pouvait le blâmer après ce qui s'était déroulé le matin même.

— Mais cette île n'est pas bien grande, objecta Loulou. Vous avez bien dû vous croiser de temps à autre.

Le malaise de Joe devenait palpable.

— Je ne l'ai jamais rencontrée, mais je sais qu'elle traîne après elle une drôle de réputation.

— Vous arrive-t-il souvent de loger dans la vallée les propriétaires qui vous rendent visite?

— Nous recevons rarement les propriétaires des montures dont nous avons la charge. Je commence tout juste à remettre sur pied cette entreprise.

— Mais on entraîne ici des chevaux de course depuis de nombreuses années, s'acharna Loulou. Je suis sûre qu'à l'époque de votre père et de votre grand-père, cet établissement ne désemplissait pas. Et puis, ajouta-t-elle en se tournant vers la demeure familiale, votre maison me paraît bien grande pour n'y accueillir que votre mère et vous.

Il piqua un fard.

— Je n'ai ni femme ni enfants, si c'est ce que vous insinuez. Mais ma mère n'aime pas croiser des inconnus sous son toit.

La jeune femme ne comptait pas s'avouer vaincue si aisément.

— Ce sont les inconnus en général qui lui déplaisent, ou la fille de Gwen Cole en particulier?

Il la lorgna de sous son chapeau.

— Elle ne m'a rien dit de précis, se déroba-t-il.

— Je vois… Le venin de Gwen n'a donc rien perdu de son efficacité.

Elle cligna des yeux avec rage pour s'empêcher de pleurer.

— Je ne suis pas ma mère, fit-elle d'une voix tremblante. Je vous trouve injuste de me juger avant que j'aie eu l'occasion de faire mes preuves.

Voyant briller des larmes dans les cils de Loulou, Joe sentit le remords l'assaillir. Il aurait préféré échapper à cette conversation, mais à présent qu'elle avait abordé le sujet, il ne savait plus que faire. Il avait horreur de mentir. Il lui posa une main sur l'épaule dans un geste chargé de compassion.

— Je suis navré. Je vous assure que je n'ai rien à voir avec tout cela.

Elle s'ébroua pour se débarrasser de cette main secourable.

— Cette entreprise vous appartient, répliqua-t-elle avec hauteur. Je ne crois pas que vous laissiez votre mère édicter l'ensemble des règles en vigueur ici.

— En effet. Mais on voit bien que vous ne la connaissez pas. J'ai tout fait pour la convaincre qu'elle se fourvoyait en agissant de la sorte, mais, quand elle se met une idée en tête, bien malin celui qui parvient à la faire changer d'avis.

Loulou croisa les bras sur sa poitrine, la mine revêche.

Joe poussa un lourd soupir.

— Il n'y a pas le moindre hôtel, pas la moindre pension à trente kilomètres à la ronde. Sans moyen de transport, votre amie et vous auriez été coincées. C'est moi qui ai eu l'idée de vous installer dans le chalet de mon père.

— Votre mère ne s'y est pas opposée?

— Disons qu'elle a fini par comprendre qu'elle avait tout intérêt à accepter.

En se posant sur lui, les beaux yeux bleus mêlés de larmes lui déchirèrent le cœur.

— Pour quelle raison avait-elle «tout intérêt à accepter», Joe?

— Avant votre arrivée, les rumeurs sont allées bon train. En particulier sur la façon dont ma mère et vous alliez vous entendre. Et sur la manière dont Gwen réagirait.

Devinant sa réticence à poursuivre, Loulou lui effleura l'avant-bras pour l'encourager.

— Vous vous retrouvez dans une position extrêmement inconfortable, Joe, et j'en suis désolée, mais vous feriez mieux de vous confier à moi, car je continuerai à vous questionner jusqu'à ce que vous m'ayez tout raconté.

Le jeune homme s'exécuta à contrecœur.

— Ma mère est à la fois orgueilleuse et têtue. Mais elle s'est avisée qu'en refusant de vous loger elle donnerait raison à Gwen et aux ragots.

— Comment cela?

— Il y a bien longtemps, une terrible querelle a opposé votre mère à la mienne. J'en ignore les causes, s'empressa-t-il d'ajouter, mais visiblement maman ne lui a jamais pardonné.

— Je ne suis pas Gwen, observa Loulou d'un ton égal. Toutes ces histoires n'ont aucun rapport avec moi.

— Vous avez raison, mais ma mère craint que la vôtre vienne chez nous si vous vous y trouvez.

La jeune femme laissa échapper un éclat de rire chargé d'amertume.

— Elle s'est déjà donné beaucoup de mal pour se débarrasser de moi. Je doute qu'elle fasse le trajet depuis Poatina pour tenter à nouveau sa chance. Votre mère n'a pas de souci à se faire.

Joe se balançait d'un pied sur l'autre. La souffrance qu'il lisait dans le regard de Loulou démentait la vaillance qu'elle venait de mettre dans ses mots. Et puis était-ce la colère qui faisait ainsi trembler sa voix ? Ou bien la peur ? Lui-même avait été bouleversé par l'acte odieux que Gwen avait perpétré le matin. Combien profond devait être son chagrin de savoir que sa mère la haïssait à ce point... Joe brûlait de lui prendre la main, de la consoler, de lui assurer qu'ici, à Galway House, elle serait en sécurité, mais, redoutant la réaction de la jeune femme, il préféra se tenir tranquille.

— Ne vous tourmentez pas pour moi, lui dit-elle avec douceur, comme si elle venait de lire dans ses pensées. Gwen et moi nous détestons. Il n'y a aucune raison pour que cela change.

Au prix de mille efforts, dont Joe était le témoin ému, elle tâcha de se ressaisir. L'admiration qu'il lui portait s'en trouva encore accrue. Il regretta que Molly ne soit pas là pour constater la bravoure de leur visiteuse – et saisir par la même occasion qu'elle ne ressemblait en rien à sa mère.

Elle leva les yeux vers lui en souriant.

— Changeons de sujet, voulez-vous : votre maison dispose-t-elle d'une salle de bains digne de ce nom ?

— Oui, répondit-il, un peu hésitant – où cette question allait-elle encore le mener ?

— Pensez-vous que votre mère autoriserait Dolly à l'utiliser ? Elle ne connaît que le luxe, ce qui a déjà occasionné entre nous plusieurs disputes depuis notre arrivée.

— Cela risque d'être un peu délicat...

— En aucun cas, l'interrompit-elle. Je n'ai pas l'intention de mettre un pied dans la demeure de votre mère, à moins qu'elle ne m'invite expressément à le faire. Et la cuvette en zinc me convient parfaitement. C'est pour Dolly que je me permets d'insister.

— Je vais en parler à ma mère dès qu'elle rentrera. Je suis sûr qu'elle sera d'accord...

— Formidable. Je m'en vais annoncer la bonne nouvelle à mon amie.

Elle se tut un instant, puis reprit :

— Vous serait-il possible de nous fournir un moyen de transport ? J'ai plusieurs personnes à voir, et dans plusieurs endroits.

— Vous n'aurez qu'à emprunter l'une de nos camionnettes. On croirait des épaves, mais elles fonctionnent encore très bien.

Elle le remercia d'un hochement de tête, puis s'éloigna. Joe la regarda traverser la prairie, s'attaquer ensuite au flanc de la colline. Bientôt, elle disparut à sa vue. Il allait devoir à présent convaincre sa mère de mettre un terme à cette situation, qui le mettait mal à l'aise et meurtrissait Loulou.

Celle-ci, qui devinait que Joe l'observait, marchait la tête haute et le pas résolu. Mais son cœur battait la chamade et lorsqu'elle atteignit la piste poussiéreuse par laquelle on redescendait dans la vallée, ses larmes l'aveuglaient. Au bas du chemin, elle laissa échapper un sanglot. Elle s'assit dans l'herbe, au bord de la rivière, pour laisser libre cours à son chagrin.

Jamais elle n'aurait cru éprouver à nouveau ce tourment qu'elle avait repoussé loin d'elle depuis longtemps. Sa mère ne l'aimerait jamais. Elle avait eu beau formuler mille vœux, rien entre elles n'avait changé ; les stigmates de sa naissance ne s'effaceraient pas. Les mauvaises langues ne se tairaient-elles donc pas ? L'autoriserait-on à montrer ce qu'elle valait, ou la réputation de Gwen l'avait-elle condamnée par avance et sans espoir de remède ? La jugeait-on coupable des mêmes crimes que sa mère, cruelle et dévoyée ? L'avait-on d'emblée destinée à vivre ici en paria ? La mère de Joe, en tout cas, avait tranché. L'injustice dont elle était victime fit rouler d'autres larmes sur les joues de la jeune femme.

Elle s'était battue des années durant pour tenter de réparer les dommages causés par Gwen. Elle avait essayé de suivre sa propre voie, de montrer à tous qu'elle possédait quelques qualités qui méritaient que l'on s'intéressât à elle, de leur prouver son talent, en dépit de ses piètres origines. Elle y était parvenue après avoir fui en Angleterre, parce que Clarice lui avait offert son amour et sa protection, parce qu'elle l'avait aidée à dénicher au fond d'elle la confiance et la fierté qui lui faisaient si cruellement défaut dans l'enfance. Mais elle avait ensuite refusé d'écouter les mises en garde de sa grand-tante ; elle avait vogué coûte que coûte en direction de la Tasmanie, où la sinistre renommée de sa mère, ainsi que sa détestation, amoncelaient d'affreux nuages nocifs qui l'empoisonnaient déjà.

Les larmes de Loulou tarirent peu à peu. En fait, ces pleurs avaient renforcé sa résolution. Comme elle se mouchait avant de jeter des regards autour d'elle, elle s'aperçut que beaucoup de temps s'était écoulé : le soleil s'apprêtait à sombrer derrière les collines. Elle se remit debout et prit une profonde inspiration. Elle décida de ne pas confier son désarroi à Dolly qui, sinon, exigerait aussitôt qu'elles regagnent l'Angleterre. Or, Loulou ne souhaitait pas s'en aller. Mme Reilly aurait sans doute été ravie de la voir décamper, mais elle refusait catégoriquement de fuir.

Elle fourra son mouchoir dans sa poche et reprit le chemin du chalet ; sa détermination allongeait son pas. La mère de Joe ne tarderait pas à découvrir que Loulou

Pearson était constituée d'un bois rude, et que les années qu'elle venait de passer en Europe sous l'égide de Clarice l'avaient dotée d'un tempérament propre à combattre l'injustice jusqu'au bout.

Joe, qui s'était affairé tout l'après-midi, bouchonnait les montures après leur dernière sortie de la journée lorsqu'il entendit la camionnette de sa mère faire halte devant la maison.

— Finis à ma place, commanda-t-il à Bob en lui lançant l'étrille. Ensuite, va voir Océan. Il va faire froid cette nuit, rentre-le dans son box. Mais empêche-le de se gaver d'avoine – tu es trop indulgent avec lui.

Comme le garçon le considérait avec circonspection, Joe se rendit compte qu'il s'était adressé à lui avec une brutalité excessive. Il avait les nerfs à vif. Il ébouriffa la tignasse du gamin et lui sourit.

— Tu as bien travaillé, aujourd'hui. Ne fais pas attention à ce que je raconte.

Bob lui décocha un large sourire qui disait son soulagement.

— Il y a trop de minettes dans le secteur pour qu'un bonhomme conserve son calme, commenta-t-il.

— Tu l'as dit, approuva Joe à voix basse en se dirigeant vers la demeure.

Aux chiens qui lui faisaient fête, il distribua distraitement quelques caresses avant de les entraîner avec lui dans la cuisine.

Molly y vidait son panier à provisions pour s'en aller regarnir les étagères du garde-manger. Nulle trace de Dianne en revanche.

— Tu rentres tôt, fit-elle remarquer à son fils. Quelque chose ne va pas?

— On peut dire ça comme ça.

Elle posa ses boîtes de jambon et croisa les bras.

— Que s'est-il passé ? Il n'est rien arrivé de mal à l'un des chevaux, au moins ?

— Non. C'est à cause de toi, maman.

— De moi ? fit Molly en écarquillant les yeux. Mais qu'est-ce que j'ai bien pu faire ? J'ai été absente toute la journée.

— Pour sûr, commenta Joe avec amertume. Tu m'as tout laissé sur les bras.

Sa mère s'empourpra, mais elle haussa le menton dans une attitude de défi.

— Je ne comprends pas de quoi tu parles.

— Bien sûr que si. Alors, arrête de jouer les naïves.

Il parlait sans élever la voix, mais il y avait dans cette voix de la colère contenue.

— Imagines-tu seulement la journée que je viens de passer ? insista-t-il.

Il enchaîna, sans attendre de réponse :

— Quand je suis allé la chercher à sa descente du bateau, j'ai repéré Gwen Cole sur le quai, fière comme Artaban au volant de sa camionnette.

Molly blêmit et se laissa tomber sur une chaise.

— Tout le monde l'a vue. Ils étaient tous là à me regarder, avides de poser enfin les yeux sur la jeune femme que je devais accueillir. Moi, je marchais sur des œufs et eux, ils crevaient d'envie de les voir s'entretuer.

— Comment aurais-je pu prévoir que Gwen allait se montrer ? Je n'y suis pour rien. Quant aux curieux… Tu devais bien te douter qu'ils seraient tous là, après le paquet de ragots qui avaient déjà circulé.

— Évidemment, admit-il, mais Gwen a tenté d'écraser Loulou avec sa voiture.

— Oh non ! glapit Molly, l'œil effaré.

— Elle ne l'a pas manquée de beaucoup. Par bonheur, Loulou s'en est tirée sans une égratignure mais, moralement, le choc a été terrible pour elle.

Sur les traits de sa mère, l'angoisse céda le pas au dédain.

— Alors comme ça, tu l'appelles Loulou? J'aurais dû me douter qu'à peine arrivée elle te mènerait par le bout du nez.

Elle se tut un instant.

— Telle mère, telle fille, grommela-t-elle.

Joe s'abstint de réagir – une querelle entre eux n'arrangerait rien.

— C'est une femme charmante. Vraiment. Son amie possède un petit côté Eliza qui a tendance à m'exaspérer, mais, quand elle arrête de jouer les mijaurées, ce doit être une chic fille.

— Parce qu'elles sont deux? grinça Molly en plissant les yeux.

— Oui. Et les voilà coincées au fond de la vallée, sans salle de bains ni moyen de transport. Comment pourrais-je autoriser Dolly à venir se laver chez nous tout en continuant d'interdire à Loulou de mettre les pieds dans cette maison? Elle a déjà compris ce qui se tramait ici. Il ne leur faudra pas longtemps pour exiger qu'on leur trouve un autre logement.

— Je vois.

Molly examina longuement ses mains, qu'elle avait posées sur ses genoux. Enfin, elle releva la tête en coulant à son fils un regard chargé d'espoir.

— Elles peuvent toujours s'installer chez les Gearing.

— Non, répliqua Joe avec sécheresse. Elles ont le droit d'habiter chez nous. Bon sang de bonsoir, maman, tu ne comprends donc pas que tu m'as placé dans une position impossible à tenir?

Il inspira profondément, à plusieurs reprises pour ne pas sortir de ses gonds.

— Loulou et Dolly sont des jeunes femmes intelligentes et raffinées. Nous les avons insultées, nous les avons humiliées en les expédiant dans cette cahute. Je refuse de les exiler plus longtemps.

— Qu'entends-tu au juste par là ? l'interrogea sa mère, manifestement prête à la confrontation – tout son corps le signifiait.

— Elles vont venir s'installer dans cette maison, décréta Joe avec fermeté, où nous les traiterons avec respect, comme tous les propriétaires que nous avons reçus jusqu'ici. Sur cette île, l'hospitalité n'a jamais été un vain mot.

— Je m'y oppose.

— Ce n'est pas à toi que revient la décision finale.

— Alors, j'emménagerai chez Doreen.

Joe éclata d'un rire qui tenait de l'aboiement.

— Doreen sera ravie. En moins de dix minutes, elle aura annoncé la nouvelle à toute la Tasmanie.

Assis face à sa mère, il baissa la voix, adopta un ton conciliant.

— Trop de cancans ont déjà circulé, maman. Ne rends pas les choses encore plus difficiles.

Molly baissa la tête.

— Il n'y aura pas suffisamment de place pour tout le monde, observa-t-elle calmement. Eliza ne va pas tarder à arriver.

— Je vais nettoyer la plus petite chambre. Nous la lui donnerons.

— Elle occupe toujours la grande quand elle nous rend visite. Elle ne sera pas contente.

— Dans ce cas, elle n'aura qu'à s'installer dans le chalet de papa.

— Tu ne peux pas...

Elle s'interrompit – elle venait de tomber dans le piège que lui avait tendu son fils.

— Je suis entièrement d'accord avec toi. Et si le chalet se révèle indigne d'accueillir Eliza, il n'accueillera personne d'autre.

Molly se tut. On n'entendait plus que le tic-tac de la pendule et le ronflement des chiens sous la table. Ce fut le moment que choisit Dianne pour se glisser subrepticement dans la pièce.

— Comment la trouves-tu? finit par laisser tomber la mère à son fils.

Joe, qui ne tenait pas à tout gâcher par une parole malheureuse, prit le temps de la réflexion.

— C'est une jeune femme grande et mince, qui possède l'accent anglais. À l'évidence, elle a reçu une excellente éducation, et si j'en crois ses vêtements, elle ne vit pas dans la pauvreté. Elle connaît bien les chevaux et s'est déjà liée d'amitié avec Océan.

Molly riva sur lui un regard scrutateur.

— Tu l'aimes bien, n'est-ce pas?

— C'est une chouette fille, acquiesça-t-il, et je peux t'assurer qu'elle n'a rien de commun avec Gwen.

— Elle reste son enfant, répliqua-t-elle – une pointe de défi reparaissait dans sa voix. Mauvais sang ne saurait mentir, crois-moi.

Joe soupira en lui prenant les mains.

— Laisse-lui au moins une chance, maman.

Le long silence de cette dernière mit son fils à la torture. Enfin, elle serra les doigts de Joe entre les siens.

— Je vais dire à Dianne de préparer la chambre d'ami pendant que tu vas les chercher.

Dolly s'était apaisée. Elle avait pris un bain, passé des vêtements plus chauds avant de se servir un verre de champagne. Mais, comme elle se penchait sur son amie, qui s'était allongée, de l'inquiétude se lut sur ses traits.

— Tu ne m'as vraiment pas l'air en forme, Loulou chérie. As-tu pris tes médicaments?

— Oui, murmura la jeune femme.

Pourtant, son cœur continuait de frapper contre ses côtes.

— J'en ai trop fait, c'est tout, parvint-elle à ajouter.

Le linge humide que son amie lui avait appliqué sur le front commençait à calmer sa terrible migraine.

Dolly finit d'allumer les lampes à pétrole, souffla sur l'allumette et repoussa sa frange, qui lui tombait sur les yeux. Le matelas s'affaissa un peu lorsqu'elle s'assit au bord du lit.

— Pardon de m'être fâchée. Ce n'était pas bien de ma part, après tout ce que tu as subi depuis ce matin. Je parie que tu es allée jusqu'aux écuries pour voir le poulain, n'est-ce pas?

Loulou fit oui de la tête en grimaçant sous les coups de poignard que la migraine lui assenait derrière les yeux et dans la nuque. Sa longue ascension, sa conversation avec Joe, ses larmes et la chaleur qui régnait au-dehors l'avaient épuisée. Elle se sentait plus faible qu'un chaton.

— Tu as sûrement attrapé une insolation. Je vais aller les voir pour leur demander d'appeler un médecin.

— Non, protesta Loulou en agrippant la main de son amie. Si tu me laisses me reposer un peu, tout ira bien.

— Je ne compte pas te laisser, maugréa Dolly, qui traversa la pièce en faisant claquer ses hauts talons contre le plancher. J'ai apporté de l'aspirine. Si ton état ne s'améliore pas d'ici une heure, j'appellerai un docteur. Que tu le veuilles ou non.

— Ne rameute pas le ban et l'arrière-ban, je t'en supplie, murmura Loulou. Ça va aller.

— Tout irait mieux si tu ne croupissais pas dans ce trou, siffla Dolly. Maintenant que la nuit est tombée, on gèle, là-dedans.

Elle se frotta les bras en frissonnant.

— Et Dieu seul sait ce qui se tapit dans l'obscurité.

Elle tira la couverture jusque sous le menton de la malade avant de lui tapoter la joue.

— Laissons l'aspirine faire son effet. Dors, maintenant. Si tu as besoin de moi, je ne bouge pas.

Loulou ferma les paupières tandis que son amie ôtait ses souliers avant de se glisser tout habillée dans son lit. Le cœur de la jeune femme commençait enfin à s'apaiser et, peu à peu, le sommeil la gagnait.

Joe coupa le moteur en regardant vaciller la flamme des lampes à la fenêtre du chalet. Il avait répété ce qu'il s'apprêtait à dire. Comme il s'approchait de la véranda, il récita une dernière fois son petit discours en silence. À l'instant où il levait la main pour frapper, Dolly ouvrit la porte.

— Apportez-vous notre dîner? lui demanda-t-elle.

Elle disparaissait presque sous ses couches de vêtements, trois au moins.

— Il vous faudra patienter encore une heure, répondit-il en ôtant son chapeau ; l'intervention de la jeune femme avait réduit d'emblée son laïus en miettes.

— Dans ce cas, s'étonna Dolly en refermant la porte derrière elle, pourquoi êtes-vous ici?

— Je suis venu vous chercher toutes les deux pour vous installer dans notre maison, bredouilla-t-il. Contentez-vous d'emporter le strict nécessaire. Je reviendrai prendre le reste demain.

La jeune Anglaise croisa les bras en s'appuyant contre le chambranle de la porte. Il y avait de l'amusement dans sa petite moue.

— Nous avons donc réussi notre examen d'entrée auprès de votre mère?

— Je ne dirais pas cela, répondit-il en torturant entre ses doigts le bord de son chapeau. Nous nous sommes simplement rendu compte qu'il faisait trop froid dans ce chalet et qu'il était trop isolé.

— Nous ne voulons pas nous imposer…

— Mais non, mademoiselle Carteret. Ma mère a fait au mieux, c'est tout. Elle n'est pas telle que vous la croyez. Je vous l'assure.

— Je ne peux nier que je serais ravie de quitter cette bicoque, et la perspective d'un bon lit bien chaud, agrémenté d'une bouillotte, me réjouit le cœur, mais nous n'irons nulle part pour le moment. Loulou ne se sent pas assez bien.

— Que lui arrive-t-il? s'alarma Joe.

— Elle a marché trop longtemps en plein soleil, lui exposa Dolly en tirant de sa poche un paquet de cigarettes. C'est son cœur, vous comprenez, ajouta-t-elle en le lorgnant à travers la flamme de son briquet.

— Son cœur?

Décidément, les choses allaient de mal en pis, et le pauvre garçon se sentait mortifié à l'idée que ce logis et l'échange qu'ils avaient eu plus tôt aient peut-être contribué au malaise de la jeune femme.

Dolly referma sèchement le capot de son briquet, qu'elle rangea dans sa poche.

— Loulou est née avec une malformation cardiaque. Elle a passé une bonne part de son enfance à l'hôpital, et même si la situation s'est améliorée avec les années, elle devra sans doute prendre des médicaments jusqu'à la fin de ses jours. Les événements survenus aujourd'hui n'ont rien arrangé.

Joe jeta un coup d'œil en direction de la fenêtre, mais il n'y avait rien à voir en dehors de la lampe à pétrole, dont la flamme dansait toujours.

— Je vais chercher le médecin, annonça-t-il.

— Je le lui ai déjà proposé, mais elle a refusé.

Dolly prit son visiteur par le bras pour l'inviter à descendre avec elle les quelques marches du seuil.

— Elle dort, lui dit-elle. Je ne veux pas la déranger.

— Mais elle devrait voir un docteur, insista Joe. Que se passera-t-il si son état empire durant la nuit?

Adossée à la camionnette, la jeune femme fumait.

— Vous n'avez peut-être pas fait preuve d'un grand discernement en nous installant ici, laissa-t-elle tomber, la mine songeuse. Avez-vous abordé le sujet avec Loulou, cet après-midi?

— Il en a été question, en effet, répondit-il avec raideur.

— Je m'en doutais, commenta-t-elle en jetant sur le sol sa cigarette à demi consumée, qu'elle écrasa avec sa chaussure. Je connais Loulou depuis le pensionnat, et même si elle dissimule admirablement ses émotions, lorsque quelque chose la taraude, je m'en aperçois tout de suite. Elle n'a certes rien dit, mais le traitement qui nous a été réservé – et Dolly désigna d'un geste la maisonnette – lui a fait l'effet d'une insulte personnelle.

— Elle me l'a fait comprendre, reconnut Joe d'un ton coupable, cloué par le regard accusateur que son interlocutrice avait posé sur lui.

— Vous voilà puni, lâcha celle-ci après un silence. Et je m'en félicite. Loulou est une jeune femme têtue, et son orgueil en a pris un vilain coup. Je crois que vous allez devoir vous montrer très persuasif si vous tenez à ce qu'elle emménage chez vous.

Elle resserra contre son torse menu tous ses vêtements, puis regagna la véranda. Comme elle s'apprêtait à rentrer dans le chalet, elle se retourna et sourit.

— Ne vous tracassez pas pour le dîner. Loulou refusera de manger et, pour ma part, j'ai une bouteille de champagne et une boîte de chocolats pour me tenir compagnie.

Joe demeura planté là dans les ténèbres, l'œil fixé sur la porte qui venait de se refermer.

Il pénétra en trombe dans la cuisine, où régnait le chaos: Molly, le visage trempé de sueur, courait de la cuisinière à la table, filait au placard où elle rangeait le linge. Les chiens lui passaient entre les jambes. Dianne ajoutait à la confusion générale en hésitant sur la conduite à tenir, tandis que l'eau de condensation résultant de la vapeur qui s'échappait des casseroles ruisselait le long des vitres.

Chargée de draps et de taies d'oreiller, Molly se rua soudain vers la chambre d'ami sans repérer la présence de Joe. Mère et fils se heurtèrent sur le seuil.

— Attention, maman, fit le jeune homme en récupérant au vol le linge prêt à tomber. Inutile de te précipiter.

— Elles ne viennent pas ?

Elle s'essuya la figure avec une serviette à thé, la mine pleine d'espoir.

— Demain, répondit Joe, qui lui exposa la situation.

Molly confia les draps et les taies d'oreiller à Dianne, en lui ordonnant de préparer la chambre d'ami. Elle s'affala sur la chaise la plus proche.

— Je m'en souviens, maintenant que tu en parles. C'était une prématurée, dont tout le monde pensait qu'elle n'allait pas survivre.

Comme elle se remémorait les jours passés, ses traits se durcirent.

— On disait aussi que Gwen priait pour qu'elle meure. Elle ne voulait pas d'enfant. Encore moins d'une enfant malade, qu'elle aurait du mal à faire adopter. Or, la maternité équivalait pour elle à se retirer du monde.

Elle poussa un soupir en écartant les mèches qui lui tombaient dans les yeux.

— Elle n'a pas remis les pieds à l'hôpital pour savoir comment la petite se portait. Le fait est que celle-ci s'est révélée beaucoup plus robuste qu'on ne le croyait, et elle a survécu.

— La tante de Gwen l'a adoptée ?

— Pas tout de suite. Elle n'était pas sur l'île, à ce moment-là. C'est la grand-mère de cette malheureuse enfant qui s'est chargée d'elle. Elle refusait de la confier à des étrangers. Mais elle ne l'a jamais adoptée à titre officiel.

Elle se remit debout pour dresser la table.

— Si seulement je m'étais rappelé plus tôt cette histoire, soupira-t-elle.

Joe s'occupa des casseroles, dont le contenu menaçait de partir en fumée, avec l'espoir que ce souvenir réchappé de si loin allait pour de bon sceller la fin des hostilités. La journée du lendemain promettait pourtant d'être délicate.

— Vous avez de la visite, maman.

Vera Cornish se tenait sur le seuil, impassible, coiffée d'un fichu, la taille ceinte d'un tablier surchargé de motifs – des bas en fil d'Écosse et des chaussures confortables complétaient son accoutrement. Comme à l'accoutumée, elle affichait une expression réprobatrice.

Clarice reposa le journal.

— Je ne suis pas votre mère, Vera. Je vous prie de m'appeler lady Pearson. Ou alors madame.

— D'accord, maman. Faut-il que je le fasse entrer?

Jamais Vera ne consentirait à se débarrasser de ses mauvaises habitudes.

— Qui est ce visiteur? s'enquit sa maîtresse, qui renonça à argumenter.

— Le major Bertram Hopkins, déchiffra Vera avec peine sur la carte que l'homme venait de lui remettre.

Ce nom ne disait absolument rien à Clarice, mais puisque sa gouvernante semblait pressée de quitter le salon, elle choisit de recevoir ce mystérieux inconnu.

— Faites-le entrer, commanda-t-elle à Vera. Et ne nous apportez pas de thé, à moins que je ne vous le demande. Je suppose qu'il ne restera pas longtemps.

La domestique sortit d'un pas lourd; Clarice patienta.

Tandis qu'il s'avançait sur le tapis turc usé jusqu'à la trame, elle le toisa. Grand, bien bâti, la moustache soignée. Elle jugea séduisante l'étincelle qui brillait dans ses yeux ; son sourire dévoila une denture parfaitement saine. Il portait un costume de bonne qualité, ainsi qu'un chapeau melon, un porte-documents et un parapluie dont Vera aurait dû le débarrasser.

— Je suis ravi de vous rencontrer, lady Pearson, déclara-t-il en lui serrant la main.

Clarice hocha la tête et lui désigna d'un geste le siège sur lequel elle l'autorisait à s'asseoir. Il lui parut bien élevé, et respectueux des bonnes manières.

— Que puis-je faire pour vous, major ? s'informa-t-elle une fois qu'il se fut installé.

— Il s'agit d'une affaire délicate, commença-t-il après s'être éclairci la voix. J'espère que vous me pardonnerez cette intrusion.

Clarice soupira.

— Si vous êtes ici pour tenter de me vendre quelque chose, je crains que vous ne repartiez déçu. Nous comptons trop d'anciens combattants qui tâchent de gagner leur vie en faisant du porte-à-porte. Lorsque je souhaite faire un don, je préfère prendre directement contact avec les œuvres de charité de mon choix.

— J'ai quitté l'armée voilà déjà bien longtemps, répondit l'inconnu et, depuis, j'ai toujours exercé un emploi rémunéré. C'est d'ailleurs cet emploi qui m'amène à vous rendre visite aujourd'hui.

— De quel emploi s'agit-il ?

— Je travaille pour des sociétés ou des particuliers. J'œuvre dans des domaines qui exigent tact et discrétion. En un mot comme en cent, ajouta-t-il en se lissant fièrement la moustache, je suis un détective privé.

— Bonté divine ! s'exclama Clarice en haussant les sourcils. Jamais je n'aurais cru recevoir un jour dans mon salon l'un des confrères de Sherlock Holmes.

L'homme sourit.

— Je ne prétends pas posséder son talent, lady Pearson, et, quoi qu'il en soit, la réalité se révèle autrement plus complexe que tout ce qui se trouve écrit dans les romans d'Arthur Conan Doyle.

Clarice sonna la gouvernante.

— J'ai hâte de connaître la raison de votre visite, major Hopkins.

Il s'était mis à fouiller dans son porte-documents lorsque Vera passa la tête à la porte du salon.

— Voulez-vous que je serve le thé, maman?

Clarice acquiesça. Aussitôt, la domestique claqua la porte derrière elle, et l'on entendit son pas lourd résonner dans le hall, puis dans la cuisine.

La maîtresse de maison agita les mains, aussi déconcertée que son visiteur par le comportement de Vera.

— Ma gouvernante n'est pas très au fait du protocole, se hâta-t-elle d'expliquer, mais on a tellement de mal à trouver de bons domestiques, aujourd'hui…

— Nous vivons des temps difficiles, commenta le major à mi-voix en faisant surgir une liasse de feuillets de sa vieille serviette en cuir.

Il déposa les documents sur le siège à côté de lui, puis croisa les mains sur ses genoux.

— Comme je vous l'ai indiqué au début de notre entretien, lady Pearson, il s'agit d'une affaire délicate.

Mais déjà Vera reparaissait avec la discrétion d'un char d'assaut, poussant devant elle le chariot à thé.

Elle disposa les tasses et les soucoupes dans un entrechoquement de porcelaine, avant de placer une assiette de sandwichs, ainsi qu'un gâteau au chocolat, sur la table basse entre Clarice et son visiteur.

— Ça ira comme ça, maman? C'est que j'ai une volaille au four, et elle risque de bientôt faire vilain.

— Merci, Vera. Vous pouvez disposer.

Elle souleva la lourde théière en argent. S'avisant que sa main tremblait, elle la reposa aussitôt.

— Mon Dieu, lâcha-t-elle avec un petit rire nerveux, elle est impayable, n'est-ce pas?

Une lueur brilla dans les yeux du major, qui opina en silence et se chargea de la théière.

— Votre gouvernante a manqué sa vocation. Elle aurait dû monter sur les planches.

Ils burent leur thé.

— Vous disiez…? relança Clarice quelques minutes plus tard.

— En ma qualité d'enquêteur privé, on me demande souvent d'accomplir des filatures, autrement dit de noter les lieux dans lesquels se rend l'individu que je surveille, ainsi que les personnes qu'il rencontre, etc.

Il prit une profonde inspiration.

— Il y a seize ans, on m'a engagé pour que j'effectue chaque année un séjour dans le Sussex afin d'y suivre les faits et gestes de Mlle Lorelei Pearson.

La tasse de Clarice se mit à tressaillir sur sa soucoupe. Elle la posa. Un frisson lui parcourut l'échine et elle fixa le détective.

— Vous épiiez Lorelei? souffla-t-elle. Depuis seize ans? Mais pour quelle raison? Et pour le compte de qui?

— Je recevais mes instructions d'une étude de notaires londoniens. Voici leur carte.

Son hôtesse la prit, la lut. Et ne fut pas plus avancée.

— Quels rapports entretiennent-ils avec Lorelei?

— Mieux vaut sans doute que je commence par le commencement, autrement dit par mon premier séjour annuel dans ce comté.

Il avala nerveusement sa salive, troublé par le regard furibond que Clarice dardait sur lui. Il s'empara des feuillets à côté de lui.

— Voici les copies de l'ensemble des rapports que j'ai rédigés année après année. Vous constaterez à leur lecture que leur contenu se révèle on ne peut plus anodin. Je me suis essentiellement attaché à la santé de

Mlle Pearson, à sa scolarité, à ses conditions de vie, à ses loisirs, ainsi qu'à ses talents.

Clarice se saisit des documents pour les poser non loin d'elle, trop fâchée et trop abasourdie pour les déchiffrer maintenant.

— Poursuivez, exigea-t-elle.

— Il y avait également des photographies, mais je n'en ai conservé aucun double. Ma dernière visite date du mois de février. Mes employés m'ont informé que Mlle Pearson ne tarderait pas à recevoir une lettre, à laquelle je devais leur dire si elle avait répondu.

Il passa un doigt nerveux entre son col et son cou.

— Elle a en effet répondu, à la suite de quoi une deuxième missive est arrivée quelques semaines plus tard, contenant la preuve qu'elle était bel et bien la propriétaire d'Océan.

— Comment êtes-vous au courant de tout cela?

— J'ai des informateurs au bureau de poste, madame.

— Continuez, le pressa-t-elle, péremptoire.

— Mon ultime mission a consisté à la suivre jusqu'au port de Londres pour m'assurer qu'elle prenait bien le bateau.

Le major se racla la gorge.

— J'avais fini par me prendre d'affection pour Lorelei, enchaîna-t-il, en sorte que chaque année il me tardait de partir pour le Sussex. J'étais ravi de constater qu'elle se portait si bien après avoir été si gravement malade. J'ai vu l'enfant se muer en une jeune femme extrêmement séduisante, doublée d'une artiste très douée.

— Vous n'êtes qu'un voyeur! tonna Clarice, qui se leva sous l'effet de la colère.

Le visiteur bondit sur ses pieds à sa suite. Son porte-documents tomba en se vidant de son contenu; d'autres feuillets, d'autres dossiers s'éparpillèrent sur le sol.

— Non, non, lady Pearson. Je vous assure… Il ne s'agissait pas du tout de cela…

— Vous feriez mieux de quitter cette maison, lui assena-t-elle d'une voix blanche.

— Je vous en prie, insista-t-il, écoutez-moi. C'est important. J'ai la conviction qu'on a attiré Lorelei dans un piège.

Les jambes de Clarice se dérobèrent sous elle. Elle se rassit. Le sang avait reflué de son visage.

— Que voulez-vous dire ? souffla-t-elle.

— Quelqu'un est en train de se jouer de votre pupille, lady Pearson, dit-il en ramassant ses documents épars. Je possède de nombreux contacts à Londres, grâce auxquels j'ai pu rassembler certains éléments.

Clarice baissa les yeux sur les papiers, éberluée par la tournure des événements et glacée par l'angoisse. Le major s'empara d'un épais dossier.

— Voici une copie des échanges entre une étude de notaires sise à Brisbane et celle qui m'employait à Londres. Les premiers ont eu lieu il y a seize ans et se sont prolongés jusqu'à ce que votre petite-nièce fasse voile vers l'Australie.

L'effroi de son hôtesse ne cessait de grandir.

Le détective sélectionna une chemise plus mince.

— Ici se trouvent des lettres censées émaner de la même source, et signées du même nom.

Il les tendit à Clarice.

— Elles semblent authentiques, mais je nourris des doutes à leur sujet. L'un de mes amis, expert en la matière, m'a affirmé après examen qu'il s'agissait de faux remarquablement exécutés.

La vieille dame vida sa tasse de thé dans l'espoir de se ressaisir un peu.

— Les premières lettres en provenance de Brisbane, articula-t-elle d'une voix étranglée… Que contiennent-elles ?

— L'ordre, donné aux notaires londoniens, d'engager un détective privé et d'expédier des comptes rendus réguliers concernant Lorelei Pearson. M. Carmichael y insiste tout particulièrement sur...

— M. Carmichael? Le même M. Carmichael qui a acheté un poulain à ma pupille?

Il opina du chef.

— Et la seconde série de lettres?

— Elles seraient, elles aussi, de la main de M. Carmichael, mais elles se révèlent beaucoup plus récentes. Et comme je vous l'expliquais tout à l'heure...

— J'ai entendu, l'interrompit-elle. De quoi parlent-elles?

— Elles contiennent des directives concernant les lettres expédiées depuis la Tasmanie, lady Pearson. Quiconque a rédigé ces missives savait ce que contenaient celles de Joe Reilly. Les instructions stipulent que Mlle Pearson devra faire l'objet d'une surveillance accrue dès son arrivée sur l'île.

Clarice avait beau faire des efforts, son esprit refusait d'admettre ce qu'elle était en train d'apprendre.

Le major Hopkins se renversa contre le dossier de son siège, épuisé semblait-il.

— Des télégrammes ont été échangés entre l'Angleterre et l'Australie après que j'ai découvert qu'elle allait partir pour les antipodes. Je vous en ai apporté les copies. Les notaires conservent un double de tous leurs documents, ajouta-t-il avec un sourire las. Je n'ai eu aucun mal à récupérer ceux-ci.

— Comment vous y êtes-vous pris?

— Certains de mes collaborateurs possèdent... des talents un peu particuliers, murmura-t-il en rougissant.

— Je vois, commenta Clarice en lui adressant un regard austère. Et que disent-ils, ces télégrammes?

— L'homme qui prétend être M. Carmichael exigeait de connaître la date à laquelle votre pupille avait prévu d'embarquer, le nom du bateau, les différents ports d'escale. Il voulait également savoir si elle voyagerait seule.

— Par bonheur, une amie l'accompagne, souffla la vieille dame.

— Avez-vous reçu de ses nouvelles depuis son départ ?

— Elle est arrivée à bon port, elle semble s'amuser beaucoup. Je la crois très heureuse.

Sur ce, Clarice fit silence, se remémorant les lettres et les cartes postales. Lorelei jouissait pleinement de son aventure. Rien, dans ce qu'elle avait écrit, ne permettait de supposer qu'un ou des incidents étaient survenus.

Elle reporta son attention sur le détective.

— Lorelei s'est toujours montrée extrêmement protectrice à mon égard, comme je le suis envers elle. Je doute donc que, dans ses lettres, elle s'ouvre à moi de sujets susceptibles de m'alarmer.

— Avez-vous la moindre idée de qui pourrait être au juste le véritable Carmichael ?

Elle hésita ; elle ne souhaitait pas qu'au ton de sa voix le major pût deviner ses soupçons.

— Non, pas la moindre.

L'œil perçant de son visiteur parut aussitôt la sonder comme au moyen d'une tarière.

— Comme c'est dommage, lady Pearson, car si nous découvrions son identité, nous comprendrions probablement, du même coup, les raisons qui poussent quelqu'un d'autre à se servir de son nom pour altérer ses premières instructions.

Le major se montrait beaucoup plus malin que son hôtesse l'avait d'abord cru et, comprenant à sa mine qu'il se faisait autant de souci qu'elle pour Lorelei, elle résolut de lui ouvrir son cœur :

— Quelles que puissent être mes conjectures, elles ne vous seront d'aucune utilité. Car je n'ai aucun nom, aucun visage auxquels les associer.

10

Loulou avait surpris Dolly en consentant sans barguigner à s'installer dans la demeure des Reilly. Maintes raisons l'y avaient poussée, mais la principale tenait à sa volonté de prouver à la mère de Joe qu'elle était assez courtoise pour accepter son invitation – et les excuses tacites qui l'accompagnaient.

Assise sur la véranda, elle buvait sa deuxième tasse de thé en écoutant le chœur glorieux de l'aube, tandis que des oiseaux virevoltaient de branche en branche avant d'aller effleurer la surface du babillant cours d'eau pour s'y désaltérer. Les premiers rayons de soleil y jetaient des diamants, mais il faisait encore froid sous le couvert des arbres ; par précaution, Loulou s'était emmitouflée. Du givre continuait à blanchir les brins d'herbe. Cette nuit, la jeune femme n'avait pas senti chuter la température, car Dolly l'avait littéralement enfouie sous un amas de couvertures.

Son amie parut à la porte, les mains en coupe autour d'une tasse de café terriblement noir. Elle avait les traits tirés : trop de champagne, trop de chocolat et trop peu de sommeil. Elle cligna des yeux dans le soleil.

— Par quoi sont-ils produits, ces sons merveilleux ?
— Par les cassicans flûteurs et les pies, répondit Loulou. C'est superbe, n'est-ce pas ?

Envoûtées, les deux jeunes femmes tendirent l'oreille à leurs appels, entrecoupés par le chant des réveilleurs noirs et le gloussement d'un kookaburra tout proche.

— Les volatiles anglais ne leur arrivent pas à la cheville, finit par commenter Dolly en s'étirant dans un bâillement. Je viens de passer l'une des nuits les plus atroces de mon existence, mais je reconnais que ce concert rattrape tout.

Son amie s'apprêtait à lui répondre, lorsque des bruits de moteur couvrirent le chant des oiseaux. Deux camionnettes se dirigeaient vers le chalet; à l'arrière, les chiens couraient de droite et de gauche sur le plateau, la langue pendante et remuant la queue.

— Bonjour! fit Joe avec un fin sourire en descendant du véhicule. J'espère que vous vous sentez mieux, Loulou?

— Une bonne nuit de sommeil suffit à tout arranger, lui répliqua-t-elle gaiement.

— J'ai amené Bob avec moi pour m'aider à porter les bagages. Êtes-vous prêtes?

Elle sourit en lorgnant l'adolescent qui, frappé de stupeur, contemplait Dolly avec adoration.

— Il ne nous reste plus qu'à remettre un peu d'ordre dans la maison, dit Loulou en quittant son fauteuil.

— Laissez, intervint Joe. Je reviendrai m'en occuper plus tard. Tu en as vu assez comme ça, rabroua-t-il Bob en lui administrant une bourrade. Donne-moi plutôt un coup de main.

Bob piqua un fard et lui emboîta le pas. Joe pénétra dans le chalet. Les chiens continuaient leur sarabande, pressés de quitter la camionnette pour aller chasser les petites créatures du bush, mais leur maître leur signifia d'un mot de se tenir tranquilles. Ils s'assirent, pantelants. Quelques minutes plus tard, les bagages étaient rangés et ligotés à l'arrière du véhicule de Bob.

— Ce n'est pas dangereux de les laisser aller et venir de cette façon lorsque vous roulez? demanda Loulou à propos des chiens.

— Pensez-vous, ils font ça depuis qu'ils sont tout petits. Il leur suffit de tomber une fois pour ne plus jamais recommencer.

Il décocha un large sourire à la jeune femme avant de lui ouvrir la portière.

— Grimpez. Ma mère est en train de préparer le petit-déjeuner, ce serait dommage de le laisser refroidir.

Loulou rejoignit Dolly à l'avant de l'engin. Elle serra contre sa poitrine son sac de voyage, cependant que la camionnette cahotait sur la piste accidentée avant de gravir en brimbalant le flanc de la colline. Les chiens aboyaient, gémissaient, révisaient leur posture à chaque secousse, pareils à des matelots sur le pont d'un navire ballotté par un grain. Ils étaient aux anges. Au contraire de Dolly, à en juger par sa mine, que Loulou distinguait du coin de l'œil.

— Tout va bien? s'enquit-elle.

— Tout ira bien quand j'atteindrai la terre ferme, rétorqua son amie avec humeur. Promets-moi, s'il te plaît, de m'empêcher à l'avenir de m'empiffrer de chocolat.

Combien de fois Loulou avait-elle entendu cette supplique? C'est que le chocolat constituait la deuxième passion de son amie. Après les souliers à hauts talons.

La camionnette avait atteint le sommet de la colline. Comme elle fonçait vers la maison, Loulou éprouva un léger malaise à la perspective de faire, dans quelques minutes, connaissance avec la mère de Joe. Elle se tourna vers lui, repéra le tic nerveux qui agitait sa mâchoire – il se tourmentait autant qu'elle. Elle aurait aimé être une petite souris, pour que l'occasion lui eût été offerte, hier soir, d'assister en toute discrétion à la discussion houleuse qui avait dû opposer la mère et le fils.

Mais déjà, Joe coupait le moteur. Les chiens sautèrent à bas du véhicule. La porte de la demeure s'ouvrit.

Petite et dodue, le cheveu rebelle et grisonnant, le visage tanné, Mme Reilly constituait l'archétype de l'épouse d'agriculteur.

Loulou prit une profonde inspiration et s'avança vers elle.

— Bonjour, madame Reilly, fit-elle en lui serrant la main. Je suis Loulou Pearson, et voici mon amie, Dolly Carteret.

Derrière la curiosité qu'elle lisait dans l'œil sombre de son hôtesse, la jeune femme discerna une lueur amusée, mais le sourire restait timide.

— Bienvenue à Galway House, murmura Molly.

— Merci.

— Je m'occuperai des bagages après le petit-déjeuner, annonça Joe pour rompre le silence qui venait de s'installer. Entrez. Maman va vous montrer votre chambre et vous indiquer où vous pourrez vous rafraîchir un peu avant de passer à table.

Déconcertée par le regard scrutateur de Mme Reilly, Loulou la suivit dans l'entrée, puis grimpa l'escalier derrière elle. Le couloir parcourait toute la longueur du logis, qui devait comporter au moins quatre chambres ; l'argument du manque de place d'abord avancé par Joe pour loger ses visiteuses dans le chalet ne tenait décidément pas debout.

Molly ouvrit l'une des portes, invitant les jeunes femmes à pénétrer dans une vaste pièce baignée de soleil. Une porte-fenêtre donnait sur la véranda. La chambre était équipée de deux lits douillets, ainsi que d'une coiffeuse avec son tabouret. Un tapis ornait le plancher. Les rideaux étaient assortis aux courtepointes. On découvrait les paddocks depuis la fenêtre et, au-delà, la vallée. Comparée au chalet, cette chambre tenait du palace.

— Épatant, lança Dolly avec une pointe de sarcasme. Un lit digne de ce nom. Enfin.

La mère de Joe pinça les lèvres.

— C'est le mieux que je puisse faire au vu des circonstances, répliqua-t-elle d'un ton bourru, avant de lancer un coup d'œil en direction de Loulou – elle rougit quand leurs regards se croisèrent. Le petit-déjeuner sera prêt dans dix minutes, annonça-t-elle en quittant la pièce. La salle de bains se trouve juste à côté.

Cette dernière se révéla n'être qu'un étroit espace ménagé entre deux chambres. La baignoire émaillée, aux pieds de griffon, trônait sous la fenêtre. On avait astiqué les robinets de cuivre avec un tel soin qu'ils étincelaient. Il fallait, pour actionner la chasse d'eau, tirer sur une longue chaîne reliée à un réservoir fixé au mur, tandis que le sol était couvert de linoléum verdâtre. Des serviettes de toilette pendaient à des patères proches du lavabo miniature au-dessus duquel on avait accroché un miroir au tain piqué.

Après s'être lavé les mains, Loulou examina son reflet. Le soleil de la veille, auquel elle devait les taches de rousseur apparues autour de son nez, lui avait déjà doré la peau, si bien que ses yeux semblaient plus bleus qu'à l'ordinaire. Mais la terrible migraine du soir ainsi que les palpitations avaient laissé dessous de vilains cernes. Quant à ses cheveux, ils étaient tellement emmêlés qu'après quelques tentatives infructueuses elle renonça à les brosser pour suivre plutôt l'alléchante odeur de bacon frit qui la mena jusque dans la cuisine.

— Je me suis régalée, madame Reilly, mais j'espère que vous me pardonnerez de n'avoir pas fait davantage honneur à votre cuisine.

Loulou repoussa l'assiette dont elle n'avait avalé que la moitié du contenu et prit sa tasse de thé.

— Vous vous sentez toujours patraque? s'inquiéta Molly.

— J'ai toujours un peu mal à la tête, mais ça va passer.

Dolly reposa ses couverts sur la table et se renversa sur son siège, la mine satisfaite.

— Vous nous avez gâtées, madame Reilly, soupira-t-elle. Je mourais de faim.

— Contente que ça vous ait plu, laissa tomber la mère de Joe. Au fait, ajouta-t-elle en guignant les deux jeunes femmes par-dessus le bord de sa tasse : ici, tout le monde m'appelle Molly.

— Vraiment? réagit Loulou. Il s'agit d'un diminutif?

Le regard de Molly vacilla sous l'œil inquisiteur de son invitée.

— Oui, répondit-elle. Celui de Margaret.

— Quel joli prénom, commenta Dolly. Le mien, Dolores, siérait mieux à la barmaid d'un cabaret louche. Papa et maman ont dû être victimes d'un moment d'égarement pour avoir l'idée de m'affubler du prénom de mon arrière-grand-mère, enchaîna-t-elle. Elle était argentine, mariée à un *gaucho*. C'est follement romantique, bien sûr. Ils possédaient un ranch non loin de Buenos Aires.

Molly esquissa un début de sourire, mais elle s'abstint du moindre commentaire.

— Maman m'a souvent vanté leur sens de l'hospitalité : même s'ils vivaient dans la pampa, ils mettaient un point d'honneur à loger leurs invités dans de charmantes maisonnettes équipées de tout le confort nécessaire.

Il se glissait un peu de perfidie dans le ton badin de la jeune femme.

— Peut-être devriez-vous songer à mieux utiliser votre resserre, suggéra-t-elle. Car elle se trouve idéalement située, mais le logement lui-même laisse à désirer.

Molly s'empourpra de nouveau, Dianne écarquilla les yeux et Joe se tortilla sur sa chaise. Loulou lorgna son amie, qui soutenait le regard de son interlocutrice dans l'attente d'une réaction. Il y avait de l'électricité dans l'air.

— Et vous, rétorqua la maîtresse de maison sans baisser les yeux, peut-être devriez-vous songer à visiter l'Argentine plutôt que la Tasmanie. S'il le faut, je veillerai moi-même à vous procurer un billet.

— Je n'en doute pas, mais je suis ici pour accompagner Loulou sur sa terre natale, et bien qu'elle n'y ait pas reçu un accueil particulièrement chaleureux, elle tient à rester.

— J'ai été navrée d'apprendre ce qui s'était passé sur le quai, commenta Molly en dardant sur la fille de Gwen un regard dont l'intensité perturbait celle-ci. Ce doit être difficile d'avoir une mère comme la vôtre.

— J'ai appris à vivre avec ce fardeau, répondit Loulou. D'ailleurs, nous n'entretenons plus aucune relation.

Sur quoi, incapable de supporter plus longtemps l'atmosphère empoisonnée qui régnait dans la pièce, elle repoussa sa chaise.

— J'aimerais vous accompagner chaque jour lors de vos sorties avec les chevaux, dit-elle à Joe. Avez-vous une monture plutôt paisible à me confier?

Lorsqu'il se tourna vers elle, elle lut sur les traits du jeune homme un immense soulagement.

— Je peux vous prêter Sadie, ma vieille jument. Elle sera ravie de faire un brin d'exercice.

Elle sourit le remerciant d'un hochement de tête.

— Aujourd'hui, j'ai des choses à faire, précisa-t-elle. Mais demain, peut-être?

— Et vous, Dolly? Pratiquez-vous l'équitation?

— Depuis que je suis en âge de marcher. Mais je préférerais, pour ma part, un cheval un peu plus rétif.

— Oh, dans ce cas, je pense être en mesure de vous fournir de quoi vous faire des souvenirs pour longtemps.

Loulou s'avisa qu'à nouveau Molly la fixait avec ce troublant mélange de bienveillance et de curiosité. Elle se toucha le menton.

— Est-ce que j'ai quelque chose sur la figure ?

— Non, grommela la mère de Joe en se détournant.

Elle reporta son attention sur Dianne qui, la bouche grande ouverte, observait la scène, fascinée.

— Allons, viens, nous avons du pain sur la planche.

Molly débarrassa la table d'une main tremblante ; quelques couverts lui échappèrent et tombèrent sur le sol. La tension qui flottait dans l'air ne l'avait pas épargnée. Loulou, qui devinait qu'elle regrettait déjà de l'avoir accueillie sous son toit, commença à la prendre en pitié. Dolly pouvait se montrer acerbe à ses heures et, bien qu'elle n'eût craché son venin que pour défendre sa meilleure amie, celle-ci souhaitait qu'elle fît un peu retomber la vapeur.

— Pouvons-nous vous emprunter une camionnette pour la journée ? demanda-t-elle à Joe.

Il acquiesça d'un signe de tête. Elle le remercia et, après avoir lancé à Dolly un regard entendu, elle quitta la cuisine.

Son amie la suivit jusque dans la chambre, dont elle referma soigneusement la porte derrière elle.

— Qu'est-ce qui ne tourne pas rond chez cette bonne femme ? chuchota-t-elle. Elle ne t'a pas lâchée des yeux. Je me demande bien pourquoi.

Loulou récupéra, sur une chaise, sa grosse veste de laine et son béret.

— Je suppose qu'elle cherche les ressemblances avec ma chère maman, répondit-elle d'un ton neutre. Viens, allons-nous-en d'ici.

Lorsque les deux jeunes femmes rejoignirent Joe, il était en train d'attacher ses chiens à un piquet, à deux pas de leur chenil.

— Sinon, leur expliqua-t-il avec un sourire timide, vous allez vous retrouver avec des passagers indésirables.

Il saisit la manivelle en considérant les deux camarades d'un air sceptique.

— Vous risquez d'avoir un peu de mal à vous débrouiller avec ça.

— Ne vous tracassez pas, répliqua Loulou en lui prenant l'accessoire des mains. J'ai conduit des autobus à Londres pendant la guerre. Je devrais être capable de faire démarrer une camionnette.

Aussitôt dit, aussitôt fait : le moteur se mit à rugir. La jeune femme rejeta sa chevelure vers l'arrière, la mine triomphante.

— Je me rends, concéda Joe en réprimant un rire qui jeta des lueurs au fond de ses yeux sombres. Vous êtes plus costaude que vous n'en avez l'air.

Loulou jeta la manivelle sur l'un des sièges et grimpa à bord du véhicule, où Dolly avait déjà pris place.

— Merci pour la voiture, Joe. À tout à l'heure.

— Où allez-vous ? s'enquit-il en repoussant son chapeau sans s'apercevoir que le soleil jetait soudain une lumière crue sur ses cicatrices.

— À la plage.

Sur ces mots, la fille de Gwen tourna le volant, pressa la pédale de l'accélérateur et s'en fut.

Joe se gratta la tête en souriant. En dépit de sa silhouette gracile et de ses traits délicats, cette gamine était une dure à cuire. Bob demeurant introuvable, il s'attaqua seul aux bagages de ses invitées. Plus il observait Loulou Pearson, plus il l'appréciait. Il espérait de tout cœur qu'elle ne se sentait pas trop mal à l'aise dans sa maison.

Sans cesser de travailler, il songea aux deux jeunes femmes. Dolly possédait un caractère bien trempé, un esprit vif et une capacité peu commune à répliquer dès qu'elle se sentait agressée – Molly venait d'en faire les frais. Quant à Loulou... Loulou ?... Loulou était parfaite.

Après avoir déposé la dernière malle au beau milieu de la chambre, il consulta sa montre. Il était déjà plus de 10 heures. Il avait passé trop de temps à rêver de Loulou Pearson. Qui évoluait pourtant dans des sphères si éloignées de la sienne qu'il aurait eu plus de chance de décrocher la lune. Il quitta la pièce d'un pas lourd, furieux de se découvrir aussi bêta que Joe chaque fois qu'il s'entichait d'une jeune femme.

— Comptes-tu vraiment aller à la plage? demanda Dolly.
— Si je réussis à la dénicher, répondit Loulou, qui se concentrait sur la piste pour éviter les nids-de-poule susceptibles de briser un essieu. J'aurais dû penser à acheter une carte, mais je n'imaginais pas que nous allions nous retrouver au beau milieu de nulle part. Je ne reconnais rien.
— Personnellement, je trouve qu'il fait trop froid pour nous offrir une virée au bord de la mer. Je sais bien que la plupart des Anglais sont capables de lutter contre le vent sans rien perdre de leur flegme et d'engloutir des sandwichs bourrés de sable en feignant de s'amuser beaucoup, mais je ne ressemble pas à ces Anglais-là.
— Moi non plus, répliqua son amie, mais cette plage n'est pas une plage comme les autres, et cela fait si longtemps que je ne l'ai pas vue que je ne me soucie guère du climat.
— Je comprends mieux maintenant, dit Dolly, à qui Loulou avait évoqué ce lieu bien des années plus tôt jusque dans ses moindres détails.

Elle se tut, cramponnée à la poignée de la portière alors que la conductrice négociait une portion particulièrement torturée du périple.

— Regarde! s'écria-t-elle soudain. Un panneau indicateur.

Son amie ralentit pour tenter de lire les mots inscrits sur les quatre flèches de vieux bois.

— Nous sommes dans la bonne direction, constata Loulou. Et plus près du but que je ne le pensais.

Elle appuya de nouveau sur la pédale de l'accélérateur. La camionnette cliqueta et gémit. Bientôt, néanmoins, l'engin s'engageait sur un ruban de macadam.

Après avoir parcouru une cinquantaine de kilomètres, les deux amies atteignirent les faubourgs d'une cité balnéaire. Les lieux avaient peu changé et, tandis qu'elle suivait la route sinueuse qui longeait les flots, Loulou sentit l'émotion la submerger. Elle reconnut le parc à bois, les voies ferrées. Elle avait fréquenté l'école située un peu en amont de la rivière.

Malgré sa hâte, elle prit le temps de contempler les collines qui ondulaient sur la rive orientale de la Mersey. Un bac permettait jadis de s'y rendre. Un drôle de bateau de bois, dont le capitaine, un joyeux drille au teint rougeaud, entonnait des chansons de matelot en transportant ses passagers. La traversée coûtait un demi-penny, soit un quart de son argent de poche, mais jamais cette somme n'avait dissuadé l'enfant d'embarquer. Clarice, elle, eût été horrifiée d'apprendre que sa petite-nièce s'offrait chaque semaine cette infime aventure.

— Regarde-moi ça ! Il est adorable.

Loulou se mit à rire de joie en découvrant le bac, au gouvernail duquel se tenait un homme qui, à n'en pas douter, devait être le petit-fils du loup de mer d'autrefois. Quant au bateau, il se révélait beaucoup plus moderne que celui que la jeune femme gardait en mémoire.

— Je suis tellement contente qu'il existe encore, expliqua-t-elle à Dolly avant de reprendre sa route.

La demeure qui faisait autrefois son admiration se dressait toujours là, d'un blanc éclatant, flanquée d'une véranda treillagée désormais envahie par un rosier grimpant. Sous un énorme araucaria, le jardin se révélait mieux entretenu que jamais.

Le cœur battant d'impatience, Loulou s'engagea dans le grand virage. Un terrain herbu s'étendait entre la route et le rivage, mais d'épais buissons l'empêchaient de voir la mer. Elle se pencha sur le volant. Elle reconnut le terrain de sport, les paddocks, le terrain de jeu... et, enfin, la plage.

Elle gara la camionnette dans l'herbe.

— Oh, Dolly, lâcha-t-elle en retenant à peine ses larmes. Je suis chez moi. Chez moi. Pour de bon.

Sans attendre la réaction de son amie, elle descendit du véhicule.

Aussitôt, le vent l'ébouriffa, les embruns lui piquèrent le visage. Les cris solitaires des pluviers et des mouettes parvinrent à ses oreilles, tandis qu'elle humait dans l'air une odeur mêlée de sel et de pin. La mer montait, dont les vagues assaillaient le croissant de sable jaune foncé. Pareille à une somnambule, elle se dirigea vers lui.

Du regard, elle balaya la plage, le kiosque minuscule – où, durant les longs étés brûlants, Clarice lui achetait des glaces et des tablettes de chocolat –, jusqu'aux périlleux rochers qui luisaient au pied de la falaise, contre laquelle la mer s'écrasait. L'écume s'élevait à chaque coup de boutoir, emportée ensuite par le vent qui, tout là-haut, faisait ployer les pins. Plus loin se trouvait un geyser maritime, dans lequel les eaux s'engouffraient avec fracas.

Les larmes vinrent, de joie. De soulagement, à constater que rien n'avait changé. Que la nature, dans toute sa majesté, n'avait pas trahi la jeune femme qui, depuis seize ans, gardait au cœur, intacte, l'image de cette plage comme elle aurait conservé en secret un joyau.

Elle s'assit dans l'herbe, ôta ses bottes et ses chaussettes. Elle enfonça timidement les orteils dans le sable. Comme il était froid! Mais comme son contact avivait les souvenirs!... Elle avait passé ici le plus clair de son temps libre, elle bâtissait des châteaux – ses premières sculptures – en fomentant des rêves ; les grains de sable adhéraient à son maillot de bain en laine, collaient à sa peau humide, cependant que son imagination l'emportait vers son intime royaume.

Après avoir agité les orteils en souriant, la jeune femme se remit debout pour rejoindre la mer. Là-bas, des pluviers arpentaient précautionneusement le sable dense et mouillé. Loulou se retourna : l'eau remplissait au fur et à mesure les empreintes de ses pas, qui ne tardaient pas à disparaître. Il lui semblait renaître dans un monde neuf. Et d'y renaître seule en faisait le plus rare des cadeaux.

La mer, plus glacée encore que dans sa mémoire, s'enroula autour de ses chevilles, lui aspirant les pieds. À contrecœur, elle regagna le cordon herbeux en frissonnant, un petit sourire ironique aux lèvres. L'âge la rendait frileuse – enfant, elle se riait du froid, nageant par tous les temps du printemps à l'automne. Elle se sécha les pieds avec ses chaussettes, remit ses bottes et enfonça son béret jusqu'à ses oreilles. La falaise l'attirait. Déjà, elle avait hâte de reprendre son périple.

Elle jeta un coup d'œil en direction de la piste menant à la maisonnette où elle avait grandi. Elle sut aussitôt qu'elle n'était pas encore prête à la revoir. Aussi entama-t-elle l'ascension de la falaise pour rejoindre le cœur de la pinède.

Ralentissant le pas pour reprendre haleine, elle se laissa envelopper par le demi-jour qui régnait sous les arbres. De ses bottes, elle piétinait les aiguilles de pin, dont le parfum montait jusqu'à ses narines. Elle se rappela les jours où sa santé lui permettait de venir jouer ici. Pour un peu, elle aurait entendu son rire d'enfant et celui de ses camarades, chaque fois qu'il leur prenait l'envie de dévaler la colline, de se balancer dans les arbres ou d'escalader les rochers – de loin en loin, ils s'aventuraient aux abords du geyser maritime, s'en rapprochaient de plus en plus. Elle ferma les paupières. Ces échos du passé se perdirent dans le murmure du vent, tels qu'une jolie berceuse dont on peine à se souvenir.

Elle rouvrit les yeux et termina son ascension. Les acacias commençaient à décliner mais, dans la pénombre du sous-bois, leurs fleurs jaunes, en pluie citronnée, brillaient néanmoins comme des fanaux. Loulou huma leur parfum délicat. Elle avançait à pas de loup, craignant de gâter l'intense satisfaction qu'elle éprouvait à déambuler seule dans cette cathédrale.

Parvenue sur la ligne de crête, elle demeura à la lisière de la forêt pour contempler le détroit de Bass, là-bas, par-delà le phare. Les nuées grises et tourmentées se reflétaient à la surface des eaux qui, après s'être engouffrées dans le goulet naturel divisant le promontoire, venaient exploser dans le geyser maritime. Assise parmi les aiguilles de pin, le dos contre un gros conifère, la jeune femme buvait des yeux le paysage.

Elle avait perdu peu à peu la notion du temps, mais elle s'avisa soudain que le ciel s'était assombri; la pluie menaçait. Elle consulta sa montre : elle avait filé depuis plus de deux heures! Dolly devait être morte d'inquiétude. Loulou bondit sur ses pieds, tourna le dos au panorama et redescendit en hâte vers la plage.

Son amie faisait les cent pas sur la piste, l'air furibond.

— Où étais-tu passée? hurla-t-elle. Tout à coup, tu t'es volatilisée et... et...

Elle éclata en sanglots et se jeta au cou de Loulou, à laquelle elle se cramponnait comme une bernicle à son rocher.

— J'ai cru que tu avais eu un accident, un malaise... Et je n'ai vu personne. Absolument personne.

— Je suis navrée. Je n'ai pas fait attention à l'heure.

Elle lui tendit un mouchoir.

— Je me suis montrée égoïste, enchaîna-t-elle dans un murmure. Tu es frigorifiée. Allons prendre une bonne tasse de thé bien chaud.

Son amie se moucha.

— La prochaine fois que tu files, je t'accompagne, décréta-t-elle.

Sur ce, elle grimpa à bord de la camionnette, dont elle claqua si violemment la portière que tout l'engin frémit.

Loulou, désolée d'avoir affolé Dolly, empoigna la manivelle. Comme elle s'apprêtait à l'actionner, un mouvement, à l'autre bout de la plage, attira son attention.

S'efforçant de percer l'obscurité croissante, elle fronça les sourcils en voyant un homme émerger de la pinède. Elle n'était donc pas seule, là-haut...

Le major Hopkins était resté pour le dîner. Ensemble, ils avaient épuisé toutes les pistes susceptibles de les mener à M. Carmichael, ainsi qu'à l'individu qui avait ensuite usurpé son identité. À l'évidence, celui qui avait, le premier, donné des instructions aux notaires londoniens, ne visait pas les mêmes buts que le mystificateur. Par ailleurs, le poulain offert à Lorelei n'avait servi qu'à pousser la jeune femme à retourner en Tasmanie. Mais pour quelle raison?

Le major avait beau se révéler plein d'intelligence et de perspicacité, ni l'un ni l'autre n'était parvenu à répondre à cette question, en sorte que Clarice avait fini par renvoyer son invité à Londres, par le dernier train. Ils se tiendraient mutuellement informés si quelque chose ou quelqu'un venait éclairer leur lanterne, mais la grand-tante de Lorelei en doutait. Elle avait passé le reste de la nuit à se tourmenter. Incapable de dormir, elle tentait en vain de comprendre.

Allongée dans les ténèbres, elle fixait le plafond. Invariablement, ses réflexions la ramenaient à la même conclusion, irréfutable autant que déplaisante. Elle bourra de coups de poing son oreiller avant de se tourner sur le flanc. Elle refusait de se laisser submerger par cette pensée insidieuse. C'était impossible. Grotesque. Il ne pouvait s'agir que des divagations d'une vieille femme bouleversée et fourbue. Et quand bien même. Si, contre toute raison, l'hypothèse était juste, elle n'avait aucun moyen d'intervenir pour mettre un terme à cette sinistre comédie. C'était là, sans doute, ce qui l'effrayait le plus.

L'aube n'allait pas tarder à poindre. Renonçant à chercher le repos, Clarice quitta son lit. Elle était épuisée, et bien qu'elle tirât une grande fierté de la vigueur dont elle continuait de faire preuve à son âge, ce matin elle sentait peser sur ses épaules chacune de ses soixante-dix années. Elle enfila ses pantoufles et sa robe de chambre, puis descendit à la cuisine. Une tasse de thé l'apaiserait, le breuvage allait chasser les démons de la nuit.

— Bonjour, ma fille, murmura-t-elle tendrement au labrador couché dans son panier. Je suis ravie de voir que certaines ont passé une bonne nuit.

Elle emplit d'eau la bouilloire, qu'elle plaça sur la cuisinière. Elle sortit une tasse et deux soucoupes, les disposa sur la table avant d'agiter la boîte à biscuits. Bess et elle aimaient grignoter un biscuit avec leur thé ; il s'agissait entre elles d'un rituel matinal.

Résolue à repousser ses vilains songes, elle prépara le thé. Elle en versa un peu dans une soucoupe, qu'elle posa sur le sol après avoir ajouté du lait.

— Bess ? Je sais que tu ne dors plus, ma fille. Allons, viens, le thé est prêt.

Un silence absolu régnait sur les lieux.

— Bess ?

Son cœur s'emballa. La bouche sèche, elle alla s'agenouiller près du panier pour effleurer d'une main tremblante la tête de la chienne.

— Réveille-toi, Bess. Notre thé est prêt.

Mais sa fidèle compagne ne pouvait plus l'entendre.

Elle s'assit à même le sol et posa une joue contre le corps inerte du labrador, qu'elle avait ramené chez elle seize ans plus tôt – Bess n'était alors qu'un chiot. Son univers s'écroulait peu à peu, se dit-elle, comme si l'on ôtait une à une les pièces de la structure qui le soutenait.

Les larmes vinrent dans un gros sanglot où se mêlaient tous ses chagrins. Ces derniers la submergèrent ; la digue du désespoir céda.

Tasmanie, janvier 1895

Clarice se faisait un sang d'encre : il lui avait fallu plusieurs semaines pour régler l'ensemble de ses affaires. Elle avait vendu sa maison, ainsi que la plupart des meubles. Elle s'était également séparée de la bibliothèque d'Algernon. Le reste de ses possessions dormait à présent dans des caisses, prêtes à rejoindre les cales d'un bateau en partance pour la Tasmanie. Elle ignorait ce qui l'attendait là-bas, mais elle décida de louer une petite maison proche de celle d'Eunice, plutôt que d'emménager avec Gwen et sa mère. Sans doute l'atmosphère serait-elle tendue les premiers temps, aussi valait-il mieux mettre d'emblée un peu de distance entre sa sœur et elle, afin de ne rien attiser. Elle confia à un agent immobilier de Sydney le soin de lui dénicher un logis.

Enfin, Clarice acheta un billet. Elle embarquerait à bord du *Norkoowa*. Elle avait beau s'être depuis longtemps vantée d'avoir le pied marin, elle ne résista pas aux eaux tumultueuses du détroit de Bass, atteignant les côtes septentrionales de la Tasmanie dans un état proche de l'évanouissement. L'un des porteurs lui avait trouvé un fauteuil, dans lequel elle s'était assise à l'ombre pendant que ces messieurs installaient, suivant ses instructions, ses caisses et ses valises sur un chariot.

Ils avaient presque terminé lorsque Clarice vit arriver sa sœur dans une voiture à cheval. Après avoir indiqué aux porteurs l'adresse à laquelle livrer son chargement, elle se leva, pleine d'appréhension. Mais, comme Eunice se rapprochait, la nervosité céda le pas à l'inquiétude : sa sœur avait terriblement maigri, elle affichait un teint cireux et s'avançait d'un pas mal assuré. Où donc était passée la beauté aux cheveux sombres, à l'œil pétillant ?... À sa place se donnait à voir une femme vieillissante, à la chevelure déjà grise, qui se déplaçait à l'aide d'une canne.

— Merci d'être venue, déclara Eunice avec raideur.

Elle se garda d'embrasser Clarice, dont elle contempla avec une indifférence feinte la jupe impeccable, le corsage aux manches gigot et le chapeau de paille.

— Tu as mieux vieilli que moi, murmura-t-elle.

— Je serais venue plus tôt si tu avais répondu à mes lettres, fit doucement sa sœur. Pourquoi ne m'as-tu pas dit que tu étais malade ?

— Cela se voit tant que cela ?

Elle adressa un sourire désabusé à sa canne.

— Je suppose que oui, répliqua-t-elle à la place de Clarice.

Elle reporta son attention sur cette dernière en poussant un soupir.

— J'ai été navrée d'apprendre le décès d'Algernon, enchaîna-t-elle, et mille fois j'ai commencé à t'écrire. Mais jamais je n'ai eu le cœur de terminer ma lettre.

— Qu'est-ce qui t'a fait changer d'avis ?

— Je t'expliquerai tout lorsque nous serons à la maison. Viens, la voiture nous attend, ne perdons pas de temps : le cocher facture ses prestations à la demi-heure.

Il fallut un moment pour installer confortablement Eunice contre un monceau de coussins ; l'angoisse de Clarice n'en fut que plus vive, mais son aînée qui, pour l'heure, refusait catégoriquement de lui livrer la moindre confidence, se retrancha dans un mutisme songeur.

Assise à son côté, Clarice regardait autour d'elle avec intérêt. Un peu plus de quarante ans s'étaient écoulés depuis le transfert du dernier forçat sur cette île, qu'on appelait jadis la Terre de Van Diemen. De nombreux auteurs avaient évoqué cette période, les privations et les terribles châtiments infligés alors aux détenus à Port Arthur. Ce traitement indigne avait amené les autorités à mettre un terme à ces déportations. Ici, cependant, dans le nord de la Tasmanie, ne subsistait pratiquement aucune trace de ce passé inique ; tout paraissait paisible et verdoyant sous le soleil estival.

La voiture s'engagea sur une piste étroite bordée de grands pins, qui longeait la rivière. Lorsqu'elle quitta le couvert des arbres pour négocier l'imposant virage, Clarice découvrit la surface étincelante de l'eau, ainsi qu'une plage de sable protégée, à l'une de ses extrémités, par un promontoire de roc sombre où les pins poussaient à profusion.

On cahota sur presque toute la longueur de la plage avant de bifurquer vers l'intérieur des terres. Le cheval ne tarda pas à tourner, puis il fit halte devant une maisonnette en bois, dont les murs autrefois peints en blanc se décrépissaient. L'unique cheminée ainsi que le toit de tôle ondulée avaient subi de nombreuses réparations. Édifié en retrait de la piste principale, le logis se trouvait cerné de dépendances et d'enclos ; des arbres l'ombrageaient. Des poules picoraient dans l'herbe, des chevaux et des moutons paissaient non loin. Près de la porte, on avait mis un bouc au piquet. Clarice n'en croyait pas ses yeux.

— Elle ne paie pas de mine, commenta Eunice, déjà sur la défensive, mais elle ne coûte pas cher à entretenir, et je la trouve très bien située.

Après avoir réglé sa course au cocher, elle invita sa sœur à entrer.

Clarice, qui ne saisissait pas ce qui avait amené son aînée à opter pour un pareil galetas, s'engouffra dans l'obscurité d'une étroite entrée où se devinaient deux portes, poussant ensuite jusqu'à la cuisine, plus sombre encore et qui, à l'arrière de la bicoque, courait sur toute sa longueur. Sans mot dire, elle regarda Eunice préparer le thé. On semblait vivre dans cette pièce autant que l'on y préparait les repas, car de nombreux meubles l'encombraient. La porte de derrière, équipée d'une épaisse moustiquaire, donnait, quant à elle, sur des annexes dont rien ne permettait à la jeune femme de deviner la fonction. Assurément, cette demeure ne possédait rien de commun avec la superbe villa de la baie de Coogee. Pourquoi diable Eunice vivait-elle dans un tel dénuement?

— J'ai fait installer un deuxième lit dans ma chambre, indiqua celle-ci à sa cadette. J'espère que tu ne vois pas d'inconvénient à ce que nous dormions dans la même pièce.

— Tu n'aurais pas dû te donner cette peine, murmura Clarice tandis qu'elle prenait place sur une chaise inconfortable en retirant ses gants. J'ai loué un petit quelque chose dans le coin. L'agent immobilier m'a assuré que c'était à deux pas, ce qui me permettra de te rendre visite chaque jour, si tu le souhaites.

Eunice disposa les tasses et les soucoupes sur la table, où trônait déjà la théière, avant de s'asseoir à son tour.

— C'est gentil de ta part, commenta-t-elle avec une expression indéchiffrable. Ma maison n'est pas très grande, et je sais que tu as l'habitude de disposer de davantage d'espace.

— Pourquoi as-tu choisi de vivre dans ces conditions, alors que...

— J'ai mes raisons. Ne t'en mêle pas, s'il te plaît.

— Mais tu n'as nul besoin de...

— Si tu es venue pour m'accabler de questions, j'aime autant que tu partes.

Clarice, que le ton de sa sœur avait cinglée, se mura un moment dans le silence. Bientôt néanmoins, n'y tenant plus, elle reprit la parole :

— As-tu consulté un médecin?

— Bien sûr. Mais c'était une perte de temps.

Eunice avala une gorgée de thé.

— Il n'y a pas grand-chose à faire, expliqua-t-elle avec résignation. Il s'agit d'une paralysie progressive, que personne n'est en mesure de guérir.

Elle leva vers sa cadette un regard qui ne cillait pas. Elle ne s'apitoyait nullement sur son sort.

— Il y a des jours avec et des jours sans, reprit-elle, mais au moins ne suis-je pas grabataire. Pas encore.

— Oh mon Dieu, soupira Clarice, qui comprenait enfin ce qui avait poussé Eunice à réclamer sa présence. Si seulement tu m'en avais parlé plus tôt, peut-être aurais-je pu demander à un praticien de Sydney de t'examiner.

— À quoi bon dépenser de l'argent pour une cause perdue?

— Je suis certaine qu'il existe des spécialistes à Londres... Je peux acheter des billets. Une fois sur place, nous nous installerons dans la maison familiale du Sussex et...

— Non, laissa tomber Eunice.

— Pour quelle raison?

L'aînée soutint le regard de la cadette en silence, avant de soupirer :

— Les raisons sont nombreuses, Clarice. Je me contenterai de te dire que des responsabilités m'incombent ici, auxquelles je ne saurais me dérober.

Comme Clarice s'apprêtait à questionner encore sa sœur, une voix guillerette résonna dans l'entrée :

— Coucou, ce n'est que moi.

Une femme se matérialisa dans la cuisine, traînant dans son sillage les senteurs du dehors. Vêtue avec soin, elle arborait en revanche une chevelure en bataille – les épingles avaient sauté, libérant des mèches sombres qui encadraient un adorable visage engageant. Elle tenait, calé contre sa hanche, un bébé d'environ un an, qui considéra d'abord Clarice avec solennité, avant que la timidité le pousse à enfouir sa figure contre l'épaule de l'inconnue.

— Je te présente Primrose, annonça Eunice, soudain rayonnante, mais elle préfère qu'on l'appelle Primmy.

— Enchantée, lança celle-ci en esquissant une révérence.

La sœur de Clarice tendit les bras pour récupérer l'enfant, qu'elle installa sur ses genoux avant d'embrasser ses boucles d'or, puis de lui offrir un biscuit.

— Je peux pas rester, madame Bartholomew. Mon homme doit être rentré. Les petits et lui vont pas tarder à réclamer leur collation. Avez-vous besoin de quelque chose avant que je file ?

— Non, merci. À demain, à la même heure.

Primmy acquiesça d'un signe de tête et, déjà, elle avait décampé, claquant la porte d'entrée derrière elle.

Clarice bondit sur ses pieds.

— Elle était tellement pressée qu'elle a oublié son bébé !

— Il ne s'agit pas de son bébé, répondit Eunice en caressant d'un doigt léger les cheveux de la fillette. Lorelei est ma petite-fille.

Clarice se laissa tomber sur sa chaise mais, sous l'œil impérieux de son aînée, elle dissimula de son mieux son émoi.

— Gwen s'est donc mariée?

Eunice embrassa l'enfant dans le cou. La petite gloussa de plaisir.

— Non.

Sa cadette avait décidément le plus grand mal à garder contenance. Pourquoi tomber des nues, cependant, puisque les mœurs dissolues de sa nièce étaient l'objet de tous les ragots? Mais Clarice n'admettait pas que Gwen eût à ce point jeté l'opprobre sur la famille entière. Elle contempla la fillette en frissonnant.

— Pourquoi ne l'a-t-on pas adoptée?

— Lorelei est née avant terme. Elle souffre d'une malformation cardiaque. Gwen souhaitait s'en débarrasser, mais je n'ai pu me résoudre à l'abandonner à des étrangers. Elle m'est trop précieuse.

— Mais il s'agit d'une enfant illégitime, cracha sa sœur.

— Il s'agit d'un bébé. Un jour viendra où il lui faudra affronter la réalité mais, pour l'heure, je tiens à lui offrir le meilleur départ possible dans l'existence.

— Est-ce pour elle que tu as quitté Hobart?

Eunice acquiesça.

— Gwen prenait un malin plaisir à y exhiber sa grossesse. Lorsque la situation m'est devenue intolérable, j'ai songé que nous réussirions peut-être à échapper au pire en nous exilant ici.

Elle se tut un instant.

— Mais je m'étais fourvoyée, enchaîna-t-elle. Cette île est trop petite. Hélas, nous n'avions nulle part ailleurs où aller.

— Tu aurais pu t'installer chez moi.

— Cela n'aurait pas été judicieux, répondit Eunice avec un petit sourire triste. Ta mine te trahit. Jamais tu n'aurais pu affronter ces circonstances, et les scandales associés à ma famille se révélaient déjà bien assez nombreux à Sydney. Je n'avais pas les épaules assez solides pour faire face à l'humiliation.

— Dans ce cas, pourquoi n'as-tu pas regagné l'Angleterre? Tu aurais pu y présenter Gwen comme une jeune veuve.

— Je n'en avais pas les moyens. De toute façon, trop de gens connaissaient déjà la vérité. Le mois dernier encore, j'ai reçu la lettre d'une prétendue amie, qui m'écrivait pour prendre des nouvelles de ma fille et de son bébé. J'ai déchiré la missive.

— À ce propos: où est Gwen? Pourquoi ne s'occupe-t-elle pas de son enfant?

Eunice offrit un autre biscuit à Lorelei.

— Elle désire n'entretenir aucun rapport avec sa fille, se navra-t-elle. J'ai tenté par tous les moyens de la lui faire aimer, mais elle l'ignore.

Elle piqua un baiser sur la joue de la fillette, qui riait d'avoir laissé tomber son biscuit sur la robe de sa grand-mère. Lorsque celle-ci releva les yeux vers sa cadette, ils s'étaient emplis de larmes.

— Je sais qu'élever une enfant malade n'est pas une sinécure, mais elle gagne chaque jour en vigueur, et je ne comprends toujours pas comment Gwen peut faire preuve à son égard d'une telle indifférence.

Balayant la pièce du regard, Clarice recensa les meubles, qui avaient connu des jours meilleurs, les peintures miteuses et les rideaux délavés. Les honoraires du médecin devaient grever terriblement le budget de sa sœur – comment expliquer, sinon, cet état de dépérissement?

— Le père pourrait tout de même prendre en charge pour partie l'éducation de cette fillette, observa la tante de Gwen. Où se trouve-t-il? Et pour quelle raison n'a-t-il pas accompli son devoir en épousant celle qu'il avait engrossée?

Les maigres épaules s'affaissèrent.

— Je n'en ai pas la moindre idée. Gwen refuse de l'évoquer en ma présence.

— Il faut mettre la main sur ce garçon pour le contraindre à assumer ses responsabilités. Comment s'appelle-t-il?

— Cela ne te regarde en rien.

Gwen se tenait sur le seuil. Sa tante se retourna vers elle.

— Si, dans la mesure où ma sœur se voit dans l'obligation d'élever seule une enfant malade. On devrait vous placer, son père et toi, face à votre devoir.

La jeune femme s'avança dans la pièce d'un pas nonchalant, s'y versa une tasse de thé avant de s'affaler sur le sofa. Vêtue d'une tenue d'équitation, elle apportait avec elle une odeur d'écurie.

— Ce bébé, je n'en voulais pas, expliqua-t-elle. Puisque ma mère a décidé de le garder, je trouve normal qu'elle en ait la charge.

— Lorelei reste ton enfant, répliqua Clarice avec froideur. Son père et toi avez des obligations à son égard. Qui est-il?

Gwen avala d'un trait le contenu de sa tasse, qu'elle plaça en équilibre sur l'un des accoudoirs du canapé.

— Je viens de te dire que cela ne te regardait pas.

— Tu n'as pas changé d'un iota.

— Toi non plus. Tu restes cette traînée qui couche avec le mari des autres femmes pour détruire leur vie.

Eunice grimaça, mais sa sœur demeurait désormais insensible à l'insulte – elle se garda de mordre au vilain hameçon.

— Si tu possédais deux sous de décence, enchaîna-t-elle, tu aurais contraint le père à t'épouser. Ou, pour le moins, à te verser de quoi t'aider à éduquer cette fillette. À l'évidence, ta mère n'en a pas les moyens.

— Alors elle n'avait qu'à se mêler de ses affaires.

La jeune femme se leva, enfonça les mains dans les poches de sa jupe d'équitation.

Clarice posa les yeux sur l'insolente. Sans cet air renfrogné qui ne la quittait pas, Gwen aurait pu être belle.

— Si tu me confies le nom de ce garçon, je m'arrangerai pour le rencontrer en toute discrétion afin qu'un notaire lui fasse signer un contrat par lequel il s'engagera à participer financièrement à l'éducation de Lorelei.

— Je ne crois pas, non, riposta la jeune femme en ricanant.

— Il est déjà marié? C'est pour cette raison qu'il a refusé de t'épouser?

Avec un sourire narquois, Gwen se dirigea vers la porte de derrière. Après l'avoir ouverte, elle fit volte-face pour contempler le ravissant tableau: la mère, la tante et l'enfant.

— Ça, répondit-elle, tu ne le sauras jamais, car jamais je ne te livrerai son nom.

Elle prit une profonde inspiration, ravie du tour dramatique qu'elle donnait aux événements.

— Pour tout dire, ajouta-t-elle, j'emporterai son nom avec moi dans la tombe, pour vous signifier à jamais mon mépris, vous tous qui avez foulé aux pieds ce qui faisait ma vie.

Sur ce, elle franchit la moustiquaire, qu'elle fit claquer dans son dos.

Un silence assourdissant s'invita dans la cuisine encombrée. Clarice bouillonnait de colère, mais à peine se fut-elle tournée vers le visage de sa sœur, dévoré par la honte et le chagrin, que sa fureur s'évanouit.

— Oh, Eunice! Comme tu as bien fait de me demander de venir.

— Je n'en avais pourtant pas envie, répliqua l'aînée, qui avait posé une joue sur la tête de Lorelei.

— Tu ne m'as toujours pas pardonné…

— J'avais compris depuis longtemps avec quel genre d'homme je m'étais mariée, mais je refusais de l'admettre. Ce qui s'est déroulé entre vous m'a bouleversée, mais, même s'il m'a fallu de longues années, j'ai fini par l'accepter.

— Je ne l'ai pas encouragé, tu sais.

— Pas sciemment, en effet. Mais Lionel était incapable de résister aux charmes d'une jolie jeune femme embéguinée de lui. Or, tu étais sincèrement convaincue de l'aimer, n'est-ce pas?

— Oui, avoua la cadette en baissant le menton. Quelle sotte... Je suis affreusement navrée. Pourras-tu jamais me pardonner?

— Il n'y a rien à pardonner. Plus maintenant.

Elle tendit la main à Clarice.

— Mon orgueil m'a empêchée de t'écrire, poursuivit-elle. Puis, à mesure que les années s'écoulaient, j'éprouvais de plus en plus de difficultés à trouver les mots justes. Mais lorsque Lorelei est née, et que je suis tombée malade, j'ai compris qu'il me fallait te revoir avant qu'il ne soit trop tard.

Clarice se leva et contourna la table pour venir étreindre doucement sa sœur.

— Nous allons surmonter cette épreuve ensemble, affirma-t-elle, et je te promets de ne plus jamais te faire de mal.

— As-tu envie de prendre Lorelei dans tes bras?

Avec des gestes malhabiles, Clarice souleva la fillette avant de la caler sur sa hanche. Peu accoutumée aux très jeunes enfants, elle redoutait de la lâcher, mais quand elle se décida à se pencher vers elle, elle vit que Lorelei l'examinait de son regard grave et bleuet. La petite tendit la main pour toucher le visage de l'inconnue. Clarice se sentit fondre, submergée par un amour d'une puissance telle qu'elle n'en avait encore jamais éprouvé.

Elle avait séché ses larmes, et posé une couverture sur le cadavre de Bess. Vera n'allait pas tarder à surgir ; elle demanderait au jardinier d'enterrer la chienne sous le magnolia où elle avait passé en été le plus clair de son temps. Elle y dormirait en paix.

Assise dans le silence de la demeure, elle regagna en pensée l'autre cuisine, là-bas, en Tasmanie. Sa passion soudaine pour Lorelei l'avait surprise mais, depuis, elle ne s'était jamais attiédie. Gwen, de son côté, s'était murée dans son silence : aujourd'hui encore, sa tante ignorait l'identité du père de sa pupille.

Après l'avoir examiné, Joe conclut qu'Océan avait pris du poids.

— Fini la pâture, mon vieux, décréta-t-il. Tu vas regagner ton box et te mettre au régime.

Il mena le poulain dans la cour, où Bob était en train de bouchonner Lune.

— À partir d'aujourd'hui, lui commanda son employeur, avoine fourragère pour notre jeune ami. Sinon, il risque de traîner de vilains kilos superflus durant la course à Hobart.

— Bien reçu, répliqua l'adolescent en frictionnant une dernière fois la croupe luisante de la jument avant de décocher à Joe un sourire radieux. Je l'ai traitée aux petits oignons, cette pouliche, même qu'il faudrait me remettre un diplôme, tiens. Ça devrait la botter, Eliza, pas vrai ?

— Je croyais que c'était Dolly qui faisait battre ton cœur, à présent ?

— Bah, commenta Bob en rougissant. Mieux vaut courir plusieurs lièvres à la fois.

Joe hocha la tête, décontenancé par l'inconstance du *jackaroo*, avant de se diriger vers son bureau, où il avait prévu de s'atteler aux livres de comptes, de passer commande auprès de son négociant en foin et de s'assurer que tout était fin prêt pour la prochaine compétition. Il se trouvait plongé dans la paperasse lorsque sa mère vint l'interrompre.

— Je t'ai apporté une tasse de thé, dit-elle en la posant sur la table.

— Tu ne m'en apportes pas souvent, répondit-il avec un large sourire. Je parie que tu as quelque chose à me dire.

À peine assise, Molly entreprit de remettre de l'ordre dans les papiers éparpillés devant elle.

— Arrête, lui demanda son fils. Chaque fois que tu ranges, je ne retrouve plus rien.

Il lui coula un regard tendre. Elle se cala contre le dossier de son siège et croisa les bras.

— Que se passe-t-il, maman?

— J'ai réfléchi, laissa-t-elle tomber avant de s'abîmer dans le silence.

Joe renonça à sa tâche. Étira ses longues jambes.

— Et…?

— Lorelei ne ressemble pas à Gwen, hein?

— En effet.

Où voulait-elle en venir?

Molly soupira en pinçant entre deux doigts l'un des coins de son tablier.

— Il n'en reste pas moins, reprit-elle, qu'elle me rappelle quelqu'un, en sorte que je me suis creusé la cervelle pour découvrir qui.

— Tu as trouvé?

Le regard de sa mère se perdit un instant dans le vague.

— C'était il y a longtemps. Nous n'étions que des gosses à l'époque, mais…

Elle se ressaisit et posa les yeux sur son fils. Il émanait d'elle une solennité dont elle n'était pas coutumière.

— Je ne t'ai jamais expliqué pourquoi je haïssais à ce point cette femme, n'est-ce pas?

Joe se tortilla sur sa chaise.

— De qui parlons-nous, au juste? De Gwen ou de Loulou?

— De Gwen, évidemment, le moucha Molly. Essaie de suivre un peu.

— À force de gamberger dans mon coin, j'ai fini par conclure que vous vous étiez disputé les faveurs de papa.

Elle le fusilla du regard avec un claquement de langue.

— Tu n'y es pas du tout. Ton père était un homme d'honneur, et le plus fidèle des époux. Jamais il ne se serait entiché de Gwen Bartholomew.

Elle venait d'enfoncer résolument ses mains dans les poches de son tablier.

— Ce qui ne l'a pas empêchée de s'en prendre à lui après son accouchement. Elle est venue jusqu'ici, plus bêcheuse que jamais, pour lui réclamer de l'argent. Elle lui a promis, s'il ne crachait pas au bassinet, de le traîner dans la boue. Il n'aurait plus qu'à mettre la clé sous la porte, a-t-elle ajouté. Elle lui a donné une semaine pour arrêter sa décision.

Elle cligna rageusement des yeux pour en chasser les larmes.

— Nous étions des nantis, à l'époque. Nos écuries abritaient quelques-uns des plus talentueux chevaux de course du pays.

Joe demeura muet, s'efforçant d'imaginer son père, tout de gentillesse et de douceur, aux prises avec cette harpie.

— Moi, reprit Molly, j'étais partie rendre visite à une amie souffrante, tandis que ton grand-père se trouvait à Hobart, avec deux des chevaux dont nous avions la charge. Gwen n'avait pas choisi au hasard son moment pour frapper. Mais, à mon retour, ton père m'a tout raconté.

Elle prit une profonde inspiration.

— Gwen était une croqueuse d'hommes, personne ne l'ignorait, et elle répétait alors à qui voulait l'entendre qu'elle avait des vues sur ton père. Et tant pis s'il était marié. Tant pis si je t'avais déjà mis au monde. C'est parce qu'il l'a éconduite qu'elle a cherché à se venger en recourant au chantage.

Joe siffla longuement entre ses dents.

— Je suis certain que papa ne s'en est pas laissé conter.

Molly laissa échapper un bref rire amer.

— Il n'empêche qu'au début il s'en est rendu malade. Il se disait qu'il ne possédait aucun moyen de prouver quoi que ce soit. Ce serait sa parole contre celle de Gwen. Et si un procès devait se tenir, on y salirait forcément son nom. Nos clients nous tourneraient le dos.

Elle tortura de nouveau le bord de son tablier entre ses doigts.

— À l'époque, le nom d'une douzaine d'hommes se trouvait associé à celui de Gwen. Chacun de ces douze-là aurait pu être le père, mais je savais que mon Patrick, lui, était blanc comme neige. Alors, j'ai ressorti les livres dans lesquels nous consignions l'ensemble de nos activités, en tâchant de remonter jusqu'à la période à laquelle l'enfant aurait pu être conçue.

Le visage de Molly s'éclaira.

— L'année précédente, ton père avait passé presque tout le mois d'août à Melbourne, après quoi il s'était rendu à Sydney pour y jauger la qualité de deux pouliches qu'on disait prometteuses. Il n'a regagné la maison qu'un peu avant Noël. Conclusion : il n'aurait aucun mal à prouver qu'il n'était pas le père de Lorelei.

— Quel camouflet pour Gwen.

— Ton père, ton grand-père et moi l'avons mise ensemble au pied du mur. Elle était folle de rage, mais elle ne pouvait plus nier l'évidence. Sur ce, Patrick lui a indiqué que, si elle s'avisait de colporter de vilaines rumeurs sur lui ou sur sa famille, il se rendrait au commissariat de police. Gwen n'a pas insisté.
— Mais l'histoire ne s'est pas arrêtée là, n'est-ce pas? Puisqu'elle avait échoué à extorquer de l'argent à papa, je suppose qu'elle est allée frapper à une autre porte.
— En tout cas, même si elle a toujours refusé de révéler l'identité du géniteur, je suis sûre qu'elle sait de qui il s'agit.
— Pourquoi n'a-t-elle pas exigé de lui qu'il contribue à l'éducation de leur enfant?
— Parce qu'à ce moment-là il n'avait plus un sou en poche. Patrick faisait un pigeon autrement plus alléchant.
— Qu'essaies-tu de me dire, maman?
— Je crois que je connais le père de Loulou.

11

Loulou se trouvait en Tasmanie depuis deux semaines. Si Molly se montrait désormais mieux disposée à son égard, ses rapports demeuraient tendus avec Dolly. Debout sur le seuil de la cuisine, la petite-nièce de Clarice regardait la mère de Joe farcir les poulets. Dianne était rentrée chez elle, Dolly prenait un bain et les hommes s'affairaient à l'extérieur. Le moment était idéal pour faire définitivement la paix.

— Puis-je vous aider à quelque chose?

Molly finit de brider les volailles avant de les disposer dans un plat à rôtir, puis de s'essuyer les mains sur son tablier.

— Merci, mais j'ai terminé.

Elle plaça les poulets dans le four, dont elle referma la porte.

— Nourrir autant de monde n'est pas une mince affaire, observa Loulou. J'admire votre énergie.

— Merci, répondit la mère de Joe en lançant à la jeune femme un coup d'œil méfiant. Mais j'ai l'habitude.

— Je m'en doute, commenta Loulou, qui s'assit à la table. Pourrais-je avoir une tasse de thé, Molly? Je meurs de soif.

Ayant posé la bouilloire sur la cuisinière, son hôtesse se hâta de sortir des tasses, du thé et du sucre. Il régnait entre les deux femmes un silence embarrassé. Loulou se baissa pour caresser l'un des chiens qui, après s'être glissé dans la cuisine, avait posé la tête sur ses genoux.

— J'adore les chiens, remarqua-t-elle. Ils vous restent fidèles en toutes circonstances, et jamais ils ne vous jugent.

Molly s'assit à son tour.

— Une maison n'en est pas une sans la présence d'un ou deux chiens, approuva-t-elle sans se départir tout à fait de sa circonspection. En avez-vous un en Angleterre?

— Une chienne, oui. Elle s'appelle Bess. C'était encore un chiot lorsque ma grand-tante Clarice me l'a offerte, mais elle a vieilli...

Elle avala une gorgée de thé.

— Nous avons pris un mauvais départ, Molly, mais même si la perspective de m'accueillir sous votre toit vous rebutait, vous vous êtes révélée une merveilleuse hôtesse. J'espère que nous saurons mettre nos différends de côté pour devenir amies.

— Je n'ai rien à vous reprocher, murmura la mère de Joe, mais votre camarade a la dent dure. Je ne supporterai pas longtemps qu'on me traite de cette manière dans ma propre maison.

— Dolly est une vraie mère pour moi. Nous nous connaissons depuis de nombreuses années et, bien qu'elle n'ait pas toujours un caractère facile, elle possède un cœur d'or.

Molly darda sur elle un regard pénétrant.

— Je n'ai pas honte d'avouer qu'au départ je ne voulais pas que vous mettiez les pieds ici. Mais, depuis, je me suis rendu compte que je m'étais trompée sur toute la ligne. Vous ne ressemblez pas à Gwen.

— Je l'espère.

— Nous allons bien nous entendre, vous verrez, la rassura Molly avec un large sourire. Nous sommes entourées d'hommes, nous devons nous serrer les coudes! Je suis fatiguée, parfois, de les entendre parler de chevaux, de courses, de fourrage... Je suis ravie d'écouter vos conversations entre filles.

Elle soupira en tirant sur le grand tablier de coton sous lequel elle portait une chemise et un vieux pantalon.

— Je ne me rappelle même pas la dernière fois que je me suis mise en robe ou que j'ai arboré un chapeau fantaisie.

La mélancolie qui se peignit sur ses traits attendrit Loulou jusqu'à l'âme. L'existence n'avait pas ménagé Molly Reilly.

— Vous aurez l'occasion de vous rattraper lorsque nous nous rendrons à Hobart pour y assister aux courses, lui dit-elle. D'autant plus que Dolly possède une quantité phénoménale de chapeaux. Je suis certaine qu'elle vous en prêtera un.

— Vous êtes gentille, mais je n'irai pas à Hobart. Il faut que quelqu'un reste ici pour veiller sur les chevaux et tenir à l'œil nos employés. Mais j'apprécie votre sollicitude.

On se mit soudain à chanter faux au premier étage ; les deux femmes sourirent d'une oreille à l'autre.

— Vous devriez aller donner sa pomme du soir à Océan pendant que Dolly prend son bain.

— Vous êtes certaine que vous n'avez pas besoin de moi?

Molly lui confia une pomme en la poussant doucement vers la porte.

— On ne vit qu'une fois, décréta-t-elle. Allons, filez.

Loulou grimpa l'escalier pour prendre une veste dans la chambre. Les ablutions de son amie dureraient une bonne heure, et maintenant qu'elle s'était réconciliée avec Molly, elle avait très envie de s'offrir un tête-à-tête avec son poulain.

Assise dans le fauteuil en rotin, elle enfila ses bottes en admirant ce paysage qu'elle avait appris à aimer. Le soleil n'allait pas tarder à disparaître, le vent était tombé ; les oiseaux regagnaient leurs perchoirs nocturnes dans de grands battements d'ailes et des criailleries discordantes. Elle huma le parfum du chèvrefeuille. Une odeur de terre chaude, que la pluie avait humectée, lui parvint aussi. Nulle part au monde il n'existait d'endroit plus beau que celui-ci, songea-t-elle en posant le regard sur les arbres majestueux qui se dressaient sous le grand ciel.

Ayant fourré la pomme dans sa poche, elle prit sans hâte le chemin des écuries, les chiens sur ses talons. Derrière leurs logements, Bob et ses amis palefreniers enchaînaient les parties de *two-up* – ils y jouaient chaque soir, et Loulou s'arrêta un moment pour les observer.

Après avoir placé deux pièces de monnaie en équilibre sur un petit morceau de bois plat, ils les lançaient en l'air d'un coup de poignet. L'excitation augmentait à mesure qu'elles se rapprochaient du sol. Des cris de triomphe ou de déception troublaient alors la quiétude du soir. Les chevaux, habitués à ces clameurs, n'y prêtaient aucune attention. Visiblement, Bob était en veine : il serrait entre ses doigts une pleine poignée de piécettes et, avant de se reconcentrer, il adressa un clin d'œil à la jeune femme.

Loulou prit congé pour s'en aller flâner dans la cour, où elle salua les chevaux qui passaient la tête à la porte de leur stalle. Elle avait toujours aimé l'odeur des écuries, elle aimait l'énergie qui s'en dégageait, se délectait de la curiosité des montures. Elle les connaissait toutes par leur nom à présent et, chaque matin, elle accompagnait Joe sur le dos de sa vieille et brave jument pour admirer leurs galops.

— Bonjour, toi, murmura-t-elle à Océan.

Elle lui flatta l'encolure et le museau, lui caressa les oreilles comme il appréciait qu'on le fît. Bavant de plaisir, il posa le menton sur l'épaule de la jeune femme, dont les doigts opéraient leur magie sur la bête.

— Vous vous entendez à merveille, dites-moi.

Loulou se retourna et sourit à Joe.

— Il est adorable, répondit-elle. Si seulement il bavait un peu moins : mon corsage est trempé !

— C'est la pomme que vous cachez dans votre poche qui le fait saliver. Mais j'aimerais autant que vous ne la lui donniez pas. Je viens de le mettre au régime.

— Pourquoi ? Il m'a l'air en parfaite condition.

Joe se rapprocha. Ses talons résonnèrent contre les pavés.

— Il l'est, et j'entends bien le maintenir à ce niveau. C'est pour cette raison qu'il n'ira plus paître dans l'enclos d'ici la grande course. Plus de friandises non plus. Il s'agit d'un athlète, ni plus ni moins. Je dois veiller au moindre détail de sa préparation.

— Désolée, souffla Loulou à l'oreille du poulain.

Elle se détourna après une dernière caresse.

— La pluie risque-t-elle de nuire à la qualité de la piste ? demanda-t-elle à Joe.

— Il aime les terrains un peu meubles. Du moment qu'il ne tombe pas des trombes d'eau sur Hobart dans les jours qui viennent, tout devrait bien se passer.

— On m'a dit qu'une autre propriétaire arriverait demain. Ses chevaux participeront-ils aussi à la compétition ?

— Lune prendra le départ du maiden de pouliches. Vous allez adorer Eliza. C'est Dolly tout crachée, en plus jeune. Et sans l'accent anglais.

— Bonté divine ! se mit à rire Loulou. Vous êtes cerné par des maîtresses femmes, mon pauvre Joe ! Je comprends mieux pourquoi vous passez le plus clair de votre temps en compagnie des chevaux.

— Je reconnais qu'ils me donnent moins de fil à retordre, répliqua-t-il d'un ton sec. Avec un cheval, vous savez toujours à quoi vous en tenir. Tandis que les femmes…

— … constituent une race totalement différente, termina Loulou pour lui.

Était-il malheureux en amour? se demanda-t-elle. Ses cicatrices lui valaient-elles d'être devenu timide et d'avoir conçu un goût prononcé pour la solitude? Sans doute. De quoi expliquer, en tout cas, pour quelle raison il quittait rarement Galway House. Quel dommage, songea-t-elle encore, car c'était une crème d'homme, dont le charme opérait sur elle depuis son arrivée sur l'île.

Elle détailla le triangle de peau hâlée qu'exposait le col entrouvert de sa chemise, les hanches étroites, les bras puissants, les mains expertes. Du charme? Assurément. Et davantage. À cette pensée, la jeune femme détourna promptement le regard.

Elle se ressaisit, puis fourra les mains dans ses poches – où dormait la pomme qu'elle avait oubliée entre-temps. Elle l'offrit à un autre cheval, en espérant qu'Océan ne surprendrait pas son geste.

Le soleil couchant jetait dans la chevelure de la jeune femme des éclats d'or, de bronze et de cuivre, que Joe ne manqua pas de remarquer. Il admirait aussi l'aisance avec laquelle elle se mouvait ici. Auprès d'elle, il se sentait bien, au point d'être venu la rejoindre sans chapeau, pour découvrir, heureux et surpris, qu'elle le prenait tel qu'il était. Il ne l'indisposait pas. Mieux: elle semblait apprécier le spectacle qu'elle avait sous les yeux.

Comme leurs regards se croisaient, le jeune homme se demanda, gêné, si elle avait deviné ce qu'il pensait. Il se racla la gorge en baissant la tête.

— Avez-vous des projets pour demain?

— J'aimerais assister à l'entraînement de galop, comme les autres jours. Dolly vous tient la dragée haute. Je me régale.

— Et moi, approuva Joe, je la trouve épatante. C'est une cavalière émérite. Y compris au saut d'obstacles. S'il s'agissait d'un homme, je lui offrirais dès demain un emploi de jockey.

— Elle participe à des compétitions et des chasses à courre depuis son plus jeune âge. Je l'envie. Si j'essayais d'en faire autant, je me retrouverais clouée au lit pendant des semaines.

— Dolly m'a expliqué que vous souffriez de problèmes cardiaques.

— Cela tient davantage du désagrément que du problème, répondit Loulou en haussant les épaules. J'ai appris à vivre avec.

Peu désireuse de s'appesantir sur le sujet, elle s'empressa d'en changer :

— J'ai reçu quelques messages de jeunes femmes avec lesquelles je suis allée autrefois à l'école. Je compte leur rendre visite demain, et en profiter pour revoir mon ancien établissement. Ensuite, je m'offrirai une autre balade en ville. La première fois, je n'en ai pas vu grand-chose.

— Vous allez la retrouver telle qu'en elle-même. Ici, rien ne change.

— Pourrions-nous faire quelques pas ensemble ? hasarda-t-elle. J'aimerais discuter de certaines choses avec vous.

Joe siffla : les chiens bondirent hors de la grange au fond de laquelle ils chassaient les rats. Ils s'élancèrent vers les enclos en avant des deux jeunes gens. De quoi souhaitait-elle parler ?

Il avait ralenti le pas pour s'adapter à celui de Loulou, dont il prenait plaisir à humer le parfum fleuri. Il se délectait aussi de sentir, de temps à autre, le bras de la jeune femme effleurer le sien. Il n'entendait plus que le bruissement de leurs bottes parmi l'herbe haute, et les battements de son cœur.

Au bout de quelques minutes, Loulou se décida cependant à rompre ce silence complice qui s'était installé entre eux :

— Nous n'avons encore jamais évoqué M. Carmichael. Que pensez-vous de lui?

Il s'accouda à la clôture du paddock qu'il venait d'atteindre, plissa les yeux face au soleil couchant pour observer ses chiens, qui couraient à perdre haleine en direction de la rivière.

— Il s'agit d'un homme mystérieux, répondit-il. Il ne traite ses affaires que par lettre, par radio ou par téléphone. Et jamais il ne vous confie un numéro ou une adresse où prendre contact avec lui.

— C'est étrange, vous ne trouvez pas?

— En effet, mais il semble décidé à m'aider à remettre mon entreprise sur pied. J'ignore pour quelle raison.

Comme Loulou fronçait les sourcils, il s'empressa d'enchaîner pour éclairer sa lanterne:

— Personne n'avait entendu parler de lui avant qu'il m'envoie Océan mais, depuis, il a conseillé au père d'Eliza de mettre ses chevaux en pension chez nous. Trois autres propriétaires ont également eu vent de Galway House par son intermédiaire. Mais je ne sais toujours rien de lui.

— Océan a été acquis lors d'une vente aux enchères. Avez-vous tenté de découvrir qui l'avait vendu?

Joe porta ses regards vers la vallée que les ténèbres mangeaient peu à peu; les chiens y poursuivaient un lapin.

— Lorsque vous m'avez écrit pour m'annoncer que vous n'étiez pas la propriétaire du poulain, j'ai effectué quelques recherches. Océan faisait partie d'un troupeau de chevaux sauvages mis en vente par une coopérative d'éleveurs du Queensland.

Cette fois, il s'adossa à la clôture.

— Tellement d'hommes sont partis à la guerre, lui expliqua-t-il, que de nombreux chevaux ont réussi à s'échapper de certaines propriétés situées dans l'arrière-pays, après quoi ils se sont mêlés aux chevaux sauvages de la région. Il s'agissait de pur-sang, de vieilles carnes, de poneys, de chevaux de trait… Tout ce petit monde s'ébattait en liberté, détruisant les récoltes au passage, saccageant les pâtures. Lorsque les rescapés sont revenus en Australie, ils ont entrepris de les capturer, de garder les meilleures bêtes pour eux et de vendre les autres. Quelques pur-sang, tels qu'Océan, sont passés par erreur entre les mailles du filet.

— Comment se fait-il que personne ne l'ait repéré?

— Les éleveurs préfèrent les petits poneys rustiques aux pur-sang, qui peuvent se montrer rétifs et difficiles à mater.

— M. Carmichael, lui, a su discerner tout son potentiel, on dirait.

— En effet. J'ignore qui il est, mais il connaît son affaire.

— Si seulement nous possédions la liste de ces éleveurs, soupira Loulou. L'un d'entre eux pourrait peut-être nous fournir quelques indices concernant l'identité de cet individu.

— La liste se trouve dans mon bureau, mais leurs noms ne me disent rien. Je serais très étonné qu'ils puissent nous être utiles.

— Je me berce sans doute d'illusions, mais Carmichael n'a pas fait parler de lui jusqu'à ce qu'il achète Océan. Or, le poulain appartenait à ces éleveurs. Évidemment, il ne s'agit là que d'une coïncidence, mais c'est mieux que rien. Qui sait si cette piste ne nous mènerait pas quelque part.

— Vous avez peut-être raison. Venez, je vais vous montrer la liste.

Il siffla les chiens, qui accoururent ventre à terre, la langue pendante et frétillant de la queue.

— Attention, la prévint Joe, vous allez encore être trempée.

Trop tard, les chiens s'ébrouèrent, maculant de boue les deux jeunes gens.

— Cette fois, mon chemisier est bon pour la lessive! se mit à rire Loulou. Bah, qu'importe. Les chiens se sont amusés comme des fous.

Joe jugea son rire irrésistible. Irrésistible aussi, le peu de cas qu'elle faisait de sa tenue souillée – la plupart des autres femmes auraient été furieuses.

Ils se hâtèrent en direction du bureau, dont Joe referma la porte derrière eux pour empêcher les chiens de les suivre, avant de s'emparer sans hésitation d'une pile de lettres et de reçus trônant sur une étagère. Il feuilleta les documents, puis se rembrunit. Il feuilleta encore, plus lentement cette fois.

— Je suis certain de l'avoir rangée là.

— Elle pourrait se trouver n'importe où, observa Loulou en balayant du regard le désordre qui régnait dans la pièce.

— Non, répondit Joe à voix basse en replaçant les feuillets sur l'étagère. Sans doute mon bureau vous fait-il l'effet d'un capharnaüm, mais je suis capable d'y dénicher instantanément le moindre papier qu'il contient, et j'avais pris soin de conserver cette liste à portée de main.

Comme il fourgonnait sur sa table de travail, il évita le regard de son invitée. Elle devait le tenir pour le dernier des zéros.

— Quelqu'un aurait-il pu la poser ailleurs?

Il s'apprêtait à répondre que non lorsqu'il se rappela avoir vu sa mère pénétrer dans la pièce au moment où il partait pour la promenade équestre du soir.

— Je parie qu'elle s'est encore mis en tête de faire du rangement, grommela-t-il.

— Si ce bureau est rangé, le taquina Loulou, je préfère ne pas imaginer dans quel état il se trouvait avant.

— Vous n'avez pas tort, admit-il en s'empourprant.

La cloche du dîner l'empêcha de reprendre ses investigations.

— Je reviendrai après manger pour fouiller cet endroit de fond en comble. La liste s'y trouve forcément.

Autour de la table, on ne parlait que de la compétition qui allait bientôt se tenir à Hobart. Pressés de retourner jouer au *two-up*, les palefreniers engloutirent leur collation à la diable avant de quitter la cuisine. Loulou et Dolly, pour leur part, étaient montées dans leur chambre sitôt après le repas ; Joe entendait, de loin en loin, tomber un rire depuis l'étage.

Repu, il tournait sa cuiller dans sa tasse de thé pour faire fondre le sucre. Il n'avait pas abandonné l'idée de regagner son bureau mais, pour l'heure, il jouissait avec satisfaction de la chaleur qui régnait dans la pièce en feuilletant un catalogue de matériel agricole pendant que sa mère faisait la vaisselle. Il calculait mentalement s'il aurait les moyens d'acquérir bientôt l'une des camionnettes proposées à la vente, ainsi qu'une nouvelle remorque pour le transport des chevaux. Molly l'interrompit :

— Il faut que tu demandes à l'un des garçons d'aller couper du bois de chauffage, lui indiqua-t-elle en s'asseyant à ses côtés avant de s'offrir une deuxième tasse de thé. Dolly utilise toute l'eau chaude à force de prendre des bains et, une fois qu'Eliza sera arrivée, il se trouvera tellement de femmes dans cette maison que la chaudière risque de faire un paquet d'heures supplémentaires.

— Je vais dire à Bob de s'en occuper, assura-t-il en refermant le catalogue. Eliza t'a-t-elle appelée ?

— Cet après-midi. Elle va venir par ses propres moyens, m'a-t-elle dit. Tu n'auras pas besoin d'aller la chercher à Launceston. J'ai cru comprendre qu'elle te réservait une surprise.

Elle sourit en buvant son thé.

— Je me demande comment je vais réussir à me dépatouiller avec Dolly et cette gamine sous le même toit.

— Tu t'en sortiras, répliqua Joe, que son entrain réjouissait. Pour tout dire, j'ai l'impression que tu as hâte d'y être.

— Je crois bien que oui. C'est bon d'accueillir à nouveau toute cette jeunesse à la maison.

— Tu ne regrettes plus de les avoir invitées?

Elle secoua la tête.

— Je les trouve d'excellente compagnie. Loulou est une chic fille. Calme, bien élevée, sympathique et facile à vivre. On ne peut qu'en savoir gré à lady Pearson.

Joe manqua de recracher la gorgée de thé qu'il s'apprêtait à avaler.

— Sa tante possède un titre?

— Eh oui. Son mari était diplomate, je crois, en poste à Sydney. On l'a nommé pair du royaume quelques mois avant sa mort.

Elle inclina la tête en examinant son fils.

— J'ai l'impression que tu l'apprécies autant que moi, cette petite, non?

Il se sentit rougir.

— Elle est pas mal, lâcha-t-il, l'œil rivé à la couverture du catalogue.

Molly éclata de rire.

— Allons, elle est beaucoup plus que ça pour toi!

La mine soudain grave, elle posa une main sur l'avant-bras de son fils.

— Fais attention à toi. J'ai vu de quelle manière tu la regardais, mais elle risque de te briser le cœur.

Elle voyait juste. Et le fait que la jeune femme avait grandi sous l'égide d'une lady la lui rendait plus inaccessible encore.

— As-tu rangé mon bureau tout à l'heure? demanda-t-il à sa mère pour changer de sujet.

— J'ai essayé. Mais c'était au-dessus de mes forces.

— Je n'arrive pas à remettre la main sur la liste des éleveurs qui furent les premiers propriétaires d'Océan. L'as-tu vue quelque part?

— Si ça se trouve, je l'ai jetée à la poubelle avec d'autres cochonneries, suggéra-t-elle négligemment. Tu devrais quand même te décider à mettre au point un système de classement.

— As-tu vu cette liste? insista Joe, qui s'étonnait de son regard fuyant.

— Je ne m'en souviens pas, affirma-t-elle avec un haussement d'épaules, après quoi elle repoussa sa chaise en bâillant à s'en décrocher la mâchoire. Dianne se chargera de la vaisselle demain. De toute façon, je n'ai plus d'eau chaude.

Elle piqua un baiser sur le crâne de son fils.

— Bonne nuit, Joe. Dors bien.

Ce dernier demeura longtemps dans la cuisine après que Molly eut filé dans sa chambre, brassant sans relâche les événements survenus durant ces deux dernières semaines, rejouant pour lui-même toutes les conversations. Il acquit la conviction qu'il ne remettrait jamais la main sur la liste: pour un motif qui lui échappait, sa mère l'avait subtilisée.

Loulou et Dolly raffolaient de leurs chevauchées matinales, et quoique la santé de Loulou la contraignît à se tenir en retrait, la compagnie de Joe la consolait. La jeune femme goûtait également le climat de franche camaraderie qui régnait entre les *jackaroos* toujours prêts à se mesurer à Dolly. Leur employeur les regardait concourir avec une fierté et une satisfaction qui faisaient plaisir à voir. Jamais Loulou ne s'était sentie plus à sa place qu'ici. Elle éprouvait un attachement chaque jour plus profond pour Galway House, ainsi que pour son propriétaire paisible et réservé.

Au terme de l'entraînement, les deux amies avaient pris un bain, puis s'étaient changées, avant de rejoindre l'ancienne école primaire de Loulou, où celle-ci reçut un accueil enthousiaste de la part des jeunes femmes qui avaient repris contact avec elle. On passa une heure à faire gaiement le tour des classes, après quoi l'on prit le thé avec la directrice de l'établissement. Loulou acheta ensuite quelques fleurs, qu'elle déposa sur la tombe de sa grand-mère. Elle ne conservait d'elle qu'un souvenir imprécis, mais elle savait que son aïeule avait pris soin d'elle et l'avait protégée. Elle fut heureuse de constater que le minuscule cimetière faisait l'objet d'un entretien minutieux.

Puis Loulou retrouva trois jeunes femmes qui avaient été jadis ses amies les plus proches et habitaient toujours la région. N'ayant pas emprunté les mêmes voies qu'elle, c'est d'abord avec une pointe de ressentiment qu'elles scrutèrent ses vêtements chic. Mais elles baissèrent leur garde dès qu'elles s'aperçurent que Loulou ne les avait pas oubliées et qu'elle restait la même. Les années, les différences sociales… tout s'évanouit pour céder le pas au souvenir commun : elles évoquèrent les enseignants de l'époque, se rappelèrent leurs farces de gamines… Elles se séparèrent en se promettant de se revoir bientôt.

Dolly et Loulou arpentèrent également la promenade du front de mer, où les saluèrent des flâneurs qui avaient côtoyé Loulou dans son enfance. La balade, prévue pour ne durer qu'une poignée de minutes, s'étira finalement sur plus d'une heure, au terme de laquelle Loulou repéra la boutique du fabricant de poupées.

Elle entraîna aussitôt Dolly à l'intérieur de l'échoppe, où elle retrouva, intacte, l'odeur entêtante de copeaux de bois, de colle et de tabac mêlés. Assis derrière son établi, le vieil artisan les accueillit avec chaleur ; il réparait une poupée en tirant sur sa pipe. Combien d'heures Loulou avait-elle passées ici en compagnie de Primmy pour regarder travailler le propriétaire des lieux, pour l'écouter lui raconter des histoires tandis que, de ses mains abîmées, il redonnait vie aux joujoux cassés? Fascinée, la jeune femme songea que le temps s'était arrêté.

À présent, elles se promenaient le long de la plage, arpentant le sable sec car l'eau était encore trop froide pour y tremper les pieds. Elles se dirigeaient vers les rochers. Au-dessus de leurs têtes, les mouettes se laissaient porter par les bourrasques, pareilles à des cerfs-volants. Les pluviers plongeaient à qui mieux mieux dans les vagues en quête de nourriture.

Parvenue à l'extrémité de la plage, Loulou s'immobilisa. Le vent qui soufflait dans son dos lui jetait sa chevelure au visage et la glaçait.

— J'ignore si j'en suis capable, dit-elle en considérant la route étroite qui menait à l'intérieur des terres.

— Dans ce cas, décréta Dolly, renonce. À quoi bon aller au-devant des chagrins?

Elle avait raison, mais Loulou savait déjà qu'elle ne suivrait pas son conseil. Ses souvenirs s'imposaient à elle avec trop d'intensité. Le passé l'attirait irrésistiblement.

— Ce chagrin s'évanouira si je parviens à apprivoiser les fantômes.

— Alors, en route, fit Dolly en lui prenant la main. Tu n'es plus une enfant. Tu n'as pas à redouter les ombres.

Loulou accrocha un pâle sourire à sa face en s'engageant sur la voie qui menait à la maisonnette de ses jeunes années. Son cœur battait la chamade.

Le logis se révélait plus exigu encore que dans son souvenir. Une véritable maison de poupée au milieu des bois, dont on avait récemment repeint en blanc les murs décrépis. Le toit et la cheminée étaient neufs. Un gazon frais tondu flanquait l'allée cendrée conduisant à la porte d'entrée.

Loulou porta craintivement ses regards en direction des dépendances. Les écuries n'avaient pas bougé, non plus que la grange ou les resserres, et bien qu'on eût défriché une partie des broussailles alentour pour agrandir les enclos, les arbres continuaient à jeter sur les lieux de longues ombres menaçantes.

La jeune femme frissonna. Elle retombait en enfance. Le cauchemar récurrent gagnait en réalité.

Elle avait à peine cinq ans. Elle reconnaissait la silhouette qui s'était glissée dans cette chambre, munie de l'oreiller garni de plumes destiné à l'étouffer. Elle entendait la voix familière débiter ses mensonges à Clarice.

D'autres images s'imposèrent à elle, et d'autres sons pourvoyeurs d'effroi qu'elle s'était ingéniée depuis longtemps à enfouir. Des branches grinçaient, puis venaient heurter à petits coups répétés le toit de tôle de l'appentis; le vent mugissait. Elle était seule. Enfermée au cœur des ténèbres sans saisir pour quelle raison on l'avait punie. Inutile de crier: personne ne volerait à son secours. Inutile de pleurer: ses larmes aggraveraient son châtiment.

Elle se voyait tapie dans un coin de la pièce, le visage contre les genoux pour réprimer ses sanglots. Cernée par l'affairement des araignées, des insectes, elle écoutait vrombir les mouches en tentant de discerner, malgré l'obscurité, les serpents qui auraient pu s'être réfugiés là pour hiberner. La terreur la prenait à la gorge; une sueur froide l'inondait. Elle se boula mieux encore dans l'espoir de disparaître tout à fait.

Au bout de ce qui lui parut une éternité retentit le bruit le plus terrible entre tous: celui du verrou qu'on tirait.

Elle recula dans l'attente de la gifle, des doigts qui allaient lui tirer les cheveux, du coup de botte.

— Ne me fais pas de mal, maman, hoqueta-t-elle. S'il te plaît, ne me fais pas de mal.

Un poing cruel se referma sur ses boucles noisette pour l'obliger à se remettre debout avec un hurlement de douleur.

— Je t'ai déjà interdit de m'appeler comme ça, grogna Gwen.

La taloche lui dévissa presque la tête.

— Pardon, gémit-elle.

Mais sa mère n'en avait pas terminé avec elle. L'enfant terrorisée s'était figée, incapable désormais de crier, de pleurer. Incapable de penser. Gwen l'entraîna sans ménagement vers la grange.

— Tu te prends pour une petite merveille, hein? La chérie de grand-mère et de tantine, avec ses grands yeux bleus? Leur joli petit agneau?

Serrant toujours entre ses doigts les cheveux de l'enfant, elle la conduisit jusqu'à un crochet fixé au mur, où se trouvait suspendue une tondeuse à laine, dont elle s'empara.

— Voyons un peu à quoi va ressembler ce joli petit agneau sans sa toison.

— Loulou? Loulou! Que se passe-t-il? Tu es pâle comme un linge.

La jeune femme s'extirpa de ces abominables réminiscences, plus forte à présent de se savoir capable de les dominer.

— Elle m'a rasé la tête, expliqua-t-elle calmement. Sans se troubler lorsque les ciseaux m'entaillaient la peau du crâne ou l'oreille.

Elle tourna vers Dolly des yeux secs. Elle n'avait que trop pleuré, or les larmes ne résolvaient rien.

— Je n'avais que neuf ans, mais je me rappelle parfaitement l'odeur de la tondeuse rouillée et le son qu'elle rendait entre les mains de Gwen. J'avais tellement peur qu'elle me tue que je ne respirais plus qu'à peine.

Dolly, qui venait de l'étreindre sans mot dire, passait à présent dans ses boucles des doigts doux qui agissaient sur Loulou comme un baume. Elle posa la tête contre l'épaule de son amie.

— Après cet incident, Clarice a été obligée d'attendre que je dorme pour me couper les cheveux. C'est idiot, mais je ne supportais plus le cliquetis des ciseaux.

— Mais pourquoi faire subir une pareille torture à une fillette ? Quelle barbarie !

Loulou se glaça de nouveau au souvenir des pincements, des gifles, des mots acerbes qui avaient fait voler en éclats sa maigre assurance d'enfant. Ces supplices l'avaient plongée peu à peu dans de terribles affres, mais l'épisode de la tondeuse avait bien failli la détruire pour de bon.

— Elle était jalouse, répondit-elle.

— D'une gamine sans défense ?

Loulou tourna résolument le dos à la maisonnette.

— À l'époque, je n'y comprenais rien, mais les années m'ont permis d'y voir plus clair dans le comportement de Gwen.

Elle prit une profonde inspiration.

— Elle ne voulait pas de moi, mais grand-mère Eunice ayant insisté pour me garder, il lui a fallu, dès lors, supporter chaque jour de me voir, quand pourtant je lui rappelais son infamie et son humiliation – la preuve : mon père, quelle que soit son identité, n'a jamais daigné l'épouser. Je représentais, de surcroît, un obstacle à tout autre projet d'union. Pour couronner le tout, elle s'est fourré dans le crâne que je lui avais volé l'affection de sa mère.

— Quel monstre ! laissa tomber Dolly. Comment se fait-il que Clarice et ta grand-mère l'aient laissée s'en tirer à si bon compte ?

— Elle ne me maltraitait qu'en leur absence.

Les mains dans les poches de sa veste, la jeune femme contempla la route.

— Grand-mère était malade. Elle a fait de nombreux séjours à l'hôpital. Clarice ne m'emmenait pas avec elle quand elle lui rendait visite. Elle désapprouvait la présence de petites filles dans ce genre d'établissement, sauf s'il s'agissait de patientes, bien sûr. Or, patiente, je l'ai été à l'époque plus souvent qu'à mon tour. Gwen avait toujours une excellente explication à leur fournir pour mes ecchymoses. Quant à moi, j'étais tellement terrifiée que je n'osais pas la dénoncer.

— Et tes cheveux?

— Elle n'a pas eu besoin de se justifier: elle m'a tondue la veille du décès de ma grand-mère, après quoi elle a disparu quelque temps, comme elle en avait le secret. Clarice, de son côté, était accablée de chagrin, si bien que personne n'a jamais vraiment abordé le sujet.

— Je serais tout de même étonnée que ta grand-tante ne lui ait parlé de rien.

— Deux jours après l'enterrement, elles ont eu une violente dispute. Clarice n'a évoqué l'épisode qu'à ce moment-là. Je me trouvais dans la pièce avec elles, mais elles n'ont pas remarqué ma présence et, de toute façon, je n'ai pas compris la moitié de ce qu'elles racontaient. Toujours est-il que je n'ai plus revu Gwen par la suite.

— Je saisis mieux pourquoi tu courais te réfugier sur la plage à la moindre occasion; cette maison était l'antichambre de l'enfer.

Loulou sourit en prenant son amie par le bras.

— Mais je m'en suis évadée, Dolly, c'est tout ce qui compte. Clarice et moi ne nous sommes pas séparées en bons termes, ce qui, je n'en doute pas, l'accable autant que moi. C'est pour cette raison que je continue à lui écrire. Elle m'a aimée sans réserve depuis mon plus jeune âge et m'a offert une existence telle que je n'en aurais jamais connu si j'étais restée ici.

La jeune femme se mit à rire.

— C'est drôle, non? Il m'aura fallu parcourir la moitié du globe pour mesurer ma chance.

Dolly lui pressa tendrement le bras avant de consulter sa montre.

— Attention à l'heure. Molly tenait à ce que nous soyons là pour faire connaissance avec Eliza.

Alors seulement, Loulou s'avisa que ces flots d'émotion l'avaient épuisée. Elle se sentait néanmoins légère, car si les souvenirs se révélaient puissants, s'ils exhumaient volontiers des effrois et des souffrances qu'on croyait oubliés, les années avaient fini par les diluer, les amoindrir, en sorte que quand les circonstances avaient sommé la jeune femme de les affronter, elle y était parvenue; elle les avait, du même coup, bannis de son existence.

— Je me demande si Primmy habite toujours dans les parages. Elle a été une véritable mère pour moi. Je m'en voudrais de repartir sans lui avoir rendu visite.

Les deux amies poussèrent donc plus loin sur la piste étroite, jusqu'à une rangée de petits bungalows.

— Elle a peut-être déménagé, fit Loulou en ouvrant la barrière.

La jeune femme frappa. Quelques secondes plus tard, la porte s'ouvrit.

— Je savais bien qu'un jour ou l'autre tu viendrais me saluer.

Primmy se tenait sur le seuil, dodue, souriante, une natte de cheveux grisonnants enroulée autour de la tête. Elle écarta les bras, entre lesquels Loulou vint se blottir.

— Oh, Primmy, soupira-t-elle. Cela fait si longtemps…

— Entre, je vais te servir une tasse de thé. C'est qu'on en a, des choses à se raconter.

Elle posa sur Dolly un regard rieur.

— Qui est-ce?

Loulou fit les présentations, après quoi la nourrice les conduisit dans une pièce minuscule et fort bien tenue, à la fois cuisine et salon. Elle prépara le thé sans cesser de babiller. Tout juste s'interrompait-elle de loin en loin pour reprendre haleine. Elle avait aujourd'hui trois grands enfants, deux petits-enfants; son premier arrière-petit-enfant s'apprêtait à venir au monde. Elle ne s'ennuyait jamais, dit-elle encore, ajoutant que son époux, qui jadis travaillait au bureau de poste, avait pris sa retraite. L'un dans l'autre, conclut-elle, la vie était belle.

— Et toi? s'enquit-elle enfin. Je me suis fait tellement de mouron, tu sais. Avec la mère que tu avais…

Loulou lui résuma les seize années qui s'étaient écoulées depuis son départ de Tasmanie, avant de lui narrer, sur un mode grandiloquent et comique à dessein, la tentative manquée de Gwen pour la renverser sur les quais.

— Elle n'a pas changé, commenta Primmy. Bah, dans le fond, elle est plus à plaindre qu'autre chose, vu les circonstances.

— Quelles circonstances? s'étonna Loulou en reposant sa tasse.

La nourrice se cala contre le dossier de son fauteuil et croisa les bras.

— Tu étais trop jeune pour tout connaître de son père, et jamais ta tante ne t'aurait confié quoi que ce soit. C'est une femme pleine de fierté. Pas le genre à s'appesantir sur les ennuis familiaux.

Loulou lorgna brièvement Dolly avant d'encourager leur hôtesse à poursuivre.

— Ça s'est passé il y a belle lurette, mais je me souviens des ragots qui ont alors couru comme si c'était hier. Ton grand-père, le général Bartholomew, aimait un peu trop les femmes et se souciait peu que la sienne soit au courant de ses frasques. Mais il a fauté une fois de trop : le mari de sa maîtresse les a surpris un jour au mauvais moment. C'était pas si terrible, mais on a découvert peu après qu'il piochait sans permission dans les caisses de l'armée. Il a été dégradé.

Loulou écoutait, sous le choc et pourtant fascinée.

— Clarice ne m'a jamais rien dévoilé, en effet. Continue, s'il te plaît.

— J'ai entendu dire qu'ensuite il avait déménagé à Brisbane, où il s'est mis à la colle avec une drôlesse. Il a sombré dans l'alcool et s'est pris de passion pour les courses hippiques, auxquelles il participait avec son buggy. La bouteille et les chevaux ont fini par le tuer.

Elle secoua la tête.

— L'affaire a fait tellement de bruit que certains ont prétendu à l'époque qu'elle avait provoqué la crise cardiaque de sir Algernon. Mais, pour sûr, personne n'en saura jamais rien.

— Mais grand-mère Eunice l'avait quitté depuis longtemps pour venir s'installer en Tasmanie, n'est-ce pas ?

— Et c'est là que ses ennuis avec Gwen ont commencé pour de bon. La gamine adorait son vaurien de père, si bien qu'elle a pris Eunice en grippe, puisque à ses yeux elle l'avait bel et bien abandonné. Par ailleurs, l'indifférence de Bartholomew à son égard lui a brisé le cœur.

Elle posa les coudes sur ses cuisses en soupirant.

— Il n'a jamais daigné lui écrire. Le jour où elle a appris son décès, la pauvre gosse s'est effondrée.

— Rien de tout cela ne saurait excuser ce qu'elle m'a obligée à subir.

— Je suis d'accord. Et je t'ai cassé les pieds avec toutes ces histoires. Pardon.

— Je suppose qu'en revanche tu ne disposes d'aucun indice concernant l'identité de mon père ?

— Ça non. Gwen ne s'est jamais épanchée sur la question. Ce qui n'a pas empêché les spéculations d'aller bon train, car il y avait alors un fameux paquet de candidats potentiels.

Elle tapota le genou de la jeune femme.

— Bah, c'est du passé, tout ça. Regarde-toi plutôt : une vraie de vraie lady, jeune et belle, avec le monde entier à ses pieds. J'ai toujours su que tu tournerais bien, en dépit de tout.

Une demi-heure plus tard, Loulou et Dolly prenaient congé de la nourrice en lui promettant de revenir bientôt, avant de regagner la camionnette.

— Bonté divine, souffla Dolly. Je comprends de mieux en mieux pourquoi Clarice a tenté par tous les moyens de te dissuader d'entreprendre ce voyage. Je n'ose pas imaginer l'ampleur du scandale.

— Cela dit, il ne la concernait en rien. Tout était la faute de Gwen et de son père.

— La fange éclabousse ceux et celles qui se trouvent dans les parages, tu le sais aussi bien que moi. Et puis c'était une autre époque. Clarice a dû éprouver autant de honte que sa sœur.

Loulou ne se sentait pas totalement convaincue mais, sans plus d'argument à opposer à son amie, elle garda le silence.

Comme elles reprenaient la route de Galway House, aucune des deux jeunes femmes ne repéra l'homme qui, émergeant de derrière le kiosque, les regardait partir. Il demeura debout dans l'ombre longtemps après qu'elles eurent disparu à sa vue et, lorsqu'il se décida enfin à quitter son poste d'observation, il le fit de ce pas lent propre à celui que mille pensées agitent.

Ce jour-là, le passé hantait Clarice, tandis que l'avenir tendait vers elle ses vilains doigts glacés. Assise sur l'un des bancs de l'église, elle tentait de faire fi des battements irréguliers de son cœur en regardant les rais de soleil transpercer les vitraux. Ils venaient, suscitant des arcs-en-ciel au passage, frapper l'étoffe blanche qui couvrait l'autel ; ils embrasaient le crucifix d'or avec les chandeliers.

Le regard de la vieille dame glissa du chœur à la chaire de bois sombre, s'attarda sur les ex-voto, tomba enfin sur les dalles de marbre gravées sous lesquelles reposaient les membres défunts de l'aristocratie locale. On l'avait baptisée ici même, et c'était dans le cimetière voisin qu'on ne tarderait pas à la coucher, auprès de ses parents. La boucle serait bouclée.

Entre les murs silencieux de cet édifice bâti par les Saxons, elle espérait trouver l'apaisement qui, pour l'heure, se refusait à elle. Elle ferma les paupières pour humer les parfums conjugués de la cire, de la pierre humide, des fleurs et de l'encens. Elle laissa vagabonder ses songes.

Elle se rendait à l'église depuis sa plus tendre enfance, sans jamais tenir cette fréquentation pour autre chose qu'un simple devoir qu'elle accomplissait à contrecœur. À quoi bon un lieu de culte, quand Dieu manifestait sa présence dans les mille beautés de la nature ? Au contraire d'Algernon, elle n'avait jamais trouvé le moindre réconfort dans les rituels religieux ni les manières un peu pompeuses des membres du clergé. Aujourd'hui, cependant, les choses avaient changé : elle sentit presque s'insinuer jusqu'au cœur de ses os la quiétude qui régnait ici. Elle en conçut du même coup une foi inébranlable en l'au-delà.

Sans doute s'était-elle assoupie car, lorsqu'elle rouvrit les yeux dans un sursaut, le soleil éclairait à présent les tableaux anciens figurant les quatorze stations du chemin de croix. Elle récupéra son sac à main et ses gants avant de se lever avec raideur pour emprunter, d'un pas lent, l'allée centrale dans laquelle elle s'était autrefois avancée pour se marier. Où donc avait fui la jeune femme qui posait alors sur le futur un regard confiant? Le temps avait glissé comme du sable, et pourtant le poids des ans se révélait bien lourd.

Comme elle émergeait dans le soleil, Clarice, fâchée de nourrir ces funestes pensées, s'efforça de les chasser loin d'elle. Le trépas viendrait bien assez tôt. Pourquoi barboter à l'avance dans cette noirceur?

L'herbe fraîchement coupée du cimetière embaumait. Bientôt, la vieille dame rejoignait l'ombre des ifs. Sur les pierres tombales les plus anciennes, les inscriptions devenaient illisibles; la rouille dévorait les chaînes de fer autour des sépultures. Anges aux regards aveugles, chérubins souillés de mousse... Ce spectacle désola Clarice, qui se hâta de quitter les lieux.

La température grimpait. Elle regretta d'avoir mis le nez dehors. Son pouls s'emballait, sa tête bourdonnait et ses chevilles enflées la faisaient souffrir. Elle tituba sur le gazon pour venir s'affaler sur le banc qu'ombrageait le magnolia; elle s'y essuya la figure.

Elle aurait volontiers pris une tasse de thé, mais Vera Cornish demeurait introuvable et Clarice ne se sentait pas la force de partir à sa recherche. Elle renonça à son projet. Toutes ces nuits sans sommeil, tous ces souvenirs accourus l'avaient brisée. Dire qu'elle avait tenté de retenir Lorelei en Angleterre en lui parlant de sa tension trop élevée. Le sort à présent la punissait de son mensonge.

Comme elle observait, surmonté d'une croix de bois, le monticule de terre fraîchement retournée sous lequel dormait à jamais Bess, elle se remémora le tout petit cimetière en Tasmanie, et la mort de sa sœur. Ce jour-là aussi, la chaleur l'accablait.

Février 1903. Clarice avait depuis longtemps quitté la maisonnette qu'elle avait louée à son arrivée sur l'île pour s'installer chez Eunice, qu'elle aidait à s'occuper de l'adorable Lorelei. La santé de son aînée déclinant, celle-ci ne quittait pratiquement plus son lit, mais même aux jours de grand malaise, elle exigeait de passer un peu de temps en compagnie de l'enfant. À toutes deux, ces courtes visites faisaient un bien fou. C'est qu'un lien puissant s'était tissé entre la grand-mère et la petite-fille, à tel point que la première devait à la joie de la seconde de trouver encore de l'intérêt à l'existence.

Clarice, de son côté, n'avait pas tardé à découvrir combien il était difficile de vivre sous le même toit que Gwen, qui se croyait à l'hôtel et ne se souciait ni de l'état de sa mère ni de celui de son enfant. Ses chevaux lui importaient davantage, ce qui, dans le fond, n'était pas plus mal, car elle s'absentait souvent pour participer à des concours de saut d'obstacles.

À son retour, néanmoins, sa tante devait supporter sans mot dire d'être présentée à sa dernière conquête en date : en général, un cow-boy itinérant aux vilaines manières, ou bien un palefrenier. Gwen ne changerait jamais. Aussi Clarice, tant que sa sœur vivrait, avait décidé de se taire, tout en s'assurant que Lorelei reçût une éducation décente.

La semaine précédente, on avait fêté les neuf ans de la fillette, en organisant un thé auquel avaient été conviées ses camarades de classe. Le cœur de Lorelei allait mieux. Sa grand-mère mit ces progrès sur le compte de son régime alimentaire équilibré, du soleil et de l'exercice, qu'on l'invitait à pratiquer avec modération. Clarice, cependant, nourrissait des craintes.

Elle jugeait Lorelei trop silencieuse, surtout en présence de Gwen. Et puis pour quelle raison disparaissait-elle plusieurs heures durant sur la plage? Pourquoi se cachait-elle dans les écuries? Il y avait en outre les contusions, que sa mère mettait sur le compte d'une chute ou d'un jeu trop brutal. Clarice doutait de ces versions, d'autant plus que les ecchymoses n'apparaissaient qu'après qu'on eut laissé, pendant quelques heures, la fillette seule avec Gwen.

Il avait fallu longtemps pour apaiser la respiration haletante de l'enfant, puis nettoyer ses plaies et tenter de réparer les dommages causés à sa superbe chevelure. Eunice ne devait la voir à aucun prix dans cet état. Clarice la conduisit donc chez Primmy, qui s'affaira autour d'elle en lui fredonnant des chansons ; elle lui dénicha un joli foulard, qu'elle noua sous son bonnet à froufrous. Clarice les quitta à contrecœur, mais avec, au moins, l'assurance que sa petite-nièce se trouvait en sécurité.

Eunice, qui n'avait plus rouvert les yeux depuis qu'elle s'était endormie, s'éteignit à l'aube, terrassée par plusieurs années de honte et de chagrin.

Après avoir réglé les détails de l'inhumation, Clarice regagna la maisonnette pour prendre soin de Lorelei, pleurer sa sœur et attendre le retour de Gwen.

Le jour des funérailles, elle n'avait toujours pas reparu. La tristesse de sa tante s'aviva encore quand elle constata que seuls son médecin, son notaire et Primmy avaient daigné accompagner Eunice jusqu'à sa dernière demeure.

Lorelei, qui avait supplié Clarice de lui permettre de venir aussi, fut autorisée à demeurer dans la voiture, avec le cocher, devant l'église. Sa grand-tante ne souhaitait pas qu'une enfant si jeune assistât à la cérémonie ; elle avait déjà subi trop d'épreuves.

Deux jours plus tard, un claquement de porte annonça le retour de Gwen. Clarice, qui n'avait pas remarqué que Lorelei jouait à la poupée sous la table, se prépara au combat.

— Où étais-tu ? demanda-t-elle avec froideur.
— Cela ne te regarde pas.

La jeune femme se versa une tasse de thé, puis commença à préparer un sandwich.

— Arrête, laissa tomber sa tante. Et assieds-toi.

Vaguement étonnée de ce ton péremptoire, Gwen s'affala sur une chaise en croisant les bras à la façon d'une gamine effrontée.

— Je n'irai pas par quatre chemins : ta mère est morte.

Une brève étincelle s'alluma dans les yeux de Gwen, pour s'éteindre aussitôt.

— Bah, commenta-t-elle en haussant les épaules, il fallait s'y attendre. Quand aura lieu l'inhumation ?

— Elle a eu lieu il y a deux jours.

La jeune femme digéra la nouvelle sans broncher ni lâcher sa tante du regard.

— Tout s'est passé très vite, à ce que je vois. Je ne me suis absentée qu'une semaine.

— Dix jours, rectifia Clarice. Elle nous a quittées le jour de ton départ, et il a fallu que je m'occupe seule des formalités.

— Pauvre de toi, lâcha Gwen avec une tranquille insolence, avant de se remettre debout pour retourner à son en-cas. Et la lecture du testament ?

— Nous avions rendez-vous hier chez le notaire.

Clarice croisa les mains sur la table, parée à affronter la tempête qui n'allait pas manquer de se lever.

La jeune femme mordit dans son casse-croûte, l'œil interrogateur.

— Elle n'a pas dû laisser grand-chose. Nous ne vivions pas dans le luxe depuis qu'elle avait quitté papa, c'est le moins qu'on puisse dire. Mais elle possédait de beaux bijoux.

Clarice prit une profonde inspiration.

— C'est à moi que ta mère les a légués. Ils appartenaient à notre grand-mère et, à ma mort, je les transmettrai à la génération suivante. Eunice a également fait don d'un peu d'argent à Primmy, ainsi qu'à une œuvre de bienfaisance pour les orphelins. Cette maison, ainsi que tout ce qui se trouve à l'intérieur, t'appartient désormais, poursuivit-elle, le regard rivé sur Gwen. Y compris les chevaux et les animaux de ferme. Elle s'est par ailleurs arrangée pour que tu perçoives un revenu annuel. En revanche, l'essentiel de sa succession reviendra à Lorelei à sa majorité.

— L'essentiel de sa succession? hoqueta la jeune femme. De quoi parles-tu? Je croyais que nous étions pauvres et qu'elle louait cette bicoque?

— Eunice n'a pas souhaité t'informer de la quantité d'argent dont elle disposait, car elle savait que tu t'empresserais de le dilapider ou que tu finirais par t'enticher de quelque coureur de dot sans scrupule. Elle a acheté cette maison avec la somme qui lui est restée à la suite de la vente de la demeure de Coogee, et une fois les dettes de ton père épongées.

Gwen plissa les yeux.

— Combien y avait-il d'argent? demanda-t-elle d'une voix dangereusement basse.

Clarice ouvrit le tiroir de la table pour en extraire le testament.

— Tu n'as qu'à lire toi-même.

La jeune femme lui arracha le document des mains. Une poignée de secondes lui suffit à prendre connaissance de son contenu; déjà, elle avait blêmi.

— Elle était riche, et elle me l'aura caché jusqu'au bout. Et elle fait… elle fait cadeau de tout à cette sale petite morveuse.

Le rouge monta soudain à ses joues pâlies, tandis que ses yeux paraissaient s'emplir de venin.

— Et moi? Je suis sa fille. D'un point de vue légal, c'est moi qui devrais tout récupérer.

— Elle t'a certes mise au monde, mais voilà bien des années que tu ne te comportais plus en fille avec elle.

Pendant que Gwen écumait de rage, Clarice, à l'inverse, se sentait étrangement calme.

— Et puis, comme l'établit sans ambiguïté le testament, enchaîna-t-elle, tu disposeras toujours d'un toit, et ton revenu annuel se révèle tout à fait confortable.

— C'est une goutte dans l'océan par comparaison avec ce que cette petite saleté va empocher.

— À sa naissance, rétorqua sa tante en grinçant des dents, Lorelei n'a pas joui des mêmes privilèges que toi. Cet argent lui permettra de recevoir une bonne éducation et l'empêchera de souffrir par trop de son statut d'enfant illégitime.

— C'est toi qui l'as poussée à modifier son testament. Elle n'avait plus toute sa tête le jour où elle a signé ça, et je le prouverai. Je vais te traîner devant les tribunaux, et le notaire avec toi, de même que la petite garce, pour qu'on me rende justice.

Elle se dressait à présent devant Clarice, les poings serrés, la poitrine se soulevant et s'abaissant comme un soufflet de forge.

— Cet argent est à moi. Je n'y renoncerai pas sans me battre.

Clarice se leva à son tour pour mieux tenir tête à sa nièce.

— Eunice a rédigé ce document quelques mois après la naissance de Lorelei. Elle était parfaitement saine d'esprit mais, pour plus de précautions, elle a demandé à son médecin de lui confirmer qu'elle savait ce qu'elle était en train de faire. Elle n'ignorait pas non plus que tu t'opposerais à ses dernières volontés, que tu mettrais tout en œuvre pour faire main basse sur l'héritage de Lorelei. Elle a donc pris toutes les dispositions nécessaires pour contrecarrer tes projets.

Les épaules de la jeune femme s'affaissèrent, tandis que des larmes de colère et de déception ruisselaient sur ses joues. Elle se rassit.

— Mais d'où sort-il, tout cet argent? gémit-elle. Papa avait été déclaré en faillite, et nous vivions comme des traîne-misère.

Clarice fusilla Gwen d'un regard dénué de pitié.

— Notre mère, qui était veuve depuis de nombreuses années, est morte au moment de la naissance de Lorelei. Elle possédait une fortune importante, qui s'est alors trouvée partagée entre Eunice et moi.

— Ce n'est pas juste.

— La vie l'est rarement. Il ne te reste plus guère qu'à l'accepter.

Elle tourna le dos à sa nièce pour se verser une tasse de thé.

— Et à l'accepter seule, ajouta-t-elle, car je m'apprête à regagner l'Angleterre avec Lorelei.

À peine Gwen eut-elle ravalé ses larmes qu'elle bondit.

— Tu n'as pas le droit de l'emmener.

— Bien sûr que si, répondit Clarice en faisant volte-face.

— Non. Il s'agit de ma fille, pas de la tienne.

— Ne me fais pas rire, veux-tu. Tu n'as jamais daigné lui adresser une parole ou un regard tendre depuis sa naissance. Tu n'as rien d'une mère. Tu n'es qu'une harpie haineuse et rancunière, qui utilise une enfant sans défense en guise de punching-ball. Et ne t'avise pas de nier: j'ai vu les contusions, et j'ai vu ce que tu as fait à ses cheveux.

— Elle ment.

— Elle n'a jamais dit un mot contre toi, siffla sa tante. Et c'est ce qui me rend le plus malade. Tu la terrifies, et pourtant elle continue de t'aimer. Elle continue de courir après tes encouragements, et elle ne demande qu'à t'appeler maman.

La jeune femme laissa échapper un ricanement moqueur.

— Dans ce cas, elle est encore plus bête que je ne le pensais.

Une lueur féroce se mit à briller au fond de son regard.

— Mais il n'empêche qu'elle est à moi, et tu ne peux rien y faire. Elle restera ici.

Clarice était décontenancée. Elle avait cru que Gwen se réjouirait de se voir bientôt débarrassée de sa fille. Pourquoi s'accrochait-elle ainsi? Pas par amour, assurément.

— Si tu t'imagines qu'en gardant Lorelei près de toi tu mettras plus facilement la main sur son héritage, tu te trompes. La banque a reçu des instructions précises: l'argent ne pourra être remis qu'à ta fille, lorsqu'elle aura atteint sa majorité.

Gwen, qui bouillonnait de fureur, dardait un regard mauvais sur sa tante.

— Notre famille a supporté suffisamment de scandales, enchaîna celle-ci, mais je n'hésiterai pas à aller jusqu'au procès pour défendre cette enfant, si cela se révèle nécessaire. Alors, je produirai la liste des mauvais traitements que tu lui auras infligés. Je prouverai que tu n'es pas digne de l'élever, et tes mœurs déplorables, je les rendrai publiques.

— Tu n'oserais pas faire une chose pareille.

— Veux-tu parier?

Clarice tenait à remporter cette victoire à tout prix.

— Je m'incline, déclara Gwen avec un sourire narquois. Mais cela va te coûter très cher.

— Je m'en doutais. Je vais prendre contact avec ma banque. Tu recevras, de ma part, cent livres par an jusqu'à ce que Lorelei fête son vingt et unième anniversaire.

— Ce n'est pas assez.

— Cent livres par an, ou je t'attaque en justice.

— Très bien, se rendit la jeune femme, dont la tante n'avait pas un instant perdu son calme. Quand comptes-tu effectuer le premier versement?

— Dès que tu auras signé les documents par lesquels la garde de Lorelei me sera officiellement accordée. Je vais prendre rendez-vous avec le notaire pour lundi prochain.

Les bagages de Clarice étaient prêts depuis presque une semaine. Quelques heures après cette pénible conversation, elle quitta la maisonnette en compagnie de sa petite-nièce. Elles s'installèrent à l'hôtel jusqu'à la signature des papiers. Puis elles partirent pour Melbourne.
Huit mois plus tard, elles faisaient voile vers leur nouvelle vie. Gwen, de son côté, reçut l'argent promis par sa tante, tandis que celle-ci avait désormais une fille qu'elle pouvait chérir à son gré.

12

Cette journée d'octobre était demeurée claire et ensoleillée, mais, comme l'après-midi touchait à sa fin, des ombres s'étirèrent à travers les paddocks et le froid tomba. L'entraînement d'Océan et de Lune était terminé. Joe se sentait satisfait : avec un brin de chance et peu de vent, ils pourraient faire merveille à Hobart.

Mais, lorsqu'il entreprit de bouchonner le poulain, celui-ci regimba. Il commençait à prendre la grosse tête. Il allait falloir lui rappeler qu'il n'était pas encore un champion.

— Du calme, le rabroua Joe en tirant sur sa bride. Tu n'iras nulle part tant que je n'aurai pas fini.

L'animal secoua la tête et renâcla en trépignant sur les pavés. Il bouscula Joe de la croupe.

— Voulez-vous un coup de main ?

Joe jeta un coup d'œil en direction de Loulou, avant d'esquiver prestement les sabots de la monture.

— Il joue les fortes têtes, la mit-il en garde. Attention à vos pieds.

Elle referma la main sur celle de Joe pour maintenir la bride à son tour – le jeune homme s'embrasa en silence.

— Tenez-le bien, commanda-t-il à Loulou en s'emparant des rênes. S'il nous échappe, nous ne le rattraperons pas.

Loulou cajola la bête en lui massant les oreilles.

— Tu es vilain, aujourd'hui, dis-moi, murmura-t-elle. Tiens-toi tranquille. Là. Tout doux.

Le poulain cessa ses facéties pour venir poser son menton sur l'épaule de sa propriétaire en battant des cils. Il nageait dans la félicité.

— On aura tout vu, grommela Joe.

Loulou lui décocha un sourire malicieux.

— Comme la plupart des représentants du sexe fort, dit-elle, il ne résiste pas aux câlineries d'une femme.

Joe s'abstint de répondre, mais quand les regards des deux jeunes gens se croisèrent, ni l'un ni l'autre ne baissa les yeux.

— Je vais finir de le bouchonner en vitesse avant de le ramener dans son box.

— Je vais vous aider.

Sitôt dit, sitôt fait. Elle ne cessait de parler au poulain en maniant le chiffon, afin qu'il conservât son calme.

Joe, pour sa part, s'empara de l'étrille. Ils œuvrèrent de concert, dans un silence électrisé par leur promiscuité, par les sourires et les coups d'œil échangés. Mais déjà, ils avaient terminé. Loulou conduisit Océan dans sa stalle, où il s'attaqua d'emblée à son fourrage.

— Vous avez vraiment le coup avec lui, souffla Joe, incapable désormais de détacher ses regards de la jeune femme.

— Vous aussi, voyons.

Elle avait des yeux du bleu le plus profond, son visage rayonnait, ses lèvres légèrement entrouvertes appelaient le baiser. Le jeune homme s'approcha, vaguement titubant. Ensorcelé.

Un cri, venu de la maison, le ramena à la réalité.

— Ils sont arrivés, Joe. Venez.

— Bonté divine, soupira-t-il.

Loulou gloussa en s'empourprant.

Le jeune homme se mit en route avec réticence, mais le bonheur et l'espoir lui emballaient le cœur : à l'évidence, elle avait attendu qu'il l'embrasse.

Comme ils se rapprochaient de la demeure, Joe entendit des rires et des cris de joie. Que se passait-il donc? Parvenu à destination, il se figea.

— Bonjour, Joe. Regardez ce que je vous ai apporté.

Eliza, qui souriait de toutes ses dents, s'avança vers lui dans un mouvement de soie citron, glissant bientôt son bras sous le sien.

— Les deux remorques sont à vous, lui annonça-t-elle, ainsi que l'une des camionnettes. Mais attendez, ce n'est pas tout.

Elle tenta de l'entraîner à sa suite, mais il demeurait cloué sur place. Il contemplait le cortège sans en croire ses yeux. Les remorques comptaient parmi les plus onéreuses qu'il eût examinées dans le catalogue. Quant à la camionnette, elle se révélait beaucoup plus robuste que ses vieux engins.

— Vous ne pouvez pas m'offrir de tels cadeaux, protesta-t-il.

— Je savais que vous alliez faire des histoires, riposta l'adolescente, les lèvres boudeuses et les paupières battantes. Mais je puis vous assurer qu'à partir d'aujourd'hui il ne vous sera plus possible de vous passer de ces équipements.

Elle héla l'un des chauffeurs.

— Montrez-lui!

Quatre pur-sang descendirent de l'un des véhicules; un murmure d'admiration parcourut la petite assemblée. Les *jackaroos* se regroupèrent, Dianne pouffa, tandis que Molly, une main plaquée sur la bouche, écarquillait les yeux.

— Force m'est d'avouer, lâcha Dolly, que mon père lui-même n'en possède pas autant.

— Qu'en pensez-vous, Joe? s'enquit Eliza qui, le regard étincelant, continuait à se cramponner au bras du jeune homme. Ils ne m'appartiennent pas, mais lorsque j'ai parlé de vous à ma meilleure amie, elle a insisté pour me les confier afin que vous vous chargiez de leur entraînement.

Il s'écarta pour aller caresser les puissants poitrails, les croupes, plonger le regard dans le regard intelligent des chevaux, inspecter leur bouche, leurs jambes et leurs sabots.

— Quelles beautés, souffla-t-il.

Eliza battit des mains, aux anges.

— J'adore faire des surprises!

Mais le sourire de Joe vacilla.

— C'est bien gentil, tout cela, la modéra-t-il, mais il va falloir que j'embauche quelques lads supplémentaires pour s'occuper d'eux.

— Ne vous en faites pas, j'ai pensé à tout : Davy et Clem veillent sur ces chevaux depuis leur retour de Gallipoli. Ils ne demandent qu'à rester auprès d'eux.

Elle se pencha si près que son parfum de musc vint chatouiller les narines du jeune homme.

— Lorsqu'ils sont revenus du front, précisa-t-elle à mi-voix, ils étaient blessés, mais tout va bien à présent, et vous pourrez compter sur eux en toutes circonstances.

Joe considéra les deux garçons, qui lui plurent aussitôt. On échangea des poignées de main.

— Ici, les salaires ne sont pas plus élevés qu'ailleurs, leur indiqua-t-il, mais nous vous offrons le gîte et le couvert.

Il leur décocha un large sourire.

— Et ne craignez rien, ajouta-t-il, c'est ma mère qui se charge de la cuisine.

Face à la tornade Eliza, on avait bonnement oublié Loulou qui, avisant l'adolescente pendue au bras de Joe, à qui elle coulait des regards enjôleurs, en éprouva comme une piqûre, proche de la jalousie. Vêtue d'une robe et d'une veste de soie jaune, avec de hauts talons assortis, la jeune femme semblait parée pour une garden-party huppée. Maquillage impeccable, même si elle avait peut-être eu la main un peu lourde. Ses cheveux, coupés au carré, étaient retenus par une épingle ornée d'un papillon étincelant.

Loulou détourna les yeux, pour découvrir que Molly venait de se planter à côté d'elle. Elle arborait une étrange expression, que les mots qu'elle lui glissa à voix basse éclairèrent :

— Je nourris de grands espoirs pour ces deux-là. Eliza conviendrait parfaitement à Joe, d'autant plus qu'ils ont des tas de choses en commun. Si elle entrait dans notre famille, notre établissement ne pourrait que s'en porter mieux.

Le message était on ne peut plus clair.

— Dans ce cas, commenta Loulou sur le même ton de confidence, il ne nous reste plus qu'à prier pour que votre fils voie la situation du même œil que vous.

Peu désireuse de poursuivre cette conversation, elle s'éloigna, tandis que la petite troupe se massait dans la cour de l'écurie.

On venait de lâcher les pur-sang dans le paddock, puis de remiser soigneusement les vans non loin de la grange. On n'en finissait plus de rire ni de papoter. Loulou suivait Eliza et Joe.

C'était une fort jolie jeune femme. Guère plus de dix-huit ans, néanmoins, et puis quelque chose sonnait faux : son enthousiasme d'adolescente cadrait mal avec sa tenue chic et son maquillage chargé, qui ne dissimulait pas les regards aguicheurs qu'elle jetait à Joe. Tout le monde ici la vénérait, elle le savait et s'en délectait, mais Loulou, qui répugnait d'ordinaire à juger dans la hâte, la trouvait souverainement antipathique.

— Elle est adorable, n'est-ce pas ? lança Dolly en se déplaçant avec d'infinies précautions sur les pavés – elle n'avait pas renoncé à ses souliers à hauts talons –, avant de s'adosser à la paroi d'un box.

— Je n'en ai pas la moindre idée, rétorqua Loulou. Je n'ai pas encore eu l'honneur de m'entretenir avec elle.

— Elle me rappelle quelqu'un, enchaîna son amie, étonnée par la sécheresse de son ton, mais je ne vois pas qui.

— Regarde-toi dans un miroir. On croirait ta petite sœur.

— Tu as peut-être raison. En tout cas, elle a du goût pour les coloris et les styles. Je raffole de son épingle à cheveux.

D'un mouvement de tête, elle chassa la frange qui lui tombait sur les yeux, contempla le remue-ménage autour d'Eliza, puis alluma une cigarette.

— C'est encore une gamine, mais j'ai repéré la manière dont elle regardait Joe. Il en a de la chance. Toutes les jeunes filles n'arrivent pas les bras chargés de pareils cadeaux.

Loulou haussa les épaules avec une indifférence feinte, avant de se détourner pour caresser son poulain.

— Oh, ma chérie... J'ai mis les pieds dans le plat, c'est ça? Je suis navrée. Je n'avais pas compris qu'il te plaisait.

— Ne sois pas ridicule, cracha son amie en s'ébrouant pour repousser la main qu'elle venait de poser sur son épaule. Il entraîne mon cheval, rien de plus. À part Océan, nous n'avons pas grand-chose en commun.

Dolly tira sur sa cigarette d'un air dubitatif.

— Sois prudente, ma chérie, dit-elle doucement. Tu n'es ici que pour peu de temps. Ne va pas tout gâcher en le faisant marcher.

— Je ne fais marcher personne, s'agaça Loulou. Tu racontes n'importe quoi.

Au fond d'elle, cependant, elle se dit que Dolly avait raison.

Comme cette dernière ouvrait la bouche pour répliquer, une voix l'interrompit :

— Bonjour. Vous devez être Loulou et Dolly. Ravie de vous rencontrer.

— Comment allez-vous ? fit Dolly en serrant avec froideur la main que la jeune fille lui tendait.

Loulou, pour sa part, voyait ses doutes confirmés : à la regarder de plus près, il se cachait derrière le sourire d'Eliza une âpreté qui ne lui disait rien qui vaille.

En retour, l'adolescente s'ingénia à ne s'adresser qu'à Dolly :

— Laissons donc les garçons à leurs affaires pour aller prendre une tasse de thé. Je meurs d'envie que vous me racontiez les derniers potins d'Angleterre, que vous me parliez de la mode en vogue là-bas… Et puis j'aimerais beaucoup savoir si vous avez déjà rencontré la famille royale.

Sur ce, elle prit Dolly par le bras pour l'entraîner vers la maison.

De nouveau, on avait oublié Loulou. Son amie venait, comme les autres, de succomber au charme de la jeune fille.

Elle détourna le regard : Joe était en train de l'observer. Elle baissa les yeux, troublée par ce qu'elle lisait dans les siens. Au fil des jours, leur attirance n'avait cessé de croître et, aujourd'hui, elle avait manqué de s'épanouir pour les emporter dans une autre dimension. Le danger menaçait. Loulou ne s'intéressait pas aux aventures sans lendemain, et elle pressentait confusément qu'il en allait de même pour Joe. Son existence à elle se trouvait en Angleterre, celle du jeune homme était ici ; probablement auprès de l'habile, de la si généreuse Eliza, avec la bénédiction de Molly. Loulou se résigna à admettre en silence qu'elle était jalouse.

Le voyage à Hobart, prévu pour durer plusieurs jours, impliquait que Molly restât seule à Galway House en compagnie d'un unique *jackaroo*. De quoi mettre en péril la sécurité des chevaux. Joe se réjouit donc qu'Eliza eût amené avec elle des bras supplémentaires.

Après s'être demandé comment installer tous ces garçons autour de la table, il avait eu l'idée d'inspecter la vieille cuisine. Construite à l'époque de son grand-père, celle-ci avait accueilli les employés plusieurs dizaines d'années durant mais, lorsque les affaires avaient décliné, on l'avait abandonnée. Joe entreprit de la remettre en état.

Debout sur le seuil, il sourit en regardant les mains piocher dans les plats surchargés que Dianne venait d'apporter. Des voix s'élevaient en direction des poutres, ressuscitant d'heureux souvenirs.

Fourbu, mais galvanisé par les événements du jour, il se dirigea vers la demeure familiale, devant laquelle il ôta ses bottes souillées pour s'installer en chaussettes sur la véranda, d'où il se mit à contempler les étoiles. La nuit était claire. Il gèlerait, mais il ne pleuvrait pas. Du moment que le terrain ne durcissait pas trop, il conservait toutes ses chances de remporter à Hobart de quoi rembourser Eliza. Ses largesses l'avaient sidéré. Elles l'avaient également mis mal à l'aise, même si l'adolescente avait cru bien faire. Elle était jeune, elle était sensible, et en matière de surprise, elle avait gardé une âme d'enfant. En outre, elle adorait se placer au centre de toutes les attentions. Et puis sans doute, vu son âge, vouait-elle à Joe un culte tel qu'on en voue aux héros ; il désirait qu'elle ne se méprenne pas sur ses intentions.

Ses pensées l'entraînèrent vers Loulou, vers le baiser qu'ils avaient failli échanger. Il ferma les paupières en s'efforçant d'imaginer ses lèvres à lui sur la jolie bouche de la jeune femme. Il aurait pris son visage entre ses mains, il aurait plongé les doigts dans son opulente chevelure, tandis qu'elle se serait blottie entre ses bras.

Le cri rauque d'une chouette effraie le tira de ses songes. Il regarda l'oiseau fendre les ténèbres à tire-d'aile. Croire en l'amour d'une femme comme Loulou se révélait aussi absurde que la certitude entretenue par les Aborigènes que la chouette effraie était une créature magique, chargée par les esprits ancestraux de transmettre des messages aux vivants chaque fois qu'un événement capital s'apprêtait à se produire. Certes, elle avait eu envie de l'embrasser, mais il ne s'agissait probablement que d'un mouvement de curiosité. Ou d'un coup de folie qu'elle aurait aussitôt regretté.

Il poussa un soupir, avant de se détourner pour pénétrer dans la maison. Loulou et Dolly s'affairaient à l'étage, elles devaient préparer leurs bagages pour le lendemain. Comme il se rapprochait de la cuisine, il surprit une parole d'Eliza, qui le figea.

— C'est son portrait craché, Molly, je vous le jure. J'ai failli tomber à la renverse en la découvrant pour la première fois.

— J'avais donc vu juste, souffla la mère de Joe. Mais que faire, à présent?

— C'est délicat. Vous ne pouvez certes pas courir annoncer de but en blanc la nouvelle à la radio.

— Quelle nouvelle? exigea de savoir Joe en surgissant dans la pièce.

Molly s'empressa de récupérer le feuillet qui se trouvait sur la table pour le fourrer dans la poche de son tablier.

— Rien du tout, répondit-elle en détournant les yeux, le visage cramoisi.

— Dans ce cas, pourquoi affichez-vous toutes les deux ces mines coupables? Et ce papier que tu viens de faire disparaître, maman, de quoi s'agissait-il? Je parierais volontiers pour la liste des éleveurs que je cherchais l'autre jour.

Les deux femmes échangèrent un bref regard.

— Vous feriez mieux de parler, conseilla Eliza à Molly.

Celle-ci se mordit la lèvre; de l'embarras se lisait sur ses traits. Elle finit par soupirer:

— Ferme la porte, Joe. Je ne tiens pas à ce que Loulou surprenne notre conversation.

Elle attendit que son fils eût pris place en face d'elle pour produire le document dissimulé dans sa poche. Elle le posa sur la table et le lissa.

— Je veux bien me confier à toi, à condition que tu me promettes de tenir ta langue.

— Si cela concerne Loulou, j'estime qu'elle a le droit d'être mise au courant.

— Ce n'est pas aussi simple que cela, répondit Molly en secouant la tête. Je me suis d'abord demandé si Océan n'avait pas été acheté par son père. C'était d'ailleurs la seule explication valable à ce drôle de mystère.

Elle jeta un coup d'œil en direction de la jeune fille, qui l'encouragea d'un mouvement du menton.

— Après avoir déniché la liste, puis parlé avec Eliza, j'ai obtenu confirmation de l'identité du père en question.

— Lequel est-ce? l'interrogea Joe en se penchant pour saisir le feuillet.

Le doigt de Molly s'immobilisa sur le quatrième nom.

— C'est lui. Sans le moindre doute.

— Quel est le problème? insista son fils, à qui ce nom ne disait rien. Pourquoi ne te contentes-tu pas d'informer Loulou et de l'aider à prendre contact avec lui?

— Parce qu'il ne s'agit que de soupçons. Je ne suis pas certaine qu'il lui ait offert ce poulain. Si ça se trouve, il n'a jamais entendu parler d'elle. Ou alors elle ne l'intéresse pas. La pauvre gamine a déjà enduré suffisamment d'épreuves pour que je ne lui cause pas de chagrins supplémentaires. La preuve : j'ai failli lui claironner que Carmichael et son père n'étaient qu'une seule et même personne, alors que c'est faux.

— Comment le sais-tu? s'étonna Joe.

Molly replia soigneusement la liste d'éleveurs avant de la glisser à nouveau dans sa poche.

— Carmichael a appelé un jour pendant que tu étais dans la cour. J'ai su tout de suite qu'il ne s'agissait pas du père de la petite.

— Mais comment peux-tu en être aussi certaine?

— Parce que l'homme auquel j'ai parlé possédait une voix jeune, et il appelait d'un relais routier à Deloraine.

— Avec tous les parasites qui crépitent sur la ligne, ces communications sont trompeuses. Tu tires des conclusions hâtives, maman.

Celle-ci secoua la tête.

— Cet homme – le père de Loulou – a été victime d'une attaque il y a environ dix-huit mois. Eliza, qui le connaît bien, m'a expliqué que, depuis, il souffrait de problèmes d'élocution et, la dernière fois qu'elle l'a vu, il aurait été bien incapable de se déplacer où que ce soit. Il ne risquait pas d'effectuer la route depuis le fin fond du Queensland jusqu'à Deloraine.

Joe rumina quelques instants ces nouvelles.

— Pourquoi Carmichael a-t-il appelé, au fait?

— Pour savoir s'il était toujours prévu qu'Océan coure dimanche.

Le jeune homme prit une profonde inspiration en s'efforçant de chasser les inquiétudes que les révélations de Molly avaient suscitées en lui.

— Alors, ce doit être un courtier recruté par le père de Loulou pour suivre les progrès du poulain. Il va sûrement venir voir courir Océan à Hobart. Mais, enchaîna-t-il, le sourcil de plus en plus froncé à mesure qu'il suivait son raisonnement, il est fort possible que Carmichael, en plus de surveiller le cheval acheté par le père de Loulou, ait aussi pour mission de la surveiller, elle.

— Mais s'il connaît l'existence de sa fille et qu'il ait eu envie de prendre contact avec elle, remarqua Molly en torturant le bord de son tablier entre ses doigts, pourquoi ne pas lui avoir écrit une lettre, tout bonnement? L'homme que j'ai connu il y a bien des années était plutôt franc du collier, et Eliza m'a assuré que, sur ce point, il n'avait pas changé.

Joe frissonna, saisi par un terrible pressentiment.

— Carmichael occupe une place centrale dans cette histoire, et tant que nous ne connaîtrons pas sa véritable identité, nous ne pourrons pas lui accorder notre confiance. À partir de maintenant, et jusqu'à ce que nous ayons mis la main sur lui, il nous faut veiller étroitement sur Loulou. Mais surtout, ne lui parle de rien.

Une lueur brilla dans l'œil d'Eliza, dont il ne parvint pas à identifier la nature, mais qui l'indisposa.

— J'espère que je peux compter sur vous pour préserver notre secret, insista-t-il auprès des deux femmes.

— Si c'est ce que tu veux, répondit Molly. Mais ce ne sera pas facile.

L'homme qui se faisait appeler Carmichael avait voyagé toute la journée. Il avait fait embarquer la camionnette avec lui depuis le continent. Sage décision, songeait-il à présent, car le véhicule lui permettait de suivre plus aisément Loulou Pearson, afin de se faire une idée plus précise de la jeune femme. Il l'avait observée sur la falaise, il l'avait épiée aux abords de la maisonnette dans le bush et, depuis son arrivée en Tasmanie, il jugeait chaque jour plus fondé ce qu'il s'apprêtait à faire.

La route était longue jusqu'à Hobart, mais il avait tout son temps ; il allait s'accorder une pause pour reposer un peu son genou blessé. Il effectua un détour par Poatina pour jeter un coup d'œil au logis de Gwen Cole. Il ne tenait certes pas à se retrouver nez à nez avec elle, mais il avait envie de connaître enfin son visage, car elle ne se réduisait pour l'heure qu'à un nom sur une feuille de papier.

Il se gara sous un arbre, puis s'engagea d'un pas raide sur l'étroite piste de terre. Peu après, il s'accouda à une barrière pour la regarder s'occuper des chevaux. Sise dans une jolie vallée, la fermette comprenait une trentaine d'hectares de terrain, où se trouvaient les paddocks, de beaux enclos où paissaient des montures de qualité. Personne, en revanche, n'entretenait la maison ni le jardin ; on avait laissé les chenils à l'abandon ; le poulailler n'était plus que bouts de ficelle et fil de fer. Il ne vivait pas d'homme ici, ou alors il s'agissait d'un fieffé tire-au-flanc.

Tandis qu'il continuait à observer Gwen, il songea que seule sa passion pour les chevaux la préservait de la déchéance, mais cette pensée le laissa froid. Il regagna sa camionnette.

Il se rapprochait de Bothwell. Il y resterait la nuit, pour lever le camp le lendemain aux premières lueurs du jour.

Pendant qu'il roulait dans l'obscurité, il réfléchissait au plan qu'il avait passé tant de temps à échafauder. Jusqu'ici, tout s'était déroulé selon ses vœux. Mieux, même, qu'il n'avait osé l'espérer. Mais toujours, il demeurait des chausse-trapes imprévues. En outre, il pressentait que Lorelei Pearson ne coopérerait pas volontiers. Il fallait coûte que coûte qu'il atteigne Hobart avant elle, afin que tout soit en place et qu'il ait le loisir de parer à toute éventualité.

13

Dès avant l'aube, le convoi de camionnettes et de vans s'était ébranlé en direction du sud, et bien que Loulou se fût promis la veille au soir de faire taire ses sentiments pour Joe, elle appréciait, contre toute raison, qu'il se trouvât assis à côté d'elle.

Bob et un autre *jackaroo* avaient pris place à l'arrière du véhicule, sur le plateau. Cernés de selles, de sacs, de harnais et de fers à cheval, ils tournaient le dos à la vitre. Dolly, elle, avait choisi de se joindre à sa nouvelle amie, Eliza, qui conduisait la deuxième camionnette, chargée, elle aussi, d'hommes et de matériel. Océan et Lune voyageaient pour leur part dans leur remorque de luxe, de même que Danny Boy et Poupée.

Loulou baissa la vitre pour contempler le paysage. Dans son enfance, les voitures et les camionnettes n'étaient pas choses communes. On se déplaçait rarement pour le plaisir, le cheval constituant alors l'unique moyen de transport terrestre. Avant de se rendre en Angleterre, elle ignorait donc tout de ce qui s'étendait au-delà de la cité balnéaire où elle vivait. Ce périple en direction de Hobart constituait pour elle une révélation. Elle brûlait de s'arrêter pour dessiner, car les couleurs possédaient ici une douceur presque sensuelle et, quant au ciel immense, il lui coupait le souffle.

On roulait dans la grande vallée depuis près d'une heure. La chaîne de montagnes alentour, que l'on aurait pu croire sans fin, se dressait dans une brume bleutée ;

les paisibles pâturages et les fermettes minuscules semblaient tout droit sortis d'un recueil de contes.

— Cela me rappelle l'Écosse, murmura-t-elle. Il n'y manque que la bruyère.

— Pourquoi nous faudrait-il de la bruyère, quand nous avons l'ériostème et la marguerite de Nouvelle-Zélande? répondit Joe en la lorgnant du coin de l'œil avec un sourire. Entre novembre et février, cet endroit croule sous les fleurs.

— Dire que j'aurai déjà regagné l'Angleterre à ce moment-là. Quel dommage.

Le jeune homme s'abîma dans un silence éloquent.

— Je croyais que vous resteriez un peu plus longtemps, finit-il par laisser tomber. Nous venons à peine d'entamer la saison des courses, et j'espère bien inscrire Océan à d'importantes compétitions sur le continent.

— Notre départ est prévu pour la fin du mois de novembre, expliqua Loulou d'une voix chargée de regret.

— Vous pouvez toujours changer vos billets.

La jeune femme secoua la tête.

— Des obligations m'attendent en Angleterre. Clarice vieillit, et même s'il nous faudra sans doute du temps pour renouer, je m'en voudrais de la laisser seule trop longtemps.

Elle souleva les cheveux qui pesaient sur sa nuque pour jouir avec délices de la brise pénétrant par la fenêtre.

— Mon travail m'attend aussi, ajouta-t-elle. Je refuse de faire faux bond à Bertie, qui s'est montré avec moi d'une patience d'ange.

— Bertie? Qui est Bertie?

Joe affichait soudain une mine tellement revêche que Loulou dut réprimer un sourire.

— Mon mécène et mon client. On m'a passé plusieurs commandes, en sorte que si je tiens à poursuivre ma carrière artistique, il me faut rentrer en Angleterre pour les honorer.

— Personne d'autre ne vous y attend?

— Il y a eu quelqu'un autrefois. Mais il est mort en France.

Joe effleura ses cicatrices, comme pour se rappeler le prix qu'il avait payé pour compter parmi les survivants.

Après l'avoir considéré d'un air songeur, Loulou s'adressa à lui d'une voix très douce:

— Désirez-vous me raconter ce qui s'est passé? Ou bien le sujet reste-t-il trop douloureux?

— La plupart du temps, j'oublie que je suis défiguré, lui confia le jeune homme avec un sourire chagrin. C'est le regard des autres qui vient me le rappeler. Certains se sentent gênés, chez d'autres il y a de la fascination. Que voulez-vous que j'y fasse…

Loulou ne répondit rien. Elle attendait de voir s'il était assez à l'aise pour lui ouvrir son cœur. Comme elle s'apprêtait finalement à parler d'autre chose, c'est lui qui rompit la glace.

— J'ai quitté Gallipoli avec une blessure légère à la jambe. On m'a transféré sur un navire hôpital pour que je récupère. Je m'imaginais qu'après l'enfer que nous avions vécu la France constituerait une promenade de santé. On nous a expédiés dans une ville nommée Fromelles.

— Je ne me rappelle pas qu'une bataille y ait eu lieu, et pourtant, à l'époque, je suivais les nouvelles avec le plus grand soin.

— Je ne suis pas surpris que ce nom ne vous dise rien. Haig et ses généraux ont changé le nom au moins trois fois pour tenter de faire oublier leurs nombreux manquements. Jamais nous n'aurions dû nous retrouver là, mais ils tenaient à ce que les Australiens fassent diversion pour permettre au gros des troupes d'attaquer plus au sud.

Il se concentra sur la route, les traits empreints de colère.

— Haig était tellement obnubilé par cette offensive qu'il est resté sourd à tous les rapports qui signalaient, depuis plusieurs semaines, une présence ennemie importante à Fromelles. On nous a envoyés là-bas comme du bétail à l'abattoir. La bataille a duré moins d'une journée, mais finalement nous avons perdu plus d'hommes en quelques heures que nous n'en avions perdu à Gallipoli en neuf mois.

Loulou préféra se taire : que dire pour soulager un homme d'une telle douleur ? Maurice lui avait parlé de l'incompétence des gradés, de cette espèce d'insouciance qui avait contraint plusieurs milliers de garçons à peine préparés à quitter leurs tranchées empuanties et infestées de rats pour se jeter vers les balles qui les fauchaient un à un. Les horreurs qu'il avait vécues l'avaient suivi longtemps après son retour. La jeune femme supposait qu'il n'en allait pas autrement pour Joe. Ce dernier, néanmoins, paraissait avoir conclu une paix relative avec ses souvenirs, tandis qu'à ce pauvre Maurice, ils avaient fini par devenir insupportables.

Son chauffeur la tira de ses réflexions en reprenant son récit :

— Aux environs de Fromelles, tout est plat. Nous nous sommes retrouvés au beau milieu de ce *no man's land*, avec des Allemands qui tiraient de toutes les directions. Nous ne pouvions nous mettre à l'abri nulle part. Notre capitaine était un gamin du Queensland. Il avait à peine plus de vingt ans, mais autant de courage à lui tout seul qu'une dizaine d'hommes. Hors de question pour lui d'abandonner sa section.

Ces heures effroyables se trouvaient à jamais gravées dans la mémoire de Joe, qui cependant s'en libérait un peu en s'épanchant auprès de Loulou.

— Il pleuvait. Nous étions pris au piège. La moitié des gars étaient déjà morts. D'autres appelaient à l'aide, pris dans les barbelés ou dans la boue. Les tirs de mortier nous déchiquetaient, formant d'énormes cratères qui ne tardaient pas à se remplir d'eau. Les mitrailleuses nous fauchaient comme des quilles. Le capitaine et moi avons été touchés presque en même temps. Je l'ai attrapé par la jambe et nous sommes tombés au fond d'un cratère.

Il inspira dans un frisson. Il cramponnait si fort le volant que les jointures de ses doigts avaient blanchi.

— J'ai compris que je venais de perdre la moitié de mon visage mais, curieusement, je ne sentais rien – la douleur n'a surgi qu'après. En revanche, je savais aussi qu'il fallait que je nous sorte de là, sinon on allait bientôt nous réduire en charpie.

Un sourire ironique s'épanouit sur ses lèvres.

— Jamais je n'ai éprouvé une pareille terreur, je l'avoue sans honte, mais c'est justement cet effroi qui m'a donné la force de hisser le capitaine sur mon dos, puis de rejoindre l'hôpital de campagne situé derrière nos lignes.

— Vous avez fait preuve d'un courage exceptionnel, souffla Loulou.

Il grimaça dans un haussement d'épaules.

— Un bon millier d'hommes auraient pu en faire autant. Ce jour-là, les actes de bravoure, pour beaucoup bien plus admirables que le mien, se sont comptés par dizaines. J'avais peur. À peu de chose près, j'ai agi sans réfléchir.

— Le capitaine a-t-il survécu ?

— On m'a expliqué ensuite qu'il était déjà mort lorsque je suis descendu dans la tranchée pour m'évanouir à leurs pieds. La guerre était terminée pour lui comme pour moi. Mais je m'en suis bien tiré par rapport à ce malheureux gosse.

— Mon pauvre Joe, dit doucement la jeune femme en lui effleurant la joue du bout des doigts.

Il tressaillit et lui prit la main pour la replacer sur ses genoux.

— Ne faites pas ça, je vous en prie. Votre pitié est bien la dernière chose dont j'aie besoin.

Sans plus réfléchir, elle piqua un baiser sur la joue qu'elle venait de caresser.

— Il ne s'agit pas de pitié, tant s'en faut. Il s'agit de fierté, de reconnaissance et d'amour pour ce que vous avez accompli et ce que vous êtes.

Elle se cala de nouveau sur son siège. Son cœur venait de parler, et il était trop tard pour revenir sur ce qu'elle avait dit.

— Pardon, fit-elle, je n'avais pas l'intention de vous mettre mal à l'aise.

Il lui adressa un sourire timide.

— Je crois plutôt que c'est vous que vous avez mise mal à l'aise, la taquina-t-il. Pour ma part, j'ai apprécié les paroles que vous venez de prononcer.

Loulou piqua un fard et baissa les yeux. Il n'avait pas lâché sa main, leurs doigts à présent s'entrelaçaient. La chaleur et la puissance de ceux de Joe embrasaient la jeune femme. Il aurait été si facile de tomber amoureuse de lui. Si facile de s'abandonner aux émotions qu'il éveillait en elle. Mais l'amour et la compassion se révélaient trompeurs. Comment les distinguer au juste l'un de l'autre ? Elle ne tenait pas à reproduire avec Joe l'erreur qu'elle avait commise avec Maurice.

Elle pressa les doigts du jeune homme entre les siens avant de guider sa main jusqu'au volant.

— Vous feriez mieux de vous concentrer, lui conseilla-t-elle, la gorge nouée, ou vous risquez de nous expédier dans le fossé.

En fin d'après-midi, Loulou découvrit le mont Wellington. Coiffé d'épais nuages et surplombant la ville de Hobart, il possédait de sombres flancs rocheux et menaçants.

Joe quitta la route principale pour s'engager sur Girrabong Road, qui les conduisit à Merton.

— Nous nous trouvons à mi-chemin entre Glenorchy et la vallée de Lenah, indiqua le jeune homme. L'hippodrome d'Elwick se situe à Glenorchy, l'un des faubourgs de Hobart. Demain, nous n'aurons que quelques minutes de trajet à accomplir.

Bâtie au XIXe siècle, la demeure imposante n'aurait pas déshonoré la campagne anglaise. D'élégantes vérandas la flanquaient, ornées d'une véritable dentelle de fer forgé peint en blanc, qui disparaissait sous la glycine et les bougainvillées. Cheminées, tours et tourelles jaillissaient du toit de tuiles rouges ; les briques ocrées semblaient presque moelleuses sous le soleil. Sur l'un des côtés de la maison, on découvrait des vergers, qui s'étendaient jusqu'au pied de la montagne, où ils paraissaient se blottir. Du bush tout proche s'élevaient les criailleries des cacatoès rosalbins, ainsi que le chant mélodieux des cotingas.

Joe entraîna sa troupe le long d'une large piste de terre bordée d'hortensias d'un bleu vif, qui les mena jusqu'aux écuries, non loin desquelles se trouvaient des paddocks clôturés de blanc où paissaient des juments accompagnées de leurs poulains.

Loulou n'en croyait pas ses yeux.

— Dave et Julia produisent ici quelques-uns des meilleurs pur-sang d'Australie, commenta Joe.

Ayant coupé le moteur de la camionnette, il adressa un signe à un couple entre deux âges qui sortait d'une grange voisine.

David et Julia se révélèrent des hôtes délicieux qui, une fois les chevaux correctement installés, montrèrent leurs chambres à leurs invités.

— On se croirait chez mes parents, lâcha Dolly, impressionnée par le luxe de celle qu'on leur avait attribuée.

Agenouillée sur le siège disposé près de la fenêtre, elle contempla la montagne qui se dressait au-delà du verger.

— La vue est superbe, mais je me demande à quelle distance nous nous trouvons de Hobart et de ses boutiques.

— Trop loin sans doute pour que tu puisses t'y rendre à pied, décréta Loulou en s'emparant de son carnet de croquis. Je vais faire quelques pas tant qu'il y a un peu de lumière. Je ne peux plus me retenir : j'ai eu envie de dessiner toute la journée.

— Veux-tu que je t'accompagne ?

Dolly ne semblait pas pressée de quitter le confort de la chambre et son amie avait besoin de solitude. Elle secoua la tête.

— Reste plutôt ici pour t'offrir un bon bain. Je serai de retour pour le dîner.

Mais comme elle esquissait les juments et leurs petits, la jeune femme ne tarda pas à perdre la notion du temps. Elle s'intéressait tout spécialement à l'un des poulains, qui tétait sa mère avec une joie qui l'incitait à remuer sa petite queue. Il avait écarté les jambes antérieures et levé son derrière. Cela ferait une formidable sculpture. La jeune femme se concentra sur la satisfaction de la jument, qui se pencha pour frotter son museau contre le corps de son rejeton. Si elle parvenait à reproduire sur le papier cette tendresse maternelle, cela lui faciliterait grandement la tâche le jour où elle commencerait à modeler l'argile.

Relevant son crayon, elle examina son travail d'un œil critique. Il fallait s'arrêter là, sinon elle gâcherait tout – et puis le soir tombait, elle n'y voyait plus assez bien pour poursuivre.

— C'est presque parfait.

Elle sursauta, avant de lui adresser un sourire espiègle lorsqu'elle se retourna vers lui.

— Depuis combien de temps m'épiez-vous?

— Un certain temps.

Ses regards demeuraient rivés au dessin.

— Vous connaissez votre affaire, ajouta-t-il.

— J'apprends, répondit-elle avec douceur en refermant son carnet. Lorsque je rentrerai en Angleterre, ces dessins m'aideront à réaliser la sculpture.

Elle contempla encore le spectacle qui s'offrait à elle, puis elle regarda le verger, les teintes sombres de la montagne à présent enveloppée d'ombres pourprées, le vert profond du bush…

— Dans de tels moments, j'aimerais être capable de tout embrasser d'un unique coup de pinceau, soupira-t-elle, mais il n'existe pas de toile assez grande.

Il adressa à la jeune femme un sourire triste qui l'émut jusqu'à l'âme.

— Si vous restiez plus longtemps, peut-être parviendriez-vous à vos fins.

— Vous savez que c'est impossible.

Elle plongea son regard dans celui de Joe, qui lui tendit la main pour l'aider à se remettre debout. Elle en eut le souffle coupé. Ils ne bougeaient plus et, parmi les ombres qui allaient s'allongeant avec le soir, ils semblaient n'être plus que tous les deux au monde.

Lorsqu'il referma ses doigts sur ceux de Loulou, elle se sentit plus vivante qu'il lui avait jamais été donné de l'être. Elle attendait son baiser.

Enfin, les lèvres de Joe se posèrent sur les siennes; le désir l'enfiévra.

— Je vous demande pardon, s'excusa-t-il en lui lâchant la main pour s'écarter prestement. Je n'aurais pas dû.

— J'y prenais pourtant goût, murmura-t-elle.

Et ce fut elle, cette fois, qui se rapprocha, tout entière assujettie à son ardeur.

Le souffle de Joe passait dans ses cheveux, il passait sur ses cils, cependant que sa poitrine se soulevait et s'abaissait. Le cœur du jeune homme battait à rompre.

Loulou ne souhaitait plus qu'une chose : qu'il l'enlace, qu'il glisse les doigts dans ses cheveux et l'embrasse encore. Elle voulait qu'il l'étreigne à l'étouffer, qu'il lui montre que son désir était égal au sien. Elle avait envie de lui griffer le dos pour éprouver la chaleur de sa peau contre la sienne. Elle fit un pas de plus...

Mais Joe recula, levant les mains pour l'empêcher d'avancer.

— Non, Loulou, laissa-t-il tomber d'une voix que l'émotion altérait. Il ne faut pas.

— Pourquoi?

— Nous aurions tort de nous engager dans une voie que nous ne pourrons pas suivre jusqu'au bout. Et puis, ajouta-t-il en jetant un coup d'œil par-dessus son épaule, je doute que vous ayez envie qu'un public vous acclame...

S'avisant brusquement qu'à deux pas de là, piqués par la curiosité, des palefreniers s'attardaient dans la cour, elle s'empourpra.

Joe lui prit la main, dont il baisa la paume.

— Nous devrions rentrer. Il y a au moins une demi-heure que la cloche a sonné.

Vendredi, Hobart

De l'hippodrome d'Elwick et du champ de foire, au nord de Glenorchy, on découvrait le fleuve Derwent, ainsi qu'une petite chaîne de montagnes à l'est, cependant qu'au nord se dressait, majestueux et toujours drapé de nuages, le mont Wellington.

Il était tôt. Après l'entraînement matinal des chevaux, Joe manifesta le souhait d'aller reconnaître les lieux, en compagnie de Bob et d'Eliza, avant la compétition du lendemain. Les lads se pressèrent pour se hisser à l'arrière de la camionnette : ce n'était pas tous les jours que l'on s'offrait une virée à Elwick.

Comme il pénétrait sur le parking, le jeune homme s'efforça de chasser Loulou de ses pensées. Une tâche importante l'attendait, à laquelle il devait se consacrer sans se laisser distraire. Mais comment faire, puisqu'elle était tout près ? Le souvenir de leur baiser fugace ne le lâchait plus.

Il descendit du véhicule, puis attendit que les trois jeunes femmes l'aient rejoint. Il n'était pas peu fier de ce lieu qu'enfin Loulou et Dolly avaient, pour la première fois, l'occasion de contempler.

— Alors ? s'enquit-il. Qu'en pensez-vous ?

— Je pense que cet endroit est merveilleux, répondit Loulou, l'œil étincelant. Les tribunes sont… immenses.

— Elles font l'orgueil et la joie de la ville, commenta le jeune homme en riant. On les a érigées à la fin du siècle dernier, en même temps que l'hippodrome. Il a été question de les abattre pour en bâtir de nouvelles, mais je parie qu'elles seront toujours là dans cent ans.

Loulou contemplait l'édifice de brique, ses balustrades en fer forgé, ainsi que la drôle de tour qui le complétait à l'une de ses extrémités.

— Au temps de la reine Victoria, dit-elle, on s'y connaissait en matière de construction, mais j'avoue, continua-t-elle avec un large sourire, que c'est un peu trop fantaisiste à mon goût. Cela dit, je comprends pourquoi Hobart s'enorgueillit autant de posséder une pareille structure.

— Il faut d'abord que je m'entretienne avec les commissaires de course et que je vérifie quelques bricoles. Ensuite, nous reconnaîtrons le parcours. Eliza tient à m'accompagner pour voir où se trouvera logée Lune pendant la compétition. Nous en avons pour un petit moment. Ça ne vous dérange pas de rester seules?

— Bien sûr que non, lui assura la jeune fille, ravie qu'Eliza décampe – mais fâchée que ce soit avec Joe. Dolly et moi sommes curieuses de voir de plus près ce qui se trame là-bas.

Et, du doigt, elle désigna une vaste zone située au-delà des pistes, où claquaient des drapeaux.

— C'est le champ de foire, lui expliqua le jeune homme en plissant les yeux dans le soleil. J'ai l'impression qu'ils y ont organisé un gymkhana, ajouta-t-il en fronçant les sourcils. Voulez-vous que je demande à l'un des palefreniers de vous accompagner?

— Nous n'avons pas besoin d'une baby-sitter, répliqua Loulou. Nous ne partons pas pour la Mongolie.

— Je ne tiens pas à vous laisser seules, insista Joe, qui fit signe à l'un des garçons d'approcher. Charlie va venir avec vous.

Sur quoi il effleura le bord de son chapeau pour saluer les deux amies avant de s'éloigner en compagnie d'Eliza sans leur laisser le temps de réagir.

— C'est grotesque, lâcha Loulou, piquée au vif.

— Il a seulement peur que vous vous perdiez, mam'zelle, le défendit Charlie, un homme d'une cinquantaine d'années aux épaules larges, dont le visage aurait pu être celui d'un boxeur esquinté par trop de combats.

Il alluma une cigarette en protégeant la flamme de l'allumette de sa main en coupe.

— Je doute que nous parvenions à nous égarer entre ici et là-bas, grommela Dolly avec humeur.

Le regard du palefrenier tomba sur les chaussures à hauts talons; il se fendit d'un large sourire édenté.

— N'empêche qu'avec vos jolis souliers vous serez pas fâchée que je vous donne un coup de main. Vous bilez pas, mam'zelle. Je vous porterai pour vous éviter de rester en carafe dans une flaque de boue.

Loulou réprima un gloussement.

— Allez, viens, Dolly. Tu vas voir, si ça se trouve, cette petite aventure va beaucoup t'amuser.

— Ça m'étonnerait.

Bras dessus bras dessous, les deux jeunes femmes se mirent en route.

— Il est plus du genre gueule cassée que gueule d'amour.

— Chut, pouffa Loulou. Il risque de t'entendre.

— Je serais surprise qu'il réussisse à entendre quelque chose avec ses oreilles en chou-fleur, gloussa Dolly à son tour.

Elles progressèrent avec précaution dans l'herbe haute, empruntant çà et là des allées à ornières. Comme elles se rapprochaient du champ de foire, les accords d'une fanfare parvinrent jusqu'à elles, ainsi que les paroles déformées d'un homme qui braillait dans un porte-voix. Des voitures, des buggys, des vans et des camionnettes se trouvaient garés de l'autre côté d'un vaste terrain de saut d'obstacles, flanqué d'un manège.

Loulou se cramponna au bras de Dolly.

— Bonté divine, cela fait des années que je n'ai pas assisté à l'un de ces concours. Trouvons-nous un siège, veux-tu? J'ai toujours adoré les compétitions de dressage.

Il avait déniché l'emplacement idéal. Planté à l'ombre des gradins au premier rang desquels elle venait de prendre place avec son amie, il savait qu'elle ne risquait pas de le surprendre. Il rabattit son chapeau sur ses yeux, enfonça les mains dans ses poches et attendit. Mais pourquoi diable avait-il fallu que Joe Reilly demande à ce malabar de jouer les chaperons? Jamais elle ne se trouvait seule. Bah, en deux jours, une occasion se présenterait forcément. Il lui suffisait d'être patient.

Tandis que Dolly examinait le programme, Loulou se régalait du spectacle sous son ombrelle japonaise : les chevaux évoluaient avec une grâce proche de celle des danseurs.

Après le décès de sa grand-mère, Clarice l'avait emmenée plusieurs fois assister à de tels concours, la plupart du temps pour voir Gwen, qui pratiquait le saut d'obstacles. Mais Loulou n'aimait rien tant que l'agitation qui régnait en marge de la compétition. Tout lui revenait à présent, intact : le parfum de la barbe à papa et des pommes d'amour s'élevant des échoppes alentour, le son de la fanfare… Et là-bas, ces fermiers tapageurs réunis autour d'un verre de cidre ou de bière… Rien n'avait changé. Rien ne changerait jamais. Les habitants de Tasmanie nourrissaient pour ce genre de distraction une passion égale à celle qu'ils éprouvaient pour leurs chevaux.

Elle observa le ballet des badauds devant les tribunes. Les femmes arboraient de jolies robes, et puis d'extravagants chapeaux ; les hommes portaient le costume, ou bien la panoplie réglementaire du campagnard : pantalon en velours de coton, chemise et chapeau à large bord. Quel dommage que Molly n'assiste pas à ces réjouissances. Elle aurait adoré se pomponner. Hélas, Dianne était incapable de veiller seule sur Galway House.

Du regard, Loulou balaya la foule pour se figer soudain. Tout disparut autour d'elle. À l'exception de Gwen. Elle marchait à côté d'un cheval qu'elle tenait par la bride. Elle n'avait pas encore remarqué sa fille, mais celle-ci sentait son cœur s'emballer. Elle avait récemment affronté ses démons ; il était temps pour elle de braver celle qui les avait engendrés.

Lorsqu'elle repéra enfin Loulou à son tour, Gwen vacilla légèrement. Ses lèvres se réduisirent à une ligne mince et elle darda sur elle un œil malveillant.

La jeune femme se sentit prise au piège.

Le regard de sa mère, qui émit un petit sourire dédaigneux, la glaçait. Elle ralentit le pas, consciente de l'effet qu'elle produisait sur son enfant, et désireuse d'en jouir le plus longtemps possible.

Bandant sa volonté, Loulou s'obligea à ne pas ciller – elle ne savait que trop combien le moindre tressaillement de sa part eût réjoui son ennemie. Elle inspecta les cheveux teints, le maquillage outrancier, la tenue qui aurait mieux convenu à une femme beaucoup plus jeune qu'elle. Le soleil éclatant soulignait les rides apparues au coin de ses yeux, accentuait le pli amer de la bouche, la mâchoire un peu affaissée. Gwen n'avait pas encore cinquante ans mais, déjà, le temps accomplissait son patient travail de sape.

Sous l'œil insistant de sa fille, elle finit par renoncer à son rictus méprisant ; cette fois, elle accélérait l'allure.

Loulou s'étonna de sentir que son cœur ne lui jouait pas de vilains tours : il conservait un rythme régulier. Elle venait de comprendre qu'elle n'avait plus rien à craindre de cette pisse-vinaigre vieillissante. Elle ne ressentait pas une once de pitié face aux tentatives désespérées de Gwen pour tricher sur son âge. Pas une once d'amour non plus. Cette brève confrontation muette n'avait fait qu'affirmer et confirmer leur détestation mutuelle.

Il avait observé l'échange silencieux avec intérêt et curiosité. Ces deux-là ne s'aimaient pas, il ne le savait que trop, mais Gwen venait de lancer un défi à Lorelei, que celle-ci avait relevé sans flancher.

Il revint à la jeune femme. Rien, dans son attitude, ne permettait de deviner que quelque chose venait de se passer. Si elle ne ressemblait certes pas à sa mère, elle avait néanmoins hérité d'elle une capacité peu commune à opposer au monde une expression indéchiffrable.

Lorsque Gwen parvint à sa hauteur, il se retrancha dans l'ombre. Il ne pouvait courir le risque qu'elle le vît, car elle aurait compris aussitôt qui il était. Hors de question qu'on le démasque avant qu'il ait mené son projet à son terme.

— Je vous trouve bien silencieuse, lui fit remarquer Joe comme ils quittaient le champ de courses pour regagner la demeure des White. Quelque chose vous tracasse?
— J'ai vu ma mère aujourd'hui.
— Je comprends votre émoi, après ce qui s'est passé l'autre jour.
— Au début, cela m'a choquée, en effet, parce que je ne m'y attendais pas.
— Que vous a-t-elle dit?
— Nous n'avons pas parlé. Les regards que nous avons échangés ont suffi.

Le jeune homme roula un moment en silence, la cervelle en ébullition tandis qu'il cherchait quelque chose à dire.

— Ne vous faites pas de souci pour moi, Joe. Au contraire. J'ai reçu aujourd'hui une formidable leçon.
— Laquelle?

Loulou se cala dans son siège, un coude à la fenêtre.
— Je dois beaucoup à Gwen, déclara-t-elle.

La mine interloquée de son chauffeur la fit rire.
— Je lui sais gré de n'avoir pas voulu de moi, car je n'aurais pas pu rêver meilleure mère que Clarice. Par ailleurs, c'est le dédain qu'elle m'a manifesté qui m'a poussée, je crois, à vouloir réussir tout ce que j'entreprenais. Si ma vie n'avait pas commencé de la sorte, je ne serais pas la femme que je suis aujourd'hui.

— En effet, commenta-t-il après avoir sifflé entre ses dents, c'est une sacrée leçon.

— Tous les artistes, écrivains, peintres, poètes ou sculpteurs, ont forcément subi des épreuves sur le plan émotionnel. Ce sont ces tourments qui leur commandent d'aller toujours plus haut. Le succès apporte avec lui l'assurance et l'estime de soi qui, en retour, jettent bas toutes les barrières pour nous permettre de nous envoler à notre aise.

La passion embrasait le regard de la jeune femme, dont les joues avaient rosi. Joe en conçut à l'inverse un immense abattement. Loulou était une artiste ambitieuse et pleine de talent ; la gloire l'attendait. Elle appartenait à un univers autrement plus vaste que tout ce que le jeune homme pourrait jamais lui offrir. Son cœur saignait, mais il décida de garder secret l'amour naissant qu'il éprouvait pour elle. Ainsi pourrait-elle déployer ses ailes selon ses vœux.

14

— Nous n'allons pas à Ascot, lui dit Dolly. Tu es sûre que ce n'est pas un peu trop?

— Absolument, décréta Eliza en lorgnant avec envie la robe écarlate et les souliers assortis. Tout ce que je regrette, c'est de n'avoir pas pensé à emporter une tenue aussi chic.

Dolly s'empara du chapeau de feutre noir, qu'elle coiffa avec mille précautions avant de reculer pour mieux juger de l'effet produit. Les roses de soie qui ornaient un côté du couvre-chef s'harmonisaient à merveille avec la robe et cascadaient jusqu'à sa joue.

— Tu es superbe, commenta Eliza, l'œil brillant d'admiration.

— Merci, ma chérie, répondit Dolly en enfilant son court manteau noir muni d'un col en renard blanc.

— Tu l'as acheté à Londres, ce chapeau?

Loulou, elle, ne soufflait mot. Elle finissait de mettre ses chaussures en tâchant de faire fi des compliments qui volaient un peu plus loin de l'une à l'autre. Eliza avait insisté pour les rejoindre dans leur chambre ce matin, et Dolly était à ce point subjuguée par l'adolescente que, depuis le petit-déjeuner, elle avait à peine adressé la parole à Loulou. Cet abandon lui restait en travers de la gorge, mais elle n'en laissait rien paraître.

Elle contempla son reflet dans la glace du trumeau. Elle portait une robe turquoise, dont la jupe tourbillonnait de ses hanches à ses mollets. Souliers bleu foncé.

Bleu foncé aussi, le bandeau de velours qu'elle avait noué autour de sa tête, puis fixé au moyen d'une rose de soie turquoise et d'une plume. De là, sa chevelure bouclée dégringolait. Quant au rose qui lui montait aux joues, il mettait en valeur la couleur de ses yeux.

— Très joli, assena Eliza. Mais je suis surprise que tu n'aies pas opté pour une coiffure plus à la mode. Plus personne ne porte les cheveux longs.

— Je les préfère ainsi, répliqua Loulou.

L'adolescente la gratifia d'un regard acerbe avant de retourner à Dolly :

— Tu as si fière allure que je suis prête à parier qu'on te sélectionnera pour le concours de beauté.

— Le quoi ? glapit Dolly, horrifiée.

— Tu n'es pas obligée d'y participer, gloussa Eliza, même si on te le propose. Cela dit, je me suis rendue à plusieurs d'entre eux : on s'y amuse beaucoup.

Loulou s'empara de son bâton de rouge à lèvres. Elle se rappelait son embarras chaque fois que Gwen paradait lors de ces compétitions en jetant des œillades à tous les hommes du public.

— Il est temps d'y aller, décréta Eliza à contrecœur.

— Dans une minute, répondit Dolly, qui s'attardait devant l'armoire.

Elle finit par dénicher ce qu'elle y cherchait. Elle brandit le vêtement avec un sourire satisfait.

— Tiens, Eliza. Elle t'ira magnifiquement au teint.

Loulou n'en croyait pas ses yeux. Eliza, pour sa part, dévorait du regard cette robe que Dolly avait fait confectionner à Singapour. La jeune femme l'adorait. En outre, elle ne prêtait pas volontiers ses tenues. Or, là…

Eliza se déshabilla sans vergogne ; déjà, elle était en sous-vêtements. Elle enfila la robe dans un bruissement de soie abricot, tourna sur elle-même face au miroir. Des fleurs et des papillons brodés dansaient en diagonale depuis l'épaule jusqu'à la taille de guêpe de l'adolescente. Le vêtement lui arrivait juste sous le genou. Tout était parfait.

— Et maintenant, enchaîna Dolly, le chapeau. Celui-ci, je pense. Oh, et les chaussures. Nous devons faire la même pointure. Essaie celles-là.

— Épatant, commenta Eliza après les avoir enfilées.

Loulou s'assit sur le lit pendant que son amie arrangeait le chapeau de paille ceint d'un ruban aux tons pêche. Eliza virevoltait devant la glace. Loulou s'aperçut soudain, navrée, que malgré ses dix-huit ans elle était déjà femme, et qu'à ce titre elle pourrait bien lui ravir le cœur de Joe.

David les conduisit à l'hippodrome dans sa Ford T, qui faisait sa joie et sa fierté, mais il fallut que les jeunes femmes se cramponnent à leur siège, tandis que leur hôte déboulait la route à la vitesse impressionnante de cinquante kilomètres par heure.

Le gymkhana se poursuivait sur le champ de foire. À l'hippodrome, en revanche, les choses avaient changé depuis la veille : dans un remous de banderoles et de drapeaux, une foule impatiente et colorée se pressait vers les tribunes et contre les rambardes.

Loulou frissonna de plaisir sous l'assaut de nouveaux souvenirs suscités par la liesse exubérante du public. Mais elle n'eut pas le loisir de s'abîmer dans la contemplation car, déjà, leur cicérone les entraînait vers la zone réservée aux propriétaires, aux entraîneurs et aux jockeys.

Les chevaux y piaffaient et renâclaient, les jockeys juraient. Propriétaires et entraîneurs discutaient longuement stratégie. Loulou enregistra au fond de sa rétine les casaques en soie bigarrée des jockeys, la robe chatoyante de leurs montures, les tenues extraordinaires de ces dames. Dire que Dolly craignait tout à l'heure d'en faire un peu trop, songea son amie avec un sourire en coin en regardant vaciller sur ses hauts talons une femme vêtue de jaune vif, dont le chapeau croulait sous des fleurs en soie d'un vert acide assorti à son ombrelle.

Le soleil brillait si fort qu'aux abords des écuries l'atmosphère devenait oppressante. Loulou ôta son manteau et ouvrit elle aussi son ombrelle, une ombrelle en papier ornée d'oiseaux de paradis dont la couleur du plumage rappelait celle de sa robe. Dolly, qui en arborait une rouge, avait prêté l'orange à Eliza. Loulou ne put réprimer un sourire : elles ressemblaient à des personnages d'opérette.

Joe, en grande conversation avec Eliza et David, évoquait sans doute la compétition à venir.

— Je m'ennuie à périr, laissa tomber Dolly en faisant tourner le manche de son ombrelle. J'ai repéré là-bas une tente sous laquelle on proposait du champagne. Allons nous offrir une coupe.

— Il est un peu tôt, répliqua son amie.

Elle jeta un coup d'œil en direction de Joe, qui bavardait toujours avec l'adolescente.

— Mais après tout, pourquoi pas ? ajouta-t-elle.

Elle leur tourna résolument le dos pour suivre Dolly à travers la foule.

— Attendez ! Où allez-vous ?

— Boire un peu de champagne, répondit-elle sans s'arrêter.

— Demandez à Charlie de vous accompagner.

— Pour quoi faire ? s'étonna Loulou qui, cette fois, s'immobilisa.

— Je préfère que quelqu'un vous escorte, bredouilla Joe. On fait parfois de mauvaises rencontres dans ce genre de manifestation.

— Vous semblez vous préoccuper beaucoup de notre sécurité, observa la jeune femme en plissant les yeux. Nous vous en savons gré, mais Dolly et moi avons réussi à traverser sans embarras la moitié de la planète.

Je doute que l'hippodrome d'Elwick présente plus de dangers que la ville de Port-Saïd.

— Mais…

— Non, Joe, le coupa-t-elle. Nous avons envie de nous distraire. Nous ne souhaitons pas qu'un chaperon vienne nous gâcher cette journée. Retournez à vos chevaux. Nous nous verrons lorsque vous serez un peu moins occupé.

Sur quoi elle fit demi-tour, saisit Dolly par le bras et s'éloigna d'un pas résolu.

— Tu n'y es pas allée de main morte, se mit à rire son amie. Que t'a-t-il fait, ce pauvre garçon, pour mériter un tel traitement ?

Loulou ne comprenait plus rien aux façons de Joe. À l'évidence, il s'était aperçu de sa présence, et pourtant il l'avait ignorée. Il ne l'avait pas même saluée, pas même complimentée sur sa tenue vestimentaire. Quant à cette insistance pour que Charlie joue les gardes du corps…

— Rien du tout, mentit-elle.

Il descendit de la camionnette. En dépit de sa nuit agitée, il ne se sentait nullement las : l'excitation croissante l'emportait sur la fatigue. Son amie et elle buvaient du champagne en riant avec d'autres propriétaires. La petite troupe se dirigeait vers le terrain de parade. Sa robe bleue lui allait à ravir, et le soleil jouait dans ses boucles brunes et dorées ; elle était la féminité même.

Il les suivit jusqu'au terrain de parade où se présentaient un à un les concurrents avant la première course. Océan, lui, ne prendrait le départ que dans une heure environ. Il avait tout le temps de la contempler à loisir. Accoudé à la rambarde, l'occasion lui était pour la première fois offerte de la voir de près. Pourtant, il connaissait bien ce visage et, lorsqu'il vit luire l'enthousiasme dans ses yeux, il se demanda comment elle réagirait en découvrant qu'on lui portait autant d'intérêt.

— Te voilà. Tu aurais pu m'attendre, Dolly. Je raffole du champagne.

Il fronça les sourcils. Eliza Frobisher, qu'il ne s'attendait pas à croiser ici, risquait de contrarier ses plans. Il baissa la tête et quitta les lieux en hâte. Il ne manquerait plus, songea-t-il avec angoisse, qu'il se retrouve maintenant nez à nez avec Gwen Cole.

Loulou, qui avait gagné un peu d'argent en pariant sur Lune, ainsi que sur Poupée, célébrait l'événement avec d'autres propriétaires sous la tente à champagne. Elle reposa discrètement sa coupe encore pleine : elle en avait déjà vidé trois et commençait à se sentir un peu ivre.

— Je vais souhaiter bonne chance à Bob, annonça-t-elle. Océan participe à la prochaine course et j'ai misé tous mes gains sur lui.

Tous agitèrent leurs tickets pour lui montrer qu'ils faisaient eux aussi confiance à son poulain. Loulou sourit, puis quitta la tente pour se diriger vers les écuries. Son sourire mourut sur ses lèvres lorsqu'elle vit surgir Charlie, qui lui emboîta le pas. Joe avait ignoré ses avis. Pour quelle raison s'acharnait-il ?

À peine eut-elle posé les yeux sur son cheval qu'elle oublia son agacement. Il était splendide. Bob, qui arborait la casaque tricolore de Galway House, se tenait fièrement à côté de sa monture pendant que Joe lui prodiguait ses derniers conseils.

Loulou passa la main sur l'encolure de l'animal qui, du museau, lui toucha la joue avant d'essayer de saisir entre ses dents la plume qui ornait son bandeau. Elle fit un pas en arrière.

— Ce n'est pas une bonne idée, gloussa-t-elle en lui massant les oreilles du bout des doigts. On ne mange jamais avant une course.

— Arrêtez de lui caresser les oreilles, la rabroua Joe. Ça le ramollit, alors qu'il doit au contraire conserver toute sa fougue pendant la prochaine demi-heure.

Loulou interrompit son geste et se tourna vers Bob.

— Tu es magnifique, le félicita-t-elle. Je te souhaite bonne chance. J'espère que tu vas nous offrir une belle prestation.

— Bob sait ce qu'il a à faire, intervint Joe avec humeur.

— Je n'en doute pas, répliqua la jeune femme d'un ton glacé.

Joe aida l'adolescent à se mettre en selle.

— Nous devons y aller, à présent. Charlie vous accompagnera dans les tribunes.

Loulou s'en alla en effet, le costaud sur les talons. Comme elle s'apprêtait à s'installer, elle se figea soudain et fit volte-face.

— Pourquoi Joe vous a-t-il demandé de me suivre ?

Le bonhomme détourna le regard en haussant ses épaules massives.

— Le patron a ses raisons, mais j'ai rien demandé. C'est pas mes oignons.

— Je pense au contraire que ses raisons, vous les connaissez parfaitement, se fâcha la jeune femme. Allons, Charlie, parlez.

— Je sais pas vraiment, répondit-il, l'œil toujours fuyant. Il m'a seulement dit de pas vous lâcher d'une semelle.

— Mais pourquoi ?

Elle éprouva sur la nuque comme un picotement. Elle jeta un bref regard par-dessus son épaule – mais que cherchait-elle au juste ? Elle n'en avait pas la moindre idée.

— Il a peur que Carmichael se pointe, finit par laisser tomber Charlie.

— Carmichael ne représente pas une menace, rétorqua Loulou, qui notait l'embarras grandissant de son interlocuteur. Comment se fait-il que Joe pense le contraire ?

— Il se méfie de lui, expliqua le pauvre garçon, le nez sur ses bottes. Allez pas lui dire que je vous ai raconté ça, hein, ajouta-t-il entre ses dents. Sinon, il me passera un savon et il me flanquera à la porte.

Elle lui sourit.

— Rassurez-vous, Charlie. Cette conversation restera entre nous.

— Merci, mam'zelle. J'ai su que vous étiez une chouette gosse dès que j'ai posé les yeux sur vous.

— C'est gentil, murmura-t-elle avant de se hisser dans les gradins pour rejoindre ses compagnons.

Les douze poulains piaffaient à l'autre bout de la piste, sur laquelle on avait disposé huit obstacles à égale distance les uns des autres. Loulou les jugea bien hauts pour de si jeunes bêtes. Le cœur battant, elle emprunta les jumelles de David pour ne pas manquer le départ.

Le drapeau s'abaissa. Les montures s'élancèrent.

Presque aussitôt, la jeune femme perdit son champion de vue ; elle s'affola. Mais bientôt reparurent l'orange, le vert et le blanc de la casaque de Bob. Elle se détendit. Le poulain se trouvait au milieu du groupe qui s'apprêtait à franchir le premier obstacle. Et, déjà, l'on filait vers le deuxième, une méchante barrière assortie d'une tranchée emplie d'eau. Océan la négocia aisément, bien qu'il manquât de heurter son concurrent le plus proche au moment de toucher le sol. Ce dernier trébucha et faillit chuter. Il était maintenant bien placé. Il galopait de toutes ses jambes.

Deux montures tombèrent en franchissant le troisième obstacle ; au quatrième, un cheval refusa de sauter. Un poulain privé de son cavalier vint se placer devant les meneurs de la course comme ils se rapprochaient du cinquième obstacle. Un murmure d'angoisse parcourut la foule : le favori était à terre. Six concurrents restaient en lice. Océan avait pris la corde et redoublait d'ardeur.

Les six poulains négocièrent les deux obstacles suivants à un train d'enfer, mais l'écart entre chacun commençait à se creuser. À l'approche du dernier obstacle, le cheval de Loulou tendit le cou pour se porter à la hauteur de Luciole, qui menait la course. Ils retombèrent dans un bel ensemble ; la foule rugit ses encouragements.

Soudain, Océan vacilla, et l'on crut bien que Bob, qui semblait en avoir perdu un instant le contrôle, allait passer par-dessus la tête de l'animal. Loulou, cramponnée aux jumelles de David, s'aperçut que le jockey de Luciole tentait à toute force de vider l'adolescent de ses étriers.

Les spectateurs bondirent. La frénésie était à son comble.

Océan se rétablit, tandis que le *jackaroo* s'agrippait à la selle, un pied hors de son étrier.

Comme elle parut impitoyable et longue, cette dernière ligne droite… Derrière les deux leaders, d'autres montures regagnaient du terrain. Mais Océan et Luciole en avaient toujours autant sous le sabot : ils parurent franchir ensemble la ligne d'arrivée.

À peine se furent-ils arrêtés que Bob sauta à bas de son poulain pour venir arracher le jockey de Luciole à sa selle et lui assener un coup de poing en pleine figure. L'homme riposta. Quelques secondes plus tard, les deux adversaires se battaient comme des chiffonniers.

Le public les aiguillonnait à grands cris, on agitait des programmes dans leur direction. Les autres jockeys s'affairaient autour d'eux, hésitant sur la conduite à tenir. Océan et Luciole s'éloignèrent paisiblement pour aller brouter les hautes herbes qui poussaient au bord de la piste.

Bob, que son concurrent venait de précipiter sur le sol, se faisait à présent rouer de coups. Loulou était horrifiée.

— Pourquoi n'y a-t-il personne pour les séparer? hurla-t-elle. Il va le démolir!

— Joe va intervenir, l'informa David.

Ce dernier, en effet, se rua sur la piste pour attraper les deux jockeys par le col. Même s'ils continuaient de s'agiter pour en découdre encore, il parvint à les maintenir hors de portée l'un de l'autre jusqu'à ce que des employés de l'hippodrome emmènent les deux garçons. La mine rageuse, Joe s'approcha de l'entraîneur de Luciole. L'échange fut vif. Visage contre visage, ils tendaient chacun leur tour un index vengeur. La foule s'était tue, en sorte qu'on entendait s'élever leurs voix dans tout l'hippodrome.

Les spectateurs étaient fascinés. C'était pour des instants comme celui-ci qu'ils se rendaient aux courses.

— Je vais m'assurer qu'Océan va bien, murmura Loulou en rendant ses jumelles à David.

— Mieux vaut rester en dehors de cette histoire, lui conseilla ce dernier. De toute façon, vous voyez que votre poulain se porte à merveille.

Lorgnant la piste, la jeune femme poussa un soupir de soulagement en découvrant son cheval, que l'on menait à l'écurie.

— Que va-t-il se passer? Risque-t-il d'être disqualifié?

— Probablement, répondit David, même si Bob n'y est pour rien. Si ce gros bêta n'était pas sorti de ses gonds jusqu'à venir frapper son concurrent, la victoire lui était acquise.

Il soupira.

— Maintenant… il ne reste plus qu'à attendre la décision des commissaires de course.

Dans le public, les spéculations allaient bon train. On rejouait le combat entre les deux jockeys. On s'échauffait. On s'amusait beaucoup.

Loulou vit soudain Joe se diriger à grandes enjambées vers le bureau des commissaires de course, l'air sombre.

— Dans combien de temps serons-nous fixés?

— Cela peut prendre un moment. Tout le monde est sur les dents. Je vous parie que nous assisterons à une autre bagarre avant la fin de la journée.

La jeune femme dansait d'un pied sur l'autre, le regard rivé à la porte fermée du bureau des commissaires de course. Bob et l'autre jockey revinrent des écuries, le nez en sang et l'œil poché. Ils n'avaient pas réglé leur différend, car ils se fusillaient du regard.

Dolly serra la main de Loulou.

— Je ne me suis jamais autant amusée de ma vie! Ce genre de chose n'arrive pas à Ascot. On peut dire qu'en Tasmanie vous avez le sens du spectacle!

— Je n'en sais rien, mais je ne demande qu'une chose : qu'ils se dépêchent d'arrêter une décision, dans un sens ou dans l'autre. Ce suspense me tue.

Enfin, Joe émergea du bureau, plus renfrogné encore qu'à son arrivée. Il entraîna Bob vers les écuries.

Une voix s'éleva dans le haut-parleur; la foule avait fait silence :

— Luciole et Océan ont été disqualifiés. Les deux jockeys sont suspendus pour huit semaines. Le vainqueur de cette course est...

La jeune femme n'attendit pas la fin de l'annonce.

— Je vais voir Océan et vérifier que Joe n'a pas réduit ce malheureux Bob en bouillie.

Elle descendit les marches à la hâte et se dirigea vers les écuries.

— Espèce de crétin! hurlait Joe. Tu as perdu cette course à l'instant où tu as écrasé ton poing sur la figure de ce salopard. Et même s'il le méritait, tu as privé ce cheval de sa première grande victoire.

Dans la cour, chacun s'était figé.

— Il a essayé de me flanquer par terre, protesta l'adolescent. Sans compter les coups de cravache que j'ai pris dans la zone du parcours que personne ne peut voir depuis les tribunes. S'il s'approche encore de moi, je le démolis.

— Ils t'ont suspendu pour huit semaines. Personne ne risque de s'approcher de toi. Où crois-tu que je vais dégoter un jockey entre-temps?

— Je suis désolé, Joe. Je pensais pas que ça irait si loin. J'étais tellement en boule…

— Tu as de la chance que je ne te colle pas l'autre œil au beurre noir.

Tout le monde sursauta lorsque Joe claqua violemment la porte derrière lui et s'en alla d'un pas de grenadier.

— Qu'est-ce que vous attendez? leur lança-t-il. Nous avons du pain sur la planche. Au boulot!

Il posa un œil furibond sur Loulou.

— Vous n'êtes pas à votre place ici, gronda-t-il. Regagnez les tribunes.

— Je viens m'assurer qu'Océan se porte bien.

— Il va bien. Allez-vous-en, Loulou.

Après le baiser qu'ils avaient échangé, après les moments d'intimité à Galway House, la jeune femme se sentit profondément meurtrie. Elle se détourna, triste mais soulagée à la pensée que d'ici la fin du mois elle ferait voile vers l'Angleterre. Joe lui avait aujourd'hui révélé un visage qu'elle ne soupçonnait pas et dont elle n'était pas certaine qu'il lui plût beaucoup – elle n'en regrettait pas moins ce qui aurait pu advenir entre eux.

Elle se fraya un chemin parmi la foule, avec l'impression de progresser à contre-courant.

La main qui se referma brusquement sur son bras l'obligea à s'immobiliser.

— Soyez assurée de toute ma commisération, mademoiselle Pearson. Si son jockey ne s'était pas emporté, Océan aurait gagné la course.

— Merci, répondit la jeune femme sans le regarder. C'est très aimable à vous, mais mes amis m'attendent.

L'étau de ses doigts comprima l'avant-bras de Loulou, qui tout à coup prit peur.

— Je vous saurais gré de bien vouloir m'accorder quelques minutes de votre temps, mademoiselle Pearson. Il y a des choses importantes dont je souhaite m'entretenir avec vous.

Cette fois, elle se tourna vers lui : elle reconnut, abasourdie, le séduisant cow-boy dont Dolly s'était brièvement entichée à Melbourne.

— Qui êtes-vous? Et pour quelle raison me suivez-vous?

— C'est justement ce dont j'ai besoin de vous parler.

— Dans ce cas, lâchez-moi.

Il desserra un peu son étreinte sans la libérer pour autant. Loulou n'en éprouva qu'une crainte plus vive.

— Que me voulez-vous?

— Je désire seulement passer un peu de temps en votre compagnie.

Durant leur bref échange, l'inconnu en avait profité pour éloigner imperceptiblement Loulou de la foule. Ils se trouvaient seuls à présent, derrière la rangée de tentes sous lesquelles s'affairaient les parieurs.

— Lâchez-moi, répéta-t-elle sèchement en se débattant avec une force que l'effroi décuplait. Sinon, je hurle.

— N'ayez pas peur, Lorelei, je vous en prie. Je n'ai aucune intention de vous faire du mal.

— Comment connaissez-vous mon prénom?

L'épouvante la glaçait. Elle jeta des regards dans l'espoir d'identifier un visage familier parmi la cohue.

Il la délivra enfin, sans s'écarter cependant; elle ne pourrait s'enfuir nulle part.

— Je connais votre prénom et je sais qui vous êtes depuis près de deux ans. Je suis navré de vous avoir effrayée, mais il fallait absolument que je m'entretienne en tête à tête avec vous.

Elle se frotta l'avant-bras et recula d'un pas en le considérant avec méfiance. Il pouvait avoir environ son âge, possédait d'épais cheveux bouclés, des yeux d'un bleu profond, ainsi qu'un sourire plein de charme.

— Je vous accorde soixante secondes, pas une de plus, pour m'expliquer qui vous êtes et pourquoi vous sembliez tout prêt à me maltraiter. Ensuite, je partirai. Si vous osez me toucher encore, je crie.

Il ôta son chapeau.

— Je m'appelle Peter White, commença-t-il. Mais vous avez entendu parler de moi sous le nom de Carmichael.

Joe avait vigoureusement bouchonné Océan avant de le laisser s'ébattre dans le paddock. Le poulain avait fait merveille aujourd'hui, mais son entraîneur continuait de rager, déplorant que Bob n'eût pas été capable de se maîtriser alors qu'il avait gagné course.

Il s'accouda à la clôture et laissa peu à peu retomber sa colère. Loulou devait lui en vouloir, et il ne pouvait décemment le lui reprocher. Il s'était montré irritable et grossier avec la jeune femme, qui ne le méritait pas. Dorénavant, elle garderait ses distances, car il venait de lui dévoiler un pan de sa personnalité qui le dévorait de honte. Ses éclats étaient rares, et ne duraient guère plus longtemps qu'un orage d'été. En général, il réussissait à les réprimer. Loulou, qui devait le tenir pour un rustre, refuserait désormais tout commerce avec lui.

Il poussa un soupir et s'en alla. Au fond, songea-t-il, c'était peut-être mieux ainsi. Elle reprendrait le bateau à la fin du mois de novembre, or une fois de retour en Angleterre, elle l'oublierait.

Il était en train de causer tactique avec le jockey qu'il venait d'engager au débotté pour monter Danny Boy lorsque Dolly l'interrompit :

— Avez-vous vu Loulou ? Je ne la trouve nulle part.

— Je la croyais avec vous, répondit-il, assailli par un mauvais pressentiment.

— Elle m'a dit tout à l'heure qu'elle venait ici.

— Elle est venue, en effet, rougit le jeune homme. Je lui ai conseillé de retourner auprès de vous. Où l'avez-vous vue pour la dernière fois ?

— Dans les tribunes, firent en chœur Eliza et Dolly.

— Je vous avais demandé de veiller sur elle, Eliza, sermonna-t-il l'adolescente. Pourquoi l'avez-vous laissée partir ?

— Je n'y suis pour rien. Si vous nourrissiez de pareilles inquiétudes, pourquoi l'avoir congédiée ?

— Arrêtez, les interrompit Dolly en tapant du pied. Loulou a disparu. Nous devons la retrouver. Je n'ai toujours pas compris pourquoi vous avez à ce point insisté pour lui adjoindre un chaperon, mais l'heure est venue pour vous de me fournir quelques explications. Cela nous donnera peut-être un indice quant à l'endroit où elle se trouve en ce moment.

— Plus tard, répondit-il, l'air bourru. Retournons dans les tribunes. Elle ne peut pas être allée bien loin.

Comme ils se mettaient en route, ils croisèrent un Charlie hors d'haleine, le visage trempé de sueur.

— Elle s'est taillée, Joe. Je l'ai perdue dans la foule. Mais je crois avoir vu un type en train de lui tenir le crachoir.

— Où ?

— Par là. Mais j'ai pas pu remettre la main dessus. Et pourtant, j'ai fouiné dans tous les coins.

— Viens avec nous, lui commanda Joe. Une fois aux abords des tribunes, nous nous séparerons. Le premier qui la retrouve crie pour prévenir les autres.

Le choc, la chaleur et le champagne entraînèrent Loulou au bord du malaise. Il lui aurait fallu s'asseoir, mais cela ne l'aurait rendue que plus vulnérable aux yeux de Peter White. Elle s'efforça donc de garder son calme et de déterminer dans quelle direction elle aurait le plus de chances de lui échapper, s'il lui reprenait l'envie de la garder prisonnière.

— Carmichael, articula-t-elle en lui faisant face. Vous daignez enfin vous montrer.

— Je suis navré de vous avoir contrariée, commença-t-il.

— Vous avez beaucoup de choses à m'expliquer, le cingla-t-elle en tâchant de reprendre haleine, aussi je vous conseille de vous y mettre tout de suite.

— Vous ne vous sentez pas bien?

— Ça va. J'attends vos éclaircissements.

Elle le fusilla du regard pour appuyer ses dires.

— Ce n'est pas moi qui ai choisi le nom de Carmichael. Quelqu'un d'autre l'utilisait déjà. Je me suis contenté de le lui emprunter.

Elle mourait d'envie de partir en courant.

— Pourquoi vous servir d'un autre nom que le vôtre? Dans quel genre d'intrigue trempez-vous?

— Je sais que vous jugez mes façons sournoises et douteuses, mais j'ai d'excellentes raisons pour agir comme je le fais.

Elle garda le silence, sans cesser de le scruter d'un air dubitatif. Il alluma une cigarette.

— Il s'agissait du nom apparaissant sur les instructions envoyées aux notaires de Londres, enchaîna-t-il calmement. Ils ont engagé un détective privé pour vous suivre, puis leur adresser ses rapports de filature.

Le cœur de la jeune femme bondit dans sa poitrine. Elle serra plus fort le manche de son ombrelle.

— J'étais suivie? Mais par qui? Et pendant combien de temps?

— Je crois qu'il s'agit d'un major à la retraite. Il a commencé à vous surveiller le jour où vous avez pour la première fois posé le pied en Angleterre.

— Clarice était-elle au courant?

— J'en doute, répondit-il en secouant la tête. Il a fait preuve d'une extrême discrétion.

Elle ne comprenait pas grand-chose, sinon qu'elle avait peur et sentait les larmes lui monter aux yeux.

— Pourquoi quelqu'un aurait-il désiré être tenu au courant de mes moindres faits et gestes? Et pourquoi ce quelqu'un a-t-il dissimulé sa véritable identité? Sous un faux nom que vous avez récupéré, je suppose, pour mieux vous jouer de moi?

— Je comprends que vous le croyiez, Lorelei, mais c'était pour moi le seul moyen de vous faire venir en Tasmanie. Océan représentait un mystère auquel je savais que vous ne résisteriez pas.

— Mais pour l'amour du ciel, souffla-t-elle, qui êtes-vous?

— Je suis votre demi-frère, répondit-il sans ciller.

Lorsqu'il les découvrit derrière la tente, Joe se rua vers eux et saisit l'inconnu par le col.

— Tu as intérêt à parler, espèce d'ordure, le menaça-t-il, ou je te démolis.

— Non, tenta de l'arrêter Loulou, qui tituba sous l'effet de son malaise. Laissez-le s'expliquer, Joe. Il s'agit de Carmichael.

Le souffle court, elle vacilla de nouveau et lui tomba presque entre les bras.

— Il vient... il vient de m'annoncer qu'il était mon frère.

— Et moi, je suis le Père Noël, décréta le jeune homme en serrant plus étroitement dans son poing le col de l'inconnu, qu'il toisa des bottes au chapeau.

— Si jamais tu lui as fait du mal, gronda-t-il, c'est à moi que tu vas devoir en répondre. Et crois-moi, je ne demande qu'à en découdre.

— Je vous en prie, Joe, il y a eu assez de bagarres pour aujourd'hui.

À peine eut-il baissé les yeux sur Loulou qu'il se radoucit. Elle était blanche comme un linge et manifestement au bord de l'évanouissement. Il repoussa Carmichael :

— Un geste et tu es un homme mort, le mit-il en garde avant de revenir à la jeune femme : asseyez-vous, lui dit-il doucement en tirant à elle une botte de paille. N'ayez crainte, je ne vous laisserai pas seule avec lui. Mais il faut que je prévienne les autres.

Elle ouvrit son ombrelle avant de plonger une main dans son petit sac, dont elle fit surgir une pilule, qu'elle avala. Son regard néanmoins demeurait vague et elle peinait à reprendre haleine.

Joe poussa un grand cri en agitant son chapeau en direction de Dolly, qui venait de paraître.

Cette dernière se précipita vers son amie, inquiète. Eliza demeura en retrait, cependant que Bob et Charlie venaient se planter auprès de Joe, les poings serrés, prêts à passer à l'action.

— Je vous conseille de nous fournir au plus vite quelques renseignements, décréta Joe à Carmichael d'un ton rogue. Je ne patienterai pas toute la journée.

Pendant qu'il leur rapportait qui il était et pour quelle raison il avait accosté Loulou, celle-ci se concentra sur lui. Depuis que Joe l'avait rejointe, elle se sentait mieux, mais elle demeurait sur ses gardes.

— Je suis la fille unique de Gwen, commenta-t-elle lorsque le jeune homme se tut. Vous ne pouvez pas être mon frère.

— Nous avons le même père.

Loulou s'attarda sur le regard très bleu du garçon, sur la manière dont ses cheveux bouclaient sur sa nuque et son front. Ils possédaient certes quelques traits communs.

— Je ne vous crois pas.

— Il se trouve ici, à Hobart. Si je vous emmenais le voir, cela pourrait-il vous convaincre de ma bonne foi?

Une lueur d'espoir brilla un instant dans l'esprit enténébré de la jeune femme, pour s'éteindre aussitôt.

— Je ne l'ai jamais rencontré. Je ne connais même pas son nom. Vous pourriez me présenter n'importe qui.

Peter lorgna les trois hommes présents, tira lui aussi une botte de paille sur laquelle il s'assit à son tour.

— Je ferais mieux de commencer par le commencement, car il s'agit d'une affaire compliquée.

Loulou serra dans la sienne la main de Dolly. Il paraissait très sûr de lui, mais peut-être n'était-il qu'un menteur invétéré, doublé d'un escroc. Cela dit, elle brûlait de le croire. Ces mille émotions mêlées l'épuisaient; elle posa la tête contre l'épaule de son amie.

Peter se débarrassa de sa cigarette, qu'il écrasa sur le gazon avec le talon de sa botte.

— Mon père... Notre père a été victime d'une attaque il y a environ un an et demi, à la suite de quoi j'ai repris les rênes de notre propriété dans le Queensland. Un jour que je cherchais une facture dans son bureau, j'ai ouvert un tiroir, dans lequel se trouvait un dossier.

Il dardait sur Loulou un regard qui ne fléchissait pas.

— Ce dossier contenait des lettres destinées à un certain M. Carmichael et adressées à une boîte postale située à Brisbane. Papa voyageant rarement, il avait dû s'arranger pour faire suivre ce courrier.

— Elles avaient été expédiées par les notaires de Londres?

— Elles dataient de l'année où vous avez quitté la Tasmanie. J'y ai découvert des rapports annuels concernant votre santé et vos activités, la plupart du temps accompagnés de photographies.

Il adressa à la jeune femme un sourire chaleureux.

— Visiblement, enchaîna-t-il, papa regrettait ce qui s'était passé à votre naissance. Vous comptiez assez à ses yeux pour qu'il ait eu envie de recevoir régulièrement de vos nouvelles.

— Pourquoi ne m'a-t-il pas écrit au lieu de me faire suivre?

— Je suppose que cela avait un rapport avec les versements réguliers qu'il adressait à votre mère, si j'en crois ses relevés bancaires.

— Gwen le faisait chanter, laissa tomber Loulou, nullement surprise, mais glacée néanmoins par cette découverte.

— Depuis votre naissance jusqu'au décès de ma mère, survenu il y a deux ans, soupira Peter. Après sa mort, il semble que papa ait décidé que Gwen pouvait agir à sa guise. Cela ne lui importait plus, puisque maman ne risquait plus de souffrir d'éventuelles révélations.

Le chagrin qu'elle lut dans les yeux du jeune homme attendrit Loulou.

— Et vous, l'interrogea-t-elle, qu'avez-vous éprouvé en apprenant tout cela?

— Un choc, je l'avoue. Moi qui m'imaginais que papa n'avait jamais trompé ma mère. Même s'ils n'entretenaient pas des relations faciles. Mon frère avait quatre ans lorsque vous êtes née. Peut-être mes parents s'étaient-ils disputés. Il lui arrivait, dans ces cas-là, de disparaître un moment... Je n'en sais rien.

— Gwen est une menteuse de la pire espèce, intervint Loulou. Comment pouvons-nous avoir la certitude que je suis bien sa fille ?

— Je n'ai pas le moindre doute là-dessus, répondit Peter avec un large sourire. Vous êtes le portrait craché de Sibylle, la sœur de papa. À tel point que je suis resté bouche bée la première fois que je vous ai vue. Et puis elle est artiste, elle aussi.

— Molly et moi ne pouvons que confirmer ses dires, s'immisça Eliza. Nous savions que vous entreteniez forcément un lien de parenté.

— Tu savais ? répéta Loulou, rageuse. Tu connaissais l'identité de mon père et tu en as discuté avec Molly sans daigner m'en dire un mot ? Comment as-tu osé te conduire de cette manière ?

Les traits de l'adolescente se durcirent.

— Nous hésitions sur la conduite à tenir, se défendit-elle. Ton père aurait pu refuser de te voir. Après tout, nous ignorions qui était au juste ce fameux Carmichael. Nous ne savions toujours pas qui t'avait offert le poulain.

— Étais-tu au courant, Dolly ?

— Personne ne m'a parlé de rien, rétorqua la jeune femme en assenant un regard glacial à Eliza.

— Et vous, Joe ? Molly vous a-t-elle fait des confidences ?

— Il y a trois jours seulement et, pour ma part, je me tourmentais davantage au sujet du rôle de Carmichael dans toute cette histoire.

— Si je comprends bien, même vous avez choisi de vous taire.

Elle était furieuse, mais à mesure qu'elle mâchait et remâchait ces informations, elle s'avisait peu à peu que tous s'étaient retrouvés dans une position extrêmement délicate. Quant à savoir si elle leur pardonnerait un jour, c'était une autre affaire.

Elle se tourna de nouveau vers Peter.

— Vous étiez en train de me parler de vos parents, dit-elle pour l'inviter à poursuivre.

Le jeune homme alluma une autre cigarette, dont il regarda la fumée s'élever vers le ciel.

— Ils s'aimaient et ne supportaient pas de rester loin l'un de l'autre trop longtemps, mais ils se querellaient sans cesse. Je suis né un an après vous, ce qui signifie que si leur couple avait traversé des tempêtes, ils s'étaient réconciliés entre-temps.

On lisait une telle sincérité dans son regard que Loulou consentit enfin à admettre qu'il était réellement son demi-frère.

— Vous êtes deux, disiez-vous ?

— Andy est mort à Fromelles, répondit Peter avec tristesse.

Joe, qui laissa échapper une façon de hoquet, avait blêmi. Il ne quittait plus Peter des yeux.

— Andy comptait-il parmi les capitaines du 14e régiment expédié à Fromelles ? A-t-il été transporté derrière nos lignes par un dénommé Joe Reilly ?

— En effet, confirma Peter. Et si vous êtes Joe Reilly, je sais ce que vous avez fait pour mon frère. C'est pour cette raison que je me suis arrangé pour qu'on vous confie plusieurs chevaux. Pour vous récompenser.

Mal à l'aise, Joe se balançait d'un pied sur l'autre.

— Il ne fallait pas, marmonna-t-il. Mais je vous en remercie.

Son interlocuteur se détourna, les yeux embués de larmes.

— Papa ne s'est jamais remis de la mort de mon frère. Il était l'aîné. Le préféré. Le garçon brillant promis à un brillant avenir.

Il ne se glissait pourtant pas une pointe d'amertume dans la voix de Peter.

— Ce n'était pas un mauvais père, mais dès qu'il s'agissait d'Andy, il perdait toute espèce d'esprit critique.

J'ai eu beau rentrer de France presque indemne, il n'a jamais accepté l'idée que mon frère, lui, ne reviendrait pas. Andy était mort, ma mère aussi, et papa s'est retranché dans son propre monde. J'avais perdu ma famille. Jamais je ne m'étais senti aussi seul. Jusqu'à ce que je découvre le fameux dossier.

Il évitait le regard de Loulou, honteux, semblait-il.

— J'ai appris que j'avais une sœur. Autrement dit, quelqu'un qui, peut-être, comprendrait mon désarroi. Une jeune femme qui se trouvait, elle aussi, privée de sa famille. Il fallait à tout prix que je vous retrouve. Et que je vous ramène chez nous.

Loulou était au bord des larmes. Ce garçon l'émouvait jusqu'à l'âme, mais elle garda le silence, craignant, sinon, de rompre le charme.

— Papa était tellement mal en point que je ne pouvais pas me permettre d'abandonner le ranch pour me rendre en Angleterre. Je me suis donc procuré un permis de courtier en chevaux de course, au nom de Carmichael. Océan faisait partie d'un lot de chevaux sauvages, mais j'ai immédiatement deviné qu'il pourrait accomplir de grandes choses. Je l'ai acheté aux enchères, puis j'ai inscrit votre nom sur les documents officiels que j'ai fait parvenir à Joe. Durant les mois qui ont suivi, j'ai répété à qui voulait l'entendre que son établissement reprenait de la vigueur. J'ai persuadé plusieurs propriétaires, les Frobisher par exemple, de mettre leurs montures en pension chez lui.

Il jeta un coup d'œil en direction de Joe.

— Je n'ai pas trouvé d'autre moyen de récompenser la bravoure dont vous avez fait preuve.

— Je comprends, grogna Joe. Cela dit, n'importe qui, à ma place, en aurait fait autant. Andy était un type en or et un ami épatant.

Son frère acquiesça avant d'enchaîner :

— Un poulain constitue un cadeau pour le moins inhabituel, mais j'avais appris, par les rapports du détective, que vous aimiez l'équitation. Et que vous aviez même sculpté un poulain auquel vous aviez donné le nom d'Océan, sans doute après avoir reçu la lettre de Joe.

Loulou confirma d'un signe de tête. Le jeune homme lui sourit en retour.

— Je savais que Joe vous écrirait pour vous tenir au courant des progrès du poulain. Il ne me restait plus qu'à imiter la signature de mon père au bas des lettres que j'ai dès lors expédiées à sa place aux notaires de Londres. Après quoi, j'ai attendu.

Une étincelle s'alluma dans les yeux de Peter.

— Je n'ai pas attendu bien longtemps, observa-t-il en décochant à Loulou un sourire malicieux.

— Vous aviez piqué ma curiosité, avoua-t-elle en lui rendant son sourire. Et puis comment aurais-je pu laisser passer cette chance de revoir la Tasmanie?

Elle se rembrunit en se rappelant la triste fin de Maurice, sa dispute avec Bertie et la douleur que son départ avait causée à Clarice.

— Mais mon retour n'a pas fait plaisir à tout le monde, ajouta-t-elle tristement. Ma grand-tante est allée jusqu'à me déshériter.

— Elle redoutait peut-être de vous voir aller au-devant des ennuis. Et si les histoires qui courent sur ses années australiennes sont vraies, elle ne souhaitait sans doute pas qu'elles parviennent à vos oreilles. Elle devait craindre de baisser dans votre estime.

— Un peu, mon neveu.

Tous se retournèrent vers Gwen, qui venait de se matérialiser au bras d'un homme au visage rougeaud affublé d'une cravate aux tons criards et d'un veston à carreaux.

— Une réunion de famille, railla-t-elle. Comme c'est touchant.

Elle posa les yeux sur Peter sans dissimuler son dédain.

— Vous devez être le fils de Frank. Vous lui ressemblez.

— Tu n'es pas la bienvenue parmi nous, se fâcha Loulou en repoussant la main que Dolly avait posée sur son bras pour la retenir. Va-t'en, s'il te plaît.

— Je mettrai les bouts quand j'en aurai envie, répliqua sa mère d'une voix pâteuse – elle avait bu. D'abord, je vais te parler de Clarice. Tu pigeras mieux pourquoi elle ne voulait pas que tu viennes ici.

— On ferait mieux de déguerpir, lui souffla son compagnon en lorgnant Joe et Charlie, avant de revenir à Peter.

— Pas avant que j'aie craché mon morceau.

Sur quoi elle se dégagea de son étreinte pour s'avancer vers Loulou d'un pas mal assuré en repoussant au passage une Eliza tétanisée.

— Clarice a eu une aventure avec mon père, cracha-t-elle sur un ton de triomphe. Pour tout dire, elle en était tellement dingue qu'elle n'a pas hésité à coucher avec lui au beau milieu de la roseraie du palais du gouverneur.

Loulou blêmit.

— Il s'agit d'un ignoble mensonge. Clarice est une femme d'honneur. Jamais elle n'aurait fait une chose pareille.

— Tu crois ça ? ricana Gwen avec mépris. Cette nuit-là, je peux t'assurer qu'elle n'avait rien d'une femme d'honneur, avec sa poitrine à l'air et ses jambes autour de la taille de mon père.

— Tu n'es qu'une sale menteuse, siffla sa fille.

— Dans ce cas, interroge donc Clarice. Elle ne pourra pas nier.

— Jamais je ne lui ferai l'affront de lui poser une question aussi humiliante.

Gwen rejeta ses cheveux en arrière, l'œil narquois.

— Clarice la sainte n'était rien qu'une roulure et une briseuse de ménage, qui a trahi sa sœur et détruit ma famille.

Elle se rapprocha encore, suffisamment pour que Loulou pût discerner, dans son haleine, l'odeur d'alcool et de tabac froid.

— Clarice m'a tout pris. Même toi, elle t'a prise aussi.

— Dieu merci, la moucha Loulou, qui lui répondait pied à pied. Tu n'étais qu'un monstre, aux griffes duquel j'ai eu beaucoup de chance d'échapper.

— Oh, voilà notre pauvre petite souris qui se met à couiner.

Gwen vacilla en balayant le groupe du regard.

— Vous faites preuve d'un courage exemplaire, tous autant que vous êtes... du moment que vous vous y mettez à plusieurs.

Loulou considéra le visage honni de sa mère avec un calme étonnant.

— Je te prie de croire, Gwen, que si nous passions un petit moment en tête à tête, tu ne pourrais que le regretter. Je ne suis plus une enfant. Je ne suis plus cette petite fille sans défense que tu te plaisais à rouer de coups. Regarde mes mains. Ce sont des mains puissantes, accoutumées depuis de nombreuses années à pétrir l'argile. Elles pourraient te tordre le cou en une fraction de seconde.

Et elle vint claquer des doigts sous le nez de sa mère.

Une lueur d'effroi brilla dans les yeux de celle-ci, qui recula d'un pas.

— Tu vas payer pour tout ça, articula-t-elle avec peine. Après tout, tu m'as volé mon héritage. Et tu m'as volé ma mère.

Loulou lui tourna le dos pour retourner s'asseoir sans hâte.

— Tu ferais mieux de t'en aller pendant que tu es encore en état de marcher, assena-t-elle froidement. La pompe à bière se trouve de ce côté.

— J'ai pas fini…

Gwen repoussa de nouveau la main de son compagnon, qui tentait encore de la retenir, pour se tourner vers Peter en titubant.

— Ton père me doit deux années de pension, aboya-t-elle.

— Il ne vous doit rien.

— Oh que si! Et si je récupère pas mon fric, je veillerai à ce que tout le monde apprenne quel genre de salopard il est.

L'homme au veston à carreaux l'empoigna cette fois sans ménagement.

— Ça suffit, maintenant. Allons-nous-en.

Aussitôt, elle projeta son poing en avant, qui manqua de peu le menton de son cavalier.

— Je te dis que j'ai pas fini. Je veux mon argent.

Le visage plus rubicond que jamais, il referma sa main, telle qu'un étau, sur l'avant-bras de sa compagne.

— Il est temps d'aller cuver ta cuite, insista-t-il en l'entraînant au loin.

— Bonté divine, souffla Eliza. Cette femme est réellement ta mère?…

— Hélas, oui. Mais en général, je ne m'en vante pas.

Loulou observa l'inconnu qui emmenait Gwen jusqu'au parking. Elle ne cessait de se débattre en hurlant des obscénités. La foule médusée n'avait plus d'yeux que pour elle. Enfin, l'homme la poussa dans la camionnette parmi les rires moqueurs des badauds. Il claqua la portière, mit le moteur en marche et quitta les lieux en trombe.

— Je crois que nous avons tous mérité une coupe de champagne, lança Dolly. C'est moi qui régale! Je ne m'étais pas autant divertie depuis des années.

Eliza s'empressa de prendre sa nouvelle amie par le bras.

— Voilà une idée épatante, lança-t-elle en se tournant ensuite vers Joe. Vous venez avec nous?

Le jeune homme lorgna Loulou.

— J'ai besoin de m'éclaircir les idées, répondit-il. Il reste une course et je dois rassurer les propriétaires.

L'adolescente fit une moue gracieuse en battant des cils.

— Je vous garde une coupe. Tâchez de faire vite.

— Et toi, Loulou? demanda Dolly en se libérant doucement des doigts qu'Eliza avait refermés sur son avant-bras pour se rapprocher de son amie.

— L'alcool et les médicaments ne font pas bon ménage, expliqua-t-elle avec un sourire reconnaissant. Mais allez-y. Peter et moi avons des tas de choses à nous dire.

Dolly approuva d'un signe de tête et s'éloigna avec l'adolescente.

— Et si nous allions nous promener au bord du fleuve? proposa Loulou à Peter lorsqu'ils furent enfin seuls. Il doit y faire plus frais.

Ils descendirent jusqu'à la rive du Derwent, où ils s'assirent sur un banc qu'un arbre ombrageait. L'œil fixé sur la surface étincelante des eaux, la jeune femme tâchait de remettre de l'ordre dans la masse d'informations que l'on venait de lui livrer. Elle se sentait à la fois éreintée et joyeuse, troublée mais ébahie à l'idée de connaître enfin son géniteur.

— Depuis que je suis toute petite, commença-t-elle, j'essaie d'imaginer à quoi peut bien ressembler mon père. Au début, j'ai pensé qu'il ne pouvait s'agir que d'un prince sur un cheval blanc. Mais, en grandissant, je suis devenue plus réaliste. Je n'arrive pas à croire ce qui m'arrive aujourd'hui. Racontez-moi tout, Peter.

— Son nom est Franklin Joe White, mais tout le monde l'appelle Frank. Il est né à deux pas d'ici voilà cinquante-six ans, dans une famille modeste de petits éleveurs de Collinsvale. Sibylle, la sœur de papa, a épousé un garçon originaire de Brisbane, qui l'a emmenée avec lui sur le continent. Lorsque la gestion du ranch est devenue trop lourde pour ses parents, papa en a repris les rênes avec maman. Il nourrissait de grandes ambitions, si bien qu'une fois mes grands-parents installés dans une maisonnette à Snug, au bord de la mer, il a rejoint sa sœur dans le Queensland, où il a dépensé tout son argent dans l'achat d'une propriété à Augathella.

— Où peut bien se trouver Augathella ? s'étonna Loulou, qui n'avait jamais entendu parler de cet endroit.

— Il s'agit d'un hameau situé dans ce que les Aborigènes ont baptisé le Jamais-Jamais.

— Tout cela me paraît terriblement romantique, soupira la jeune femme.

Peter se mit à rire.

— Je puis vous assurer qu'il n'y a rien de romantique à mener trois mille têtes de bétail d'un point d'eau à un autre dans un nuage de poussière. Vous ne descendez pratiquement pas de votre cheval pendant des jours. Les mouches vous dévorent et la chaleur vous accable. Les périodes de sécheresse durent quelquefois plusieurs années, tandis que les crues emportent les granges et les habitations. Les animaux, eux, se noient ou s'égarent. Faut-il que je vous parle encore des nuées de sauterelles ou des hordes de kangourous qui dévorent tout sur leur passage ? Nous devons en outre surveiller nuit et jour nos troupeaux au moment du vêlage, car les aigles et les dingos raffolent des jeunes veaux. L'existence est rude là-bas, mais pour rien au monde je ne souhaiterais en changer.

Un tel enthousiasme se peignait sur les traits de Peter que Loulou comprit qu'il ne se sentirait jamais plus heureux qu'au cœur de cette contrée pelée, loin de toute civilisation.

— Votre mère devait être une femme extraordinaire, murmura-t-elle en songeant aux épreuves qu'elle avait dû traverser à Augathella.

— Elle se révélait aussi robuste et aussi obstinée que papa. Ce qu'elle adorait par-dessus tout, c'était notre visite annuelle aux différentes foires agricoles de Brisbane.

Il poussa un lourd soupir.

— Elle me manque, laissa-t-il tomber avec une tristesse pudique.

— Vous m'avez annoncé tout à l'heure que votre… que notre père avait été victime d'une attaque. Est-ce grave ?

— Il a fallu du temps, mais il se trouve enfin en voie de guérison. Le médecin lui a conseillé de lever le pied, mais vu la vigueur dont il a toujours fait preuve, il peste de devoir rester assis des heures à ne rien faire.

Le jeune homme adressa un sourire à Loulou.

— Aimeriez-vous le rencontrer ?

— Bien sûr, souffla-t-elle.

— Il y a ici une excellente clinique spécialisée dans la convalescence des patients comme papa. On y propose des traitements modernes comprenant la physiothérapie, l'orthophonie, et il rêve tellement de remonter un jour à cheval qu'il se montre un élève modèle.

Il gloussa.

— J'ai eu un mal de chien à le convaincre de remettre les pieds en Tasmanie, mais je crois qu'aujourd'hui il ne regrette pas de m'avoir écouté.

— Lui avez-vous parlé du dossier et sait-il que je me trouve à Hobart ?

— Non, je ne lui ai encore rien dit. Je voulais d'abord m'entretenir avec vous. J'ignorais tout de votre réaction. Je ne tenais pas à lui donner de faux espoirs en lui faisant miroiter une éventuelle rencontre. Vous auriez très bien pu refuser de faire sa connaissance.

— Vous devriez d'abord le préparer. Sinon, il risque d'éprouver un choc terrible.

Une affreuse idée lui traversa l'esprit :

— Et s'il n'est pas d'accord pour me voir ?

— Je n'y avais pas songé, répondit-il en fronçant les sourcils, le regard perdu en direction du fleuve. Mais pour quelle raison s'y opposerait-il ? Il vous a fait suivre depuis votre plus tendre enfance. Cela signifie forcément que vous lui importez beaucoup.

La jeune femme se leva, ouvrit son ombrelle japonaise, avant de se tourner vers l'hippodrome.

— Quelle journée ! constata-t-elle comme ils rejoignaient le champ de courses d'un pas tranquille. Au fait, comment avez-vous choisi le nom de mon poulain ?

— Je n'ai pas eu à chercher bien loin. Le fameux dossier, je vous l'ai dit, contenait de nombreuses photographies. Toutes celles qui vous montraient enfant avaient été prises sur la plage, là-haut, dans le nord de l'île. Au dos de chacune, papa avait inscrit votre âge, ainsi que cette mention : « Ma petite déesse de l'océan. »

Les yeux de Loulou s'emplirent de larmes. Il l'aimait, et elle n'en avait jamais rien su.

— Parlez-lui dès ce soir, Peter, l'implora-t-elle, la voix altérée par l'émotion. Je veux absolument le rencontrer.

15

Joe pensait si fort à Loulou qu'il fut incapable de soutenir une conversation sensée avec l'un ou l'autre de ses propriétaires. Il ne souhaitait qu'une chose : garder un œil sur Peter et la jeune femme. Lorsqu'il réussit enfin à s'échapper, il gagna l'extrémité du champ de courses, d'où il distingua au loin les deux silhouettes.

Il se concentra sur le garçon. Peter White, plus grand et plus large d'épaules que son défunt frère, boitait un peu, mais la ressemblance entre Andy et lui sautait aux yeux. Il y avait également chez Loulou un air de famille. Joe les regarda se rapprocher.

Peter, qui, à n'en plus douter, était le demi-frère de Loulou, avait déployé des trésors d'ingéniosité pour l'attirer en Tasmanie. Pourtant, en dépit de la générosité dont il avait également fait preuve dans l'ombre pour aider Joe à remettre sur pied Galway House, celui-ci demeurait méfiant. Il n'aimait pas les secrets, n'appréciait guère qu'on le manipule et s'inquiétait de voir Loulou plonger la tête la première dans un maelström dont elle risquait, par la suite, d'avoir du mal à s'extirper.

Aveuglé par le soleil, il plissa les yeux : les deux jeunes gens s'étreignirent avant de se séparer. Lorsque Loulou le repéra, elle lui adressa un geste de la main. Elle jubilait, et bien que Joe se fût promis de maîtriser désormais ses sentiments, il sentit son cœur bondir dans sa poitrine à mesure que la jeune femme se rapprochait.

— Vous vous obstinez donc à jouer les chaperons? lui lança-t-elle, l'œil étincelant de bonheur.

— Je voulais seulement m'assurer que vous alliez me retrouver parmi la foule. Nous partirons tôt demain matin. Mieux vaut ne pas trop traîner.

— Je suis navrée, Joe, répliqua Loulou d'un air hésitant, mais Dolly et moi ne rentrerons pas à Galway House avec vous demain. Peter va nous réserver une chambre d'hôtel, et nous resterons ici jusqu'à ce que l'occasion me soit enfin offerte de m'entretenir avec mon père.

Elle agrippa l'avant-bras du jeune homme, la mine rayonnante.

— Vous n'imaginez pas ce que cela représente pour moi, enchaîna-t-elle. J'espérais ce moment depuis tant d'années. Ce qui m'arrive est merveilleux, vous ne trouvez pas?

À contempler ce visage où se lisaient une ardeur et un espoir sans bornes, il se maudit de la chagriner, mais il fallait qu'il parle.

— Je comprends votre allégresse, répondit-il doucement. Mais les événements ne s'enchaînent-ils pas trop vite?

— Peter a passé près de deux ans à mettre sur pied son projet, rétorqua-t-elle. Quant à moi, j'ai attendu toute ma vie. Je ne pense pas que…

— Vous ignorez tout de lui, Loulou. Vous ignorez tout de votre père. Et même si je conçois que vous mouriez d'envie de foncer, je crois que vous devriez…

Le regard de la jeune femme se ternit.

— Avez-vous résolu de gâcher cette journée extraordinaire?

— Bien sûr que non. Simplement, je ne veux pas que vous souffriez.

— Comment se pourrait-il qu'une rencontre avec mon père m'occasionne la moindre souffrance?

Loulou paraissait révoltée.

La vérité n'était pas belle à voir, mais Joe se sentait dans l'obligation de lui confier ses doutes.

— Et s'il refuse de faire votre connaissance?

— Jamais il ne ferait une chose pareille.

— Pourtant, il garde ses distances depuis que vous êtes née. Rien ne vous garantit qu'il changera son fusil d'épaule du jour au lendemain.

Il lui prit la main, bouleversé de la découvrir tremblante et glacée dans la sienne.

— Oh, Loulou, murmura-t-il. Je suis désolé de gâter ainsi votre plaisir…

Une larme scintillait au bord de ses cils, qu'elle chassa en clignant des yeux sans se tourner vers Joe.

— Vous avez raison, admit-elle enfin.

Elle releva le menton pour lui adresser un pâle sourire.

— Merci, Joe. Vous êtes un véritable ange gardien.

Et il le resterait jusqu'à son dernier souffle, ajouta-t-il pour lui-même. Mais jamais elle ne le saurait. Oh, comme il avait du mal à s'empêcher de toucher ce joli visage, à s'interdire d'embrasser ces lèvres douces…

— Cependant, reprit-elle, je vous demande de m'accorder votre confiance et de me laisser traiter cette affaire à ma manière. J'ai déjà perdu trop de temps, et j'ai besoin de découvrir qui je suis, et d'où je viens. Si tout cela doit se terminer dans les larmes, eh bien, qu'il en soit ainsi. Il faut que je sache.

Il ne la ferait pas changer d'avis.

— L'idée de vous abandonner ne m'emballe pas, lui dit-il, mais je vois que vous ne me laissez pas le choix. Nous partirons demain à l'aube, mais si vous avez besoin de moi, appelez-moi et j'accourrai.

— Vous êtes quelqu'un de bien, Joe Reilly, murmura Loulou en glissant sa main dans la main du jeune homme.

Il lui sourit, rêvant de l'étreindre. Mais il lui fallait se contenter de l'amitié qu'elle lui offrait. De la confiance qu'elle lui accordait. C'était là, pensa-t-il, le cœur serré, le premier de leurs adieux.

Clarice se sentait mal. Malgré les hypotenseurs que le médecin lui avait prescrits, ses chevilles demeuraient enflées et la vieille dame se réveillait le matin aussi fourbue que la veille au soir.

Elle s'était levée plus tard qu'à l'accoutumée. Elle était en train de prendre son petit-déjeuner lorsque Vera la fit sursauter en surgissant dans la salle à manger.

— Il est revenu, maman, lui annonça-t-elle, ses bras dodus croisés sous sa poitrine. Je me demande ce qu'il a dans le citron pour casser ainsi les pieds des honnêtes gens à une heure pareille.

— Veuillez frapper avant d'entrer, répliqua sa maîtresse en la fusillant du regard. Qui est revenu ?

— Le major Hopkins, répondit la domestique avec dédain.

— Faites-le entrer, et rapportez-nous du thé, ainsi qu'une tasse supplémentaire. Et cessez de m'appeler maman.

— Non, maman, maugréa Vera, qui tourna les talons et quitta la pièce.

Clarice soupira en l'entendant s'adresser au major sur un ton revêche. Comme elle regrettait l'époque où les gens de maison savaient tenir leur rang et se conduire bien...

— Bonjour, lady Pearson, lança le visiteur en hésitant sur le seuil. Je suis navré de vous importuner d'aussi bon matin.

Elle le salua, avant de lui signifier d'un geste qu'elle l'autorisait à s'asseoir face à elle, de l'autre côté de la table.

Il s'installa et se racla la gorge.

— Si je suis venu tôt, c'est parce que j'ai découvert un élément susceptible de vous intéresser.

— J'ai demandé à Vera de nous préparer du thé. Peut-être pouvons-nous attendre qu'elle l'apporte avant d'entamer notre discussion.

On parla donc de la pluie et du beau temps, du périple effectué par le détective depuis Londres, de leur santé… Enfin, la gouvernante vint poser sans ménagement sa vaisselle sur la table, avant de disparaître en claquant la porte derrière elle.

— Bonté divine, observa le major, la moustache frémissante, je crois bien que j'ai contrarié cette chère Vera…

— C'est dans sa nature d'être contrariée, répondit Clarice en servant le thé. Et j'ai l'impression qu'elle s'en amuse beaucoup. Qu'avez-vous donc à me révéler?

— J'ai entamé quelques recherches après notre dernière conversation, expliqua le visiteur en tirant une enveloppe de la poche de sa veste, et j'ai reçu ceci hier matin. Il s'agit de la liste des éleveurs qui ont vendu Océan aux enchères, assortie d'une brève présentation de chacun d'eux. J'espère que l'un de ces noms au moins vous dira quelque chose qui, peut-être, nous permettrait de remonter jusqu'à Carmichael.

— J'en doute. Je n'ai pas mis les pieds sur cette île depuis de nombreuses années et, à l'époque où je m'y trouvais, je ne fréquentais pas les éleveurs de bétail.

La moustache du détective frémit de nouveau, en sorte que Clarice lui jeta un regard soupçonneux par-dessus ses lunettes de lecture avant d'examiner la liste. Le nom lui sauta immédiatement au visage et, après avoir décrypté la courte notice biographique, elle laissa tomber le feuillet sur la table.

— C'est extraordinaire…, murmura-t-elle.

— Vous avez identifié quelqu'un? s'enquit le major, qui se pencha vers elle sous le coup de l'impatience.

— Oh oui. Tout s'éclaire, à présent.
— Représente-t-il un danger pour Lorelei?
Clarice secoua négativement la tête en souriant.
— Au contraire. Frank White est le père de Lorelei.
Sur quoi elle avala une gorgée de thé, ravie de l'effet qu'elle venait de produire sur son visiteur.
— Bien sûr, je ne l'avais pas deviné à l'époque. Personne ne savait qui était le père de la petite. Mais son nom sur cette liste explique tout.
— Je ne vous suis plus très bien, lady Pearson.
Se laissant aller aux souvenirs qui affleuraient par bribes, Clarice ne l'entendit qu'à peine. Tout concordait...
— Je l'ai rencontré une fois, il y a bien longtemps. Il m'a amené une vache laitière.
La vieille dame se renversa sur sa chaise. Oublieuse du major, elle revivait la scène...

C'était le mois de mai 1896. Eunice faisait la sieste, Gwen était absente et Lorelei, installée sur un tapis que sa grand-tante avait étalé sur la pelouse, devant la maison, se concentrait sur un album de coloriage. Comme il faisait frais, Clarice avait emmitouflé l'enfant avant de se consacrer à quelque travail d'aiguille. C'est alors qu'elle entendit un cheval sur le chemin. Piquée par la curiosité, elle abandonna son ouvrage, car peu de monde passait par là.

Il s'agissait d'un homme, juché sur un chariot, traînant après lui une vache grasse au poil luisant.

— Bonjour! lança-t-il. Êtes-vous lady Pearson?

Elle lui fit signe d'approcher, car il n'était pas dans ses habitudes de tenir ainsi conversation dans des conditions aussi triviales. Comme il descendait de son véhicule, elle fut frappée par sa haute taille et son physique avantageux. Elle se réjouit de l'absence de Gwen, car il possédait cette beauté un peu rude à laquelle

elle ne résistait pas – regard bleu foncé, longs cheveux bouclés, teint hâlé pareil à celui d'un gitan. Clarice jugea néanmoins son sourire aimable et, à l'évidence, il connaissait les bonnes manières, car il s'empressa d'ôter son chapeau pour la saluer.

— Frank White, se présenta-t-il. Je vous amène la vache que vous avez achetée l'autre jour.

Son regard glissa en direction de la fillette installée sur le tapis, avant de se poser à nouveau sur l'animal :

— Sally est une brave bête, enchaîna-t-il, qui vous donnera du lait en quantité pour la petite.

— C'est pour cette raison que je l'ai achetée. Lorelei étant de constitution fragile, j'ai pensé qu'un peu de lait frais chaque jour l'aiderait à prendre du poids.

— Pour sûr, confirma-t-il en considérant l'enfant une fois de plus avec un large sourire. J'ai l'impression que c'est une chouette gamine.

— Un ange, monsieur White, s'extasia Clarice, qui fondait dès qu'on complimentait sa petite-nièce.

Lorelei devait avoir pressenti qu'on parlait d'elle, car elle se leva pour trottiner vers sa grand-tante et l'inconnu qui se trouvait avec elle. À l'immense surprise de Clarice, elle ne se cacha pas derrière ses jupes comme elle le faisait d'ordinaire en présence d'un étranger. Au contraire : elle se cramponna à la jambe de M. White en levant vers lui ses grands yeux bleus.

Le premier instinct de Clarice fut de se précipiter vers la fillette. Après tout, elle ne savait rien de cet homme. Ce pouvait être n'importe qui. Mais alors il s'accroupit : l'enfant et lui se fixèrent longuement, comme hypnotisés. Clarice nota sans s'y attarder que leurs yeux se révélaient du même bleu. Ils ne se lâchaient plus du regard.

Soudain, M. White, du bout de l'index, pressa doucement le ventre de Lorelei, qui gloussa de plaisir, après quoi il la prit dans ses bras et la fit tourner en l'air. La fillette, d'habitude si calme, riait et criait de plaisir, la tête renversée vers l'arrière, agitant ses petites jambes.

— Attention, intervint Clarice. Elle souffre d'une maladie du cœur. Elle est très fragile.

— J'ai l'impression qu'elle est plus robuste que vous ne l'imaginez, madame, répondit l'homme en reposant doucement Lorelei sur le sol ; il avait refermé sa grande main sur les doigts minuscules qui s'agrippaient à lui. Avec un rire pareil, ajouta-t-il, elle aura un jour le monde à ses pieds.

Clarice lui adressa un sourire hésitant.

— Avez-vous des enfants, monsieur White ? Je vous trouve tellement à l'aise avec Lorelei...

— J'ai deux fils, lui révéla-t-il d'un ton bourru, en effleurant le bord de son chapeau.

Il renvoya, d'un geste tendre, la fillette en direction de sa grand-tante, sans pour autant la lâcher des yeux. Elle tendit les bras pour que Clarice lui ouvre les siens. L'homme se racla la gorge, revint à ses affaires et dénoua la corde qui retenait la vache à son chariot.

— Dépêchons-nous d'installer Sally dans son étable avant que je file. La route est longue jusqu'à Hobart.

— Lady Pearson ? Lady Pearson, vous ne vous sentez pas bien ?

— Mais si, rétorqua Clarice avec rudesse, en revenant au présent. Je me remémorais mon unique rencontre avec Frank White, voilà tout. J'avais acheté une vache au marché, et c'est lui qui me l'a livrée. Il m'a alors expliqué qu'il accomplissait le trajet depuis Hobart deux fois par an, ce qui n'était pas une mince affaire à l'époque, et que, cette fois, il en avait profité pour rendre ce service à un ami fermier.

Le major se pencha de nouveau sur les notices biographiques.

— J'aurais dû repérer là le lien avec la Tasmanie, observa-t-il. À croire que je perds la main... Comptez-vous écrire à Lorelei pour lui parler de M. White?

— Assurément. Mais je suis prête à parier qu'elle est déjà au courant. Si Frank White est resté l'homme dont j'ai le souvenir, il n'aura pas traîné avant de lui apprendre la nouvelle.

— Pourquoi diable a-t-il attendu tout ce temps pour entrer en contact avec elle?... Par ailleurs, nous n'avons toujours pas résolu l'énigme de l'usurpateur.

— Son long silence doit avoir un lien avec la mère de Lorelei. Quoi qu'il en soit, le mystère devrait être levé sous peu.

Elle sourit à son visiteur.

— Encore un peu de thé, major?

Loulou avait passé une nuit agitée, chargée de rêves confus et troublants, et lorsqu'elle s'éveillait, c'était le doute qui l'assaillait. Elle s'était levée tôt pour tenter de voir Joe, mais elle ne l'avait trouvé nulle part: il devait être déjà en route pour Galway House.

Dans le paddock, elle avait observé les juments et leurs poulains. Joe avait eu raison de lui faire part de ses craintes pour l'inviter à prendre le temps de la réflexion. Néanmoins, en dépit des mille émotions contradictoires dont elle était le siège, elle savait qu'il lui fallait à tout prix rencontrer son père. Et tant pis pour les conséquences.

Il était presque midi. Trois heures plus tôt, Dolly et son amie avaient salué leurs hôtes sur le perron de l'hôtel. Le temps avait changé durant la nuit: le soleil continuait à briller, mais un vent froid soufflait à présent depuis la mer de Tasman.

— Que fait-on maintenant? demanda Loulou en enfonçant les mains dans les poches de son manteau – le nez dans son col, elle sortait avec Dolly de l'hôtel situé sur les quais. Cette attente m'est insupportable. La matinée est derrière nous et nous n'avons toujours pas entendu parler de Peter.

— Tu vas devenir complètement folle si tu restes ici. Allons visiter Sullivan's Cove. Nous y trouverons peut-être des boutiques et un restaurant où déjeuner.

— Je ne suis pas d'humeur à me promener, ronchonna son amie. Et puis Peter risque d'appeler pendant notre absence. Il s'imaginera que j'ai changé d'avis.

À mesure que se prolongeait le silence du jeune homme, les doutes de Loulou grandissaient.

— Et s'il n'appelle pas du tout? enchaîna-t-elle. Et si…

— Arrête, lui commanda Dolly en passant un bras autour de ses épaules. Allons, ma chérie, ne te mets pas martel en tête. S'il téléphone pendant notre balade, le concierge de l'hôtel prendra son message. Quant au temps qu'il met à reprendre contact avec toi, je ne m'en étonne pas : il faut bien permettre à son père de se remettre du choc. Ce n'est pas tous les jours que votre fils découvre que vous avez trompé votre épouse et vous propose de faire connaissance avec une fille dont vous dissimulez l'existence depuis vingt-six ans.

— Tu as sans doute raison, soupira la jeune femme.

Elle scruta, de l'autre côté de la place pavée, le bâtiment des douanes, les édifices officiels, ainsi que les entrepôts, dans l'espoir d'y repérer Peter. En vain.

— Joe a peut-être vu juste, reprit-elle.

Elle se retourna vers Dolly en quête de réconfort et de conseils.

— Qu'adviendra-t-il s'il ne souhaite pas me rencontrer et s'il interdit à Peter de me revoir?

— Chaque chose en son temps, tempéra Dolly. Pour le moment, calme-toi, sinon tu vas te rendre malade.

Loulou prit une profonde inspiration pour tenter de se ressaisir. Dolly parlait d'or : elle devait brider son imagination galopante.

— Alors, allons-y, lança-t-elle avec résolution. Mais nous ne nous absenterons que peu de temps.

Peter, ayant quitté l'hippodrome trop tard pour s'entretenir avec son père ce soir-là, avait prévu de se rendre tôt à la clinique, le lendemain matin, afin de lui parler avant le début des soins. Mais, au terme d'une mauvaise nuit, il s'était malencontreusement rendormi, en sorte qu'en arrivant à la clinique il avait découvert que son père se trouvait déjà en pleine séance de physiothérapie.

Le temps passait. Peter n'y tenait plus. Frank avait d'abord refusé de le recevoir avant d'avoir terminé sa partie de dominos, puis il l'avait convié à un interminable déjeuner, dans la salle à manger de l'établissement, en compagnie de ses nouveaux amis. Bouillant d'impatience, le jeune homme avait fini par quitter la table pour s'en aller fumer au jardin.

Assis dans le pavillon, il consulta sa montre. Lorelei devait piaffer autant que lui mais, n'ayant rien de nouveau à lui annoncer, il s'en serait voulu de lui donner de faux espoirs en appelant l'hôtel. Incapable de tenir en place dans son fauteuil en rotin, il tenta de se concentrer sur le journal. Impossible. Il renonça.

— Te voilà. Je t'ai cherché partout.

Frank White s'appuyait lourdement sur sa canne pour descendre les quelques marches de pierre menant à la pelouse et au pavillon.

— Laisse-moi, ordonna-t-il à son fils, qui avait bondi pour l'aider. Je ne suis pas un infirme.

Rendu plus nerveux encore par la réaction brutale de son père, Peter se tint prêt néanmoins à voler à son secours si cette tête de mule s'avisait de tomber.

— Tu finiras par te casser le col du fémur, le mit-il en garde.

Frank s'affala dans un fauteuil, à l'accoudoir duquel il accrocha sa canne.

— Mon col du fémur est solide comme un roc, décréta-t-il – ses récentes difficultés d'élocution avaient presque totalement disparu.

L'irritabilité naturelle de Frank avait empiré depuis son attaque, et bien que Peter eût compris qu'il exprimait ainsi son désarroi de se voir physiquement diminué, ces emportements l'affectaient, aujourd'hui plus que jamais. Il avait les mains moites et, à présent que l'heure était venue pour lui de parler, il ne trouvait plus les mots.

— Qu'est-ce qui te chagrine, mon garçon?

Peter plongea son regard dans le regard toujours vif de son père et s'humecta les lèvres.

— J'ai fait quelque chose que tu vas peut-être désapprouver, mais je puis t'assurer que j'ai agi avec les meilleures intentions du monde.

L'homme fronça ses épais sourcils blancs.

— L'enfer est pavé de bonnes intentions, commenta-t-il. Allons, de quoi s'agit-il?

Peter prit une profonde inspiration et se mit à parler. Frank l'écouta de toutes ses oreilles, mais le jeune homme ne parvenait pas à déchiffrer l'expression de son visage. Il lui raconta tout. Après quoi il se tut. Au comble de l'angoisse, il attendit la réaction de son père.

Assis dans une flaque de pâle soleil, ce dernier avait baissé la tête, les mains sur les genoux. Des mains de travailleur de plein air, rompues à l'élevage du bétail et des chevaux depuis qu'il était en âge de marcher. Peter l'aimait. Il éprouvait du respect pour cet homme dont le secret ne lui appartenait plus tout à fait. Le garçon prit peur. Et si leurs relations devaient pâtir de ses récentes initiatives?…

— Tu n'avais pas à te mêler de mes affaires, laissa enfin tomber Frank. Mais je suppose que cela n'a plus la moindre importance.

Il leva la tête vers son fils.

— Si ta mère avait tout appris, elle en serait morte. C'est pour cette raison que j'ai continué à payer.

— Je m'en doutais.

Peter eut envie de lui prendre la main, mais son père goûtait peu les élans de tendresse.

— Le plus bête, c'est que je n'étais même pas certain que la gamine soit de moi.

Il porta, au-delà du jardin, ses regards vers la ville qui se déployait en contrebas.

— J'ai appris beaucoup plus tard que Gwen ne s'était pas attaquée à moi en premier. Avant, elle avait tenté d'en faire chanter un paquet. Des types plus riches que moi, à l'époque. C'est sans doute pour cette raison qu'elle s'en était prise à eux. Le hic, c'était que moi, j'avais réellement couché avec elle. Je crevais de honte. Et puis de peur, à l'idée que ta mère vienne à apprendre ce qui s'était passé. Alors j'ai craché au bassinet. Comment ai-je pu être assez bête pour fricoter avec une fille capable de semer la zizanie partout où elle passe?...

Il grimaça.

— Cependant, je ne me suis pas contenté d'avaler son histoire. J'ai aussi mené ma petite enquête de mon côté.

— Comment t'y es-tu pris? Tu vivais ici, alors que Clarice se trouvait sur la côte septentrionale...

Frank se tapota l'aile du nez.

— L'un de mes amis m'a raconté qu'il avait vendu une vache à une certaine Clarice Pearson. Alors je me suis rendu chez elle pour lui livrer l'animal. Et, dès que j'ai posé les yeux sur la gamine, j'ai compris.

Il se tut un moment. Peut-être se remémorait-il sa brève rencontre avec Lorelei.

— Une chouette petite gosse, enchaîna-t-il. Et le portrait craché de ma sœur au même âge.

Il s'abîma de nouveau dans le silence. Peter s'efforçait de lui dissimuler son impatience : le temps filait, et Loulou attendait de ses nouvelles.

— Tu as bien agi avec Joe, articula enfin son père. Si j'avais lu la lettre expédiée par le supérieur d'Andy, j'aurais peut-être pu faire quelque chose pour ce garçon avant que tu t'en charges.

Son regard n'était plus que regrets.

— Mais je n'en ai jamais eu le courage. Mon fils était mort. Je n'avais pas besoin de connaître les circonstances exactes de son décès.

— Je te comprends, commenta doucement Peter. Il me manque aussi, papa. Je pense à lui presque chaque jour.

— Il a laissé un vide terrible dans notre existence, murmura Frank.

— Au début, je me suis dit que j'aurais voulu mourir à sa place. Que j'aurais voulu qu'il rentre sain et sauf. Parce que cela t'aurait épargné le chagrin d'avoir perdu ton fils préféré.

Choqué, Frank White considéra Peter d'un œil réprobateur.

— Ce que tu racontes est abject. Pour qui me prends-tu ? Ta mère et moi avons été fous de joie de te voir rentrer presque indemne. Depuis, je remercie Dieu chaque jour de t'avoir préservé.

— Pourquoi ne me le montres-tu jamais ?

— Je ne suis pas du genre sentimental, répondit Frank. Tu le sais bien, mon garçon.

— Tout ce que j'entreprends est éclipsé par Andy. On me compare à lui en permanence, et jamais je ne suis à la hauteur. J'ai toujours su qu'il était ton préféré, mais cela ne me dérangeait pas, parce que je l'aimais et que je l'admirais aussi. Il était mon grand frère, la tête brûlée, le garçon à qui rien ne faisait peur... J'étais ravi de le suivre. Je m'épanouissais dans son ombre, mais j'avais également besoin de ton amour et de tes encouragements. Mais tu ne m'as jamais prodigué ni l'un ni l'autre.

Le jeune homme baissa la tête, vaguement honteux.

— Je t'aime, papa, et je te respecte, mais je ne pourrai jamais remplacer Andy, et d'ailleurs je ne le souhaite pas. Je suis ce que je suis. Le jour où mon frère et ma mère nous ont quittés, je me suis retrouvé privé de famille. J'avais espéré qu'enfin tu daignerais poser les yeux sur moi, au lieu de quoi tu t'es retranché dans ton monde.

Peter se leva pour se rapprocher de la porte, contre le chambranle de laquelle il s'appuya. Les yeux embués de larmes, il tournait le dos à son père.

— Lorsque Andy est revenu de Brisbane en 1914 pour nous annoncer qu'il s'était engagé dans l'armée, j'ai tenu à te prouver que je possédais autant de courage que lui. Mais, comme je me suis retrouvé dans les forces aériennes, je n'étais pas avec lui le jour de sa mort. Je m'en voudrai toute ma vie.

Il poussa un profond soupir.

— Quand j'ai découvert l'existence de Lorelei, il m'a semblé qu'un miracle venait de se produire. Ainsi, j'avais une sœur qui, peut-être, comprendrait ce que se sentir rejeté signifiait. C'est pour cette raison que j'ai tenu si fort à la ramener chez nous.

— Je ne t'ai jamais soupçonné d'éprouver un pareil désarroi. Et jamais je n'ai eu l'intention de t'écarter. Mais le décès de ton frère, puis celui de ta mère...

Il cligna des paupières en tirant un mouchoir de sa poche.

— C'était trop pour un seul homme. Je ne me suis plus préoccupé que de mon propre chagrin.

Il s'essuya les yeux.

— Pardon, Peter.

La gorge de ce dernier se serra. Ainsi, Frank l'avait aimé. Et il l'aimait encore. Simplement, il ignorait comment lui témoigner son affection. Il posa une main sur l'épaule de son père, surpris et affligé de la sentir si frêle sous ses doigts.

— Inutile de t'excuser, papa. Maintenant que j'ai trouvé Lorelei, peut-être vas-tu réussir à reprendre goût à l'existence. Peut-être allons-nous parvenir à former de nouveau une famille.

Frank se raidit, le regard lointain.

— Elle mène sa propre vie. Elle n'a pas besoin de moi.

— Mais bien sûr que si. N'importe quel enfant mérite qu'on lui apprenne un jour l'identité de son père et que la chance lui soit offerte de le rencontrer. Gwen n'ayant jamais livré son secret, Lorelei a tout ignoré de toi pendant vingt-six ans. Tu ne vas tout de même pas la repousser maintenant?

Un long silence s'ensuivit. Frank se rappelait-il la fillette qu'il avait découverte en livrant sa vache à Clarice? Se souvenait-il de sa liaison avec Gwen, qui l'avait ensuite rançonné?

— Sa mère est-elle au courant de sa présence en Tasmanie?

— Oui.

— Tu l'as vue?

— À l'hippodrome, hier. Elle était tellement ivre qu'elle a provoqué un scandale. Même le pauvre bougre qui l'accompagnait a paru tellement choqué qu'il l'a prise par le bras pour quitter les lieux avec elle.

— Elle n'a donc pas changé, grimaça Frank. Je suppose qu'elle réclamait de l'argent?

— En effet. Mais j'ai mis les points sur les *i*. Elle ne nous importunera plus.

— Je ne voulais pas payer, mais cette garce possède l'acharnement d'un terrier aux trousses d'un rat. Sans compter que, sur cette île de la taille d'un timbre-poste, rien ne reste secret bien longtemps. Je te parie qu'elle aura tôt fait de découvrir où je me trouve.

— Ne parlons plus d'elle, veux-tu. Elle ne compte pas. Lorelei, elle, brûle de te rencontrer. Puis-je la conduire ici?

De nouveau, le regard de Frank se perdit dans la distance.

— Laisse-moi du temps. La journée a été longue, et je suis comme qui dirait un peu secoué.

Peter l'aida à se lever et lui tendit sa canne.

— Demain, alors?

Frank s'immobilisa pour se tourner vers son fils.

— Je connais tout de cette gamine, répondit-il d'un ton abrupt. Clarice lui a offert une éducation hors pair. Pour ma part, je ne suis qu'un vieil éleveur qui se sent plus à l'aise sur un cheval que dans un salon chic. Nous ne possédons rien en commun, Peter. Pourquoi faudrait-il que nous nous voyions?

Le jeune homme considéra son père avec effarement.

— Mais parce qu'elle est ta fille. Voilà pourquoi.

— Il ne suffit pas d'être du même sang, mon garçon. Pas au bout de toutes ces années.

Il se remit en marche d'un pas traînant, épuisé par tout ce qui venait de se passer.

— Si je l'ai fait surveiller, ajouta-t-il, c'était par curiosité. Rien de plus. Jamais je n'ai eu l'intention de la rencontrer un jour.

Peter le soupçonna d'éprouver pour la jeune femme un attachement plus vif qu'il ne voulait bien l'admettre; son orgueil et son entêtement l'empêchaient de se livrer davantage.

— N'as-tu pas au moins envie de voir à quoi elle ressemble en chair et en os?

— Un peu, avoua Frank en haussant les épaules. Mais qui voudrait d'un vieux machin comme moi en guise de père, dis-moi? Bah, oublions cela, mon garçon.

— Donne-lui au moins la chance de se forger sa propre opinion, insista ce dernier, une pointe d'âpreté dans la voix. Elle a attendu toute sa vie l'occasion de faire ta connaissance. Ne l'abandonne pas maintenant. S'il te plaît.

— Tu aurais mieux fait de la laisser dans l'ignorance. Et de la laisser où elle était. En Angleterre. Tu lui as permis d'espérer, tu lui as fait des promesses que tu n'étais pas en mesure de tenir.

Il baissa d'un ton et ses épaules s'affaissèrent.

— Je ne suis pas certain d'être capable d'affronter son jugement.

— Si tu la repousses aujourd'hui, tu la meurtriras bien plus que tu l'as jamais fait. Si tu t'obstines dans ton refus, plaida encore le jeune homme en saisissant Frank par le bras, tu le regretteras toute ta vie.

— Cela compte beaucoup pour toi, n'est-ce pas?

— Et comment! Il s'agit de ma demi-sœur. Je l'apprécie, et je souhaite l'accueillir au sein de notre famille.

Frank hocha pensivement la tête avant d'entamer la courte ascension de la volée de marches. Une fois la terrasse atteinte, il y demeura immobile un moment, appuyé sur sa canne.

— Amène-la ici demain vers 15 heures. Mais, surtout, ne la préviens qu'à la dernière minute, parce que je peux très bien changer d'avis d'ici là.

Loulou se sentait recrue de fatigue, à bout de nerfs et la cervelle déréglée. Le silence de Frank ne pouvait signifier qu'une chose: son père avait mal réagi aux révélations du jeune homme. Assise en compagnie de Dolly dans le salon de l'hôtel, elle s'efforçait de masquer sa déception.

— Tu as de la visite, lui annonça soudain son amie.

Loulou n'attendit même pas qu'il se fût assis pour le bombarder de questions :

— Qu'a-t-il dit ? Comment a-t-il pris la chose ? Puis-je le rencontrer dès ce soir ? Ou alors demain ?

Face au mutisme de Peter, devant sa mine solennelle, elle finit par se modérer.

— Il refuse de faire ma connaissance ?

— Je suis en train de le travailler au corps, Lorelei, répondit enfin Peter en lui prenant la main. Mais c'est un vieux briscard obstiné, et puis avouez que l'on se trouverait bouleversé pour moins que cela.

Il adressa à la jeune femme un pâle sourire.

— Accordez-lui un peu de temps. Il cédera, j'en suis certain.

Loulou lisait cependant, dans le regard du garçon, une perplexité qui contredisait ses paroles. Il la préparait avec délicatesse à la mauvaise nouvelle.

— Vous vous êtes donné un mal fou, lui dit-elle, et je vous en suis infiniment reconnaissante. Nous avons eu tort d'en exiger autant de sa part. Mais au moins nous sommes-nous trouvés.

— Demain est un autre jour, philosopha Peter. Qui sait s'il ne va pas changer d'avis ?

— Qui sait, en effet, l'approuva Loulou, qui cédait une fois encore à l'espoir ténu demeurant au fond d'elle. Je vais prolonger mon séjour à Hobart jusqu'à la fin de cette semaine, mais si, d'ici là... Nous verrons bien.

Sa désillusion l'empêchait de dormir, en sorte qu'elle quitta son lit pour regarder, par la fenêtre, la lune voguer par-delà le mont Wellington. Son père vivait là, quelque part sur les flancs de cette montagne. Y souffrait-il d'une semblable insomnie ? Pensait-il à sa fille ? Regrettait-il de l'avoir repoussée ? Il lui fallait à tout prix entretenir au fond d'elle ce soupçon d'optimisme car, quelle que puisse être l'issue de cette rencontre, elle ne partirait pas de Hobart sans avoir vu Frank.

Le lendemain

Peter avait loué une chambre dans un petit hôtel proche des docks. Il avait détesté mentir à Lorelei, mais il n'avait pas eu le choix. Il n'en passa pas moins une nouvelle nuit agitée.

À l'aube, il était levé et habillé. Puisqu'il était beaucoup trop tôt pour prendre le petit-déjeuner, le jeune homme décida de faire une promenade. Elle apaiserait peut-être ses nerfs à vif. Son genou abîmé le tourmentait, mais au moins cette courte flânerie lui permettrait-elle de détourner son attention du sujet qui le taraudait.

De retour à l'hôtel, il se campa non loin du téléphone, tressaillant à chaque sonnerie, ce qui lui valut les regards agacés du réceptionniste.

L'appel qu'il attendait lui parvint à 14 heures.

— Je te demande pardon, mon garçon, mais je ne peux pas la rencontrer. Souhaite-lui bonne chance de ma part.

Déjà, Frank avait raccroché. Son fils, un instant interdit, reposa le combiné pour se ruer hors de l'établissement, fou de rage. Comme il avait bien fait de tenir sa langue auprès de Lorelei...

— Espèce de vieux salaud, gronda-t-il en claquant la portière de sa camionnette avec une violence qui en ébranla le châssis. Je te croyais un homme, papa, mais tu n'es qu'un lâche. Un pauvre lâche.

Toujours furieux, il regardait droit devant lui, l'œil noir, en fumant cigarette sur cigarette. Que faire à présent? Prévenir Loulou. L'épreuve qui l'attendait ne le réjouissait guère, mais pourquoi contraindre la jeune femme à demeurer plus longtemps à Hobart, maintenant que Frank avait arrêté sa décision?

— Nom de Dieu! rugit-il en bondissant hors de la camionnette pour en actionner sans ménagement la manivelle. Le moteur démarra. Peter remonta à bord du véhicule, claqua de nouveau la portière et fonça. Qu'allait-il dire à Loulou? Jamais il n'aurait imaginé que le seul obstacle à ses projets pût être son père en personne. Pourvu que la jeune femme fût assez robuste pour supporter cette rebuffade.

Loulou, cramponnée à son mince espoir, avait choisi ses vêtements en conséquence: son pull bleu pâle rehaussait la couleur de ses yeux, tandis que son pantalon ajusté ferait merveille face aux rigueurs climatiques de la journée. Quant à son béret de tricot, il lui remonta le moral. S'il avait changé d'avis depuis hier, elle se tenait prête à rencontrer son père.

Poussés par le vent, des nuages galopaient à travers un ciel gris où la pluie menaçait. Le gréement des bateaux chahutés par la houle, dans le port où ils se trouvaient amarrés, émettait de vilains cliquètements qui rivalisaient avec le cri des mouettes. Loulou avait beau s'être promis de conserver sa bonne humeur, elle se rembrunit à mesure que s'étirait la matinée, qu'elle passa avec Dolly sur le port, puis dans la rue principale, dont les deux jeunes femmes léchèrent distraitement les vitrines. Elles déjeunèrent tôt, dans un restaurant spécialisé dans les langoustines et les moules vertes de Nouvelle-Zélande, mais Loulou manquait d'appétit; elle ne toucha pour ainsi dire pas au contenu de son assiette.

— Il ne va pas changer d'avis, n'est-ce pas? demanda-t-elle à Dolly, qui réglait la note.

— Personne ne peut le savoir, répondit son amie avec fermeté.

Après avoir remis un pourboire à la serveuse, elle entraîna Loulou hors de l'établissement.

— Patience, enchaîna-t-elle. C'est un vieil homme, dont les péchés d'autrefois viennent de le rattraper. Il doit se sentir aussi bouleversé que toi.

— Tu as peut-être raison, grimaça son amie. Mais j'aurais plutôt pensé que...

— Depuis quelques jours, tu penses trop. Allons, viens, rentrons nous reposer. Tu m'as l'air exténuée.

C'est alors que la camionnette surgit en trombe pour s'immobiliser devant l'hôtel dans un grand crissement de pneus. Le cœur de la jeune femme cessa de battre.

— Il faut que nous parlions, lui annonça Peter, qui lui prit le bras pour l'aider à gravir plus vite les marches du perron.

Loulou, qui discerna aussitôt la colère contenue du garçon, ne souffla mot jusqu'à ce qu'ils se fussent installés dans un coin paisible du salon:

— Qu'est-il arrivé? Son état de santé s'est-il brusquement dégradé?

— Non, ce n'est pas aussi simple que cela, grommela Peter en lui prenant la main. Je suis navré, Loulou. J'ai tout gâché. J'espère que vous parviendrez à me pardonner.

— Il refuse de me voir?

Il se passa une main dans les cheveux en évitant le regard de la jeune femme.

— J'étais vraiment persuadé qu'il allait accepter. Mais il m'a appelé pour me dire qu'il n'avait pas le courage de vous affronter.

Peter nageait en plein désarroi. Loulou ne pouvait décemment pas lui en vouloir, mais sa déception la meurtrissait à l'égal d'un poignard.

Le silence se fit. Il dura. Soudain, la jeune femme rompit la glace, plus déterminée que jamais:

— J'ai attendu cette occasion trop longtemps, décréta-t-elle. Je ne quitterai pas Hobart sans l'avoir rencontré. Au vu de ce que vous m'avez rapporté, d'ordinaire il n'est pas homme à fuir les confrontations.

— Il a toujours fait face à son devoir.

— Jusqu'à aujourd'hui. Je présume qu'il a honte de m'avoir abandonnée. Peut-être éprouve-t-il également de la peur. Il redoute que je le juge.

Elle prit une profonde inspiration.

— Je n'en suis pas moins résolue à le voir. Il faut qu'il comprenne qu'il n'a rien à craindre de moi.

— Il risque d'être furieux, la mit en garde Peter. Papa aime bien faire les choses à sa façon.

— C'est mon père. Il passera là-dessus.

— Sinon?

Loulou fit taire la peur qu'elle sentait naître en elle en saisissant son manteau et son sac à main.

— Chaque chose en son temps, rétorqua-t-elle avec plus d'assurance qu'elle n'en éprouvait en réalité.

Elle baissa les yeux vers le jeune homme, toujours enfoncé dans son fauteuil.

— Comptez-vous m'emmener là-bas, ou faut-il que j'appelle un taxi?

Peter se mit debout à contrecœur.

— Mieux vaut que je vienne avec vous, maugréa-t-il, mais je vous conseille de vous préparer au pire.

— S'il se montre par trop désagréable, je m'en irai, et c'en sera terminé de cette histoire, décréta-t-elle en haussant le menton avec un air de défi.

— Souhaites-tu que je t'accompagne? demanda Dolly qui, déjà, récupérait ses affaires sur le sofa.

— Je dois faire cela seule, répondit son amie en secouant la tête.

Dolly l'étreignit avant de lui piquer un baiser sur la joue.

— Bonne chance, ma chérie. Et si ce vieux bonhomme te fait du mal, je me chargerai personnellement de lui.

Après l'avoir remerciée d'un sourire, Loulou suivit Peter jusqu'à sa camionnette. Elle lui sut gré de son silence, tandis qu'au volant du véhicule il s'éloignait de Sullivan's Cove pour s'engager sur une route sinueuse qui grimpait en pente raide à l'assaut de la montagne. La jeune femme remuait mille pensées, et son courage faiblissait un peu plus à chaque kilomètre parcouru.

La voie étroite se trouvait bordée d'arbres et d'arbustes qui cachaient presque les maisonnettes en bois blotties au pied de l'imposant sommet. Durant leur ascension, Loulou se retourna : Hobart s'étendait en contrebas, la mer et le fleuve scintillaient. La cime du mont Wellington, en revanche, se perdait dans un tourbillon de nuages gris. Mauvais présage ?

Après avoir franchi la large grille, Peter arrêta sa camionnette dans l'allée de gravier. Il aida sa passagère à descendre en la considérant d'un œil inquiet.

— Êtes-vous certaine de vouloir aller jusqu'au bout ?
— Oui.
— Je vous admire, Loulou, et je suis sûr que papa va vous admirer aussi. Rappelez-vous simplement qu'il aboie plus fort qu'il ne mord. Ne vous laissez pas marcher sur les pieds.
— Ce n'est pas mon genre, murmura-t-elle. Allons-y.

Peter l'entraîna sur un sentier bordé d'hortensias menant à la vaste pelouse. L'édifice coiffait le sommet de la colline. Derrière lui, le mont Wellington s'élançait vers le ciel, tandis qu'en contrebas se distinguait Hobart. Chaque fenêtre était pourvue de volets verts, des portes vitrées donnaient sur une grande terrasse où tables et chaises attendaient le retour d'un climat plus clément.

Loulou avait le cœur battant. Les deux jeunes gens gravirent quelques marches pour atteindre la terrasse, avant de pénétrer dans le hall de réception, espace imposant où des hommes et des femmes jouaient à des jeux de plateau ou bavardaient autour d'une tasse de thé. Le regard de Loulou papillonnait de visage en visage : lequel était celui de son père ? Elle redoutait de le découvrir.

— Il doit être dans sa chambre en train d'écouter de la musique, murmura Peter, parce qu'il fait trop froid pour sortir.

Ayant escorté la jeune femme dans un long couloir, il s'immobilisa devant l'une des portes fermées.

Les jambes de Loulou faillirent se dérober sous elle ; Peter la rattrapa par le bras.

— Je ne sais pas si j'en suis capable, souffla-t-elle dans un soudain accès de panique.

— Dans ce cas, allons-nous-en.

Mais l'indécision clouait la jeune femme au sol. Elle était venue de si loin, et voilà qu'elle ne se trouvait plus qu'à quelques mètres de l'homme qu'elle avait désiré rencontrer toute sa vie. Il fallait qu'elle puise en elle le courage nécessaire à franchir le pas. Sinon, elle le regretterait jusqu'à son dernier souffle. Elle leva les yeux vers un Peter aussi hésitant, aussi nerveux qu'elle.

— Promettez-moi de ne pas m'abandonner, le supplia-t-elle.

Il promit d'un hochement de tête.

Alors, Loulou ouvrit la porte.

Frank White se tenait assis près de la fenêtre, dans un fauteuil à haut dossier. Sur une table non loin, il avait posé son chapeau. Il écoutait l'émission de radio avec une attention si passionnée qu'il ne s'aperçut pas qu'il avait de la visite.

Plantée sur le seuil de la pièce, Loulou le scrutait avec curiosité. Tel était donc ce père qu'elle n'avait jamais connu, cet homme dont elle n'avait jamais vu le visage, pas même en rêve. Les boucles de son épaisse chevelure argentée tombaient presque jusqu'à son col. Sa peau tannée témoignait des nombreuses heures qu'il avait passées au soleil, cependant que ses rides accentuaient la rudesse de sa physionomie. Frank White avait été jadis un homme d'une grande beauté.

Loulou pénétra dans la chambre. À mesure que ses craintes refluaient, elle gagnait en assurance.

Comme Frank se détournait de son poste de radio, il écarquilla les yeux en avisant la jeune femme.

— Que faites-vous ici? lui demanda-t-il d'une voix rauque en tâtonnant pour récupérer sa canne. J'ai prévenu Peter que je ne voulais pas vous recevoir.

— Si vous y tenez vraiment, répliqua Loulou, je m'en irai. Mais ce serait dommage, car jamais plus l'occasion ne nous sera donnée de faire connaissance.

Après s'être mis debout avec difficulté, Frank éteignit la radio.

— Vous avez du cran, jeune fille. Un bon point pour vous.

— J'aurais trouvé idiot de ne pas vous rendre visite alors que nous nous trouvons dans la même ville au même moment, commenta-t-elle en avançant d'un pas. Et puis je tenais à satisfaire ma curiosité.

Frank lui décocha un large sourire avant de jeter un coup d'œil en direction de son fils.

— Une vraie de vraie rosbif, pas vrai? On croirait entendre une speakerine de la BBC.

— À mon arrivée en Angleterre, Clarice m'a imposé des cours de diction. Je détestais cela.

Comme il toisait la jeune femme de la tête aux bottes, le sourire de Frank mourut peu à peu sur ses lèvres.

— La dernière fois que je t'ai vue, tu étais haute comme trois pommes, fit-il, renfrogné. Mais le moins qu'on puisse dire, bonté divine, c'est que tu as grandi…

— Nous nous sommes déjà rencontrés? s'étonna Loulou, dont le pouls s'accéléra.

— C'était il y a très, très longtemps, répondit-il avec douceur.

— Alors, pourquoi ne souhaitiez-vous pas me revoir?

Il se laissa tomber dans son fauteuil en évitant le regard de la jeune femme.

— J'ai un peu perdu les pédales, avoua-t-il. J'ai éprouvé un sacré choc, tu sais. Et à mon âge, ce n'est pas recommandé.

Cette fois, il releva les yeux, dans lesquels s'alluma une lueur d'espièglerie.

— Mais rien ne vaut une jolie pépée pour remettre d'aplomb un vieux bonhomme de mon espèce. Assieds-toi, Lorelei, ajouta-t-il en tapotant le fauteuil à côté du sien. Sinon, je vais finir par attraper un torticolis.

Loulou nota ses quelques défauts d'élocution, la commissure des lèvres affaissée et la main tremblant sur le pommeau de la canne. Les séquelles de son attaque demeuraient perceptibles, mais son humour et son intelligence n'avaient pâti en rien de ses ennuis de santé.

— Vous venez de me dire que nous nous étions déjà rencontrés, le relança-t-elle, mais si c'était le cas, je m'en souviendrais.

— Tu n'avais que deux ans. Quelle adorable petite gosse tu étais…

Son regard s'embua.

— Tu t'es cramponnée à ma jambe en levant vers moi tes grands yeux. J'ai fondu. Et puis tes tout petits doigts ont agrippé les miens comme si tu refusais de me laisser partir. Jamais je n'ai eu autant de mal à quitter quelqu'un que ce jour-là.

— Ne pouviez-vous pas rester? l'interrogea froidement Loulou, que son désarroi n'émouvait pas.

— J'avais une femme et deux garçons. Je ne pouvais pas leur faire de mal.

— Mais m'en faire à moi, cela ne vous a pas dérangé, le cingla-t-elle sous l'effet de la colère. Quant à votre épouse et vos enfants, vous n'avez guère songé à eux le jour où vous avez couché avec ma mère.

— J'étais jeune, contre-attaqua-t-il. J'étais bête et j'avais le sang chaud. J'ai quitté la maison après une dispute avec la mère de Peter et Gwen...

Il soupira. Déjà, son courroux s'était tari.

— Il était difficile de lui résister, mais, depuis, je n'ai cessé de regretter mon comportement.

— À cause de la souffrance que vous avez infligée autour de vous, ou parce que ma mère vous a réclamé de l'argent?

Il la fusilla du regard de sous ses épais sourcils.

— Les deux, rétorqua-t-il d'une voix rauque. Ça n'a pas été facile.

Loulou émit un murmure dédaigneux, qui flotta un moment entre eux à la façon d'un écho.

— Vous croyez peut-être que ça l'a été pour moi? riposta-t-elle. Il m'a fallu grandir sans père, sans jamais savoir qui vous étiez, ni pour quelle raison vous m'aviez abandonnée à la cruauté de Gwen.

Elle inspira profondément pour tenter de museler sa fureur.

— Pouvez-vous seulement imaginer ce qu'on éprouve à promener partout son statut d'enfant illégitime?

Les traits de Frank se durcirent. Il lança à Peter un regard noir.

— Voilà pourquoi je ne voulais pas la rencontrer! aboya-t-il. Je savais que ce serait une erreur.

— Et en matière d'erreurs, vous m'avez l'air d'en connaître un rayon, railla Loulou. Des erreurs avec lesquelles je devrai vivre jusqu'au bout. Cependant, ce sont elles qui ont fait de moi ce que je suis, qui m'ont rendue unique en mon genre. Je ne me distinguais pas seulement par mon accent ou mes problèmes cardiaques. Je sortais aussi du lot du fait de ma situation familiale. Je n'avais pas de père. Je n'avais même pas de mère. Et la femme qui m'élevait avait l'âge d'être ma grand-mère. Ce sont là des handicaps difficiles à surmonter, en particulier dans un pensionnat de jeunes filles en Angleterre, où le snobisme règne en maître et où l'ascendance familiale revêt une importance capitale.

— Vous êtes en colère, marmonna Frank, et je ne peux pas vous le reprocher.

— Un peu, oui, que je suis en colère! répondit Loulou en ôtant son béret; elle secoua la tête pour libérer sa chevelure.

— Je suis navré.

— Il est un peu tard pour les excuses, le moucha-t-elle.

Elle ne s'était certes pas rendue ici avec des intentions belliqueuses, mais c'était soudain comme si cette rage accumulée depuis vingt-six ans s'accordait enfin le droit de se manifester.

— Le mal a été fait le jour où vous avez fauté avec Gwen, enchaîna la jeune femme. Il s'est trouvé ensuite entretenu par les ragots qui ont circulé dans toute la Tasmanie, par les préjugés des habitants de cette île. Et sans doute emporterai-je ces blessures dans ma tombe.

Elle reprit haleine.

— Aucune excuse au monde ne saurait racheter la douleur que j'ai endurée.

Frank releva la tête, transperçant son interlocutrice de son regard très bleu.

— Je reconnais volontiers que l'infamie a présidé à ta naissance, et j'en suis infiniment désolé. Tu n'étais qu'innocence, et c'est pourtant toi qui as dû payer le prix le plus fort pour le péché que ta mère et moi avons commis. Mais je ne t'ai jamais oubliée, et j'ai toujours fait de mon mieux pour veiller sur toi.

— En engageant quelqu'un pour m'espionner?

— Tu as une langue d'aspic, ma parole!

— Sans doute parce que je l'ai trempée dans le venin des souvenirs.

Sur ce, Loulou bondit sur ses pieds, saisit son sac et son béret.

— J'ai eu tort de venir jusqu'ici, dit-elle à Peter. Pouvez-vous me ramener à l'hôtel, s'il vous plaît?

— Je t'aurais crue taillée dans un bois plus robuste! brailla Frank comme la jeune femme atteignait la porte de sa chambre. Gwen serait restée, elle, et elle aurait ferraillé jusqu'au bout. Elle ne se serait pas enfuie.

— Vous ne savez rien de moi. Et je vous interdis de me comparer à Gwen.

— Tu reviendras.

— N'y comptez pas.

Elle parcourut le couloir au pas de charge et dévala l'escalier pour s'engouffrer dans la camionnette. Là, elle attendit Peter, aveuglée par les larmes. Elle avait placé tant d'espoirs dans cette rencontre, et elle venait de tout gâcher. Les années d'humiliation et de ressentiment l'avaient brusquement rattrapée, l'émotion l'avait submergée...

Le jeune homme prit place à côté d'elle.

— Souhaitez-vous réellement partir? s'enquit-il doucement.

Elle opina du chef en chassant ses pleurs.

— Je comprends votre fureur et votre chagrin, lui dit-il. Vous allez avoir besoin de temps, tous les deux, pour vous réconcilier. Accordez-lui une autre chance, Loulou.

Elle détourna le regard pour contempler la clinique par la vitre. Elle s'en voulait de s'être à ce point emportée, de n'avoir pas su se maîtriser, mais à l'idée de reparaître tout à l'heure devant lui pour lui présenter des excuses, elle se sentit mortifiée.

— Je vais y réfléchir, se contenta-t-elle de répondre dans un murmure.

Trois jours plus tard, Loulou attendait que Dolly rentre de chez le coiffeur lorsque Peter fit irruption dans le salon de l'hôtel.

— Il m'a rappelé ce matin. Il demande à vous voir. Je crois qu'il est sincèrement désolé de l'issue de votre rencontre. Il a envie que les choses s'arrangent.

Il y avait dans les yeux du jeune homme une supplication muette, qui fit comprendre à Loulou qu'elle s'était montrée injuste et bornée. Peter était venu la voir chaque jour pour la prier de revenir sur sa décision et lui signaler les appels téléphoniques de leur père. Un nouveau refus tiendrait de la mesquinerie. Sans compter qu'elle regretterait toute sa vie d'avoir dédaigné cette ultime occasion.

— Allons-y avant que je change d'avis.

Elle laissa un message à la réception pour Dolly, après quoi les deux jeunes gens gravirent pour la deuxième fois le flanc de la colline à bord de la camionnette.

Le cœur de Loulou battait avec régularité, elle tenait en laisse ses émotions. On emprunta le dernier long virage. Déjà, on devinait la clinique entre les arbres.

La camionnette surgit de nulle part. Roulant à une vitesse excessive du mauvais côté de la route, elle fonçait droit sur eux.

— Cramponnez-vous! hurla Peter en tournant le volant d'un coup sec.

Les pneus crissèrent. Le jeune homme était debout sur le frein. Le véhicule patina sur le gravier du bas-côté. Il manqua de peu un gros arbre.

L'autre camionnette parut tanguer sur son châssis tandis qu'elle faisait une embardée pour se replacer sur sa voie. Elle disparut à toute allure.

— Bon sang! hoqueta Peter. C'était moins une.

Mais déjà, il se tournait vers sa passagère.

— Êtes-vous blessée? Je vous trouve d'une pâleur effarante.

— Avez-vous vu qui conduisait? lui demanda-t-elle.

— J'étais bien trop occupé à tenter d'éviter cet abruti.

— C'était Gwen.

Le garçon blêmit sous son hâle.

— Vous ne pensez tout de même pas qu'elle…

— Dépêchons-nous. Frank est peut-être en danger.

Peter redémarra en trombe, franchit les grilles sur les chapeaux de roue pour s'immobiliser au terme d'un savant dérapage au pied du perron.

Le moteur grondait encore que déjà Loulou sautait à bas du véhicule, grimpait les quelques marches et traversait le hall au pas de course, Peter bientôt sur ses talons. Elle ouvrit la porte de la chambre à toute volée et se figea.

Frank était assis dans son fauteuil. Penchée sur lui, une infirmière entre deux âges lui appliquait une poche à glace sur la joue. Elle se retourna en adressant à la jeune femme un regard noir.

— Dehors, lui assena-t-elle. Frank a reçu assez de visites pour aujourd'hui.

Le patient repoussa la main qui tenait la poche à glace.

— Fichez-moi la paix, rabroua-t-il l'infirmière. Il s'agit de ma fille et de mon fils, et je désire les voir.

— Mais…

— Pas de mais. Allez-vous-en et laissez-moi tranquille.

Elle laissa tomber la poche à glace sur les genoux de Frank, avant de se retirer, l'uniforme crissant d'apprêt et la mine indignée.

Les deux jeunes gens s'approchèrent de leur père en hâte. Loulou contempla avec effroi les marques livides sur sa joue et la bosse au-dessus de l'œil.

— C'est Gwen qui t'a fait ça?

Frank considéra ses enfants d'un air penaud.

— Je n'ai rien vu venir, avoua-t-il. Elle était en train de me hurler dessus et puis, tout à coup, sans crier gare… vlan!

Il grimaça en pressant contre sa joue la poche à glace.

— Cette garce aurait dû pratiquer la boxe.

— Que voulait-elle?

— De l'argent, répondit-il, l'œil étincelant. C'est la seule chose qui l'intéresse.

Ayant entre-temps raccommodé sa fierté en lambeaux, il haussa le menton.

— Je lui ai dit d'aller se faire pendre ailleurs en la menaçant d'appeler les flics.

Il gloussa.

— Bah, elle a tiré une de ces bobines… Ça valait le coup de se ramasser un cocard pour avoir eu la satisfaction de voir ça.

— Cette mésaventure a dû te secouer, intervint Peter en examinant le visage de son père. Je vais demander au médecin de passer.

— Je ne suis peut-être pas dans une forme olympique, se fâcha Frank, mais pas au point d'être incapable d'encaisser un direct asséné par une bonne femme! Asseyez-vous, tous les deux. Inutile d'en faire un plat.

Loulou s'exécuta en le considérant avec méfiance. Cet homme prenait la mouche dès que l'on tentait de le contredire. Il ne devait pas être facile à vivre.

— Ne me regarde pas de cette façon, Lorelei. Je ne vais pas te manger.

Il l'observa à son tour, en silence.

— Je suis navré que nous ayons pris un si mauvais départ, l'autre jour. Merci d'être revenue.

— Je suis désolée aussi. Lorsque nous avons vu Gwen filer d'ici en roulant à tombeau ouvert, j'ai compris combien il était important pour moi que nous fassions la paix. Je me réjouis qu'elle ne t'ait pas fait trop de mal.

— Elle n'a blessé que mon orgueil, commenta-t-il avec un pâle sourire. Seulement mon orgueil.

Mais, déjà, son regard pétillait.

— J'ai toujours su que tu deviendrais une très belle fille.

Le compliment la toucha malgré elle – elle s'en voulut mais rougit.

— Je ne vois pas comment tu pouvais le deviner. Je n'étais qu'un bébé la dernière fois que tu m'as vue.

— Non. Chaque fois qu'il m'arrivait de me rendre dans le nord, j'allais t'observer sur la plage. Tu la fréquentais presque tous les jours, et par tous les temps.

Il tendit la main pour effleurer ses cheveux.

— Tu étais mon secret, ma petite déesse de l'océan… Peter a bien choisi le nom de ton poulain.

Loulou avait la gorge nouée.

— Pourquoi ne t'es-tu jamais montré ? Pourquoi ne m'as-tu jamais dit qui tu étais ? Je désirais si fort avoir un père…

— Les raisons de mon silence, tu les connais. J'ai fait preuve de lâcheté.

Il baissa les yeux sur ses mains.

— Je n'avais pas grand-chose à offrir, à l'époque. Je savais en revanche que Clarice t'aimait de tout son cœur et qu'elle te donnerait le meilleur dès que vous auriez réussi à échapper aux griffes de Gwen pour aller vous installer en Angleterre.

Il laissa tomber la poche à glace sur la table, le regard toujours lointain.

— Je n'avais pas prévu de te rencontrer, enchaîna-t-il, la voix brisée par l'émotion. Savoir que tu t'épanouissais suffisait à mon bonheur.

Enfin, il plongea les yeux dans ceux de sa fille.

— C'est seulement aujourd'hui que je m'aperçois combien je me suis fourvoyé. Me pardonneras-tu?

Lorsqu'elle lui prit la main, Loulou sentit se dissiper les meurtrissures du passé. Toutes les rancœurs s'évanouissaient.

— Bien sûr, souffla-t-elle.

— Je m'imaginais tout connaître de toi, et maintenant que tu es là, je m'avise que j'ignore tout. Parle-moi de toi, Lorelei.

— Mes amis m'appellent Loulou. Clarice, elle, refuse catégoriquement d'utiliser ce diminutif. Elle trouve cela trop commun.

— Allons-nous devenir amis? lui demanda-t-il – il ne cillait pas, et son regard était pénétrant.

— Je l'espère, répondit la jeune femme. Mais il nous faudra peut-être un peu de temps.

Une semaine s'était écoulée. Joe l'imaginait, juchée sur le tabouret de la cabine, quelque part dans l'hôtel, le récepteur collé à l'oreille, ses cheveux cascadant de part et d'autre de son charmant visage.

— Puisque vous ne me donniez aucune nouvelle, lui dit-il, j'ai fini par m'inquiéter. Comment allez-vous?

— Gwen a débarqué à la clinique pour faire du grabuge, mais la direction avait renforcé la sécurité de l'établissement, en sorte que, cette fois, elle n'a même pas pu l'approcher.

— Faites attention, s'alarma le jeune homme. Il se pourrait qu'elle essaie maintenant de s'en prendre à vous.

Le rire de Loulou courut de Hobart à Galway House.

— Je suis en sécurité, le rassura-t-elle. L'hôtel est fermé à clé la nuit, et je loge au quatrième étage.

Joe restait dubitatif, mais il n'insista pas. Il ne souhaitait pas l'affoler inutilement.

— Maman m'a parlé de Frank. Elle l'a connu lorsqu'ils étaient enfants. Comment les choses se passent-elles avec lui?

— Il possède un caractère bien trempé. Nous avons eu quelques différends au début, mais nous apprenons peu à peu à nous connaître.

La voix de la jeune femme s'imposait avec une telle netteté en dépit des parasites qui brouillaient la ligne que Joe eut soudain l'impression qu'elle se trouvait dans la pièce voisine.

— Il n'est pas du tout tel que je l'imaginais, poursuivit-elle. Je comprends mieux, maintenant, pourquoi Peter et lui ont du mal à s'entendre. Frank exige que les choses se déroulent selon ses plans, et il a par ailleurs la tête très près du bonnet.

— Vous ne regrettez tout de même pas d'avoir fait sa connaissance?

— Non, bien sûr que non. C'est mon père.

Elle s'interrompit quelques secondes, en sorte que Joe se demanda si Doreen n'avait pas mis un terme à la communication.

— Vous ne devinerez jamais, reprit-elle enfin, sa sœur n'est autre que la célèbre paysagiste Sibylle Henderson, et figurez-vous qu'elle exposera l'année prochaine à Londres. Que dites-vous de cela?

Le rire qu'il devinait dans la voix de Loulou le mit à la torture: il brûlait de la revoir.

— J'en dis que je n'ai jamais entendu parler d'elle. Mais je ne possède aucune culture artistique.

— J'ai vu quelques-unes de ses toiles dans une galerie de Melbourne. J'adore ses tableaux du bush. Pour un peu, on croirait sentir le parfum des eucalyptus et l'on n'a plus qu'une envie: en fouler le sol couvert de feuilles. Elle possède un immense talent.

Joe sourit. L'enthousiasme de la jeune femme faisait plaisir à entendre.

— De quoi parlez-vous avec Frank?

— De tout. Nous avons beaucoup de retard à rattraper.

— Je suis ravi que les choses se déroulent aussi bien. Quand comptez-vous revenir ici?

— Je n'ai encore rien fixé. Frank poursuit sa convalescence, et je tiens à passer le plus de temps possible avec lui.

Elle se tut un instant.

— Comment se porte Océan?

— À merveille. Il est prêt pour sa prochaine course, mais je crois que vous lui manquez.

— Il me manque aussi. Caressez-lui les oreilles de ma part. Cela devrait lui remonter le moral.

Les parasites grésillèrent de plus belle sur la ligne, il y eut des cliquètements.

— Et Molly, comment va-t-elle?... Et Eliza?

— Maman va bien, surtout depuis que Dianne se charge des tâches les plus pénibles. Eliza, elle, a regagné le continent, mais elle a prévu de revenir bientôt, parce que son père a acheté une maison à Deloraine. Et Dolly?

— Elle se porte bien, elle aussi, mais elle commence à s'ennuyer. Elle a écumé toutes les boutiques de la ville.

— Eliza m'a demandé de lui transmettre ses amitiés, et de lui rappeler qu'elle lui a promis de lui offrir un chapeau de chez Harrods.

Le ton de Loulou se fit soudain sérieux, presque cassant:

— Il faut que j'y aille. Peter m'attend pour m'emmener à la clinique. Je suis contente d'avoir pu bavarder un peu avec vous. Je vous rappellerai quand j'aurai une idée plus précise de mes projets.

— Au revoir, Loulou.

Joe, qui durant toute la conversation avait pédalé pour actionner le générateur, s'immobilisa. Il demeura là un moment, désireux de garder en mémoire la voix de la jeune femme.

Molly interrompit sa rêverie en surgissant dans l'entrée :

— Que s'est-il passé avec Gwen ?

Son fils lui rapporta toute l'histoire.

— Cela ne me dit rien qui vaille, commenta Molly en fronçant les sourcils. Cette femme est dangereuse. Elle ne viendrait quand même pas jusqu'ici pour nous faire du mal, n'est-ce pas ?

— Je ne le pense pas, la rassura Joe. Elle habite à cent cinquante kilomètres de chez nous et, pour le moment, c'est plutôt Frank qu'elle a en ligne de mire.

— J'espère que tu as raison. Avec le nombre de beaux pur-sang qu'on nous a confiés, nous avons intérêt à veiller au grain.

— Si cela peut te tranquilliser, je ferai le tour des bâtiments tous les soirs, et je demanderai à Charlie et aux autres d'ouvrir l'œil, au cas où quelqu'un rôderait dans les parages.

— Excellente idée.

En cette journée de début de printemps, ils étaient assis au soleil. Le chant de nombreux oiseaux leur tenait compagnie. À force de passer du temps avec lui, Loulou se sentait maintenant plus à l'aise avec Frank, plus encline à se confier à lui. Ils étaient en train d'évoquer Gwen.

— J'avais espéré qu'elle apprendrait peu à peu à m'aimer, mais lorsqu'elle a tenté de me renverser sur le quai, le jour de mon arrivée, j'ai dû admettre qu'elle me maudirait jusqu'à sa mort. Les rencontres suivantes n'ont fait que confirmer la haine qu'elle me voue.

— Et comment te sens-tu?

— Libérée, répondit-elle avec un sourire. Je la déteste autant qu'elle me déteste. Je ne la crains plus et je n'ai plus aucune envie d'entretenir des relations avec elle. Je possède de la force à présent. Je me suis donné les moyens d'être moi-même. Je suis fière d'être celle que je suis. Celle que je suis devenue.

— Voilà qui est parler! s'écria Frank en se frappant la cuisse. Une vraie de vraie White, ajouta-t-il comme il jetait un regard à Peter. Bravo, ma fille.

Celle-ci se mit à rire:

— Je crois plutôt que cette vaillance-là, je la dois à l'éducation que m'a donnée Clarice. C'est une femme de principes, qui mâche rarement ses mots.

— Tu dois avoir raison, admit son père. Lorsqu'elle a l'œil noir, elle serait capable, d'un seul regard, d'empêcher la marée de monter.

— Assez parlé de moi, décréta soudain Loulou. Je veux en savoir plus à ton sujet.

— Ma vie n'est pas très intéressante.

— Raconte-la-moi quand même.

Il grimaça avant d'entamer, un peu à contrecœur, le récit de son existence.

— Je fêterai bientôt mes soixante ans, et lorsque j'ai perdu Andy et Caroline, une part de moi est morte avec eux.

Il se tourna vers Peter, qui n'avait pas ouvert la bouche depuis le début de la conversation.

— Je n'ai pas été un bon père, enchaîna-t-il. Je suis navré de vous avoir à ce point négligés, tous les deux.

— Tout va bien, papa, répliqua son fils.

— Mais oui, confirma Loulou. Tout va bien. Et je vous sais gré, l'un et l'autre, de m'avoir permis de vivre ce que je suis en train de vivre.

Frank rejeta la couverture qui lui couvrait les cuisses.

— Je vais vous dire une bonne chose, déclara-t-il, je vais quitter cette clinique et vous ramener tous les deux dans le Queensland.

— Mais je regagne l'Angleterre dans moins de trois semaines, glapit Loulou.

— Tu vas annuler ta réservation, lui ordonna son père. Nous avons déjà perdu trop de temps. Je veux apprendre à te connaître vraiment. Pour ce faire, il faut que je t'emmène dans l'outback, où l'on a pour unique compagnie le bétail et l'immensité du ciel bleu au-dessus de nos têtes. Qu'en dis-tu?

Loulou adressa un regard d'impuissance à Peter.

— Je n'en sais rien, avoua-t-elle. Tout cela est un peu brutal, et puis des gens comptent sur moi en Angleterre.

— Papa, intervint son fils, tu ne peux pas obliger Loulou à modifier ses projets d'un simple claquement de doigts. Par ailleurs, je crois qu'il ne serait pas prudent pour toi d'effectuer déjà un aussi long voyage.

— Balivernes, répliqua Frank avant de se tourner à nouveau vers Loulou. Allons, ma fille. Où donc est passé ton esprit d'aventure?

— Ne t'inquiète pas pour mon esprit d'aventure, il se porte à merveille. C'est d'ailleurs grâce à lui que je suis là. Mais Peter a raison. Je ne peux pas partir du jour au lendemain pour le Queensland. Et Clarice? Elle attend mon retour.

Il repoussa l'argument d'un geste de la main.

— Elle comprendra.

— Du travail m'attend aussi. Des commandes que je dois à tout prix honorer si je ne tiens pas à ruiner ma carrière. Et puis il y a Dolly. Jamais elle n'acceptera une telle situation.

— Pour l'avoir rencontrée à deux ou trois reprises, je suis prêt à parier qu'elle ne résistera pas à ma proposition, insista Frank sur un ton implacable.

Le Queensland, c'est la terre de Dieu. Il n'y a pas un endroit sur cette planète qui lui ressemble. Elle monte à cheval, n'est-ce pas?

— Oui, mais…

— Alors, elle sera là-bas comme un poisson dans l'eau.

Loulou n'appréciait guère qu'on la bouscule de cette façon, mais la perspective d'une escapade dans le Queensland la séduisait.

— À condition que Dolly soit d'accord, avança-t-elle prudemment, nous pouvons en effet modifier nos réservations pour séjourner là-bas quelques semaines. En revanche, Clarice n'est plus aussi robuste qu'elle l'imagine : je me refuse à l'abandonner trop longtemps.

— Marché conclu, trancha Frank. Aide-moi à me lever, Peter. Je m'en vais signer une décharge pour sortir d'ici et tailler la route avant de m'encroûter.

16

Les deux journées suivantes, consacrées aux préparatifs du départ, se muèrent en tourbillons, où Loulou s'offusquait un peu de s'être laissée emporter par l'enthousiasme de son père. Elle avait téléphoné à Joe pour le prévenir qu'ils quittaient Hobart ; ils auraient besoin, lui dit-elle, de passer une nuit à Galway House avant de prendre le bateau pour le continent. Dolly, de son côté, s'était montrée étonnamment impatiente de découvrir le Queensland. Loulou, elle, demeurait pétrie de doutes.

— Je ne suis franchement pas convaincue qu'il s'agisse d'une bonne idée, confia-t-elle à son amie tandis qu'elles terminaient leurs bagages. Clarice m'attend, et je n'aime pas la décevoir.

— Il faut reconnaître que Frank sait se montrer persuasif. Mais quelques semaines de plus ou de moins, cela ne devrait pas avoir beaucoup d'importance pour Clarice.

Loulou soupira et s'assit sur son lit.

— Comme j'aimerais lui parler. Les lettres mettent un temps infini à parvenir à leur destinataire et ici il n'y a pas moyen d'obtenir une communication téléphonique.

Elle posa les yeux sur l'une de ses valises.

— Bertie sera furieux, ajouta-t-elle dans un murmure. Je lui avais promis de rentrer en décembre.

Dolly s'installa auprès d'elle.

— Si tu te fais autant de souci, renonce au Queensland. Je suis certaine de pouvoir changer pour la seconde fois nos réservations.

— Je me sens partagée, lui confia Loulou. J'adorerais aller chez Frank et Peter, mais je m'en veux de faire faux bond à Clarice et Bertie. D'un autre côté, je ne souhaite pas non plus décevoir mon père. Il pète le feu depuis qu'il a eu cette idée folle.

Elle se tourna vers son amie.

— Que devrais-je faire, selon toi?

— As-tu gardé la pièce d'un penny que je t'avais offerte à Londres?

Loulou acquiesça.

— Sors-la, et voyons un peu ce qu'elle nous raconte.

Et, déjà, Dolly lançait la piécette, qui se mit à tournoyer dans l'air.

— Face, c'est Londres, murmura Loulou. Pile, le Queensland.

— Pile.

— À nous deux, Queensland! lança Loulou, soulagée. Mais je vais tout de même expédier un télégramme à Clarice et Bertie. Ensuite, je leur écrirai, à chacun, une longue lettre dans laquelle je leur exposerai tous les détails de la situation.

— Comptes-tu répéter à Clarice ce que Gwen t'a rapporté à son sujet?

Loulou hocha négativement la tête.

— Je suis certaine qu'elle a déjà deviné que Gwen n'allait pas manquer de lâcher une pareille bombe. C'est d'ailleurs pour cette raison, je crois, qu'elle a mis autant d'énergie à tenter de me dissuader de faire ce voyage.

Elle laissa quelques instants vagabonder ses pensées.

— C'est à peine croyable, n'est-ce pas?... Clarice et l'époux de sa sœur... Je me demande si c'est à cause de lui qu'elle ne s'est jamais remariée.

Dolly s'abandonna contre les oreillers.

— Les membres de la vieille génération nous traitent de dévergondées en poussant des cris d'orfraie, mais à y regarder de plus près, ils ne valaient pas mieux que nous. Je suppose qu'elle ne s'est jamais relevée de la honte qu'elle a dû éprouver à l'époque. Quel gâchis! Je comprends mieux pourquoi Gwen est devenue ce qu'elle est.

— Pour un peu, je la plaindrais.

— Qui donc? Gwen? Eh bien, pas moi. Je n'éprouve pas une once de pitié pour elle après ce qu'elle t'a fait subir.

Loulou revint à sa valise, qu'elle ne tarda pas à boucler.

— Dépêche-toi, Dolly. Je meurs de faim et ils auront bientôt fini de servir le petit-déjeuner.

— Peter est absolument adorable, tu ne trouves pas?

Dolly hésitait auprès du lit, la plupart de ses vêtements toujours éparpillés sur la courtepointe.

— En effet, répondit Loulou. Et j'ai remarqué les regards que tu lui coulais. J'espère que tu n'es pas...

— Mais non, rétorqua son amie en secouant sa courte chevelure. Il est superbe, assurément, mais si l'occasion m'en était donnée, jamais je ne dépasserais le stade du simple flirt : il s'agit d'une relation sans le moindre avenir.

Loulou tourna le dos à Dolly pour lui cacher sa tristesse. Elle se planta devant la fenêtre, se remémorant le visage de Joe, son rire, sa voix chaude... Autant de souvenirs vifs et poignants. Ce soir, ils se rencontreraient pour la dernière fois, et vu le nombre de gens qui se presseraient alors à Galway House, jamais elle ne parviendrait à chiper quelques instants de solitude avec lui. Elle baissa la tête.

Peut-être, au fond, valait-il mieux que les choses se terminent ainsi. Dolly, au moins, était assez sage pour ne s'attacher à personne si loin de l'Angleterre.

— Reviendras-tu en Tasmanie? demanda Dolly.
Loulou s'arracha à regret à ses songes.
— Je l'ignore. Mais j'aime à penser que oui. Un jour.
— Pour la Tasmanie, ou bien pour Joe?
Avec un sourire espiègle, la jeune femme lança la piécette en l'air.
Loulou lui sourit à son tour.
— Il s'agit d'une question importante, Dolly, que je refuse de jouer à pile ou face.

Galway House

Loulou et Dolly conduisirent à tour de rôle. Une seconde camionnette s'était révélée nécessaire: la petite troupe ne tenait pas au complet dans celle de Peter. Frank avait donc emprunté un véhicule à l'un de ses vieux amis, que Joe ramènerait à Hobart en s'y rendant pour la compétition de décembre. Ils atteignirent Galway House au moment où le soleil disparaissait derrière les collines.

Des lueurs accueillantes vacillaient aux fenêtres de la demeure. Les chiens aboyaient, galopaient de droite et de gauche en agitant frénétiquement la queue.

Comme Loulou coupait le moteur avant de masser sa nuque douloureuse, la porte de la maison s'ouvrit. De la lumière se déversa sur le sol de l'allée. Joe se présenta, tandis que Dianne, derrière lui, lorgnait les visiteurs. Molly, elle, se hâta en direction de la camionnette de Peter.

— Je n'en crois pas mes yeux! s'écria-t-elle. Frank White! Comment vas-tu, Frank? Je suis si heureuse de te revoir.

Loulou, qui venait de quitter son véhicule, regarda Peter aider leur père à descendre de leur camionnette. Molly sauta littéralement au cou de Frank.

— Attention, grogna celui-ci. Tu vas réussir à me flanquer par terre.

— Tu n'as pas changé, espèce de vieux ronchon, répondit tendrement la mère de Joe en le libérant de son étreinte. Toujours aussi aimable. Et galant avec les dames, par-dessus le marché.

— Je suis galant avec les dames chaque fois que j'en croise une, rétorqua Frank, dont l'œil pétillant contredisait la rudesse de la réplique.

Passant les mains autour de la taille opulente de Molly, il la serra contre lui.

— Toujours aussi grassouillette, dit-il. C'est ce que j'aime chez toi.

Elle se mit à rire en lui assenant une petite tape sur la main :

— Bas les pattes, Frank White. On ne touche pas ce qu'on ne peut pas se payer, ajouta-t-elle en lui agitant son index sous le nez.

Elle se tourna vers Peter.

— Tu es aussi beau que ton père au temps de sa splendeur, déclara-t-elle en lui serrant la main. Mais j'espère que tu n'as pas hérité de ses vilaines manières. Rentrez, maintenant, rentrez tous. Le thé va refroidir.

— Je préférerais une bière glacée, repartit Frank qui arracha des mains de son fils cette canne qu'il haïssait de tout son cœur.

— Le médecin t'a interdit la bière jusqu'à ce que tu aies achevé ton traitement.

Il grimaça de dégoût.

— Si un homme n'a pas le droit de s'offrir une bière de temps à autre, alors la vie ne vaut pas d'être vécue. Je te suis, Molly.

Le regard de Loulou glissa jusqu'à Joe. Il était demeuré sur le seuil, contemplant avec un petit sourire en coin les retrouvailles de Franck White et de sa mère. Il ignorait complètement la jeune femme. Elle retourna à la camionnette, dont elle souleva la bâche qui couvrait son plateau pour y récupérer ses bagages et ceux de Dolly.

— Je vais m'en occuper, murmura-t-il.

Il se tenait tout près d'elle. Elle leva le regard, croisa le sien, se figea par crainte de rompre le charme.

— Océan va être ravi de vous revoir. Il n'est plus le même depuis votre départ.

Le jeune homme affichait une expression indéchiffrable. Lui avait-elle manqué? Avait-il seulement pensé à elle durant son absence?

— Dans ce cas, répondit-elle d'un ton neutre, je vais aller lui rendre immédiatement visite. Merci pour les valises.

Elle s'engagea dans les ténèbres de la cour sans se retourner. Quel accueil glacial il venait de lui réserver… Elle pénétra dans le garde-manger pour y piocher deux pommes dans un panier.

Océan passa la tête à la porte de son box. Il fit fête à sa propriétaire, pressa son doux museau contre le visage de Loulou, ébouriffa sa chevelure de son haleine chargée d'une bonne odeur de foin.

— Toi, au moins, tu es content de me retrouver, murmura-t-elle en massant les oreilles du poulain. Je t'ai manqué? C'est pour cette raison que tu n'es pas en forme?

Il s'empara d'une des pommes, qu'il se mit à mâcher avec délectation. Bientôt, le second fruit disparaissait à son tour. Tandis que les doigts de Loulou exerçaient à nouveau leur magie sur les oreilles d'Océan, celui-ci se mit à battre des paupières, aux anges; il bavait sur l'épaule de la jeune femme.

Elle posa sa joue contre celle de l'animal en retenant ses larmes. C'était sans doute la dernière fois qu'elle le voyait. La dernière fois qu'elle voyait Joe. Et tous deux ne tarderaient pas à l'oublier.

Le jeune homme regretta de ne pas lui avoir ouvert son cœur. Mais il ignorait si Loulou était heureuse de le retrouver, il ignorait s'il lui avait manqué. Avait-elle seulement pensé à lui ?... Alors il se cantonna à sa fonction d'entraîneur d'Océan, mais ce visage, cette voix, ce rire à nouveau sous son toit... Cela lui réchauffait l'âme et l'affligeait à la fois. Il ne la reverrait plus jamais. Il s'efforça d'imprimer, comme au fer rouge, le souvenir de Loulou au plus profond de son cœur.

Elle arborait un teint plus coloré qu'avant son départ, des yeux plus sombres, d'un violet profond à présent. Elle riait volontiers, agitait les mains en parlant. Sa rencontre avec Peter et Frank avait constitué pour elle une renaissance, et même si, le lendemain matin, ils la lui prendraient pour toujours, Joe éprouvait de la reconnaissance pour les deux hommes.

Il lorgna sa mère, un peu embarrassé par les façons d'adolescente flirteuse qu'elle adoptait pour réagir aux taquineries de Frank. Ils étaient nés à quelques kilomètres l'un de l'autre, ils avaient fréquenté la même école, participé aux mêmes bals ; ils partageaient les mêmes souvenirs. Joe n'avait pas vu sa mère aussi fringante depuis de nombreuses années, au point qu'il se demanda si ces deux-là n'avaient pas vécu une amourette avant que Molly épouse Patrick. Croisant soudain le regard de Peter, il s'aperçut que le jeune homme nourrissait les mêmes soupçons.

Joe se renversa sur son siège en laissant flotter autour de lui les conversations. Loulou buvait les paroles de Frank, qui régalait Molly de ses aventures d'éleveur de bétail. Dolly, de son côté, bombardait Peter de questions sur l'outback australien. Joe, qui se demanda d'abord comment elle allait s'en tirer là-bas, à des années-lumière de toute civilisation, finit par se dire qu'elle possédait assez de ressources pour faire face à de nombreuses situations. Sans compter qu'il se nouait entre les deux jeunes gens un lien qui, à coup sûr, faciliterait l'adaptation de la belle Anglaise.

Joe quitta la table, puis la cuisine. Il enfila un imperméable épais pour se protéger de la fraîcheur du soir et alla flâner du côté des écuries. L'occasion, pour lui, d'effectuer la ronde qu'il avait promise à Molly. Il longea le dortoir, s'assura que l'on avait correctement tiré le verrou du garde-manger et de la sellerie. Il y avait de l'amour dans l'air, se dit-il avec un sourire désenchanté, mais cet amour-là n'était pas pour lui. Loulou lui avait fait trembler le cœur, et dès lors il s'était pris à désirer une chose qu'il n'obtiendrait jamais. À peine aurait-elle quitté Galway House, demain matin, qu'elle s'empresserait de l'oublier.

N'étaient les petits pas pressés d'un opossum sur le toit de l'écurie, ainsi que le pépiement ensommeillé d'un oiseau, le silence aurait été total. Joe traversa la cour en lorgnant chaque stalle. Il s'arrêta devant celle d'Océan.

— Nous voilà de nouveau seuls, mon vieux, chuchota-t-il en lui caressant la tête. Bientôt, on nous aura oubliés tous les deux, c'est moi qui te le dis..

— Je ne vous oublierai ni l'un ni l'autre.

Il fit volte-face, le cœur battant. La lune qui jouait dans sa chevelure la changeait en or, et son délicieux visage luisait d'un même éclat.

— Vous allez tellement vous amuser dans le Queensland que vous n'aurez pas le temps de penser à nous, commenta le jeune homme.

— Je me trompe, ou vous êtes un peu jaloux? lui demanda Loulou avec un sourire taquin. Ne soyez pas ridicule, Joe. Je ne m'en vais pas pour toujours, voyons. Plus maintenant que je possède une famille ici.

Il mourait d'envie de l'embrasser.

— Vous comptez donc revenir? fit-il timidement.

— Un jour, répondit-elle en le considérant avec mélancolie. Mais sans doute pas pour très longtemps. Ce jour-là, en tout cas, je vous rendrai visite, promis.

Elle hésita, puis se tourna vers Océan.

— Surtout, tenez-moi au courant de ses progrès, enchaîna-t-elle. Je vous écrirai aussi pour vous donner de mes nouvelles.

Il dévisagea Loulou. Il ne saisissait que trop bien le sens caché de ses paroles. Il éprouva soudain un sentiment proche du deuil... Elle lui offrait son amitié, pas son amour ni la certitude d'un avenir commun.

— Vous saurez tout de votre cheval, lui assura-t-il sur un ton détaché. Et j'ai déjà hâte de vous lire. J'espère que Bertie ne vous en voudra pas trop de prolonger un peu votre séjour australien.

— Vous êtes un ange, fit Loulou en lui effleurant la joue. Ne vous en faites pas pour Bertie. Je sais comment le prendre.

Lorsqu'il vit briller les larmes de la jeune femme, il ne résista plus. Il l'étreignit en plongeant les doigts dans ses cheveux, dévora ses lèvres douces et huma son parfum.

— Oh, Loulou, gémit-il, je voudrais...

— Je sais, murmura-t-elle, tandis que de l'index elle suivait le contour de son visage, la ligne de sa bouche...

Elle finit par s'écarter à regret.

— Mais c'est impossible.

Elle se détourna encore pour masser les oreilles de son poulain, sur le front duquel elle posa sa joue trempée de larmes.

— Vous allez terriblement me manquer, tous les deux, avoua-t-elle dans un sanglot avant de s'enfuir dans l'obscurité.

Joe rêvait de s'élancer derrière elle, de la rattraper pour lui répondre qu'elle se trompait, qu'au contraire tout était possible, qu'il la suivrait jusqu'à l'autre bout de la planète, au besoin, et qu'il l'aimerait jusqu'à son dernier souffle. Mais le pragmatisme et la raison le cinglèrent aussitôt de leur lanière glacée ; ils le clouèrent sur place et le contraignirent à se taire. Seul le destin déciderait de la suite des événements.

— Il faut environ deux heures pour atteindre le ranch de Warrego, brailla Peter par-dessus son épaule. Installez-vous et profitez du voyage.
— Quelle merveilleuse aventure ! s'exclama Dolly, tandis que le petit avion s'élançait sur la piste en terre avant de décoller. Jamais je n'aurais cru grimper un jour à bord d'un pareil coucou. C'est épatant, non ?

Mais Loulou ne partageait nullement l'enthousiasme de son amie. Elle ferma les yeux, se pencha vers l'avant en se cramponnant à son siège. C'était un engin minuscule, dont les pièces ne devaient tenir ensemble qu'au moyen de quelques bouts de ficelle et d'un peu de cire à cacheter. Les deux jeunes femmes se tenaient recroquevillées derrière Peter, sur un siège initialement conçu pour un seul artilleur de queue. L'avion ne possédait pas de toit ; le raffut des moteurs était assourdissant.

Comme l'appareil s'élançait vers le ciel, les yeux de Loulou, en dépit des lunettes de protection, s'emplirent de larmes sous l'effet du vent. Peter avait servi dans l'armée de l'air toute la guerre durant sans jamais s'écraser au sol. Il ne devait sa blessure au genou qu'à une balle reçue pendant un combat aérien. Pourtant, rien n'aurait pu convaincre Loulou de se sentir à l'aise à bord de cet avion de chasse reconverti.

Elle gémit en se ramassant mieux encore sur elle-même. Elle était complètement folle d'avoir acquiescé à cette proposition. Pourquoi diable n'avait-elle pas choisi plutôt la camionnette en compagnie de Frank ? Le voyage aurait été plus long, mais au moins se serait-elle épargné ce terrible effroi.

Dolly la poussa du coude pour lui tendre une flasque de cognac en argent.

La première gorgée lui coupa le souffle. Elle en avala néanmoins une seconde avant de rendre l'objet à son amie avec un demi-sourire de gratitude. Elle referma les paupières en tâchant d'oublier la machine infernale dans laquelle elle se trouvait.

Elle avait eu plus de mal que prévu à quitter Joe et Galway House. Les dernières paroles que les deux jeunes gens avaient échangées lui restaient en mémoire, de même que la chaleur de leur étreinte et toute la passion qu'il avait mise dans son baiser. Depuis, elle pensait à lui chaque jour et, la nuit, elle se souvenait des moments paisibles qu'ils avaient vécus ensemble du côté des écuries. Elle se souvenait, sans plus pouvoir dormir, de leur émotion à fleur de peau, le dernier soir, dans le clair de lune. C'étaient là de précieuses réminiscences, mais les regrets la meurtrissaient aussi.

Blottie sur son siège pour tenter d'échapper aux bourrades du vent, à ses morsures, Loulou s'ingéniait à oublier le présent en s'accrochant au passé. Ils voyageaient depuis plusieurs jours. Frank se fatiguant vite, ils avaient dû s'installer un moment à Melbourne, le temps pour lui de récupérer après la traversée maritime. Ils avaient ensuite roulé jusqu'à Sydney, où l'on avait chargé la camionnette de Peter à bord du train qui s'apprêtait à les emmener à Brisbane.

Loulou avait adoré cette portion du trajet, pendant laquelle elle avait pu contempler toute la majesté de l'Australie et ses spectaculaires côtes orientales. Elle avait pris plaisir à dormir à bord du train qui filait à travers la nuit en ronronnant, dans de minuscules compartiments séparés les uns des autres par des rideaux. Loulou avait par ailleurs constaté que les Australiens en voyage ne ressemblaient pas aux Anglais : ici, les conversations allaient bon train, on partageait à la fortune du pot le boire et le manger.

À Brisbane, ils étaient descendus dans un hôtel confortable où Frank avait pu se reposer en attendant le conducteur de bestiaux, qui devait emmener un troupeau de vaches au marché. Arrivé avec près d'une semaine de retard, l'homme reconduisait à présent Frank chez lui à bord de la camionnette. Les médecins de la clinique lui avaient en effet interdit de prendre l'avion pendant au moins un an et, bien qu'il eût d'abord tempêté contre ce conseil, Peter avait réussi à lui faire entendre raison.

Une fois que l'avion eut atteint l'altitude souhaitée, le fracas du moteur s'amoindrit pour céder le pas à un bourdonnement régulier. Loulou, que la terreur et quelques rasades de cognac supplémentaires avaient épuisée, finit par s'endormir.

— Regarde! Des kangourous. Et des autruches. Et des vaches! Des vaches à perte de vue!

Le coup de coude que Dolly lui assena dans les côtes arracha un instant Loulou à sa torpeur. Elle se pencha par-dessus bord.

— Ce sont des émeus, corrigea-t-elle d'une voix ensommeillée. Les autruches, on ne les trouve qu'en Afrique.

Peter volait à présent beaucoup plus bas, le vent était chaud... Le paysage qui se déroulait sous eux l'impressionna si fort que Loulou en oublia son effroi.

Il s'agissait d'une vaste étendue aux tons ambrés courant d'un bout à l'autre de l'horizon. Il y avait là des montagnes escarpées, couleur de cuivre, des vallées d'un brun poussiéreux, des pâtures et des broussailles, où des cavaliers levaient la tête pour agiter leur chapeau dans leur direction avant de retourner à leur travail solitaire de gardiens de troupeau. Des points d'eau scintillaient ici et là au milieu de bosquets d'eucalyptus à la silhouette élancée ; le long serpent d'un cours d'eau ondulait au fond de gorges très encaissées, courait ailleurs dans une herbe jaune pâle. Le bétail errait parmi les buissons, des kangourous détalaient avec une rapidité surprenante, poursuivis par l'ombre du petit avion, et des émeus trémoussaient les plumes de leur queue en fuyant sans grâce le chahut au-dessus de leur tête.

L'outback australien, que l'on avait tendance à se figurer comme un territoire désolé, regorgeait de vie. Loulou éprouva pour cet arrière-pays un sentiment proche de l'amour : il n'avait probablement pas changé d'un pouce depuis que l'homme en avait foulé le sol pour la première fois. À le contempler encore, des larmes lui montèrent aux yeux. Il s'agissait d'une terre immémoriale. Une terre d'une dangereuse beauté. Son pays.

— Cramponnez-vous ! brailla Peter un moment plus tard. Nous allons nous poser.

Loulou agrippa son siège et referma les paupières. L'appareil atterrit dans un cahot. Elle ouvrit un œil méfiant…, mais ne distingua strictement rien : l'avion progressait au cœur d'un tourbillon de poussière rouge.

— Et voilà, déclara le pilote une fois la poussière retombée – il coupa les moteurs. Bienvenue à Warrego.

Le jeune homme dut aider ses passagères à descendre de l'engin, le froid et l'exiguïté leur ayant raidi les membres. Elles eurent soudain l'impression de pénétrer dans un four, et durent se protéger les yeux de l'impitoyable éclat de la lumière.

Ils avaient atterri sur une bande de terre défrichée, aux abords de laquelle poussait une herbe jaune et rude. Au-delà de la clôture s'élevait la maison. Le bâtiment de bois, pourvu d'un toit de tuiles, avait été orienté de manière à échapper aux rayons du soleil. Ombragée, à l'est comme à l'ouest, par des bosquets de grands arbres, sa véranda invitait les visiteurs à se rafraîchir derrière son filet à mouches. Dans la clairière qui flanquait la demeure se dressaient des granges, des dépendances, ainsi que des enclos pour les bêtes. On avait garé non loin plusieurs camionnettes et des engins agricoles; hommes et chevaux déambulaient çà et là en soulevant de la poussière. Un moulin à vent métallique pompait en grinçant l'eau quasi stagnante de la rivière proche, et un groupe de cacatoès blancs criaillait parmi les branches. Il sembla pourtant à Loulou qu'un imposant silence régnait sur ce décor. Une quiétude immense l'envahit peu à peu.

— J'espère que cela te plaît, lui dit Peter. C'est un peu rudimentaire, mais c'est chez nous.

Loulou dévorait le spectacle des yeux et, déjà, elle songeait aux dessins qu'elle entreprendrait bientôt. Le ciel paraissait colossal. Décoloré par la canicule, il coiffait la région tout entière à la façon d'un dôme pâlissant.

— «Chez nous», répéta la jeune femme. J'aime beaucoup cette expression.

— C'est absolument extraordinaire! s'extasia Dolly. Et tellement australien, avec ça.

Elle tourna vers Peter un visage lumineux.

— Aurai-je le droit d'aller prêter main-forte à de vrais cow-boys? lui demanda-t-elle.

Le jeune homme sourit d'une oreille à l'autre.

— Nous ne sommes pas en Amérique, mais nous devrions réussir à faire de vous une *jillaroo*[1] digne de ce nom avant que vous repartiez en Angleterre.

— Vous voilà enfin. J'ai bien cru ne jamais vous revoir.

La porte à moustiquaire s'ouvrit sur une créature vêtue de mousseline orange et rose qui s'avança sur la véranda.

— Qu'est-ce qui t'a retardé, Peter? Et Frank?

---

1. Équivalent féminin du *jackaroo*.

— Il va bientôt arriver, répondit le jeune homme en ôtant son casque de pilote. Que fais-tu ici, tante Sibylle?

— Brisbane grouille de touristes, répliqua-t-elle d'un ton dédaigneux. Impossible d'y travailler en paix.

De ses doigts souillés de peinture, elle repoussa les mèches qui lui tombaient sur les yeux; ses boucles d'oreilles et ses nombreux bracelets tintèrent. Elle avait coincé un pinceau derrière son oreille, tandis qu'un peu de vermillon lui tachait la joue. Elle portait aux pieds des sandales dorées. Enfin, elle posa le regard sur Loulou et Dolly. Un regard dénué de toute chaleur.

Loulou, pour sa part, ne la lâchait plus des yeux. Elle ne pouvait pas s'en empêcher. Car n'était la différence d'âge et cet argent dans les cheveux, il lui semblait contempler son reflet dans un miroir.

— Je suis Loulou, se présenta-t-elle. Je suis ravie de faire votre connaissance, car j'admire beaucoup…

— Je sais qui vous êtes, la moucha la sœur de Frank en la considérant d'un œil de glace. Je suppose que je suis censée vous faire entrer.

— Franchement, tante Sibylle! s'insurgea son neveu. Tu ne pourrais pas faire semblant d'être polie, pour une fois?

— Et pourquoi donc? Je dis ce que je pense. De cette façon, chacun sait à quoi s'en tenir.

On était à présent debout, mal à l'aise, dans le hall sombre de la maison.

— Accorde-lui au moins une chance, Sibylle, suggéra Peter. Elle est des nôtres, après tout.

Les narines de sa tante s'étrécirent et elle plissa les yeux en rejetant sa crinière vers l'arrière avant de se tourner vers Loulou.

— Peut-être bien, mais elle est aussi la fille de Gwen. Que cherche-t-elle? Une part du ranch? Ou alors un dédommagement?

— Je ne veux rien, répondit Loulou, tremblant de honte et de colère – cette femme était odieuse. C'est Peter qui a organisé notre rencontre, pas moi. Je ne réclame pas d'argent. Je ne ressemble pas à Gwen, et si vous êtes incapable de faire preuve à mon égard d'une courtoisie élémentaire, alors je vous conseille de vous taire.

La sidération réduisit chacun au silence.

Enfin, un éclair passa dans les yeux de Sibylle.

— J'avoue que je l'ai bien cherché, commenta-t-elle avec raideur. Mais du moins avez-vous le mérite d'appeler un chat, un chat, ce qui vous distingue de tous ces Anglais pleurnichards, en dépit de votre accent.

Elle se tourna vers Peter.

— Je vais passer le reste de la journée dans mon atelier, lui indiqua-t-elle avant de s'éloigner.

La mousseline aux tons criards flottait autour d'elle, et ses sandales claquaient sur le parquet.

— Je suis navré, s'empressa de dire Peter. Tante Sibylle n'a pas l'habitude de mâcher ses mots. Si j'avais su qu'elle serait là, je t'aurais mise en garde. Mais tu verras : dès qu'elle aura appris à te connaître un peu, elle se radoucira.

— Je l'espère, murmura Loulou. Parce que si elle ne change pas d'attitude, je m'en irai.

Le rhume de Clarice avait fini par lui tomber sur la poitrine. Assise dans le salon, près de la cheminée, emmitouflée dans plusieurs gilets de laine, une écharpe autour du cou, elle se lamentait sur son sort. Cette journée de décembre se révélait lugubre.

Elle avait dévoré les lettres de Lorelei à de si nombreuses reprises qu'elle aurait presque pu les réciter par cœur, mais elle ouvrit pour la énième fois la boîte qui les contenait pour s'en délecter à nouveau en sirotant un verre de xérès.

Frank White, homme irascible que tourmentaient ses ennuis de santé, s'emportait si l'on n'obéissait pas à ses ordres. Loulou avait du mal à ne pas se disputer avec lui, mais au fil des semaines, la jeune fille avait fini par admettre que son père ne changerait jamais ; une belle amitié naissait petit à petit entre eux.

Peter, pour sa part, se révélait un travailleur acharné, un garçon patient et taiseux, qui quittait rarement le ranch depuis la maladie de Frank. Le jeune homme restait un cœur à prendre – difficile de trouver chaussure à son pied dans une région dont la population se dispersait sur plusieurs milliers de kilomètres carrés. Cependant, il s'était entiché de Dolly, qui le lui rendait bien. Ces deux-là s'entendaient à merveille.

Loulou avait consacré plusieurs dizaines de pages à son amie, car depuis leur arrivée en Tasmanie, elle s'était métamorphosée. Elle avait gagné en maturité, en sagesse ; elle s'était pliée à l'emploi du temps imposé par Joe à Galway House ; elle avait plongé dans le passé ténébreux de Lorelei. À peine installée à Warrego, elle avait adopté l'existence qu'on menait dans l'outback, troquant son maquillage et ses escarpins haut perchés contre une chemise, des bottes et des culottes de cheval ; l'un des vieux chapeaux de Peter complétait son accoutrement. Elle aidait le garçon à surveiller les troupeaux, participait au marquage des bêtes, sans jamais déplorer que l'eau du bain possédât une étrange couleur verdâtre, ni qu'il y flottât souvent quelques cadavres d'insectes, des feuilles mortes ou de toutes petites grenouilles.

Clarice souriait en poursuivant sa lecture. Sibylle, la sœur de Frank, s'était radoucie en s'apercevant que Lorelei ne s'en laisserait pas conter, et qu'elle était une artiste de talent. Même s'il lui arrivait toujours de parler à tort et à travers, même si elle possédait un caractère aussi brutal que celui de son frère, même si elle était une maîtresse femme, c'était elle qui, au bout de quelque temps, avait décidé d'enseigner la peinture à l'huile à Lorelei : chaque jour, à l'aube, les deux femmes grimpaient sur leur selle pour aller peindre des points d'eau, des arbres, des mesas. Et à travers leur art, elles apprenaient à se respecter mutuellement.

À ses lettres, Lorelei avait joint des dessins au crayon ou au fusain. Clarice se prit à les contempler de nouveau avec admiration. Sa petite-nièce avait croqué la maison, les corrals, les enclos. Il n'était pas jusqu'à la sensation d'immensité que dégageait ce lieu planté au beau milieu de l'outback qu'elle n'ait su saisir. Clarice avait l'impression de s'y trouver aussi. Elle éprouvait la chaleur qui régnait là-bas, elle tendait l'oreille au grand silence dont Lorelei s'était tellement émue.

La vieille dame vint à bout d'une longue quinte de toux au moyen d'une gorgée de xérès. Elle repoussa lettres et dessins ; elle se sentait rompue. En apprenant que sa petite-nièce ne rentrerait pas avant le nouvel an, elle avait éprouvé une vive déception, mais pas la moindre surprise : la jeune femme vivait une expérience telle qu'on en vivait peu. Et puis sa correspondance permettait à Clarice de partager ses aventures au plus près. Elle se rappela la chaleur accablante, la poussière et les mouches des étés à Sydney. Tandis que le vent venait jeter des paquets de pluie contre les vitres, elle envia presque Lorelei.

Elle s'empara de la précieuse boîte avant de quitter lentement son fauteuil. Le froid qui s'invitait dans la demeure sans qu'elle pût le repousser rendait ses articulations douloureuses. Comme elle se dirigeait vers le bureau, elle se prit les pieds dans le vieux tapis turc. Elle tendit la main vers son fauteuil, mais le manqua. À la place, elle renversa la petite table juste à côté : la bouteille de xérès vola en éclats.

Clarice atterrit la tête la première dans le piano à queue. Sa pommette céda contre l'un des coins acérés de l'instrument. Puis sa jambe se tordit sous elle. Lorsqu'elle s'écroula, sa hanche osseuse heurta violemment le parquet.

Haletante et groggy, elle demeura là, cernée par les éclats de verre et les lettres de Lorelei.

— Qu'est-ce que vous avez fabriqué?

Déjà, Vera se précipitait pour s'accroupir auprès d'elle.

— Ça va aller, maman, je suis là. Vous avez mal quelque part?

— À la hanche, geignit Clarice. La douleur est insoutenable.

— Bougez pas, décréta la gouvernante avec autorité.

Elle se rua vers le canapé, puis revint. Avec une douceur que sa maîtresse ne lui soupçonnait pas, elle lui glissa un coussin sous la tête, puis étendit sur elle une couverture.

— Je vais appeler le médecin. Essayez pas de bouger avant que je revienne, hein.

Une nouvelle quinte de toux secoua la vieille dame, dont les souffrances s'intensifièrent. Elle ferma les paupières. Son cœur battait à rompre, elle avait la nausée et, malgré la couverture et le feu qui rugissait dans la cheminée, elle se sentait glacée jusqu'aux os.

— Tout va bien, tâcha de la rassurer Vera à son retour. Je viens de lui parler. Il arrive.

Elle tapota la main de Clarice.

— Vous bilez pas, maman, je vais nettoyer le xérès avant qu'il se pointe. Manquerait plus qu'il s'imagine que vous étiez pompette, pas vrai?

Sa maîtresse s'apprêtait à protester, mais une terrible douleur lui embrasa la hanche pour déferler jusqu'à ses orteils. Comment avait-elle pu faire preuve d'une telle imprudence? C'était idiot. Complètement idiot. Elle battit des paupières, cependant que de noirs tourbillons lui enténébraient l'esprit. Bientôt, elle sombra dans une délicieuse inconscience.

La piqûre d'une aiguille dans son bras la ramena à la réalité. Elle ouvrit les yeux, égarée par la lumière crue et les murs blancs.

— Vous vous trouvez à l'hôpital, lady Pearson, l'informa le Dr Williams. Nous sommes parvenus à remettre votre hanche déboîtée mais, hélas, on déplore par ailleurs une fracture au niveau de l'acétabule.

Il lui adressa un sourire rassurant.

— C'est ainsi qu'on appelle la cavité osseuse où se loge la tête du fémur. Il ne s'agit que d'une microfracture. Vous vous rétablirez sans peine. Pas avant, néanmoins, que nous soyons venus à bout de votre fièvre et de votre infection pulmonaire.

— Combien de temps vais-je devoir rester ici?

Elle avait du mal à tenir l'œil ouvert.

— Vous garderez le lit pendant au moins huit semaines, répondit le médecin. L'anesthésique risque de vous assommer pendant encore un moment. Lorsque ses effets se seront dissipés, je vous prescrirai un analgésique plus puissant.

Clarice ferma les yeux. Lorsqu'elle les rouvrit, Vera tricotait dans un fauteuil, à côté de son lit. Elle lui adressa un pâle sourire.

— Merci, Vera, murmura-t-elle.

— Pas la peine de me remercier, maman, répondit la domestique d'un ton bourru en fourrant son ouvrage au fond de son sac. Vous m'avez flanqué une de ces trouilles, quand je vous ai vue affalée comme ça de tout votre long.

Elle considéra la chambre particulière avec dédain.

— Cet endroit aurait bien besoin d'un bon coup de plumeau, décréta-t-elle.

Clarice manquait d'énergie pour riposter; elle n'était même pas capable de parler. Il lui semblait qu'un poids lui écrasait la poitrine, elle respirait avec peine. Et puis elle avait si chaud... Par bonheur, les médicaments annihilaient la douleur, mais elle éprouvait d'étranges sensations – elle avait l'impression de dériver.

— Vous voulez que j'expédie un télégramme à Loulou? lui demanda la gouvernante. Je crois qu'il faudrait la prévenir.

— Non, lâcha Clarice d'une voix rauque. Je vous l'interdis.

Sur quoi sa tête retomba sur l'oreiller. Une nouvelle quinte de toux venait de lui ôter ses dernières forces.

— Si c'est ce que vous voulez, maman, grimaça Vera. Mais, si vous passez l'arme à gauche, elle sera en pétard après moi.

Une fois de plus, le sommeil s'empara de la vieille dame. Vera ne distinguait jamais que le côté sombre des choses. Pour le moment, elle n'avait aucune intention de mourir. Alors pourquoi importuner Lorelei en l'informant de ce malheureux accident?

Ranch de Warrego

La chaleur faisait trembler l'horizon tel un mirage dilué; la terre semblait vrombir sous l'assaut des rayons solaires. Dans un ciel d'un bleu pur, un nuage solitaire flottait au-dessus des collines voisines tandis qu'ici, à l'ombre des eucalyptus, Loulou écoutait les stridences d'une nuée d'insectes. Noël approchait. Il lui tardait de célébrer l'événement sous le soleil pour la première fois depuis bien longtemps.

Ayant examiné le dessin qu'elle venait de terminer, elle le posa à côté d'elle. L'arbre avait constitué un sujet passionnant. Son écorce pelait, révélant de rouges entailles, cependant que les branches, pareilles à des mains arthritiques, s'élevaient vers les cieux éclatants dans un geste de supplication.

— Il fait trop chaud, soupira-t-elle. J'ai les mains tellement moites qu'elles tachent mon papier. Même la pointe de mon crayon ramollit.

— Formidable, tu ne trouves pas? soupira Dolly à son tour. Rends-toi compte qu'à Londres la température a dû tomber en dessous de zéro.

Étendue sur une couverture, les mains croisées derrière la tête, elle contemplait la ramure des arbres. Comme Loulou, elle portait des bottes, un pantalon et une chemise. Quant au chapeau qu'elle avait emprunté à Peter, il reposait auprès d'elle.

— Si seulement nous avions une piscine, enchaîna-t-elle. Je plongerais dans l'eau jusqu'au cou et j'y barboterais pendant des semaines.

— Tu en sortirais toute fripée, se mit à rire Loulou, qui vint s'allonger à côté de son amie en mordant dans un sandwich.

Elles avaient apporté leur pique-nique, et entravé leurs chevaux un peu plus loin.

— C'est drôle, dit-elle encore, mais pour un peu, les variations climatiques de l'Angleterre me manqueraient.

— À moi aussi, reconnut Dolly. Cela dit, il fait très froid la nuit, ici. Ça compense la fournaise de la journée.

Elle ouvrit un œil et considéra Loulou.

— Ne me dis pas que l'Angleterre te manque?

La jeune femme s'appuya sur un coude, la joue dans la main.

— Un peu, je l'avoue. Mais la Tasmanie me manque encore plus.

Elle contempla le panorama qui se devinait entre les arbres.

— Je viens de vivre une formidable aventure, à laquelle je n'aurais renoncé pour rien au monde. Mais, ajouta-t-elle après un bref silence, bien que cet endroit m'ait profondément inspirée, et que j'aie appris à le chérir, je sais que je n'y suis pas chez moi.

— Je croyais pourtant..., s'étonna Dolly en se redressant.

— Non, non, se hâta de rectifier son amie. Je ne dis pas que je ne me sens pas chez moi en Australie. Mais je pense que je ne suis pas faite pour vivre dans l'outback.

Elle sourit en haussant les épaules.

— Je croyais que je me fondrais dans le décor, enchaîna-t-elle. Après tout, c'est dans cette région qu'habite ma famille. Mais cet univers ne m'appartient pas et, si je m'y installais, je m'en sentirais prisonnière.

Dolly écarquilla les yeux.

— Prisonnière? D'une telle immensité?

— Je sais, cela semble ridicule. Mais l'isolement est une geôle comme une autre. Et puis les hommes s'absentent toute la journée, quand ils ne disparaissent pas pendant plusieurs semaines. Les femmes, ici, doivent se sentir affreusement délaissées.

— Tu as sans doute raison, mais si je vivais ici, je partirais avec les hommes. C'est autrement plus agréable et plus gratifiant que de tenir une maison.

— Tenir une maison? Tu n'as jamais tenu une maison de toute ton existence.

Elle lorgna son amie avec acuité.

— Elle te plaît drôlement, cette vie-là, je me trompe?

Dolly acquiesça, l'œil rêveur, la mine satisfaite.

— C'est la première fois que je me sens utile, confia-t-elle à Loulou.

Elle se rallongea sur la couverture.

— Avec le recul, je m'aperçois que j'ai mené jusqu'ici une existence stérile et dépourvue du moindre intérêt. Je m'étourdissais en courant d'une réception à l'autre, je suivais la mode au plus près, je flirtais avec tous les hommes qu'il m'arrivait de croiser, uniquement parce que c'était ce qu'on attendait de moi.

— Tu reviendras sans doute sur tes positions lorsque tu auras retrouvé Londres.

— À vrai dire, je ne crois pas que j'y retournerai. Après tout ce que je viens de découvrir, Londres risque de me paraître affreusement artificielle et surfaite.

— Dois-je en déduire que Peter et toi êtes tombés amoureux?

— Nous nous apprécions et nous nous entendons bien, rien de plus. J'ai d'ailleurs tenu à lui mettre les points sur les *i*.

La jeune femme roula sur le ventre, tira sur un fil de la couverture…

— J'adore cet endroit, reprit-elle, mais je suis comme toi : je ne m'y sens pas chez moi. Cette fabuleuse contrée millénaire n'est pas faite pour moi. Je suis trop anglaise. Dans le fond, je n'aime rien tant que la pluie, les petits matins brumeux et les étés doux.

Elle posa son menton dans ses mains.

— L'Australie me manquera, sans le moindre doute, et Peter me manquera aussi, mais ils resteront gravés pour toujours dans ma mémoire.

— Tu m'as l'air tout à coup bien solennelle, la taquina son amie.

Dolly s'assit, plia les jambes, étreignant ses genoux.

— C'est bien possible. Ce voyage aura été pour moi comme un rite de passage. J'ai enfin grandi, et je sais à présent ce que je désire faire de ma vie.

— Et quoi donc? l'interrogea Loulou, surprise par cette nouvelle Dolly, soudain si mûre et si grave.

— Quitter Freddy sans lui faire de chagrin pour lui offrir la chance de dénicher enfin une femme qui l'aimera autant qu'il le mérite.

Elle soupira en récupérant son chapeau.

— Sa famille et la mienne espéraient que nous allions nous marier, et nous nous y sommes malgré nous conformés parce que cela paraissait aller de soi. Mais, pour être tout à fait sincère, je doute qu'aucun de nous ait jamais éprouvé d'amour pour l'autre.

— Oh, Dolly, je suis navrée.

— C'est la vie, commenta cette dernière avec un haussement d'épaules. Mieux vaut mettre dès aujourd'hui un terme à ces erreurs, plutôt que nous condamner à une existence entière de tourments.

— Et l'homme qui comptait te faire chanter?

— Je suis prête à parier qu'à l'heure où nous parlons il a tout oublié de cette histoire. Si ce n'est pas le cas, je ferai front, puisque Freddy ne risquera plus rien, et je nierai tout en bloc.

— Mais que comptes-tu faire au juste de cette nouvelle vie?

— Ma famille possède beaucoup de bétail. J'ai l'intention de demander à l'éleveur employé par mes parents de m'enseigner tout ce qu'il sait. En travaillant ici et en écoutant Peter, je m'aperçois qu'il me reste des tas de choses à apprendre, mais je suis décidée à faire de notre troupeau familial l'un des plus réputés d'Angleterre.

— Tu as prévu de passer le reste de tes jours avec des vaches? fit Loulou, abasourdie.

— Eh oui, répondit Dolly en commençant à ranger le panier de pique-nique. Je compte aussi fréquenter désormais les bals de chasseurs, les foires agricoles et les haras. Peut-être même irai-je visiter l'Écosse pour y découvrir le bétail des Highlands.

Une étincelle embrasa ses yeux verts.

— J'ai hâte de découvrir la tête de papa quand je lui annoncerai toutes ces bonnes nouvelles.

— Crois-tu qu'il s'y opposera?

— Non, il n'aura pas le choix. Il a toujours regretté de n'avoir pas un fils pour prendre les rênes de l'exploitation, or je m'apprête à lui prouver qu'une fille peut se débrouiller aussi bien qu'un garçon, voire mieux.

Elle noua la sangle de cuir autour du panier.

— Et toi, Loulou ? Quels sont tes projets ? Comptes-tu retourner en Tasmanie ?

— Joe me manque terriblement, reconnut la jeune femme. J'attends chacune de nos conversations radio avec impatience. Enfin... une fois que Frank a fini de flirter honteusement sur la ligne avec Molly ! Mais ces échanges restent très impersonnels, si bien que j'ignore ce qu'il éprouve au juste pour moi. Je ne retournerai sans doute pas là-bas avant plusieurs années et, d'ici là, j'aurai changé. Entre-temps, j'aurai épousé un agent de change et nous élèverons des tas d'enfants.

— Tu détesterais vivre auprès d'un agent de change : ils sont affreusement prétentieux.

Dolly secoua la couverture, qu'elle fourra dans sa sacoche de selle.

— Je comprends que l'émetteur-récepteur te mette mal à l'aise. On a toujours l'impression qu'une bonne centaine de paires d'oreilles vous écoutent, et que le double attend avec impatience de recueillir les prochains ragots. Tout le monde sait tout sur tout le monde. Impossible de garder le moindre secret, ici.

— Encore un défaut de l'isolement, commenta Loulou en grimpant sur sa monture. Ces gens n'ont que les potins pour se distraire.

Les jeunes femmes prirent le chemin du retour. La longue promenade à cheval avait épuisé Loulou, mais c'était là une bonne fatigue, qu'elle chasserait en prenant un bain, puis en changeant de tenue. Car, ici, la poussière s'insinuait partout, sa peau devenait rugueuse et sa chevelure emmêlée pareille à de l'étoupe.

Une fois les chevaux bouchonnés et lavés, les deux amies les libérèrent dans le paddock avant de se diriger vers la maison. Comme elles grimpaient les marches menant à la véranda, Sibylle ouvrit la porte à moustiquaire, visiblement troublée, ce qui ne lui ressemblait guère.

— Nous avons reçu un message radio pour vous, indiqua-t-elle. Mon correspondant n'a pas voulu me dire de quoi il s'agissait. C'est à vous de reprendre contact avec eux.

— Si c'était Joe, je le rappellerai après avoir fait un brin de toilette.

— C'était le commissariat de police d'Augathella, annonça la sœur de Frank avec gravité.

Déjà, le cœur de Loulou s'était emballé. Elle suivit Sibylle dans la cuisine, dont un coin se trouvait presque entièrement occupé par l'émetteur-récepteur. Elle s'y assit et se mit à pédaler pour actionner le générateur. Elle saisit le micro d'une main tremblante.

— Ici le ranch de Warrego. Ici Loulou Pearson. J'appelle le commissariat de police d'Augathella.

— Ici le sergent Roberts, entendit la jeune femme au terme d'une série de bourdonnements et de cliquetis. Quelqu'un se trouve-t-il avec vous, mademoiselle Pearson?

— Oui! brailla celle-ci pour tenter de couvrir le raffut des parasites. Pourquoi m'avez-vous appelée? Que se passe-t-il?

— J'ai reçu un télégramme d'une certaine Vera Cornish, en Angleterre.

Le sang de Loulou se glaça.

— Quel en est le contenu?

— «Lady Pearson hospitalisée. Médecin inquiet. Devriez rentrer vite.»

— Dieu du ciel, que lui est-il arrivé?

— Je l'ignore, mademoiselle Pearson. Le télégramme n'en dit pas davantage.

Ce fut Sibylle qui remit en place le micro.

— Voulez-vous que je vous apporte l'une de vos pilules ? proposa-t-elle doucement à la jeune femme.

Loulou ayant approuvé d'un signe de tête, la sœur de Frank eut un geste en direction de Dolly, qui se précipita vers leur chambre.

— Respirez le plus régulièrement possible, conseilla Sibylle à Loulou. Elle revient dans une seconde.

Tandis qu'elle attendait que le médicament eût produit son effet, mille pensées tourbillonnaient dans son esprit.

— Il faut que j'aille la voir, haleta-t-elle. Mais nous sommes si loin de tout… Cela va prendre des semaines. D'ici là, elle nous aura peut-être quittés…

Les larmes ruisselaient à présent sur son visage.

— Il suffit, la rabroua Sibylle. Ces pleurs ne vous ramèneront pas en Angleterre. Frank, en revanche, dispose peut-être des moyens de vous aider.

Saisissant Loulou par le bras, elle l'aida à se remettre debout.

— Allons le chercher, enchaîna-t-elle.

L'homme, qui triait des documents dans son bureau, repoussa aussitôt les feuillets lorsque sa sœur lui exposa la situation.

— Va prendre un bain et te changer pendant que je m'occupe du reste, conseilla-t-il tendrement à sa fille.

Avisant, sur ses joues, les larmes qui n'avaient pas encore séché, il lui tapota l'avant-bras.

— Tâche de ne pas trop t'en faire, ma chérie. Ta grand-tante est plus solide que tu ne le crois. Elle va s'en tirer.

— Je le sais, mais…

— Allons, la coupa-t-il – déjà, il renouait avec sa brusquerie naturelle. Je vais tout organiser.

Quelques minutes plus tard, Loulou avait pris son bain et passé des vêtements propres, mais il lui fallut patienter une heure avant que Frank vienne la chercher, ainsi que Dolly.

— Peter va vous emmener à Darwin à bord de son petit coucou, leur annonça-t-il. J'ai là-bas un ami qui possède un appareil beaucoup plus gros. Il vous conduira à Java, via le Timor, puis il poussera jusqu'à la pointe septentrionale de Sumatra. Il vous y a déjà réservé des places sur un cargo en partance pour Ceylan. À Colombo, vous embarquerez sur le *Clarion*, qui vous ramènera à Londres.

Le cœur de Loulou s'était apaisé, mais un étau continuait de lui enserrer la poitrine et ses épaules s'affaissaient sous le poids de l'inquiétude.

— Merci, dit-elle en saisissant la main de son père. Merci mille fois.

— Va plutôt m'enfiler une tenue plus chaude, répondit-il en balayant d'un geste ses paroles de gratitude, et prépare un bagage léger. Je ferai expédier le reste de vos affaires à Londres.

Il sourit.

— Ne te bile pas. Cette femme-là est un roc. Tout ira bien.

Il se tourna vers Sibylle.

— Demande à la cuisinière de leur préparer un petit quelque chose à emporter. Le voyage va être long.

La demi-heure suivante passa comme un songe : les jeunes femmes s'affairaient, fourraient l'essentiel de leurs possessions dans une valise… Elles s'enfoncèrent un chapeau sur le crâne, enfilèrent des gants, nouèrent une écharpe autour de leur cou, s'enveloppèrent dans un épais manteau…

Loulou étreignit Frank en lui piquant un baiser.

— Merci, dit-elle encore. Je te donnerai de mes nouvelles, promis. Je ne compte plus te perdre, à présent.

— Allez, file, lança son père, qui dissimulait mal son émotion. Tu perds du temps.

Sibylle lui tapota l'épaule.

— Je déteste les embrassades, lui assena-t-elle avec rudesse. Mais nous nous verrons à Londres l'année prochaine. Vous me rendrez alors mon manteau. J'espère que tout se passera bien pour Clarice.

Sur quoi les deux amies se précipitèrent, dans les ténèbres, en direction du fracas des moteurs de l'avion, qui gagnaient peu à peu en puissance. Un dernier geste de la main pour saluer le frère et la sœur, puis Peter engagea son engin sur la piste, le long de laquelle, dans des paniers de métal, brûlaient de petits feux. La maison ne tarda pas à disparaître dans un nuage de poussière, et avec elle Frank et Sibylle qui, à n'en pas douter, se tenaient sur la véranda pour les regarder partir.

Loulou ajusta ses lunettes de protection, s'enfonça dans son siège et fourra son menton dans le col en fourrure du manteau de Sibylle, priant pour atteindre le Sussex avant qu'il ne soit trop tard.

17

Joe retira ses bottes et accompagna les chiens dans la cuisine. Noël approchant, Molly avait suspendu un peu partout des guirlandes en papier et installé dans l'entrée un petit sapin qu'elle comptait décorer bientôt.

Il récupéra une bouteille de bière dans le réfrigérateur à gaz, au goulot de laquelle il prit une longue gorgée bienfaisante – la journée avait été chaude. Adossé à l'évier, il porta ses regards vers la fenêtre en se demandant comment Loulou supportait la température du Queensland. Il devait régner là-bas une chaleur caniculaire. L'air y était aussi plus sec, quand ici la brise marine rafraîchissait de loin en loin la fournaise.

Il se dirigea vers la radio, sa bouteille à la main. Il ne lui avait pas parlé depuis plusieurs jours; sa voix lui manquait. Et il lui réservait une surprise, dont il espérait qu'elle lui plairait.

— Si tu avais prévu de bavarder avec Loulou, lui annonça sa mère en pénétrant dans la maison, renonce à tes projets. Frank vient de m'appeler: elle est en route pour l'Angleterre.

— Mais elle ne devait pas partir avant la fin du mois de janvier…

— Clarice a été hospitalisée.

Une vive déception se peignit sur les traits de Joe.

— Et moi qui avais prévu de la rejoindre à Melbourne avant son départ. Son emploi du temps et le mien coïncidaient parfaitement, et je comptais lui faire profiter des réjouissances de notre fête nationale.

Molly haussa les épaules et se dirigea vers la cuisine.

— C'est peut-être aussi bien comme ça, répondit-elle en enfilant son tablier à fleurs, qu'elle noua autour de sa taille. Je sais que tu éprouves des sentiments pour elle, enchaîna-t-elle d'une voix douce, mais ça n'aurait jamais marché. Vous vivez aux antipodes l'un de l'autre.

Elle avait certes raison, mais Joe se refusait à l'admettre. Loulou venait de partir et, déjà, le monde lui paraissait vide.

Le jour où elles accostèrent, il flottait sur Londres l'un de ces brouillards à couper au couteau tels qu'on en observe parfois en janvier. Après avoir salué Dolly à la hâte, Loulou s'engouffra dans un taxi, qui prit aussitôt la direction du Sussex. Elle se sentait recrue de fatigue et dévorée par l'angoisse. Si seulement elle avait pu contraindre cet engin à rouler plus vite... Les derniers kilomètres lui parurent interminables.

Quatre heures plus tard, elle atteignit l'hôpital. Le teint pâle et les traits tirés, Clarice dormait profondément. À sa petite-nièce, elle parut minuscule, atrocement fragile, presque perdue au fond de ce grand lit au cadre métallique ; elle respirait avec peine. Loulou se laissa tomber dans un fauteuil, à son chevet. D'épuisement et d'inquiétude, elle se mit à pleurer. Il lui avait fallu de si nombreuses semaines pour arriver jusqu'ici... Était-il déjà trop tard ? L'occasion lui serait-elle seulement donnée de dire à sa grand-tante combien elle l'aimait ?

Le médecin pénétra dans la chambre, le visage empreint de gravité.

— Je me réjouis que vous ayez pu rentrer à temps, déclara-t-il.

— Que s'est-il passé ? Elle ne va pas mourir, n'est-ce pas ?

Il se tourna vers Clarice pour éviter le regard de la jeune femme, à laquelle il apprit que sa grand-tante était tombée.

— La plaie qu'elle porte au visage, pour impressionnante qu'elle soit, est en train de cicatriser sans qu'on ait à déplorer la moindre complication. La fracture s'est résorbée. Bref, la convalescence suivait son cours lorsque l'infection pulmonaire dont souffrait lady Pearson a brusquement empiré.

La mine du praticien s'assombrit encore.

— Je crains qu'il ne s'agisse d'une pneumonie, aussi son cœur se trouve-t-il soumis à rude épreuve. Je pense, hélas, qu'il faut vous attendre au pire…

— Combien de temps lui reste-t-il ? murmura Loulou, que ses larmes aveuglaient.

— Quelques jours, tout au plus, répondit-il avec douceur.

Il posa les yeux sur les vêtements de la jeune femme, que le long voyage avait gâtés, sur le sac à ses pieds, sur les cernes de fatigue et d'angoisse. Il la soignait depuis son installation en Angleterre.

— Nous lui avons administré une dose massive de sédatifs, enchaîna-t-il. Je vous conseille donc de rentrer chez vous pour prendre un peu de repos. Si le moindre changement survient, je vous téléphonerai.

— Je n'irai nulle part, décréta Loulou en secouant résolument la tête.

— Prenez-vous votre traitement ? Vous me semblez au plus mal, vous aussi.

— Je me porte bien.

Elle prit dans la sienne la main frêle qui reposait sur le drap empesé pour la porter à sa joue.

— Croyez-vous qu'il me sera possible de lui parler ?

— Elle oscille depuis deux semaines entre conscience et inconscience. Mais même durant les phases d'éveil, elle est à peine lucide. À votre place, je n'attendrais pas grand-chose, Loulou.

Infirmières et médecins allèrent et vinrent toute la journée, puis toute la nuit. Loulou demeurait au chevet de sa grand-tante, dont elle ne lâchait plus la main. Elle ne cessait pas non plus de lui parler, sans savoir si Clarice était ou non en mesure de l'entendre. Mais ce monologue comblait un peu le silence feutré qui régnait dans la chambre.

Le lendemain matin, Vera Cornish fit son apparition.

— On m'a prévenue que vous étiez de retour, chuchota-t-elle, comme en aparté. J'ai apporté ça. Je me suis dit que ça la requinquerait peut-être.

Elle disposa les jonquilles sur la table de chevet, avant de baisser les yeux vers Clarice.

— Pas de changement, hein?

Loulou, qui durant la nuit n'avait sommeillé que par intermittence, était tout près de sombrer à son tour. La présence de cette chère Vera la bouleversa si fort qu'elle se cramponna à elle en sanglotant.

— Elle est en train de mourir, Vera. Jamais je n'aurais dû m'en aller.

La gouvernante lui tendit son mouchoir en la poussant avec douceur vers la porte.

— Séchez vos yeux et allez vous laver. Madame supportera pas de vous voir dans un aussi sale état.

Elle fourgonna dans son grand sac à provisions, dont elle fit surgir plusieurs paquets emballés dans du papier sulfurisé.

— Quand vous vous serez nettoyé le museau, avalez donc un petit morceau. J'ai apporté de la tourte au bœuf et aux rognons. Je viens de la sortir du four, elle est encore toute chaude. Et puis du thé et une tranche de gâteau.

Considérant d'un œil réprobateur l'extrême minceur de Loulou, elle émit un gloussement pareil à celui d'une mère poule.

La jeune femme se sentit un peu mieux après s'être lavée. En revanche, elle n'avait pas faim, malgré le fumet délicat de la cuisine de Vera. Elle mangea tout juste de quoi satisfaire la gouvernante, qui s'affaira un moment dans la chambre avant d'annoncer qu'elle reviendrait plus tard. Alors, Loulou s'installa en silence, avant d'ouvrir le courrier que Vera avait apporté.

La plupart des lettres étaient pour sa grand-tante : on lui souhaitait un prompt rétablissement. En revanche, pas un mot de Joe. Il était trop tôt.

— Lorelei ?

Elle lâcha le courrier pour bondir au chevet de Clarice.

— Merci, mon Dieu, hoqueta-t-elle en portant à sa joue la main frêle de la patiente. Merci, mon Dieu.

— Que fais-tu ici ? l'interrogea sa grand-tante d'une voix faible et désemparée.

— Je suis rentrée à la maison, répondit Loulou en repoussant tendrement les mèches argentées qui tombaient sur le front pâli de Clarice. Je suis revenue, petite maman, et je ne te quitterai plus jamais.

Clarice secoua la tête, les yeux brillants de larmes.

— « Petite maman », répéta-t-elle. Quelle charmante expression.

— Je regrette de ne pas l'avoir employée plus tôt.

Elle se pencha sur le lit, le visage contre celui de la patiente.

— Tu es la seule mère que j'aie jamais eue. La meilleure au monde, et je t'adore.

— Je t'aime aussi, murmura Clarice.

Cette dernière finit par se rendormir, sans que sa petite-nièce lui lâchât la main. L'espoir allait et venait dans le cœur de Loulou. Pouvait-elle croire au rétablissement de Clarice ?

— Il faut que tu ailles mieux, lui souffla-t-elle. J'ai besoin de toi.

Mais la malade demeura inconsciente durant les trois journées suivantes.

La neige tombait en silence. Blottie contre le radiateur, Loulou relisait une ancienne lettre de Joe. Si le style s'en révélait un peu guindé, le garçon lui livrait néanmoins les mille détails de la vie quotidienne à Galway House, il lui parlait des compétitions, des succès comme des échecs des chevaux dont il avait la charge. Bob, qui courait à nouveau, avait remporté plusieurs courses en compagnie d'Océan ; bientôt, le *jackaroo* et sa monture participeraient à une rencontre prestigieuse à Melbourne. Joe l'informait encore que les fréquentes conversations entre Molly et Frank à la radio faisaient jaser dans toute la région, cependant qu'Eliza et son père venaient d'emménager dans leur nouvelle maison de Deloraine, qui ne se trouvait qu'à quelques kilomètres des écuries. L'adolescente faisait à présent partie des meubles, en quelque sorte. Molly s'en réjouissait, mais Joe jugeait pour sa part que cette présence féminine avait tendance à distraire les palefreniers.

Loulou éprouva une pointe de jalousie. Elle mourait d'envie de revoir Joe.

Elle posait à présent les yeux sur une courte missive de Dolly, expédiée de la propriété familiale, où elle apprenait déjà à améliorer les diverses lignées du cheptel. Le père de la jeune femme, d'abord abasourdi par sa décision, avait fini par s'y faire en constatant qu'il ne s'agissait pas d'un caprice. Quant à ses fiançailles avec Freddy, elles s'étaient trouvées rompues sans heurts ni regrets ; le maître chanteur n'avait pas reparu. Dolly, écrivait-elle encore, attendait avec impatience le prochain bal des chasseurs, auquel elle se rendrait en compagnie d'un jeune éleveur de zébus du voisinage.

Bertie, pour sa part, allait droit au but : il se disait ravi du retour de sa protégée, navré de ce qui arrivait à Clarice et content d'apprendre que Loulou entretenait un lien de parenté avec Sibylle Henderson. Il terminait sa lettre en lui demandant quand elle aurait achevé ses travaux de commande.

Un soudain froissement de draps, et la jeune femme se précipita au chevet de sa grand-tante.

— Bonjour, petite maman, dit-elle d'une voix douce en baisant le front de Clarice.

Celle-ci referma sur les siens des doigts privés de force.

— Je suis heureuse... que tu l'aies trouvé, parvint-elle à articuler en dépit de son souffle irrégulier. Frank... est un homme bien.

Mais déjà, l'épuisement la réduisait au silence. Elle respirait avec peine. Elle souffrait.

— Veux-tu que je fasse appeler le médecin ? As-tu besoin d'antalgiques supplémentaires ?

Clarice ferma les paupières en secouant la tête.

— Non... As-tu... vu... Gwen ?

— Brièvement, répondit sa petite-nièce. Nous n'avions pas grand-chose à nous dire.

Clarice posa sur la jeune femme des yeux décolorés, mais qui ne flanchaient pas.

— Alors..., haleta-t-elle. Elle t'a parlé... de son père... et de moi ?

— Elle a évoqué quelques histoires, tenta de se dérober Loulou, mais c'est une menteuse. Je ne l'ai pas crue.

— C'est pourtant la vérité, s'essouffla la vieille dame. J'ai cru... que je l'aimais... Ce qui s'est passé... pas ma faute...

— Tu n'as pas à te justifier. Ne te fatigue pas inutilement, je t'en prie.

Mais les doigts de Clarice serrèrent avec plus d'énergie le poignet de sa petite-nièce, qui lut dans son regard un désir ardent de se confier avant qu'il ne soit trop tard.

— Il a abusé… d'une jeune femme… un peu sotte…

Elle se tut. Sa poitrine se soulevait et s'abaissait comme un soufflet de forge.

— Il s'est affreusement comporté avec chacune d'entre vous, commenta Loulou. Primmy m'a tout raconté. Pour un peu, j'aurais pris Gwen en pitié. Elle l'adorait, et il l'a abandonnée.

Elle se rapprocha de sa grand-tante.

— Il m'a fallu ce long voyage pour mieux comprendre le comportement de Gwen. Et pour mesurer la chance que j'ai eue de t'avoir à mes côtés. Merci de m'avoir sauvée. Merci de m'aimer.

Une larme unique roula sur la peau parcheminée pour tomber sur l'oreiller. La tension, dans les doigts de Clarice, se relâcha.

— Je suis fatiguée…, haleta-t-elle. Si fatiguée…

— Alors rendors-toi, petite maman. Je serai là à ton réveil.

Les paupières de Clarice s'abaissèrent. Quelques instants plus tard, Loulou fit surgir à nouveau la lettre de Joe pour la relire.

— Est-ce… une lettre… de Joe? lui demanda sa grand-tante d'un ton las.

— Veux-tu que je la lise tout haut?

— Non…, soupira la patiente. C'est personnel… Privé…

Elle n'émettait plus qu'un filet de voix.

— Absolument pas, répondit sa petite-nièce en lissant le feuillet mince. Et je suis certaine que Joe n'y verrait aucun inconvénient.

— Tu… vas… retourner là-bas?

— Je ne le pense pas – et, déjà, les pleurs que Loulou s'efforçait de retenir lui nouaient la gorge. Je suis heureuse ici, dans le Sussex, auprès de toi.

— Es-tu amoureuse de Joe Reilly?

Clarice venait de s'exprimer d'une voix étonnamment forte. Sa respiration s'apaisait et, ouvrant les yeux, elle les darda sur sa petite-nièce.

Loulou hocha la tête en s'empourprant, tandis qu'en son cœur l'espoir renaissait de voir sa grand-tante se rétablir enfin.

— Je crois que oui, avoua-t-elle, mais...
— Dans ce cas, ma chérie, va le voir et fais-lui part de tes sentiments. Ne gâche pas ta vie.
— Je refuse de te laisser à nouveau.

Clarice referma les paupières.

— Ton cœur est toujours resté en Tasmanie, dit-elle doucement. Et voilà que l'homme que tu aimes s'y trouve aussi. Ne traîne pas trop, ma chérie. Il ne patientera pas indéfiniment.
— Je le sais bien.
— J'aurais eu plaisir à faire sa connaissance, soupira Clarice. Tu feras une superbe mariée.
— Mais tu auras l'occasion de le rencontrer, se mit à sangloter Loulou – il lui semblait soudain que sa grand-tante lui parlait de très loin, qu'elle la quittait peu à peu. Et tu me verras en robe blanche. Je te trouve déjà meilleure mine. Dans peu de temps, tu...

La peau de Clarice parut tout à coup briller dans la lumière hivernale qui pénétrait par la fenêtre. Elle battit des cils.

Sa petite-nièce lui agrippa la main.

— Ne t'endors pas. Je t'en supplie. Il me reste encore tellement de choses à te dire.
— Il faut que je parte. Eunice m'appelle.

Ainsi Clarice rendit-elle le dernier soupir.

Loulou s'assit sur le lit pour l'étreindre en caressant ses cheveux gris. La jeune femme avait le cœur brisé. Sa mère venait de l'abandonner. Jamais elle ne s'était sentie plus seule.

Assis dans son bureau en désordre, Joe contemplait la lettre de Loulou posée devant lui, sur sa table de travail. Rongé par l'impuissance, il se leva pour venir s'appuyer au chambranle de la porte, les mains dans les poches. Il aurait tant voulu prendre un peu de congés pour aller soutenir la jeune femme dans l'épreuve, mais l'Angleterre se trouvait décidément trop loin. Il ne pouvait se dérober à ses responsabilités. Situation impossible.

Il songea de nouveau à la missive. Au moins n'était-elle pas seule : Sibylle avait quitté Brisbane plus tôt que prévu pour se charger des formalités jusqu'à ce que Loulou se sentît plus en forme. Au vu de ce que celle-ci écrivait, elle tâchait de se consoler en sculptant, de sorte qu'elle avait déjà beaucoup avancé dans ses travaux de commande. En revanche, elle n'évoquait pas la possibilité de revenir en Tasmanie, maintenant que plus rien ne la retenait de l'autre côté du monde. De ce silence, Joe se navrait beaucoup.

— Joe ? Venez voir.

Eliza s'était matérialisée à la porte du bureau.

— Que se passe-t-il ?

— Vous le saurez bien assez tôt, répondit-elle, la mine grave.

Il suivit l'adolescente qui, après avoir dépassé la cour de l'écurie, traversa le paddock pour rejoindre le petit bois clôturé à l'époque du grand-père Reilly. C'était là qu'on avait enterré, les uns après les autres, les chiens de la maison. Une croix marquait chacun des emplacements, ornée du nom de l'animal.

— Pourquoi m'avez-vous amené ici ?

— Regardez, fit-elle d'une voix mal assurée en désignant quelque chose du doigt.

Les trois prénoms récemment gravés lui glacèrent le sang, tous trois assortis d'une tête de poupée à laquelle on avait arraché les yeux :

Molly
Frank
Lorelei

Un frisson parcourut l'échine de Joe, tandis qu'il fixait les trois regards aveugles. Gwen Cole souhaitait toujours assouvir sa vengeance. Quelles horreurs fomentait-elle dans son esprit malade?

Au cours de ces trois derniers mois, Sibylle s'était révélée d'une aide précieuse et, même si elle n'avait rien perdu de sa causticité ni de son autoritarisme, Loulou se surprenait de plus en plus souvent à prendre conseil auprès d'elle.

La maison lui semblait moins vide lorsque la sœur de Frank s'y trouvait et, au fil des heures que les deux femmes passaient à travailler dans le pavillon d'été ou à se promener dans les collines, leur amitié gagnait en profondeur. Mais c'était dans la sculpture que Loulou avait trouvé le plus sûr remède à son chagrin. Ses commandes prendraient bientôt le chemin de la fonderie, et elle avait, par ailleurs, commencé à travailler sur ses propres projets, à partir des croquis réalisés en Australie.

— Que pensez-vous que je devrais faire? interrogea-t-elle un jour Sibylle, alors qu'elles se trouvaient dans le pavillon d'été, où pénétrait un pâle soleil de mars. Je n'aurai rien terminé pour l'exposition, et je ne peux décemment pas faire faux bond à Bertie pour la deuxième fois.

— Vous êtes parfaitement capable de finir au moins trois œuvres d'ici juillet. Bertie n'en exigera pas davantage de vous cette année. Ne vous minez donc pas.

Elle la considéra d'un air songeur en reposant son couteau à peindre avant de passer une main dans sa tignasse emmêlée.

— Il est temps pour vous de voler à nouveau de vos propres ailes sans me demander continuellement mon avis. J'ai un époux et une maison qui m'attendent à Brisbane, figurez-vous.

— Il ne vous reproche pas d'être partie si long-temps? lui demanda Loulou.

— Alf se débrouille fort bien sans moi. Il pêche en mer, il arpente le bush, il passe des heures à bricoler ses motocyclettes. Je suis prête à parier que, la plupart du temps, il ne s'aperçoit même pas de mon absence.

— Avez-vous des enfants?

— Des enfants? Je trouve cela très surfait, si vous voulez mon avis. Ils vous pourrissent l'existence en exigeant que vous dépensiez pour eux jusqu'à votre dernière goutte d'énergie. Et, un beau jour, ils vous brisent le cœur. Je suis ravie de ne pas en avoir.

Loulou n'émit pas de commentaire. Sibylle se saisit à nouveau de son couteau à peindre, au moyen duquel elle appliqua, à petits coups, de la terre d'ombre brûlée. La jeune femme la soupçonnait de dissimuler, sous des dehors revêches, un cœur gonflé de regrets.

— Je viens d'avoir une idée, énonça la sœur de Frank au bout d'un moment. Si vous réussissez à terminer quelques œuvres pour l'exposition, peut-être parviendrai-je, de mon côté, à convaincre la galerie de New York avec laquelle je travaille de les présenter ensuite. Il est prévu que j'expose là-bas en septembre. S'ils étaient d'accord, cela pourrait donner à votre carrière un formidable élan.

— Pensez-vous vraiment qu'ils seraient capables d'accepter? lui demanda Loulou, qu'une bouffée d'enthousiasme avait tout à coup saisie.

— À condition que vous produisiez quelque chose qu'ils soient en mesure de montrer, répondit sèchement Sibylle. Et ce n'est pas en restant assise là à sourire béatement que vous arriverez à quelque chose.

Loulou éclata de rire avant de revenir à ses dessins. Déjà, son imagination galopait. Sibylle avait raison : elle réaliserait à temps plusieurs pièces. Au lieu d'en faire des bronzes, elle se contenterait de les passer au four, pour leur conférer cette touche de rusticité après laquelle elle courait depuis qu'elle s'était lancée dans ce nouveau travail.

— Elle a disparu, déclara Molly, les bras étroitement croisés comme pour retenir contre son sein l'effroi qu'il lisait dans ses yeux. Les policiers ne l'ont pas trouvée chez elle et la maison, selon eux, paraît avoir été abandonnée depuis plusieurs semaines. Ils ont réussi à mettre la main sur le type avec lequel elle vivait. Il leur a expliqué qu'elle l'avait flanqué à la porte, puis avait vendu les chevaux il y a déjà quelques mois. Depuis, il n'a plus entendu parler d'elle.

Joe la conduisit dans son bureau, où il l'obligea à s'asseoir.

— J'ai doublé les tours de garde pour la nuit, tenta-t-il de la rassurer. Chacun de nos gars est armé d'un fusil. Elle n'osera pas remettre les pieds ici. Plus maintenant qu'elle sait que nous l'attendons de pied ferme.

— Elle en a déjà fait bien assez comme ça avec ses affreuses poupées, observa Molly en frissonnant. Pour ce qui est des pneus lacérés, ils nous ont coûté une petite fortune. Le pire, c'était tout de même le rat crevé sur la table. Et dire qu'elle est allée jusqu'à découper toutes les photos que je gardais de Patrick... Elle est folle. Complètement folle. Qu'est-ce qu'elle va bien pouvoir inventer, à présent ? Je suis terrorisée.

Le jeune homme posa une main sur l'épaule de sa mère, mais les mots lui manquaient pour la réconforter. Les actes déments de Gwen Cole avaient bouleversé tous les habitants de Galway House. Désormais, les lads arpentaient, arme à la main, la demeure et les écuries toutes les nuits, tandis que la police effectuait des rondes aux alentours et interrogeait régulièrement les voisins pour savoir s'ils avaient repéré des mouvements suspects. Les propriétaires, inquiets pour leurs chevaux, menaçaient de les mettre en pension dans un autre établissement; s'il n'était pas mis rapidement un terme aux agissements de Gwen, Joe mettrait la clé sous la porte. Il était heureux, néanmoins, que Loulou se trouvât en sécurité en Angleterre.

— Nous allons faire face, affirma-t-il à Molly avec une assurance un peu feinte. Si elle est folle, elle baissera forcément sa garde à un moment ou à un autre. Elle se fera prendre et finira sous les verrous.

La maison de Londres ayant été vendue depuis longtemps, Sibylle et Loulou descendirent dans un hôtel proche de la galerie. Bertie, qui connaissait bien son propriétaire, s'était arrangé pour que sa protégée y exposât ses œuvres en même temps que la sœur de Frank. Ce soir-là, le vernissage battait son plein. On bavardait, on riait, la foule se déversait peu à peu dans les jardins impeccables, sous un ciel de juillet piqué d'étoiles. Les serveurs allaient de groupe en groupe en proposant du champagne et du caviar, la fumée des cigarettes s'élevait en volutes en direction des lustres; les parfums de femme vous montaient à la tête.

Loulou décocha à Sibylle un large sourire.

— Ils m'ont l'air d'apprécier ce qu'ils voient, n'est-ce pas?

La sœur de Frank sourit à son tour.

— L'Australie vient de conquérir l'Angleterre, en effet, commenta-t-elle. Et lorsque nous présenterons nos travaux à New York en septembre, vous verrez qu'ils nous réserveront également un chaleureux accueil.

— Ils ont donné leur accord? s'enquit Loulou, les yeux écarquillés.

— Bien sûr que oui, répondit Sibylle avec dédain. J'ai le bras long, figurez-vous. Quant à Bertie, il n'a pas son pareil pour frapper aux bonnes portes.

Sur quoi elle adressa un geste à un visiteur, à l'autre bout de la galerie et, déjà, elle s'éloignait dans un bouillonnement de soie rouge et violet.

Loulou continuait de sourire. New York. Qui l'eût cru ? Elle contempla les toiles de Sibylle, accrochées aux murs blancs. Leurs teintes torrides et leur âpre beauté donnaient vie à l'outback en plein cœur de Londres. La sœur de son père était une artiste de talent, capable de reproduire avec aisance le sol du bush ou l'effervescence d'une chute d'eau dégringolant des falaises rouges ; elle saisissait mieux que personne un arc-en-ciel sur le point de se déployer... Quelques touches délicates lui suffisaient à capturer la lueur d'avidité dans l'œil d'un tout petit mérion aussi bien que la puissance menaçante d'un aigle d'Australie tournoyant au-dessus de sa proie.

Ravie de pouvoir profiter de quelques minutes de solitude, la jeune femme déambula parmi la foule pour observer ses propres œuvres. Cette exposition ne ressemblait pas à la précédente : elle y présentait moins de pièces, et celles-ci se révélaient moins stylisées qu'autrefois. Par ailleurs, on n'y admirait aucun grand bronze.

On avait installé la plupart des sujets, chacun d'une soixantaine de centimètres de hauteur, sur des guéridons de verre disposés çà et là dans la salle. On découvrait Joe avec son chapeau à large bord, la selle sur l'épaule et un chien à ses pieds. Peter était présent, lui aussi, plissant les yeux au soleil, un veau sur les épaules ; son long manteau lui tombait presque aux talons. L'œuvre la plus imposante mesurait environs trente centimètres de plus que les autres. Il s'agissait d'un tronc d'arbre, dont l'écorce pelait comme du papier. Au pied de cet arbre se tenait un minuscule wallaby des rochers en train de se laver le museau, l'oreille aux aguets.

Loulou se déplaça jusqu'à l'enfant. Assise auprès d'une pelle et d'un seau, la fillette portait, d'une petite main en forme d'étoile, un coquillage à son oreille, les yeux agrandis par un émerveillement mêlé de curiosité : elle écoutait l'océan soupirer depuis les profondeurs de la conque. Mais la jeune artiste n'aimait rien tant que le poulain, exécuté d'après les croquis réalisés à Hobart, le soir où Joe l'avait embrassée pour la dernière fois.

Cette pièce ravivait pour elle de si tristes souvenirs qu'elle faillit se mettre à pleurer. Sans Clarice ni Joe à ses côtés, ces sculptures n'avaient plus grand sens.

— J'aime beaucoup l'enfant au coquillage. S'agit-il de toi ?

Loulou fit volte-face et ouvrit tout grand la bouche.

— Dolly ! Quelle heureuse surprise ! Tu ne m'avais pas dit que tu venais.

— Je n'aurais manqué cet événement pour rien au monde, ma chérie, murmura son amie en l'embrassant.

La jeune femme arborait une extravagante tenue de dentelle et de soie qui laissait fort peu de place à l'imagination. Elle avait l'œil brillant. Son visage respirait la santé.

— Je trouve cette exposition tout bonnement merveilleuse. J'ai reconnu Joe et Peter. Tu possèdes un talent fou. Et j'adore le poulain. Je te présente Jasper Harding.

Loulou lui serra la main avec un sourire. Jasper possédait une beauté rustique, mais un accent de la haute société et des vêtements achetés à Savile Row. La jeune femme le trouva charmant et, à en juger par le regard qu'elle lui coulait, il plaisait également à Dolly. Ils bavardèrent un moment, puis Jasper s'excusa pour aller discuter avec Sibylle et Bertie.

— Qu'en penses-tu? demanda Dolly en retenant son souffle. Il m'a demandée en mariage, et je ne suis pas loin de lui dire oui.

— Toutes mes félicitations. Mais tu ne crois pas que vous allez un peu vite en besogne?

Son amie lui adressa un sourire timide en rougissant.

— Dès la première rencontre, on sait si c'est le bon.

— Dans ce cas..., se rendit Loulou.

— C'est pour cette raison que tu dois revoir Joe. Tu l'aimes. Qu'est-ce que tu fais encore ici?

— J'ai une exposition en cours, au cas où tu ne l'aurais pas remarqué.

— Tu n'as pas besoin d'être présente, rétorqua Dolly en agitant les mains pour repousser l'argument loin d'elle. Et Joe ne t'attendra pas indéfiniment.

Clarice n'avait pas dit autre chose...

— Écoute, ma chérie, reprit Dolly en refermant ses doigts chargés de bagues sur le poignet de son amie. Je sais que tu as vécu une année difficile, mais as-tu réellement l'intention de continuer à errer dans cette immense baraque et à te noyer dans le travail pour le restant de tes jours?

Elle se tut un instant, tirant sur sa cigarette.

— Tu peux travailler n'importe où, enchaîna-t-elle. Sans compter qu'avec l'aide de Sibylle et de Bertie ta carrière prendra son envol, où que tu choisisses de t'installer.

Elle rejeta sur l'une de ses frêles épaules son étole en zibeline avant d'agiter son fume-cigarette en ivoire pour souligner son propos:

— Sibylle vit à Brisbane, ma chérie, et cela ne nuit en rien à son succès. La Tasmanie se trouve peut-être à l'autre bout du monde, mais l'art est international.

Depuis le départ de Clarice, Loulou n'avait jamais songé sérieusement à l'avenir. Elle avait préféré se consacrer à son œuvre, incapable qu'elle était de prendre la moindre décision d'importance. Assurément, la demeure se révélait trop grande pour elle, mais comment aurait-elle souhaité la quitter, quand tout, là-bas, lui rappelait sa grand-tante? Et puis la bâtisse appartenait à la famille depuis plusieurs générations ; la jeune femme s'y sentait en sécurité.

Mais le confort et la sécurité comportaient certains dangers. Au terme de l'exposition new-yorkaise, Sibylle regagnerait Brisbane. Qu'éprouverait alors Loulou à n'avoir plus que Vera Cornish pour toute compagnie? Sa seule famille habitait aux antipodes. De même que l'homme dont elle était éprise.

Les paroles de Dolly venaient d'agir sur elle à la manière d'un aiguillon. Elle avait déjà goûté au frisson de l'aventure. Pourquoi ne pas se lancer à nouveau?

— Je vais te dire une bonne chose, Dolly, fit-elle sur un ton de profonde affection : il t'arrive de tenir des discours diablement sensés.

Une semaine plus tard, Sibylle résolut la question de Wealden House.

— Si vous êtes décidée à retourner en Tasmanie, avança-t-elle un soir qu'elles profitaient au jardin d'une belle soirée d'été, vous ne pouvez décemment pas vendre cet endroit. Vous auriez tort de rompre les amarres familiales. C'est pourquoi je vous conseille d'en faire une résidence d'artistes. Peintres et sculpteurs – et pourquoi pas des écrivains, ou des poètes – pourraient venir ici suivre des cours ou, tout bonnement, travailler au calme. Ainsi, au cas où les choses tourneraient mal en Tasmanie, vous garderiez un point de chute en Angleterre.

— Quelle formidable idée, commenta Loulou. Comment se fait-il que je n'y aie jamais songé?

— Sans doute parce que vous passez trop de temps à vous languir de Joe, lui assena la sœur de Frank.

Écrivez-lui. Parlez-lui de vos projets, mais toujours sur le même ton amical : puisque vous m'avez dit tout ignorer de ses sentiments, vous ne gagneriez rien à le mettre au pied du mur.

Elle sourit en allumant l'une des deux cigarettes qu'elle s'accordait quotidiennement.

— Océan constituera une parfaite excuse pour apprendre à vous connaître mieux tous les deux. Quant à ce qui se passera ensuite... Ma foi, les dieux en décideront.

Loulou hocha la tête.

— Mais comment faire pour changer cette demeure en résidence d'artistes ? Qui la dirigerait ? Qui s'en occuperait ? Qui s'assurerait que personne ne dégrade rien ? Vous savez mieux que moi combien les artistes peuvent se montrer négligents.

— Je suis certaine que Bertie connaît au moins un sculpteur ou un peintre dans le besoin, qui sautera sur l'occasion de décrocher un emploi. Et puis il y aura toujours Vera. Elle n'a nulle part où aller, et elle éprouve pour Wealden House un attachement pareil au vôtre. Il faut qu'elle reste ici en qualité de gouvernante.

Elle souffla la fumée de sa cigarette dans l'air immobile.

— Cela dit, je suis curieuse de savoir comment elle parviendra à régenter une horde d'artistes capricieux.

Loulou se mit à rire.

— Elle sera comme un poisson dans l'eau. Elle n'aime rien tant que se mettre en colère.

— Dans ce cas, il s'agit d'une affaire réglée. Et si nous prenions un verre pour fêter l'événement ? Nous allons en profiter pour annoncer à Vera l'avenir que nous lui réservons.

La gouvernante les fixa comme si elles étaient devenues folles.

— Ça me dit rien qui vaille, décréta-t-elle. Avec les gars du genre artiste, ça peut déraper fissa.

Sur quoi elle adressa à Sibylle l'un de ses regards réprobateurs.

— Je vous promets, tenta de l'amadouer Loulou, que c'est vous qui choisirez le directeur ou la directrice. Promettez-moi au moins d'y réfléchir. S'il vous plaît. Clarice aurait souhaité que vous restiez.

— Je vais réfléchir, d'accord, grommela Vera. Maintenant, sans vouloir vous commander, c'est mon soir de sortie, et le pasteur sera pas content si j'arrive en retard.

Les semaines suivantes se révélèrent aussi capiteuses qu'éreintantes. Loulou se plia de bonne grâce à toutes ses obligations. La perspective de retrouver bientôt la Tasmanie et Joe la galvanisait. Vera lui permit de confier la direction de l'établissement à Phoebe Lowe, qu'elle avait connue aux Beaux-Arts et qui traversait une période de vaches maigres; elle œuvrerait aux côtés de Bertie, qui superviserait les livres de comptes. Une petite part de l'héritage de Loulou permettrait d'attribuer des bourses aux artistes les plus démunis qui, sinon, n'auraient pas les moyens de s'installer à Wealden House et, déjà, l'on s'était mis en quête d'autres mécènes.

La jeune femme flancha un peu lorsqu'il fallut remiser les objets précieux ayant appartenu à Clarice, mais Vera la seconda sans faillir. On entreposa les caisses et les boîtes en attendant que Loulou eût décidé du sort à leur réserver. Déjà, Wealden House entamait une nouvelle période de son existence : toutes les chambres avaient été décorées, dans lesquelles s'installeraient bientôt les premiers résidents. On avait réaménagé la salle à manger, afin de pouvoir y donner des conférences et des lectures, tandis que le salon offrirait à ses invités le confort de ses canapés profonds et de ses fauteuils. On transforma la salle de réception en salle à manger. Loulou avait débarrassé le pavillon d'été de l'ensemble de ses travaux. Elle emporterait avec elle les plus petites pièces, cependant que les plus volumineuses rejoindraient la galerie de Bertie jusqu'à l'installation définitive de la jeune femme.

Une semaine avant leur départ pour New York, Sibylle et sa nièce assistèrent au mariage de Dolly et de Jasper. La cérémonie se déroula le dernier samedi d'août, dans la splendide chapelle qui, depuis plusieurs siècles, se dressait sur les terres des Carteret. Freddy s'y montra en compagnie d'une jeune femme qui ressemblait beaucoup à Dolly, l'excentricité en moins – Loulou soupçonna son amie d'avoir à dessein jeté son bouquet dans sa direction.

La veille de l'embarquement, Loulou déambula un moment dans la demeure de Clarice en se rappelant les merveilleuses années qu'elle y avait passées. Elle ne versa cependant pas la moindre larme, car la vieille bâtisse ressuscitait. Loulou savait en outre que ces mille souvenirs qui la guettaient un peu partout à Wealden House, elle les emporterait pour toujours avec elle.

Sibylle, en voyageuse aguerrie, se chargea de faire visiter New York à sa nièce durant les trois semaines où elles y séjournèrent.

Loulou goûta l'effervescence qui régnait là, elle s'émerveilla face aux imposants gratte-ciel, s'amusa de ces taxis jaunes qui sillonnaient la ville à toute allure en klaxonnant sans cesse. Elle se laissa fasciner par les productions théâtrales autant que par l'immensité des parcs, par les galeries d'art et les boutiques de luxe. Néanmoins, malgré le plaisir évident qu'elle prenait à découvrir New York, et malgré sa satisfaction de s'y voir exposée, ses pensées la ramenaient invariablement vers la Tasmanie. Et vers Joe.

L'exposition fut un succès. Lorsque la jeune femme quitta les États-Unis, elle savait qu'elle venait d'en obtenir bien plus, sur le plan professionnel, qu'elle n'en attendait. Mais... mais Joe l'aimait-il, oui ou non ? À mesure que le navire se rapprochait de l'Australie, Loulou mit un instant ses doutes de côté en écrivant au jeune homme une longue lettre, dans laquelle elle lui parla de la résidence d'artistes en quoi Wealden House était en passe de se métamorphoser, de son séjour new-yorkais, puis de sa décision de s'installer en Tasmanie. En revanche, elle ne lui indiqua pas la date de son arrivée ni ses projets d'avenir. Elle opta pour un style amical et léger, sans rien laisser soupçonner à son correspondant de ses sentiments ni de ses espoirs.

Elle posta la missive à Brisbane puis, après avoir passé quelques semaines dans le ranch de Warrego, elle se rendit à Melbourne, grimpa à bord du *Loongana* et fit voile vers la Tasmanie.

18

La soirée de printemps était douce, les ombres s'allongeaient à mesure que le soleil se couchait derrière les collines. Joe avait rejoint Eliza et Molly sur la véranda, pour y déguster un verre de bière, tandis que Dianne préparait le repas. Comme à l'accoutumée, la conversation avait roulé sur Gwen et les troubles qu'elle avait causés ces derniers mois.

— On lui a ordonné de regagner Poatina, fit Joe d'un air sombre, et les forces de l'ordre l'arrêteront si elle s'approche à moins de trente kilomètres de Galway House. Cela fait maintenant un mois que nous n'avons plus entendu parler d'elle. Je pense que nous en sommes débarrassés.

— J'espérais qu'Arnie Miles s'arrangerait pour la mettre sous les verrous une bonne fois pour toutes, observa Molly avec humeur. Cette cinglée est un vrai danger public.

— Arnie n'est qu'un petit policier qui tâche de faire au mieux son boulot, maman. Elle a tout nié en bloc, et sans la moindre preuve à se mettre sous la dent, ils étaient bien obligés de la relâcher.

— Il a quand même bien vu qu'elle mentait, s'exaspéra Eliza.

— Je pense qu'il sait en effet à quoi s'en tenir, répondit Joe avant d'avaler une ample gorgée de bière. Il a dû demander à ses collègues de Poatina de garder un œil sur elle.

— Tu parles, railla Molly. Elle a réussi à venir jusqu'ici sans que personne la remarque. Qui peut affirmer qu'elle ne va pas recommencer?

Elle affichait une mine agressive.

— Si je la surprends dans un périmètre de cent mètres autour de cette maison, je lui loge une balle dans le buffet. Parole.

Son fils ne put que l'approuver en silence. Il observa les chiens, couchés de tout leur long au pied des marches de la véranda, haletants. Il s'agissait d'excellents chiens de garde, dont Gwen était pourtant parvenue à tromper la vigilance. La conclusion s'imposait: elle avait déniché une cachette toute proche, d'où elle pouvait surveiller à loisir la demeure et les écuries en attendant que la voie fût libre. Il y avait de quoi trembler un peu.

— Au moins, essaya de se consoler Molly, elle n'a pas tenté de faire du mal aux chevaux. Il n'empêche que deux propriétaires ont récupéré leurs montures pour les mettre en pension ailleurs. Les rumeurs vont bon train, Joe. Quelqu'un m'a appelée aujourd'hui, du continent, pour me demander si ce qu'on racontait à notre sujet était vrai. Je pense avoir réussi à les convaincre que leurs animaux étaient en sécurité, mais que se passera-t-il s'il arrive quelque chose à l'un d'entre eux?

— C'est moi qui traiterai désormais avec les propriétaires, décréta Joe d'un ton brusque. Arrête de te tracasser à ce point, maman. Tu vas finir par t'en rendre malade.

Avisant les cernes violacés sous les yeux de Molly, il maudit Gwen en silence pour les tourments qu'elle leur infligeait.

— Si seulement Loulou n'avait jamais mis les pieds dans cette maison, laissa tomber Molly. Je t'avais prévenu que tu commettais une erreur en l'accueillant chez nous.

— Tu es injuste.

— Je suis d'accord avec Molly, renchérit Eliza. Si son poulain ne se trouvait pas en pension ici, et si elle-même n'avait pas séjourné à Galway House, Gwen ne serait pas venue.

Elle considéra Joe avec gravité.

— Peut-être devriez-vous songer à confier Océan à un autre établissement.

— Je croyais que vous appréciiez Loulou, répondit le jeune homme, le sourcil froncé.

— Nous nous entendions plutôt bien, concéda l'adolescente avec une moue, mais pour être tout à fait honnête, je la jugeais un peu trop coincée. Dolly est beaucoup plus accessible.

— En ce qui me concerne, intervint Molly, je l'aimais vraiment bien. Et ce n'est pas elle qui a choisi sa mère. Il n'en reste pas moins, enchaîna-t-elle avec un lourd soupir, qu'Eliza a sans doute raison. Nous devrions mettre le destin d'Océan entre les mains d'un autre entraîneur.

— Océan restera ici, répliqua Joe, qui échangea un bref regard avec sa mère. La colère de Gwen tient probablement plus à l'humiliation que papa et toi lui avez fait subir autrefois. Puisque Loulou et Frank se trouvaient hors d'atteinte, c'est sur nous qu'elle a décidé de se venger.

— Peut-être, mais je n'en suis pas si sûre. Je me réjouis de savoir que Loulou et Frank ne risquent rien, mais ce que j'aimerais surtout savoir, c'est si Gwen en a terminé avec nous, ou si elle se contente d'attendre que nous devenions moins méfiants.

— Nous resterons sur le qui-vive, lui affirma son fils. D'ailleurs, je suis déjà en train de mettre sur pied un système de sécurité.

Il se tut un instant, pour mieux se préparer aux réactions que son annonce n'allait pas manquer de susciter.

— J'ai reçu une lettre de Brisbane ce matin. Loulou se trouve dans le Queensland avec Frank et Peter.

— Que diable fait-elle là-bas? s'étonna Eliza, dont le regard s'étrécit.

Il s'empressa de continuer avant que sa mère, manifestement choquée, ait eu le temps d'ouvrir la bouche.

— Elle compte revenir en Tasmanie pour s'installer dans l'ancienne maison des Kirkman, près de la plage.

S'ensuivit un véritable concert de protestations qui les empêcha de remarquer la silhouette féline en train de se fondre dans les ténèbres, au bout de la maison. S'ils l'avaient repérée, ils l'auraient aussitôt reconnue.

Le *Loongana* accosta à Launceston. Loulou huma toutes les senteurs de novembre. Toutes les senteurs d'un printemps en Tasmanie. Elle sut immédiatement qu'elle avait fait le bon choix. Peu importait désormais ce qui se déroulerait ou non entre Joe et elle : la jeune femme se trouvait chez elle, enfin, et elle n'en repartirait plus. Son existence n'était nulle part ailleurs.

Après avoir récupéré son sac et son manteau, elle descendit la passerelle à la suite des autres voyageurs pour se retrouver sur le quai. Bien qu'elle n'eût informé personne du jour ni de l'heure de son retour, elle ne put s'empêcher de chercher un visage familier au milieu de la foule. Il n'était pas là, bien sûr, mais à contempler les vans pour chevaux alignés le long du débarcadère, elle ne rêva plus que de le revoir.

Résistant à la tentation de filer tout droit à Galway House, la jeune femme tâcha de se concentrer sur ses malles et ses caisses, afin qu'on les chargeât convenablement à bord du camion. Elle expliqua au chauffeur où il devait les livrer. Une fois débarquée l'automobile qu'elle avait achetée à Melbourne, Loulou jeta son sac de voyage dans le coffre et prit la direction de l'ouest.

Après une brève halte au centre-ville, pour y récupérer les clés et acheter de quoi manger, elle reprit son périple avec une intense satisfaction. Un soleil radieux brillant dans un ciel sans nuages l'accueillait ; la chaleur et la consolation auxquelles elle aspirait en vain depuis le décès de Clarice s'offraient de nouveau à elle. Elle entraperçut avec délices la mer étincelante.

Si, pendant son absence, on avait empierré la route côtière, les arbres qui la bordaient continuaient à former une superbe voûte végétale à travers laquelle s'insinuaient des taches de lumière. Loulou se gara devant la demeure qu'elle admirait depuis l'enfance. Elle descendit du véhicule pour s'appuyer sur son capot. Le vieux couple auquel appartenait jadis River View s'étant éteint depuis longtemps, les nouveaux propriétaires avaient loué les lieux à de nombreux locataires successifs. Mais quelqu'un avait continué de veiller sur la propriété : les peintures extérieures brillaient au soleil, les jardins explosaient de couleurs. Les pelouses, ainsi que l'araucaria qui s'y dressait, verdoyaient.

La jeune femme poussa la grille, remonta lentement l'allée, puis glissa la clé dans la serrure. La porte s'ouvrit. Loulou entra. Il lui sembla aussitôt que la maison lui tendait les bras.

— Bonjour, la salua-t-elle dans un murmure. Te souviens-tu de moi ? Te rappelles-tu qu'autrefois je te longeais tous les matins en allant à l'école ?…

Elle sourit de sa propre sottise, avant d'aller explorer les lieux, car si elle connaissait bien la bâtisse, jamais elle n'avait pénétré à l'intérieur. Le rez-de-chaussée se composait d'un salon, dont les baies vitrées donnaient sur la rivière, ainsi que d'une cuisine menant à un jardin clos situé à l'arrière de la demeure. À l'étage, on recensait trois chambres et une salle de bains. Les pièces semblaient à l'abandon.

Loulou ouvrit les volets, puis les fenêtres de la plus vaste chambre pour gagner la véranda. Jamais elle n'avait osé rêver de vivre un jour ici, et pourtant elle s'y trouvait bel et bien, dominant la rivière, contemplant les mouettes qui se détachaient contre un ciel en lapis-lazuli.

— Merci, petite maman, chuchota-t-elle. Tu m'as tant donné...

Elle chassa ses larmes. L'heure n'était plus aux pleurs ni aux regrets. Désormais, il lui fallait plutôt songer que Clarice se tiendrait pour toujours à ses côtés, qu'elle veillerait sur elle comme elle l'avait fait depuis sa plus tendre enfance.

Elle se retourna pour observer la pièce. Elle jugea le mobilier démodé trop sombre et trop massif à son goût, mais pour le moment il ferait l'affaire. Il faudrait repeindre les murs, dont les tons verdâtres lui déplaisaient, et changer les rideaux mités... Rien ne pressait : Loulou avait tout le temps de changer cet endroit en havre accueillant. Et si l'on parvenait à convaincre l'actuel propriétaire de vendre son bien, alors un jour, peut-être, River View lui appartiendrait. Le sourire aux lèvres, elle descendit l'escalier quatre à quatre pour récupérer son sac dans la voiture.

Une fois que les livreurs eurent déposé les malles et les caisses, le reste de la matinée passa comme l'éclair. Les sculptures et autres objets précieux arriveraient après Noël du continent – on aurait soigneusement emballé chaque pièce afin qu'elles résistent à la traversée houleuse du détroit. À toutes, la jeune femme avait déjà assigné un emplacement. Plantée au beau milieu des caisses de transport, des boîtes et des malles, elle résolut de ne dépaqueter pour l'heure que l'essentiel ; elle se chargerait du reste petit à petit.

À 15 heures, elle tombait de fatigue, elle était sale, elle avait chaud... Bref, elle se sentait prête pour un alcool bien tassé. Elle avait fait le lit, battu les tapis et les rideaux, garni plusieurs étagères de livres et de photographies, suspendu quelques vêtements dans l'armoire. Il restait beaucoup à faire, mais ce reste-là attendrait.

Dans la cuisine comme dans la salle de bains, aussi vétustes l'une que l'autre, les robinets commencèrent par produire une eau couleur de rouille qu'ils expulsèrent par jets intermittents jusqu'à ce que la tuyauterie se fût un peu décrassée. Loulou se lava, puis se changea, avant de fourgonner dans le carton de provisions, dont elle fit surgir une bouteille de gin et une autre de tonic. Elle leva son verre en silence pour saluer sa nouvelle demeure. Et boire à son avenir. Après avoir avalé une première gorgée d'alcool, elle sortit dans le jardin clos.

Il était vaste, mais conçu de telle manière qu'il ne nécessitait pas l'intervention d'un jardinier. Un enchevêtrement de lierre, de rosiers grimpants et de chèvrefeuille le soustrayait à tous les regards. Il était parfait. Le pavillon d'été, pour sa part, menaçait ruine : verrière sur le point de rompre, poutres gonflées d'humidité, vitres fêlées... Mais, en lui prodiguant amour et attention, il serait possible d'en faire bientôt un atelier idéal.

Loulou saisit la clenche... qui lui resta dans la main, poussa la porte qui consentit, bien qu'à contrecœur, à s'ouvrir en grinçant sur ses gonds rouillés. L'intérieur abritait un véritable capharnaüm, probablement rongé par la vermine, mais la superficie convenait merveilleusement à la jeune femme. De plus, une fois la végétation élaguée et la verrière remplacée, la lumière y pénétrerait à flots. Déjà, Loulou aménageait la pièce en pensée. Déjà, elle dressait mentalement la liste des artisans dont elle aurait besoin pour ressusciter les lieux.

Satisfaite, elle regagna la maison, où elle passa un gilet léger – le vent fraîchissait, cependant que des nuages s'amoncelaient à l'horizon. Le climat de Tasmanie demeurait égal à lui-même ; il pleuvrait sans doute avant la tombée de la nuit. Ayant refermé la porte de la demeure derrière elle, Loulou glissa la clé dans sa poche avant de grimper à nouveau dans sa voiture. Elle avait suffisamment résisté : cette fois, elle s'en allait retrouver Joe.

Galway House lui sourit au premier coup d'œil, et pourtant, lorsqu'elle frappa à la porte, la jeune femme se sentait inexplicablement nerveuse.

— Bonjour, Loulou, dit Molly. Je savais que tu venais d'arriver.

— Mais je n'ai débarqué que ce matin. Comment se fait-il…

— Nous sommes en Tasmanie, ma chérie.

Elle la fit entrer, puis la mena jusqu'à la cuisine, où Dianne découpait des légumes. L'adolescente plissa les yeux derrière sa frange, répondant d'un hochement de tête au salut de la visiteuse.

Loulou s'assit à la table. Elle avait connu des accueils plus chaleureux. Molly paraissait mal à l'aise.

— Océan est parti pour sa promenade du soir, indiqua-t-elle à la jeune femme en lui versant une tasse de thé. Ils ne devraient plus tarder. Le poulain a réalisé de gros progrès durant ces derniers mois, mais Joe se demandait…

Elle s'interrompit, le regard soudain fuyant.

— Que se demandait-il ?

— Les courses les plus prestigieuses se déroulent toutes sur le continent, répondit Molly en jouant avec sa cuiller. Joe se demandait s'il ne vaudrait pas mieux confier Océan à un autre entraîneur.

Elle jeta un rapide coup d'œil en direction de Loulou.

— Pourtant, s'étonna celle-ci, éberluée, les chevaux d'Eliza sont toujours ici. De même que les quatre montures qui sont arrivées pendant mon absence. Or, tous vont être amenés un jour ou l'autre à participer à des compétitions sur le continent. Pourquoi faudrait-il réserver un traitement particulier à mon poulain?

— Nous avons eu quelques soucis, laissa tomber Molly. Mieux vaudrait qu'Océan s'en aille.

Elle leva enfin les yeux vers Loulou.

— Len Simpson est prêt à l'accueillir dans son établissement du Queensland.

Un frisson glacé parcourut l'échine de la jeune femme.

— Des soucis de quel ordre?

La mère de Joe garda le silence un moment, puis se résolut à évoquer les agissements de Gwen.

— Si Océan s'en allait, conclut-elle, ce serait un soulagement pour nous tous.

Loulou se frotta le visage de ses mains. Si sa mère avait décidé d'exercer sa vengeance sur Joe, son propre retour à Galway House risquait de provoquer des dégâts supplémentaires.

— Je suis navrée, Molly. J'ignorais... Joe ne m'a jamais parlé de rien.

— Il ne voulait pas vous inquiéter. De toute façon, vous étiez loin. Vous n'auriez rien pu faire.

Loulou prit la main de son hôtesse, à laquelle elle adressa un pâle sourire. Cette pauvre Molly semblait éreintée, rongée par l'angoisse. Une angoisse accrue par l'arrivée malencontreuse de la jeune femme. Cette dernière se leva et boutonna son manteau.

— Je les entends qui rentrent, déclara-t-elle. Je vais aller voir Joe pour chercher avec lui la meilleure solution.

— Il se trouve à Hobart avec Eliza, se hâta de lui apprendre Molly.

Loulou ne se remémorait que trop bien ce qui s'était déroulé en novembre à l'hippodrome. Elle n'aurait pas dû se soucier qu'il se fût rendu là-bas avec l'adolescente. Et pourtant, cette idée la taraudait.

— Quand rentreront-ils?

— Mardi prochain. Le vendredi suivant, ils repartiront, pour Melbourne cette fois, où Météore participera à une course importante.

Molly sourit, tandis qu'un peu de rose lui venait aux joues :

— S'il se qualifie, Joe a prévu de l'aligner au départ de la Melbourne Cup l'an prochain. À mon avis, si j'ai le nez creux, nous pourrions bien fêter alors deux événements en même temps.

Loulou, qui ne comprenait pas, fronça les sourcils.

Molly se pencha vers elle.

— Joe et Eliza se sont beaucoup rapprochés, ces derniers mois, lui confia-t-elle. Il ne devrait plus tarder à lui demander sa main.

Elle inclina la tête, l'œil aussi vif que celui d'un rouge-gorge.

— Ce serait épatant si, la même année, nous remportions la Melbourne Cup et que ces deux-là convolaient en justes noces, n'est-ce pas ?

Le coup se révéla si rude, la souffrance si aiguë, que Loulou s'excusa prestement pour sortir de la demeure en courant. Joe et Eliza allaient donc se marier. Il était trop tard. Trop tard. Trop tard.

Elle répondit à peine au salut de Charlie, à peine au joyeux bonjour de Bob et des autres *jackaroos*; elle fonçait droit vers le box d'Océan.

Le poulain, qui la reconnut immédiatement, la poussa du museau et, comme elle lui flattait l'encolure avant de lui masser les oreilles, ses larmes inondèrent ses joues. Son rêve venait de voler en éclats... Comment s'en relèverait-elle ? Mais elle se reprit soudain : tant qu'elle n'aurait pas eu l'occasion de parler à Joe, elle devait espérer contre toute raison que Molly s'était fourvoyée, qu'elle avait pris ses désirs pour des réalités.

Hélas, si l'on confiait son poulain à un entraîneur du continent, et si Joe épousait Eliza, l'avenir qu'elle avait imaginé ici se trouverait définitivement foulé aux pieds.

Plusieurs jours s'étaient écoulés, mais Loulou avait à peine commencé à vider ses cartons et ses caisses. Elle avait perdu toute envie d'aménager sa maison. Elle voulait s'entretenir avec Joe. D'ici là, elle serait incapable de s'installer pour de bon.

L'agitation l'avait jetée hors de chez elle vers midi pour effectuer sa promenade quotidienne sur la plage. Les mouettes criaillaient au-dessus de sa tête, cependant que les arbres bruissaient sous l'assaut du vent qui allait forcissant à mesure que la mer montait. Les vagues galopaient sur le sable avant de s'écraser contre la falaise. Quand l'eau s'engouffrait dans le geyser maritime, il se produisait comme une déflagration accompagnée de gerbes écumeuses qui s'élançaient vers le ciel. La plage se vidait : on rassemblait les enfants, les paniers de pique-nique et les couvertures pour rentrer chez soi à la hâte.

Les bourrasques fouettaient la chevelure de Loulou, qui goûtait le sel sur ses lèvres. Elle se gorgeait des fureurs de l'océan. Elle en raffolait. La mer chantait pour elle.

Debout sur le sable, elle regardait les masses d'eau se soulever, puis rugir. Elle-même renaissait ; elle éprouvait, devant ce spectacle, une vigueur nouvelle. Elle se tenait prête à affronter Joe et tout ce que le futur aurait choisi de lui réserver. Elle fit demi-tour, sauta dans sa voiture et prit à nouveau le chemin de Galway House.

Après s'être garée derrière un énorme camion qu'elle ne reconnaissait pas, elle contourna la maison pour se diriger vers les écuries. Des voix s'élevaient, on entendait sonner les sabots ferrés contre les pavés de la cour. La jeune femme se prépara à revoir enfin Joe.

Elle se figea à côté des stalles : le jeune homme s'éloignait en direction des paddocks et de la colline qui dévalait jusqu'à la rivière. Il n'était pas seul. Il avait passé un bras autour des épaules d'Eliza, celle-ci lui enserrant la taille, tandis qu'elle laissait aller sa tête contre le corps du garçon. Ils se sentaient seuls au monde.

Loulou ne souhaitait pas profiter plus longtemps du spectacle, mais elle était incapable de bouger.

Comme ils atteignaient le sommet de l'éminence, les deux jeunes gens s'immobilisèrent. Eliza se coula entre les bras de Joe, qui posa la joue contre la chevelure de l'adolescente. Il la serra plus fort, comme s'il comptait ne plus jamais relâcher son étreinte.

Alors, Loulou s'enfuit. Aveuglée par les larmes, elle se rua vers sa voiture, qu'elle eut bien du mal à faire démarrer tant ses mains tremblaient. Enfin, elle embraya avec violence et fila en trombe. Peu lui importait de rouler trop vite, peu lui importaient les ornières et les nids-de-poule, qui risquaient d'endommager le véhicule flambant neuf. Il fallait qu'elle s'échappe, qu'elle rentre chez elle, qu'elle referme derrière elle la porte de sa maison, qu'elle se glisse sous les couvertures en s'efforçant d'oublier la scène dont elle venait d'être le témoin.

Joe effectuait sa ronde du soir lorsque Bob, qui courait presque, manqua le renverser.

— Eh bien, qu'est-ce qui t'arrive ?

— R... rien, bafouilla le garçon, pressé de déguerpir.

Joe le saisit par le col.

— Qu'est-ce que tu manigances ? exigea-t-il de savoir, l'œil soupçonneux.

— Rien du tout, répondit Bob en se tortillant pour tenter de se libérer. Faut que j'y aille, glapit-il. Dianne m'a demandé de l'aider à faire la vaisselle.

— La vaisselle attendra. Quelle mouche t'a piqué ?

— C'est votre mère, finit par maugréer l'adolescent à contrecœur.

Joe fronça les sourcils en lâchant le *jackaroo*.

— Ma mère ?

— Si je vous explique, elle me tuera.

— Et si tu ne m'expliques rien, c'est moi qui te tuerai. Allons, crache le morceau avant que je perde patience.

— Votre mère vient déjà de me remonter les bretelles parce que je lui ai dit que j'avais vu Loulou la semaine dernière, confia-t-il, la mine affectée. Et puis je lui ai dit qu'elle était revenue aujourd'hui. Molly m'a presque arraché l'oreille en m'obligeant à lui promettre que je saurai tenir ma langue et que je vous parlerai de rien.

— Tu mens. Maman ne ferait jamais une chose pareille.

— Regardez vous-même, se défendit Bob en lui montrant son oreille rougie.

— Mais si Loulou était venue jusqu'ici, répliqua Joe en fusillant l'adolescent du regard, elle aurait demandé à me voir. Tu es en train de me mentir, Bob, et je veux savoir pourquoi.

— Je suis pas un menteur, brailla le gamin. Elle était ici aujourd'hui, je vous le jure !

— Quand ?

— Je sais pas quelle heure il était, répondit-il en haussant les épaules. Mais elle a pas posé plus d'une minute.

Joe tourna brusquement les talons et, sans un mot de plus à ce pauvre Bob, il se précipita vers la maison.

— Maman ! rugit-il. Où es-tu ?

— Qu'est-ce que c'est que ce raffut ? s'exaspéra Molly en sortant de la cuisine, les poings sur les hanches.

— Pourquoi ne m'as-tu pas informé de la visite de Loulou ?

— Je n'ai pas eu le temps, répondit-elle avec un calme étudié. Qu'est-ce que ça peut bien faire, de toute façon?

— Que lui as-tu dit lorsqu'elle est venue la semaine dernière?

— Je lui ai sans doute parlé de nos ennuis, grommela Molly. Et quand je lui ai suggéré qu'il vaudrait peut-être mieux transférer son poulain chez Len Simpson, elle a dit d'accord.

— Et aujourd'hui? Lui as-tu parlé aujourd'hui?

Joe avait toutes les peines du monde à se maîtriser.

— Je l'ai vue garer sa voiture, après quoi elle a filé tout droit en direction des écuries.

Elle planta son regard dans celui de son fils.

— Là-bas, elle a vu ce que tout le monde voit depuis plusieurs mois. Je suppose que c'est pour ça qu'elle ne s'est pas attardée.

— De quoi parles-tu, maman?

— Eliza et toi. Vous êtes faits l'un pour l'autre, ça saute aux yeux. Vous avez tellement de choses en commun... Je suis bien certaine que ce n'est plus qu'une question de temps avant que... avant qu'elle et toi...

Elle se tut.

— Et je suppose que tu as débité toutes ces fadaises à Loulou? siffla-t-il.

Molly haussa les épaules avant de retourner dans sa cuisine.

— Qu'est-ce que tu as à rester le bec ouvert comme ça? rabroua-t-elle Dianne. Tu ferais mieux de t'occuper de la vaisselle.

— As-tu prévenu Loulou que Gwen risquait de s'en prendre à elle? demanda Joe.

— Je ne vois pas pourquoi je lui aurais dit une chose pareille. Gwen ne doit même pas être au courant de son retour, et je doute qu'elle coure le risque de revenir ici alors que la police la tient à l'œil.

Joe s'apprêtait à répondre lorsqu'il perçut un bruit étrange à l'autre bout de la cuisine. Il y découvrit Dianne, pelotonnée dans un coin. Elle avait les yeux pleins de larmes, et chacune de ses inspirations s'accompagnait d'un sanglot.

— Qu'est-ce qui t'arrive, pour l'amour du ciel?
— Je voulais pas, hoqueta-t-elle. Pardon…

Le jeune homme s'approcha lentement d'elle, les mains tendues, la voix paisible et cajoleuse, comme quand il tentait de rasséréner un poulain effaré. Pourtant, il se sentait soudain glacé, tandis que la terreur lui plantait une à une ses vilaines griffes dans la peau.

— Qu'est-ce que tu ne voulais pas, Dianne?
— Elle m'a promis de me donner deux livres si j'ouvrais grand mes oreilles et que je la prévenais quand Loulou reviendrait.

Les sanglots se changèrent en mugissements.

— Elle m'a dit qu'elle était journaliste et que j'aurais ma photo dans le journal, hurla-t-elle. Mais c'était elle, hein? C'était Gwen?

Des deux mains, elle s'agrippa à Joe, le visage déformé par l'épouvante et le remords.

— Oh mon Dieu! glapit-elle. Je voulais faire de mal à personne, Joe, je vous promets. Je savais pas, moi, qu'elle avait fait toutes ces méchancetés-là, sinon j'aurais jamais…

Le jeune homme se contraignit à museler son impatience.

— Est-elle venue ici aujourd'hui?

Dianne opina en beuglant à nouveau. Elle posa les billets de banque crasseux à côté d'elle.

— Je… je les aurais… jamais pris, si j'avais su, bégaya-t-elle.

Joe l'aida doucement à se remettre debout avant de l'obliger à prendre un siège.

— Occupe-toi d'elle, ordonna-t-il à sa mère, qui n'en finissait plus d'écarquiller les yeux. Je vais chez Loulou.

La jeune femme avait verrouillé toutes les portes, toutes les fenêtres, avant de tirer tous les rideaux, puis de grimper l'escalier quatre à quatre pour se réfugier dans son lit. Le chagrin d'avoir perdu Joe lui était intolérable. Elle avait pleuré jusqu'à s'endormir d'épuisement.

Elle faisait un rêve inquiétant et confus. Elle se trouvait à Ascot, mais c'était pour y remporter la Melbourne Cup que les chevaux concouraient. Océan, monté par Molly, se situait en tête. Lorsque la cavalière et sa monture franchirent la ligne d'arrivée, elles furent félicitées par Dolly qui, agitant son fume-cigarette en ivoire, les déclarait à présent mari et femme, car Molly s'était changée entre-temps en Eliza, au doigt de laquelle Joe passait un anneau. Il souleva ensuite le voile blanc pour embrasser sa jeune épouse, cependant que Dolly agitait une nouvelle fois sa cigarette. L'air s'empuantit de fumée, et un horrible cri s'éleva.

Loulou s'assit dans son lit, le cœur emballé, l'œil fouillant les ténèbres. Il flottait réellement dans la pièce une odeur de fumée, et de petits craquements lui parvenaient du rez-de-chaussée. Elle comprit tout et bondit hors du lit : la maison était en feu. Il fallait qu'elle sorte.

Elle s'empara de son peignoir, posé au bout du lit, mais elle ne parvint pas à dénicher ses pantoufles. Il faisait si sombre qu'elle ne distinguait absolument rien. L'odeur de fumée s'intensifiait. Désorientée, dans cette chambre qu'elle connaissait mal, elle tâtonna en sanglotant d'effroi pour trouver la porte. En vain. Où était-elle passée ? Elle devait s'échapper à tout prix.

La fumée envahissait à présent la pièce, la jeune femme peinait à respirer. Une quinte de toux la jeta sur le sol, où elle se mit à ramper de droite et de gauche dans l'espoir de dénicher les fenêtres. Mais elle avait les poumons en feu, et il lui semblait que son cœur n'allait plus tarder à jaillir hors de sa poitrine. Elle s'écroula sur le parquet, dont elle s'avisa, une seconde avant de s'évanouir, qu'il était chaud.

Dès qu'il distingua le rideau de fumée, Joe appuya sur l'accélérateur. Tandis que la camionnette fonçait, il priait pour qu'il ne s'agisse pas de la demeure des Kirkman, et pour que Loulou soit saine et sauve. Mais, comme il prenait un virage si serré qu'il faillit emboutir un véhicule situé sur la voie opposée, il découvrit les flammes bondissant par-dessus le mur. Il se gara dans un crissement de pneus et sauta à bas du véhicule.

Il embrassa la scène d'un seul regard : les vieux voisins en vêtements de nuit, égarés et transis, cramponnés l'un à l'autre ; la cloche de la voiture de pompiers tintant au loin ; la lueur orangée qui éclairait le ciel tandis que l'incendie dévorait la charpente, faisait voler les vitres en éclats dans un rugissement démoniaque, se jetait à l'assaut des pièces de la maison.

— Où est Loulou ? brailla Joe à l'adresse du vieux couple.

Ils le regardèrent, les yeux agrandis par l'effroi, en secouant la tête. La voiture de pompiers se rapprochait, des badauds s'amassaient.

Impuissant et terrifié, Joe regardait flamber jusqu'au toit une partie de la demeure. L'incendie s'attaquait à présent aux arbres qui dominaient la bâtisse. Les rideaux étaient tirés. Nulle part ne se discernait la moindre présence humaine. Loulou était peut-être déjà morte. Il n'avait pas le temps d'attendre les pompiers.

Il se rua vers la rivière, au bord de laquelle il ôta son manteau pour le tremper dans l'eau avant de s'en couvrir la tête et les épaules. La porte d'entrée n'était plus que flammes, qu'on entendait crépiter à mesure qu'elles léchaient la peinture, dans laquelle elles puisaient un combustible supplémentaire. Joe ayant esquivé les doigts de feu qui se tendaient vers lui, il résolut de s'introduire dans la demeure par l'une des baies vitrées, que l'incendie n'avait pas encore agressées.

Il grimpa sur le seuil, puis brisa la vitre. Après avoir pris une profonde inspiration, il pénétra dans la pièce pour courir vers la porte entrouverte – déjà, la fumée avait envahi l'entrée et la cage d'escalier. Le jeune homme saisit le bas de son manteau trempé, qu'il plaqua contre sa bouche et son nez. La fumée se révélait d'une telle épaisseur qu'il ne distinguait pratiquement rien ; la chaleur des flammes qui couraient au plafond lui irritait la gorge et les poumons.

Une poutre s'abattit non loin. Ailleurs, une vitre explosa. Cette fois, il se trouvait au pied de l'escalier, qu'il gravit de toutes ses jambes.

— Loulou… ! hurla-t-il sur le palier. Où es-tu ?

Pas de réponse. Il repéra vaguement plusieurs portes. La première était celle de la salle de bains. Derrière la deuxième et la troisième il découvrit une chambre vide. Il ouvrit la dernière : des tourbillons de fumée s'engouffrèrent dans la pièce en même temps que lui.

Loulou gisait tout près du lit, cernée par des langues de feu.

Joe toussait. Il suffoquait. Ses yeux et sa gorge le piquaient. Les poumons brûlants, il prit la jeune femme entre ses bras. Elle demeurait inerte. Il l'enveloppa dans son manteau encore humide. Il s'agissait maintenant de quitter les lieux.

De retour sur le palier, il vit, dans une gerbe d'étincelles, s'abattre une poutre sur laquelle les flammes se jetèrent aussitôt pour s'en nourrir. Elles se dirigeaient droit sur lui. Il recula. Ils étaient pris au piège.

Il referma derrière lui la porte de la chambre, et allongea Loulou sur le lit. Il bourra des oreillers, ainsi qu'une couverture, au bas de la porte. À présent, chaque seconde comptait.

Il se précipitait maintenant vers les fenêtres, qu'il ouvrit : les pompiers venaient d'arriver.

— Là-haut ! appela-t-il.

Mais le rugissement de l'incendie les empêchait d'entendre ses appels au secours ; de l'autre côté de la maison, le toit s'effondrait dans un immense fracas.

Joe arracha les rideaux mités de leurs tringles de cuivre, les noua les uns aux autres, ajouta les draps du lit. Il tira sur les nœuds pour en éprouver la résistance, sans cesser de lorgner la porte, derrière laquelle les flammes entamaient leur travail de destruction – déjà, la couverture et les oreillers commençaient à se consumer. Joe retourna à la fenêtre, d'où il gagna la véranda, à la rambarde de laquelle il attacha sa corde improvisée.

Il baissa le regard. Puis il leva les yeux : l'incendie l'entourait. Peut-être était-il déjà trop tard.

Il prit Loulou dans ses bras, la hissa sur son épaule, puis enjamba la rambarde en priant pour que les nœuds ne cassent pas sous leur poids. À mesure qu'il descendait, draps et rideaux se déchirèrent peu à peu ; les nœuds se desserraient ; l'incendie s'attaquait à la véranda. À peine Joe eut-il posé le pied sur le sol que le tissu céda pour s'abattre sur lui, pareil à un long serpent de feu.

Des mains étouffèrent aussitôt les flammes, s'emparèrent de la jeune femme inconsciente et aidèrent Joe à se remettre debout. Les pompiers le félicitèrent, cependant qu'un peu plus loin la foule rassemblée l'applaudissait. Mais Joe n'en avait cure – il se rua vers Loulou :

— Est-elle encore en vie ? demanda-t-il à l'un des pompiers.

— Elle respire, mais elle ne va pas bien. Quelqu'un vient d'appeler une ambulance.

— Nous n'avons pas le temps de l'attendre.

Joe installa la jeune femme dans sa camionnette. Il démarra, klaxonna pour disperser les badauds, puis se dirigea vers l'hôpital, situé à quelques minutes de là. Pourvu, songea-t-il, qu'il y parvienne à temps.

Loulou reprit conscience, déconcertée par la lumière trop vive et les murs blancs. Cette odeur de désinfectant, qu'elle ne connaissait que trop... Lorsqu'un médecin vêtu d'une blouse immaculée se présenta, elle sut immédiatement où elle se trouvait.

— Le feu, articula-t-elle, et elle se mit à tousser. Je n'arrivais pas à sortir...

— N'essaie pas de parler, lui dit Joe, qui venait de se matérialiser à côté du docteur. Tu as respiré beaucoup de fumée. Il faut que tu te reposes.

Elle posa sur le jeune homme un regard dérouté. Il avait les cheveux roussis, le visage taché de suie, les vêtements brûlés par endroits.

— Que fais-tu ici? Que s'est-il passé?

Cette fois, la quinte de toux s'éternisa. Il lui semblait avoir la gorge et les poumons à vif.

— Tu es saine et sauve, c'est tout ce qui compte, fit doucement Joe. Je te laisse reprendre des forces.

— Non, s'insurgea Loulou en tâchant de s'asseoir dans son lit. Je veux retourner à River View.

— Vous devez vous reposer, intervint le médecin. Nous ignorons encore les effets produits par cette épreuve sur votre cœur.

— Je vais bien, décréta la jeune femme qui, sans cesser de tousser, quitta son lit. Comptes-tu m'emmener là-bas, Joe, ou faut-il que j'appelle un taxi?

— De River View, il ne reste plus rien, lui expliqua le garçon d'un air navré. N'y va pas, Loulou. Cela te ferait souffrir, rien de plus.

— Il le faut.

Elle noua la ceinture de son peignoir avant de tituber hors de la chambre.

— Où se trouve la sortie ?

— Je vous déconseille vivement de partir, mademoiselle, balbutia le docteur.

— Je suis une grande fille, répliqua-t-elle d'une voix rauque. Je suis libre de me comporter comme bon me semble.

Un autre accès de toux la plia en deux.

— Je vous en conjure, mademoiselle Pearson. Vous avez besoin de repos. Acceptez au moins de passer la nuit chez nous.

— Joe ? fit-elle en levant vers le jeune homme des yeux cernés par la fatigue et le chagrin. Joe, s'il te plaît. Aide-moi.

Le garçon échangea avec le médecin un regard entendu avant de hausser les épaules.

— Cette jeune femme a la tête dure, docteur, je puis vous l'assurer.

— Dans ce cas, vous devez d'abord signer une décharge.

— Je signerai tout ce que vous voudrez. Du moment que vous m'autorisez à quitter cet endroit.

Une fois expédiées les formalités, Loulou se dirigea d'un pas chancelant vers la porte ; si Joe ne l'avait retenue par le bras, elle aurait fini par tomber. Ensemble, ils sortirent dans l'air glacé de la nuit. Lorsque Loulou se fut installée sur le siège passager, le jeune homme l'emmitoufla dans une couverture avant de lui tendre une bouteille d'eau.

— Que cela te plaise ou non, lui décréta-t-il avec sévérité, je te ramènerai ici demain pour un check-up complet.

— Dépêchons-nous, Joe. Je veux voir ce qui reste de River View.

La jeune femme avait encore du mal à respirer lorsqu'elle descendit lentement du véhicule pour contempler la ruine fumante. Seule la cheminée était demeurée intacte, debout telle une sentinelle solitaire au beau milieu de la dévastation.

— Quelqu'un m'a appelée pour me parler de l'incendie, déclara Molly, qui se planta au côté de Loulou. Je suis si heureuse que tu aies survécu. J'ignore ce que j'aurais fait si Joe n'était pas arrivé à temps.

— C'est Joe qui m'a sauvée? Mais comment a-t-il su que j'étais en danger?

— Nous reparlerons de tout cela quand tu te sentiras mieux, répondit Joe à la place de sa mère, qu'il considéra d'un œil dur. Pour le moment, je te propose de nous accompagner à Galway House.

— Je reconnais cette camionnette, laissa tomber Loulou en avisant un véhicule garé un peu plus loin dans l'allée.

Elle frissonna:

— C'est Gwen qui a mis le feu à ma maison? Elle est toujours ici?

— J'ai discuté avec les pompiers, lui dit doucement Molly en lui prenant la main. Ils ont découvert un corps, ainsi qu'un bidon d'essence, là où l'incendie a dû démarrer. Sans doute s'est-elle trouvée prise au piège au milieu des flammes.

— Le cri, murmura Loulou. J'ai entendu un cri épouvantable. C'est d'ailleurs lui qui m'a réveillée.

Des larmes d'éreintement et de douleur se mirent à rouler sur ses joues.

— Quelle mort atroce, ajouta-t-elle.

— Viens, Loulou. Rentrons à la maison.

La jeune femme sentit son bras puissant autour de ses épaules, et elle comprit dans l'instant que plus jamais elle ne pourrait poser le pied à Galway House.

— Merci de m'avoir sauvé la vie, Joe, dit-elle en se dégageant, mais je crois que je vais plutôt louer une chambre d'hôtel pendant quelques jours, après quoi je retournerai en Angleterre.

— En Angleterre? Mais je croyais que tu avais prévu de t'installer ici?

Elle considéra le regard abasourdi du garçon; son cœur se brisa.

— Je viens de perdre la maison que j'aimais depuis ma plus tendre enfance. Et j'ai perdu l'homme avec lequel j'espérais passer le reste de mon existence. Plus rien ne me retient sur cette île.

Joe, qui n'y comprenait plus rien, la saisit par les épaules.

— Tu parles par énigmes, Loulou. Tu as certes perdu ta maison, mais si je suis l'homme que tu crois avoir perdu aussi, tu te trompes sur toute la ligne.

La jeune femme reprit brusquement espoir:

— Mais Eliza et toi...

— Il n'y a rien entre Eliza et moi. Tu as mal interprété la scène dont tu as été le témoin hier: j'étais en train de la consoler. Lune s'était cassé la jambe et nous avons dû la faire abattre.

— Le gros camion garé devant la maison..., souffla-t-elle. C'était le vétérinaire?

Il acquiesça en la serrant plus fort contre lui.

— Je t'ai aimée dès l'instant où j'ai pour la première fois posé les yeux sur toi, Loulou Pearson. Mais jusqu'à cette seconde, je n'ai jamais osé croire que tu pourrais m'aimer aussi. Tu m'aimes, Loulou? Tu m'aimes vraiment?

— Je n'ai cessé de penser à toi depuis que j'ai quitté cet endroit, murmura-t-elle en lui effleurant la joue. Bien sûr que je t'aime, Joe, mais nous sommes issus de mondes très différents, et nous ne visons pas les mêmes buts. Crois-tu que nous avons néanmoins une chance?

Il la saisit par la taille en lui décochant un sourire qui illumina son regard et adoucit ses traits.

— Si tu te sens prête à relever le défi, alors moi aussi. À nous de voir ce que nous allons faire de nos vies. En tout cas, ajouta-t-il, tant que nous nous aimerons comme nous nous aimons aujourd'hui, le jeu en vaut la chandelle.

Loulou s'abandonna à l'étreinte du jeune homme, son cœur se mit à battre la chamade tandis qu'il l'embrassait.

Ses lèvres, qui n'avaient rien perdu de leur douceur, lui promettaient tout ce qu'elle rêvait d'obtenir. Enfin, elle se sentait pleinement elle-même. Enfin, elle savait où se trouvait sa juste place. Elle était chez elle.

DU MÊME AUTEUR
CHEZ LE MÊME ÉDITEUR

LA TERRE DU BOUT DU MONDE

Angleterre, 1770. Susan Penhalligan accepte un mariage de raison pour sauver sa mère et son frère Billy de la misère. Mais son cœur est pris par Jonathan, parti courir les mers à bord de l'*Endeavour* du capitaine Cook.

Quinze ans plus tard, Billy est déporté en Australie. De leur côté, Susan et son mari partent s'installer à Botany Bay, à quelques kilomètres du futur centre de Sydney, où l'Empire britannique a décidé de fonder une colonie.

Ils y découvrent un continent fascinant, mais dangereux. Et Susan est loin de se douter de tout ce qu'elle va devoir surmonter avant de pouvoir faire sienne cette terre du bout du monde…

ISBN 978-2-35287-484-3 / H 51-2511-7 / 480 pages / 8,65 €

LES PIONNIERS DU BOUT DU MONDE

Partis d'Angleterre à la fin du XVIIIe siècle pour conquérir une contrée inconnue, les premiers colons doivent se battre pour survivre. C'est ce que découvre Alice lorsqu'elle débarque en Australie pour y retrouver Jack, son fiancé. Ancien détenu, ce dernier est aujourd'hui à la tête d'une ferme isolée dans le bush, qu'il dirige avec Billy et son épouse Nell.

Quand elles se rencontrent pour la première fois, les deux femmes éprouvent aussitôt une vive aversion. Les circonstances, pourtant, vont les obliger à se serrer les coudes. Pendant ce temps, à Sydney, la révolte gronde parmi les bagnards…

Traversée par un grand souffle romanesque, cette saga met en scène la vie des pionniers qui rêvaient de transformer en un paradis cette terre du bout du monde.

> « On se laisse emporter par cette fresque
> qui décrit la naissance de l'Australie. »
> *Prima*

ISBN 978-2-35287-628-1 / H 26-6667-8 / 544 pages / 8,65 €

L'OR DU BOUT DU MONDE

1850. Ruby et son mari James – les descendants des pionniers britanniques venus tenter leur chance en Australie – doivent eux aussi braver bien des dangers pour conquérir cette terre âpre.

James est tenté par la ruée vers l'or. Il entraîne Ruby dans sa vie aventureuse. Bientôt, la jeune femme découvre qu'elle doit s'allier avec Kumali, une Aborigène, pour s'adapter et survivre dans ce milieu hostile.

Pendant ce temps, de nouveaux arrivants débarquent sur les rives australiennes, dont un pêcheur de baleines tahitien au mystérieux passé, un aristocrate anglais, une maîtresse d'école jeune et naïve…

Tous ont le même rêve de réussite. Leurs destinées seront liées à jamais.

ISBN 978-2-35287-761-5 / H 87-7160-3 / 576 pages / 8,65 €

Sarah Lark
LE PAYS DU NUAGE BLANC

« Église anglicane de Christchurch (Nouvelle-Zélande) recherche jeunes femmes honorables pour contracter mariage avec messieurs de notre paroisse bénéficiant tous d'une réputation irréprochable. »

Londres, 1852. Hélène, préceptrice, décide de répondre à cette annonce et de tenter l'aventure. Sur le bateau qui la mène au Pays du nuage blanc, elle fait la connaissance de Gwyneira, une aristocrate désargentée promise à l'héritier d'un magnat de la laine. Ni l'une ni l'autre ne connaissent leur futur époux.

Une nouvelle vie – pleine d'imprévus – commence pour les deux jeunes femmes, qu'une amitié indéfectible lie désormais…

Cette saga portée par un puissant souffle romanesque révèle le talent d'un nouvel auteur, dans la grande tradition de Colleen McCullough et de Tamara McKinley.

Née en 1958 dans la Ruhr, **Sarah Lark** *est tour à tour guide touristique et journaliste avant de se tourner vers l'écriture de romans. Elle vit près d'Almería, en Andalousie, où elle a créé un refuge pour chevaux.* Le Pays du nuage blanc, *traduit dans 22 pays, et sa suite* Le Chant des esprits (L'Archipel, 2014) *ont séduit plus de 2 millions de lecteurs dans le monde, et ont été, notamment en Allemagne et en Espagne, d'immenses succès de librairie.*

« Fabuleux et envoûtant. »
Le Dauphiné libéré

ISBN 978-2-35287-634-2 / H 28-7779-0-1408 / 768 pages / 9,65 €

Sarah Lark
LE CHANT DES ESPRITS

En 1852, Hélène et Gwyneira ont quitté l'Angleterre pour venir s'installer en Nouvelle-Zélande, le Pays du nuage blanc. Au crépuscule d'une vie mouvementée, les deux pionnières, toujours liées, s'inquiètent pour leurs petites-filles, Elaine et Kura, deux cousines que tout oppose.

Belle et capricieuse, Kura possède une voix magnifique. Portée par le rêve d'une carrière internationale, elle refuse d'assumer son rôle d'héritière de Kiward Station, le domaine familial, pour se consacrer au chant.

Mais le drame couve... Quand Kura rencontre le fiancé d'Elaine, ce dernier tombe aussitôt sous le charme de la jeune métisse.

Deux héroïnes fortes qui refusent de subir leur destin et se lancent dans l'aventure pour assouvir leurs rêves, un puissant souffle romanesque... Cette saga confirme tout le talent d'une auteure découverte avec *Le Pays du nuage blanc*.

À propos du *Pays du nuage blanc* :
« Un roman envoûtant. »
Le Dauphiné libéré

« Trépidant ! »
Le Pèlerin

ISBN 978-2-35287-803-2 / H 15-7213-7 / 672 pages / 9,65 €

*Cet ouvrage a été composé
par Atlant'Communication*

*Impression réalisée par
CPI France
en novembre 2016
pour le compte des Éditions Archipoche*

Imprimé en France
N° d'édition : 400
N° d'impression : 3020307
Dépôt légal : mai 2016